Michael Pye

DER SECHSTE MANN

Michael Pye

DER SECHSTE MANN

Roman

Aus dem Englischen
von Barbara Schaden

Econ

Die Originalausgabe erschien 1999 unter dem Titel *Taking Lives*
bei Alfred A. Knopf, New York.

Der Econ Verlag ist ein Unternehmen
der Econ & List Verlagsgruppe

ISBN 3-430-17583-6

Gesetzt aus der Sabon bei Franzis print & media, München
Druck und Bindung: Bercker, Kevelaer

Die Handlung dieses Buches ist frei erfunden.
Der Verbrecher, der sie inspirierte, ist noch immer unter uns.

1

Zwei Jungen fahren mit dem Bus durch Florida. Der eine von ihnen hat nicht mehr sehr lang zu leben.

Es ist Sommer 1987. Ein heißer Himmel, der sich in Basalt verwandelt, kochende Luft. Eine schnurgerade, knochenweiße Straße durch Gras- und Sumpfland.

Keiner der Jungen gehört hierher, das sieht man ihnen an. Sie starren aus dem Fenster, aber sie würden sich ungern dabei erwischen lassen.

Der Highway führt immer weiter geradeaus. Sie sehen Städte, die einander ähneln wie Vexierbilder: Finde die acht Unterschiede in Ozeanen aus wild wucherndem Gras und rosa blühendem Oleander.

Der eine Junge ist Martin Arkenhout. Siebzehn. Er redet nicht viel mit den Leuten; das ist nicht seine Art. Außerdem ist er Ausländer – aus den Niederlanden. Blond, groß, weiß, schlaksig – und er kann nicht umhin, sich eingeschüchtert und überlegen zugleich zu fühlen. Er sieht die Einheimischen im Bus, die ihm vorkommen wie Kartoffelesser aus irgendeiner Van Goghschen Strandpartie. Auch Lateinamerikaner sind da mit dieser dunklen Haut, die ihm kräftig und satt erscheint, aber er wird nicht die Hand ausstrecken. Er ist ein vorsichtiger Junge.

Er rechnet sich Meilen in Kilometer um und versucht, die Geschwindigkeit abzuschätzen. Er steht auf und schlurft nach hinten zur Toilette und pinkelt in den Tank voll schlingernder Flüssigkeit, dann schwankt er zu seinem Sitz zurück. Mit glasigen Augen beginnt er sich zu fragen, ob er wirklich hier sein will: ein Junge, bloß ein ausländischer Junge, der für ein Jahr an einer amerikanischen High-School ist und irgendwie erwachsen werden soll.

Bei jeder Haltestelle steigt er aus und kauft sich noch mehr Pepsi. Um elf Uhr vormittags hat er einen ordentlichen Koffeinrausch, und seine Augen schauen weit offen in die Welt, ohne viel zu sehen.

»Ich weiß nicht, wie ich auf die Idee gekommen bin«, sagt jemand.

Arkenhout schaut auf.

»Dabei fand ich sie echt klasse«, sagt der andere Junge. »Ich meine, Amerika sehen.«

»Wohin fährst du?«

»Zum College. Die härtere Tour.«

»Ach«, sagt Arkenhout. »Ich auch.«

»Bist du kein Amerikaner?«

»Niederländer.«

»Cool.« Es klingt wie ein Freispruch für den Ausländer. Nach einer Weile sagt der andere Junge: »Ihr habt doch diese Haschischcafés, oder?«

»Und Rembrandt«, sagt Arkenhout.

»Jaja. Tut mir leid.«

Dieser zweite Junge ist groß, blond und weiß, wie ein Schnappschuß von Arkenhout, der retuschiert worden ist: die Haare anständig geschnitten, durchtrainierter, weniger müde und braungebrannter.

»Seth Goodman«, sagt der andere Junge.

Für Arkenhout klingt der Name wie eine Erfindung; er denkt an die viktorianischen Romane aus seinem Englischunterricht.

»Jesus!« sagt Goodman. »Der Bus ...«

Die Türen sind bereits geschlossen. Eine schwarzblaue Auspuffwolke als Signal zur Abfahrt. Die Jungen rennen los und hämmern an die Türen, und nach einem Fehlstart und einem Zögern macht der Fahrer auf.

»Habt ihr mich nicht rufen hören?« fragt er.

Sie entschuldigen sich beide, denn sie haben dasselbe gelernt: nette Jungen zu sein.

Während der nächsten eineinhalb Stunden sitzen sie getrennt. Als der Bus wieder hält, kaufen sie sich Hot Dogs mit Chili und Kaffee.

»Ich gehe an die New York University«, sagt Goodman.

»Ich bin als Austauschschüler in Amerika. Für ein Jahr. Vor der Uni.« Aber der himmelhohe Unterschied im Status scheint Goodman nichts auszumachen. Schließlich sind sie beide einfach unterwegs.

»Woher bist du?« fragt Arkenhout höflich.

»Jackson, Michigan. Im mittleren Westen. Berühmt für seinen Riesenwasserfall mit farbigen Lichtern.«

»Ich bin zum ersten Mal in Amerika.«

»Tatsächlich. Spielt ihr Baseball in Holland?«

Während der nächsten paar Stunden ergeht sich Goodman in Erklärungen. Er beginnt mit Schlagworten: daß er aus ökologischen Gründen mit dem Bus fährt, daß er Amerika sehen will. Er rückt mit einer kleinen persönlichen Information heraus: Er will im Hauptfach Journalismus studieren. Bis dahin ist er nicht mehr als ein Eintrag in einem Jahrbuch, knapp und leuchtend. Aber nach vielen weiteren Meilen strengt er sich wirklich sehr an, in Arkenhout den Sportsfreund zu sehen, den Kumpel, den er seit ewigen Zeiten kennt: Also erzählt er von Tracy, seiner Freundin zu Hause, die eine Turnerin ist und dunkelhäutig, und wie sie's auf der Tribüne vor dem Riesenwasserfall mit farbigen Lichtern treiben.

Dafür, findet er, hätte er die ganze Lebensgeschichte des anderen verdient, aber er wäre entsetzt, falls sie sich als allzu fremd erwiese.

Arkenhout sagt nur, er fährt in irgendein Vorstadtviertel von Tampa, um dort zur Schule zu gehen, was er offensichtlich schon getan hat. Über seine Heimat oder seine Eltern gibt es keine einfachen Geschichten zu erzählen. Vor allem sagt er nicht, daß er vorhat, Amerika zu lernen wie eine Lektion, weil er gut in Sprachen ist – er hat nicht nur das Talent, Laute sauber auszusprechen, sondern auch die Fähigkeit zu hören, wie die Leute etwas nicht rundheraus sagen, und es dann zu imitieren.

Goodman sagt, er würde gern irgendwo vor Tampa Zwischenstation einlegen und erst am nächsten Morgen weiterfahren. Arkenhout will mitmachen. Nur dieses eine Mal; es ist nicht das, was man von ihm erwartet, und darin liegt der ganze Reiz.

Der Bus bleibt bei einer Haltestelle stehen, die mit dünnen weißen Säulen und Backsteinverkleidung herausgeputzt ist. Die Jungen ziehen ihre Taschen aus dem Bauch des Busses und reden ein bißchen über das grüne Leuchten am Himmel, das man in Florida zu sehen bekommt, wie sie beide gehört haben.

Ein Abend in Technicolor. Die Blicke der Einheimischen. Ein kleines Motel, altrosa, zwei Doppelbetten, ein Fernseher mit unechten Farben wie in einem uralten 3-D-Film. Das Bad mit zerbröckelnden Mosaikkacheln. Draußen Palmen, die sich zeitlupenlangsam regen – eher ein Lichteffekt als eine Bewegung.

Goodman spricht von New York. »Dort trifft man die wichtigen Leute«, sagt er, was offensichtlich ein Ausspruch seines Vaters ist. Er wird herausfinden, wo die Karrierepfade verlaufen, und sich einladen lassen, obwohl er noch nicht so recht weiß, wohin eigentlich.

Arkenhout hat allmählich den Eindruck, daß er seinen eigenen Namen – Martin Arkenhout – wie einen zu großen, von der Mutter gepackten Koffer trägt, den er früher oder später nach Holland zurückschleppen muß.

Er denkt noch daran, seine neue amerikanische Familie in Tampa anzurufen, um mitzuteilen, daß er aufgehalten wurde und den Bus versäumt hat.

Er gibt jetzt genau acht. Goodman beißt seine Fingernägel nicht ab. Arkenhout schon; das sollte er lieber lassen. Amerikaner haben so strahlende, gepflegte Zähne, aber auch Arkenhouts Gebiß ist gut. Goodman redet nicht viel von seiner Heimatstadt, weil er ohnehin fortzieht. Während er unter der Dusche ist, blättert Arkenhout in Goodmans Notizbuch und findet eine ordentliche Liste von Telefonnummern für Notfälle:

Eltern, Verwandte, der Hausarzt. Die Kreditkarte, mit der das Motelzimmer bezahlt wurde, ist auf den Namen des Vaters registriert. So machen es also die Amerikaner, denkt Arkenhout.

In weißen Socken kommt Goodman aus der Dusche. Braungebrannt und nackt legt er sich aufs Bett und lächelt. Arkenhout bemerkt die kantigen Konturen seiner Bauchmuskeln.

Nachdem sie sich eben erst kennengelernt haben, nachdem sie nichts miteinander gemein haben außer der Tatsache, daß sie die Vergangenheit des anderen nicht kennen, ist es normal, sich nach Eltern und Geschwistern zu erkundigen. Goodmans Familie lebt vollzählig in einem Haus in einer sauberen, kleinen Stadt weit weg, nicht sehr verschieden von Arkenhouts Kleinstadt, nur daß die niederländische Familie an den Dünen, am Meer lebt. »Mein Vater ist Arzt«, sagt Arkenhout, als bedeutete dies sehr viel mehr als einfach einen Beruf. Goodman hat einen Bruder und eine Schwester, aber, sagt er, sie sind »tief in der Provinz«.

Arkenhout ist auf alles neugierig. Zuerst erkundet er das Motel. An der Fassade Flamingos, die Farbe abgeblättert. Eine Frau wie ein alter Apfel, braun und weich, leitet das Büro; in einer Schreibtischlade liegt, knapp sichtbar, eine Pistole. Zimmer wie Boxen. Fragen werden nicht gestellt, nicht einmal erwogen, sobald die Kreditkarte durch die Maschine gezogen ist.

Während der Nacht hat er einmal den Eindruck, als würde er von Goodman beobachtet. Er tut, als schlafe er.

Der nächste Morgen ist drückend heiß.

Arkenhout hat eine Liste von Fragen, die er kaum zurückhalten kann, und Goodman will jetzt erzählen oder wenigstens ein bißchen prahlen, um dem Ausländer etwas beizubringen.

Zum Frühstück essen sie Grütze mit Eiern. Arkenhout kämpft sich durch, und Goodman fängt an zu lachen. »Ich hab' dieses Zeug« – und dabei fängt er den strafenden Blick der Kellnerin auf – »noch nie gegessen«, sagt Arkenhout.

Im Bus kleben nackte Schenkel an den Sitzen fest. Goodman erklärt New York wie ein Revolverblatt und ein Reiseführer. Arkenhout hört zu und beobachtet durch die Fensterscheiben das Lichtspiel der Sonne im Astgewirr.

Goodman verliert auf einmal die Geduld. »Das nervt«, sagt er. »Wieso nehmen wir uns keinen Leihwagen?«

»Ich habe keinen Führerschein«, sagt Arkenhout. »Nicht dabei.«

»Ich fahre schon«, sagt Goodman. »Einem minderjährigen Ausländer vermieten sie sowieso kein Auto.«

»Okay«, anwortet Arkenhout. Und zu sich selbst sagt er: »Ich war ein minderjähriger Ausländer.« Das hört sich gut an, findet er.

Seiner Gastfamilie in Tampa hat er zwar mitgeteilt, mit welchem Bus er kommen wird, doch mit dem Auto zu fahren läuft weitgehend auf dasselbe hinaus, nur mit der durchaus willkommenen Nebenwirkung, daß man ein bißchen flexibler ist. »Cool«, sagt er testweise.

Im nächsten größeren Ort steigen die Jungen aus dem Bus, und Seth Goodman, typisch für einen Anwaltssohn, versucht die Leute von Hertz zu überreden, ihm einen Leihwagen zu geben. Aber bei zwei Kindern, die vorhaben, auf unbestimmte Zeit durch Florida zu rasen, will man sich darauf nicht einlassen. Doch der Angestellte, ein für einen Bürohengst absurdes Muskelpaket – die Haut kann den Bizeps kaum zusammenhalten –, sagt, ein Stück weiter ist ein anderes Geschäft, und lächelt, als die beiden blonden Jungs davonschlendern.

Das Geschäft ist eine Art Altersheim für Autos. Die Preise sind hoch, der Wagen, den sie bekommen, ein müder Taurus, aber die Kreditkarte löst jedes Problem.

Sie verlassen die Stadt und biegen auf den Highway ein. Aus der öden, belanglosen Angelegenheit einer Fahrt über Land ist ein Abenteuer geworden – Radio an, scharfer Fahrtwind, freie Straße und das Gefühl, daß alles möglich ist. Sie singen mit. Das Wetter vor ihnen ist laut wie ein alter Rock 'n' Roll.

Aber aus der Straße wird keine Geschichte. Sie saust einfach unter ihnen hinweg, gleichmäßig wie ein Uhrwerk.

Sie fangen an, nach Gelegenheiten zum Lachen Ausschau zu halten. Aus dem Gras ragt ein brauner Gipsalligator, der Stabilität halber auf gewaltigen Pfählen aufgebockt. Ein Schild verheißt ein Weltwunder: fünf Dollar pro Person.

Das Büro ist mit Kobrahaut tapeziert, verkündet ein weiteres Schild. Hinter dem Haus gibt es eine lebendige Kobra, die zum Klang von Kamm und Pergamentpapier tanzt, und Waschbären mit geschickten Händen in Käfigen.

»Ich hab' diesen Dschungel schon mal gesehen«, sagt Seth mit einem prüfenden Blick auf das spärliche Gestrüpp. »In *Star Trek* war das.«

Arkenhout nickt. Diese Folge hat er gesehen.

In einem Schlammpfuhl unterhalb des Spazierwegs rühren sich ein paar faltige Wesen. Das eine setzt zum Gähnen an und entblößt gewaltige Zähne. Es riecht nach Unaufmerksamkeit, anders als zu Hause, anders, als sie beide es gewohnt sind.

»Sie zerfleischen euch so, daß eure eigene Mutter euch nicht wiedererkennt«, sagt ein Mann im Overall hilfreicherweise. »Wollt ihr sie füttern?«

Goodman probiert ein Keilergrunzen, das er einmal von einem Wetteransager im Fernsehen gehört hat. Nichts geschieht. Er nimmt einen Eimer mit zerhackten Küken, glänzendes Fleisch, dunkles Blut, zersägte Knochen, und schüttelt ihn. Dann leert er ihn in den Schlamm. Ein Schnellen, ein Schnappen, und das Fleisch ist vollständig verschwunden.

»Eure eigene Mutter erkennt euch nicht wieder«, sagt der Mann im Overall. Er wird nicht müde, seinen Spruch zu wiederholen.

Die Jungen wollen weiter. Aber der Wagen springt nicht an.

»Ich verstehe nicht, wie die Batterie plötzlich leer sein kann«, sagt Arkenhout.

»Die verklagen wir«, sagt Goodman. Das hat er von seinem Vater.

Sie schieben den Wagen vom heißen Asphalt des Parkplatzes auf die Straße. Der Motor fängt an zu stottern, springt an, dann stirbt er wieder ab. Goodman löst die Handbremse, öffnet die vorderen Türen, und die Jungen laufen, so schnell sie können, das Gewicht des Wagens auf den Schultern. Diesmal erwacht der Motor jammernd zum Leben.

»Bis zur nächsten Tankstelle ist es weit«, sagt Goodman. »Vielleicht helfen uns die Leute von der Alligatorfarm.«

Aber die Hütte ist abgesperrt, und auf ihr Klopfen antwortet niemand.

Goodman behandelt den Wagen wie ein rohes Ei. Trotzdem schafft er es nicht bis zur Hauptstraße. Knapp außer Sichtweite des Highways und außer Sichtweite der Männer, die sich um die Alligatoren kümmern, in einer leichten Senke zwischen Bäumen haucht der Wagen sein Leben aus.

Goodman sitzt da, seine Finger trommeln auf das Steuerrad. Auf einmal sieht er nicht mehr aus wie ein Prinz, sondern wie ein Junge. Arkenhout fühlt sich sofort älter.

Die Hitze bleibt auf der Haut liegen, und durch die Fenster dringen Laute herein: Tiere in Bewegung, Schlangen und Alligatoren, in den Gräben und im Sumpf. Im flachen Florida sollte es keine verborgenen Mulden geben, und Goodman hat es eilig, aus dieser Senke so schnell wie möglich herauszukommen.

»Scheiße«, sagt er. »Der Wagen läuft auf die Karte meines Vaters. Wir können ihn nicht einfach stehenlassen. Und wir können nicht telefonieren und stecken hier draußen fest …«

»Ich gehe zum Highway hinauf.«

»Da hält niemand an. Sie denken bloß, du bist ein Tramper.«

»In den Niederlanden würden sie schon anhalten«, sagt Arkenhout. »Glaube ich jedenfalls.«

Sie hören die Autos, die ungesehen auf dem Highway vorübersausen. Sie hören die leisen, vorsichtigen Zickzackbewegungen im Busch und ein Platschen.

Goodman ist aus dem Wagen gesprungen und marschiert davon, beinahe im Laufschritt, als machte ihm die Sonne nichts aus. Er geht schnell, will so rasch wie möglich fort aus dieser Situation, um all die Natur ringsum, die sich am Rand seines Blickfelds regt, in eine harmlose Filmkulisse verwandeln zu können.

»Ich komme mit«, sagt Arkenhout. Etwas anderes kann er nicht tun.

Aber Goodman läuft davon, das ist unübersehbar.

Arkenhout steht im Schatten eines Baumes am Straßenrand. Er sieht zu, wie Goodman winkt, sich benimmt wie ein Tramper, die Hand ausstreckt, als versuchte er, einen Bus oder ein Taxi anzuhalten. Nichts hilft. Er ist ein verdächtiger Knabe, schweißüberströmt, mit leeren Händen, mitten in der Ödnis. Offensichtlich hat er nicht einmal ein Auto. Arkenhout findet, es ist am besten, sich abseits zu halten, damit die Fahrer nicht merken, daß sie zu zweit sind.

Manche schauen stur geradeaus und drücken gleichzeitig aufs Gas. Andere werfen einen mißbilligenden Blick auf den Tramper, als wären sie gern mutig genug, um anzuhalten und ihm eine ordentliche Moralpredigt zu halten. Zwei stoppelbärtige Männer in einem Pick-up steuern direkt auf Goodman zu, der auf der Straße herumspringt, und weichen erst im allerletzten Moment aus. Er spürt einen heißen, metallischen Luftzug.

Arkenhout sieht zu. Er genießt die Hitze, die extreme Situation, das Gefühl, verloren zu sein: Es bedeutet, daß alles möglich ist. Für eine Minute verschwindet er aus dem Blickfeld, um zu pinkeln.

Von der Straße her ist nichts zu hören. Dann:

»Hey«, schreit Goodman, »Hey!«

Arkenhout knöpft seinen Hosenschlitz zu. Dort unten im Straßengraben, wo er steht, hört er einen weichen, dumpfen Aufprall, einen Wagen, der kurz von seiner geraden Bahn abweicht und dann weiterfährt, schneller als zuvor. Goodman schreit nicht mehr.

Arkenhout war froh, als er Goodman noch hören konnte. Die Stille jetzt macht ihn nervös. Er klettert aus dem Graben.

Er späht die Straße entlang. Eine Reifenspur führt zu Goodman, ein Pfeil aus schwarzem Gummiabrieb. Goodman liegt auf dem Boden, ein Auge geschlossen und blau unterlaufen, das andere weit offen und starr. Sein Mund ist blutig und wirft kleine Blasen. Seine Beine sind aufgeplatzt und zerquetscht, Sehnen und Knochen spießen durch nackte Haut. Es sieht aus, als sei jemand fürchterlich wütend gewesen, weil Goodman es wagte, um diese Zeit an der Straße zu stehen, wütend, daß es Menschen wie ihn überhaupt gibt.

Die Straße ist still. Die kleinen raschelnden Bewegungen im Busch werden durch das schiere Gewicht der Sonne niedergedrückt.

Arkenhout wühlt in seinen Taschen und zieht Geld, Paß, Postkarten an seine Eltern heraus. Alles in Ordnung. Alles in Ordnung, sagt er sich. Er ist erwachsen, und deshalb können die Krämpfe in seinem Magen, der Geschmack nach Eiern und altem Cola in seiner Kehle nicht echt sein.

Er möchte nicht genauer hinsehen, aber er meint, daß Seths Auge, das offene, sich ein wenig bewegt. Vielleicht ist das irgendeine mechanische Reaktion in toten Körpern, wie bei einem galvanisierten Laborfrosch. Oder er lebt noch.

Arkenhout versucht sich an den Erste-Hilfe-Kurs der Pfadfinder zu erinnern: Abbindetechniken, Transport von Verletzten, Herzmassage zur Wiederbelebung. Einen Körper, der so zerfetzt und zertrümmert ist wie dieser, bewegt man nicht. Aber er liegt hier auf dem Asphalt, und bald wird das nächste Auto kommen. Arkenhout fühlt sich verpflichtet zu handeln. Er stürzt sich auf ihn und zerrt Goodman ins borstige Gras am Straßenrand. Er verhält sich, als wäre ihm Goodman völlig unbekannt, und untersucht seine Taschen: Geld, Kreditkarte, Ausweis. Arkenhout hat eine Timex aus Goldimitat, Goodman eine Schweizer Armeeuhr.

Er merkt, daß er ruhig und kühl ist, ein Zustand, in dem man offenbar besonders klar denkt. Er weiß, daß das alles nicht richtig sein kann. Er ist hier mit einem Jungen, den er nicht kennt. Er ist ein Ausländer, und die Leute hier mögen keine Fremden, nicht einmal einen wie Seth Goodman. Das hat er im Film gesehen und im Fernsehen. Er gerät in Panik.

Bullen verstehen nicht, was im Leben improvisiert ist. Ein Bulle wird denken, daß eine Fahrt im Bus und später der Leihwagen unausweichlich zu diesem zerschmetterten Körper am Straßenrand führen mußten.

Ein ausländischer und ein amerikanischer Junge, und der Amerikaner ist tot. Oder liegt im Sterben.

Er lauscht. Aus keiner Richtung tönt ein Motorengeräusch. Er legt den Kopf auf Seths Herz, das mit dem Tod ringt.

Ferner sind Dr. Arkenhout und Gattin zu bedenken. Die Vorstellung, daß ihrem Sohn irgend etwas Außergewöhnliches zustößt, wäre ihnen zuwider. Sie wären sogar imstande, ihn nach Hause zu holen, und er könnte es nicht ertragen, zu all den leeren Formen zurückzukehren.

Er hebt einen schweren, kantigen Stein auf und schlägt damit auf Seths Kopf, zweimal, dann wirft er ihn in den Graben. Es ist ein Akt der Gnade, denn es gibt keine Möglichkeit, nach Hilfe zu rufen, geschweige denn, sie herbeizuholen. Einen Moment lang hält er den Kopf in den Händen und mustert ihn sachlich. Die Zähne sind locker, sieht er. Das Gesicht ist so zerstört, daß es praktisch jedem beliebigen Jungen gleicher Statur und Hautfarbe und gleichen Alters gehören könnte.

Ein Lastwagen fährt vorbei, ein hoher chromblitzender Zug auf vierundzwanzig Rädern. Einen Augenblick meint Arkenhout, der Lastzug könnte anhalten, doch er rast weiter. Er fragt sich, wie lang es braucht, um ein Monster wie dieses zum Stehen zu bringen.

Er hält Goodmans Hand. Die Nägel sind unzerkaut. Er beißt sie ab.

Drei Meilen, vier Meilen weiter auf dem Highway, der einst so gerade schien und sich jetzt krümmt und schimmert, ist er vor Durst ausgedörrt und beinahe außer Atem. Nichts regt sich, niemand kommt vorbei. Er hat die ganze verdammte Welt für sich allein.

Der Himmel hinter ihm grollt und verdüstert sich.

In dem flatternden Umschlag in seiner linken Hand hat er zweierlei Papiere. Die von Martin Arkenhout, einem Jungen, minderjährig und Gast im Land, und die von Seth Goodman, der schon auf dem College ist und tun und lassen kann, was er will. Er hat blonde Haare, die richtige Größe. Einfach. Die Uhr an seinem linken Handgelenk ist jetzt eine Schweizer Armeeuhr.

Er könnte einen besseren Seth Goodman abgeben, als Seth Goodman ihn je zustande brächte. Er kann Seth Goodman zu jeder Person machen, die ihm einfällt.

Endlich entdeckt er ein Lokal: ein gelblicher Fleck aus Ziegeln zwischen Pinien. Er sagt, er hatte einen Unfall, und fragt nach einem Telefon.

Eine Kellnerin schenkt ihm Kaffee ein, obwohl er lieber Wasser hätte, und deutet auf das Telefon. Er sieht ihr an, daß sie Mitgefühl aufbringen, den Jungen bemuttern und ihm glauben möchte; das ist normal. Aber sie hat außerdem ihre Erfahrungen, und deshalb will sie einen Beweis für seine Geschichte.

»Vom College«, sagt sie.

»Ja«, antwortet er, »Ma'am.«

Sie strahlt, so nahe, daß er den metallischen Geruch von kaltem Kaffee in ihrem Atem wahrnimmt.

Aber das Lächeln ist für die anderen Gäste. Zu Arkenhout sagt sie, leise: »Wo ist denn dein Auto liegengeblieben? Wo ist es?«

»Wir hatten eine Panne«, sagt er. »Bei der Alligatorfarm. Und dann versuchten wir, auf dem Highway jemanden anzuhalten.«

Es stimmt alles, trotzdem schnaubt sie.

»Er war ein Holländer«, sagt Arkenhout. »Er dachte, es würde schon jemand anhalten.«

»Ein Ausländer. Was hattest du mit einem ausländischen Jungen zu schaffen?«

»Wir waren einfach gemeinsam unterwegs.«

Sie huscht eine Weile durch das Lokal hin und her und trägt Essen und Getränke – Salat zu einem bläßlichen Paar am Fenster, mehr Kaffee zu einer bleistiftdünnen schwarzen Königin, einen Teller Fleisch mit Pommes frites zu dem Paar mittleren Alters, beide in karierten Hemden.

»Das klingt ja fürchterlich, Schätzchen«, sagt sie.

Er hat sich noch nie mit Glücksspielen befaßt, aber hätte er nur ein wenig Erfahrung, so wäre ihm diese scharfe Konzentration auf eine einzige Chance sehr bekannt vorgekommen.

Er sieht zu, wie es draußen aus Kübeln gießt, wie der Regen mit der Kraft von Hammerschlägen auf die Straße donnert und das Brachland daneben unter Wasser setzt. Für einen kurzen Moment rasselt die Luft vom Hagel.

Er bringt nichts hinunter, obwohl die Kellnerin ihm dringend ans Herz legt zu essen.

An dem Leuchten, das sich über den Boden breitet, merkt er, daß die Sonne wieder hervorgekommen ist.

Er steht im Polizeirevier und hält den Telefonhörer in der Hand. Er ist sich ganz und gar nicht sicher, ob es funktionieren kann.

»Du klingst so anders«, sagt die Stimme der Frau in den Hörer. Sie ist Mrs. Goodman, die Mutter.

»Ich hab' getan, was ich konnte«, sagt er. Sag sowenig wie möglich. Benutz deinen geschickten Mund, um Seths auffällig ausdruckslose Sprache nachzuahmen.

»Das ist bestimmt der Schock, mein Schatz«, sagt sie. Dann scheint sie sich zu erinnern, daß der Junge keine Kosenamen mehr duldet. »Seth, meine ich«, fügt sie hinzu. »Sie werden die Leiche finden, wenn das Gewitter vorbei ist, der schlimme Regen. Ich weiß, daß du alles getan hast, was du konntest.«

Arkenhout empfindet ein Schwindelgefühl, als das ganze Ausmaß dessen, was sie sagt, in ihn eindringt: daß der Tote gefunden wird.

»Komm nach Hause. Wir kümmern uns um dich«, sagt die Frau. »Bis du wieder du selber bist.«

Er hört den Vater, der sich im Hintergrund räuspert und hustet. Er denkt, er sollte etwas sagen, doch sein Schweigen, nimmt er an, erhöht nur seine Glaubwürdigkeit.

»Die Bullen«, beginnt er versuchsweise.

»Die Polizei. Polizei, Seth.«

»Die Polizei sagt aber, Leichen bleiben nicht liegen, wo sie sind. Hier sind überall Alligatoren. Ich habe ihn an den Straßenrand gelegt, weil ich ihn doch nicht mitten auf der Straße liegen lassen konnte ...«

»Es bringt nichts, darüber nachzudenken«, sagt Mrs. Goodman und meint es auch so. »Du kannst jetzt heimkommen. Das weißt du. Falls du das möchtest.«

Er rät: daß sie sich sehnlichst wünscht, er käme auf der Stelle und für immer nach Hause, daß der echte Seth hingegen den starken Mann markieren und sich weigern würde. Getrennt zu sein ist ihnen ungewohnt, das spürt er genau; deshalb strengen sich beide sehr an, es gut zu machen.

Soviel weiß er; aber er weiß nicht einmal, wie Seth seine Mutter anspricht: Mum, Ma, Mutter, mit ihrem Vornamen, irgendeinem Spitznamen und ob es ihr auffallen wird, wenn er sie gar nicht anredet. Aber, erinnert er sich, sie erwartet ja ohnehin, daß er, kaum merklich, anders klingt als sonst.

»Ich würde lieber gleich nach New York gehen«, sagt Arkenhout. »Ich möchte anfangen.«

Mrs. Goodman atmet schwer. Eine Pause tritt ein, im Hintergrund wird geredet, und dann sagt Mr. Goodman am anderen Ende der Leitung: »Wir besorgen dir ein Ticket, Seth. Es wird am Flughafen für dich hinterlegt. Mit dir ist alles in Ordnung, oder? Du warst bei einem Arzt, ja?«

»Alles in Ordnung.« Sie tragen also auch keine Gefühle zur Schau; wie seine eigenen Eltern glauben sie, man kann Gefühle wie einen Wagen so lange irgendwo abstellen, bis sie gebraucht werden. »Ich rufe euch von New York aus an.«

Er legt den Hörer auf. Er spürt sehr deutlich, seine Haut teilt es ihm mit, daß drei Polizisten ihn beobachten.

Ein älterer Sergeant, schwarz, führt ihn in ein Vernehmungszimmer.

»Junge«, sagt er. »Du mußt wissen, daß wir deinen Freund noch immer nicht gefunden haben.«

Arkenhout denkt, sie glauben ihm seine Geschichte nicht. Er setzt einen verständnislosen Gesichtsausdruck auf.

»Reifenspuren sind zu sehen, sonst nichts. Regen und Hagel haben das Gras am Straßenrand plattgewalzt, und von einer Leiche ist keine Spur.«

Arkenhout sagt nichts.

»Es ist schwer, ich weiß. Du möchtest die Sache« – und hier fischt der Bulle nach einem coolen Wort – »abhaken. Ich versprech's dir, wir finden ihn, und dann ruf' ich dich an. Ich werde mich sofort bei dir melden.«

Er streckt sich auf dem Bett im Studentenheim aus, fröstelnd in der kalten Luft der Klimaanlage. Er ist zu früh gekommen; sein Zimmergenosse trifft erst zum Semesterbeginn in einer Woche ein. Anscheinend hat jeder von dem Unfall gehört, so daß ihn für kurze Zeit ein Glorienschein umgibt. Außerdem sind alle sehr freundlich. Man bietet ihm therapeutische Gespräche an.

Er aber denkt: Das kann nicht funktionieren. Früher oder später finden sie die Leiche. Man kann einen Körper nicht so vollständig zugrunde richten, daß sämtliche Patientendaten, Krankenblätter, Zahnarztunterlagen unbrauchbar werden; was, wenn irgendwann einmal Seth Goodmans Fingerabdrücke registriert wurden, wenn sein Blinddarm entfernt oder seine Weisheitszähne gezogen wurden? Er hätte noch zu Seths Lebzeiten eine Bestandsaufnahme von seinem Körper machen sollen.

Weiter: Was, wenn sie die Leiche finden und in die Niederlande zurückschicken und seine Eltern zu dem Schluß kommen, daß das nicht ihr Sohn ist? Wie Schweiß rinnen ihm die verschiedenen Möglichkeiten über die Haut.

Erst als der Anruf aus Florida kommt – der Junge gefunden, schrecklich zerschnitten und zertrümmert; die schlimmsten Verletzungen auf einen Autounfall zurückführbar, der Rest auf die Verschleppung und Zerfleischung durch Alligatoren, die Weichteile durch wochenlanges Liegen in beinahe stehendem, warmem Wasser weitgehend verrottet; einige Quetschungen am Kopf, möglicherweise dadurch verursacht, daß der Körper flußabwärts gegen eine Schleuse getrieben wurde; der Tote fotografiert, katalogisiert, identifiziert als Martin Arkenhout, denn das war sein mutmaßlicher Name, dann in einem Sperrholzsarg verbrannt, weil die Überreste bereits zu verfault waren, als daß man sie den trauernden Eltern hätte zumuten können, und die Asche nach Holland zurückgeschickt –, hört Arkenhout auf, den freundlichen schwarzen Bullen aus Florida als Wächter über seinem Bett zu sehen. Er stößt die Faust in die Luft, einmal. Er ist eine Haut losgeworden. Er kann ein neues Leben beginnen, Menschen kennenlernen, die er nicht kennen sollte, sich selbst neu erfinden.

In diesem Moment, als die Fifth Avenue in der staubflirrenden Luft eines brutalen Sommertags leuchtet, gehört die Stadt ihm.

Und eine Zeitlang ist er selig. Furchtlos, weil er gar nicht weiß, wovor er sich fürchten sollte.

Den Studenten Seth Goodman spielt er genau richtig. Er studiert seine Bücher bis in die Nacht hinein am Schreibtisch, geht in die riesige überwölbte Leere der Bibliothek, sobald die Tore geöffnet werden, und absolviert zielstrebig seine Vorlesungen. Sein Mitbewohner schätzt den Frieden. Er belegt einen Anatomiekurs und lernt das Vermessen und Erkennen von Knochen.

Aber er treibt sich auch herum, sehr maßvoll natürlich – streckt sich auf einer sonnigen Bank im Washington Square aus, geht zusammen mit Kommilitonen auf ein paar Bier, sucht die Sporthalle so rechtzeitig auf, daß er seinen Mitbewohner dort antrifft. Es fehlt nichts.

Die Goodmans rufen an. Aber er ist nie im Zimmer, wenn der Anruf kommt. »Er ist viel unterwegs«, sagt sein Mitbewohner. »In der Bibliothek.« Die Goodmans wollen wissen, ob es ihm gut geht, ob er fleißig ist. »Kein Problem«, sagt sein Mitbewohner, der erwartet, daß Goodman für ihn dasselbe tun würde.

»Wir wollten ihm nicht auf die Nerven gehen«, sagt Goodmans Mutter. Sie meint es nicht so.

Arkenhout ruft zurück. Mrs. Goodman sagt, sie würden ihn so gern in New York besuchen, aber Seth wisse ja, wie sein Vater über die Stadt denkt. Arkenhout läßt ein kurzes, verständnisvolles »Mhm« hören.

Nachdem er niemanden kennt, findet er, das bedeutet, daß er absolut jeden kennenlernen kann. An den Vernissageabenden zu Beginn der Saison streift er durch SoHo, die Galerien stülpen sich nach außen wie Suks, und auf einer Flut aus dünnem Weißwein quellen die Menschen heraus. Man spricht mit ihm, lädt ihn ein: Er ist achtzehn, ein sympathischer, bereitwilliger, offener junger Mann. Von seinen Besuchen im Stedelijk Museum in Amsterdam weiß er noch genügend Namen – Haring, Nauman, Koons, eben diese Sorte von Namen –, um einigermaßen bewandert zu klingen. Seinen liebsten Maler, Malewitsch, behält er für sich, um niemanden zu beunruhigen. Er ist schlau genug, um zu wissen, daß diese Leute die wahren Störenfriede nicht ausstehen können.

Aus diesem ziellosen Treiben entstehen Angebote. Er ist nützlich, und deshalb nehmen die Galerien ihn auf, er wird ein Teil des Interieurs. Er hat mitgeholfen, gläserne Schnecken, gezeichnete Witze, bronzene Pornographie zu verlagern. Das führt zu Partys und mit der Zeit zu einer kompletten gesellschaftlichen Runde. Er gehört zu dieser und zu jener Gruppe, aber die Leute suchen ihn aus, weil er für Partys so hervorragend geeignet ist. Er ist so unbeschrieben wie jeder andere seines Alters, ein Ersatzsohn, ein potentieller Liebhaber, jemand, der sich formen läßt, aber er ist dabei äußerst aufmerksam. Es stört ihn nicht, wenn Egomanen ihre Geschichten ausbreiten: Gierig ist er nach den Informationen, die ihnen zwischen den Worten entweichen.

In den Vorlesungen ist er derjenige, der die dummen Fragen nicht stellt, der weiß, daß nicht die ganze Welt eine bürgerliche Vorstadtidylle ist; das hat er schon in der Schule gelernt. In der Sporthalle stolpert er ohne rechten Erfolg herum, aber er ist hilfsbereit. Er dreht seine eigene private Runde durch die Galerien, einmal unten am West Broadway, wo er beim Kistenverladen hilft, ein andermal treibt er sich in irgendeinem abgelegenen Ausstellungsraum in Chelsea herum, damit es nicht so leer aussieht. Sein Mitbewohner findet eine Freundin für die Nachmittage, an denen Goodman mit Sicherheit unterwegs ist.

Dann kommt Thanksgiving.

Arkenhout ist Holländer. Er kennt Nikolaus, Weihnachten, vielleicht Neujahr. Von Thanksgiving, diesem spätnovemberlichen Hindernis in seinem Leben, weiß er nichts; also erschrickt er, als die Goodmans eine Nachricht hinterlassen, in der sie mitteilen, daß sie ihm das Ticket für die Heimreise zu Thanksgiving schicken werden, und wissen wollen, wie lang er bleiben kann.

Sein Mitbewohner sagt: »Das ist schwach. Du mußt deinen Eltern klarmachen, daß sie dich nicht beherrschen.«

Hinter Thanksgiving sieht Arkenhout Weihnachten im Kalender lauern und danach einen ganzen Monat Ferien. Er braucht Alibis.

»Fährst du denn nach Hause?« fragt er seinen Mitbewohner.

»Auf gar keinen Fall.«

Es bleiben ihm noch sechs Wochen bis Thanksgiving und vier vielleicht, bis er anrufen und genau sagen muß, wann er kommt; so stellt er es sich jedenfalls vor.

Sein Glück beginnt ihn im Stich zu lassen.

Doch dann, an einem strahlenden Tag, ist er am West Broadway und treibt sich im riesigen weißen Büro hinter den Ausstellungsräumen einer Galerie herum, und David Silver kommt vorbei: ein Name in der Kunstszene. Silver hat ein leidenschaftsloses Gesicht, als hielte er seine Gefühle in Plastikfolie verpackt. Die beiden nehmen einander sehr kurz, aber sehr klar zur Kenntnis.

Silver beginnt zu laut zu reden. Er braucht einen neuen Assistenten, sagt er – stundenweise, nachmittags, dann überWeihnachten, vielleicht im Sommer.

Arkenhout sagt: »Mr. Silver.«

Wie zwei Leinwände stehen die beiden einander gegenüber; alles, was ein Außenstehender sehen kann, ist das, was sie darauf projizieren.

»Willst du den Job?« fragt Silver.

Der Künstler bewohnt eine Villa hinter schattigen Bäumen an einer ruhigen Straße, mit Innenhof und einem kahlen Glasstudio, das rätselhafterweise ohne Hitze und grelles Licht ist. Zwischen den Kästen und Türmen der Apartmentblocks sieht sie arrogant aus.

Silver arbeitet an riesigen kryptischen Leinwänden, auf denen wie bei einem Rätsel eine Figur verborgen ist: Die Kritiker entdecken dann einen Aussätzigen von einem Altarbild, das Schreckgespenst Tod oder Krankheit. Arkenhout meint, es ist der Künstler selbst, der sich in seiner Arbeit versteckt. Ein wenig später wird ein kanadischer Kritiker in einem aufsehenerregenden Artikel in *Artforum* behaupten, die verborgene Figur sei Seth Goodman, und ausführlich darlegen, was dies für die Geschichte von David Silver bedeute. Und Silver wird sich wie üblich weigern, etwas zu erklären oder überhaupt ein Wort zu sagen.

Es gibt noch drei weitere Assistenten. Sehr rasch rechnet sich Arkenhout aus, welche Bedeutung ihm zukommt: Er ist weniger zugänglich als die übrigen Arrangeure des großen Künstlers – Jeff, Raoul, Henry –, so daß er den ganzen Haushalt undurchsichtiger macht. Aber darin irrt und überschätzt er sich.

»Er ist schwul, oder?« fragt sein Mitbewohner.

»Ich weiß nicht.«

Der Mitbewohner mustert ihn skeptisch.

Arkenhout vermutet etwas anders, gestützt auf die Bücher und Profile, die er studiert hat: daß Silver in Arkenhout ein Stück von sich selbst sieht, den jungen Burschen, der im selben Alter aus Arizona kam, weil es außer New York nichts gab, wo man hingehen konnte, das Alter ego, das diskret ist wie ein Spiegel.

»David Silver hat mir angeboten, für ihn zu arbeiten«, erzählt Arkenhout den Goodmans.

»Oh«, sagt sein Vater. »Das ist aber gut. Vorausgesetzt, es bleibt dir noch genug Zeit fürs Studium. Deine Mutter hat mich einmal zu dieser großen Ausstellung von ihm nach Washington mitgenommen.«

Arkenhout ist erleichtert, daß sie den Namen kennen. Er sagt: »Das heißt aber, daß ich über Thanksgiving nicht heimkommen kann.«

»Deine Mutter«, sagt sein Vater, »wird sehr enttäuscht sein.«

Er ist dankbar, daß Silver berühmt genug ist, um alles zu entschuldigen, was Arkenhout tut, daß sein Name im Bewußtsein der Goodmans groß und golden leuchtet. Die Goodmans schicken ihm mit UPS-Overnight einen Kürbiskuchen, der zerbrochen geliefert wird. Ferner liegt ein Brief seines Vaters bei: Eingeleitet durch verblümte Reden über die Großstadt, schreibt er, daß ein Junge sich nicht allzu weit von seinen Eltern entfernen sollte, und wünscht ihm alles Liebe. Arkenhout weiß, daß es ein Bittbrief ist.

Mitte Dezember, als er sich in Silvers Haus aufhält und irgendwelche Artikel kopiert, die Silver angeblich niemals liest, reicht ihm Raoul das Telefon.

»Dein Vater kommt«, sagt sein Mitbewohner.

»Er kommt?«

»Er ist jetzt auf dem New Jersey Turnpike.«

»Aber ...«

»Er hat irgendeine Tagung in New Jersey und kommt in die Stadt, um dich zum Essen auszuführen oder was. In einer Stunde, maximal zwei, falls die Tunnels wirklich übel verstopft sind, ist er da.«

Arkenhout legt den Hörer auf. Er begegnet Silvers Blick. Er hat nicht das Recht, Silver damit zu behelligen, aber es bleibt ihm keine andere Wahl.

»Mein Mitbewohner sagt, mein Vater ist hier.«

»Willst du ihn sehen?« fragt Silver.

»Ich muß wohl.«

»Ich könnte mit ihm reden. Ihm sagen, du hast was für mich zu erledigen und bist gar nicht in der Stadt. Sondern gibst zum Beispiel etwas in der National Gallery in Washington ab.«

»Aber er wird ...«

Silver erinnert sich an Fluchten vor dem Vater; Arkenhout führt ihm die eigene Geschichte vor. »Es gibt hier einiges an Arbeit, während der Ferien muß das Haus bewacht werden. Du könntest dir damit den Urlaub im Frühling verdienen. Ich dachte nicht, daß du Lust hast, in die Karibik mitzukommen ...«

An diesem Tag übernachtet Arkenhout im Studio, auf einem Futon am Boden, in einem Garten aus hohen bemalten Leinwänden.

Mr. Goodman sitzt auf Arkenhouts Bett, in Arkenhouts Zimmer und versucht, die Gegenwart seines Sohnes zu spüren. Es hätte ihn nicht überraschen dürfen. Er hätte gar nicht erst nach New York kommen dürfen. Diese Stadt ist eine Art Leben nach dem Tod, ein veränderter Zustand.

Er nimmt ein Buch aus dem Regal. Seine Augen werden

feucht. Er zählt die Stifte im Kaffeebecher, zweimal. Er wird nicht in die Privatsphäre des Jungen eindringen und den Laptop einschalten. Er sieht einen Stapel frischer Wäsche auf einem Regal und nimmt das zuoberst liegende T-Shirt herunter. Er breitet es vor sich aus und wittert den guten vertrauten Geruch von Waschpulver und künstlicher Frische.

Der Mitbewohner steht in der Tür. »Sir«, sagt er. »Sir, ich fürchte, es wird ein bißchen schwierig, wenn Sie hierbleiben wollen.« Seine Freundin steht hinter ihm, schwankend zwischen Gekicher und Ärger. »Sir?«

Mr. Goodman sieht aus, als würde er gern sein Gesicht in dem T-Shirt vergraben. Aber er steht langsam auf und sagt mechanisch »danke«, und geht mit schweren Schritten durch den Flur davon.

Die Weihnachtskarte der Goodmans spielt »Joy to the World«, wenn sie geöffnet wird, und jubiliert wie Arkenhout in David Silvers leerem Haus.

Seth Goodman ist ein Erfolg: ein soziales Wesen in einer Welt, die kennenzulernen Martin Arkenhout niemals hätte erwarten können, die ihm nicht engstirnig und selbstgerecht und bierselig erscheint wie die Amsterdamer Künstlerszene, über die er in Zeitschriften gelesen hat. Seth Goodman würde gern weiterleben, wenn er kann.

Die Goodmans schreiben jetzt Briefe. Sie rufen nicht mehr sehr oft an, es erscheint ihnen sinnlos. Die Briefe sind manchmal kurz, und manchmal erzählen sie viel zuviel über das Leben zu Hause in Jackson, Michigan, als versuchten sie, Seth mit einer Fülle von Einzelheiten heimzulocken. Zuerst nehmen sie es Seth übel, daß er nicht mehr von sich erzählt. Dann scheinen sie zu fürchten, sie könnten ihn damit noch weiter forttreiben; sie schreiben von ihrem »wachsenden Kummer«.

Nur einmal reden sie davon, ihm die Unterstützung zu streichen, wenn er nicht nach Hause kommt.

Arkenhout in der U-Bahn, die nach Park Slope hinausfährt. Eine schwarze Frau in der Haltung trauriger Müdigkeit, seitlich sitzend, das Gesicht einwärts gewandt. Ein adrettes Sonntagskostüm und rosafarbene Sonntagskleider an Kindern, die glänzende Gebetbücher in der Hand halten, und ein winziger, dünner, ausdrucksloser Chinese mit einer Tüte voller Windräder.

Auf einmal fällt es ihm wie Schuppen von den Augen: eine Erleuchtung in der Linie F. Die anderen Passagiere meinen, er erwacht aus einem Drogenrausch oder aus dem Tiefschlaf. Sie rücken von ihm ab.

Er kann nicht mehr einfach Seth Goodman sein. Auch das ist eine Falle. Diese Leute in Michigan wollen einen Seth Goodman sehen, und das werden sie bald durchaus wörtlich meinen und fragen, was mit ihrem wirklichen Sohn geschehen ist.

Eigentlich sollte er Leute besuchen, die an der Seventh Avenue im ersten Stock über einem chinesischen Straßenverkauf in einer Höhle aus schokoladebraunem Holz leben. Statt dessen geht er in den Botanischen Garten, setzt sich zwischen frühem Flieder ins Gras und überdenkt wieder und wieder den Teufelskreis seiner Situation.

Seth Goodman darf nicht vermißt werden, sonst werden Fragen gestellt. Zu Martin Arkenhout kann er nie mehr zurück. Aber nachdem er auch nicht länger Seth Goodman sein kann, muß er jemand anders werden. In den Zeitungen hat er gelesen, wie leicht es ist, jemandem Namen und Kredit zu stehlen; aber das ist ihm zu unsicher. Ein lebender Mensch wird früher oder später merken, was in seinem Namen angestellt wird. Also braucht er Papiere, und nicht nur das: Er braucht ein ganzes Leben, um hineinzuschlüpfen.

Er beobachtet die flanierenden Familien: die zu Knäueln geballten Japaner, die breiten Schultern der Westinder, hin und wieder alte Damen in Zweier- oder Dreiergrüppchen, ein paar chassidische Juden, die derart entzückt über ihre Kinder sind, daß sie die Blumen kaum zur Kenntnis nehmen. Sie würden vermißt werden, denkt er, selbst wenn sie ein Leben hätten, das zu stehlen sich lohnte.

Zu dem Zeitpunkt erscheint ihm das nicht sehr schlimm, weil er damit beschäftigt ist, die Situation zu beleuchten. Weder Arkenhout noch Goodman ist er alles zusammen in einer Person. Er kann die kleinen Lücken und Wandlungen in den Menschen mit Sinnen wahrnehmen, von denen niemand merkt, daß er sie gebraucht: Er tastet beispielsweise oder riecht, wie eine Katze, oder reagiert mit einem Prickeln auf seiner Haut wie bei Fieber.

»Du arbeitest für David Silver?«

Er ist in der Wohnung eines Fotografen nahe dem Tompkins Square, auf einer Party, die für den Freund von jemandem gegeben wird, einen arbeitslosen schwarzen Kunsthändler. Viele stattliche Frauen sind da und behandeln die Schwulen wie eine Varietévorstellung und die Heteromänner wie eine Kostbarkeit. Arkenhout verleiht solchen Ereignissen jetzt eine enorme Ernsthaftigkeit. Er spürt die schiere Effizienz seines Körpers, als legte er ständig einen Sprint hin.

»Ich hab' dich gefragt, ob du für David Silver arbeitest?«

Der Mann, der das wissen will, hat einen kuppelförmigen Kopf auf einem reisigdürren Körper, eine unpassende und peinliche Verbindung, was bedauerlich ist, denn er ist auch jung und hartnäckig.

»Manchmal«, antwortet Arkenhout.

Der Mann ist beeindruckt. Er würde gern fragen, wie Silver in Wirklichkeit ist, doch möchte er auch so aussehen, als wäre er weltgewandt genug, um Silver eines Tages selbst kennenzulernen; deshalb sagt er: »Ich hätte sehr gern einen David Silver.«

»Sie sind doch zu verkaufen.«

»Schon, aber nur nach harten Verhandlungen. Nicht jeder kommt in die engere Wahl der potentiellen Käufer. Das letzte Mal habe ich einen Scheck geschickt, und ...«

Arkenhout rechnet. Eine Zeichnung von Silver kostet eine halbe Million, ein Gemälde eineinhalb; das ist eine Tatsache, die einem in Silvers Haus nicht entgehen kann; sie verleiht den marmornen Fluren diese geschäftsmäßige Gediegenheit.

Er fragt sich, wie es wohl sein mag, reich zu sein.

Abgesehen davon kann dieser kuppelköpfige, von körperlicher Eleganz durchaus unbelastete Mann allenfalls – wie alt? – Anfang Zwanzig sein. Es ist an der Zeit, daß Arkenhout sein

Leben ein Stück vorwärtsspult und von der Studentenzeit ins wirkliche Leben überwechselt. Er bereitet sich schließlich nicht auf irgendeine friedliche Laufbahn vor, sondern will vielleicht um die Welt reisen, und Seth Goodman besitzt nicht einmal einen Paß.

»Jemand hat gesagt, du wohnst in seinem Haus.«

»Da war ich nur über Weihnachten, während er fort war.«

»Mit all den Werken ...«

Der Bursche kennt offenbar Leute, sonst wäre er nicht hier, aber ein Partymagnet ist er gewiß nicht; er drängt sich Gruppen auf und in deren Gespräche hinein, und gleich darauf schlurft er wieder davon. Er ist weder scharfsinnig noch schlagfertig, noch ist er mit jemandem hier. Aus seiner Anthropologie der Kunstwelt schließt Arkenhout: Der Mann ist hier, weil er Geld hat.

»Die Ausstellung im Museum of Modern Art«, sagt er jetzt. »Ich fand, sie ist irgendwie am Ziel vorbeigeschossen.«

Sehr bald wird es bedeutsam erscheinen, daß Arkenhout keine Anstalten trifft, ihn abzuschütteln. Er wird sich zum Abendessen einladen lassen.

Sie essen in einem vietnamesischen Lokal in SoHo, das sich gern als Edward-Hopper-Café ausgäbe, wären da nicht diese Papierlampions und die grünen Lichter in den Aquarien am Fenster. Der Name des Mannes, weiß Arkenhout inzwischen, ist John Gaul.

Er hat einen Akzent, den Arkenhout nicht kennt, mit merkwürdig langgezogenen Vokalen. Er wäre gern ein Sammler, erzählt er, als wäre das ein Beruf, doch irgendwie nähmen die Kunsthändler ihn nicht ernst. Die schönen Gemälde, die Meisterwerke wolle er haben, werde aber immer nur für die Arbeiten auf Papier vorgemerkt, die unbedeutenden Zeichnungen und Bilder von Leuten, die im *Artforum* niemals erwähnt werden. Er ist als Käufer sowenig überzeugend wie als Mann.

Er lädt Arkenhout auf ein Glas zu sich nach Hause ein, und nachdem es noch früh am Abend ist, geht Arkenhout mit. Der Portier sagt, er freut sich, Mr. Gaul wiederzusehen, und erkundigt sich, ob er länger bleibt.

Arkenhout hat halb damit gerechnet, daß der andere sich sofort auf ihn stürzt, doch Gaul läuft nur hektisch durch die Wohnung und sucht Weinflaschen. Und Arkenhout starrt: auf gläserne Wände, aufgeplusterte Sofas, eine Flucht von Zimmern, in der Ecke eine Vitrine mit damenhaftem Porzellan, zwei alte Ölgemälde von hellen, offenen Herbstlandschaften, die wohl Geschmack suggerieren sollen, wahrscheinlich aber aus dem Familienbesitz ausrangiert wurden. Der Mann ist nicht arm. Und, noch interessanter, er beschwert sich über Staub in den Ecken, über den Zustand der Heizung, als sei dieses merkwürdig überladene Imperium von einer Wohnung kaum je in Gebrauch.

»Ich muß auf die Bahamas«, sagt er, als wäre dies eine weitere Sorge in seinem beschwerlichen Leben.

Arkenhout zeigt sich grundsätzlich nicht beeindruckt, er denkt gar nicht daran. Auf diese Weise sorgt er dafür, daß Gaul seinen Einsatz ständig erhöht.

»Mein Onkel hat mir dort ein Haus hinterlassen. Riesig und rosa, sagen meine Eltern. Ich hab's nie gesehen.«

»Tatsächlich?« Arkenhout hat daran gearbeitet, sein »tatsächlich« genauso nichtssagend klingen zu lassen, wie es in New York üblich ist.

»Es ist Grundbesitz. Und Grundbesitz muß man sich persönlich ansehen. Man kann ja nie wissen.«

»Kennst du jemanden dort?« fragt Arkenhout.

»Du kapierst es nicht, oder?« sagt Gaul. »Du mußt niemanden kennen. Du klaubst die Leute einfach unterwegs auf.« Allmählich schwingt eine Wut in seiner Stimme mit.

Arkenhout sagt nichts. Er haßt es, Gesprächspausen zu füllen.

»Ich kann's nicht ausstehen, gelangweilt zu werden«, sagt Gaul. Das Telefon läutet, und er steht auf, um abzuheben.

Ein gelangweilter Mann, ständig auf Achse, immer irgendwohin unterwegs, wo er noch nie war. Das läßt sich gut an, denkt Arkenhout. Gaul hat sein Jackett quer über die glänzende, gestreifte Couch geworfen. Arkenhout hört Gauls Stimme im übernächsten Zimmer.

Das Jackett rührt er nicht an. Er steht am Fenster und schaut hinaus auf die Inseln im East River. Er denkt daran, das Jackett zu untersuchen, sich die Kreditkarten anzusehen, Gauls Unterschrift. Im Restaurant sah sie aus wie ein Halbkreis für das G, während der Rest davonflatterte wie ein dünnes Haar. Mit Kreditkarten bekommt man praktisch alles, mit ATM-Karten sogar Bargeld auf der ganzen Welt.

Auf dem Couchtisch liegt ein Buch, und darin steckt eine Kreditkartenhülle. Arkenhout denkt nicht darüber nach, er handelt instinktiv, streckt die Hand aus und steckt die Karte in die Tasche. Jetzt hat er ein kleines Stück von Gaul. Es könnte sogar eine Information sein.

Gaul hat aufgehört zu sprechen. Er steht an der Tür.

Er weiß, daß etwas passiert ist. Er sieht die Befriedigung in Arkenhouts Gesicht, mehr nicht. Aber Arkenhout hat nichts Heimlichtuerisches an sich, er versteckt nichts. Außerdem ist er nicht irgendein Hochstapler oder Gauner, sondern David Silvers Assistent, ein Junge mit Referenzen. John Gaul will eigentlich gar nichts sagen.

»Der Portier wird dir ein Taxi rufen«, sagt er kalt.

Am nächsten Nachmittag treibt sich Arkenhout in David Silvers Haus herum und trägt Bilder aus der kühlen Diele in das scharfe Sommerlicht des Studios hinaus. Jeff und Raoul helfen nicht mit. Nachdem Silver bald von irgendeiner Reise zurückkommt, nutzen sie die letzten Stunden ihrer Freiheit.

Sie sitzen in Silvers klinisch weißem Büro und haben ihre Pässe ausgebreitet; daneben liegt ein Cartoon von Bugs Bunny mit vollem Mund, allerdings nicht mit Karotte; und der Laserkopierer steht bereit. Sie haben Leim, dünne Klingen, eine kleine Laminiermaschine. Sie haben Bugs auf Briefmarkengröße verkleinert, eine perfekte Miniatur in Farbe, und die Seite mit Geburtsdatum und -ort mehrmals hergestellt; immer auf geschmackvollem Wasserzeichenpapier.

»Man könnte das Plastik von der Seite abziehen«, sagt Raoul. »Das Foto steht ein bißchen ab, das ist also kein Problem. Und wenn man das Ding ein paarmal verwendet hat, sieht es sowieso ziemlich zerfleddert aus. Dann montierst du Plastikfolie, Seite und Einband einfach wieder zusammen.«

»Einfach«, sagt Jeff. »Mehr braucht es nicht.«

»Bloß eine Frage der Technik. So, wie sie's einem an der Kunsthochschule beibringen.«

Arkenhout sieht aufmerksam zu.

»Auf die Weise kann man jemandem ordentlich die Reise verderben«, sagt er.

Raoul und Jeff diskutieren immer noch über Bugs Bunnys Geburtsort: Burbank oder Brooklyn.

»Da gibt's einen Kerl, der hinter mir her ist«, sagt Arkenhout. »Wir könnten ihm seinen Paß versauen ...«

Raoul und Jeff schauen interessiert auf. Aktionen, über die man sich lieber ausschweigt, gefallen ihnen.

»Beschaff dir den Paß, wenn du den Kerl das nächste Mal siehst«, sagt Jeff.

Raoul hat die Laminiermaschine, das sauber ausgeschnittene Rechteck aus Plastik, Bugs Bunnys Verbrecherporträt, die gefälschte Version seiner Personenangaben. Er setzt alle Bestandteile zusammen, und ein paar Minuten später zeigt er Arkenhout das Ergebnis.

»Die Schrift sieht irgendwie falsch aus«, sagt er, »da, wo es heißt ›Geburtsort‹.«

»Dann laß doch alles so, wie es ist«, sagt Raoul. »Tausch das Bild aus, einfach nur das Bild, und sieh zu, daß er es nicht merkt, und wenn er das nächste Mal versucht, das Land zu verlassen, ist er Bugs Bunny und steht unter Arrest.«

An diesem Nachmittag spaziert Arkenhout durch den Fleischmarkt zum Hudson River hinunter. Er sieht alte Lagerhäuser, ausgehöhlt vor Verwahrlosung, die Fenster längst verschwunden, die Kellerräume überwuchert von Brennesseln. Niemand kümmert sich um sie. Niemand überwacht sie.

John Gaul durchwühlt seine Wohnung. Ein paar Minuten lang nach dem Mittagessen durchleidet er sogar Höllenqualen. Er will diese Chance einer Verbindung mit David Silver nicht verlieren, aber argwöhnisch ist er doch, und er haßt es, einem Verdacht nicht nachzugehen. Das alles sind triftige Gründe, Arkenhout anzurufen. Er traut Arkenhout nicht. In sein Leben dringt so selten jemand ein, daß er findet, er sollte sich die Eindringlinge zumindest aussuchen können.

Trotzdem ruft er an.

Arkenhout ruft um sieben zurück und ist einverstanden, essen zu gehen. Er betritt einen Eisenwarenladen in der Sixth Avenue und sagt, er braucht einen Bolzenschneider, aber man will ihm keinen verkaufen, denn um die Ecke ist eine Schule. In den Ohren eines vernünftigen holländischen Jungen klingt dieses Argument nicht logisch. Das Zimmer im Studentenheim hat er für sich. Er nimmt sich Papier aus dem Drucker und schreibt viele Male seine Unterschrift hin, seine Unterschrift als Seth Goodman. Er will herausfinden, wieviel Abweichung die Leute als normal hinnehmen.

Zu der Bar, in der sie sich verabredet haben, kommt er mit einem violetten Rucksack, was Gaul irritiert; damit sieht der Junge aus wie ein Student, nicht wie ein Mann, der David Silver kennt. Sie trinken beide ein Bier.

Gaul sagt, das Haus auf den Bahamas ist sicher eine Niete, und er wird in einer Woche wieder da sein. Arkenhout meint, es könnte doch genausogut sein, daß es ihm gefällt und er dort bleibt. »Könnte sein«, sagt Gaul, »ich kann immer überall bleiben.« Arkenhout ignoriert das Selbstmitleid in seinem Ton und registriert statt dessen: fehlende Planung, grenzenlose Möglichkeiten.

»Ich will mich nur vergewissern«, sagt Gaul. Und kühn fügt er hinzu: »Silver hat doch ein Haus in der Karibik, oder? Das hab' ich mal wo gelesen.«

»Dort war ich nie«, sagt Arkenhout. »Ich habe nur sein Haus in der Stadt gehütet.«

Gaul findet es zwar noch zu früh fürs Abendessen, aber er will weiterziehen. Arkenhout folgt ihm. Gaul trinkt noch mehr Bier, dann Gin, dann ein Glas Rotwein. Arkenhout nicht. Offensichtlich hat Gaul es aufgegeben, Arkenhout beeindrucken zu wollen, und trinkt sich für einen direkteren Angriff Mut an.

Sie nehmen ein Taxi nach SoHo, zu einem unscheinbaren Restaurant, das sich als *provençal* bezeichnet, wo sie an einen Tisch in der Ecke gesetzt werden. Gaul hat derart präzise Tischmanieren, daß er wie ein Zinnsoldat wirkt; Arkenhout ißt ganz einfach. Am Ende der Mahlzeit bestellt Gaul Kaffee und läßt sich mehrmals nachschenken. Dann, als er aufsteht, ist er formvollendet betrunken, ein Mann, der sich soeben an das Programm für Aufstehen, Umdrehen, Gehen erinnert hat.

Arkenhout winkt einem Taxi.

»Ich will kein Taxi«, sagt Gaul.

Arkenhout stößt ihn ins Kreuz, und Gaul kippt auf den Taxisitz. Dann sitzt er da, nicht sicher genug, um sich zu beschweren.

Arkenhout denkt, er wird zu einem Mord wahrscheinlich schon imstande sein. Mit dem Stein auf Seth Goodmans Kopf ist die Hemmschwelle gesunken. Außerdem wird der Mord Seth Goodmans Verbrechen sein, und dann ist er längst nicht mehr Seth Goodman.

Der Taxifahrer wechselt mit quietschenden Reifen zwischen den Spuren hin und her, als wollte er Gaul aus seinem Rausch aufrütteln.

Das Problem, denkt Arkenhout, während Gaul denkt, jemand sei nett zu ihm, ist die Leiche. Es wäre ein zu großes Glück, wenn die Bullen bei der Spurensicherung einen derartigen Pfusch veranstalten wie in Florida, und außerdem ist Gaul um einiges älter als Seth, hatte also mehr Zeit, sich auf irgendeine Weise Knochen zu brechen und Zähne zu ruinieren, die schriftliche Unterlagen hinterläßt. Folglich muß die Leiche für längere Zeit unauffindbar sein.

Der Portier steht nicht von seinem Tisch auf, als Gaul hereinfegt, und deshalb verlangt Gaul seinen Namen und eine Entschuldigung. Der Mann riecht die Alkoholfahne und hat Verständnis.

Arkenhout nimmt er kaum zur Kenntnis.

In der Wohnung wirft Gaul sein Jackett von sich, setzt sich abrupt auf sein glänzendes, gestreiftes Sofa. Er hängt ein wenig nach links.

Arkenhout muß nicht einmal Mitgefühl mit dem Mann haben. Da ist niemand, der Mitleid erregt, nur ein paar zusammengewürfelte Funktionselemente ohne inneren Zweck oder Leben.

Gaul schnarcht inzwischen, immer noch erschreckend starr, den dunklen East River hinter seinem albernen Kopf.

Alles, was Arkenhout jetzt braucht, sind Informationen. Er öffnet seinen Rucksack und zieht Gummihandschuhe an.

Er trägt das Jackett in die Diele hinaus, falls Gaul unerwartet aus seinem Koma auftauchen sollte, und untersucht die Kredit- und ATM-Karten. Seine Unterschrift ist ziemlich einfach, und abgesehen davon weist jeder Mensch leichte Abweichungen in seiner Unterschrift auf. Kaum jemand überprüft einen Schriftzug mit dem Blick des Graphologen.

Gut. Er kann sich Zugang zum Geld verschaffen, aber ist der Nachschub konstant? Gaul scheint der Ansicht zu sein, daß er überallhin reisen kann; das ist gut. Anscheinend reist er nach Lust und Laune. Aber vielleicht will er sich auch nur diesen Anschein geben. Wenn er tatsächlich ständig unterwegs ist, kann er nicht einfach warten, daß seine Kreditkartenabrechnungen an eine bestimmte Adresse geschickt werden; es muß jemanden geben, der sie für ihn begleicht.

In einem Nebenzimmer steht ein Rollschrank, verschlossen, aber nicht abgesperrt. Arkenhout schiebt die Jalousie nach oben, hört den Mechanismus quietschen und horcht aufmerksam nach Gauls Schnarchen und Schnaufen, das durch den Flur tönt. Er nimmt Papiere heraus, Briefe mit endlosen Namen auf den Umschlägen, einen Paß; neben dem Paß steckt ein Flugticket nach Nassau und zurück, Delta Airlines, der Hinflug in zwei Tagen, der Rückflug noch offen. Also hat Gaul tatsächlich die Absicht zu fliegen und weiß noch nicht, wann er zurückkommt.

Dem Flugticket ist mit einem Gummiband der Brief eines Anwalts beigeheftet. Gaul soll sich der Maklerin »vorstellen«, die ihr Büro an der Bay Street hat. Wenn er sich »vorstellen« soll, dann heißt das, daß man ihn dort nicht kennt. Wie die Anwaltskanzlei mitteilt, wurde in Nassau für die Einrichtung eines Kredits gesorgt, falls er ein paar Monate bleiben will.

Das hätte John Gaul bestimmt nicht gewollt. Er hätte nicht die Geduld, monatelang den Menschen aus dem Weg zu gehen. Aber Martin Arkenhout hat vielleicht Lust dazu.

Er ist noch immer ein Junge in einem fremden Land. Er ist nicht sicher, ob er alles richtig gedeutet hat. Aber er besitzt jetzt das Ticket, das Geld, die Kreditkarten, die Möglichkeiten; und er braucht ein neues Leben. Warum sollte es eine Rolle spielen, wie lang dieses Leben dauern kann?

Vorsichtig zieht er die Jalousie wieder herunter, das Flugticket und den Anwaltsbrief steckt er ein.

Er geht in das Zimmer zurück, in dem Gaul schläft. Jetzt kommt es nur auf eines an: Wie bringt man jemanden um, wie läßt man eine Leiche verschwinden.

Es ist noch zu früh.

Er kocht sich Kaffee und setzt sich in die Diele. Dort türmt sich ein Stapel schwergewichtiger Kunstbücher, Kataloge und Monographien, aber diese Lektüre zerstreut ihn nicht genug; statt dessen sieht er sich nach Zeitschriften um. Er muß sich mit einem ziemlich zerlesenen und abgegriffenen englischen Krimi zufriedengeben.

Ein Uhr. Er geht noch einmal zu dem Rollschrank, um nachzusehen, ob es dort einen Brieföffner gibt. Er findet einen, der sogar überraschend scharf ist. Unter dem Spülbecken stöbert er Papierhandtücher und große schwarze Mülltüten auf; er bedient sich und stopft seine Beute in den Rucksack.

Halb zwei. Gaul ist inzwischen nach rechts gekippt, Rumpf, Ober- und Unterschenkel bilden eine schwarze gezackte Linie.

Arkenhout erinnert sich an den Portier, der sich über Gauls Rückkehr gefreut hat und wissen wollte, wie lange er bleibt. Nach dem Tag des Abflugs nach Nassau rechnet hier niemand mehr damit, John Gaul zu sehen. Niemandem wird er besonders abgehen, im Gegenteil: Wenn er fort ist, wird es weniger Beschwerden geben.

Zwei Uhr. Arkenhout zieht die Gummihandschuhe aus, setzt Gaul auf, schlägt ihm einen kalten Waschlappen um die Ohren und wartet darauf, bis seine Augen sich langsam öffnen, scharfstellen, sehen.

»Ich muß den Wagen holen«, sagt er.

Gaul will nicht denken, denn das würde das prekäre Gleichgewicht in seinem Kopf zerstören. Er sieht sich nach seinem Jackett um, zieht die Schlüssel heraus.

»Komm schon«, sagt Arkenhout.

»Wo gehen wir hin?« fragt Gaul.

»Wir haben eine Verabredung mit David Silver. Es ist eine –« Er bringt kaum das Wort heraus, ohne zu kichern, also versucht er es von neuem: »– eine Überraschung.«

Gaul arbeitet daran, nüchtern zu werden, arbeitet wie rasend.

»Ich sollte mich umziehen«, sagt er.

»Aber nein, das ist nicht nötig.« Doch Gaul besteht darauf, sich wenigstens die Zähne zu putzen.

»Wir haben nicht viel Zeit«, sagt Arkenhout, während er ihn durch die Tür schiebt. Auf dem Stockwerk gibt es noch zwei weitere Apartments, bewohnt von schwerreichen Fossilien, wie Gaul sagt, die gewiß nicht so früh am Morgen herumirren und es nie wagen würden, durch den Nebel aus Schlaftabletten jähe Bewegungen wahrzunehmen.

Als der Aufzug kommt, versucht der Liftboy ein Gähnen zu unterdrücken.

»Ich hole den Wagen«, sagt Arkenhout. »Warte vor dem Haus auf mich.«

Gaul braucht jeden Funken seiner Konzentration, um sich auf den Augenblick vorzubereiten, den dieser Junge, dieses Kind, ihm anbietet wie ein Weihnachtsgeschenk: einen Mann kennenzulernen, der unmöglich kennenzulernen ist. Er nickt dem Liftboy zu.

In der Garage schließen sich die Aufzugstüren hinter ihm, und Arkenhout zieht die Schlüssel heraus. Er läßt den Blick über die Fläche blitzender Limousinen und schnittiger Stadtautos streifen, sogar ein Jaguar ist darunter, der irgendeinem Traditionalisten alter Garde gehört.

Wo zum Teufel steht Gauls Wagen?

Er sollte wissen, was für einen Wagen er fährt, hätte es herausfinden sollen. Es wäre die leichteste Frage der Welt gewesen. Aber sie waren immer mit dem Taxi gefahren, und außerdem hatte er anderes im Kopf, hatte eine Zukunft zu bedenken und nicht bloß die nächste Stunde.

Allerdings führt der Weg in die Zukunft immer durch die nächste Stunde, sagt er sich und denkt dabei, er klingt wie sein Vater in seinen salbungsvollsten Momenten.

Er sieht sich den Schlüsselbund an. Es gibt zwei Sätze von Schlüsseln, ohne Farbkennzeichnung zur Unterscheidung, ohne gestanzte Zulassungsnummer.

»Sir?«

Er rechnet mit einem Wachmann, irgendeiner offiziellen Hürde, und fährt herum. Aber er sieht nur einen Mechaniker im Overall, den Garagenwärter, der Nachtdienst hat.

»John Gauls Wagen«, sagt Arkenhout mit aller Autorität, die er aufbieten kann. Als der Wagen vorfährt, weiß er nicht, ob er dem Mechaniker Geld geben soll.

Er liest Gaul vor dem Gebäude auf. Der Mann riecht wie eine ganze Bar, sein Atem ist eine Karikatur von Pfefferminzfrische, und seine Haut sieht aus wie Eiweiß auf Papier: nicht gerade in Bestform.

»Wir sind auf dem Fleischmarkt verabredet«, sagt Arkenhout.

Gaul begreift zuerst nicht. Er denkt an menschliche Fleischmärkte, an sexuelle.

»Nein«, sagt Arkenhout, »auf dem Markt, wo sie Fleisch verkaufen.«

Er fährt die Tenth Avenue abwärts, einen breiten Kanal aus dunklen Häusern und sich bewegenden roten Rücklichtern, dazwischen Durchstiche zum Fluß. Natürlich sind Leute unterwegs, damit hat er gerechnet. Es ist heller, als er es in Erinnerung hat, der Fleischhandel kommt schon in Gang, während das nächtliche Gewerbe in hohen Absätzen und Lurex spärlicher wird.

Er parkt einen Block von jeglicher Straßenbeleuchtung entfernt. Er wartet einen Moment. Hinter einem Container könnte sich jemand rühren, ein Gitter könnte rasselnd aufgezogen werden und den Blick auf einen Laden voller Schweinehälften freigeben. Er möchte sichergehen.

Die Straße ist nicht gut. Er legt den Rückwärtsgang ein und fährt um die Ecke neben eines der ausgeschlachteten Gebäude. Die Scheinwerfer leuchten bis ans Ende der Straße.

Gaul möchte fragen, was los ist, aber er hat ja schon die ganze Zeit gewußt, daß an diesem Treffen etwas faul ist.

Arkenhout zerrt den Rucksack zwischen den Sitzen hervor.

Als Kind hat er manchmal Krimis gelesen und Mordmethoden gesammelt: merkwürdige Sachkenntnisse über die Vermeidung von Blutspritzern, über den besten Ort und Zeitpunkt eines Schnitts, die Wirkungsweise von Gift – Informationen, die eindeutig in die Erwachsenenwelt gehörten und dank Agatha Christie in ein Volk von Zehnjährigen einsickerten. Nichts davon hilft ihm jetzt.

Gauls Atmen wird ihm schrecklich deutlich bewußt. Er schlägt ihm einmal hart auf die Luftröhre. Gauls Kopf sackt nach vorn.

Arkenhout holt eine dicke schwarze Mülltüte aus dem Rucksack, streift sie über Gauls Kopf und zieht sie herunter. Dann streicht er mit den Händen über die Tüte und formt seinen Kopf nach, bis er die Halsschlagader findet, greift nach dem scharfen Brieföffner und stößt das Metall tief ins Fleisch des Halses. Er schiebt Gaul nach vorn und drückt die Hand auf das Loch, das der Brieföffner hinterlassen hat.

Er denkt nach: Gaul würde sein Auto nicht auf die Bahamas mitnehmen. Er würde den Wagen einfach bis zu seiner Rückkehr in der Garage stehenlassen, so sicher und unangefochten wie jeder andere Mieter.

Außerdem ist Gauls Blut in Gauls Wagen leicht zu erklären.

Aber das Blut fließt in Strömen. Er versucht, es mit den Papierhandtüchern aus seinem Rucksack einzudämmen. Er schiebt den Körper zur anderen Seite, so daß er an der Tür lehnt. Er rückt von dem Blut weg.

Leider regnet es nicht wie in Florida – dieser praktische Regen, der alle Fragen fortspülte, auf die er hätte antworten müssen.

Gut, sagt er sich. Nun wird er seine Probleme lösen müssen. Nun wird er eine Methode lernen.

Aber es graust ihm vor dem Körper in der lederüberzogenen Intimität des Wagens. Er ist unberechenbar. Arkenhout beginnt sich zu fragen, ob aus dieser unbedeutenden Stichwunde im Hals die gesamte Blutmenge des Körpers sprudeln wird, ob Gaul nicht einfach ersticken könnte unter der schwarzen Plane, die seine hohe Stirn und seine dünne Nase nachbildet.

Gauls Beine schlagen aus.

Arkenhout steigt aus dem Wagen und öffnet die Beifahrertür in der Erwartung, der Körper werde von allein auf den Asphalt fallen, und halb darauf gefaßt, daß sich in diesem Plastikgesicht Augen öffnen und Gaul sich tretend und zuckend durch die dunkle Straße entfernt. Ein Geruch von Fett und Blut dringt hinter den geschlossenen Stahltüren hervor.

Er zerrt die Beine aus dem Wagen und verpackt sie in schwarzes Plastik. Dann hievt er den ganzen Gaul an der Taille aus dem Wagen, wobei er ihn ständig überall betastet, um sicherzugehen, daß der Körper so weit wie möglich bedeckt ist. Wenigstens sind sie in einer Straße, in der Blut nichts Ungewöhnliches ist. Er lehnt den Körper an eine Wand unterhalb einer breiten Fensteröffnung, in der kein Glas mehr ist.

Er kann jetzt nicht mehr zurück, und deshalb nimmt er seine Kraft zusammen, stemmt Gaul über das Fenstersims und läßt ihn auf der anderen Seite hinunterfallen, in einen offenen Keller voller Metallschrott, Streben und Unkraut. Niemand sieht ihn dabei oder will Fragen stellen oder glaubt, was er sieht.

Er fährt den Wagen ans Flußufer und geht zu Fuß zu dem Gebäude zurück. Falls das Auto jemandem auffällt, ist John Gaul zu irgendwelchen sexuellen Abenteuern unterwegs, die er für sich behalten will.

In das leere Gebäude scheinen der Mond und das Licht der Straßenlampen und werfen ein Gittermuster über den Boden, das die Plastiktüten tarnt. Arkenhout klettert an der Innenseite der Mauer abwärts, Stein um Stein. Als er unten auf dem unebenen Boden steht, ist er ein Junge mit Rucksack.

In seinem Rucksack hat er einen Bolzenschneider. Wieder zieht er die Gummihandschuhe an, dann hält er eine Mülltüte vor sich hin, während er John Gauls Gesicht aufschlitzt. Blut sickert hervor. Er schneidet die Wangen ab, dann pult er die Augen heraus. Eine Sekunde lang fragt er sich, ob ein Auge offen war, wie bei Seth Goodman auf der Straße.

Er läßt den Kopf wieder zurückfallen. Er greift nach einem rostigen Rohr und schlägt ihm die Zähne aus. Das Fleisch dämpft die Geräusche. Dann schiebt er die Leiche unter einen Eisenträger und häuft altes Holz und Metallteile darüber.

Er hört die Ratten rennen. In einer erfundenen Geschichte würde er sie zu Hilfe rufen.

Er stopft die Papierhandtücher, die jetzt schwarz sind und triefen, in seine Mülltüten, und diese Tüten wirft er in einen Container. Es wäre dumm, sie im Fluß zu entsorgen, irgend etwas zu tun, was jemanden dazu bringen könnte nachzusehen; lieber geht er dieses Risiko ein. Die Tüten werden anonym zur Müllverbrennungsanlage befördert, die Leiche ist vergessen, und es kann Jahre dauern, bis irgendeiner merkt, daß überhaupt ein Leben gestohlen wurde.

John Gaul reist auf die Bahamas. Sein Paß, seine Kreditkarten und der Einführungsbrief begleiten ihn. An seiner New Yorker Wohnung ist nichts Ungewöhnliches – nur die Putzfrau wundert sich, was aus all den Mülltüten geworden ist, die vor kurzem noch da waren –, und sein Wagen steht ordnungsgemäß in der Tiefgarage. Niemand stellt Fragen.

Raoul und Jeff halten es für einen großartigen Scherz, Arkenhouts Foto in Gauls Paß zu montieren: eine Zeitbombe, die nur auf den ersten scharfäugigen Einwanderungsbeamten wartet.

Arkenhout liest den Paß, während Raoul und Jeff mit den Bildern spielen und ihm seinen Paß fabrizieren. Er liest von Impfungen gegen Tetanus und Mumps, vom Einfuhrverbot für kambodschanische Waren, von den Pflanzen- und Tierseuchen und sonstigen Krankheiten, die durch ausländisches Fleisch eingeschleppt werden könnten, und erfährt, daß die mutwillige Beschädigung eines Passes ihn UNGÜLTIG macht. In den Augen eines Europäers ist ein amerikanischer Paß ein Roman in drei Bänden.

David Silver besteht auf der Ableistung sämtlicher Stunden, für die er gezahlt hat, als wüßte er, daß Arkenhout nicht länger bleibt. Arkenhout besorgt Toner für einen Laserdrucker, zwei Dutzend Lilien, Pfirsichsorbet, holt einen frisch reparierten Stuhl ab.

Als er fertig ist, sagt er: »Ich kann in Zukunft leider nicht mehr kommen.«

Der Künstler hat ein verschlossenes Schildkrötengesicht, und seine Miene bleibt ungerührt. Er sagt nichts.

In der Stille will Arkenhout zu einer Erklärung ansetzen, doch er hält inne.

»Sieh zu, daß du ausbezahlt wirst«, sagt Silver.

In Nassau begreift er, worauf es ankommt. Er wird erwachsen. Er ist nicht einfach das Produkt der Umstände, einer, der die Ambitionen eines anderen auslebt. Er ist auch nicht allein die Summe seiner Verbrechen. Er kann alles ausprobieren.

Er übergibt der Maklerin den Brief des Anwalts und erhält dafür die Schlüssel. Das Haus hat jahrelang leergestanden, sagt die Maklerin, und sie kannten seinen – John Gauls – Onkel kaum, doch inzwischen ist alles gesäubert und frisch gestrichen und herausgeputzt. Sie ist froh, daß wieder jemand dort lebt.

Das Viertel, sagt sie, ist nicht der großartigste Teil von Nassau. Es ist eine Privatstraße mit ungefähr acht Häusern, alle mit zweitausend Quadratmetern Grund, alle in den Farben von Kokosnuß- und Fruchteis gestrichen. Als er nach der Geschichte des Hauses fragt, wird ihr Tonfall unwillig. Später erfährt er, daß das Haus während einer weinseligen Dinnerparty von Einbrechern überfallen wurde, die neun Stunden lang die Gäste als Geiseln festhielten.

Eines Tages erblüht das Haus unter Termiten, aus den Matratzen quellen die Maden. Arkenhout steht draußen und lacht vor Verwunderung; dann überläßt er es den Dienstmädchen, mit der Situation fertig zu werden, und geht zum Strand hinunter.

Im Wasser gibt es einen Streifen, in dem sich das Licht und das Meer zu einem funkelnden Leuchten vereinigen. Darüber ist der Himmel hellblau und das Meer darunter ein helles Grün über weißem Sand mit Fischen wie winzige Silberdolche. Arkenhout schnellt durch das Funkeln empor und dann wieder hinab in die Tiefe, wo die Soldatenfische paradieren, bricht hinaus in den Glanz der Sonne und taucht zurück in das Glitzern des Wassers. Er hat die Freude entdeckt.

Er geht trinken, geht fischen. Samstags fährt er an der Kaserne der Polizeikadetten vorbei, während sie das Beweismaterial der Woche verbrennen, und am Zaun hängt eine Parade Schaulustiger und atmet den Rauch ein. Er freundet sich mit der Klasse der Witwen an, die Neulinge in die Gesellschaft einführen. Eine erzählt ihm voller Ernst von einem brandneuen Postfach, denn »die Nummer sagt so viel über einen aus«. Er bricht ein paar Herzen, sozusagen: ein Beach Boy der Oberschicht, der bleibt, während die Mädchen nach Hause müssen.

Das Haus ist rosa, und davor stehen zwei Bäume, roter Jasmin: rosarote Wachsblüten, die riechen wie der Badezusatz seiner Mutter; daneben das scharlachrote Leuchten der Euphorbienblüten und die malvenfarbenen Schoten der Orchidee des armen Mannes. Selbst die Gewitter entzücken ihn hier mit pechschwarzem Himmel und wildgezackten Blitzen.

Er segelt mit Freunden auf Wellen, die in keiner Weise hinter den Verheißungen jener kleinen quadratischen Postkartenbilder aus der Familienenzyklopädie zurückbleiben. Miami erschient ihm nun als eine Art tropisches Sears Roebuck, zu dem man per Flugzeug gelangt; aber er fliegt nie hin. In Amerika will er seinen Paß nicht allzu häufig auf die Probe stellen: Darin ist er abergläubisch.

Morgens setzt er sich manchmal zu den Fischern, die in Potters' Cay ihren Fang verkaufen, und erzählt den Touristen, die zu weißer Haut Vertrauen haben, was sie für ihren Hummer und Barsch bezahlen sollten. Sonntags geht er zum Strand, wo es eine kirchliche Veranstaltung mit Musik und gebratenem

Essen gibt, serviert von dicken schwarzen Ladys in Kitteln und adretten weißen Kragen; und abends speist er vornehm. Er wird beinahe der Günstling eines Immobilienbesitzers, der meint, er könnte einiges lernen.

Und er beobachtet. Er beobachtet Freunde, die auf dem Kaminsims Kokain liegenlassen. Er beobachtet die alten Damen und ihre Schoßkatzenpriester, alle sehr sorgfältig darauf bedacht, nichts von dem zur Sprache zu bringen, was ihnen doch bekannt sein muß: die Drogengeschäfte überall ringsum, ein berühmter Mord und seine Folgen, diese Ehe, deren einziges Problem homosexueller Inzest ist, ein anderes, offenes Arrangement, wo der Mann sich schämt, wenn er am Freitagabend keine Partnerin hat, und bei Freunden auf der Couch übernachtet, damit seine Frau nichts davon erfährt. Er trägt eine Pathologie aus Leuten zusammen, die nicht dort leben, wo sie hingehören.

Sie stellen keine Fragen, fällt ihm auf. Wenn man bleibt, erfinden sie irgendeine Geschichte, die ihnen gefällt; die Vergangenheit zählt nicht, falls sie fern der Inseln stattgefunden hat.

John Gaul ist dank seiner Konten und Kreditkarten mehr als angesehen – die Leute, die den ganzen Sommer auf den Inseln verbringen müssen, sind keineswegs reich –, und seine Segel- und Angelausflüge bilden genügend Gemeinschaft mit ein paar weißen Bewohnern. Die schwarzen Einheimischen halten ihn für einen Weißen durch und durch, was sein holländisches Herz zunächst schockiert. Er lernt bald, den Privatiers aus dem Weg zu gehen, die nicht viel besser sind als englische Postangestellte, steif wie die rosaroten gestärkten Servietten auf ihren Tischen; ebenso den einheimischen schwarzen Rechtsanwälten, die als Merkmal ihres Stolzes im August in Anzügen aus schwarzer Wolle herumspazieren und die Art von Macht besitzen, die er nicht versteht. Eines Tages wird er vielleicht einen von ihnen bezahlen müssen, und das reicht ihm: Weiter muß die Beziehung nicht gehen.

Wenn ihm der Sinn danach steht, geht er auf Reisen. Er bucht nur Direktflüge: nach London, einmal nach Kingston, nach

Frankfurt. Er kauft immer Bücher. Er beehrt jeden Ort, seine Vorsicht wird mit guten Manieren verwechselt, weil er so umgänglich wirkt.

Er ist ein Tourist in Tunis. Er will die römischen Ruinen sehen, die wenigen erhaltenen Trümmer des alten Karthago, Dinge aus seinen Schulbüchern; er greift auf die Bilder zurück, die ihm aus Schultagen geblieben sind, um sich eine Art von Kontinuität zwischen seinen verschiedenen Leben zu erhalten. Er muß daran denken, nicht daran zu denken, was Martin Arkenhout oder Seth Goodman wußten.

Er besucht Gides Dorf – nicht, daß er über Gide Bescheid wüßte. Er ist für ihn lediglich ein Eintrag in einer Art von geistigem Lexikon: Franzose, schwul, alt. Das Dorf besteht aus eng aneinandergeschichteten weißen Blöcken. Es gibt eine Teebar, einen großen, abgedunkelten Raum. An der Wand hängt nur ein einziges Bild, wie eine Ikone: ein junger Mann, bis zur Taille entblößt, die Muskeln mehr durch Gebrauch als durch gezielten Aufbau entstanden, aber eindeutig in Positur. Das Foto wurde aus geringer Entfernung aufgenommen, ohne die erzwungene Intimität von Pornographie, und der Mann scheint der Kamera gegenüber gleichgültig, abgesehen davon, daß sie der einzig mögliche Grund war, sich auszuziehen und mit angespannten Muskelsträngen dazustehen.

Arkenhout fragt sich, ob das wohl der Sohn des Hauses aus einer früheren Generation ist – das Foto hat historisches Flair, aus den Fünfzigern vielleicht –, ob es von einem Freund, einem bewundernden Onkel aufgenommen wurde, von jemandem, der den Mann am Strand aufgelesen hatte; warum es der Bar geschenkt wurde, und warum es als einziges Bild an den hohen weißen Wänden hängt wie ein Heiligenbild. Es scheint dabei nicht um Sex zu gehen, allenfalls um eine Art des Verlangens, die Berührungen ausschließt. Der Körper des Mannes wirkt wie eine Funktion auf einer höheren, ästhetischen Stufe. Arkenhout fragt sich, ob das eine Art Köder ist.

Diese Fotografie vergißt er nie. Sie ist ein Ideal: die Darstellung dessen, was es heißt, ein Mann zu sein und stark, ruhig und still gegenüber eben dem Verlangen, das einen erinnernswert macht, eine Kraft anzustreben, die sich einsetzen läßt, und unbekümmert schön zu sein. Die Einzelheiten des Bildes vergißt er – obwohl es ihn in einem jähen Anfall von Unzufriedenheit mit seiner Erscheinung in ein Nassauer Fitneßstudio jagt –, doch es bleibt ihm stets im Bewußtsein als Quadrat auf einer weiten weißen Wand, größer als ein Schnappschuß, kleiner als ein Poster: Anweisungen gewissermaßen.

Aus Nassau nimmt er zwei Erinnerungen mit. Die eine ist die Junkanoo-Nacht, als er im düsteren Licht prasselnder Flammen in Ölfässern durch dunkle Straßen geht, begleitet von Kuhglocken und Trommeln, die zögernd beginnen, dann blechern und frech werden und schließlich in ein wildes Getöse ausbrechen. Die zweite ist eine Hurrikannacht in einem verrammelten Haus, als der Sturm die Fenster herausreißt und er in einen dunklen Garten hinausstarrt, wo vor schwachgrauem Licht die Bäume sich krümmen und splittern. Zur Sicherheit hatte er den Wagen mitten auf dem Rasen geparkt. Es war unheimlich, als plötzlich die Scheinwerfer angingen.

An den nächsten Mord erinnert er sich überhaupt nicht.

Er sucht sich neue Leben. Eine Zeitlang hält er sich in Paris auf, als Auslandsamerikaner, und tut sich mit einem kleinen alten Filmregisseur zusammen, einer Kultfigur, die mit Ehren überschüttet, aber nie bezahlt wird. Arkenhout fungiert als eine Art Sekretär. Er ist anwesend, als ein französischer Star in den Fünfzigern, eine einst berühmte, jetzt verzweifelte Blondine, dem Regisseur mitteilt, daß sie nicht mehr im Mittelmeer schwimmt: »*On ne se baigne pas dans une mer juive.*« Er beobachtet, wie der Regisseur, selbst ein Jude, darüber hinweggeht, was ihm Arkenhout nicht verzeiht: Dazu hat er eine zu große moralische Sicherheit. Als das Geld vollständig aufgebraucht ist und der Regisseur seinen alten Citroën verschachert, eines dieser hydropneumatisch gefederten Modelle, um seinen Magenkrebs behandeln zu lassen, zieht Arkenhout weiter.

Er beobachtet sogar Leben, die er nie stehlen wird, er nimmt sie nur der Information halber in seine Kollektion auf: zwei

Guatemalteken in Rom, die Jesusherzen aus dem achtzehnten Jahrhundert für den florentinischen Markt fälschen; einen Dichter, der aufblüht, wenn er von seinen Traumfrauen zurückgewiesen wird, und sie sich gern von Arkenhout abspenstig machen läßt; eine Sekte frommer Defraudanten, die in Marbella Golf spielen; das bindungslose Leben eines Leibwächters, ausgepolstert mit der Autorität seines jeweiligen Auftraggebers; das Leben paralleler Wesen, der Menschen auf Flughäfen, die nicht mit Familien im Schlepptau herumhetzen, ein halbes Büro als Handgepäck befördern, sich über Buchungen aufregen, sondern reisen können, wann sie wollen und wohin sie wollen, sofern sie sich nur dazu überwinden können, sich auf einen Zeitpunkt und einen Ort festzulegen. Es ist nicht Geld, das derlei ermöglicht, obwohl man natürlich Geld dazu braucht. Es ist die fehlende Verankerung in den gewöhnlichen, stampfenden Rhythmen des Alltags.

Eine Zeitlang hält er sich in Brasilien auf, in Fortaleza, wo es Spaß macht, reich zu sein, aber auch den reichen Mann stechen die Moskitos; dann auf den Weiden im Landesinneren, wo er Tage ausschwitzt, die nach dem Lederzeug von Arbeitspferden riechen. Er denkt daran, nach Australien zu fliegen, doch die Einreiseformalitäten erscheinen ihm zu kompliziert. Eine Zeitlang zieht er ohne festen Wohnsitz prahlend durch die Gegend, doch dann erkennt er, daß er gern in einer Gemeinschaft leben würde, wo die Leute ihn zwar kennenlernen, aber nicht viel über ihn wissen wollen. Manchmal ist er die Biere und Bars leid. Ein Jahr verbringt er an der Peripherie des Filmgeschäfts, als Teil von Entouragen.

Auf der einen Seite funktioniert es hervorragend. Er wirft flüchtige Blicke auf andere Leute, die in Jobs, Ehen, Kreditabzahlungen, an Orten gefangen sind, und freut sich, daß er allein weiß, wie man sich nach Belieben neu erfindet, ins nächste vielversprechende Leben eintaucht.

Auf der anderen Seite hat er eine Karriere wie jeder andere junge Freischaffende und erlebt dieselben Anforderungen und Krisen: zum Beispiel die Notwendigkeit weiterzuziehen. Er muß daran arbeiten, gleichgültig und träge zu sein.

Dann macht er einen Fehler.

Es ist 1996. Er lebt in der Schweiz, in der Nähe von Luzern am Vierwaldstätter See, wo er ein kleines Bauernhaus an einem Hang inmitten grünsamtener Wiesen gemietet hat. Er tut gern so, als führe er ein seßhaftes Leben an einem Ort, der ständig von ausländischen Touristen heimgesucht wird. Dann läßt seine Wachsamkeit nach, und er fühlt sich wie auf Urlaub: die Ruhe, der Morgendunst und Sonnenglast über dem See, der unheimliche Luftreiche bildet, das Läuten der Kuhglocken und tief unten die Dampfer, die in regelmäßigen Abständen über das Wasser ziehen. Er betrachtet die Berge. Er hat nichts zu tun, und es kümmert ihn nicht.

Sein Name lautet derzeit Paul Raven. Er hat wieder einen amerikanischen Paß, erbeutet in Ravens Büro in Los Angeles, wo der Mann überall in der Stadt Geld ausstreute, um ins Filmgeschäft einzubrechen. Sich für eine Weile in die Schweiz abzusetzen war für Raven ein durchaus plausibler Schritt. Niemand würde Fragen stellen. Arkenhout selbst brachte ihn auf die Idee, irgendwohin zu verschwinden, wo niemand ihn kannte.

Manchmal wandert er den ganzen Tag auf Höhenwegen die Berggrate entlang, bis er nicht mehr sicher ist, ob er noch so viel Atem hat und so viel Willen aufbringen kann, um den letzten Kilometer bis nach Hause zu schaffen. Er schwimmt im See, wo das Wasser nicht schwarz und schattig, sondern jadegrün ist. Morgens wacht er früh auf.

Er hört ein Hämmern an der Tür.

In der ländlichen Schweiz ist sieben Uhr morgens keine unmögliche Zeit für Besuche. Die Nachbarn haben schon ihre Kühe und Schweine versorgt und das erste Glas Kaffee mit Zucker und ihrem selbstgebrannten Birnenschnaps hinter sich.

Arkenhout geht die hölzerne Treppe hinunter und öffnet die Tür.

Draußen stehen drei Männer in Uniform.

»Fremdenpolizei«, sagt der dickste von ihnen.

Während seiner zehnjährigen Wanderschaft ist er an Uniformen immer vorbeigeschlüpft, denn er steht nicht auf den

Fahndungslisten von Zollbehörden und Grenzpolizei, entspricht in keiner Weise den üblichen Vorstellungen von einem illegalen Einwanderer, ist solvent und vernünftig genug, um keine Fragen aufzuwerfen.

»Fremdenpolizei«, wiederholt der Mann. »Herr Raven?«

Einen Moment lang weiß Arkenhout nicht, ob er nicken oder argumentieren soll.

»Sie verstoßen gegen das Schweizer Aufenthaltsgesetz«, sagt der Polizist.

»Ich nehme an ...«

»Ihr Visum ist gestern abgelaufen.«

Arkenhout nimmt die große schwarze Wasserfläche des Sees in sich auf, den letzten Fetzen Schnee auf den Bergen, den Kaffeegeruch im Atem des Mannes.

»Also ...«, sagt der Polizist.

Arkenhout versucht sich zu erinnern, wo das Problem liegt: Ob er irgendwo die falsche Nummer angegeben hat, ob er länger geblieben ist, als er erwünscht war, ob er den Eindruck erweckt hat, er sei auf Arbeitssuche, nur weil ihm eines dummen Abends mehr oder weniger ein Job als Tourenleiter für Pensionisten angeboten wurde, von einem Mann, der ganz genau wußte, daß er den Job gar nicht vergeben konnte. Aber es hilft nichts, in der Erinnerung zu graben.

Er hat das Recht, seine persönlichen Unterlagen sowie einen einzigen Koffer zu packen. Die Polizei nimmt die Hausschlüssel an sich.

Er sitzt im Zug nach Basel, diskret mit Handschellen an einen der Polizisten gefesselt. Eine alte Dame, die erster Klasse reist, pflückt die Säume von Servietten auseinander. Die Polizisten würdigt sie keines einzigen Blickes.

Am Basler Bahnhof soll er sich eine Fahrkarte kaufen; wohin, bleibt ihm überlassen. Er entscheidet sich für Köln. Er weiß, daß in Köln Geld zu machen ist.

Er wird zum Zug und zu seinem Abteil begleitet, auf seinen Platz gesetzt. Die Handschellen werden ihm erst abgenommen, nachdem er untergebracht ist. Die Fremdenpolizei überwacht den Bahnsteig, um sicherzugehen, daß er wirklich abreist.

Und der Zug fährt davon nach Deutschland.

Noch nie hat er einen Fehler gemacht, jedenfalls keinen derart katastrophalen wie diesen, der dazu führt, daß man ihn zur Kenntnis nimmt. Er ist darauf angewiesen, nicht aufzufallen. Ihm stehen nicht einmal die üblichen Maßnahmen zur Verfügung, er kann sich nicht an den amerikanischen Konsul wenden und um Schutz bitten, denn niemals darf er bei den Behörden ein besonderes Interesse an seinem Namen oder seinen Aufenthaltsorten wecken. Diese ausgeprägte Vorliebe für Privatheit teilt er mit allen schwerwiegenden Steuerflüchtlingen, die er kennengelernt hat: Wenn sie den Ort wechseln, sich niederlassen, Geld ausgeben, sind sie unsichtbar.

Er ist fast einen ganzen Tag unterwegs, bis der Zug in Köln eintrifft. Er hat kein Bargeld in der Tasche. Er besitzt zwar noch Paul Ravens Kreditkarten, doch das Problem, dem er seine Ausweisung verdankt, muß in irgendeiner Lücke in seinem Wissen über Raven zu suchen sein.

Trotzdem geht er zum Speisewagen, genehmigt sich – zu Ehren seiner einstigen Schweizer Gastgeber – Zürcher Geschnetzeltes mit Knödeln und zahlt mit Kreditkarte.

Er ist jetzt niemand Besonderes, nur ein Zugreisender, der zuerst auf Wälder, dann auf Fabriken, dann auf den Rhein hinausschaut. Er kann seinem Namen nicht mehr trauen, ist aber noch nicht soweit, einen neuen anzunehmen. Er zählt die Burgen, die mitten im Fluß oder auf Felsspitzen aufragen wie eine Horrorfilmkulisse. Wenn er Ravens Namen nicht trauen kann, muß er Geld verdienen, und zwar rasch. Er starrt in die weiße Sonne hinter den Wolken. Vielleicht ist es in Amsterdam leichter, denkt er, zum ersten Mal schwach; der Umstand, daß er holländisch spricht, kann ihm Zugang zu einer Gemeinschaft verschaffen. Er kennt die dort geltenden Regeln.

Von Köln fährt der Zug weiter nach Amsterdam. Niemand kennt ihn dort; in seiner Kindheit und Jugend war Amsterdam ein fremdes Land für ihn. Sicher kann er dort einen Job finden.

Das Büro, ein Zimmer über einem Bordell, leuchtet wie Höllenfeuer, wenn er mit seinen abendlichen Anrufen beginnt. Sechs Schulbänke, sechs Telefone. Sechs schmeichelnde Männer.

»... wollten wir es Ihnen zuallererst mitteilen ...«

»... eine einzigartige Gelegenheit. Wissen Sie, diese Information geben wir natürlich nicht *irgendwem* ...«

Er sitzt da und hat vor sich eine Liste von Zahnärzten, eine andere von Pensionären, alles Idioten, die nichts lieber hören, als daß sie die einzigen sind, die irgend etwas derart Intelligentes, derart Gewinnbringendes tun werden, daß die Welt vor Staunen erstarrt. Natürlich betont er jedesmal, wie unverzichtbar Diskretion ist, auf beiden Seiten.

»... diese Goldmine«, sagt er, »seit dreißig Jahren liegt sie brach. Dabei liegen erstaunliche Proben vor. Natürlich hätte jeder dort schürfen können, aber die einzigen, die auf die Idee kamen ...«

»... Casino in Las Vegas. Ja, ein Casino in Las Vegas. Und Sie sind von Anfang an dabei. Die Initiatoren wollen ihre Finanzierungsquellen sehr behutsam behandeln ...«

»...die Welt hat auf diese Erfindung gewartet. Antidiebstahl. Antirost. Antischwerkraft. Antimaterie ...« Und das alles verkündet er in durchaus sachlichem Ton, versucht, aus seinen Sprüchen keinen Singsang zu machen, sondern bemüht sich um einen möglichst ausdruckslosen Tonfall, als könnte er die Aufregung selbst kaum im Zaum halten.

Wenn sie nachfragen – ein Wirtschaftsprüfer in Nordlondon, ein Unternehmer in Kent, hin und wieder ein ausgewanderter Bankier in Brüssel oder Paris –, sagt er: »Diese außergewöhnliche Investitionsmöglichkeit würden wir normalerweise ja mit niemandem teilen, aber Sie sind ein so hochgeschätzter Kunde, daß es uns auf Ihr Wohlwollen mehr als auf alles andere ankommt.«

»Ich brauche Ihren Scheck am Dienstag«, fügt er hinzu.

Gelegentlich ziert sich einer. »Wo«, fragt eine schottische Stimme, »werden diese Aktien gehandelt?«

»Spokane«, antwortet Arkenhout mit absoluter Autorität,

oder: »Denver. Dort gibt es einen riesigen Markt für Penny-Shares.«

»Sie wollen aber mehr als Pennys von mir«, sagt die schottische Stimme, dünn vor Sarkasmus. Drei Minuten später ist der Mann kaufwillig. Diejenigen, die glauben, sie wüßten die richtigen Fragen, sind meistens am einfachsten herumzukriegen.

Arkenhout stellt fest, daß ihm dieses Spiel behagt, die Regelmäßigkeit, das Gefühl, beschäftigt zu sein, gefällt ihm. Es ist ein regelrechter Urlaub von seinem üblichen Lebensstil in Villen, unter Palmen, an Seeufern.

Es kann natürlich nicht ewig so weitergehen. Er lebt davon, wachsam zu sein und klar zu erkennen, wann der Ärger anfängt, wann die Leute schauen, als hätte jemand Fragen gestellt, wann eine Kreditkarte einen Moment länger als nötig der Prüfung unterzogen wird. So ist er auch in Amsterdam auf der Hut, obwohl er hier in dieses ganz normale Leben eingesponnen ist.

Er spürt, daß er beobachtet wird. Er nimmt es nicht persönlich, schließlich bewegt er sich in heimatlichem Gefilde. Im Büro treffen ein paar merkwürdige Anrufe ein, die, was am merkwürdigsten ist, aus den Niederlanden kommen.

Es riecht nach Polizei.

Bei einem Beruf wie diesem wartet man nicht, bis die Bullen vor der Tür stehen. Eines Nachts machen Arkenhout und die anderen das Büro dicht und kommen nicht wieder.

Allerdings spüren sie den Manager auf, der ein angenehmes Apartment im American Hotel bewohnt. Zuerst ist er nicht gewillt zuzugeben, daß er ihnen Geld schuldet, geschweige denn den einen oder anderen Gefallen. Er wird zimperlich und rechthaberisch wie ein Schullehrer, und es entbrennt eine Diskussion, teilweise handgreiflich. Danach ist der Manager voll des Lobes über seine hervorragenden Verkäufer, sagt die Auszahlung aller fälligen Provisionen zu und bekundet seinen Willen, das ganze Team vielleicht wieder einzustellen. Dann verliert er das Bewußtsein.

Überraschenderweise hält er beinahe alle seine Versprechen.

Im neuen Büro, das sich zwischen einem Piercing-Studio und einem Obst- und Gemüsehändler befindet, gibt es sogar ein Messingschild, auf dem allerdings nicht der Firmenname steht, den die Verkäufer benutzen. Es gibt Prospekte und eine Produktlinie: Ungefähr alle drei Tage werden in Denver brandneue Aktien ausgegeben, das Geld fließt, gefolgt von den Aktienpreisen, die per Überseepost verschickt werden, um die Spekulanten nicht zu alarmieren. Arkenhout, der so wirkungsvoll die ausstehenden Provisionen eingetrieben hat, genießt diesmal ein Privileg: Er kann auf Kredit kaufen, um am ersten Tag wieder zu verkaufen, wenn der Ansturm der Spekulanten einsetzt, die wirklich an geheime Informationen glauben, an Runenschlüssel zu einem Goldschatz, an Zaubermaschinen. Er macht Geld.

Natürlich hat es seinen Preis. Er wird in ein bunkerähnliches Hotel am Flughafen Schiphol zitiert. Eine Tafel am Eingang verkündet, das Hotel befinde sich zweieinhalb Meter unter dem Meeresspiegel, weil es sonst nichts darüber zu sagen gibt.

Er sitzt in einem Zimmer mit Aussicht auf endlose Grasflächen.

Nach einer Stunde erscheint ein winziger Mann namens Moe. Er läßt Arkenhout nicht mehr sagen als »guten Morgen«. Er rette den Kapitalismus, erklärt er, indem er Leuten, die von den Banken abgewiesen wurden, Kredite beschafft. Die Regeln, denen Aktien und Anteile unterliegen, sind verfassungswidrig, sagt er. Wir sind doch alle gute Amerikaner, sagt er und schließt Arkenhout darin ein.

Damit Arkenhouts Aufmerksamkeit nicht nachläßt, erzählt Moe ein paar Geschichten: wie er auf Long Island im Automatengeschäft anfing, bevor ihn Freunde – und er sagt »Freunde«, nicht »Kumpels« oder »Geschäftspartner« – aufforderten, ihren Aktienhandel in Denver zu übernehmen. Er predigt noch eine Weile, dann bietet er Arkenhout die Leitung des Amsterdamer Unternehmens an.

Eine Ablehnung kommt selbstverständlich nicht in Frage.

»Kekse?« fragt Moe und zieht eine Schachtel aus den Tiefen seines Jacketts.

»Ich fühle mich sehr geehrt«, sagt Arkenhout.

»Morgen informieren wir Ihren Chef«, sagt Moe. »Er kommt morgen zu mir.«

Auf der Rückfahrt nach Amsterdam macht Arkenhout sich klar, was das bedeutet. Man hat ihm Honig ums Maul geschmiert, der ihn so schnell wie Jauche ersticken wird. Zumindest als Vertreter muß er sich aus dem Staub machen, sobald der Ärger anfängt. Wäre er in Moes Position, könnte er über Börsenmakler predigen, er aber ist mittleres Management, und das mittlere Management wandert geradewegs in den Knast.

»... wir rufen außerhalb der Bürozeiten an«, raunt er ins Telefon, »weil dieser Anruf absolut vertraulich behandelt werden muß.« Außerdem hoffen wir, daß Sie zum Mittagessen ein bißchen zuviel getrunken haben, denkt er, daß Ihr Puls rast und Ihr Gesicht rot ist und daß Sie soweit sind, in der erstbesten Brotscheibe Jesus zu erblicken. »Diese Gelegenheit kommt nicht wieder«, sagt er, was die Wahrheit ist – es sei denn, die Idiotenlisten machen die Runde und der Mann erhält einen zweiten Überraschungsanruf, oder aber er kauft, in welchem Fall er sich zum Oberidioten macht und die wirklich guten Verkäufer ihre Zeit nicht mehr an ihn verschwenden.

Er verläßt das Büro wie jeden Tag und kehrt zum letzten Mal in seine Wohnung im Norden von Amsterdam zurück.

Auf der Fähre denkt er, wie stolz seine Eltern auf ihn wären, weil er eine Karriere hat, ein Büro, befördert wurde: ein anständiger Staatsbürger. Das, denkt er, ist pure Ironie, sofern der Begriff schlimm genug, scharf genug ist, um die Situation angemessen zu bezeichnen.

Morgen wird der frühere Amsterdamer Geschäftsführer sein Feind sein. Aber der frühere Geschäftsführer ist nicht in Polizeigewahrsam, er läuft frei durch die Gegend und hat bösartige Freunde. Auch Moe ist in der Nähe, und er ist es nicht gewohnt, daß man ihm widerspricht oder ihn auch nur enttäuscht. Arkenhout kann es nicht beiden recht machen, aber hinter jedem von ihnen wittert er eine ganze kriminelle Stadt.

Deshalb geht er früh am nächsten Morgen zur Bank, hebt

sein Geld ab und löst die Konten auf. Er fährt mit dem Zug nach Utrecht und mietet sich in einem kleinen Hotel ein.

In dieser einen Nacht will er nicht allein sein. Er hat Bargeld. Er ruft einen Hostessenservice an, verlangt ein sehr holländisches Mädchen, bezahlt sie für die ganze Nacht. Daß sie über Nacht bleiben soll, behagt ihr nicht, vielleicht hat sie Kinder, um die sie sich kümmern muß; also legt er zu den Gebühren der Agentur hundert Gulden dazu. Mittendrin merkt er, daß er vögelt, um die Angst zu verdrängen.

Angst zu haben ist ihm neu. Normalerweise kalkuliert er seinen Fluchtweg, wenn er Scherereien hat; er nimmt vorweg, forscht und prüft, und er bewegt sich in Gruppen, in denen die Leute ziemlich abrupt kommen und gehen und keiner Fragen stellt. Jetzt aber lebt er in einem Volk aus seßhaften und ordentlich registrierten Menschen und hat überhaupt keine Zeit.

Er hätte schon vor Monaten mit der Suche nach einem neuen Namen anfangen sollen. Keinen Moment lang hätte er sich in diesem bequemen, strukturierten Leben einrichten dürfen.

Das Mädchen hat weiche, bewegliche Brüste mit riesigen Warzen. Er legt seinen Kopf dazwischen. Sie liegt da, die Augen fest geschlossen, und hält den Schlaf durch reine Willenskraft fest.

Er wacht früh auf, wütend auf sich selbst, was, wie er weiß, nicht sehr hilfreich ist. Er muß ein Leben finden, das er sich nehmen kann, und hat dazu Tage, nicht Monate Zeit, und er steht ganz am Anfang. Sein Herz springt, seine Augen tauchen in Situationen ein und nehmen sie in sich auf; er ist ein Tier auf der Lauer.

Grietje geht bald, ein wenig verstimmt über all die Intimität, die zusätzlich zum Sex von ihr verlangt wurde.

Ausgebrannt bleibt er zurück. Er überspringt das Frühstück, schüttet statt dessen Kaffee in sich hinein. Er denkt daran, in den Bars anzufangen, obwohl es noch vor zehn Uhr ist; er braucht leichte Beute. Geld spielt diesmal keine Rolle. Es kommt ihm nur auf den neuen Namen an.

Es ist die merkwürdigste Zeit, die er je erlebt hat. Wie ein Stricher klappert er die Straßen ab und starrt jeden Mann in den Zwanzigern und Dreißigern mit demselben hungrigen Blick an: als möglichen Ersatz für sich selbst. Es ist, als wäre er auf der Suche nach Sex, doch das Spielerische fehlt völlig dabei, und er will die Informationen vorher, nicht danach bei einer Zigarette oder einem Kaffee.

Nach zweitägiger Suche hat er niemanden gefunden. Keinen einzigen. Er hat nicht einmal einen Kandidaten. Er beginnt, weitere Kreise zu ziehen, obwohl ihm klar ist, daß er in der absurden Lage ist, nach der perfekten Zufallsbegegnung zu suchen.

Er besucht die Grenzstädte an aufgeschütteten Flußläufen, ißt Pizza, trinkt Bier, hängt in Kneipen herum. Er sucht nach dem Einzelgänger, dem Außenseiter ohne Anschluß. Mit dem simplen Trick, einfach still zu sein, zieht er den Leuten ihre Geschichten aus der Nase. Urteile schweben in der Luft. Die Leute haben das Gefühl, sie schulden ihm noch dies und jenes Detail, dann noch eines. Normalerweise nimmt er nichts anderes wahr als das Blubbern von Bierblasen im Kehlkopf.

Christopher Hart ist anders. Von ihm hört er nicht die übliche Saga erlittener Ungerechtigkeiten, demütigender Verachtung, überstandener Ehen. Er stürzt sich nicht von Anfang an in irgendeine schlichte, einseitige Selbstrechtfertigung. Er trinkt nur wie ein Held.

Arkenhout bemüht sich ausnahmsweise um Gesprächigkeit. Er beginnt auf niederländisch, und Hart sagt, daß niemand je niederländisch mit ihm gesprochen hat. Er sagt: »*Dank u wel*«, und das ist alles, was er kann.

Arkenhout sagt, er ist gerade erst aus Deutschland zurückgekehrt und auf der Suche nach Arbeit. Er bürdet Hart keine Last damit auf, er teilt einfach die Geschichte mit, zwei Männer, die aus parallelen Leben heraus die Flaschen hinter der Theke betrachten.

Hart sagt, er lehre an einer Universität. Arkenhout läßt beinahe von ihm ab. Professoren gehören zu einer Einrichtung, an einen Ort. Sie können nicht auf Reisen gehen, ohne einen

Stipendiumsantrag in dreifacher Ausfertigung abzugeben, können nicht denken, ohne dabei subventioniert zu werden, oder ein Buch schreiben, ohne ihre Institution unter ihren Namen auf der Titelseite zu setzen. Sie fahren mit ihren Spezialgebieten durch die Welt, wo sie jahrzehntelang dieselben Gesichter und Berühmtheiten beobachtet haben. Niemals könnte er das Leben eines Professors übernehmen.

Aber Hart ist der Außenseiter hier, der Verwundbare. Er ist der Beste, den Arkenhout auftreiben kann.

»Sind Sie denn hier an der Uni?« fragt er.

»Sozusagen«, antwortet Hart. »Ich bin für ein Jahr beurlaubt. Um ein Buch zu schreiben. So daß ich mich über mangelndes Sozialleben nicht gut beschweren kann. Nehme ich an.«

»Sind Sie lang hier?«

»Noch ein halbes Jahr. Falls ich nicht einfach davonlaufe. Mit der Zeit bekommt man diese ewigen geraden Straßen und flachen Felder fürchterlich satt.«

»Könnten Sie denn davonlaufen?«

»Schon möglich.« Hart bestellt Schnaps und schüttet ihn in sein Bier. »Und was ist Ihr Beruf?«

Am nächsten Tag ist Hart nicht in der Bar, und Arkenhout ist irritiert. Der Professor läßt ihn im Stich, bewohnt das Leben, das er braucht, und lebt es ohne Stil oder Prunk: ein unbedeutender Mann in einer strahlenden Welt.

Außerdem ist keine Zeit für das alles. Arkenhout braucht eine Veränderung, und zwar rasch, und dann muß er sich mit glaubwürdigen Papieren und glaubwürdigem Kredit aus dem Staub machen. Dieses nächste Leben muß nicht perfekt sein, nur für eine Weile plausibel.

Er ruft bei der örtlichen Universität ein, einer bescheidenen Einrichtung, deren niedrige Gebäude sich zwischen Bäume ducken, und fragt nach dem Gastprofessor Christopher Hart. Er wird mit dem Fachbereich Schöne Künste verbunden; das ist eine neue Information für ihn. »Aber Dr. Hart läßt sich praktisch nie hier blicken«, teilt ihm eine ziemlich hochnäsige Stimme mit. »Sie sollten ihn lieber zu Hause anrufen.«

Er schreibt sich die Nummer auf. Die Adresse wäre ihm lieber gewesen; dann hätte er hinfahren und nach den Spuren Ausschau halten können, die Hart seiner Umgebung aufprägt: nach dem, was die Leute vermissen werden, wenn es ihn nicht mehr gibt.

Aber die Nummer hilft. Er ruft an, niemand meldet sich. Harts Worte fallen ihm wieder ein: Er könne sich nicht über sein mangelndes Sozialleben beklagen; also hat er kein Sozialleben. Es gibt keinen Anrufbeantworter, der Nachrichten von fernen Freunden oder Geliebten aufzeichnet; vielleicht rufen die Leute in diesem Urlaubsjahr nicht an.

Arkenhout versucht es mit dem örtlichen Immobilienmakler. Er braucht ein Haus, sagt er, für etwa sechs Monate. Der Makler, sagt er, habe schon seinem Freund Christopher Hart geholfen.

Wie es der Zufall will, stimmt das tatsächlich. »Es gibt hier keine große Auswahl«, sagt der Makler. »Dr. Hart hat das letzte Haus bekommen, das auf dem Markt war. Zur Miete, meine ich.«

»Aber es wird doch wieder frei, oder? In sechs Monaten?«

»Richtig, in sechs Monaten. Interessieren Sie sich denn dafür?«

Der Makler zieht ein mit farbigen Blättern gefülltes Ringbuch heraus und zeigt ihm ein Haus auf dem Land, grün gestrichen, mit hohem Giebel, einem schattigen Garten mit niedrigen Büschen und einer Zufahrt, die das hervorstechendste Merkmal zu sein scheint. Arkenhout merkt sich die Adresse.

Am nächsten Morgen um halb zehn steht er vor dem Haus. Die Putzfrau ist soeben erschienen – es gibt also keine Haushälterin; das ist gut.

Es könnte natürlich eine Freundin oder einen Freund geben, aber der Mann war allein in der Bar, hat sich unterhalten, ohne speziell auf der Suche zu sein, allenfalls nach unkomplizierter Gesellschaft und jemandem, der ihm zuhört. Das könnte natürlich bedeuten, daß er seine Freundin, seinen Freund gerade verloren hat; aber das hätte er nach ein paar Bier sicher ausgespuckt. Zumindest hätte er eine Bemerkung über die Falschheit anderer Leute fallengelassen. So ist das häufig.

Trotzdem vergewissert sich Arkenhout. Er läutet an der Tür und fragt die Putzfrau nach irgendeiner Christa oder so ähnlich. Die Putzfrau sagt, der Professor lebt hier ganz allein. Schläft auch allein, dem Anschein nach, fügt sie hinzu, weil sie sich keine Gelegenheit zum Klatsch entgehen lassen will. Dann wird sie moralisch, ein einen Meter fünfzig großes Muskelpaket im Hauskleid, das auf der Türschwelle Predigten hält. Ein Junggeselle, der in einem so großen Haus ganz allein vor sich hin lebt, sagt sie; das erscheint ihr nicht richtig.

Arkenhout fragt sich, wie weit Geräusche auf diesem flachen, nassen Land wohl tragen.

Er ist bereits zu dem Schluß gekommen, daß die Miete für dieses große sanierte Bauernhaus ein hervorragendes Zeichen ist; Hart muß Geld haben, so jung er noch ist. Er fährt einen VW-Golf, neu. Er kleidet sich elegant.

Aber es besteht immer noch die Möglichkeit einer zweiten Existenz. Deshalb wartet Arkenhout noch ein paar Tage, unternimmt lange Spaziergänge über Land, geht einen Tag angeln, dann mietet er sich einen Wagen und wartet darauf, daß Hart mit seinem Golf zu seinem anderen Leben fährt, was immer es ist, sofern es existiert. Und die ganze Zeit über ist Arkenhout der kleine Schatten unter dem Baum auf der anderen Straßenseite.

Arkenhout kontrolliert Hart im Internet, prüft anhand einiger Händleradressen aus weltweiten Idiotenlisten, ob er irgendwelche Vorlieben hat, die Ärger machen könnten. Aber er findet nichts: keine Kinderpornos, keine Mail-Order-Formulare, weder verruchte noch zahme. Ein Leben, das nichts Besonderes ist, das sich stehlen läßt.

Arkenhout stellt sich alle möglichen Fragen, bloß nicht die richtigen.

Hart kommt durch die Hintertür und bedeckt seinen Kopf, als regnete es. Es ist aber nur Nebel. Er steigt in den Wagen, kriecht die Zufahrt entlang, kriecht auf die Straße. Arkenhout kann ihm so nicht folgen, wegen des Nebels kann er ihn nicht im Auge behalten, ohne sich an sein Heck zu heften. Außerdem ist er nicht imstande, derart langsam zu fahren. Das liegt ihm nicht.

Hart macht sich anscheinend ins Hemd vor Angst, fürchtet sich vor den Bäumen und Wiesen und dem Nebel und den Autos auf der Straße. Er parkt am Bahnhof und fährt mit dem Zug nach Amsterdam. Keiner kennt ihn. Gut.

Vom Amsterdamer Hauptbahnhof macht sich Hart auf den Weg wie einer, der zu einer Bergwanderung aufbricht. Mit forschem Schritt marschiert er durch Straßen voller frühmorgendlicher Nutten, die aus roten Fenstern hervorsäuseln, vorbei an Studenten, die ihre Fahrräder vor den Buchläden oder Cafés stapeln. Der Mann braucht ein Leben, denkt Arkenhout, und unter den gegebenen Umständen findet er diesen Gedanken recht erheiternd.

Hart geht am Rijksmuseum entlang durch diese kleinen, förmlichen Gärten mit ihren Skulpturen und durch eine Tür, auf der PRENTENKABINET steht. Offensichtlich recherchiert er noch immer.

Um die Mittagszeit kommt er wieder heraus, um in einem Café jenseits des Museumplein zu essen. Unter allen einfachen Angeboten sucht er sich Kroketten aus. Er ißt schnell, trinkt ein Bier und kehrt zu seiner Arbeit zurück.

Arkenhout will es darauf ankommen lassen und nimmt sich vor, erst wiederzukommen, wenn das Museum schließt – wie ein Vater, der diskret zusieht, wie sein Sohn sich allein auf den Heimweg macht. Hart ist müde von seinem Tag. Aus dem flotten Schritt vom Morgen sind hängende Schultern und ein pflichtbewußtes Marschieren geworden. Außer dem Abend liegt nichts mehr vor ihm.

Der Bahnhof, der Zug, der VW, das Haus. Die Zugehfrau, die täglich kommt, ist schon fort. In einem Raum, der anscheinend die Küche ist, geht ein Licht an und ein zweites im Nebenraum: vermutlich ein riesiges, offenes, kaltes Wohnzimmer. Ein drittes im Giebel des Hauses, das wohl sein Schlafzimmer ist und zu dem schmale, steile Stiegen hinaufführen. Arkenhout fragt sich, wie ein Engländer sich mit den holländischen Gepflogenheiten wohl fühlen kann.

Er spürt seine Haut kalt werden.

Hart läßt ihn herein; warum auch nicht? Wenn er überrascht ist, so schiebt er es wohl auf das andere Land, die anderen Sitten und freut sich über die Gesellschaft. Er bringt Bier in das hohe, offene Wohnzimmer und setzt sich an den Kamin, dessen riesige Steine kalt wirken und schimmern, als wären sie feucht. Er wartet, daß Arkenhout mit der Sprache herausrückt.

Es gibt nur noch eines, was Arkenhout glaubt, wissen zu müssen: Wenn Hart fortginge, wohin würde er sich wenden? Er braucht Harts Leben nur kurze Zeit und will folglich keine Komplikationen.

»Ich hätte nicht nach Hause kommen sollen«, sagt Arkenhout. Er spürt, wie Hart innerlich zurückschreckt. Der Mann verabscheut vertrauliche Mitteilungen; seine Aufmerksamkeit ist reine Verteidigung, nicht Neugier.

»Fünf Jahre in Deutschland«, sagt Arkenhout. »Frankfurt. In einer Bank. Aber besser als nichts, oder?«

Hart sagt: »Ich bin eigentlich ab der nächsten Woche fort.« Er will damit nur sagen, daß er für diese Sorte von Unterhaltung nicht zur Verfügung steht, aber Arkenhout kann kaum glauben, daß sein Glück sich endlich gewendet hat. »In Portugal. So weit weg wie möglich, fand ich.«

»Die Algarve?«

»Nein, um Gottes willen. Irgendwo im Zentrum, in den Bergen. Wo niemand hingeht.«

Zum ersten Mal mustert er Hart als etwas, das mehr ist als eine Reihe von Daten. Er ist auch ein Vorzeigetyp – besucht gerade häufig genug das Fitneßstudio, um seinen schmalen Schultern die gebeugte Gelehrtenhaltung auszutreiben, besitzt ein einzelnes Dolce & Gabbana-Sakko zur Verschönerung eines bäurischen Gerüsts und setzt eine angeregte Miene auf, auch wenn er überhaupt nicht interessiert ist, wie einer, der eines Tages ins Fernsehen will.

Er trainiert dafür, eine Art von Star zu werden, denkt Arkenhout.

Aber was ihn wirklich umwirft, ist die Tatsache, daß er die Briefe bereits geschrieben hat – sie liegen frankiert auf seinem Schreibtisch -, mit denen er seiner Universität in England und seinen niederländischen Gastgebern mitteilt, daß er für eine Weile nach Portugal geht.

Als Hart aus dem Leben scheidet, ist die Brahms-CD bei der *Akademischen Festouvertüre* angelangt: *Gaudeamus igitur iuvenes dum sumus*. Ein kleiner Kraftakt, und Arkenhout kann sich wieder auf den Weg machen.

Während der ersten beiden Sätze der zweiten Symphonie ist Hart noch am Leben. Zu Beginn des *Allegretto grazioso* legt sich die Garrotte um seinen Hals und schraubt sich immer fester, wie man einen Büchsenöffner dreht, bis der Atem aus seinem Körper gewichen und der Hals aufgeschlitzt ist.

Draußen auf der Veranda legt ihn Arkenhout auf das übliche Bett aus Mülltüten. Es ist dunkel, und es gibt Zäune. Er wartet eine Stunde, bis das Blut nicht mehr spritzt, sondern nur noch langsam hervorsickert, dann, bei einer Wiederholung des *Allegro con spirito*, stutzt er Harts Identität mit einem guten, scharfen Messer zurecht. Man schneidet immer die Eier ab, denn falls die Leiche tatsächlich gefunden wird, dann deutet die Verstümmelung auf ein sexuelles Motiv hin. Sex macht die Sache anonym.

Es ist sorgfältige Arbeit. Arkenhout entfernt das Blut mit Ammoniak. Er sorgt dafür, daß der Körper, eingewickelt und mit Gewichten beschwert, an verschiedenen Orten im Wasser versenkt werden kann. Wird eine Leiche nicht zerlegt, behält sie ihren natürlichen Auftrieb und taucht irgendwann schwarz und anklagend wieder auf.

Er entmaterialisiert diesen Christopher Hart so vollständig, daß er selbst Christopher Hart ist, als er in dieser Nacht mit dem VW davonfährt – gesund und munter, kreditwürdig, im Aufbruch.

Gaudeamus igitur. Er genehmigt sich ein Bier.

Die Polizei wird später sagen, daß Arkenhout ein Meister der Verkleidung ist. Dabei versucht er gar nicht, sich zu ändern, weder Gesicht noch Körper, noch seinen Gang oder seine Art, sich zu kleiden. Er nimmt einfach die Papiere, Geld und ein ganzes Leben an sich und lebt weiter als er selbst, unter dem Namen eines anderen.

Er vergewissert sich der Details, wie ein nervöser Reisender sein Bargeld und seine Fahrkarten überprüft. Paul Raven ist verschwunden, wie es unter den gegebenen Umständen gar nicht anders zu erwarten war: Wenn einer zwielichtig genug ist, um aus der Schweiz ausgewiesen zu werden, wird sich wohl kaum jemand wundern, wenn er sich inzwischen in Staub verwandelt hat. Christopher Hart reist nach Portugal, wohin er schon immer wollte. Daran ist nichts fragwürdig.

Er hätte gern dasselbe Mädchen des Utrechter Hostessenservice noch einmal getroffen und ihr diesmal alles recht gemacht: keine Bedürftigkeit, keine Wärme die ganze Nacht, nur Action. Aber er ist nicht dumm. Das ist *sein* Tag, und deshalb ist jedes Mädchen recht.

Später packt er Harts Kleider zusammen: nicht viele, die meisten khakifarben. Sie sollten lieber nicht im Haus zurückbleiben. Er denkt noch daran, Geld für die Putzfrau dazulassen, damit sie nicht redet. Die Schlüssel wird er mitnehmen, wie Hart es getan hätte, denn der Mietvertrag hat noch eine Laufzeit von sechs Monaten. Die Formulierung gefällt ihm: sechs Monate Laufzeit.

Mevrouw Arkenhout geht immer in Amsterdam einkaufen.

Sie ist die Mutter, eine respektable Person, vor Marks & Spencer angedockt wie ein adrettes kleines Boot, in der Hand eine Einkaufstasche mit schwarzen Socken, Unterhosen und süßem Wein, und sie fragt sich, ob ihr vor der Abfahrt des Zuges noch Zeit für Kaffee und ein Stück Kuchen bleibt.

Dann, mitten im Lärm und Stimmengewirr der Kalverstraat, erblickt sie einen wandelnden Toten: Martin, ihren Sohn. Er ist groß, blond und sieht genauso aus, wie er sein sollte.

Sie klammert sich an ein paar Klischees. Martin, denkt sie, am Leben. Diese jungen Leute sehen alle gleich aus. Heutzutage. Ein Gesicht in der Menge. Eine Mutter weiß es. Dann sieht sie, wie das Geschiebe und Gedränge der Straße Martin mitreißt, genau wie zehn Jahre früher, und diesmal läßt sie es sich nicht gefallen. Sie boxt sich ihren Weg durch die Menschen. Prallt gegen die nettesten Leute und hat nicht einmal die Absicht, sich zu entschuldigen.

Vor einem offenen Laden, bei einer Maschine, die Visitenkarten zum Mitnehmen druckt, bleibt er stehen. Er wird diese Karten brauchen, bestimmt hat er einen ordentlichen Beruf. Sie sieht, wie er seinen Namen in die Maschine eingibt, mitteilt, wer er ist und wo er wohnt und wie er zu erreichen ist, den Namen seiner Firma und seine Position: alles, was aus ihm geworden ist, seitdem das Telegramm – immer »das« Telegramm – seinen Tod verkündet hat.

Aber der Mann an der Maschine ist, wie sich erweist, ein anderer Blonder.

Sie gerät ihn Panik. Man kann nicht einen auferstandenen Toten treffen und gleich darauf wieder verlieren, nicht in einer Geschäftsstraße, nicht in einem Einkaufszentrum. Das darf nicht sein.

Sie denkt daran, Martins Namen zu rufen. Aber selbst in der Leidenschaft weiß sie, was sich gehört. Sie schaut nur wild um sich, und die Leute beobachten ihren Blick. Sie spürt, wie sie sich vor den Augen der Öffentlichkeit verändert und von einer Arztgattin mit gesellschaftlicher Stellung und Garten in ein Gespenst ihrer selbst verwandelt, eine unbedeutende, leicht verrückte und unhöfliche Frau in einem unangemessen hübschen Rock.

Sie findet ihn wieder, in der Schlange, die auf die Straßenbahn zum Hauptbahnhof wartet. Sie hat keine Zeit zu verlieren, denn die Straßenbahn kann jeden Moment kommen und ihn mitnehmen, und dann hat sie ihn wieder verloren. Der Zug ist unwichtig geworden. Sie findet, sie hat eine plausible Erklärung für ihr Zuspätkommen.

Die Straßenbahn fährt vor. Sie ist mit riesigen Augen bemalt, eine bewegliche Reklamefläche, die für Sonnenbrillen wirbt, aber dafür hat Mevrouw Arkenhout keine Zeit. Martin steigt ein, also steigt sie ebenfalls ein. Ihr Herz macht ihr zu schaffen.

Er ist im vorderen Teil der Bahn, sie im hinteren. Sie drängelt und schlängelt sich vorwärts, gefolgt von ihren sperrigen, lästigen Einkaufstaschen, die den Leuten gegen Schienbeine und Hintern prallen.

Sie ist unmittelbar hinter ihm.

Sie denkt darüber nach, wie lang der Schweinebraten fürs Abendessen im Rohr sein muß. Sie versucht sich an die Abfahrtszeit des nächsten Zuges zu erinnern. Sie sieht einen Jungen mit Ohrringen und ist froh, daß Martin keine Ohrringe trägt.

Und jetzt, falls er sich nicht plötzlich umdreht und sie erkennt, wird sie ihn ansprechen müssen.

Sie weiß über Dankesbriefe Bescheid und über die Größe von Einladungskarten und weiß, wann man Sherry und wann Genever anbietet. Aber nichts in ihrem Leben hat sie auf diese Sache vorbereitet.

»Verzeihung«, sagt sie. Aber sie faßt ihn nicht an.

Die Straßenbahn biegt schaukelnd um eine Kurve, und sie wird gegen ihn gedrückt. Ihre Einkaufstaschen fallen ihr aus der Hand, und hübsche neue Socken breiten sich über den Boden.

»Kenne ich Sie?« fragt Martin.

Es ist Martin, daran zweifelt sie keinen Moment – seine Augen, seine Bewegungen, seine Schultern, zu breit für das Gesicht eines Bücherwurms, seine Finger, kegelförmig mit abgestumpfter Spitze. Sie weiß, daß er sie kennt, und doch sagt er in diesem angriffslustigen Ton und auf englisch: »Kann ich was für Sie tun?«

Daraufhin hätte sie antworten sollen: »Tut mir leid, ich habe Sie verwechselt«, aber sie hat ihn nicht verwechselt, und es tut ihr nicht leid, und sie wird bis zur Endstation hier stehen bleiben und sich ihm in Erinnerung bringen.

»Martin, ich bin deine Mutter«, sagt sie.

Martin rückt von ihr ab.

Sie weiß, daß er sie kennt. Mutter und Sohn, das ist nicht eine Frage des Gesichts, vage ins Gedächtnis geprägt, das ist körperliche Erinnerung, uralt.

Sie sagt: »Martin? Ich bin deine Mutter.«

Er beugt sich zum Türknopf, als die Straßenbahn an der nächsten Station hält, aber er läuft nicht davon. Er läßt zwei Mädchen den Vortritt, langbeinigen, knackigen Mädchen. Dann dreht er sich um und sagt: »Mein Name ist Hart, Christopher Hart.«

Er sagt es auf englisch, obwohl sie niederländisch gesprochen hat; was merkwürdig ist, denn englischsprachige Menschen verstehen normalerweise kein Wort Niederländisch.

Die Straßenbahntür schließt sich. Sie bückt sich, um die Socken zu retten, gedankenverloren rollt sie manche zu Kugeln, aus Gewohnheit, und entschuldigt sich fortwährend ins Blaue.

Die nächstgelegene Polizeistation ist in der Warmoesstraat; keine respektable Straße. Mevrouw Arkenhout wappnet sich mit ihrer Position als Arztgattin und fegt vorbei an den Pushern, den Kartoffelessern, den trübäugigen, dumpfen Menschen, die reglos in Ecken stehen wie gelangweilte Zuschauer ihres eigenen Lebens; vorbei an den Fenstern der Sexshops, den Leuten und ihren Haustieren, gespreizten Damen, industriellen Geräten und den Kaffeehäusern, bevölkert mit der Sorte von Menschen, die sie nicht kennt, wie Martin aber vielleicht einer geworden ist.

Sie legt einem dieser ausgewiesen freundlichen Polizisten, die es in Amsterdam gibt, ihr Problem dar. Erst danach wird ihr klar, wie sie auf ihn wirken muß: eine Frau mit gerötetem Gesicht, die betont exakt spricht und Wein in ihrer Einkaufstasche trägt, die erklärt, sie habe ihren toten Sohn auf der Straße gehen sehen, und polizeiliche Maßnahmen verlangt. Selbstverständlich versucht der Polizist, sie zu beschwichtigen, und bietet ihr etwas Heißes und Süßes an.

Dann setzt er sich an den Computer, beginnt mit einer halbherzigen Suche und versucht, nicht verblüfft auszusehen, als tatsächlich eine alte Geschichte auf dem Bildschirm erscheint:

Martin Arkenhout, niederländischer Austauschschüler, tot in Florida aufgefunden.

»Ich möchte mit dem Inspektor reden, der uns damals vernommen hat«, sagt Mevrouw Arkenhout. »Mit dem, der Martins Tod untersucht hat.«

»Sie verstehen, daß Martin tot ist, oder?« fragt der nette Polizist.

»Bitte«, sagt sie. Sie weiß, was sie weiß, und das sind Fotos, ein sauberer, ordentlicher Aktenordner voll, der ihr vor zehn Jahren vorgelegt wurde: Details, allesamt grauenhaft, im Schlamm. Ein Unterarm mit einer Timex aus Goldimitat, mit Fleischfetzen dort, wo die Schulter war. Ein Stück von der Brust mit einer eingekerbten Warze; sie wußte nichts von Martins Brustwarzen, nichts von den Brustwarzen eines Jungen. Ein paar perfekte Zähne, in Gruppen zerstreut. All das und noch mehr, sagte der Polizist, war aus einem breiten, schlammigen Fluß gefischt worden.

»Martin ist am Leben«, sagt sie. »Ich habe ihn gesehen.«

»Ich werde ein Protokoll aufnehmen«, sagt der Polizist.

Sie hat nicht ihre Zeit verschwendet, denkt sie. Für die Frau eines Arztes wird man etwas tun. Sicherlich.

Verlassen wir Martin Arkenhout für einen Moment. Er erholt sich von dem Schrecken, sitzt in der hinteren Ecke irgendeines Cafés und interessiert sich für sein Bier. Wahrscheinlich redet er sich ein, daß seine Mutter ihn nicht erkannt, die Begegnung nie stattgefunden hat, die Beamten sie beruhigen und nach Hause schicken werden, in der Meinung, sie sei eben schwermütig. Aber sie wird dafür sorgen, daß die Behörden etwas unternehmen, das weiß er. Sie wird ihn aus Liebe finden wollen, aber als die rechtschaffene Frau, die sie ist, wird sie so tun, als sei sie schlicht empört über die Unanständigkeit, die Ungehörigkeit eines Toten in einer öffentlichen Straßenbahn.

Seine gesamte Existenz steht und fällt mit radikalen Schnitten, und so weiß er, daß die Lage schlimm ist. Er weiß nur noch nicht, um wieviel schlimmer ich sie machen werde.

Ich bin kein Polizist.

Ich bin kein phantasievoller Mensch.

Ich habe lediglich versucht, Ihnen dies alles in einer seiner Sprachen zu erzählen: Was er getan hat, wer er gewesen ist, bevor er in mein Leben einbrach.

Er hielt mich zum Narren, aber er hatte natürlich viele Sprachen. Er beherrschte kunstvolles Englisch und Straßenenglisch, das Englisch der Bars und der Dinnerpartys, die Ausdrucksweise von Nichtmuttersprachlern, mit jener eigenartigen Präzision, die von zu vielen Euphemismen herrührt. Er verstand es, nicht nur Vokale und Endungen korrekt auszusprechen, sondern sein Denken in eine Sprache zu kleiden.

Er suchte sich aus, wer er sein wollte. Er suchte sich aus, was als nächstes geschah und wo. Er bestimmte jede Minute, weil er nie wagte, es jemand anderem zu überlassen. Er muß ein fürchterlich vielbeschäftigter Mann gewesen sein. Ich finde es weitaus entspannender, meine eigene, einzige Persönlichkeit zu haben, geformt, wie bei jedermann, von den üblichen Lebensumständen und biographischen Besonderheiten.

Für das, was danach geschah, möchte ich eigene Worte benutzen.

Manches davon weiß ich, weil ich es selbst erlebt habe, anderes weiß ich aus Erzählungen und wieder anderes, weil am Ende Polizeiberichte verfaßt wurden. Ich habe diesen Bericht aus Unterlagen und Verhören und Erinnerungen zusammengestellt wie eine Geschichte.

Aber alles, was hier steht, ist wahr. Ich möchte nicht, daß jemand denselben Fehler macht wie ich.

2

Ich heiße John Michael Snell Costa. Das erklärt beinahe alles.

Costa ist ein portugiesischer Name. Snell ist englisch und stammt von meiner Mutter, und ich trage ihren Namen nur, weil das in Portugal so üblich ist. Die ersten beiden – John Michael – sind die Vornamen, auf die ein portugiesischer Vater seinen in London geborenen Sohn tauft, wenn er ihn für einen Engländer ausgeben will.

Im ganzen betrachtet, gehe ich sehr gut als Engländer durch: Allenfalls bin ich ein bißchen zu dunkel, ein bißchen kleiner als der absolute Durchschnitt, und der Name ist ein bißchen sonderbar. Wahrscheinlich nehme ich manches zu offensichtlich ernst – Frauen zum Beispiel und die Kunst, die ich in Solander-Kisten ablege. Ich bin auch dann noch zurückhaltend, wenn ich zuviel getrunken habe; der Alkoholeinfluß verwandelt mich nicht in einen krawallsüchtigen Raufbold. Mein Akzent begann mit der BBC und wurde später, als die Mode sich änderte, ein bißchen umgangssprachlicher.

Aber ich denke nicht, daß ich dazugehöre. Die Vorstellung wäre mir zuwider.

Auf dem Weg zur Arbeit bewege ich mich durch monochrome Straßen, vorbei an Menschen in blinder, grimmiger Hast, die sich alle nach ein wenig Farbe in ihrem Tag sehnen. Auch ich bin in Hast, das ist das Raffinierte daran. Ich stehe ordentlich auf der Rolltreppe, immer auf der richtigen Seite. Ich weiß mich zu den richtigen Verhaltensweisen zu zwingen.

Ich schaue mich um und sehe die unsicheren Stilisten, die ihre Identitäten um teures Geld gekauft haben – den Biker, den Sportler, den Schwulen, den Armani-Mann, den Banker –, und bin mitten unter ihnen. Weil ich mich in Bilder verliebt habe, hoffnungslos, spiele ich einen Kustos am Museum. Ich besitze die entsprechenden Kleider, vorwiegend Flanell, ich besitze die akademischen Weihen.

Der Job gefällt mir, muß ich sagen. Auf den Straßen rennen alle in dieser bleichen, gestreßten Gegenwart herum, keine Geschichte, die Zukunft unbestimmt, strampeln sich ab, um sich in jeder Minute zu erfinden, nur um ganz zu bleiben. Wir Kustoden sind die Vermittler zwischen einer Vergangenheit, die aufgezeichnet und belegt, als wichtig verzeichnet ist, und irgendeiner möglichen Zukunft, in der die Menschen wieder einen Blick dafür haben werden.

Ich bin außerdem ein Romantiker, der nicht viel Gelegenheit dazu hat. Meine Beschäftigung besteht darin, Zeichnungen zu bewahren, zu erhalten und zu studieren: rötliche Striche, braune Tusche auf brüchigem, stockfleckigem Papier. Ich schütze sie vor dem Zerfall.

Aber ich würde Wunder bewahren, hätte ich nur die geringste Chance dazu. Ich wäre ein Ritter in Rüstung vor einem Gral in einem Turm, würde jahrhundertelang auf Knien Wache halten.

Das Taxi setzte mich am Nordeingang ab. Vor den Absperrungen des Museums herrschte überall ein milder Aufruhr geballter Menschenmassen in losen Sommerkleidern. Um Schlag zehn, nachdem die Wärter mit erheblicher Dramatik ihre Uhren konsultiert hatten, öffneten sich die Türen. Die Menge drängte rücksichtslos zu dem berühmten Säulengang hinauf. Der tägliche Überfall auf das öffentliche, das leibhaftige Museum hatte begonnen.

Aber ich ging an ihnen vorbei und weiter durch die grüne Tür eines ansehnlichen georgianischen Hauses daneben. Die

Kustoden wissen, daß sich das eigentliche Museum – seine Befugnisse, sein Zweck, seine Geschichte – in diesen Verwaltungsräumen befindet und daß es auf die Anlage, die es trägt, nicht anders blickt als die viktorianischen Mühlenbesitzer auf ihre Mühlen: ohne sie zu sehen.

Ich ging vorbei am Labyrinth der Studienräume, an den Labors, wo man steinerne Körper aufschnitt und über sonderbare Würmer in exotischem Holz in Aufregung geriet, durch Flure in bleichen, offiziellen Farben mit einem Anflug von respektablem Staub selbst in den gefegten Ecken. Ich liebte diesen Weg. Ich war tief ins Innere des Museums vorgedrungen, in die sanfte Privatheit dieses Ortes für Solipsisten, von dem riesigen, offenen Zirkus der öffentlichen Ausstellungsräume und der weiteren Welt nur durch Türen getrennt, auf denen (wie mir an meinem allerersten Tag auffiel) »Notausgang« stand.

Ich durchquerte einen Keller, der eine Aneinanderreihung verriegelter Zellen war, jede mit Gegenständen vollgestopft: eine Reise um die Welt in Form von Antiquitäten. Ich ging vorbei an der Hindu-Skulptur, wohin ein Wurf Katzen zur Fütterung kam, vorbei an den Räumen, in denen ruinierte kleine Sachen in Schubladen eingeordnet waren, bis sie zu einer Monographie ausgebaut werden konnten. Dieses kunterbunte Durcheinander der musealen Privatgemächer, verbunden durch ineinander verflochtene Korridore, und der Mangel an Wegweisern und Karten gaben Anlaß zu Triumph: Ich kämpfte mich durch bis ans Ziel.

Ich war auf meinem Territorium, unterhalb der Kuppel. Das Gefühl einer Leistung verebbte rasch.

In meinem braunen, stickigen Büro wartete Carter: ein kleiner, adretter, nervöser Mann, wie eine Maus im Labormantel, mit einem üppigen Toupet über einem müden Gesicht. Auf seinen Knien balancierte er vier Foliobände.

»Guten Morgen«, sagte er. »Wie war das Wochenende? Schön? Ich fand, das sollten Sie sehen. Ich bin nicht dafür verantwortlich.«

Er wartete, bis ich eine Ecke meines Schreibtisches freigeräumt hatte, dann legte er die Bücher darauf. Sie maßen etwa dreißig mal sechzig Zentimeter und waren in glattes weißes Pergament gebunden, das mit der Zeit fleckig geworden war, mit fransigen Kanten wie ein Stapel dicker Papiere.

»Worin besteht das Problem?« fragte ich, weil ich wußte, daß Carter ständig überall Probleme sieht.

»Sehen Sie selber.«

Ich wollte die Bücher anfassen, doch Carter hustete. »Handschuhe, Sir«, sagte er.

»Heutzutage läuft ohne Latex gar nichts mehr«, sagte ich. Das ist ein ritueller Witz, der Carters Staub ein wenig aufwirbelt; er hat keinen anderen Zweck. Ich zog mir dünne weiße Chirurgenhandschuhe an.

»Fünfzehn Seiten«, sagte Carter. »Sie fehlen. Jemand hat fünfzehn Seiten herausgetrennt.«

Auf allen vier Einbänden stand *Liber Principis*, »Buch des Fürsten«. Ich kannte sie natürlich, obwohl sie im Archiv einer Reservekollektion aufbewahrt wurden: vier Alben mit Gemälden aus dem siebzehnten Jahrhundert aus der Hand von Künstlern, die im Dienst des Prinzen Moritz von Nassau während dessen Zeit als Statthalter von Niederländisch-Brasilien gestanden hatten. Es waren hübsche Bilder, voller lebensechter Tiere, Bäume, Schlangen und Menschen. Darüber hinaus aber waren sie noch viel mehr, nämlich der erste Versuch, präzise festzuhalten, was es in der Neuen Welt alles gab, statt sie nur mit den konventionellen Monstern zu bevölkern. Es war, als könnte man auf jeder einzelnen Seite direkt mit den Augen der Vergangenheit lauter Wunder sehen.

»Ich hätte es nie herausgefunden«, sagte Carter, »hätten wir nicht die routinemäßigen Kontrollen. Wir hatten kürzlich Schwierigkeiten mit der Feuchtigkeitsregelung im Archiv. Die Techniker hatten die Bücher in der Hand, in der Restaurierung waren sie vor drei Jahren. Abgesehen davon kommt nur eine einzige Person in Frage. Professor Christopher Hart.«

»O Gott«, sagte ich. »Wir haben einen Verdächtigen.« Ich sah ihm an, daß er rachlustig war, aber er sagte nichts.

»Sind Sie absolut sicher, daß sonst niemand vom Publikum diese Bücher zu Gesicht bekommen hat?«

»Hart mußte sich eine Sondergenehmigung besorgen, wie Sie sich erinnern. Unter den Umständen.«

Er warf mir offensichtlich vor, daß ich die Genehmigung erteilt hatte, warf mir vor, daß die Bücher nicht sicher in ihrem Drahtkäfig geblieben waren. Ich sah, wie die Geister der Lebendigkeit in diesen Käfigen eingepfercht wurden. Er sah seine wenigen Ersatzbesitztümer, schützenswert wie seine Pension und seine Hypothek.

Ich legte beide Handflächen auf das zerkratzte weiße Pergament des Einbands.

»Ich kümmere mich darum«, sagte ich.

Christopher Hart war in diesem Moment auf ein paar Gegenstände auf einem Tisch reduziert: drei Kreditkarten, eine Bankkarte, eine Euroscheckkarte, vier Bibliotheksausweise, eine Magnetkarte mit Lichtbild, die ihm die Türen zu seinem Fachbereich an der Universität öffnete, ein Mitgliedsausweis für das Fitneßstudio, zwei Vielfliegerkarten, die eine golden und die zweite nicht mehr gültig, ein Paß, eine amerikanische Visa-Karte neuen Stils mit Foto, ein Führerschein, ein Personalausweis, ein rotes Abonnement für den Arsenal Football Club, eine Garantiekarte für einen Computer.

In der Regel war das alles, was Martin Arkenhout benötigte.

Es ist das, was die Behörden von uns verlangen, damit wir ein Flugzeug betreten, Bücher betrachten, unser Geld abheben können. Diese Papiere und Karten beweisen nicht nur, wer wir sind, sie sind unsere eigentliche Identität. Die Macht will uns numeriert und nicht benannt, will unsere Namen, Adressen, Telefonnummern, Absichten, Sozialversicherungsnummern, PINs und so weiter, nicht bloß im Gedächtnis, sondern auf Karten gedruckt. Und dafür hat sie gute Gründe. Solange wir Papiere besitzen, sind wir ein kohärentes Gebilde; wir verändern uns nicht einfach wie ein Charakter oder eine Persönlichkeit oder ein Wunsch. Wir sind dazu da, verwaltet zu werden.

Am Ende brüstete er sich mir gegenüber sogar: daß er dann nichts anderes mehr habe tun müssen, als die Details auszufüllen – was Hart will, ißt, liebt, haßt, glaubt. Er war sich schon sicher, daß er Hart ein besseres Leben verschaffen konnte, als Hart selbst es je hätte haben können.

Er weiß eben nichts von Hart. Ich schon, und dieses Wissen kann mich umbringen.

Sie verstehen das Problem«, sagte der stellvertretende Direktor. Er war ein fleischiger Mann, die Ruine eines Rugbyspielers, dessen massiger Gestalt kleine, scharfe Wölkchen erschreckend ästhetischer Meinungen entwichen.

»Ich glaube schon«, sagte ich. »Diese Bücher sollten sich überhaupt nicht im Besitz des Museums befinden.«

»Ich weiß nicht, ob das Museum das so sehen würde. Mit Sicherheit aber würde das Museum sagen, daß es von Rechts wegen nicht Gegenstände aus seinen Kollektionen herausgeben kann, wie auch immer sie in seinen Besitz gelangt sind – das macht beinahe alles einfacher. Aber in diesem besonderen Fall wäre es dem Museum am allerliebsten, gar nichts sagen zu müssen.«

»Familiengeheimnisse«, sagte ich.

»Richtig.«

»Nur der Form halber«, sagte ich, »meine ich, wir sollten die Geschichte des *Liber Principis* rekapitulieren.«

»Ist das wirklich notwendig?«

»Der Form halber«, sagte ich. Ich wollte mich von allen künftigen Unannehmlichkeiten soweit wie möglich distanzieren. Der stellvertretende Direktor sollte sich um die Ehre des Museums kümmern, während ich mich mit der Kunst befaßte. »Die Gemälde stammen von Albert Eckhout, der sie für Prinz Moritz von Nassau angefertigt hat. Dann ging dem Prinzen das Geld aus, und er beschloß, sie zu verkaufen – was er tat: an zwei deutsche Duodezfürsten. Vielleicht dachte jeder bei sich, er habe die ganze Sammlung bekommen. Jedenfalls ließ jeder seine Alben binden, und jeder nannte sie die Bücher des Prinzen. Sämtliche Alben blieben in Deutschland.«

»Ja, ja«, sagte der stellvertretende Direktor.

»Irgendwann zu Anfang dieses Jahrhunderts erstand die Preußische Nationalbibliothek beide Ausgaben. Dann kam der Krieg, und der Bestand der Preußischen Nationalbibliothek wurde vorsichtshalber evakuiert, falls Berlin dem Erdboden gleichgemacht würde. Die Libri Principis verschwanden, zusammen mit etlichen Mozart-Autographen und anderem. Daß eine Ausgabe in Krakau wieder auftauchte, ist aktenkundig und wurde von der polnischen Regierung Jahrzehnte später offiziell zugegeben; fortan stand sie den Wissenschaftlern zur Verfügung.«

»Ein Fehler«, sagte der stellvertretende Direktor. »Bücher würden ewig leben, wenn niemand sie zu Gesicht bekäme oder bewegte. Wir könnten das gesamte Universum des Wissens absolut unangetastet erhalten.« Er hustete, leicht verlegen über diese Parodie seiner ureigenen Instinkte.

»Natürlich«, sagte ich, »war nicht so schwer nachzuvollziehen, wie ein paar Bücher, die in Sachsen geblieben waren, nach Krakau gelangten. Wieso aber die zweite Ausgabe nach London kam, läßt sich schon weniger leicht erklären.«

»Unternehmungsgeist. Kriegsbeute. Die meisten Museen verdanken ihren gesamten Bestand einerseits dem Unternehmungsgeist und andererseits den Beutestücken aus dem einen oder anderen Krieg.«

»Bis heute«, sagte ich, »wurde nicht bekanntgegeben, daß wir die Eckhout-Bilder besitzen. Übelgesinnte Leute würden wahrscheinlich als allererstes fragen, wie wir überhaupt dazu gekommen sind. Es könnte die Rede von Diebstahl sein.«

»Oder von Transfer. Das Museum nimmt die Bilder in seine Obhut, nachdem die Preußen es verabsäumt haben, sich darum zu kümmern.«

Die Bücher waren spürbar anwesend: die belastende Präsenz eines verwundeten Wesens auf dem Sideboard. Ich hob einen Band hoch und schlug mit unanständig nackten Fingern die Seiten auf: Sie verbreiteten einen zarten Geruch von Papierstaub und vielleicht irgendeiner uralten, duftenden Pomade, wie in der Bibliothek eines Herrenhauses.

»Leider«, sagte der stellvertretende Direktor, »leben wir in einer Zeit, in der von jedem Offenheit erwartet wird und jeder sich für die Geschichte entschuldigt. Die Elgin Marbles geben wir zwar nicht zurück, aber wir verstecken sie auch nicht. Deshalb fand der Direktor in seiner Weisheit, daß ein jüngerer Wissenschaftler die Erlaubnis bekommen sollte, die Eckhouts zu untersuchen. Eine vertrauliche Angelegenheit.«

Ich betrachtete die Seiten. Jede wies ein Netz von Überschriften auf, Bilder befanden sich jedoch nur auf den ungeraden Seiten, manchmal sogar mehr als eines: Das Album war der Plan für ein ehrgeizigeres Vorhaben, als es selbst war.

»Wir können wohl kaum die Polizei einschalten«, sagte der stellvertretende Direktor. »Und die Schlußfolgerung, daß der Dieb dieser Seiten, wer immer es war, sehr genau über diesen Umstand Bescheid wußte, läßt sich schwerlich vermeiden. Es ist peinlich, Dinge zu verlieren. Noch schlimmer ist es, wenn man etwas verliert, was man nie hätte besitzen sollen.«

»Abgesehen von den Mitarbeitern des Museums hatte nur eine einzige Person die Bücher in der Hand. Christopher Hart.«

»Sind Sie absolut sicher, daß kein interner Mitarbeiter seine Hand im Spiel haben konnte?«

Ich zuckte die Achseln. »Ich bin kein Detektiv«, sagte ich.

»Das ist wirklich ein Jammer. Das Museum legt großen Wert auf seine Beziehungen zu jüngeren Wissenschaftlern. Das Museum hängt von ihnen ab. Aber es war Hart, definitiv, Hart und kein anderer?«

Offensichtlich waren manche Bilder nie eingefügt worden, denn das Papier war gleichmäßig verfärbt. Zuerst blätterte ich wie ein Polizist die Seiten um und bemerkte die wenigen Stellen, die auffällig hell in einem vergilbten Rahmen leuchteten, wo ein Bild lange Zeit das Papier, auf dem es angebracht war, vor Licht geschützt hatte. Dann fiel mein Blick auf eine Seite, die der Dieb unmittelbar an der Bindung herausgeschnitten hatte. Die dem Album angetane Verletzung erweckte es für mich zum Leben, löste es heraus aus der trägen Kategorie des Beweismaterials, und ich empfand Zorn, weil die Vollständigkeit eines perfekten Gegenstands zerstört worden war.

Solche Gefühle waren natürlich unangemessen. Politisch nicht korrekt. Auch historisch waren sie nicht gerechtfertigt: Schließlich waren die Alben eine willkürliche Sammlung dessen, was überlebt hatte, was Gönnern gefiel, was in vielen Jahren niemand hatte stehlen oder ruinieren können – den anonymen Finder der Bücher, der sie in Deutschland aufgetrieben und dann wohlbedacht im ehrwürdigen Lagerhaus des Museums abgegeben hatte, eingeschlossen.

Aber ehe ich mich versah, war ich den strahlend farbigen, präzisen Bilder verfallen.

»Vielleicht könnten Sie mit Hart reden«, schlug der stellvertretende Direktor vor.

»Laut Auskunft seines Lehrstuhls ist er in Holland, zu Forschungszwecken für ein Jahr freigestellt. Es hat ihn schon eine ganze Weile niemand mehr gesehen. Er hat allen erzählt, er fährt vielleicht nach Portugal, aber eine Nachsendeadresse gibt es nicht.«

»Ach Gott«, sagte der stellvertretende Direktor.

Ein winziges namenloses Insekt, karmesinrot und schwarz gezackt, kroch über die Seite. Eine Schlange, unten goldgelb und oben schwarz, wie ein Schauspieler in einem Melodram, der ins Rampenlicht tritt. Drei Schlangen auf einer Seite, mit Diamanten besetzt, ein schwarz unterlegtes Muster in Rot, wanden sie sich alle zum Rand, um aus dem Rahmen auszubrechen.

»Der Kerl wird doch nichts veröffentlichen, oder?« fragte der stellvertretende Direktor.

Ziegen sah ich, warm und ein wenig nervös vor buntgesprenkeltem Hintergrund, die Ohren und Hörner einwärts gedreht. Lamas mit Gesichtern wie Karikaturen von Politikern. Ein Ameisenbär hatte sich als ein derart erstaunliches Wesen erwiesen, daß eine Masse nicht weiter erforschter brauner Haare mit spitzer Schnauze an einem Ende aus ihm geworden war. Prachtvolle Katzen gab es, einen Affen, dessen Gesichtszüge – müde Augen, abgenutzte Zähne, niedrig sitzende Ohren – menschlich und ängstlich wirkten. Ich habe nie verstanden, wie jemand in der Lage sein kann, sich der Verführungskraft und der Ausstrahlung von Malerei, ihrer physischen Tiefe und Struktur zu entziehen und sich statt dessen mit Dias zu begnügen, abstrakte Substantive zu benutzen, mit Begriffen und Theorien um sich zu werfen, statt mit Leidenschaft und echter Anteilnahme zu schauen. Malerei ist Nahrung für mich.

»Ich muß hoffentlich nicht betonen, daß äußerste Diskretion erforderlich ist«, sagte der stellvertretende Direktor. »Nicht nur der Form halber«, fügte er spöttisch hinzu. Ich hätte die Bücher aus der Hand legen sollen. Ich hätte mich auf das Gespräch konzentrieren sollen, auch wenn es noch so wichtigtuerisch und nichtssagend war. Statt dessen blickte ich in ein rundes, freundliches Gesicht auf der ersten Seite des Albums: ein wilder Haarschopf, leuchtende Wangen und eine Andeutung von Bartstoppeln über breiten Lippen, der Blick ein wenig unscharf, als hätte ihn der Künstler nicht ganz erfaßt, vielleicht war der Mann auch betrunken.

Das Album war keine Ansammlung hübscher Dinge, ein Karneval von Merkwürdigkeiten, sondern eine neue Welt, gesehen mit staunendem Blick. Diese Gemälde hatten nichts mit den konventionellen Aneinanderreihungen von Wurzel, Blüte, Insekt und Memento mori gemein, mit jener Art überladener Bilder, wie sie die Holländer im sechzehnten Jahrhundert ebenfalls fabriziert hatten, sondern waren präzise Dokumentationen voller Verwunderung – und zutiefst persönlich. Wie Großvaters Entdeckergeschichten.

Eine Frau mit bloßer Brust und zinnoberrotem Lendenschurz über geschmeidigen braunen Beinen, in der Hand eine Wurzel, die sie wie eine Fackel hielt. Dann ein Soldat, nackt, mit Pfeil und Bogen und einem roten Ring um den Kopf, absurd, wie aus einem mittelalterlichen Hutsalon. Ein Häuptling mit Robe und Mitra wie ein Bischof. Eine Mutter, an deren Hals sich ein winziges Baby klammerte.

»Ich glaube, die Deutschen versuchten, die Alben aus Krakau zurückzubekommen. Das könnte Schwierigkeiten geben«, sagte ich. »Als Erben der Preußen sind wir nicht sehr plausibel.«

»Laut Gesetz ist es dem Museum untersagt, irgendeinen Bestandteil seiner Sammlungen zu veräußern. Also werden wir selbstverständlich darauf bestehen, sie zu behalten.«

Widerwillig verließ ich die Frau mit dem Lendenschurz. Ich hatte das Gefühl, als wäre ich einen Augenblick in ihrer Gesellschaft gewesen, als könnte ich zurückkehren und sie etwas fragen: zum Beispiel, wie sich nach dem Wald die Kälte eines Kellergewölbes anfühlte.

»Es ist denkbar«, sagte ich, »daß der Dieb die Seiten einfach nur verkaufen wollte. Er hätte wenig Mühe damit. Sie sind selten, handlich, vorzüglich, und jeder kann ihnen etwas abgewinnen. Wahrscheinlich hat sie jetzt irgendein sächsischer Currywurstkönig, der sie in seinem Privatsafe aufbewahrt. Oder ein Banker.« Ich zog meine Hände zurück, widerstrebend, als hätten die Bücher meine Berührung erwidert. »Man könnte sie sich auch ohne weiteres ins Wohnzimmer hängen – keiner hat die Bilder je veröffentlicht, und in den letzten fünfzig Jahren hat sie praktisch niemand zu Gesicht bekommen.«

»Mag sein.« Der stellvertretende Direktor trommelte mit den Fingern auf seinen Schreibtisch. »Ich frage mich allerdings etwas anderes. Ich frage mich, ob die entwendeten Seiten als Quellen für eine Beweisführung vorgesehen waren, Harts Beweisführung«, sagte er, und mir wurde klar, daß er ein Verbrechen skizzierte, das er selbst begehen wollte. »Vielleicht will er sie in der Hand haben, damit er auch die Geschichte, die er erzählt, steuern kann, wie er will.« Das Vergehen veränderte seine Natur: Aus einem Diebstahl, einer aus Habsucht begangenen banalen Tat, wurde ein Affront gegen alles, was das Museum repräsentieren sollte.

»Vielleicht will er sie vernichten, damit niemand mit ihm streiten kann«, sagte ich.

Einen Moment lang stand die Idee erschreckend im Raum.

»Wir befinden uns in einer wissenschaftlichen Gemeinde«, sagte der stellvertretende Direktor. »Wahrscheinlich müssen wir uns angewöhnen, einander zu verdächtigen. Leibesvisitationen beim Betreten des Museums und Leibesvisitationen beim Verlassen des Museums. Metalldetektoren und Röntgenstrahlen. Ausweise für sämtliche Bibliotheken. Aber nach Harts Ruf als Wissenschaftler, nach den Artikeln, die ich von ihm gelesen habe, hätte ich gedacht, ich kenne den Mann. – Wir müssen wirklich mit Professor Hart reden.«

Mir war klar, daß mit »wir« nur ich gemeint war.

Christopher Hart, erzählte mir Arkenhout, bezahlte die Bahnfahrkarte von Amsterdam nach Köln mit seiner Kreditkarte. Kein Problem. Er hatte seinen Paß dabei, aber den wollte an der deutschen Grenze keiner sehen.

Er fuhr bis zur Endstation einer Straßenbahnlinie in einem Vorort von Köln und stieg drei Treppenläufe zu einer Wohnung hinauf, wo ihm ein Inder mit blutunterlaufenen Augen seine Papiere abnahm. Es gab keine Quittung, nichts Schriftliches.

Vier lange Stunden hielt er sich an einem Bier fest.

Als er wieder ging, stimmte sein Gesicht mit seinem Namen überein. Der Inder – und seine zwei Cousins – reparierten Identitäten wie Schuhe, mit derselben professionellen Gleichgültigkeit. Er zahlte bar. Die Inder akzeptierten die meisten Währungen.

Auf dem Rückweg nach Amsterdam überzog sich die öde graue Grenzstation Emmerich mit einer Art Zauber: ein Ort der Prüfung. Er sah die grau uniformierten Polizisten auf den langen leeren Bahnsteigen und wollte einem von ihnen seinen Paß zeigen, wollte geprüft und durchsucht und als Christopher Hart, Professor, ausgewiesen werden. Niemand kam.

Dann fragte er sich: Habe ich meiner Mutter wirklich einen Namen genannt? Habe ich wirklich laut ausgesprochen, daß ich jetzt »Christopher Hart« bin?

An diesem Tag ging ich früh. Durch eine Feuerschutztür betrat ich den öffentlichen Teil des Museums, wo mich Menschenmassen umbrandeten, auf dem Weg, sich Kulturen einzuverleiben, nackte Götter, all diese unerbittlichen Fluß- und Erd- und Geburtsgeister, die wir hinter mächtigen offiziellen Glasscheiben verwahren. Gelegentlich ließ sich jemand von den riesigen braunen Augen eines – beispielsweise – koptischen Porträts in Bann ziehen und hielt dem Ansturm der Menge ein paar Sekunden lang stand, trieb jedoch bald darauf weiter zur nächsten obligatorischen Sehenswürdigkeit.

Ich beobachtete die Aufseher, die das Treiben bewachten. Es waren ältere Männer, die sicherlich Bier tranken und Fleischpasteten aßen, pflichtbewußt ihren Militärdienst geleistet hatten und keine frechen Antworten gaben, abends durch die Galerien wanderten und alle Türen verschlossen. Kameras und Sensoren und all den Hokuspokus der Sicherheitssysteme nahmen sie nur hin, weil sie wußten, daß am Ende alles auf ihre abendliche Zeremonie mit den riesigen Eisenschlüsseln hinauslief.

Ich dachte, sie gehörten derselben Welt an wie mein Vater: Leute, die Eintopf aßen und den Namen Max Jaffa kannten und genau wußten, was sie unter »Tradition« verstanden.

Mein Vater ging mir ohnehin im Kopf herum. Er hatte etliche Nachrichten auf dem Anrufbeantworter hinterlassen, die alle unsicher begannen, als wäre es ihm peinlich, Selbstgespräche dieser Art zu führen, in der vagen Hoffnung, daß irgend jemand irgendwann die Nachricht hört. Ich rief ihn zurück, aber er war unterwegs. Den Spätnachmittag verbrachte er gern in einem der portugiesischen Cafés am Ladbroke Grove, wo er ohne die ständige Last des Übersetzens reden konnte. Dort trank er Espresso und aß Mandelkuchen. Worüber er diskutierte, weiß ich nicht.

Anna war noch nicht zu Hause.

Die Geschichte meines Vaters ist klassisch. Als Hilfsarbeiter kam er nach Großbritannien, wurde dann Kellner und arbeitete sich bis zum Geschäftsführer eines Hotelrestaurants hinauf. Während der ganzen Zeit sorgte er dafür, daß ich nie so würde wie er. Er erzog mich zu einem düsteren, nostalgischen Engländer, einem überzeugten Anhänger von Kricket, Königen und Kastanien, wie kein Engländer heutzutage mehr sein kann.

Aber meinem Vater, erkannte ich irgendwann, behagte dieser Prozeß keineswegs. Mit seinen Freunden sprach er nach wie vor portugiesisch. Wenn ich von der Schule nach Hause kam, waren sogar mein »Hello«, mein »good afternoon«, das Wort »Dad« Verrat an der einzig wahren, der portugiesischen Sprache. *Fish fingers* und *gobstoppers* trafen ihn ins Mark. Aber er hatte kein Recht, von Verrat zu reden. Er war bereits ins feindliche Lager und ins Bett der Engländerin übergewechselt, die meine Mutter wurde.

Sie starb so schnell am Krebs, daß es wie ein *special effect* aussah: als hätte sie nur kurz nachgegeben und als wäre dadurch ihre gesamte Abwehr mit einem Schlag zusammengebrochen. Ich war zehn. Ich weiß nicht, was mein Vater tat. Er verschaffte mir Sicherheit um jeden Preis. Der höchste zu bezahlende Preis war, in seinen Augen, englisch zu werden. Andere Familien kehrten nach Portugal zurück, wenn die Töchter dreizehn waren und die Gefahr bestand, daß ihnen das Englischtum zwischen die Beine geriet; aber ich war sein Sohn, sein einziges Kind, und konnte bleiben, um selbst ein Fremder zu werden.

Ich besuchte die Universität, was niemand in meiner Familie je getan hatte. Mein Vater war stolz, höflich und nervös. Ich machte meinen Hochschulabschluß, damit ich dagegen gewappnet wäre, meinen Lebensunterhalt durch Schaufeln oder Kellnern zu verdienen.

Ich kann mir nicht vorstellen, wie mein Vater das alles seinen Freunden erklärte, die vor Heimweh vergingen.

Um halb sieben war mein Vater zu Hause. Er sagte, er wolle am Samstag nach Essex fahren, ein Boot mieten und Schollen angeln. Mir war klar, daß ich ihm auf keinen Fall absagen konnte.

Anna war noch immer nicht zu Hause. Ich spürte ihre Abwesenheit, eine Kälte dort, wo sie auf einem Stuhl sitzen oder an einem Fenster hätte stehen sollen. Sie stand natürlich stark unter Druck. Ihr Leben verlief nach den Rhythmen des Colleges, an dem sie unterrichtete – Pausen, Prüfungen, Krisensitzungen in irgendwelchen Ausschüssen –, und ihrer häufigen brutalen Kopfschmerzen, die sie niederstreckten. Aber sie war zu der Zeit stärker in Anspruch genommen als sonst. Ich hatte den Eindruck, sie sei vollkommen absorbiert von etwas oder jemand anderem und könne nicht einmal mehr so tun, als wäre alles normal. Das war bequemer, als die Distanz zwischen uns zuzugeben.

Anna kam nach Hause, aber ich spürte noch immer ihre Abwesenheit.

Ich habe die Polizeiunterlagen vor mir, jedenfalls die Kopien davon: ordentliche Berichte, keine Absätze, manchmal eine Notiz am Rande. Darin heißt es, daß Inspektor Van Deursen und Polizeimeister Visser ungefähr um diese Zeit Amsterdam verließen, um zu den Arkenhouts zu fahren. An den unteren Rand der ersten Seite hat der eine oder der andere gekritzelt: »Nette Leute«. Und danach: »künstliches Feuer im Kamin, gab überhaupt keine Wärme ab.«

Sie fragten, ob Martin Arkenhout versucht habe, sich mit seinen Eltern in Verbindung zu setzen. Seine Mutter sagte: »Eigentlich nicht.« Sie wird sich dabei geschämt haben, denke ich.

»Sie sind in den letzten zehn Jahren nicht umgezogen?«

»Nein.«

»Und dieser Mann in der Straßenbahn – er hat Ihnen einen anderen Namen genannt?«

»Hart nannte er sich, Christopher Hart. Er sagte es auf englisch, aber wissen Sie, ich habe holländisch mit ihm gesprochen.«

»Sind Sie ganz sicher, daß Sie sich nicht vielleicht geirrt haben?«

»Ja.«

»Wissen Sie, daß es strafbar ist, die Zeit der Polizei zu vergeuden?«

Am Ende hatte einer der Polizisten eine leichte Bleistiftnotiz gemacht: »Sehr praktisch. Äußerst verwirrt und besorgt, konnte es aber nicht zeigen. Tabletten?« Sein Kollege bemerkte zu dieser Bemerkung: »Verschreibungspflichtig! Ehemann ist Arzt.« Das Wort *verschreibungspflichtig* war heftig unterstrichen.

Mein Vater nahm die Riemen, während ich das Ruderboot ins flache Wasser der Flußmündung hinausschob. Ich hätte ihn nicht davon abhalten können. Er war sechsundsiebzig, immer noch drahtig und stolz, daß er dieselben Anzüge tragen konnte wie mit fünfzig. Seine Haare waren ein makellos weißer Helm auf einem alt gewordenen Jungen. Die Sehnen an seinen Armen sahen dünn aus, und dazwischen hing schlaffes weißes Fleisch.

Auf der Fahrt von London war er einmal eingeschlafen. Er war lebhaft, beinahe jung, wenn er wach und munter war; aber als ich ihn von der Seite ansah, mit heruntergeklapptem Kiefer, sah ich den Schädel dicht unter der Haut.

Jetzt aber war er heldenhaft, und seine Augen funkelten, als wäre er wütend.

»Beeil dich«, sagte er.

Ich wußte nicht, was er zu verpassen fürchtete, die Fische, die Flut oder irgendeinen imaginären Zug nach Hause. Er konnte jedenfalls nicht länger warten; die resignative Geduld seiner mittleren Jahre hatte er verloren.

Ich sprang ins Boot, und er ruderte davon. Gelegentlich strich ein Ruder flach übers Wasser, doch in der Regel erinnerten sich seine Muskeln so deutlich wie sein Geist. Nach einem Dutzend Schlägen sagte er: »Du kannst später rudern.«

»Oh, danke«, sagte ich.

Er ruderte in den Kanal hinaus. Der schlammige Grund unter uns sackte ab. Der Himmel war endlos und bleich, es ging ein gemeiner kleiner Wind, während gleichzeitig die Sonne herunterbrannte. Ich sah das Marschland rings um uns: blühende Wicken, Salzkanäle, die sich durch den Schlamm gruben, und Binsen.

Er fuhr aufs Meer hinaus. Das Rudern fiel ihm schon schwerer, doch er war völlig konzentriert. Er sprach nicht, um sich nicht anmerken zu lassen, daß er außer Atem war, und er lächelte nicht.

»Ist es für Schollen nicht ein bißchen spät am Tag?« fragte ich.

Er gab keine Antwort. Ich schaute zur Küste zurück, auf den

Zaun aus Röhricht. Ein Graureiher saß am Rand des Wassers in Positur.

Ziemlich unvermittelt zog mein Vater die Riemen ein. Ich fragte mich, ob ihm die Kraft ausgegangen war oder sein Herz ihm Beschwerden machte, doch er sah stark und munter aus.

»Hol die Angeln«, sagte er.

Wir hängten die Haken ein und bestückten sie mit Ködern, dann warfen wir die Angelschnüre über die Bootswand aus. Das kleine Ruderboot fing sich in diesem Gitter, und wir verharrten reglos auf schwarzem Wasser, wartend.

Ich hütete mich zu reden. Als Kind, auf Spaziergängen in Surrey – mit dem Bus der grünen Linie, ein paar Stunden in den Wald hinein –, hatte ich manchmal geredet, und es war meine Schuld, wenn Kuckuck oder Zeisig, Rotschwänzchen oder Drossel davonflogen und den ganzen Tag nicht wiederkamen.

»Wir sind zu spät herausgekommen«, sagte mein Vater vorwurfsvoll.

»Das habe ich befürchtet«, sagte ich. »Sind wir nicht sowieso zu weit draußen?«

Dem Monument an der Flußmündung, den Kühltürmen und Reaktorblöcken eines Kernkraftwerks, kehrten wir beide den Rücken zu, entschlossen, nur Wasser und Marschland zu sehen.

»Du weißt doch, daß ich dieses Konto habe. Poupança Emigrante«, sagte mein Vater.

»Verstehe ich nicht.«

»Ein Bankkonto in Portugal. Für Emigranten.«

»Du bist doch Engländer.«

»Ich habe das Haus verkauft«, sagte mein Vater.

Einen Moment lang wußte ich nicht, wohin ich schauen sollte. Die Marsch war eine schwarze Linie im hellen Licht, der Himmel ein verwaschenes Hellblau. Es gab keine besonderen Wolken, in denen Gesichter oder eine Landkarte zu entdecken waren, was in meiner Kindheit ein Spiel zwischen uns gewesen war. Es gab keine anderen Boote auf dieser skurrilen Expedition.

»Ich sagte, ich habe das Haus verkauft.«

»Ich hab's gehört«, sagte ich.

»Nächsten Monat bin ich fort.«

»Du gehst weg?«

»Ich habe angefangen in Portugal ein Haus zu bauen. Ich will deinen Rat dazu.«

Das Boot drehte sich ein wenig vor Unbehagen über den Gezeitenwechsel. Die Angelschnüre sahen aus, als würden sie sich jeden Moment verheddern, und ich begann sie zu sortieren, rollte eine auf, straffte eine andere, wie jemand, der ein Zimmer aufräumt.

Nach einer Weile sagte ich: »Das verstehe ich nicht.«

»Ich gehe nach Hause. Nach Portugal.«

»Du hast immer gesagt, England sei deine Heimat.«

»Ich habe viel gesagt«, antwortete mein Vater. »Um die Mittagszeit werden wir hier nichts fangen.«

»Ich versteh's nicht.«

»Du und Anna, ihr müßt mich besuchen kommen, sobald ich eingerichtet bin. Einstweilen zahle ich das restliche Geld auf eine portugiesische Bank ein. Sechzehn Prozent Zinsen. So viel kriege ich hier nie.« Um finanzielle Dinge hat er sich immer gekümmert, nicht als Fachmann, doch als interessierter Laie. Einmal fragte er mich, ob er Geld verdienen könnte, wenn er die Art von Bildern, mit denen ich mich auskenne, kaufte und verkaufte.

»Bist du sicher ...«

Er stand im Boot auf. Wäre er ausgeglitten, hätte er sich abrupt bewegt, im Zorn, so hätte er das Boot nach einer Seite kippen und kentern lassen, das dunkle Flußwasser hätte unsere Kleider getränkt und uns mit langen grünen Algen behängt. Mir lag daran, daß er die Ruhe bewahrte.

Er reckte sich, streckte die Arme hoch hinter den Kopf und ging in die Knie, um seine Achillessehnen zu dehnen.

»Das ist eine Überraschung, was?« Er grinste.

Diesmal nahm ich die Riemen und ruderte zum Ufer zurück, so schnell, daß das Wasser gegen den Bug rauschte. Er sagte nichts dazu, nichts über sein Haus in Portugal oder seinen Wunsch zurückzukehren, nichts über den Verkauf des Hauses in Stockwell, wo er so lang mit meiner Mutter und mir gelebt hatte, umgeben vom Geruch nach Kaffee, Lorbeerblättern und Desinfektionsmittel mit Kieferduft. Es war erschreckend, wie wenig er je gesagt hatte.

Das Boot lief auf den Strand auf. »Sachte«, sagte mein Vater. »Sachte.« Er schaute zu dem blassen Himmel hinauf und sagte: »Es kommt Regen.«

Anna kam hinter mir ins Zimmer und legte sich aufs Bett. Ich merkte, daß sie sehr darauf bedacht war, mich nicht zu berühren.

»Er hat nie irgendwas gesagt«, sagte ich. »Dabei muß er seit Monaten, vielleicht seit Jahren darüber nachgedacht haben. Es braucht Zeit, um ein Haus zu verkaufen. Es braucht Zeit, um eines zu bauen, um Gottes willen.« Er war also doch nicht hier etabliert und seßhaft; er dachte an Portugal, vielleicht sehnte er sich danach, jedenfalls plante er dort ein Haus mit bestimmten Zimmern und Türen und Giebeln. »Kein Wort, nie. Er wollte nicht einmal verreisen. Weißt du noch, als ich mit ihm nach ...«

Ihr Schweigen unterbrach mich. Es war lauter als Worte.

»Du bringst mich aus dem Konzept«, sagte ich.

Das tat sie tatsächlich: fing meinen Blick, ließ meinen Atem stocken, in den unerwartetsten Augenblicken, brach in meine Gedanken, meine Lektüre ein und ließ mich lächelnd zurück. Ich mußte mich immer fragen, wie lang sie durchhalten konnte. Sie hatte keine einzige Frage gestellt, was ein schlechtes Zeichen war. Sie war einmal im Bad gewesen, um sich Tabletten gegen die Kopfschmerzen zu holen.

»Vielleicht sollte ich ihn begleiten«, sagte ich.

»Du wolltest ihn doch so selbständig. In Wirklichkeit bist du stolz auf ihn.«

Es stand also ein guter Morgen bevor, glatt wie Milch. Zumindest konnte sie sich auf ein Gespräch einlassen.

So war es nicht immer. Ich hatte die schlimme Angewohnheit angenommen, sie rückhaltlos zu lieben und gleichzeitig stets auf der Hut zu sein, beides parallel, immer gefaßt auf den

Moment, in dem der Kopfschmerz wiederkam und Gereiztheit das Gespräch unterbrach und die Worte scharf umherflogen und der Schmerz im Zimmer stand wie ein gescheiterter Rivale aus früherer Zeit, der sich jetzt berechtigt fühlte, freundliche und höfliche Aufmerksamkeit zu verlangen.

Ich legte mich neben sie. Ich fühlte mich zu Hause, doch ich wußte, daß ich sie nicht berühren durfte, denn Berührung war für sie ein Gefühl zuviel.

Sie würde einen Spaziergang machen. Ich auch. Irgendwie würden wir schon zurechtkommen.

Am selben Tag, heißt es im Tagebuch von Mevrouw Arkenhout, das sie später der Polizei aushändigte, fuhr Hart nach Hause.

Ich kann mir nicht denken, daß er eine feste Vorstellung von seinem Ziel hatte. Er wird mit mehreren Zügen gefahren, zu früh ausgestiegen sein, den nächsten Zug auf derselben Strecke abgewartet haben – in Weilern, auf Art-deco-Bahnhöfen, alle grau und gelb und gekachelt, und auf offenen, zugigen. Kaffee trank er gern. Ich kann mir vorstellen, daß er einen Becher leerte, dann noch einen.

Er kam in die Stadt, in der er aufgewachsen war. Vom Bahnhof bis zum Haus der Arkenhouts dauert es zu Fuß eine halbe Stunde, also wird er gegen vier Uhr nachmittags eingetroffen sein: um die Zeit, zu der die häusliche Welt Mevrouw Arkenhout wieder in Anspruch nimmt, die Zeit, zu der sie das Abendessen vorbereitet, die Bügelwäsche beendet, den Garten gießt, mit allem fertig wird, um jeden Preis.

Er mußte nicht nach dem Weg suchen. Ehe er sich nur umsah, war er schon halb dort. Die Häuser waren wie lustiges Zubehör für eine Modelleisenbahn, so klein, aufeinander abgestimmt, bunt und künstlich, und diese fanatische Ordentlichkeit befand sich auf Land, das nicht weniger künstlich war, nämlich dem Meer gestohlen. Es war alles so konstruiert und unwahrscheinlich: ein sauberer Rahmen für eine Kindheit.

Ich weiß, daß er sich erinnerte, wie er aufs Fahrrad gestiegen und über grüne Polder gefahren war, weit fort und trotzdem immer in Sichtweite zwischen den flachen, rechtwinkeligen Feldern, hinter den hohen Pappelstämmen. Das weiß ich, weil er es mir erzählt hat; allerdings behauptete er, das alles sei in England geschehen. Er fuhr bis zu den Dünen und zum Meer und zog sich aus, damit ihn keiner an seinen Kleidern erkannte. Dann spazierte er durch eine sanfte, hügelige Landschaft aus Sand und dachte, er sei einen Augenblick allein, doch über der nächsten Düne erschien ein Kopf, erschienen zwei bekannte Köpfe und wiesen ihn in seine Schranken zurück. Schon damals wollte er nicht einfach allein sein. Er wollte jemand anderes sein.

Als er das Haus sehen konnte, konnte jeder im Haus auch ihn sehen. Dem Garten haftete noch immer eine gewisse Verlegenheit an: Im ungeschriebenen Gesetzbuch der Bourgeoisie war ein Garten eine Notwendigkeit, wurde aber nicht geliebt.

Hier draußen konnte überhaupt kein Zweifel bestehen. Er war wieder Martin Arkenhout, das Kind, nach dem die Ehe seiner Eltern verlangte, der Beweis, daß bei ihnen alles in Ordnung war. Er war Martin gewesen, als er hier spielte, Pläne schmiedete, Hausaufgaben machte, versuchte, sich mit Mädchen davonzustehlen. Der Ort erinnerte sich an ihn und nahm ihn wieder zu sich – als könnte er nie von ihm loskommen.

Das alles muß ihn erschüttert haben: die Leichtigkeit, mit der er an allen gestohlenen Identitäten vorbei in das eine Leben zurückglitt, dem er so mühsam entronnen war.

Er war ein paar hundert Meter vom Haus entfernt, und es standen nur noch drei Häuser vor ihm, ehe die Straße an ein Tor stieß. Zu diesem Zeitpunkt konnte er noch ein Besucher der Boerrigters oder der Fields sein, falls sie es noch immer nicht geschafft hatten, nach Hause in die Malvern Hills zurückzukehren, ihren Traum von Höhe. Aber sobald er die drei Häuser passiert hatte, konnte er nur noch Martin Arkenhout sein, auf dem Weg nach Hause.

Ich nehme an, er probierte einfach aus, wie es wäre zurückzukehren. Schließlich fehlte ihm die dazugehörige Geschichte.

Um Martin Arkenhout auszufüllen, hätte er sich eine Art

Roman über die vergangenen zehn Jahre schreiben müssen. Martin schlurft durch die Uni. Martin steigt aus und findet wieder ins Gleis zurück, Martin in karierten Hosen, Dope rauchend, Träume von Erfüllung, und als das Dope sich abnutzt, bewirbt er sich bei einer Bank, einer Buchhaltungsfirma, einer Kulturstiftung. Die Uni ist abgeschlossen, und deshalb hört Martin auf, Bücher zu lesen. Martin steigt in einen Job ein wie in einen Zug, der ihn an einen von anderen bestimmten Ort bringt. Martin lebt mit einem Mädchen in einer Wohnung in Utrecht, weil sie sich Amsterdam nicht leisten können. Hey, Mama, sieh mich an, ich bin ein Pendler. Martins Freundin hat eine Abtreibung. Martin verläßt seine Freundin. Martin haut alles zum Teufel. Martin nimmt Prozac. Martin wäre als Martin nicht gut gewesen.

In seiner Phantasie hatte er dieses Haus niedergebrannt, unter Sand begraben.

Er blieb auf der Straße stehen. Er konnte es sich nicht leisten, gesehen zu werden, noch mehr Leute aufzuscheuchen, doch er hätte kaum auffälliger sein können: eine baumlange Gestalt vor flachem Land.

Er sah seine Mutter am Fenster. Sie konnte sein Gesicht natürlich nicht wirklich sehen. Sie sah nur einen baumlangen Kerl, der draußen herumlief, einen Umriß vor einem hitzebleichen Himmel; wie in ein Bild konnte sie später eine Bedeutung hineinlegen.

Mevrouw Arkenhout ließ die frischgewaschenen Gardinen aushängen; ich kann ihre Gesten förmlich vor mir sehen.

Draußen ging ein Mann die Straße entlang. Er kam auf das Haus zu, doch dann blieb er plötzlich stehen. In Zeiten wie diesen mußte man wachsam sein, die Nachbarn mußten zusammenhalten, sich umeinander kümmern. Aber vielleicht wollte er ja die Boerrigters besuchen. Vielleicht ging er auch einfach nur spazieren, nachdem die Sonne jetzt weniger stechend war.

Dann wieder dachte sie, es sei vielleicht tatsächlich Martin, und verbot sich solche Gedanken; sie waren weder sinnvoll noch angemessen. Inzwischen argwöhnte sie, daß sie selbst ihn heraufbeschworen hatte, weil ihr sein Verschwinden damals noch viel undenkbarer erschien, so abrupt, so gemein: eine Statistik aus irgendeinem Südstaat, den sie sich immer als heiß, gefährlich und nicht sehr sauber vorgestellt hatte.

Der Mann bog nicht zu den Boerrigters ab. Jetzt konnte er kein anderes Ziel mehr haben als das Haus der Arkenhouts. Falls er tatsächlich kam, konnte er sie küssen oder umbringen. Und vielleicht erzählte er ihr Dinge, die sie nicht wissen wollte.

Sie sollte die Polizei anrufen, dachte sie; das wäre ihre staatsbürgerliche Pflicht. Aber sie hielten sie ohnehin schon für seltsam, vielleicht für verrückt: eine, die Halluzinationen hatte.

Draußen auf der Straße trat der Mann eine Zeitlang einen Stein vor sich her, wich einem vorbeikommenden Auto aus, das sich anscheinend verfahren hatte, dann reckte er sich ausgiebig.

Mevrouw Arkenhout zog die Spitzengardinen zu. Sie beobachtete ihn im Spiegel über dem Kamin, bis er mit raschen Schritten davonging. Dies alles hielt sie in ihrem Tagebuch fest.

Mein Vater wollte Kaffee, während die Umzugsspedition zugange war, aber in Wahrheit konnte er ihn nur so trinken, wie er selbst ihn kochte. Diese durchsichtige, milchige Brühe in den englischen Kaffeetassen war anfangs eine Beleidigung gewesen; jetzt war sie der perfekte Grund, England zu verlassen. Er trank sie aus und mußte kein Wort darüber verlieren.

Durch die Glasscheibe des Cafés konnten wir das Haus sehen. Alte Eichenstühle wurden herausgetragen, dann billige Sofas. Ein riesiges, augenfälliges Messingbett, sogar ein Hutständer. Die Männer ächzten unter dem schweren Inventar eines Lebens. Ich wollte ihn nicht fragen, was er mitnahm, denn dann hätte ich erfahren, welche Gegenstände – ein Tisch, an dem ich zu schreiben pflegte, die Kästchen vom Toilettentisch meiner Mutter – zurückgelassen wurden.

»Hast du denn in Portugal alles, was du brauchst? Jetzt schon?«

»Ich habe portugiesische Sachen gekauft«, sagte er.

»Ich verstehe nicht, warum du dein ganzes Londoner Leben aufgeben willst. Ich kapier's einfach nicht.«

»Ich gehe, weil ich gehen kann.«

»Du hättest doch immer zurückgehen können. Und hast es nicht getan.«

»Ich kann jetzt zurückgehen«, sagte er.

Er ließ den Vorgeschmack einer Geschichte, die er nicht erzählen würde, in der Luft schweben, und erklärte nichts. Ich hatte ihn immer als eine Art Held gesehen, als einen Mann, der es geschafft hatte, aus der endlosen Herrschaft des Diktators Salazar auszubrechen; daß es ihm in Wirklichkeit mehr auf Arbeit als auf Freiheit ankam, spielte kaum eine Rolle, nachdem er den Mut gehabt hatte zu gehen.

Aber er hätte zurückkehren können, als Portugal in den siebziger Jahren demokratisch wurde. Statt dessen blieb er in London und kellnerte.

»Stell keine Fragen«, sagte er.

»Na gut«, antwortete ich.

Er stand abrupt auf, kramte nach Kleingeld und stülpte seine Hosentasche nach außen, so daß ein Hagel von kleinen Münzen herausfiel. Er bückte sich, um sie aufzuklauben, dann schichtete er sie auf dem Tisch zu einem Stapel, um die zwei Tassen Kaffee zu bezahlen. Nach so vielen Jahren mußte er nicht nach dem Preis fragen.

»Kann ich irgendwas tun?« fragte ich.

Er starrte mich wild an, dann straffte er den Rücken und ging zum Haus. Bei jedem anderen als meinem Vater hätte ich geschworen, daß er Angst hatte.

Er ging hinein – um sich zu vergewissern, daß er alles hatte, sagte er. Ich blieb auf der Straße stehen und sah zu, wie die letzten Paletten und Filzmatten auf der Ladefläche des Lastwagens verstaut wurden, bis einer der Möbelpacker irgendeine sarkastische Bemerkung losließ, woraufhin ich mich abwandte und zur U-Bahn-Station ging.

Ich war so behütet aufgewachsen, daß ich völlig beschränkt war. Mir war nicht einmal klar, wie wenig ich wußte. Ich war ein normaler Engländer geworden, hatte eifrig nach Karriere und Ehe gestrebt und es nie für nötig gehalten, meinem Vater bei der Eingewöhnung in dieses Adoptionsland zu helfen. Ich war immer selbstverständlich davon ausgegangen, daß mein Vater so akklimatisiert und angepaßt war wie ich.

Ich ging zum Grab meiner Mutter, einem marmornen Rechteck unter einem Gewirr alter Bäume. Ich wußte nicht recht, was ich tun sollte, und so kniete ich nieder, fegte Samen und Laub beiseite und befreite die Marmorlettern von Vogelkot. Ich fand, ich sollte fähig sein, die Lage zu erklären.

»Er ist fort«, sagte ich laut. Die Worte erstickten fast in der weichen kalten Luft.

In einem jener diskreten Museumsausschüsse, für die ich nicht ganz qualifiziert war, wurde beschlossen – nicht von irgendwelchen Kollegen mit Namen und Gesichtern, sondern aufgrund einhelliger Meinung –, daß ich nach Holland fahren und Christopher Hart suchen sollte. Wenn ich unangekündigt in der Stadt erschiene, werde er sich gewiß nicht weigern, mich zu sehen; vielleicht wäre er sich nicht recht im klaren, was ich von ihm wollte, jedenfalls aber wäre es klug, ihn nicht vorher zu benachrichtigen, nur vorsichtshalber.

Ich packte systematisch – eine Tätigkeit, aus der sich Anna grundsätzlich heraushielt: Hosen um Pullover gewunden, um die Bügelfalten zu erhalten; Jacketts mit der Innenseite nach außen, die Ärmelnähte bloßgelegt; die Schuhe in den Ärmeln.

Anna sagte: »Du mußt noch was essen.«

Ich konnte an nichts anderes denken als an die bevorstehende Reise, und das wußte Anna. »Oder vielleicht Kaffee?« fragte sie. Es war uns beiden zuwider, den anderen abzulenken.

»Ich hätte dich gern begleitet«, sagte sie. »Wir hätten zusammen nach Leiden fahren können. Die Leidener Gärten sind so wunderschön.«

Das meinte sie nicht ernst. Sie ließ mich gehen wie immer: schenkte mir alle ihre Aufmerksamkeit und Sorge, hielt mich aber nicht zurück.

»Ich bin nur ein paar Tage fort«, sagte ich. »Ich habe dir die Nummern des Hotels und der Flüge aufgeschrieben.«

Ich zog den Reißverschluß der Reisetasche zu und nahm Anna kurz in die Arme. Ihre und meine Wärme bildeten einen freundlichen, geschlossenen Bereich, wie bei einem Liebespaar.

»Ich glaube, Fred geht es nicht sehr gut«, sagte sie und meinte den Kater, einen gescheckten Veteranen, der in seiner Blütezeit lebhaft und wild gewesen war. »Ich gehe mit ihm zum Tierarzt.«

Das war etwas, was wir bisher immer gemeinsam getan hatten, und das wußten wir beide.

»Du wirst ein Taxi brauchen«, sagte Anna. »Ich bestell' dir eins.«

»Ich könnte noch einen Kaffee trinken«, sagte ich.

Anna nahm mich bei der Hand und führte mich in die Küche. Sie hatte natürlich Frühstücksflocken und Joghurt herausgestellt, wenn sie könnte, würde sie mich füttern. Der Kaffee war schon fertig. Sie hatte keine gute Nacht hinter sich, das sah ich an den Ringen unter ihren Augen. Einen Moment lang war ich überwältigt von ihrer Freundlichkeit, von ihrer Außergewöhnlichkeit: den feinen, scharfen Gesichtszügen, ihren unvergeßlichen Beinen, die vollendet geformt, dabei aber zu kurz waren, wie ein verkleinertes Modell.

»Das Taxi ist da«, sagte sie. Abschiede waren ihr unangenehm.

Der Polizeiakte zufolge beschloß Polizeimeister Visser am nächsten Tag, Christopher Hart zu finden. Er prüfte die Meldeformulare von Hotels, suchte nach Computereinträgen und stieß auf einen Christopher Hart, einen britischen Staatsangehörigen, registriert in einem billigen Hotel an der Rozengracht. Nachdem Hart erst am Vorabend eingecheckt hatte, lag sein Paß noch an der Rezeption, und der Mann am Empfang überließ ihn der Polizei, die eine Kopie davon machte.

Also hatten sie nun ein Bild von Christopher Hart, das sie den Arkenhouts zeigen konnten.

Als der Polizeimeister noch einmal zum Hotel ging, weil er

ein Verbrechen witterte, das er noch nicht benennen konnte, war Hart bereits abgereist. Anscheinend war er vom Morgenkaffee, der Morgenzeitung, dem Morgenspaziergang zurückgekehrt, stieg die Treppe hinauf und wurde schon von einem Hotelangestellten erwartet. Ich kann den Mann vor mir sehen: die Schultern gespannt vor Rechtschaffenheit.

»Ein Polizist war da. Er wollte Ihren Paß sehen.«

»Hat er nicht gesagt, warum?« fragte Arkenhout.

»Die sagen doch nie was. Wenn Sie Ärger haben, sollten Sie sich vielleicht ein anderes Hotel suchen. Ja, ich finde, Sie sollten sich wirklich ein anderes Hotel suchen.«

»Ja«, sagte Arkenhout.

Er wußte nicht, was er sonst sagen sollte. Er war nie derjenige gewesen, hinter dem die Polizei her war; seinen Namen trug immer der Körper, den er zurückließ. Er wußte bloß, daß er nicht gefunden werden durfte, noch nicht.

Ich nehme an, er packte seine Sachen, holte sich seinen Paß zurück, beglich die Rechnung, während der Hotelangestellte auf Harts Kreditkarte starrte, als müßte im Hologramm irgendein Komplott kodiert sein, das eindeutig ausgelöscht wurde, als aus der Leitung die Freigabe kam.

»Wollen Sie ein Taxi?« fragte der Angestellte. »Zum Flughafen?«

»Nein.«

»Ich dachte, Sie wollten fort.«

»Wieso denn?« fragte Arkenhout.

Der Polizei gegenüber erinnerte sich der Angestellte an jedes Wort, das er gesagt hatte, bis zu seinem abschließenden »Schönen Tag noch«.

Nun stand er auf der Straße, ohne festen Wohnsitz, ohne festen Namen, bekannt als Martin Arkenhout und als Christopher Hart, was jedenfalls ein Name zuviel war. Über die nächsten vierundzwanzig Stunden verrät die Polizeiakte nichts.

Aber stellen wir uns vor: Dieser Mann lebte durch Formulare, Adresse, Beruf, Staatsangehörigkeit; füllen Sie die Kästchen aus und unterschreiben Sie am Ende des Formulars; alles das, was jeder zur Kenntnis nimmt. Er erzählte mir einmal von Tinkerbelle, der Maschine, die jedes Transatlantikgespräch aufzeichnet – mehr Daten in einer Stunde, als irgend jemand in einem ganzen Arbeitsleben transkribieren und lesen könnte. Die Sache ist die, sagte er, daß nichts unbeobachtet bleibt. Jeder Schritt, den du tust, ist bedingt. Und all die Jahre hindurch hatte er sich genau diesen Umstand zunutze gemacht, hatte Formulare und Karten und Pässe und Papiere und ihre bürokratischen Spiegelbilder manipuliert; er war bestürzt, als er feststellte, daß die Bürokraten die Papiere ebenfalls benutzen konnten.

Noch nie hatte er wirklich bluffen müssen, denn bisher hatte sich ihm niemand in den Weg gestellt; er nahm sich einen neuen Namen und begab sich sofort an einen anderen Ort. Aber jetzt mußte er die Person Christopher Hart perfekt ausfüllen, wer immer sie war: Professor, Wissenschaftler, Schriftsteller oder was sonst. Bis zu einem gewissen Grad stand er in der Schuld des toten Mannes, und das alles wegen einer dummen Antwort auf eine unvermutete Frage in einer Straßenbahn.

Außerdem mußte er eine Figur spielen. Er konnte nicht einfach weiterleben als er selbst unter einem neuen Namen.

Mit der Vorstellung kam er nicht zurecht. Er sagte – über einen anderen Zeitpunkt sagte er es, aber ich bin sicher, er sprach von dieser Phase –, daß er die Stadt als eine Ansammlung von Aktenschränken sah, die Menschen nach Unternehmen und Beruf darin eingeordnet, die sich wohlüberlegt und nach Vereinbarung von einem Ort zum anderen bewegten. Sogar die Müßiggänger, die sich in der Sonne räkelten, waren Touristen, Kurzurlauber, Zeitverschwender, die sich der ihnen zugedachten Bresche im organisierten Tag durchaus bewußt waren – sie kannten ihren Platz.

Das Anomale war jetzt er, und er mußte darauf gefaßt sein, aussortiert zu werden. Er konnte nicht mit Überzeugung an einer Straßenbahnhaltestelle stehen: Er hatte ja kein Ziel. Es gab keinen besonderen Grund für ihn, sich zu einem gegebenen Zeitpunkt in einer gegebenen Straße aufzuhalten. Passanten, auch wenn sie nur mit der unbestimmtesten Absicht unterwegs waren, waren ihm gegenüber immer im Vorteil: Sie hatten ein Netz aus Verpflichtungen und Verabredungen und Gewohnheiten und den Erwartungen anderer, das sie festhielt und trug. Er hingegen hatte seine spezielle Arbeit getan und ein Leben gestohlen, und jetzt war er zu beladen, um es zu leben.

Er konnte nicht mehr geradlinig denken, und deshalb versuchte er, aus seinem Bewußtsein auszubrechen: Haschischkuchen, ein paar Biere, irgendein obskurer Pfefferminzschnaps.

Trotzdem konnte er nach wie vor nur durch seine eigenen Augen sehen. Er betrachtete die hohen Häusergiebel, die windbewegten Bäume, die schwachen Lichter, die sich im Wasser der Gracht brachen, den riesigen Mond am blauen und neonweißen Himmel und verlor den Begriff der Zeit. Er war auf keinen bestimmten Namen, keine bestimmte Persönlichkeit und Person beschränkt, ja, er mußte sich überhaupt nicht in diesem gegenwärtigen Augenblick befinden. Er war kein Serienmörder, der methodisch und regelmäßig arbeitete; er war ein vorsätzlicher Konsument von Menschenleben.

Geschlossene Restaurants, gedämpfte Lichter im Hintergrund, kahle Tische, hochgestellte Stühle. In einem Schwall von Rauch und Bierdunst quollen ein paar Leute aus den Kneipen. Ich stelle mir vor, daß er in Panik geriet. Es war keine hormonell bedingte Panik, sie kam vom Herzen. Aus der Losgelöstheit von der Stadt wurde Ausgeschlossensein. Es war eine ruhige Sommernacht, doch sie erschien ihm sehr kalt.

Er starrte ins Schaufenster eines Buchladens, erzählte er, und versuchte, mit Titeln und Themen eine Verbindung herzustellen: Nicht bloß zu wissen, wovon die Rede war, sondern sich alles ins Gedächtnis zu rufen, was er darüber wußte und dachte, rund um dieses Gerippe sich selbst zu rekonstruieren. Es funktionierte nicht.

Auf der anderen Straßenseite entdeckte er eine überfüllte Bar, so gesellig, daß die Leute aneinander Halt suchen mußten, als wären sie nicht mehr ganz sicher, allein stehen zu können.

Vielleicht streiften wir einander in jenen Tagen. Eines Abends war ich in einer Bar, und ich erinnere mich an ein Gesicht am Fenster, das mir auffiel, weil ich es merkwürdig fand: ein erwachsener Mann um die Dreißig, ziemlich high, mit riesigen grauen Augen, der sich benahm wie ein Kind, das auf seinen Papa wartet, und staunend auf die erwachsene Welt starrt. Aber mit den falschen Drogen kann jeder so enden.

Ich suchte zunächst nicht nach Hart, nicht, solange es Leute vom Museum, Kollegen gab, die ich aufsuchen konnte. Natürlich war ich kein Polizist, nicht einmal ein Moralist. Ich war nur in Amsterdam, um zur Aufklärung einer Peinlichkeit beizutragen. Nie hätte ich jemanden aufspüren, beschatten, zum Reden bringen können. Von Harts Verbrechen fühlte ich mich sehr fern, getrennt durch ein Meer aus Bücherbestellzetteln und Studierzimmern.

Ich tat, was ich am besten kann: mit Kollegen reden.

»Was wollen Sie also?« fragte van Ostaade. Er war ein kleiner, schmächtiger Mann mit einem Gesicht, das im Begriff stand, sich vollständig in scharf geschnittene Linien aufzulösen, ein Kurator am Rijksmuseum.

»Was ich will?«

»Natürlich wollen Sie irgend etwas. Wären Sie nur wegen *sex and drugs and rock 'n' roll* hergekommen, hätten Sie nicht das Museum angerufen.« Ich fand es interessant, daß auch sein Museum »das« Museum war.

»Könnten Sie mir«, sagte ich, »die fünf wahrscheinlichsten Amsterdamer Hehler für Bilder um 1650 nennen?«

»Zugeschrieben oder nicht?«

»Zugeschrieben.«

»Gute Namen?«

»Bekannte Namen.«

»Wie viele?«

»Genügend.«

»Sie stecken gerade in einer schwierigen Phase, nicht? Ich habe von den persischen Bucheinbänden gehört. Und von der japanischen Truhe. Und von der Medici-Schatulle und diesen Louis-Quatorze-Flaschen. Sie sollten vorsichtiger sein.«

»Die Sicherheitsvorkehrungen werden verschärft«, sagte ich. »Heißt es jedenfalls. Einstweilen gehören diese Bilder in meine Abteilung, und deswegen bin ich hier.«

»Sie meinen, sie könnten in Amsterdam zum Verkauf angeboten werden?«

»Es ist ein großer Markt. Unser Dieb – falls davon die Rede sein kann – ist hier. Und Sie können nicht leugnen, daß es hier ein paar nette, feiste, strahlende Händler mit hochinteressanten Hinterzimmern gibt.«

»Ich hoffe, Sie haben keine Geschäfte mit ihnen gemacht«, sagte van Ostaade. »Ich könnte Ihnen Geschichten erzählen, Geschichten von Leuten Ihres Museums ...«

»Vor meiner Zeit«, sagte ich.

»Aber ja«, sagte van Ostaade. »Natürlich. Was sind das für Bilder – Landschaften und Stadtbewohner?«

»Blumen. Vögel. Insekten. Säugetiere. Menschen.«

»Damit wäre so ungefähr alles abgedeckt«, sagte van Ostaade und leerte geräuschvoll sein Bier.

Aber meine Antwort mußte zwangsläufig zurückhaltend sein, und das wußte er.

Jedenfalls grinste er, und seine Züge waren vom Bier ein wenig schlaff und feucht geworden. Mit einem Mal schwoll der Geräuschpegel in der Bar an. »Sie reden von Bildern, die jeder zu verstehen glaubt, weshalb jeder sie haben will«, sagte er. »Jeder könnte sie verkaufen. Es gibt keinen, der nicht in Frage kommt.«

»Ich brauche den Händler«, sagte ich. »Einen wahrscheinlichen Händler.«

»Kaufen Sie Sachen zurück? Ich weiß nicht, ob der Polizei das gefallen würde.«

»Nein«, antwortete ich. »Nicht kaufen. Aber vielleicht kommen wir einem Geschäft zuvor. Notfalls durch Verhandeln.«

Van Ostaade war freundlich genug, mich nicht mit scharfsinnigen Vermutungen zu zermürben. Statt dessen versprach er, sich umzuhören, ob es irgendwelche spektakulären Angebote gebe. Er werde äußerst diskret vorgehen, und selbstverständlich werde er auch in der Graphikabteilung des Museums nachfragen, falls derselbe Herr auch ihr einen Besuch abgestattet habe: Ob ich wohl so freundlich wäre, ihm noch einmal zu sagen, um welche Art von Bildern es sich handle und wer verdächtigt werde?

So freundlich war ich natürlich nicht.

Wir tranken noch eine Weile vor uns hin, und die Frau am Nebentisch fiel vom Stuhl und kroch wieder hinauf, mit leerem, grinsendem Gesicht, dann verlor sie noch einmal das Gleichgewicht, saß auf dem Boden und hielt sich mit kleinen Eichkätzchenhänden am Tisch fest. Alle waren sich einig, was für eine großartige kleine Trinkerin sie war, immer gewesen war.

Die Polizeiakte enthält Harts Kreditkartenabrechnungen, und daher wissen wir, daß er keine andere Unterkunft fand: Kein Hotel nahm eine Abbuchung vor. Er muß sich Streichhölzer unter die Augenlider geklemmt haben.

Um vier Uhr morgens war er jedenfalls am Flughafen Schiphol, wanderte durch die riesigen, blanken Hallen und kaufte ein Ticket nach Oporto. Um diese Zeit ist auf einem Flughafen nichts los. Surinamesische Putzfrauen schoben ausladende Mops vor sich her, und Reihen unbemannter Abfertigungsschalter erstreckten sich wie die Stände einer Messe kurz vor der Eröffnung. Vielleicht war die Messe auch für immer aufgegeben: nichts als Stahl und Plastik und keine Aussicht auf ein Entrinnen, ein Geschäft, eine Phantasie, nichts, das sich je wieder bewegen wird. Aber es war alles sauber.

Um vier Uhr fünfunddreißig checkte er für einen Flug um neun Uhr fünfzig ein. Ich nehme an, er mußte sich irgendeinen Kommentar anhören wie: »Sie sind aber früh dran. Schlimme Nacht, wie?« Die Bemerkung war so offensichtlich zutreffend, daß sich eine Antwort erübrigte.

Hart zeigte seinen Paß und seine Bordkarte vor, um in die Abflughalle eingelassen zu werden.

Normalerweise empfand er keinerlei Nervosität oder Beklommenheit, wenn er eine neue Identität ausprobierte. Er war einer aus der Menge, und es bestand kein Grund, weshalb ausgerechnet er herausgepickt und überprüft werden sollte. Aber es war merkwürdig, so früh am Flughafen zu sein, Stunden vor dem Abflug, und er war der einzige, der die Zollabfertigung passierte.

Hart besaß einen der altmodischen britischen Pässe, ein schwarzes gebundenes Büchlein. Der Grenzbeamte hätte ihm seine volle Aufmerksamkeit schenken können, aber er winkte ihn einfach durch.

Die Polizei war an Christopher Hart interessiert. Der Grenzschutz nicht.

Vor beinahe allen Läden waren noch die Gitter heruntergelassen, nirgends bot sich ein Unterschlupf.

Er befand sich unter den Verlierern, die hier übernachteten, weil ihre Maschinen niemals kamen, die schnarchten und um sich traten und sich elend zusammenrollten, wo immer sie einen Platz fanden: dilettantische Flüchtlinge, die auf ihre Rückkehr in den Mittelstand hofften.

Um fünf Uhr fünfzehn nahm er sich ein Bett im Tageshotel. Die Zimmer dort sind reine, kühle Boxen. Ich kann mir nicht vorstellen, daß er gut schlief. Er saß auf der Bettkante und versuchte nachzudenken, mit zermartertem Hirn, während die Gedanken ihm von innen gegen die Augen traten.

Dann fiel es ihm ein: Harts VW. Wie sollte er erklären, daß Hart seinen neuen Wagen in den Niederlanden zurückließ, wenn er ihn in Portugal brauchte? Er mußte zurück und ihn holen, und das alles war peinlich genau zu erledigen. Denn offensichtlich entwickelte er gerade eine Begabung, Fehler zu machen.

Am nächsten Morgen machte ich mich auf die Suche nach Hart. Es mag absurd klingen, aber ich ging von der höflichen Voraussetzung aus, jeder werde mir die Wahrheit sagen, und besaß die Arroganz, mir einzubilden, Hart werde in dem Moment, in dem er mich erblickte, zusammenbrechen und gestehen.

Man bedenke, daß ich den Mann nie kennengelernt, nie gesehen hatte. Für mich hatte er einen berühmten Namen, er war jemand, dessen Artikel in Fachzeitschriften ich gelesen hatte, der ständig Nachschub vom Museum brauchte. Ich zog es vor, mich zurückzuhalten, wenn er seine Forderungen stellte, ließ ihn schriftlich anfragen und antwortete schriftlich. Ich bin nicht gut darin, mich schikanieren oder herumkommandieren zu lassen.

Mit dem Doppeldeckerzug und anschließend einem Taxi fuhr ich zur Universität, wo Hart zuletzt gesehen worden war: einer zurückhaltenden Institution knapp außerhalb einer Stadt, niedrigen gläsernen Würfeln, überschattet von Strauchwerk und schnell wachsenden Bäumen. Ich fand den Fachbereich und die Fachbereichssekretärin, eine pragmatische Frau, und setzte Charme auf wie einen Hut.

Sie sagte, es frage ständig jemand nach Hart, aber er sei nie hier. Das heißt, er sei natürlich hier gewesen und habe ein Semester lang Vorlesungen gehalten, aber mittlerweile bekomme man ihn kaum noch zu Gesicht. »Ständig« fragte jemand nach Hart? Na ja, es kämen doch recht viele Anrufe. Mehr als üblich. Normalerweise versuche niemand, die Professoren an der Uni zu erreichen, weil sie dort bekanntlich nie anzutreffen seien.

Sie denke, sagte sie, Hart wohne ein Stück außerhalb. Er habe ein altes Bauernhaus zur Miete gefunden. Etwas an ihrem Ton ließ vermuten, daß er zu unbescheiden gewesen war, daß er sich mit ein paar Zimmern oder einer kleinen Wohnung hätte zufriedengeben sollen, getarnt wie der Würfel, in dem sie saß. »Natürlich«, fügte sie hinzu, »sprach er davon, nach Portugal zu fahren. Über den Sommer, nehme ich an. In irgendein unbekanntes Kaff in der Nähe von Coimbra. Ich weiß nicht, ob er das nur so gesagt hat. Aber nachdem er uns nie Bescheid gesagt hat, wird er wahrscheinlich noch da sein.«

Ich war kein Jäger irgendeiner Art, noch nicht. Ich war immer noch empört, wie man es ist, wenn man kommentarlos versetzt wird, wenn ein Kollege zu spät zu einer Besprechung oder, noch schlimmer, ein Gast auf die Minute pünktlich zum Essen erscheint. Ich setzte mich auf ein altes, solides Fahrrad, einen zweirädrigen Panzer mit Gangschaltung, und trudelte durch die Straßen auf Harts Haus zu.

Ich hätte natürlich anrufen können. Daß ich nicht anrief,

bedeutet vielleicht, daß ich schon die Hoffnung hatte, ihn zu überrumpeln und zu erschrecken: der wohltemperierte Bürokrat, der uneingestanden danach giert, einmal zu der Sorte von Rächer zu werden, wie er in den Groschenromanen auftritt, stundenweise zu mieten.

Aber er war nicht zu Hause. Mehr noch: Dieses Zuhause sah ziemlich unbewohnt aus. Um den Garten hatte sich wochenlang niemand gekümmert; es hatte geregnet, und die Pflanzen wucherten in alle Richtungen. Von einem Auto war nichts zu sehen, doch auf dem Stellplatz neben dem Haus entdeckte ich einen trockenen Fleck, wo noch vor kurzem ein Wagen hätte gestanden haben können.

Ich trat an ein Fenster und schaute in ein hohes, cremefarbenes Wohnzimmer, auf dem gemauerten Kaminsims entdeckte ich ein zweifelhaftes Kunstwerk: südlicher Surrealismus mit Alabasterbrüsten, die aus jedem Blickwinkel und in jeder Ebene rund waren. Das Haus war durchaus sauber und ordentlich, aber es war tot.

Ich stellte mir vor, daß ich über dieses Zimmer eine wahre Geschichte erzählen könnte, wenn ich es nur lange genug betrachtete.

Die Polizeiakte hält fest, daß Hart zu seinem Flug nach Oporto nicht auftauchte. Eine handschriftliche Notiz – inzwischen sollte ich imstande sein, zwischen dem Inspektor und dem Polizeimeister zu unterscheiden – stellt lediglich die Frage: »Fuhr er?«

Aber so einfach kann es nicht gewesen sein, nicht auf den endlos langen Straßen nach Süden. Er hatte zuviel Muße und keinerlei Ablenkung, er mußte darüber nachdenken, wie ruhig und überzeugend er sich während der nächsten Zeit zu verhalten hatte, bis die Polizei das Interesse an den verschrobenen Visionen seiner Mutter verlor; und wie er wieder ganz von vorn anfangen konnte. Einmal sagte er, wie sehr ihm die Aussicht auf die Fjordlandschaft in Neuseeland gefalle: frisch, hell, und weit in der Ferne schwarzes Wasser, zerklüftete Berge, weißer Schnee.

Im Moment wird an dem berechenbaren, respektablen Christopher Hart nichts Interessantes gewesen sein.

Wahrscheinlich dachte er auch darüber nach, welche Art Leben er sich als nächstes nehmen werde. Aber davon sagte er mir natürlich nichts.

Der Kater lag in der falschen Ecke, die Pfoten angewinkelt, wartend. Ich setzte meine Reisetasche ab und betrat das Wohnzimmer, und er stand höflich auf, um mich zu begrüßen. Auf einmal sackte er in sich zusammen. Ich hob ihn auf und trug ihn in die Küche.

Anna hatte schon alles bereit: Nadeln mit Plastikkappe und eine Elektrolytlösung, die in einem prallen Plastikbeutel an der Wand hing.

Ich legte den Kater auf ein ausgebreitetes Handtuch auf dem Küchentisch.

Einem Kätzchen, einer jungen Katze in ihren ersten Lebensjahren sieht man zu; man beobachtet sie beim Jagen und Spielen. Aber wenn eine Katze dieses hohe Alter erreicht hat, wird man sich viel deutlicher bewußt, wie oft sie einen beobachtet hat: eine Zeugin, der Beweis dessen, was sich in der Zeit des Zusammenlebens ereignet hat.

Anna zeigte mir, wie man die Tropfgeschwindigkeit einstellt, die Plastikhülle von der Nadel abzieht, eine lockere Hautfalte sucht und die Nadel einsticht. Aber es gelang ihr nicht recht. Die Infusion leckte, das Katzenfell färbte sich schwarz unter der Nässe, ein wenig Blut sickerte heraus. Der nächste Versuch war erfolgreich, und wir standen da und warteten, während die Flüssigkeit langsam in das kranke Tier eintropfte.

»Sein Magen ist aufgebläht«, sagte Anna. »Und er ist sehr mager. Nachts schreit er.«

Es war, als kämpften wir beide um unsere gemeinsame Geschichte, so erschöpft und verletzlich wie der schwarzweiße Kater, der dank unseren Bemühungen langsamer starb. Wir waren so wild entschlossen und konzentriert und empfanden Kummer, weil das, was wir tun konnten, nur ein Aufschub war.

Zwei Tage später begann der Kater unruhig umherzuwandern; nirgends fand er es bequem. Er bestand nur noch aus Rückgrat und riesigem Magen, eine Krebskugel, die an einer eingesunkenen Wirbelsäule hing. Sein Fell stand glanzlos und stachelig ab, weil er aufgehört hatte, sich zu putzen.

»Na gut«, sagte Anna, ehe ich etwas sagen konnte.

Der Tierarzt schlug uns vor, dem Kater eine Injektionskanüle zu legen, »damit es schneller geht«.

Keiner von uns wollte das Tier noch länger leiden lassen. Keiner von uns wollte die Macht, über sein Ende zu bestimmen. Wir waren derart verwirrt, daß wir den Tierarzt und seine Assistentin nicht davon abhielten, den Kater mitzunehmen und nach einer Weile wiederzubringen; aus einer bandagierten Pfote ragte ein Plastikröhrchen.

Anna beugte sich zu ihm hinab und hielt ihn, und ihre Wange lag an seiner Wange.

Der Tierarzt injizierte die Lösung in das Plastikröhrchen.

Der Kater fiel in sich zusammen wie ein Ballon ohne Luft, jäh und radikal, so daß aus dem vertrauten lebendigen Wesen mit einem Schlag ein kaltes Gerippe mit Fell geworden war.

Auch Anna sank zu Boden, und während sie fiel, mußte ich ihr einen Stuhl unterschieben. Einen Augenblick lang konnte ich nichts sehen. Wir waren vollkommen getrennt durch eine gemeinsame Sorge.

Der Tierarzt ließ uns mit der Leiche allein wie Eltern mit einem toten Kind, aber wir hatten natürlich keine Kinder. Manche Frauen sind allergisch gegen das Sperma bestimmter Männer, aber zu dem Zeitpunkt, als diese Umstände erforscht und bekannt waren, hatten wir fünf Fehlgeburten hinter uns – all die Hoffnungen zuerst, dann der Strom von klumpigem Blut, dann der schiere Aufruhr von Hormonen und Gefühlen. Man spült eine Zukunft die Toilette hinunter, weil man sonst nichts tun kann. Danach suchten wir keine weiteren Ärzte mehr auf.

Ich half Anna vom Boden auf. Ich tat es nur als Freund.

Der stellvertretende Direktor war einverstanden, mich nach Portugal zu schicken. Es war nicht mein Vorschlag, aber irgendwie war er einverstanden; dann bestand er darauf. Ich sagte ihm, mein Vater sei kürzlich dorthin gezogen – der stellvertretende Direktor dachte an uralte Ruinen in den Bergen von Sintra mit Jasmin, Zitronen, Rosen und maurischen Spuren –, und ich nähme mir gern ein paar Tage frei, um ihn zu besuchen. Wieder war der stellvertretende Direktor einverstanden.

Anna nicht. »Sie können dich doch nicht quer durch Europa schicken, damit du irgendwelche Leute suchst«, sagte sie. »Das ist die Aufgabe der Polizei.«

»Ich kann mich nicht an die Polizei wenden«, sagte ich geduldig. »So geht das nicht. Der Fall ist das, was die Engländer ›delikat‹ nennen.«

»Was meinst du mit ›die Engländer‹? Du bist selber einer.«

Ich gab keine Antwort.

»Du kannst dich nicht einfach absondern.«

»Ich weiß.«

»Wann kommst du also zurück?«

»Das kann ich nicht sagen.«

»Sicher können sie dir sagen ...«

»Niemand sagt mir was. Ich habe einen Aufgabe zu erledigen. So einfach ist das.«

Ich legte den Telefonhörer auf. Ich hatte einiges zu tun: die Prüfung eines Memorandums, das sich mit der Frage befaßte, welche Stücke aus der Sammlung eines Lastwagen-Tycoons, die gerade durch Sotheby's ging, wir eventuell erwerben sollten, ein paar Brandanrufe an den Wartungsdienst wegen einer verdächtigen Glasscheibe im Dach über unseren wertvollen Solander-Kisten mit Werken von Raffael und Leonardo da Vinci, eine persönliche Angelegenheit – die Beförderung um eine Stufe –, die vermutlich mehr Zeit in Anspruch nehmen würde als alle anderen Aufgaben. Und schließlich stand das ständig quälende Thema der Öffentlichkeitsarbeit im Raum: der des Museums und folglich auch meiner eigenen. Unsere Abteilung hatte es bislang nicht geschafft, ein umfangreiches Buch über seine Schenkungen auf Hochglanzpapier herauszubringen, und von den wissenschaftlichen Monographien waren nicht mehr genügend vorhanden. Die Museumsdruckerei brauchte etwas zu tun.

Anna würde wieder anrufen. Ich würde wieder anrufen. Sie mochte fähig sein, die Dinge in der Schwebe zu lassen, auf einen späteren Zeitpunkt zu vertagen; ich kann es nicht. Ich versuche immer zu argumentieren.

Sie rief innerhalb der nächsten dreißig Minuten an.

»Hör zu«, sagte sie. »Irgendein Doktor aus Portugal hat angerufen. Sein Englisch war ziemlich schlecht. Aber ich denke, es geht um deinen Vater. Es klang nicht besonders gut.«

In der Maschine nach Lissabon hackte ich auf ein Stück Lammfleisch ein, trank eine kleine Plastikflasche roten Bairrada-Wein, und ich muß sagen, daß jedes Gefühl von Eile und Dringlichkeit einfach abstarb. Mir war nur kalt. Die weiße Wolkenlandschaft verhöhnte mich: ein barocker, sentimentaler Himmel, in dem fette, rosarote Putten hätten herumspringen sollen.

Diese Nachricht über meinen Vater war verstörend unbestimmt, verzerrt durch das Englisch des Arztes und Annas lückenhaftes Verständnis seiner Worte. Die Panikschwelle des Arztes kannte ich natürlich nicht, sehr genau hingegen wußte ich, daß mein Vater ohne alarmierenden Grund nie und nimmer zu einem Arzt gehen würde; alles andere war für ihn »die Zeit des Doktors vergeuden«. Folglich konnte die Nachricht entweder heftige Gefühle von mir verlangen – Kummer, Mitleid, Grauen – oder nicht mehr als Empörung über einen falschen Alarm auslösen. Wenn es ein falscher Alarm war, würde mein Vater mir mein Kommen vorwerfen. Für beide Fälle war ich nicht gerüstet.

Ich durfte ihn nicht verlieren.

Ich war immer in der Lage gewesen, mich im Vergleich mit meinem Vater zu beurteilen, mich im Unterschied zu ihm zu definieren; und jetzt sollten dieses Maß und die Geschichte vielleicht aus meinem Leben verschwinden.

Alles fing wieder von vorn an, während ich angeschnallt in einem Flugzeugsitz saß, in fünfunddreißigtausend Fuß Höhe, in der Unbestimmtheit von Zeit und Ort, über den Wolken.

Irgendwo an der Nordautobahn hielt ich an, um einen Kaffee zu trinken; der Espresso wurde portionsweise aus einem chromsilbernen Samowar ausgespien, und die Sandwiches, in Plastik verschweißt, hatten ein Haltbarkeitsdatum aufgedruckt. Ich begann die Fremdheit zur Kenntnis zu nehmen, zuerst mit den Ohren – den hohen, aufsteigenden Ton einer männlichen Stimme, die Art, wie ein Gedanke sich am Ende emporschwang und in die Luft hackte. Dann gab es die Gemeindebusse, die Ladungen betagter Witwen von einer Stadt zur anderen verfrachteten; eine Folkloregruppe mit schwarzen Hüten und roten Schals; einen Mann, der nervös sein Mobiltelefon in den Händen hielt, ständig seiner bewußt, ständig bewußt, daß es nicht läutete, während alle anderen das Telefon ans Ohr drückten; und die Autofahrer, die immer zu dicht auffuhren, in winzigen weißen Autos ohne erwähnenswerte Geschwindigkeit, aber mit sämtlichen denkbaren elektronischen und computergestützten und automatischen Kinkerlitzchen vollgestopft. Portugal ist, wie mein Vater zu sagen pflegte, von Portugiesen überschwemmt.

Dann der grausilberne Schimmer von Olivenbäumen, drängende, kletternde Weinreben, aus dem Rasen hervorquellende Rosen; und Dörfer mit Namen wie Inferno und Chaos und Tal der Finsternis, lauter mögliche Abzweigungen vom modernen moralischen Pfad der Autobahn.

Ich entschied mich für die Abzweigung nach Fatima und hielt nach ein paar Kilometern in der Stadt, in der jetzt mein Vater wohnte. Sie sah aus wie all die anderen Orte, durch die ich gekommen war: der Laden, vor dem sich die Gasflaschen aneinanderreihten, die Kirche, die ein frischgetünchter Kasten war, übereinandergewürfelte Häuser mit einem Brunnen, ein paar Eisreklameschilder, ein paar Bäume, ein paar alte Zuschauer, die merkwürdig still dastanden. An einer Straßenkreuzung ein schwarzer Aschekreis, die Überreste eines Feuers; das war sonderbar.

Einen Moment lang dachte ich, die Stadt sei genau so, wie ich sie in Erinnerung hatte, doch dann wurde mir klar, daß ich mich überhaupt nicht erinnerte. Ich hatte Bilder gesehen, Briefe gelesen, meinem Vater zugehört, wie er unsere Heimatstadt zusammensetzte, wie aus einem Baukasten – immer wenn wir draußen waren, in einer sternklaren Nacht –, aber ich war nie leibhaftig hier gewesen.

Ich rief in den Laden hinein, der auf einer Seite Kaffee und Getränke verkaufte. Ich stellte mich vor: der Sohn von José Costa.

Der Mann hinter der Bar sagte: »Ich schicke Miguel, er soll ihn holen.«

»Aber nein, ich geh' schon selber«, sagte ich.

»Er kommt lieber her«, sagte der Barmann autoritär. »Sie kennen den Weg nicht. Er schon.«

Ich weiß, was ich erwartete: Wärme vielleicht, lächelnde Männer, Frauen, die mich küßten, an den Tisch setzten, mir ein Glas Aguardente in die Hand drückten und mich als Bestandteil des Dorflebens willkommen hießen. Das geschah nicht. Sie ließen mich abblitzen, wie einen Enkel, der seine Großeltern besuchen will, während sie weiter Karten spielen.

Ein alter Mann, dessen Gesicht glatt war wie mit Bimsstein abgerieben, fragte mich, ob ich *o historiador* sei, der Historiker. Das also war der Beruf, unter dem mein Vater mich eingeführt hatte: ein Gelehrter, vielleicht auch ein Erzähler bewährter alter Geschichten. Er sagte, in drei Tagen finde ein Festessen statt, und dazu müsse ich kommen. Ich würde natürlich bei meinem Vater wohnen.

Ich fragte mich, was das »natürlich« zu bedeuten hatte. Es war merkwürdig, nicht bekannt, aber auch nicht erwünscht zu sein.

Miguel, ein sehr stiller Zehnjähriger, kam auf seinem Fahrrad zurück und sagte, Senhor Costa sei unterwegs. Ich trat an die Tür der Bar und spähte in beiden Richtungen die schmale, von Häusern gesäumte Straße entlang, doch ich sah niemanden kommen.

Ein Bus fuhr vorbei und füllte die ganze Straße aus. Für eine Weile hielten alle den Atem an.

»*Uma bica*«, sagte ich, froh, daß ich mich noch an das Wort für den guten starken Kaffee erinnerte.

Vermutlich kamen Leute vorbei und zerrissen sich den Mund darüber, daß ich in einer Bar auf meinen Vater wartete, statt einfach zu seinem Haus zu gehen. Aber sie hätten natürlich über jeden Fremden geklatscht.

Eine halbe Stunde verging. Ich hatte nichts zu lesen und nichts zu denken.

Es vergingen weitere zehn Minuten. Miguel stieß einen schrillen Pfiff aus. Ein Traktor mit Anhänger fuhr vorbei, darauf saß ein ausgemergelter alter Mann mit gespreizten Beinen und bearbeitete den Traktor mit grimmig konzentrierter Miene. Ich dachte an meinen Großvater in Zeitlupe auf einer Harley. Ich dachte an den Tod auf einem langsamen Fuhrwerk.

Wieder fünf Minuten. Inzwischen waren die Feierabendtrinker auf ein Glas Wein oder ein Bier in die Bar gekommen. Sie drängten sich kameradschaftlich aneinander, von mir aber rückten sie ab. Ein dumpfer Zorn auf meinen Vater stieg in mir auf, ich fragte mich, wieso mir nicht einfach jemand den Weg zu seinem Haus zeigte, warum er sich so lang Zeit ließ. Er wollte unbedingt vermeiden, krank zu wirken, das wußte ich. Das wollte er immer.

Ich fragte Miguel, ob er meinem Vater noch einmal sagen könne, daß ich auf ihn wartete. Oder vielleicht könne er mir zeigen, wie ich zu seinem Haus käme.

»Ich gehe schon«, sagte Miguel.

Diesmal kam er sehr rasch zurück und weigerte sich, mit mir zu reden. Statt dessen berichtete er dem Wirt. Ich schnappte Wörter in geballten Wiederholungen auf: »jetzt, jetzt, jetzt« und »weiß, weiß«.

Ich ging zu Miguel hinüber und fragte: »Was ist los? Sag's mir jetzt.«

»Ihr Vater«, sagte der Wirt. »Sie sollten lieber gehen. Es geht ihm nicht gut.«

»Ist er allein?«

»Ich denke wohl.«

Diesmal wies mir der Wirt die Richtung: zwei Kilometer entlang der Straße nach Fatima, dann die Abzweigung auf einen Pfad nach Casal Novo, zu einem Haus mit einem riesigen Steinkamin und einem Garten. Den Garten könne ich auf keinen Fall verwechseln, sagte er, denn er sei voller Sachen.

Miguel sagte, er werde mitkommen und mir den Weg zeigen.

»Dort«, sagte er.

Ich wünschte, ich hätte mich getäuscht: ein beigebrauner Bunker auf einem flachen Sockel wie eine riesige Schachtel zwischen Maisfeldern. Eine Freitreppe, die zum ersten Stock hinaufführte; die Podeste waren mit Ananasfrüchten aus Gips dekoriert. Wie ein Spaltkeil ragte der riesige Kamin aus dem Haus, gemauert aus breiten, stumpfen Steinen in einem Gitternetz aus weißem Mörtel. Das Dach endete in aufwärts geschwungenen Ziegeln und einem Paar Terrakottatauben, die so aufschneiderisch wie Adler herabstießen. Was den Garten betraf – er war in der Tat voller Sachen: ein Brunnen aus weiteren nachlässig übereinandergeschichteten Ananas, Löwen, alle aus derselben Gußform, ein wenig abseits ein Manneken-Pis wie aus einem Katalog für Gipsarbeiten, geschmückt mit ein paar hellen Rosen.

Ich stand da und starrte. In Stockwell hatten wir schlichte weiße Wände gehabt.

»Er ist hier«, sagte Miguel und sprang aus dem Wagen.

Mein Vater muß den Motor gehört haben, denn er kam zur Vordertür und öffnete sie.

»Dad«, rief ich.

Ich konnte sehen, daß er sich mühsam aufrecht hielt, beide Arme fest an den Türstock gestützt. Er war ein tapferer Soldat. Aber er konnte nicht lächeln.

»Dad, ich komme rauf.«

Er schien mich zu beobachten, wie ich die Stufen hinaufrannte, jedoch mit völlig ausdruckslosem Blick. Dann konnte er sich nicht länger halten und sackte in sich zusammen. Unter der Haut ragten seine Knochen in alle Richtungen. Sein Gesicht war von einem grünlichen Weiß, von dem ich bisher nur gelesen hatte.

Ich nahm ihn in die Arme. Ich glaube nicht, daß ich das je zuvor getan hatte, aber mir war klar, daß er sehr leicht sein würde unter seinem dunklen Anzug. Ich hielt ihn und fragte Miguel nach dem nächsten Telefon.

Eine alte Frau in Schwarz, die im Maisfeld arbeitete, sah mich auf den Stufen stehen und stimmte ein hohes, beinahe animalisches Geschrei an, ein endloses schrilles Kreischen.

Ich stellte ihm all die Fragen, die man nach einem Herzanfall stellen sollte: nach Schmerzen im Arm, Schmerzen in der Brust. Er schüttelte den Kopf.

Ich trug ihn zum Wagen. Es war nicht mehr viel an ihm. Ich setzte ihn auf den Rücksitz und schnallte ihn fest. Miguel sagte, es seien zwölf Kilometer bis zum Krankenhaus. »Elf«, sagte mein Vater.

Die Alte schrie weiter, ein Signal für das ganze Tal.

In dem kleinen Krankenhaus des nächsten Ortes wurde mein Vater auf eine Rolltrage gelegt und fortgeschoben. Ich versuchte ihm zu folgen, aber ein Pfleger hielt mich zurück.

»Ich muß mich doch um ihn kümmern«, sagte ich.

»Er ist tot. Haben Sie das nicht gemerkt?«

Ein Polizist trat auf mich zu. Er war nicht uniformiert, aber er trug seine Autorität wie ein enganliegendes Kleidungsstück.

Ich weiß noch, daß ich mich eine Zeitlang sehr bemühte, ganz und gar praktisch zu sein. Wenn mein Vater tot war, dann mußte eine Beerdigung in die Wege geleitet werden, und ich wußte nicht, wie derlei hierzulande gehandhabt wurde. Gewiß gab es im Krankenhaus ein Büro, das mir dabei helfen und Anleitungen geben konnte. Dann würde ich einen Totenschein brauchen, wahrscheinlich in dutzendfacher Ausfertigung. Leute mußten benachrichtigt werden. Aber wen sollte ich benachrichtigen? Mutter hatte ich bereits mitgeteilt, daß mein Vater gegangen war. Zumindest Anna konnte ich es sagen, sofern ich ein Telefon fand.

Ich sank auf den Boden, mein Standvermögen war verschwunden, dann verließ mich auch die Sprache. Mitten in diesem luftlosen, erstickten Atmen hatte ich Zeit zu denken, wie mein Vater sich wohl geschämt hätte, wenn er mich so gesehen hätte.

Miguel war immer noch da. Er legte mir die Hand auf den

Kopf wie einem Hund, eine merkwürdige Geste des Trostes.

Ich dachte daran, wie mein Vater mich von diesem Land ferngehalten hatte, das er mir nie gezeigt hatte, wie wir einander Jahre früher verloren hatten, lang bevor er mir sagte, daß das Haus in Stockwell verkauft sei.

Ich war schon lange eine Waise, und deshalb sagte ich mir: Du solltest wissen, was zu tun ist.

3

Eine halbe Stunde verbrachte ich mit dem Priester, der mir die Tugenden des Himmels pries wie ein Makler, der Schlammgrundstücke zu verkaufen hat, und danach eine anstrengende Stunde mit vier mir bis dahin völlig unbekannten Tanten – die erschöpft waren von den unerbittlichen Totenklagen und mich jetzt willkommen heißen und sich vergewissern wollten, daß ich jenem Typus angehörte, der nach Portugal zurückkehrt und sich wieder einfügt, nun aber feststellen mußten, daß sie sich irrten, daß ich nicht einmal die Sprache sicher beherrschte. Ich sah, wie entsetzt sie waren, als ich den Namen meines Vaters, José, auf spanische Weise aussprach, mit einem harten, kehligen ch als Anlaut, statt des weichen portugiesischen sch. Dennoch stimmten sie Arien über Geburten, Herzattacken, abgebrannte Häuser, neue Ehen an, und ich konnte kaum genügend Substantive heraushören, um den Sinn zu erfassen. Die Namen waren mir alle fremd.

Um neun Uhr erschien ein Leichenbestatter; jedenfalls hielt ich ihn dafür. Er war ein undurchsichtiger Mann, der schlau und durchtrieben wirkte. Er führte mich durch das Dorf zur Garage eines Möbelladens am Ortsrand.

Mein Vater lag in einem Sarg, der auf einem Gestell aufgebockt war. »Normalerweise«, sagte der Leichenbestatter, »sollte er in seinem Haus liegen, aber dort war niemand, und unter diesen Umständen hielten wir es für besser ...«

Er hob das Stanniolpapier hoch, das er über das Gesicht gelegt hatte, und ich erschrak. Der Unterkiefer war mit einem Tuch rund um den Schädel festgebunden, und darüber lag ein Netz. Jetzt, nachdem kein Wille mehr da war, der das Gesicht zusammenhielt, nahm ich einen Ausdruck des Behagens an meinem Vater wahr, der mir früher nie aufgefallen war.

Der Leichenbestatter reichte mir eine Decke.

Zwischen kalten Betonwänden, die schwach nach Öl und Zwiebeln und einer Substanz wie Formaldehyd rochen, kniete ich neben dem Sarg nieder. Doch die Leiche war nicht einbalsamiert. Sie war nur mit Gewalt in Form gebracht und zusammengebunden worden, und die Netze dienten dazu, die Fliegen fernzuhalten.

Ich versuchte auf Wiedersehen zu sagen, die Worte laut auszusprechen, aber ich konnte nicht; dieser reglose Körper war die deutlichste Erinnerung daran, daß mein Vater nicht hier war, um mich zu hören. Einen Moment lang spürte ich, wie laut die Leere einen anbrüllen kann: Es ist so, als hörte man alles mit zugehaltenen Ohren.

Ich stand auf; gleich hinter der Tür traf ich den Leichenbestatter.

»Wollen Sie denn nicht bleiben?« fragte er. Es war offensichtlich ein Thema, eine Pflicht, die zu erläutern er nicht bereit war.

Ich sagte: »Nein« und versuchte, ihm die Decke zurückzugeben.

»Normalerweise«, sagte er, »sollten Ihnen andere Gesellschaft leisten. Ich habe ein bißchen Wein, wenn Sie warten wollen.«

Mir wurde klar, daß ich keine Wahl hatte. Ich legte mir die Decke um die Schultern und setzte mich neben die offene Garagentür, hinter mir mein toter Vater, verschnürt und vernetzt und aufgebockt. Ein paar Leute eilten geschäftig vorüber.

Ich fragte mich, warum sich an dem Ort, dem mein Vater sich immer zugehörig gefühlt hatte, niemand an ihn erinnern wollte.

Ich sah den Fliegen zu, die sich im weißen Licht der Straßenlampe tummelten, leuchtend wie Glühwürmchen. Nach einer Weile stellte der Leichenbestatter seinen tragbaren Fernseher auf das Fenstersims jenseits der Gasse, zuckendes blaues Licht in der Dämmerung, damit ich irgendeine Tanzshow sehen konnte, während ich wartete.

Die Polizeiakte enthält eine Reihe von Hotel-Anmeldeformularen. Hart versuchte es zunächst in Lissabon, aber anscheinend paßte er nicht hierher; vielleicht nahm ihn niemand so zur Kenntnis, wie er es wollte. Er verbrachte zwei Tage in den Hügeln rund um Sintra, wo sich jede Menge Auswanderer niedergelassen haben und in ihren hübschen Gärten versauern, aber er blieb nicht. Er fuhr weiter nach Süden, in die Algarve, und ich kann verstehen, weshalb er entlang der zubetonierten Küste keinen behaglichen, angenehmen Ort fand.

Nach der Lücke in den Hotelformularen zu urteilen, verließ er die Küste und fuhr in einem Tag nach Norden. In der Mitte des Landes fand er mittelalterliche Straßen, eine Universitätsstadt auf einem Hügel, und mietete sich in einem blitzblanken, auf alt gemachten neuen Hotel ein, das ein künstliches Atrium mit künstlichen Teichen hatte und zur Straße hin einem alten Herrenhaus glich. Coimbra, fand er wohl, war für einen durchgebrannten Professor ein glaubwürdiges Ziel.

Falls er – wie ich annehme – eine Wohnung zu finden versuchte, hatte er wohl kein Glück. Es gibt dort kaum Wohnungen, die zu mieten sind, außer sehr langfristig. Er hatte ein Alibi für sechs Monate und wußte nicht, wohin damit.

Natürlich rief ich noch einmal bei seiner Universität an. Es gab noch immer keine Nachsendeadresse in Portugal, und deshalb nahm man an, Professor Hart sei auf Reisen – ein Wort, das im Mund der Sekretärin wie eine Sünde klang. Ich rief auch in Holland an. Auch dort warteten sie auf eine Nachricht von ihm. Man hörte ihnen an, daß sie gern bereit waren, noch lange zu warten.

Anna schickte mir alles Liebe, wie ein Päckchen.

Zur Beerdigung fuhr ein langer Renault-Leichenwagen vor, auf den Sitzen hinter dem Fahrer thronten aufgereiht breitschultrige Totenträger, und die hohen Glasscheiben gaben den Blick auf den Sarg frei, über dem eine blau-gold-gemusterte Decke lag, um die Gurte zu verbergen, mit denen er festgeschnallt war.

Zur Totenwache war niemand erschienen. Zur Beerdigung kamen alle. Das Kirchenbanner führte den Zug an, gefolgt von den Männern in weiß-blauen Talaren über ihren Arbeitskleidern, dann dem Kruzifixträger, dem Priester und dem Leichenwagen, der gemächlich durch die Hauptstraße fuhr, feierlich, aber nicht sehr leise. Hinter dem Zug staute sich ein Pulk moderner Wagen, deren wütende Fahrer von ihren Geschäften abgehalten wurden. In den Augen der knochigen alten Tanten meinte ich ein triumphierendes Leuchten zu erkennen, während sie den Städtern hinter ihnen bedächtigen Schrittes ihr Memento mori vorführten.

Der Sarg wurde vom Wagen gehoben, und ich nahm meinen Platz als Träger ein: ein plötzliches, schmerzhaftes Gewicht.

Im Altarraum der Kirche brannte ein einzelner elektrischer Armleuchter. Ich dachte daran, wie eine Kirche sein sollte: düster und viktorianisch, vergoldet, mit bunten Glasfenstern und dem Geruch nach Weihrauch und Wachs. Hier jedoch stiegen die Altaraufsätze in groben Stufen aus Gold und Himmelblau empor, es gab eine perlenbehängte Madonna, drei abgetrennte Köpfe unter ihren Füßen, und einen Heiligen, der an einem Dreizack rote Bänder flattern ließ, so lang wie er selbst: merkwürdige, unorthodoxe Götter.

Der Priester ratterte seine Sätze ins Mikrofon. Die Gemeindemitglieder nahmen die Worte auf und leierten die Antwort, ehe der Priester fertig war, sie konnten nicht warten. Es gab keine Inszenierung und keine Belehrung, nur diesen Dialog, der ihnen so vertraut war wie jedes beliebige Gespräch auf den Feldern oder in der Bar.

Ich war sehr davon in Anspruch genommen, alles richtig und keine Fehler zu machen, und so kam es, daß ich erst, als ich mich umdrehte und die Last des Sarges wieder auf die Schultern nahm, vollständig überwältigt wurde. Eine ganze Gemeinde, die Leute aus diesem Dorf und den Dörfern ringsum waren an einem Werktag um fünf Uhr nachmittags hergekommen, um meinem Vater einen würdigen Abschied zu bereiten und vielleicht seine Seele zu retten, wenn sie konnten.

Wir stiegen die Stufen vor der Kirche hinunter und gingen auf einem schmalen Pfad auf das Friedhofstor zu, über dem ein Schädel mit gekreuzten Knochen prangte.

Ich spürte, wie mir allmählich der Sarggriff aus der Hand glitt. Ich wollte nicht weniger stark als die anderen Träger, wollte nicht der einzige sein, der das Gemeinschaftsgefühl durchbrach. Ich hielt durch. Und fragte mich, wie ein Mann, der so federleicht gewesen war, nur noch Haut und Knochen, im Tod so viel wiegen konnte.

Der Himmel war erfüllt von feuchtem Licht und weichen grauen Wolken, und auf dem Weg zum Grab fielen mir Dinge auf, die mich kurzfristig von dem bohrenden Schmerz in der Schulter ablenkten: Stockrosen in geschlossener Formation, wie Ähren am Rand eines Maisfelds; eine Klinik aus Beton zwischen Häusern, die von Baumstümpfen und Gips zusammengehalten wurden; Heu, mit der Sense gemäht und voller Fliegen und stacheligem Korn; und wenn ich einen Augenblick aufschaute, das Licht auf den Berggipfeln am Horizont.

Es gab eine Stelle, wo die Träger kurz ausruhten, danach führte der Pfad hügelaufwärts. Es sah aus, als werde es gleich regnen. Durch die Einfassung des Friedhofs betraten wir eine quadratische Fläche aus Sand und sauberen Marmortafeln mit Erinnerungsfotos, Familienstammbäumen und winzigen metallenen Laternen darauf, um die Straßen der Toten wie ein ordentliches Wohnviertel aussehen zu lassen.

Am Ende stand ein strahlend weißes Marmorhaus: die letzte Ruhestätte eines Immigranten, mit leichten Vorhängen vor den Fenstern und dem Familiennamen über der Tür.

Ich war nicht auf die Idee gekommen zu fragen, und niemand hatte daran gedacht, mich darauf hinzuweisen. Ich hatte ein normales, ausgehobenes Grab erwartet, wie das meiner

Mutter, Seile, mit deren Hilfe der Sarg hinabgelassen wurde, die Endgültigkeit der Erde, die auf den Sargdeckel fiel. Aber der Name an dem Marmorhaus, in dem es Kammern für viele Tote gab, lautete Costa.

Meine Mutter liegt in einer Höhlung aus grauem Marmor und grünem Gras auf dem Londoner Südfriedhof. José Costa würde vorläufig also allein liegen, in der zweiten von vier Kammern, nachdem er eine erhebliche Investition getätigt hatte, damit sein Sohn am richtigen Ort starb, und ebenso die Söhne seines Sohns, falls es je welche geben sollte.

Der Priester ergriff wieder das Wort. Der Sargdeckel wurde aufgestellt, damit die Leute dem Toten die letzte Ehre erweisen konnten, aber ich trat nicht näher. Gartenblumen lagen herum, Gladiolen in feuerroten Farbtönen und Berge mennigroter Montbretien.

Die Türen der Gruft schlossen sich so sanft wie bei einem Glashaus und wurden mit einem Vorhängeschloß versperrt. Ich fragte mich, wer wohl einen Schlüssel dazu hatte, falls ich einmal einen brauchen sollte.

Die Leute zerstreuten sich, um nach ihren Familiengräbern zu sehen. Niemand eilte davon, aber jeder hatte etwas zu tun, Felder zu versorgen, Häuser zu reinigen, die Zeit bis zum Abendessen totzuschlagen.

Mir war klar, daß ich in diesem kleinen Marmorhaus erwartet wurde. Mehr noch: Man erwartete von mir, daß ich mich gern neben meinem Vater einsargen und unterbringen ließe, in dieser sehr speziellen Ruhestätte, die er sich eingerichtet hatte. Es war ein hübsches kleines Beispiel für posthume Nötigung: ein guter Sohn zu sein und hier zu liegen, bis zu meinem Tod darüber nachzudenken, ob ich das tun sollte.

Ich wünschte, mein Vater hätte sich für den allmählichen Prozeß unterirdischen Vermoderns entschieden statt für diesen Schwebezustand, wartend, daß sich die Türen in eine bessere Welt öffneten.

Warum hatte mein Vater in seinem Heimatort ganz von vorn anfangen müssen, warum gab es kein Familiengrab, in dem man ihn hätte beerdigen können? Ich fragte mich, was diese höfliche Pflichtbestattung, der Mangel an heißen Tränen bedeuteten.

Ich hatte Blumen vom Boden aufgehoben, pinkfarbene und schwarzrote Rosen, mit Grashalmen zusammengebunden. Jetzt hielt ich sie in den Händen und wußte nicht, was ich damit anfangen sollte. Ich merkte, daß die Verwalter mit höflicher Ungeduld die Vorstadtstraße der Toten entlangblickten.

Ich brauchte etwas, um meine Augen zu trocknen, mir die Nase zu putzen, die Art von Taschentuch, wie es ein Vater hat. Ich erinnerte mich: wie ich Pinguin gespielt hatte, in Dads riesiges Tweedjackett gewickelt; ihn beobachtete, wie er eine Biene befreite, die sich in seinen Haaren verfangen hatte; auf einem nächtlichen Spaziergang vor irgendeiner Prüfung große Reden führte und eine Sternschnuppe entdeckte. Auch wenn es ihm unmöglich gewesen war, seine Welt und sein Land zu wechseln, auch wenn er alles getan hatte, um mich ihm zu entfremden, war es unerträglich, daß mein Vater nicht mehr da war.

Diese Zurschaustellung von Gefühlen war für einen Engländer unangemessen und für einen Portugiesen geradezu schockierend. Außerdem war es unpraktisch, denn mir brannten die Augen. Ich versuchte mich unauffällig hinter die Marmorgruft zu schleichen, wo ich weniger sichtbar wäre, bis ich wieder zu Atem käme.

Dort sah ich, quer über dem Marmor und schon ein wenig in die empfindliche Oberfläche des Steins eingeätzt, hingesprühte Kritzeleien und Linien, breite, schwarze, teerige Striche auf dem feinen Rosaweiß. Sie bildeten eine Nummer oder Jahreszahl: 1953.

Den zweiten Schock spürt man nicht nach dem ersten. Er dringt nicht ins Bewußtsein ein. Ich ging zurück zu meinem Wagen, ließ den Motor an und schob mich kriechend durch die stillen Straßen. Es war, als hätte sich die Stadt für diesen Tag ausgiebig genug in Gefühlen ergangen und nun die Läden dichtgemacht.

Mich schauderte, als ich zur Hauptstraße kam. Ich hätte protestieren und mich beschweren sollen, aber ich fragte mich, warum mich niemand gewarnt hatte. Vielleicht war es niemandem aufgefallen. Es war, als wäre das rosaweiße Grab mit seiner Kaugummimaserung eine große Prahlerei; und als wären die barschen schwarzen Linien ein Befehl, den Mund zu halten.

Vielleicht kümmerte sich niemand darum.

Ich mußte mich mit einer Anwältin treffen, um einen Nachlaß anzutreten, von dessen Umfang und Verzweigungen ich nicht die geringste Vorstellung hatte. Ich fragte mich, warum sich mein Vater für diese Anwältin entschieden hatte, die aus einem kleinen Ort namens Vila Nova de Formentina stammte, sechzig Kilometer entfernt: Maria de Sousa de Conceicão Mattoso.

Ich sperrte die Tür zum Haus meines Vaters auf.

Ich war darauf gefaßt, überwältigt zu werden. Ich hatte immer einen scharfen Geruchssinn besessen. In London hatte mein Vater weder geraucht noch einen Hund gehalten, so daß das Londoner Haus kaum gerochen hatte: nur nach den Lorbeergirlanden, die in der Küche trockneten, und nach dem Fichtennadelersatz, mit dem das bevorzugte Scheuerpulver meiner Mutter parfümiert war. In dem heimlichen Haus in Portugal nahm ich keinen dieser Düfte wahr. Es lag jedoch ein Geruch von Möbelpolitur mit Zedernholzöl und von Staub in der abgestandenen Luft.

Ich hatte mit Fotografien gerechnet, einer Art konserviertem Leben, aber sie fehlten vollständig. Es gab keinerlei Andenken; die Erinnerungsstücke hatten vorwiegend meiner Mutter gehört, und sie zu verschicken wäre zu mühsam gewesen. An einer Wand entdeckte ich jedoch ein Bild, das ich noch nie gesehen hatte: Aus bemalten Kacheln gelegt, zeigte es eine braune Karavelle auf weiß-blauem Meer.

Ich fragte mich, ob ich meinen Vater soweit durchschauen konnte, daß ich die Kaffeebohnen und die Mühle an vorhersehbaren Stellen fand, ebenso die Tassen, den Zucker und das Trinkwasser in Flaschen (dem Londoner Wasser als Grundlage für echten Kaffee hatte mein Vater immer mißtraut). In gewisser Weise hegte ich noch immer keinen Zweifel, daß irgendeine Form von Kontinuität zwischen London und diesem Haus, zwischen Vater und Sohn bestehen müsse.

Es gab weder Kaffee noch Trinkwasser. Einen nach dem anderen öffnete ich die Küchenschränke, zog Schubladen heraus, schaltete in der Speisekammer das Licht ein und suchte die hölzernen Regale ab. Ich war fuchsteufelswild: Der Mistkerl starb und hinterließ nicht einmal eine verdammte Tasse Kaffee.

»Mr. Costa?« fragte Maria Mattoso.

Sie war lautlos durch die Diele gekommen, aber nicht in der Absicht, mich zu überrumpeln. Maria war ganz und gar geschäftsmäßig. Man hätte sie für irgendein mageres Stadtmädchen halten können.

Ich hatte das Gefühl, mich entschuldigen zu müssen. Statt dessen bot ich ihr Tee an.

»Danke, aber ein Glas Wasser hätte ich sehr gern«, sagte Maria.

Sie nahm einen winzigen Schluck, dann setzte sie vorsichtig das Glas ab. An ihr war nichts Extravagantes, dachte ich damals. Ein seidiger Flaum auf ihren Armen fiel mir auf, dunkel vor dunkler Haut. Außerdem fragte ich mich, warum mir dies so sehr auffiel.

Schließlich war sie Anwältin. Sie war hier, um über Geld auf Sparkonten verschiedener Art zu reden, über Zinserträge, die mir abenteuerlich erschienen; und über das Haus natürlich, über ein Grundstück mit Weinstöcken und über den Inhalt des Hauses. Alles ging an John Michael Snell Costa unter der Auflage, daß ich ein Zehntel des Erbes an ein Waisenhaus im übernächsten Ort abführte.

»Wollen Sie das Haus behalten oder verkaufen?«

»Wie soll ich das denn wissen?« fuhr ich sie an; dann fügte ich hinzu: »Entschuldigung.«

»Sie haben Zeit«, sagte Maria.

Ich dachte, wie ordentlich, wie distanziert sie mir erschien: eine scharfsinnige, knochige Zuschauerin. Ich fragte mich, ob mein Vater für sie geschwärmt hatte. In London war auch er ein Zuschauer gewesen; zumindest das hatten sie gemeinsam.

»Es sind keine Komplikationen zu erwarten, oder?«

»Wenn Sie den Grund behalten wollen, der zum Haus gehört, müßten wir beim Landwirtschaftsministerium einen Antrag einreichen, denn Sie sind Ausländer.«

»Mein Vater war auch Ausländer.«

»Aber hier geboren. Ich glaube allerdings nicht, daß das ein Problem ist. Es sind nur ein paar Hektar mit Olivenbäumen und Weinreben.«

»Natürlich.«

»Ich nehme an, Sie kennen das Grundstück?« fragte sie.

»Ich war noch nie hier.«

»Ach«, sagte Maria, ein wenig schockiert; sie war es gewohnt, daß Familien zusammenhielten und jeder über das Tun und Lassen der anderen Bescheid wußte.

Ich hatte das Gefühl, als würde ich abgehört, und wollte nicht länger in diesem Haus bleiben. Aber Maria führte eine geschäftliche Unterredung, und ihr Auftreten hielt uns hier fest.

»Er war ein bemerkenswerter Mann«, sagte sie höflich.

»Ja, ich glaube.«

Binnen weniger Minuten hatte sie behutsam und unauffällig herausgefunden, daß ich verheiratet war und keine Kinder hatte – nun, keine lebenden Kinder. Daß ich an einem Museum arbeitete und in Oxford studiert hatte; Senhor Doutor sicherlich.

»Werden Sie jetzt nach England zurückkehren?«

»Nein«, sagte ich. Darüber war ich selbst überrascht.

»Wenn Sie das Haus nicht behalten wollen, können wir den Verkauf auch ohne Sie in die Wege leiten. Wenn Ihnen der Käufer egal ist …«

»Ich habe keinen Grund, in irgendeiner Weise an dem Haus zu hängen.« Ich sprach sehr laut, damit er mich hören konnte.

»In dem Fall sollten Sie absperren und fortgehen. Kommen Sie wieder, wenn das Wetter angenehmer ist.«

Bis dahin war es mir tatsächlich nicht aufgefallen, aber jetzt war es eine Erleichterung, die Hitze für meine Erschöpfung und meine abwechselnd sinkenden und aufwallenden Gefühle verantwortlich zu machen. Mir war bewußt, wie lächerlich es war, daß auf meinem einzigen dunklen Anzug Schweißflecken entstanden, und wie unangemessen dies in Marias Gegenwart war.

»Jemand hat das Mausoleum besprayt«, sagte ich. »Ich sollte es anzeigen. Ich sollte es entfernen lassen.«

Sie sah mich verständnislos an.

»Beschmiert. Jemand hat mit Farbe was draufgeschrieben, auf die Rückwand.«

»Warum sollte jemand etwas auf ein Grab schreiben?« fragte sie.

»Es ist die Zahl 1953. Das ist wohl eine Jahreszahl, die irgendwas bedeutet.«

»Die Leute hier haben ein langes Gedächtnis«, sagte sie und reckte sich anmutig. »Ihr Vater sagte immer, ich sei eine großartige Anwältin, weil ich keine Erinnerungen hätte. Nur Akten. Das war der Grund, weshalb er sich überhaupt an mich gewandt hat.«

Ihre Anmut verwirrte mich. Im einen Moment steckte sie in ihrer Rolle als Anwältin fest, war bis zum Hals zugeknöpft und präzise wie ein gedrucktes Dokument, und im nächsten reckte und räkelte sie sich wie eine Katze, völlig selbstvergessen.

Sie hatte derart intime Dinge getan – hatte das Leben meines Vaters schriftlich festgehalten und verpackt, hatte ihn allein getroffen, wenn er keine Etikette vorschützen konnte, um seine Gefühle zu verschleiern. Sie mußte Dinge über ihn wissen, die ich nie erfahren hatte. Ich sagte mir, das sei der einzige Grund, weshalb ich so rasch ein Gefühl von Nähe empfand.

Für die *festa* hatte jemand seine Garage zur Verfügung gestellt, denselben Rahmen, in dem die Totenwache hätte stattfinden sollen; getafelt wurde an einem langen Holztisch, während die Tanten eifrig servierten: Ziegenfleisch, gebratene Ferkel, eingesalzenen Stockfisch, in Streifen geschnitten und mit Kartoffeln gekocht, Rotwein aus der Gegend mit einem weichen, erdigen Beigeschmack, gebratene Paprikaschoten, Orangen in Scheiben und Kartoffeln, gekocht, gebraten, geröstet. Der Ventilator am einen Ende der Garage vertrieb den unterschwelligen Geruch von Diesel und Terpentin. Wenn man sich zurücklehnte, war die Wand scharf von Klingen und Meißeln und grell von vielfarbigen Kabelsträngen.

Ich saß nahe dem Kopfende, trotz der Hitze noch immer in meinem einzigen Sakko, während alle anderen bereits hemdsärmelig waren.

Ich trank. Der Wein floß mir leicht und beinahe süß durch die Kehle, zu jung, als daß er bereits den Traubengeschmack abgelegt hätte. Die Männer kamen auf mich zu, beugten sich zu mir herüber, grinsten mich mit sämtlichen Zähnen an und erzählten mir ein paar Dinge über meinen Vater. Und mehr als sie erzählten, stellten sie Fragen – nach seinem Leben, seiner Frau, seinen Erlebnissen.

Ich dachte darüber nach, wer von ihnen wohl sein Grab beschmiert hatte und ob das alles war, was sie im Sinn hatten. Aber meine Überlegungen ertranken im Wein.

Die Männer erzählten mir ihre Geschichten: was die Hitze angesichts des plötzlichen, unzeitgemäßen Regens im Juni für den Wein bedeutete; von dem Mann, der ausgewandert war und bei seiner Rückkehr sein Haus amtlich versiegelt vorgefunden hatte, eine Schrotflinte packte und der Frau vom Gemeinderat, die mit der Stadtplanung betraut war, in den Kopf schoß; von denen, die krank waren, und den anderen, denen es gutging, von bestimmten Familien, die Hals über Kopf nach Brasilien ausgewandert waren, und dabei hätten sie doch noch ein Jahr warten sollen, um den neuen Zug, die neue Straße, die neue Wasserpumpe noch zu erleben. Von Erminios Pinien, die gerade zum rechten Zeitpunkt abbrannten, damit er mit Hilfe der neuen Subvention Eukalyptus pflanzen konnte, dabei bekam er außerdem noch Geld von der Versicherung; und wie gut seine Anwältin, diese Maria, in letzter Zeit aussah.

Mit Hilfe des Weins zerrten sie mich in ihre verschworene

Gemeinschaft, an diesen kleinen Ort mit seinen gewaltigen Täuschungen, und je mehr ich trank, desto mehr glaubte ich zu verstehen, und desto mehr lachte ich. Einmal verlor ich ganz den Faden und fing ohne Grund zu lachen an, und kurz darauf fielen alle anderen mit ein.

Also erwähnte ich meinen Vater. Nur diese Worte, *»o meu pai«*.

»Er war nicht sehr oft hier.«

»Aber mein Vater ...«

Es entstand ein kleiner Schacht aus Schweigen, der sich jedoch bald wieder mit Stimmen und Lärm füllte.

Der Tisch wurde nie leer. Nach Fisch und Ziege und Schwein gab es Kuchen mit galligen Marzipanrosen und einer bleichen Glasur, und dies alles wurde auf Papiertellern über die Tischfläche verstreut, dazwischen verteilten sich Gläser aus der Bar, riesige weiße Flaschen mit Rotwein, Bierkrüge und wie ein kleiner archäologischer Fund, Schweineknochen. Es wurde ein wenig gesungen, und nach anfänglichen Protesten setzten die Sänger sich durch. Mit inzwischen unsicherem Kopf dachte ich, wahrscheinlich müsse auch getanzt werden. Ich war nahe daran, in weinselige Tränen auszubrechen, aber im Rausch habe ich mich eigentlich immer in der Hand; bis auf die paar Male, als ich versucht war, jemanden umzubringen.

Ich, dieses völlig losgelöste »Ich«, das nur in dieses Dorf an diesem Abend gehörte, würde sogar tanzen – mit Graça vielleicht oder Manuela oder Adelina, vielleicht mit einer anständigen und begeisterten Witwe in den Sechzigern oder einer jungen Frau mit süßen runden Brüsten und Wangen und Bauch oder mit einer Tante, die sehnig war wie gekochtes Ziegenfleisch. Ich würde wie ein Londoner tanzen, wie ein Portugiese, wie ein Wissenschaftler, wie ein Ehemann – was immer ich war, so konnte ich tanzen.

Der Wein war mein Alibi dafür, daß ich nicht ganz genau wußte, wo ich mich befand.

Dann war da noch Anna in London, was mir ein unmöglich ferner Ort schien. Ich konnte nicht einmal sagen, wie es kam, daß wir nicht zusammen waren. Ich kannte ihre Wärme, ihre Weigerung, Reue zu empfinden, die Art, wie sie sich im Schlaf im Bett umzudrehen pflegte, als sehnte sie sich nach Berührung, und gleichzeitig die Art, wie sie nach Bedarf die energische, rhetorisch geschickte Lehrerin spielen konnte. Diese Widersprüche hatte ich immer geliebt und fühlte mich darin verstrickt.

Wir hatten einander schon einmal beinahe verloren. Mit neunzehn wollte sie Musikerin werden und ging für mehrere Monate nach Siena an die Accademia Chigana: um sich als Bratschistin zu perfektionieren und um dirigieren zu lernen. Mit gewaltigem Ehrgeiz machte sie sich auf den Weg. Ich sah sie durch die Tore der Akademie in einem schattigen Innenhof verschwinden und kehrte nach Großbritannien zurück, ohne recht zu wissen, wie es um uns stand. Monate später rief sie mich aus einem Londoner Krankenhaus an; sie hatte sich auf schlüpfrigen Stufen ein Bein verdreht, und bei dem Sturz waren Knochen und Sehnen auseinandergerissen worden. Sie fragte, ob es sein könne, daß sie schwanger sei, weil die Ärzte sie danach gefragt hatten. Ich glaubte es nicht, und ich hatte recht.

Danach, abgesehen von ein paar Partys, verloren wir uns aus den Augen, trieben an verschiedene Universitäten und in verschiedene Leben auseinander. Doch dank jener Sorte von Glück, die vermuten läßt, daß jemand sich eigens darum bemüht, trafen wir uns in den Studienräumen des Museums wieder. Unterdessen hatte sie begonnen, Kunstgeschichte zu studieren; sie sei als Bratschistin nicht gut genug, um auftreten zu können, sagte sie, und sie handelte stets nach ihrem Urteil, das pragmatisch und unbarmherzig war. Ich war gerade in meiner Probezeit: sechs Monate, um mich an die Umgangsformen und den Staub des Museums zu gewöhnen. Wir hatten das Glück, in Leidenschaft zu verfallen, und lebten sie aus, in allen verborgenen Ecken des Museums, den unkontrollierten Magazinen, den Lagerräumen. Es stand uns ein großes graues Kontinuum zur Verfügung, in dem wir die einzigen strahlenden Farben waren.

Anna wird irgendwann, während ich fort bin, mit jemandem, den ich nicht mag, essen gehen, einem alten Freund; so dachte ich.

Mir war auch heiß, und gleichzeitig fühlte ich mich klamm. Ich zog mein Sakko aus, ging hinaus ins Freie und erinnerte mich zu spät, daß ich in der Nähe der Berge war, in den Ausläufern der Serra da Estrela – dem Felsenreich zwischen dem portugiesischen Wald und der spanischen Wüste.

Das nasse Hemd klebte mir am Leib und ließ die Haut darunter sehen. Ich schauderte und begann zu tanzen, kalt und naß, wie ich war, bewegte mich nur, damit das Blut nicht aufhörte, durch meinen Kopf zu fließen. Ich hüpfte nach der einen, dann nach der anderen Seite und winkte Maria, sich mir anzuschließen, aber sie tanzte nicht gern; oder sie war einfach nur wählerisch und von mir nicht so recht überzeugt. Also forderte ich die Tanten auf.

Ich dachte an meinen Vater, der kalt und starr unter der Erde lag – aber er war ja nicht unter, sondern über der Erde und konnte nicht kalt sein bei dieser Hitze; und er war mit dieser willkürlichen Zahl 1953 markiert worden. Ich war unendlich traurig.

Einer der älteren Männer, mit einem kaiserlichen Gesicht auf dem Körper eines Arbeiters, empfand anscheinend Mitleid mit mir. Er kam heraus, setzte sich auf die Metallbank vor der Garage und redete mit mir.

»Was sie über deinen Vater sagen, mußt du nicht ernst nehmen«, sagte er.

»Aber sie sagen ja gar nichts.«

»Es hat nichts mit dir zu tun. Gar nichts. Du warst noch nicht mal geboren.«

»1953?«

»Sie hätten das Grab nicht anrühren dürfen.«

»Ich möchte wissen ...«

Er stand auf, und sein Körper, der so stark wirkte, war in den Gelenken auf einmal unsicher. »Nein, nein«, sagte er. »Du mußt gar nichts wissen. Wir freuen uns, daß wir dich kennen.«

Kurz darauf quollen die anderen Männer aus der Garage zu mir auf die Straße heraus; und sie brachten die Frauen mit.

Ein alter Mann hatte einen Dudelsack, rotes Tuch mit gelbem Besatz, und er fing an zu pumpen und zu blasen. In ganz anderem Takt fiel eine große Trommel mit ein, es entstand ein Durcheinander aus Bewegungen und Rhythmen, und dazwischen tanzten der Leichenbestatter und seine Frau, beide rund und solide wie Säulen aus Fett, einen raschen, verblüffend leichten Tanz.

Jemand brach unter heftigem Flüstern aus der Runde aus und machte sich davon, um irgend etwas zu holen, was nicht verraten werden konnte; so schien es jedenfalls. Ich befand mich jetzt in einem Kreis, warf mich um die eigene Achse, froh, daß Blut und Muskeln wieder in Bewegung waren, daß ich den Wein ausschwitzte. Maria drehte sich mit einem Mann, keiner von ihnen lächelte.

Bei dem Lärm öffneten sich Läden und Fenster.

Und dann tönte vom anderen Ende der Straße das Geräusch von Schüssen, von Mörsern und Granaten; und niemand schien darauf zu achten. Ich dachte an Polizisten, hatte großstädtische Erwartungen; ich glaubte, die Festgesellschaft würde unter Beschuß genommen, und erstarrte einen Moment lang mitten unter den Tänzern. Dann schaute ich zum Himmel hinauf und erkannte, daß jemand die Böller und Raketen für die nächste *festa* im Dorf entdeckt hatte und in einem Kohlfeld neben der Straße in Brand steckte, einen, dann drei, dann einen, so daß die wilde Musik von den Rhythmen eines betrunkenen Trommlers und einem Himmel voller Leuchtspurgeschosse und Kriegsgetöse begleitet wurde.

Ich verscheuchte Tod und Scham mit Lärm.

Der Dudelsackspieler begann, auf der Stelle zu marschieren. Der Trommler bezog hinter ihm Stellung. Die Böllerschüsse kündigten eine Prozession an, also würde es eine Prozession geben; diesmal jedoch keine Leichenprozession. Sie bogen von der Hauptstraße ab, die älteren Leute folgten, die jüngeren begannen an den nächsten Morgen zu denken und wanden sich durch einen Tunnel aus Mimosen und Pinien einen Hügel hinauf.

Ich versuchte zu tanzen, zu marschieren, mein Gleichgewicht

wiederzufinden. Maria trat hinter mich und sagte leise: »Es ist ein weiter Weg.«

Ich fragte mit sanfter, betrunkener Aufrichtigkeit: »Kommen Sie mit?«

Maria zuckte die Achseln.

Aber nichts konnte die Prozession aufhalten, obwohl jetzt nur noch der Dudelsack spielte und der Trommler stumm von einer Seite des Weges zur anderen wankte. Die Prozession drehte sich um die Gewohnheit des Gehens, die Macht zu gehen. Die Muskeln bewegten sich weiter, auch wenn der Atem knapp wurde, und der Atem ermöglichte das Furzen und Röcheln aus den Dudelsackpfeifen.

Ich ging mit ihnen.

Der Weg schlängelte sich kurvenreich dahin. Nach ihren Umrissen zu urteilen, standen rings um uns Olivenbäume. An einer Ecke zündeten zwei Frauen in einem kleinen Heiligenschrein Kerzen an, und ihre Gesichter waren von unten golden beleuchtet. Glühwürmchen schwebten durch die Luft, leuchtende Intervalle, die sacht an der Dunkelheit schabten.

Oben auf der Anhöhe fiel der Felsen zum nächsten Dorf hin ab. Ich erwartete Hundegebell, aufgeregte Jagdhunde, die ein gemeinsames Gejaule veranstalteten, und vielleicht Fensterläden, die geschlossen, Lichter, die gelöscht wurden: aber nichts rührte sich.

Die Musik erstarb. In der Stille fing ich an zu schaudern.

Christopher Hart hinterließ eine Nachricht auf dem Anrufbeantworter von Maria de Sousa de Conceicão Mattoso. Er sprach noch bei acht weiteren Anwälten, die er sich aus dem Branchenverzeichnis herausgesucht hatte, aufs Band und teilte allen mit, er wolle ein Haus in der Gegend, in irgendeiner Gegend mieten und brauche Rat.

Maria war die einzige, die zurückrief.

Über enge grüne Stiegen kletterte sie zu ihren paar Zimmern hinauf, Tür an Tür mit einem Ingenieur und einem Schuster. Sie hörte Harts Stimme: jung, sonst aber schwer einzuordnen; wahrscheinlich Engländer.

Sie ließ die Fenster verdunkelt, während sie ihn zurückrief. Das erste Gespräch mit ihm fand also in einem Büro statt, das direkt aus einem *film noir* stammte, mit scharf abgegrenzten Lichttümpeln, die Wände gestreift von den Schatten der Läden.

Dieser Hart hielt sich fünfundvierzig Kilometer entfernt in einem Hotel auf und war am üblichen Geschäft interessiert: Vermietungen und Verpachtungen. Üblich war dieses Geschäft erst in den letzten zwanzig Jahren geworden, seitdem die ersten Fremden herkamen, die aus den Portweintälern nach Süden oder von Lissabon und der nebelverhangenen Arroganz Sintras nach Norden auswichen – ein verirrter niederländischer Dichter, ein englischer Diplomat, ein Lastwagenfahrer mit einer Leidenschaft für Brieftauben. Sie waren so wenige und kamen so unerwartet, daß niemand etwas gegen sie hatte; sie waren einfach neue Nachbarn.

Zwanzig Jahre früher konnte man allerdings davon ausgehen, daß der ortsansässige Anwalt ein dickbäuchiger Mann war, der sich gönnerhaft auf das Niveau der Welt herabließ. Aber Maria de Sousa de Conceicão Mattoso hatte nie einen Bauch gehabt.

Sie sah die Fremden gern als ihre Freunde. Sie kümmerte sich um sie. Die meisten kamen früher oder später zu ihr, es sei denn, sie waren so perfide, daß sie einer einheimischen Ausländeranwältin in örtlichen Ausländerangelegenheiten nicht trauten, weil sie jegliches Ausland als eine Art Freimaurerverschwörung ansahen. Sie brachten ihre Welt zu ihr – in Bruchstücken und Geschichten, wie Geschenke. Im Gegenzug erklärte sie ihnen alles mögliche, wenn sie es brauchten.

Das alles mag Sie überraschen: Sie hielt sich nie an Bürozeiten. Sie hatte keine Sekretärin, keine Empfangsdame, hatte nicht einmal ihr Examenszeugnis an der Wand hängen. Sie ging dorthin, wo sie verlangt wurde, und wenn niemand sie brauchte, verbrachte sie ihre Zeit nach Gutdünken. Das alles tat sie auf einem Terrain, auf dem sie immer fest mit zwei Beinen stand, dem Terrain, das sie am besten kannte: der Stadt, in der sie aufgewachsen war.

Ich möchte, daß Sie Maria kennenlernen.

Sie traf Hart in der Bar unterhalb ihres Büros. Sie mochte die Bar, denn dort konnte sie Kaffee trinken und den Hauptplatz beobachten; aber Sie dürfen sich jetzt keine falschen Vorstellungen machen: Der Platz ist in Wirklichkeit eine Schneise zwischen dem Feuerwehrhaus, ein paar Läden, dem Rathaus, der Versicherungsagentur, einer Bank, dem Büro des landwirtschaftlichen Beraters und einem Parkplatz – ein Zwischenraum mit einem Garten, einem aus Beton gegossenen Brunnen und einer Reihe gestutzter Linden. Er ist sauber und schattig, aber nicht im geringsten pittoresk.

Hart fuhr einen blitzblanken Wagen und stellte ihn auf dem Parkplatz der Feuerwehrleute ab. Die Marke des Autos kannte sie nicht, aber es war so sauber, daß die Feuerwehrleute sich nicht beschwerten.

Er war groß, absurd riesig in der niedrigen Bar; seine Arme begannen weit über Augenhöhe, und er hatte ein zielbewußtes Lächeln, das jeder von unten in einem ungünstigen Winkel sah. Er war blond, wohlproportioniert, aber in gewisser Weise erinnerte er an einen dieser Sicherheitsleute, wie man sie im Fernsehen in der Umgebung von Staatsoberhäuptern häufig sieht: keine Persönlichkeit, nur eine Funktion.

»Sie sind wirklich nicht das, was ich mir unter einer Provinzanwältin vorgestellt habe«, sagte er, was von seiner Höhe herab charmant wirken mochte.

Sie bot ihm Kaffee an, aber er wollte Wasser.

»Sie leben in einem wunderschönen Teil der Welt«, sagte Hart.

»Kennen Sie die Gegend?«

»Ich bin zufällig hierher geraten«, sagte er. »Aber ich würde gern eine Weile bleiben – ich habe an etwa drei Monate gedacht.«

Ihr Gespräch klang wie ein Konversationskurs, bei dem die Schüler aufgereiht sitzen und sich abwechselnd nach dem jeweiligen Befinden erkundigen, woraufhin der andere ausdruckslos versichert, es gehe ihm sehr gut. Sie war froh, als er ihr seine Wünsche mitteilte: zwei Schlafzimmer, gute Straßen, einen ordentlichen Wasserdruck, ein Haus, das »privat, aber nicht abgelegen« sei; zu seiner Redeweise paßten geschäftliche Themen am besten. Abgesehen davon hielt sie ihn für arrogant, weil er kein persönliches Wort an sie verschwendete.

Sie fragte, ob er allein sei, und er machte eine Miene, als wüßte er, warum sie fragte, was aber nicht der Fall war. Sie fragte, womit er seinen Lebensunterhalt verdiene, und er antwortete, er sei ein Professor und schreibe Bücher; sich nun auch noch nach seinem Fachgebiet, seinen Vorlieben zu erkundigen und wissen zu wollen, wo er lehrte und woher er kam, erschien ihr wie ein Verhör. Für einen Professor wirkte er sehr jung.

Er hatte ohnehin nur eine Antwort: das Versprechen, die Miete im voraus zu bezahlen. »Ich habe eine Menge zu tun«, sagte er.

Ich lag im Schlafzimmer im Haus meiner Tante, mit einer funzeligen Birne in einem bernsteingelben Lampenschirm und einer mit blauen, roten und gelben Blumen bemalten Garderobe und einer Jungfrau Maria neben der Tür, beinahe außer Sichtweite. Der Wein, den ich getrunken hatte, vertrieb den Schlaf.

Ich mußte den Mistkerl finden.

Das alles sei nur meine Pflicht gegenüber dem Museum, sagte ich mir. Seit zwanzig Jahren habe ich mit dem Museum zu tun, daher sind meine Interessen und mein Handeln völlig in seinen Dokumenten und seiner Struktur aufgegangen. Beinahe glaubte ich mir meine Geschichte, allerdings wußte ich dabei sehr genau, daß es mir nur darum ging, mehr Zeit in Portugal herauszuschinden.

Zumindest konnte ich bei verschiedenen Universitäten anrufen. Nie hätte ich geahnt, daß es in Portugal so viele gab: neue, private, naturwissenschaftliche, über ganz Lissabon und das halbe Land verstreut.

In der Bar kaufte ich Telefonkarten und rief Bürokraten an, während im Hintergrund die TV-Shows tobten – einmal war es eine ganze Bar, bevölkert von mittäglichen Nichtstuern, die sich grölend über den in portugiesischen Augen ultimativen Witz ausschütteten: Flamenco.

Meine Anrufe waren beflissen, nicht hoffnungsvoll. Niemand hatte den Namen Christopher Hart je gehört. Natürlich brauchte er nicht unbedingt eine Universität, wenn er nach Portugal gekommen war, um seine Ruhe zu haben und zu schreiben; aber ich dachte, er könnte vielleicht die eine oder andere Bibliothek aufsuchen. Falls er es tat, so wußte niemand davon. Ich dachte, vielleicht mußte er sich irgendwohin wenden, wo er und seine Stellung innerhalb der Hierarchie bekannt waren.

Ich rief im Museu de Arte Antiga, im Gulbenkian-Museum, in der Nationalbibliothek an – überall, wo ein Mann hingehen konnte, um pflichtbewußt eine Quellenangabe nachzuprüfen oder sich ohne Ironie als Professor Hart anreden zu lassen. Zeitweise befürchtete ich, die Kuratoren könnten glauben, mein merkwürdiger Anruf sei eine Art Warnung vor Hart, denn um mit irgendeiner verantwortlichen Stimme verbunden zu werden, mußte ich mich als Mitarbeiter des Museums vorstellen.

Aber dann dachte ich: Der Mann ist schuldig. Darin hatte ich die Gewißheit eines Polizisten.

Telefonisch konnte ich nichts weiter tun. Aus naheliegenden Gründen konnte ich mich nicht an die Polizei wenden. Ich konnte mir nicht einfach Zugang zu irgendeinem Touristenverzeichnis verschaffen, aus dem ich erfahren hätte, wo der Mann gewohnt hatte oder wohnte. Die niederländische Polizeiakte enthielt alle diese Angaben, aber das konnte ich zu dem Zeitpunkt nicht wissen; abgesehen davon befand sich die Akte in einem anderen Land und auf der anderen Seite von Mauern.

Eine Schlußfolgerung jedoch zog ich. Es gab große Universitätsstädte, und ich dachte nicht, daß Hart dorthin gehen würde: nicht nach Oporto, nicht nach Lissabon. Ihm lag nichts daran, Aufmerksamkeit auf sich zu ziehen. Er hatte nicht einmal eine Nachsendeadresse hinterlassen. Außerdem konnte mir seine englische Universität keinen Hinweis auf Kontakte geben, die er hier möglicherweise hatte; in Portugal stoßen die Ansichten eines Professors für Neuere Geschichte über das goldene

Zeitalter in Holland nicht gerade auf übermäßiges Interesse; es gab keinen Kollegen, den er besuchen konnte.

Damit blieb die naheliegende Antwort: Coimbra, eher eine Kleinstadt, durchaus malerisch, eine richtige mittelalterliche Universität mit Türmen, Rosenholzbibliothek, Mosaikstufen und Statuen, über die viel in den Reiseführern stand. Von Coimbra hatte Hart sicherlich gehört.

Es lag fünfundsiebzig Kilometer nördlich von mir. Ich begab mich wieder auf die Autobahn.

Maria erinnert sich auch an den nächsten Morgen, an dem ihre Wohnung nach Kaffee und frischem Brot duftete – nach *broa*, dem dicken, feuchten Maisbrot. Sie öffnete ein Fenster und ließ die frische Brise vom Meer im Westen herein. Der Staub war Wolken und Dunst gewichen.

Ihre Mutter war in der Küche, in Gesellschaft eines zerknitterten Mannes in den Fünfzigern. Vielleicht war sie gelaufen, oder sie hatte im Speicher Kisten verräumt; sie war stark wie eine Bäuerin, obwohl sie ihre Kraft an Buchhaltung und Inventuren vergeudete.

»Amandio findet, wir sollten zum Strand fahren«, sagte ihre Mutter. »Für den Tag.« Ihre riesigen dunklen Augen hatten sie einst zu einer Schönheit gemacht; jetzt überwachten sie Kunden.

»Heute wird ein schöner Tag«, sagte Amandio. »Wir wollen ein bißchen an die frische Luft. Vielleicht schaffe ich es sogar, deine Mutter ins Wasser zu bringen.« Er lächelte wie einer, der von morgens bis abends betrunken ist.

»Ich mache noch etwas Kaffee«, sagte ihre Mutter und ließ Amandio und Maria einander gegenüber an dem schmalen Tisch mit Wachstuch sitzen.

»Du kannst es kaum erwarten, mich endlich aus dem Haus zu haben«, sagte Amandio und fügte hinzu: »Stimmt's?« Er bestand auf einer Antwort, aber sie gab ihm keine. Sie strich Butter auf eine Scheibe warmes Brot und sagte zu ihrer Mutter: »Ich würde gern ein paar Leute zum Abendessen einladen. Nächste Woche.«

Ihre Mutter sah zuerst Amandio an, fiel Maria auf, aber

nicht sehr lang. »Natürlich«, sagte sie. »Ich koche gern für deine Freunde.«

Amandio und Maria konnten nicht mehr sehr lang unter einem Dach leben.

Ihre Mutter war Witwe, und Witwen haben das Recht auf ein Leben. Davon war Maria überzeugt. Aber Amandio war Handelsvertreter, und er hatte so lang seine Kunden umschmeichelt, daß er jetzt ganz aus Öl bestand. Seine Gesichtszüge, Nase, Augen, Mund, sahen aus, als kauerten sie unter öligem Haar, auf öliger Haut. Er verkaufte Badezimmerarmaturen, Wasserhähne, Waschbecken: Das war seine Branche; und einmal hatte er abgewartet, bis ihre Mutter den Laden absperrte, um vor ihr auf die Knie zu fallen und ihr formell seine Liebe zu erklären. Eine Szene wie aus einem schlechten Film – es fehlte nur noch, daß er sich in Positur warf und Fado sang. Sie hingegen lachte so herzlich, daß sie ihn in ihr Bett mitnahm, und seither hing er an ihr fest. Maria fragte sich oft, ob sie seine einzige Witwe war, weil ihm ihr Gelächter anscheinend gar nichts ausmachte.

»Wir fahren also ans Meer«, sagte Amandio.

»Ich mach' dir noch was zum Abendessen«, sagte ihre Mutter. Sie schien stets das Bedürfnis zu haben, Amandio zu verteidigen, als wäre sie sich bewußt, daß er kein ernst zu nehmendes Angebot war. »Carlos Alberto ist im Laden.« Sie trank einen kleinen Schluck Kaffee. »Carlos Alberto ist sowieso heute an der Reihe.«

Maria ging ins Büro. Ein älteres Paar kam vorbei, das sich über Testamente den Kopf zerbrach. Jemand rief wegen eines Nachbarn an, der Stahlträger auf einer öffentlichen Zufahrt hatte liegenlassen und sie damit versperrte. Eine *escritura* steckte in ihrem langen, langsamen Prozeß, und sie verfaßte einen Brief, getippt auf einer alten Olympia-Schreibmaschine, in dem sie erklärte, es bestehe kein Anlaß zur Sorge, das Haus gehöre bereits ihnen, aber die Mühlen der Bürokratie mahlten langsam, der Beweis des Eigentums werde irgendwann eintreffen.

Dann suchte sie ein Haus für Hart. Das war nicht so einfach. Unbewohnte Häuser gibt es überall, aber manche von ihnen gehören Leuten, die nach Frankreich oder Deutschland ausgewandert sind, um dort zu arbeiten, und irgendwann heimkommen wollen. Bis dahin sind diese Häuser ihre Zuflucht und ihr neuer Traum; sie sind nicht zu vermieten. Es gibt auch alte Häuser, halbe Ruinen mit undichten Dächern und ausgebeulten Wänden, aber darin könnte niemand wohnen; die Fremden sehen »Möglichkeiten«, und dann brauchen sie Jahre, um den Flußstein gegen etwas Quadratisches, Weißes, Kleines und Solides auszutauschen und im Erdgeschoß, der einstigen Unterkunft für Schweine, Hühner und Weinfässer, Bidets einzubauen. Dann wollen sie den Sommer hier verbringen. Ein bewohnbares Haus ist im Sommer nicht erhältlich: Jemand träumt darin.

Aber es gab einen französischen Schriftsteller, einen grauhaarigen, vierschrötigen Mann, der wegen irgendeines Versehens Hals über Kopf abgereist war – weil er dreißig Jahre lang vergessen hatte, seine amerikanischen Einkünfte zu versteuern, oder irgend etwas von der Art. Er wohnte in Formentina, einem berühmten Bergdorf, in einem langen, niedrigen, weiß gestrichenen Haus, ruhig gelegen und friedlich, außer zu Zeiten der Pilgerzüge zur Kapelle Unserer Lieben Frau vom Schnee. Aber das brauchte nicht erwähnt zu werden; Hart war viel zu jung, fremdländisch und modern, um irgend etwas über Pilger zu wissen. Wahrscheinlich würde er die Leute, die mit verbundenen Füßen und Stöcken in der Hand die Straße entlangmarschierten, für ganz gewöhnliche Wanderer halten.

Außerdem war es ein günstiger Tag, als Maria mit Hart nach Formentina fuhr. Die Sicht auf die Berge war klar, den Piniengeruch hatte der nächtliche Tau gemildert, und das Dorf war voller frisch erblühter Blumen – Gänseblümchen und üppiger, blauer, zerzauster Schmucklilien.

»Hier gibt es ja gar keine Straßen«, sagte Hart.

»Nicht im eigentlichen Sinn. Dafür ist es zu steil. Nur Fußwege.«

»Und wo soll ich mein Auto parken?«

Sie sagte, er werde es an der Hauptstraße abstellen müssen, aber das war ihm schon klar.

»Warum leben hier keine Leute mehr? Portugiesen, meine ich.«

»Es leben ja Leute hier«, sagte sie. »Aber viele sind in den fünfziger Jahren fortgezogen. Die meisten nach Brasilien.«

»Warum, was war los?«

»Sie waren Köhler und konnten irgendwann nicht mehr davon leben. Es war im Winter zu hart und zu weit von der Stadt entfernt.« Sinnlos, ihm ihre eigene Theorie zu unterbreiten: daß die Leute hier für die *saudade* leben, diesen Ansturm von Nostalgie und Sehnsucht, und daß man erst fortgehen muß, um *saudade* zu verspüren.

»Gibt es fließendes Wasser?«

Sie wollte ihm Formentina so zeigen, wie sie es sah. Als Kind hatte sie es geliebt, hier herumzulaufen: träge Bienen in Büscheln von weißem Heidekraut, Schieferdächer in der Farbe von Starengefieder, weiße Häuser, gelbe Fenstereinfassungen, dann die dunklen Steinhäuser, die sich in den Felsbruch einfügen, manche verlassen, manche verfallen. Über Treppen, die manchmal zu brachliegendem Gelände, manchmal zu Schuppen führten, schlüpfte sie zwischen ihnen hindurch. Neben einer Straße floß ein klarer Wildbach. Sie führte den Ort vor wie eine Sammlung von Postkarten: Augenblicke, in denen alles fröhlich und hell erleuchtet ist.

Doch wenn sie innehielt und sich umsah, erwachte das hübsche, hellbunte Bild zu einem merkwürdigen Leben. Aus einem Keller kletterten Ziegen herauf. Eine Frau betrat ihren Garten mit einem Korb auf dem Kopf, in dem sie Mist beförderte. Ein Mann zerrte einen endlosen Bewässerungsschlauch aus Gummi hinter sich her. Ein anderer flocht Weidenzweige wie goldene Fäden ineinander. Zwei junge Männer bastelten an einem alten Seat herum, der am Straßenrand stand.

Sie fürchtete schon, es werde nicht genügen, um Hart festzuhalten, seine Aufmerksamkeit zu fesseln.

Sie kam sich vor wie eine Kundenwerberin, als sie den Bus erwähnte, der täglich zu der Stadt hinunterfuhr, in der sie selbst lebte. Sie katalogisierte ihre Stadt: eine Bibliothek, vier Apotheken, drei Banken, eine Sporthalle für Krafttraining und eine zweite, die sich in eine Billardhalle verwandelt hatte, ein Markt zweimal in der Woche und ein Supermarkt, der mit ungerupften Pfeifenten in der Gefriertruhe eröffnet hatte und inzwischen Tiefkühlpizza verkaufte, ein Kranz von neuen, rosaroten Apartmenthäusern rings um die Stadt und freitags ein Kino.

Sie meinte damit, daß es in Formentina nichts dergleichen gebe, weshalb er hin und wieder nach Vila Nova herunterkommen müsse.

Mit federnden Schritten ging er voraus, schoß am Haus vorbei und kehrte um mit beinahe wütender Miene. Sie dachte, wie energisch er wirkte – viel zuviel Kraftaufwand für seine wirbelnden, wirkungslosen Gebärden.

Aber kaum hatte er das Haus betreten, war das Geschäft perfekt; nicht anders hatte sie es erwartet. Die Zimmer schienen über dem Hügel zu schweben. Man saß am Fenster, und die Bäume wichen vor einem zurück bis hinunter zu den unbestimmten Weiß- und Sandsteintönen von Vila Nova. Es war kaum zu glauben, daß man hier sitzen, trinken, schlafen konnte, mit Nachbarn, aber auch mit dem Berg und dem Wald ringsum. Das war jedenfalls seine Sicht und sein Eindruck nach den Kleinstadtstraßen.

»Stauraum«, sagte Hart. »Ich brauche Stauraum. Ein Schreiner ist hier sicher zu finden, oder?«

»Wie lange wollen Sie das Haus denn mieten?«

»Drei Monate. Vielleicht länger.«

»Sagen Sie mir, was Sie vorhaben, ich werde mich erkundigen.«

Er untersuchte Schubladen und Tische und Schränke und Kleiderständer und befingerte alles, als träfen demnächst die Besitztümer eines ganzen Lebens per Dampfer ein und benötigten eine sorgfältige Unterbringung. Dabei konnte er nicht älter als dreißig sein. In diesem Alter sollte man nicht sein ganzes Leben mit sich herumtragen.

»Ich nehme es«, sagte er.

Sie hätte ihm einiges erzählen können. Sie wußte von den alten Pfaden über die Berge nach Spanien, den Maultierkolonnen, die sich aufwärts gequält, und den Stellen, an denen sie Zuflucht gesucht hatten, von wo der Hof zu Lissabon Schnee und Eis hatte herbeischaffen und gegen die Hitze in Höhlen aufbewahren lassen. Sie besaß eine genaue Vorstellung davon, wie ein Garten im Sommer aussehen sollte: Stangen, an denen sich hellgrüne Bohnen emporrankten, Baumkohl auf seinen hohen, schwieligen Stengeln, süße, glänzende Zwiebeln, auf der Erde liegend. Aber dann wurde ihr klar, daß sie nicht die geringste Ahnung davon hatte, was Hart in diesem Ort sah, warum er hier sein wollte, was ihm das alles bedeutete.

Ich weiß, was Christopher Hart als nächstes tat. Maria erzählte es mir, weil sie diejenige war, die ihn dabei beobachtete.

Auf der alten Straße verließ sie die Stadt in Richtung Süden, vorbei an der Kachelfabrik, die viel Ton benötigt und zu dem Zweck den gesamten Hügel unterhöhlt, vorbei an Feldern mit trockenem Mais, durch Pinienwälder, wo der Farn schon braun war und raschelte wie Papier. Sie hoffte auf eine Brise, doch der Himmel war staubig und schwer geworden und wartete nur darauf, unter einem Gewitter aufzureißen.

In den Pinienkronen hing ein blauer Dunst. Es konnte Hitze sein oder auch Rauch. In einer weiten Straßenkurve hielt sie an, stieg aus dem Wagen und spähte ins Tal hinunter. Sie hatte diese Felder so oft gesehen, daß sie nicht genau hinschaute: ein unregelmäßiger Teppich aus Bohnen, Mais, Kartoffeln, Koriander und Knoblauch und Zwiebeln, kleine Grundstücke, ineinander verzahnt.

Sie sah, daß sich zwischen den Bäumen etwas bewegte. Wäre sie eine Jägerin gewesen, hätte sie den Gewehrhahn gespannt. Aber dieses Tier bewegte sich mit schamlosem Lärm durch den Wald, flackernd und wallend. Es war eine gewaltige Bestie, breit genug, daß Bäume fielen: vorrückendes Feuer.

Ein Busch zerbarst in leuchtendem Orange, dann fraßen sich Rot und Orangegelb ihre Bahn bis an den Straßenrand, und die hohen, dürren Grashalme sprühten Funken wie Wunderkerzen. Wie Lunten liefen brennende Brombeerranken auf eine Hecke zu. Die Luft bebte so stark, daß man es hören konnte – wie bei einem Schiff, wenn die Maschinen in Gang gesetzt werden.

Sie war drei Kurven oberhalb des Feuers. Sie sah, daß es eben erst ausgebrochen war, und dachte, sie sollte im nächsten Dorf Bescheid sagen, die freiwillige Feuerwehr alarmieren.

Aber noch nie war sie einem Feuer so nahe gewesen. Es war ein grandioses Schauspiel, ein Feuerwerk, bunte Lichter in den Bäumen eines Parks. Es war so gewöhnlich, daß es ihr nichts anhaben konnte. Außerdem hielt das Prasseln der Flammen sie fest. Das Geräusch umgab sie vollständig, obwohl es nur von einer Seite ausging. Es schien vorherzusagen, wohin das Feuer als nächstes springen würde.

Dann sah sie einen sehr großen blonden Mann, der in das Feuer hineinlief. In dieser Gegend ist niemand groß; es ist keltisches Gebiet. Außer den Touristen ist niemand blond. Also konnte sie selbst aus dieser Entfernung erkennen, daß der Mann Christopher Hart war. Er versuchte, die Flammen mit seiner Jacke zurückzuschlagen, als hätte er nie gewollt, daß das Feuer so weit um sich griff.

Sie fuhr rasch davon. Natürlich alarmierte sie die *bombeiros voluntarios*, die Feuerwehr. Sie rückten sofort aus, aber unterdessen prasselte der Regen herab, und die Flammen waren nicht heiß und nicht stark genug, um dem Wasser standzuhalten.

Danach regnete es in diesem Sommer kaum noch.

Ich versuchte es mit den Bibliotheksregistern, sobald die Bibliothekare anderweitig beschäftigt waren. Ich fragte die Hausmeister in den hohen Betontürmen der Universität, ob sie einen Professor Hart kannten.

Ich rief meine Tanten an, um ihnen mitzuteilen, daß ich ein paar Tage in Coimbra bleiben würde. Ich rief im Museum an und bat meine Sekretärin, noch einmal nachzuprüfen, ob Hart inzwischen eine Nachsendeadresse in Portugal hinterlassen hatte. Wenn er absichtlich untergetaucht war, dann erschien mir das wie das Eingeständnis eines Verbrechens.

Die Tanten sagten, Maria habe angerufen. Ich rief zurück, hörte aber nur den Anrufbeantworter. Ich hinterließ die Nummer meines kleinen Hotels.

Um sechs Uhr rief sie an. Ich stürzte durch die blankgebohnerten Flure, vorbei an verstaubten Anturien, und nahm den Anruf an der Rezeption entgegen.

»Ich wußte nicht, daß Sie in Coimbra sind«, sagte sie. »Das macht die Sache einfacher. Kommen Sie doch morgen zum Mittagessen nach Vila Nova de Formentina. Ich habe ein paar Papiere, für die ich Ihre Unterschrift brauche. Und Sie müssen unbedingt ein paar Leute kennenlernen.«

Ich wußte damals noch nichts von ihrer Überzeugung, daß alle Ausländer einander kennen sollten.

Wir aßen in einem Restaurant zu Mittag, das reichverzierte schmiedeeiserne Stühle mit gnadenlosen Sitzflächen und kleine runde Tische auf der Terrasse aufgestellt hatte. Wir aßen *bacalhau*, den salzigen Stockfisch, gebraten mit Öl und Petersilie und Zwiebeln und Kichererbsen. Drei Personen gesellten sich zu uns.

Einer war ein Emigrant, der kurz zuvor aus Holland zurückgekehrt war, ein Computerexperte Ende Zwanzig; ein anderer ein Maler, der allein in einem Dorf auf dem Hügel hauste; und der dritte ein Wissenschaftler, ein schlaksiger Mann mit weißblondem Haar, ebenfalls Ende Zwanzig. Er kam spät und sagte, er habe leider keine Zeit, um mit uns zu essen.

»Christopher Hart«, stellte er sich vor.

In meinem Hotelzimmer gab es einen einzelnen kleinen Spiegel. Ich stellte mich selbst vor: John Costa, Angestellter des Museums.

Hart würde wohl kaum vor dem Museum fliehen. Das wäre ein Schuldeingeständnis. Vielmehr würde er sich benehmen, als hielte er mich für eine Art intellektuellen Sozialarbeiter, der aufgekreuzt war, um seinen Ideenreichtum, seine Kreativität zu überprüfen, weitere Wohltaten auszugießen, sicherzustellen, daß er, der Professor, zu einem regel- und vorschriftsmäßigen Dasein verurteilt war.

Ich stellte mich dem Spiegel vor: John Costa, Racheengel.

Eher wie Keystone Kop, dachte ich. Ich kann bedrohlich wirken, aber dazu braucht es Leidenschaft. Ich kann nicht eine Türöffnung vollständig mit Muskeln ausfüllen und einen

Mann allein durch meinen Anblick schrumpfen lassen. Und sicherlich kann ich einen kaltblütigen Dieb nicht zwingen, seine Beute herauszurücken, nur weil ich es ihm befehle.

Also stellte ich mich in düsterer Verkleidung vor den Spiegel: John Costa, Kunsthändler.

Sie müssen sich den Unterschied zwischen Händlern und Kuratoren klarmachen. Händler sind eine besondere Kategorie der Oberschicht. Sie besitzen eine spezielle, blankpolierte, rosarote Haut, die glänzt. Sie tragen Zweireiher, und ihre gelben Halstücher sind zu üppigen seidenen Blüten geschlungen. An den Füßen tragen sie makellose, gewichste Schuhe. Sie sind diejenigen, die immer Taxis bekommen, wenn der Rest der Menschheit sich durch Schneeregen quält, die eine Ecke niemals ordentlich umrunden, sondern stets schneiden.

Sie rufen ununterbrochen im Museum an.

Ich bin ein ehrlicher Mann, und trotzdem führen sie mich zum Mittagessen aus, irgendwo weit abseits des Museums im seidigsten Kensington, und schlagen mir vor, eine lästige Tatsache einfach zu vergessen oder zu akzeptieren, daß eine bestimmte Herkunftsangabe immerhin nicht völlig abwegig ist, oder Kunst aus (beispielsweise) Italien nach einer der traditionellen Methoden zu beurteilen. Sie tun dies auf recht subtile Weise, insofern, als man sie für ihre Reden nicht belangen könnte, nicht einmal nach der zweiten Flasche Wein; dennoch sind ihre Worte unverblümt. Sie streben die Autorität des Museums an, wenn ihre eigene zweifelhaft erscheint.

John Costa, Kunsthändler: mit einem Angebot, das Hart in Betracht ziehen könnte, der Andeutung, es gebe bestimmte ihm bekannte Werke, die das Museum nicht anerkennen könne, die jedoch einen hervorragenden Preis erzielten.

Die Hautfarbe ist falsch: zu dunkel, nicht das angelsächsische Schweinchenrosa. Ich hatte keinen wirklich teuren Anzug in meiner Garderobe; nichts Schwarzes für die Beerdigung meines eigenen Vaters. Aber in einem frischen weißen Hemd kann ich glaubwürdig aussehen und durch Untertreibung das Vorhandensein einer unbegrenzten Geldmenge knapp außer Reichweite suggerieren. Jedenfalls konnte ich bluffen.

Ich hätte Maria Mattoso beauftragt, über das nächste Treffen mit Hart zu verhandeln wie über irgendeinen Kontakt oder Pachtvertrag, doch dazu bestand keine Notwendigkeit. Sie wollte auf alle möglichen Spiele der Ausländer in der nächsten Saison abonniert sein.

Mir war an diesem Treffen sehr gelegen, also fuhr ich selbstverständlich die lange Strecke nach Vila Nova de Formentina. Hart brauchte nichts weiter zu tun, als sich von Formentina nach Vila Nova treiben zu lassen.

Nachdem wir keine besondere Tagesordnung hatten, nur eine Art sozialer Pflicht, trafen wir uns auf der mit Plastikstühlen bestückten Terrasse vor der Bar, unmittelbar oberhalb des Markts.

Ich war zuerst da, perfekt rasiert. Hart tauchte in gebügelten Jeans und Flanellhemd auf, der adrette junge Wissenschaftler im Holzfäller-Look.

Ich sagte Hart, ich hätte ihn angerufen, weil ich ohnehin in der Gegend sei. Ich erzählte von der Beerdigung meines Vaters, und er bekundete vorsichtig sein Beileid. Dann fragte ich, was ihn nach Portugal geführt habe – und die Frage war unterstrichen wie eine Überschrift.

Er scherzte: Er habe mehr als ein ganzes Jahr blonder Mädchen und Vernünftigkeit und Heringe hinter sich, und das könne er einfach nicht länger ertragen.

Maria saß da und strengte sich sehr an, um zu verstehen, was wir wirklich sagten.

»Ich dachte immer, wir sollten uns einmal persönlich kennenlernen«, sagte ich.

Hart sah mich fragend an. Natürlich mußte er sich selbst wundern, warum wir uns nie getroffen hatten; mein Name konnte ihm nicht unbekannt sein.

»Ich bewundere Ihre ikonographische Arbeit«, sagte ich. »Es ist schon etwas, wenn man über Blumenbilder etwas zu sagen hat. Wir sollten Ihnen dankbar sein.« Er reagierte nicht auf die Schmeichelei. »Sie sind«, sagte ich, »ein herausragender Kollege.« Ich bedauerte, daß mir die gewaltigen portugiesischen Ausdrücke nicht zur Verfügung standen – die Banken sprechen im Schriftverkehr selbst ihre zwielichtigsten Kunden als »*excelentissimo*« an –, die nicht einmal dem Anschein nach überzeugend sein sollen.

Hart sagte: »Ich kenne Ihre Arbeit leider nicht. Ihr Fachgebiet.«

»Ich habe einmal eine Doktorarbeit geschrieben, und zwar über Duccio und die Frage, ob er eigenhändig gemalt hat.«

»Duccio«, sagte Hart.

»Es war ein perfektes akademisches Lehrstück«, sagte ich. »Eine dreifache Umrundung des Themas, zuzüglich Fußnoten.«

Im selben Moment war ich mir sicher, daß ich das nicht hätte sagen dürfen. Die Wirkung der vollendeten Rasur wäre bald verpufft; meine Gelehrtheit würde mich bloßstellen: als minderen akademischen Bürokraten, der bluffen wollte.

»Aber Sie«, fuhr ich fort, »haben das Talent, Dinge aufzuspüren, die sonst keiner findet. An den unwahrscheinlichsten Orten.«

»Wirklich?« fragte er. Mir hätte sofort auffallen müssen, daß dies unverkennbar die völlig emotionslose, blasierte New Yorker Phrase war, eine Aufforderung, es noch einmal zu versuchen, falls es unbedingt nötig sein sollte.

»Das Museum ist natürlich nicht ganz glücklich darüber. Aber das *Liber Principis* sollte in der Tat veröffentlicht werden. Die Sammlung ist ja erstaunlich und großartig.«

Damals wußte ich es nicht, aber er mußte sein Schullatein zusammenkratzen: das Buch, Nominativ, des Prinzen, Genitiv. Daraus wurde er auch nicht schlauer.

»Und selbstverständlich äußerst wertvoll. Daran hätte jeder gern einen Anteil. Die Begründung, auf die das Museum seine Ansprüche stützt, schien mir jedenfalls schon immer eher dürftig.«

Ich dachte, jetzt hatte er begriffen. »Ihr Interesse«, sagte er. »Ist es Geschäft oder Pflicht? Oder Vergnügen?«

»Von allem etwas. Es ist immer gut, als erster Bescheid zu wissen. Und es steckt immer Geld dahinter.«

Ich deutete Maria falsch. Ich dachte, sie sei an unserem Gespräch gar nicht interessiert und beobachtete die Passanten.

Eine alte Frau in Schwarz, die mit Sträußen roter Dahlien für den Markt kämpfte. Ein Mädchen, das nicht lächeln konnte. Einen Mann in einem Anzug aus schwarzer Pappe, dessen einer Ärmel wie ein Schweinefuß endete. Fünf hemdsärmelige Bankangestellte in der Stimmung, Witze zu reißen. Polizisten, die durch das Gewicht ihrer blitzblanken Stiefel an Ort und Stelle festgenagelt waren.

»Sie handeln also, wie?« fragte Hart. Das war alles, was er heraushören konnte, wenn jemand im selben Atemzug über Bücher und Geld redete.

Maria beugte sich vor. Sie hatte mich zwischen die Bürokraten, die anständigen Freiberufler gesetzt und war nicht gesonnen, so leicht ihre Meinung zu ändern.

»Ich mache Geschäfte«, sagte ich. »Material, das die Leute sonst nirgends bekommen, Material, das sie für sich behalten wollen. Eine Lücke in der Provenienz stört sie nicht, solange die Sache insgesamt plausibel klingt.«

»Was ist Provenienz?« fragte Maria.

»Geschichte«, sagte ich. »Die Herkunft eines Bildes. Die Auflistung sämtlicher Eigentümer zum jeweiligen Zeitpunkt und Ort.«

»Sie meinen, es stört sie nicht, gestohlene Ware zu kaufen?« fragte Maria.

Ich lächelte. Es sollte ein wissendes, weltkluges, aber nicht unverbindliches Lächeln sein. Ich hatte Glück, daß ich unter dem grellen Schein dieser Interpretation nicht erblaßte.

»Wir müssen einmal miteinander essen gehen«, sagte ich zu Hart. »Über das *Liber Principis* haben wir eine Menge zu reden.«

Ich merkte, daß Maria wieder im Begriff war, Fragen zu stellen. Aber Hart kam ihr zuvor.

»Wie lang werden Sie bleiben?« fragte er, als wäre er sicher, daß die Zeit nicht reichen würde, um ein Treffen zu vereinbaren.

»Ach, eine ganze Weile«, sagte ich. »Ich muß ein paar Familienangelegenheiten in Ordnung bringen. Ich bin in der Nähe.«

Das ganze Gespräch, dachte Maria, war wie Radiohören, während die Batterie nach und nach den Geist aufgibt.

Als wir gingen, sagte Maria, sie brauche noch mehr Kaffee und mehr Wasser. Sie war verwirrt. Normalerweise kommen die Fremden hierher, wenn ihnen anderswo das Leben knapp geworden ist: erschöpft, im Ruhestand, vielleicht voller Zorn, vielleicht auf der Suche nach einer so radikalen Veränderung, daß sie häufig die simplen materiellen Notwendigkeiten wie beispielsweise ein Einkommen vergessen haben. Sie kommen nicht, wie Hart, wie John Costa, mit ihrem alten Leben im Schlepptau und nach wie vor fest genug darin eingebunden, um deshalb miteinander in Streit zu geraten.

Etwas wirklich Fremdartiges war eingetreten.

Es war zu heiß zum Arbeiten, doch Maria ging trotzdem in ihr Büro, steckte das Telefon aus und setzte sich. Sie wäre nach Hause gegangen, aber es war Mittag, und Amandio war sicher noch da.

Inzwischen übernachtete er auch dort. Ihre Mutter war abends freundlich und morgens zerstreut, sie versorgte und lenkte und beobachtete Amandio nicht anders als ihren Laden. Eines Abends versuchte sie, *broa* zu backen, obwohl die kochende Cousine da war. Sie mischte Mehl und Wasser, versetzte die Hefe mit Zucker, knetete den Teig und ließ ihn gehen, bis er aus seiner Schüssel quoll und sich über den Tisch ergoß, eine weiche, zielbewußte Flut. Sie quetschte, knetete, schlug ihn, aber er war erschreckend widerstandsfähig und elastisch. Immer noch im Wachsen, immer noch in Bewegung, strich sie ihn auf ein Metallblech und schob ihn ins glutheiße Rohr.

Amandio kostete. Er lächelte nachdrücklich. Maria nicht.

»Es stört dich, daß ich hier bin, oder?« fragte er.

»Natürlich nicht.«

»Ich möchte dir auf keinen Fall lästig sein«, sagte er. In langsamen, stetigen Bissen schob er sich *broa* in den Mund, um seine Pflicht gegenüber Marias Mutter zu erfüllen. Maria nicht. Ihre Mutter sah zu.

»Natürlich bist du daran gewöhnt, deine Mutter für dich allein zu haben …«

»Ich muß ins Büro«, sagte Maria.

Zum ersten Mal fühlte sie sich fehl am Platz. Es ging nicht nur darum, daß sie die gleichbleibende Behaglichkeit und den Trost eines Heims verlor. Das Zuhause war ihr Leben. Die Regel in diesem Land besagt, daß man so lange daheim und im Schoß der Familie bleibt, bis man heiratet. Sicher, sie hätte schon vor Jahren heiraten sollen, doch trotz ihrer anderen Lebensweise hielt ihr Zuhause sie immer noch fest und bestimmte sie: dieses Haus, diese Stadt, dieses Tal.

Überall sonst, wie etwa in Paris, wo sie einmal ein paar Wochen gewesen war, hing sie von Illusionen und Entwürfen ab: von anderer Leute Landkarten und Plänen und Führern, von Geschichten, Geographien, Erinnerungen, Ängsten, den Meldungen der Zeitungen und den Fernsehnachrichten – einer Welt aus Straßenschildern, voller Warnungen und Hinweise, die sie nie so vollständig erfassen konnte wie an diesem kleinen Ort, der ihre Heimat war. Hier war die Gegend, die sie am besten kannte und spürte, bis ins Mark ihrer Knochen hinein und auf der Oberfläche ihrer Haut, jahrein, jahraus.

Eines Nachts fand sie Amandio schnarchend in einem Sessel, Fleisch wie die quellende Hefe im *broa*, mit glänzendem Fett obendrauf.

Am nächsten Tag kaufte sie sich ein neues Kleid, zwei neue Kleider. Das eine war ziemlich kurz. Sie dachte daran, sich die Haare färben zu lassen. Normalerweise lagen ihr solche Überlegungen fern, aber es war gut, winzige Entscheidungen dieser Art zu treffen. Zur Übung.

Eines Nachmittags besichtigte sie eine Wohnung in der nächsten größeren Stadt: drei Zimmer im vierten Stock, ein Apartmentblock in der Farbe von Räucherlachs. Die Wände schienen nicht dick genug, um das Leben der Menschen darin voneinander zu trennen, und in dem neuen Stadtteil drängten sich die Wohnblocks eng aneinander; überall sah man Gerüste und unverputzte Ziegelmauern.

Das gefiel ihr. Obwohl sie in der Wohnung gern geraucht

hätte, verzichtete sie darauf, denn sie brauchte einen Ort mit frischer, neuer Luft.

Ich rief den stellvertretenden Direktor an und erklärte frohlockend und bis ins letzte Detail, wie ich das Unmögliche fertiggebracht hatte: Hart aufgespürt.

»Und?« fragte der stellvertretende Direktor. »Wie geht es jetzt weiter?«

Christopher Hart lag im blauen Wasser eines geliehenen Pools und starrte in den blauen Himmel hinauf: ein Gefühl wie die garantierte Befriedigung durch eine billige Zigarette.

Maria beobachtete ihn. Sie hatte schließlich auch den Pool für ihn aufgespürt.

Sie befanden sich am Hang eines Hügels mit Blick auf Bäume und Geröllhalden und Felder, aber Hart sagte, er sehe nur vollkommenes Blau. Und er umschrieb dieses besondere Blau: wie Rotkehlcheneier vielleicht. Enzian. Meerblau. Ein Blau, in dem man ertrinken konnte. Er wollte ewig in diesem Wasser leben, bis das schwache, niederträchtige Chlor ihn gebleicht hätte.

Das wäre wahrscheinlich einfacher gewesen, denke ich.

Menschen, die sein gestohlenes Ich gekannt, mit Christopher Hart zu tun gehabt hatten, können ihm nicht willkommen gewesen sein. An den Orten, die er sich aussuchte, wird man nach dem Äußeren beurteilt; dann nehmen die Leute sich das Äußere vor und zerlegen es, dann blasen sie Gerüchte auf und necken einander mit Möglichkeiten. Jeder erschafft sich selbst und anschließend alle anderen.

Sobald er den Beckenrand berührte und sich aus dem Wasser stemmte, mußte er wieder Professor Hart sein: ein festgelegter Charakter. Was immer dieser John Costa ihm an Taten oder auch Absichten unterstellte, mußte er erraten und souverän damit umgehen. Aber er wollte irgendein Christopher Hart sein, den er sich vorstellen konnte – vorbehaltlich seines Kredits und Bankguthabens natürlich.

Im Wasser, wo es unter einer heißen Sonne immer noch kühl war, drehte er sich um und schwamm ein paar Bahnen, und das Wasser strömte geschmeidig an seinen Muskeln entlang. Draußen auf den trockenen Fliesen erwartete ihn eine Welt, die er mehr oder weniger schon kannte: wilde Töchter, Leute, die unterrichten, ein Kokser wahrscheinlich, der aus dem Rahmen fällt, unintellektuelle Menschen, deren Tage so leer sind, daß sie nach einem neuen Buch zu hungern beginnen, und andere, die sich auf die Kunst verlegen, die Gärtner, die Trinker und natürlich die ausgemachten Clowns, die dem Rest der Truppe Gesprächsstoff geben.

Er stemmte sich aus dem Wasser und schüttelte sich wie ein Hund. Maria sagt, es war, als wäre er auf einmal von Platzangst gepackt worden und das Becken zu eng, als hätte er Angst, etwas zu verpassen. Er nickte ihr zu und lief davon, um sich umzuziehen. Von seinen Gastgebern verabschiedete er sich nicht.

Hügelaufwärts fuhr er davon. In unerwarteten scharfen Kehren hörte sie Bremsen quietschen und Reifen an Stein entlangschrammen. Er war in eine Sackgasse geraten.

In wilder Geschwindigkeit, im Wechsel zwischen Gas- und Bremspedal, kam er wieder herunter, bis er unten in die kurvige Hauptstraße einbiegen konnte. Dort fuhr er weiter wie einer, der einfach ziellos dahinrast und keinen anderen Zweck hat als den Wunsch, eine möglichst große Strecke zurückzulegen.

Ich bin froh, daß Sie mit Christopher Hart gut ausgekommen sind«, sagte Maria hinterhältig.

»Wir sind seither ein bißchen ins Gespräch gekommen«, antwortete ich. »Irgendwie begegnen wir uns ständig.«

»Sie werden wohl einiges gemeinsam haben«, sagte Maria und meinte damit: Ihr kommt beide aus dem Ausland, gehört in Großstädte und in eine Welt der Worte, die sie nicht kannte.

»Was das Haus meines Vaters betrifft«, sagte ich, »so müßte ich wohl allmählich etwas unternehmen.«

»Wollen Sie es verriegeln oder verkaufen?« fragte Maria.

Wenn ich sagte »verkaufen«, würde ein vorhersehbarer, leidenschaftsloser Prozeß beginnen, in dessen Verlauf das Leben meines Vaters aufgelöst und an jemand anderen weitergegeben würde. Es ginge mich nichts mehr an. Ich könnte nicht mehr eingreifen.

»Verriegeln wahrscheinlich«, sagte ich. Dann fügte ich hinzu, weil ich jemanden brauchte, der zuhörte: »Ich kann es noch nicht verkaufen. Es kommt mir komisch vor, etwas zu verkaufen, von dem ich nicht so genau weiß, was es ihm bedeutet hat.«

»Machen Sie's dicht. Fahren Sie nach Hause und denken Sie darüber nach.«

»Aber ich werde noch eine Weile hier sein.«

»Haben Sie denn noch etwas zu erledigen?«

»Gewissermaßen.« Ich mußte einen Mann einschüchtern oder zu einem Geständnis überreden, einen Mann, der an meinen verschiedenen Andeutungen und Angeboten bislang bemerkenswert uninteressiert schien; falls er etwas zu verkaufen hatte, zog er mich jedenfalls nicht als Käufer in Betracht. Aber das konnte ich Maria schwerlich erzählen.

Statt dessen sagte ich, daß ich ein Haus wollte. Ich fragte, ob es vielleicht in dem Dorf, in dem Hart wohnte, eine Möglichkeit gebe. Maria sagte, denkbar wäre es; es gebe in Formentina etliche Ferienwohnungen.

Innerhalb einer Woche hatte sie ein Haus für mich aufgetrieben, in dem ich mindestens einen Monat wohnen konnte.

Ich rief Anna an, um es ihr zu erklären.

»Komm zurück«, sagte sie mit ihrer geschlossenen Stimme, die nichts mehr von ihrer gewohnten Forschheit und Diktion hatte. »Du warst lang genug fort.«

»Ich weiß«, sagte ich. »Es ist bloß, daß diese Hart-Geschichte noch nicht erledigt ist – und das Erbe meines Vaters ebensowenig.«

»Dafür hast du Anwälte.«

»Es ist komplizierter. Persönliche Dinge. Die Geschichte mit dem Grab.«

»Ich kann nicht lang reden. Ich muß ins College.«

»Ich liebe dich«, sagte ich. Ich bin ein Gewohnheitstier – Arbeit, Liebe, Essenszeiten –, und manchmal retten einen Gewohnheiten vor Entscheidungen. »Du fehlst mir, und ich komme so bald wie möglich zurück.«

»Verirr dich bloß nicht da unten«, sagte Anna.

»Ich habe das Museum um einen weiteren Monat gebeten.«

»Ich fühle mich wie eine verdammte Penelope. Bloß daß ich nicht stricke, sondern Vorlesungen verfasse.«

»Ich komm' schon zurück.«

»Das sagst du bloß, weil du darüber nachgedacht hast, ob du bleiben sollst.«

Ich fragte mich, ob sie mich aufzog. Ich glaube nicht. Keinem von uns behagte das Gefühl einer Vergangenheit, die unter unseren Füßen knackte und rissig wurde wie Eis.

Maria schaute kurz herein, um sich zu überzeugen, daß bei Hart alles in Ordnung und auch das Haus in Ordnung war, weil sie Wasser holen wollte und auf dem Weg zur Quelle hier vorbeikam. Aber sie hatte nicht das Bedürfnis, Ausreden aufzuzählen.

Hart konnte ihr nicht die Tür vor der Nase schließen und sie fortschicken. Zu gut kannte er die Regeln, die in kleinen Gemeinschaften gelten. Das sagte er mir.

Sie zeigte ihm die Quelle, eineinhalb Kilometer und mehrere Bergtäler entfernt: ein Parkplatz, groß genug für sieben Bäume, ein Rohr in einer Einfassung offizieller Kacheln, aus dem unentwegt Wasser floß. Es waren Leute da, zwei Familien, die mit einem Taxi und einem Pick-up gekommen waren, und sie scharrten Laub und Reisig zusammen, um ein Lagerfeuer für ein Picknick anzuzünden. Sie machte Hart auf die Berge aufmerksam, auf das purpurrote Heidekraut, auf den Geruch der Pinien; dann brachte sie das Thema auf das Mittagessen.

Auf dem Rückweg war ihr der Gesprächsstoff ausgegangen. Doch die Aufmerksamkeit, die sie ihm schenkte, war jetzt spannungsgeladen.

Ich parkte den Wagen in Formentina. Nahm Businessgepäck heraus: die Sorte Koffer, die sich montags auf den Weg macht und am Freitag zurückkehrt, ordentlich, schwarz, auf Rädern, die Bekundung, daß ein Mann dienstlich unterwegs ist. Ich trug mein Gepäck zu dem kleinen Haus gleich oberhalb der Straße und schloß die Tür auf.

Ich schaltete sämtliche Lichter im Haus ein, obwohl dazu keine Notwendigkeit bestand. Es war vielmehr ein Signal: Ich bin hier, in dem Haus zwischen dir und der Straße.

Natürlich hätte ein echter Händler so etwas nicht nötig gehabt. Seine Hartnäckigkeit wäre so süß und ölig, daß sie unausweichlich schiene und jeglicher Widerstand einfach als schlechtes Benehmen gälte. Diesen Trick beherrschte ich nicht.

Am späten Nachmittag ging ich zu ihm hinüber.

Er hielt sich nicht mit irgendwelchen Vorreden auf. »Maria sagt, Sie hätten ihr erzählt, daß Sie im Museum arbeiten«, sagte er.

Das hätte er bereits wissen können; von den Anfragen, mit denen er das Museum um den einen oder anderen Gefallen bat, hätte er meinen Namen und den kleinen hieroglyphenartigen Block meiner Unterschrift kennen müssen.

»Das sollte ich Ihnen genauer erklären«, sagte ich.

Meinem Plan zufolge hätte er mich für einen korrupten Händler und Hehler halten sollen. Aber die Vorstellung, meine Rolle gut zu spielen und womöglich jemanden zu überzeugen, Maria zum Beispiel, – diese Vorstellung konnte ich nicht ertragen.

»Dabei reden Sie, als wären Sie ein Kunsthändler«, sagte er. Er machte kein Hehl aus seiner Verwirrung.

»Wahrscheinlich habe ich diesen Eindruck auf Sie gemacht«, sagte ich.

»Sie haben es *gesagt.*«

»Es geht ja gar nicht um ein Geschäft«, sagte ich. »Ich arbeite als Kustos am Museum und bin für die Zeichnungen zuständig. Mir – beziehungsweise dem Museum – geht es nur um das *Liber Principis.*«

»Wollen Sie das Buch kaufen? Für das Museum? Oder für einen dieser Kunden, die sich um die Provenienz nicht scheren?«

»Ich werde nicht so bald abreisen«, sagte ich. »Ich bin wegen familiärer Angelegenheiten hier.«

»Das Museum ist offensichtlich sehr verständnisvoll und großzügig.«

»Ja«, sagte ich. »Im Moment gewiß. Durchaus.«

Ich war sicher, daß ich eine Drohung hatte anklingen lassen. Er mußte nun wissen, daß er nur wenig Zeit hatte, um seine Diebesbeute zurückzugeben. Er mußte wissen, daß es mir ernst war, denn gewiß dachte er, es würde dabei ein persönlicher Profit für mich herausspringen. Jetzt konnte ich gehen und ihn seinen Sorgen überlassen.

Immerhin waren wir Nachbarn, und er konnte sich nicht frei bewegen, ohne mir entweder absichtlich aus dem Weg zu gehen oder mich zur Kenntnis zu nehmen. Ich konnte ihn überwachen, wenn er seinen morgendlichen Spaziergang unternahm, einen späten Kaffee in der Bar trank, zum Markt nach Vila Nova fuhr. Er mußte sich auch fragen, ob das alles Absicht war oder nur ein bösartiger Zufall – bösartig deshalb, weil es ziemlich schwierig ist, mitten im Sommer innerhalb einer Woche ein Haus zu finden, das für einen Monat zu mieten ist.

Unser Patt hatte endlich eine Adresse: ein Dorf, halbiert durch eine Straße und noch einmal halbiert durch einen Bach, aus Stein gebaut und voller Farben. Ich war froh, für eine Weile seßhaft zu sein.

Ich kochte Kaffee wie er und sehnte mich nach etwas zu lesen, nach einem Gesprächspartner, schaute auf das Tal hinaus wie er und sah zu, wie sich im Westen ein Unwetter zusammenbraute, schwarz und wütend. Ich dachte wirklich, ich brauchte nur zu warten.

Das war richtig. Nur im Ansatz war meine Gleichung vollkommen falsch.

Aus den Polizeiakten weiß ich mittlerweile, daß die Holländer bereits die portugiesische Guarda Nacional gebeten hatten, diskrete Nachforschungen über eine Person anzustellen, die sich als Christopher Hart ausgab. Das war zwar keine leichte Aufgabe – Hart war EU-Bürger und konnte folglich aus Portugal aus- und wieder einreisen, ohne irgendwo registriert zu werden –, doch immerhin gab es die Meldescheine der Hotels, und die waren ausreichend.

Was Martin Arkenhout vorläufig nur argwöhnte, würde ihm binnen eines Tages zur Gewißheit werden: daß er das falsche Leben gestohlen hatte. Dann wäre ihm außerdem bewußt, daß er sich an seine Identität als Christopher Hart klammern oder aber die Enthüllug seiner ganzen Karriere in Kauf nehmen mußte.

Ich sah es kommen. Zu dem Zeitpunkt war es mir nur noch nicht klar.

Er kam vorsichtig die Schieferstufen herab. Wolken verhüllten die Häuser wie wilder Wein und brachen die Geometrie ihrer dunklen, soliden Umrisse auf, legten weiße Tücher über Teile des Waldes und ließen den Rest in grauem Schatten zurück.

Er dachte, ich könne noch nicht so früh auf den Beinen sein und hätte wohl am Abend zuvor das Licht brennen lassen. Und falls ich tatsächlich vor dem Morgengrauen wach war, so wäre ich sicher nicht angezogen und bereit, das Haus zu verlassen. Und falls dem doch so wäre, könnte er mich leicht abhängen.

Er ließ den Wagen an. Die Wolken hielten das Geräusch knapp über der Straße, ließen es zugleich aber ungeheuer laut wirken. Mittlerweile mußte ich mit Sicherheit wach sein und quälte mich vermutlich aus dem Bett und in meine morgendliche Routine.

Von diesem Dorf aus kann man nur zwei Richtungen einschlagen: aufwärts und abwärts. Bergauf schlängelt sich die Straße zu kahlem Felsen hinauf und verläuft danach wieder abwärts, in ein Tal, zu einem Wehr, einem Stausee. Bergab führt die Straße zu einer vertrauten Kleinstadt mit einem Dutzend weiterer Städte zur Auswahl.

Hart fuhr abwärts. Wenn er zurückblickte, verschwand die Straße hinter ihm in einer weißen Wolkenwand. Das Dorf war nicht mehr zu sehen. Mit Sicherheit war auch von ihm nichts mehr zu sehen.

Später sagte er, er habe daran gedacht, Richtung Guarda und

zur Grenze und weiter nach Spanien zu fahren. Oder aber einen Flughafen aufzusuchen, sich ein Ticket ins Ausland zu kaufen und irgendwohin zu fliegen, wo die Leute sich für Christopher Hart weniger interessierten. Er hatte einen ganzen Tag vor sich: einen ganzen leeren, widerhallenden Tag.

Hin und wieder tauchte ein riesiger Volvo-Lastwagen aus dem weißen Nebel und fuhr an ihm vorbei, heulend, während er beschleunigte, manchmal sah er vor sich die Rücklichter eines Wagens; aber das spielte keine Rolle. Innerhalb der Wolke und der Tunnels aus Bäumen war er einsam genug. Der Tag breitete sich vor ihm aus, und die Sonne vertrieb Nebel und Wolken und trocknete die feuchte Straße.

Er war wieder in Bewegung, hatte wieder alles im Griff: unbesiegbar.

Ich hörte, wie der Motor angelassen wurde, und machte mir noch einen Toast. Harts Wut, dachte ich, war gewiß hilfreich: Ein Mann, der sich in die Enge getrieben fühlt, verrät sich vielleicht oder gibt sogar auf.

Natürlich ging ich zu seinem Haus hinauf. Vielleicht beobachteten mich die Nachbarn dabei, aber werktags sind es nicht sehr viele; außerdem wußte man, daß die Ausländer einander kannten und hin und wieder miteinander zu tun hatten. Die Tür war abgesperrt. Ich erkannte eine klare, unwidersetzliche Ordnung, alles Persönliche – sogar gebrauchte Tassen und Freizeitpullover – war verstaut und außer Sichtweite geräumt. Hart hatte dem Haus kaum eine Spur aufgeprägt, geschweige denn davon Besitz ergriffen.

Genau wie ich. Auch mein Haus war kalt und tot, wie alle gemieteten Unterkünfte. Man will gar nicht wissen, was zuletzt darin geschehen ist.

Anna fehlte mir. Ich wartete, bis ich ihr eine Nachricht auf dem Anrufbeantworter hinterlassen konnte: Das tue ich gern, weil ich dann genau das sagen kann, was ich im Sinn habe.

Dann sprach ich mit dem Museum. Der stellvertretende Direktor war merkwürdig redselig. Er bestürmte mich, mir nur ja Zeit zu lassen. Je mehr Zeit ich mir nahm, desto besser waren natürlich die Aussichten, daß ich das Problem des *Liber Principis* löste, soviel stand fest. Aber das schien mir nicht der springende Punkt. Ich dachte, Hart sei ohnehin schon nervös und ich brauchte nichts anderes zu tun, als weiter seine Nerven zu bearbeiten.

Ich dachte darüber nach, wie ich in der eleganten und euphemistischen offiziellen Sprache des Museums erklären sollte, was ich tat: welche Wendungen ich zur Einschüchterung benutzen sollte. »Sondierungsgespräche«, vielleicht. »Terrainerkundung.«

Ringsum entfaltete sich der Tag, kühler als die meisten, mit einem hellen Himmel, an dem sich riesige weiße Wolken türmten, und nachdem Hart nun fort war, blieb mir nur eine einzige dringliche Aufgabe zu erledigen, und die war persönlicher Art: mich noch einmal wegen der Verunstaltung des Grabes zu beschweren.

Die Guarda Nacional Republicana befand sich in einer Backsteinkaserne in einem Labyrinth niedriger, stacheldrahtbewehrter Mauern, über deren militärische Ordentlichkeit ein unpassender Feigenbaum seine Zweige breitete. Im Inneren des Gebäudes herrschte ein sonderbarer Krankenhausgeruch – allerdings eines Krankenhauses, dessen Insassen schwitzten.

Ich fragte nach jemandem, dessen Englisch besser sei als mein Portugiesisch: der Trick der Selbsterniedrigung. Ich gab meinen Namen an und setzte mich auf eine Bank. Ein Luftzug zerrte an den Fotokopien der Gesichter gesuchter Verbrecher, die am Schwarzen Brett aushingen.

»Sind Sie John Costa?« fragte ein Mann.

Mit seinem gestärkten weißen Hemd war er offensichtlich ein rangälterer, vielleicht sogar alter Beamter. Seinen Bauch trug er wie eine Auszeichnung unter einem langen, dünnen Gesicht, das nicht zu seinem Körper paßte. Er hatte das Benehmen eines höheren Polizeibeamten, der versucht, wenigstens einmal nicht seine Überlegenheit auszuspielen.

Ich stand auf. Der Mann besaß offenbar nicht die Ausdruckslosigkeit, wie sie für einen Polizisten typisch ist – die leere Wand, auf die der Bürger alle seine schuldhaften Gedanken projizieren soll. Er kam mir beinahe freundlich vor. Ich erwartete irgendeinen jovialen Spruch wie: Na, wo drückt uns denn der Schuh?

Drei Polizisten in Stiefeln und Uniform salutierten schneidig, und die Freundlichkeit schwand.

»Ich bin Hauptmann Mello«, sagte er auf englisch. »Zu Ihren Diensten.«

Ich bedauerte, ihn stören zu müssen, sagte ich. »Aber jemand hat das Grab meines Vaters verunstaltet. Ich wollte wissen, was passiert.«

»So etwas geschieht hier praktisch nie«, sagte Mello. »Das tut mir leid.«

Ich dachte, wir könnten auch den restlichen Tag damit verbringen, uns zu entschuldigen.

»Jemand hat etwas auf die Rückwand gesprayt«, sagte ich. »Die üblichen Kritzeleien und ein Datum: 1953.«

Mello schüttelte den Kopf.

»Das ist eine sehr unchristliche Tat«, sagte er. »Unverzeihlich.«

Seine Anteilnahme schien freundlich und echt, anders, als man es von Polizisten erwartet. Er wiederholte meinen Namen. »John Costa. So eine Schande.«

»Ich könnte vielleicht einen Bericht …«, begann ich.

»Nein, nein. Das wird nicht nötig sein.«

»Aber Sie wissen ja nicht einmal, wo das Grab ist.«

»Wir haben den Bericht. Wir tun alles, was in unserer Macht steht.«

Es hörte sich an wie das Gerede, das routinemäßig dem verstörten Sohn auf den Weg mitgegeben wird; währenddessen jedoch musterte er mich, als erwartete er irgendeine Erkenntnis.

»Ich verstehe diese Zahl nicht«, sagte ich. »1953.«

»Vandalen«, sagte er. »Die meiste Zeit verstehen sie selber nicht, was sie schreiben.«

»Aber Sie haben doch einen Verdacht, oder?«

Binnen Minuten war ich abgefertigt und aus der Kaserne entfernt: eine Lektion in Autorität, die ich kaum begriff, bis ich draußen auf dem Parkplatz stand.

Und dann war ich allein im Land meines Vaters, völlig ahnungslos, und hatte alles neu zu entdecken.

Es war einer jener seltenen Tage, an denen man ein wenig von den Privilegien zurückgewinnt, die für ein Kind ganz normal sind – das Staunen und die Jagd auf Wunder, die Fähigkeit, aus Märchen, Träumen, Mißverständnissen, aus allem, was man sieht, ganz nach Belieben eine Landschaft, eine Geschichte, einen Ort zusammenzusetzen. Es gibt keine Sachverständigen, Revisionisten, Konferenzberichte, keine wohldurchdachten Kataloge und Handbücher und politischen Richtlinien, die sich zwischen den Menschen und seine Empfindungen drängen. Alles ist scharf und unmittelbar und noch nicht durch Worte ruiniert.

Ich dachte, Mello hätte mir die Geschichte meines Vaters erzählen können. Dann schob ich den Gedanken beiseite und schwelgte in den klaren Farben und dem strahlenden Licht.

Ich unternahm eine Expedition. Ich folgte dem Mondego abwärts, vorbei an Burgen und grünen Reisfeldern bis hinunter zum Meer. Dann fuhr ich ein Stück nach Norden, wo die Küste aus Felsen und Grotten besteht, aber es war kein Tag für diese Art zerklüfteter Wildheit. Das Meer stieg nicht höher als bis zum Fuß der Klippen.

Also südwärts. Ich kam in ein Fischerdorf, in dem man Zimmer mieten konnte, die auf diese weite halbmondförmige Bucht hinausgingen, weißer Sand, aufgefüllt mit noch mehr weißem Sand, Reihen von Badekabinen aus gestreifter Leinwand entlang einer Promenade aus Planken. Es roch nach Kokosöl und Jod. Ein Zirkuszelt stand da, noch geschlossen in Erwartung des Abends, und ein paar Fischerboote mit hohem, hellem Bug und Heck waren aus dem Wasser auf einen asphaltierten Parkplatz heraufgezogen worden.

Alles drängte hinaus auf den harten, heißen Sand. Jenseits des Strandes hielt das Meer sie auf: grau, voll von bewegtem Seetang, mit seinem Sog, seiner Kälte, seinem Spritzen eine Beunruhigung für die kleinen Kinder.

Ein Vater führte seinen Sohn ans Ufer und zeigte ihm den ganzen Ozean. Der Junge starrte und rührte sich nicht.

Wir haben keine Kinder, Anna und ich. Wir erhielten nie die reine Gnade einer wissenschaftlichen Erklärung – erst als es zu spät war. Wir dachten, es sei ein Schmerz, den wir zu teilen und zu hegen hätten. Mit der Zeit verwechselten wir ihn wohl mit Liebe, denke ich jetzt.

Ich konnte das Meer nicht mehr sehen, nur die Betonblöcke, rosa und weiß wie eine Stadt aus Streichholzschachteln, die den weiten Sand und das Meer umringten.

Dann sah ich Hart – warf zufällig einen flüchtigen Blick auf ihn. Ich entdeckte ihn in einem Hafen, einem Industriehafen mit hohen, rostigen Frachtern. Offenbar hatte er die falsche Abzweigung genommen. Er starrte mich erbittert an, dann trat er aufs Gas und verließ die Stadt auf der langen, hohen Brücke über den Fluß, der dort breit ins Meer mündet.

Ich folgte ihm natürlich. Er mußte glauben, ich sei ihm ununterbrochen auf den Fersen. Er mußte die Nerven verlieren.

Unterhalb der Straße lagen Salinen, die Becken so regelmäßig aneinandergereiht wie niederländische Felder, sauber und viereckig; aber statt gleichförmig grün waren sie manchmal mit dunklem Wasser gefüllt, manchmal beinahe weiß vom Salz, mit einer leicht rötlichen Färbung und einer schwarzen Ader mitten durch das Weiß. Dazwischen waren kleine Gebäude hingestreut: Hütten, Schuppen, Unterstände.

Für einen zornigen Mann ist diese Landschaft ein Melodram. Einer, der auf der Flucht ist, könnte sich zum Salzwasser hinunterquälen, sich von einem Deich zum nächsten schleppen, sich in einer Hütte verkriechen, aber kilometerweit würde er nichts zu essen und zu trinken finden. Tod in einer Pökellake. Er würde ertrinken, vom Salz in die Tiefe gezogen. Das gleißende Weiß würde ihn erblinden lassen, und er würde in Maschinen geraten, in tiefes Wasser oder unter ein fahrendes Auto.

Nach der Brücke bog Hart in kopfsteingepflasterte Straßen ein, dann in eine Hauptstraße, dann in eine Art heruntergekommenen Boulevard, bepflanzt mit Pinien und Yuccas und hin und wieder einem Sandwichladen – die Art von Straße, die immer zu irgendeinem Seebad aus vergangenen Zeiten führt.

Alles, was ich sah, war ein Mann auf der Flucht. Ich konnte mir nicht vorstellen, wie er mich in seiner Phantasie neu erfand.

Am Ende des Boulevards stieß er auf ein Surfparadies: einen langen, schmalen Strand, der kein Ende nahm, von donnernden Wellen überspült. Und wenn die See gekräuselt zurückwich, war sie durchscheinend wie Glas, doch überzogen von dünnen weißen Linien aus Gischt. Die Häuser hörten auf. Möwen scharten sich zu Truppen. Hin und wieder tauchte eine pechschwarze Neoprengestalt auf. Als er am Strand selbst angelangt war, konnte er nur noch Sand und Meer sehen und Menschen, die im Wasser spielten, und einen schwarzen Hund, der auf den Hinterbeinen saß und versuchte, mit den Pfoten die Wellen zurückzuschlagen.

Er spuckte auf den Sand, dreimal, um sich selbst zu verzeihen.

Je weiter er diesem Strand folgte, hinein in eine Ferne aus Gischt und Licht, desto größer wurde seine Lust hierzubleiben. Er warf sich ins Meer, schwamm hinaus, bis er die Muskeln des Wassers unter sich spürte, und ließ sich zur Küste zurücktreiben. Und als das Meer ihn wieder auf den Sand schleuderte, war hinter der gleißenden Fläche des Ozeans und der endlosen Prozession weißer Strände noch immer nichts. Keine Ablenkungen. Keine Probleme.

Ich wollte sein Problem sein.

Er hatte auch keine andere Wahl; das weiß ich jetzt. Auf diesem langen schmalen Streifen Sand war er nach wie vor der Junge aus einer wohlgeordneten Kindheit, der von rechtwinkeligen grünen Äckern und Feldern herkam, von schnurgeraden Kanälen und Glashäusern, die nachts flackerten wie gespenstische Industriebetriebe. Er hatte nur die Arkenhouts als Eltern, und wenn er je in seiner zwanghaften Bewegung innehielt, würde er in die geschrubbte Regelmäßigkeit ihrer Welt zurückfallen: Sie würde ihn zu Tode scheuern, bürsten, polieren.

Ich beobachtete ihn am Strand. Ich hatte seinen Weg nur durch einen glücklichen Zufall entdeckt, weitab von den Familien an dem weiten Strand, den Mädchen in grellen Shorts, die an der Hauptstraße die Fernfahrer anlockten; allerdings gibt es an dieser Küste nicht allzu viele Richtungen, die man einschlagen kann. Ich sah seinen Wagen zwischen den Wohnmobilen der Surfer; und dort gab es nur noch eine Richtung, in die er gehen konnte, am Meeresufer entlang.

Seine Aufregung gefiel mir. Aber er sah mich nicht als Wächter über sein Leben oder als Nemesis; und er war weit davon entfernt zusammenzubrechen. Vielmehr sah er in mir die Sorte von Mann, der sich von einem Job, einem Büro, einer Ehefrau nach London zurückholen läßt. Früher oder später würde ich ihn in Ruhe lassen. Außerdem hatte er die ganze Gehässigkeit jugendlicher Überlegenheitsgefühle: Er war besser als die Seßhaften. Sich niederzulassen war ein Kompromiß. Er ging keine Kompromisse ein.

Er watete wieder ins Wasser hinaus. Ich sah ihn auf die Wellen eindreschen; er schwamm nicht, sondern kämpfte gegen das Meer; und dann wurde er sehr plötzlich von einer wilden, brechenden Welle ans Ufer gespült.

Er sah mich in der Ferne winken. Nachdem er außer mir niemanden kannte, wußte er, daß nur ich es sein konnte, obwohl ich zu weit fort und zu undeutlich war, als daß er mich erkennen konnte.

Er starrte aufs Meer hinaus. Vertreter staatlicher Institutionen tauchten auf und verbreiteten sich in Andeutungen über Diebesgut, und dann ließen sie nicht mehr von ihm ab. Christopher Hart könnte ebensogut Liebhaber gehabt haben.

Es gab ja eine so große Auswahl, einen ganzen Stamm, aus dem er hätte auswählen können: Kneipenhocker ohne Anhang, einsame Spaziergänger, Ungebundene, Leute, die aus längst vergessenen Gründen im Ausland lebten; Männer, die versuchten, sich ein neues Leben auszudenken; andere, die zu geistesabwesend oder zu boshaft waren, um Freundschaften zu pflegen, die Schweigsamen, aber Kreditwürdigen, die Wanderer, die vielleicht eines Tages lange genug innehielten, um herauszufinden, welchem Ziel sie eigentlich nachjagten – ein Volk verlorener Jungen, die in zu vielen Flugzeugen unterwegs sind. Aber er hatte nicht eines dieser wurzellosen, einfallslosen Leben gestohlen. Er hatte sich Hart genommen, und Hart war für andere von Interesse.

Er konnte immer noch ein anderes Leben stehlen. Diesmal würde er es richtig machen. Es mußte doch irgendeinen Heimatlosen geben, dessen unvermuteter Abgang niemanden überraschen würde.

Wieder dachte er über mich nach.

John Costa hatte eine Frau in London, ein Leben, einen Beruf, sicherlich eine Hypothek: Verpflichtungen und vielleicht Menschen, die ihn liebten.

Aber das bedeutete, daß John Costa garantiert einen Paß und Kreditkarten und alle diese lebenswichtigen Dinge besaß. John Costa war Mitarbeiter eines staatlichen Museums, der Andeutungen über Diebesgut fallenließ und einen Grund haben könnte zu verschwinden. Je länger ich blieb, überlegte er, desto unwahrscheinlicher war es, daß ich einfach in mein Alltagsleben zurückkehrte. Ich hatte offensichtlich irgend etwas im Sinn.

Vielleicht dachte er, ich hätte Träume und Phantasien. Aber er hielt sie bloß für Kinoträume, die folgenlos verwehen, sobald die Lichter wieder angehen. Auch über Filme wußte er nicht viel.

Es war das erste Mal, daß er daran dachte, mich umzubringen. Später schwor er mir, daß er den Gedanken fast augenblicklich wieder verwarf.

Er kam auf mich zu, schlug ein gemeinsames Mittagessen vor, fragte mich, welchen unter den vielen exotischen Fischen ich ihm empfehlen würde, spendierte mir ein Glas weißen Portwein wie ein Tourist mit einer Schwäche für Süßes, und zu diesem Zeitpunkt hatte er sich beinahe in eine Klette verwandelt.

»Ich sollte mich geschmeichelt fühlen«, sagte er. »Sie folgen mir. Ich dachte, ich sei einfach ein namenloser Professor.«

»Ich bin zufällig hier vorbeigekommen. Ich habe nicht die Absicht, mich in Ihr Privatleben zu drängen.«

»Trotzdem sind Sie hier«, sagte er. »Das wären Sie nicht, wenn ich nicht da wäre.«

Ich zuckte die Achseln und schenkte *vinho verde* ein.

»Wenn Sie nicht hier wären«, sagte er, als überlegte er laut, »würde mich keiner kennen.«

»Vielleicht nicht.«

Ich wollte keine Studentenreden über Identitätsprobleme hören oder Zeuge irgendeiner Art vorzeitiger Midlife-crisis sein.

»Aber wenn Sie hier sind …«, sagte er.

»Sie wissen, daß ich nicht fort kann, solange die Angelegenheit nicht erledigt ist. Das *Liber Principis*.«

»Wirklich?« fragte er.

»Das wissen Sie.«

»Darauf kann ich mich verlassen?« fragte er. Ich hielt das für einen Scherz.

Wir fuhren auf der Schnellstraße nach Hause, ein Zweierkonvoi unter einem Himmel, der nicht länger blau und strahlend war, sondern sich in schwarzverschmiertes Sepiagrau verwandelte. Es roch nach versengter Luft. Dort, wo Licht durch die Bäume hätte flackern sollen, war nur Rauch, bis die Straße uns weiterführte, fort von den Wäldern und in die flachen, feuchten Reisfelder. Dann stand der Rauch hinter uns wie eine Mauer.

Hart hielt unvermittelt an einem Kastell, das direkt neben der Straße aufragte: eine Ringmauerburg mit Festungswerk, Zinnen und einer Kapelle innerhalb der Mauern.

Ich schoß zuerst an ihm vorbei, dann bremste ich jäh und beunruhigte damit die Schar der Kleinwagen hinter mir.

Ein Kranz hellblonder Steine, neu befestigt, krönte die Burg, und alles, was sich darunter befand, war in den Hügel gegraben worden: Höhlen, rußgeschwärzte Kochstellen, uralte Latrinenlöcher, runde Steine, geglättet von hundert Jahren romantischer Sehnsucht nach einem Sitz mit Aussicht. Alles war eingefaßt von einer Außenmauer, die sich inzwischen weitgehend in einen hohen Graswall verwandelt hatte. Ich wanderte durch die Anlage. Eine Ziege starrte mich an. Ich umrundete die gesamte Außenmauer und kletterte auf die steinerne Einfriedung auf der Spitze des Hügels.

Nach Hart sah ich mich nicht um. Ich nahm an, er werde mir schon folgen.

Über Mauerreste betrat ich das Fundament des Bergfrieds und stieg hinunter, bis ich auf einem mit Bruchstein bedeckten Boden stand. Ich sah niemanden, hörte nichts, bis auf die Autos, die auf der Straße unterhalb vorbeifuhren. Die Stille war mir unangenehm.

Ich lief die steilen Stufen und Rampen hinauf bis zu den Zinnen. Von dort oben schaute ich auf rote Erde und das staubige Grün der Sommerbäume hinaus, auf Dörfer, die wie eine Anhäufung kleiner weißer Schachteln aussahen. Aber ich nahm die Aussicht nicht wirklich wahr. Aus dem Augenwinkel hielt ich Ausschau und lauschte nach Hart.

Der Mann konnte sich nirgends verstecken. Er hatte keinen Grund, sich zu verstecken. Unter der Sonne, die hoch am Himmel stand, gab es nicht einmal Schattenflecken, in denen er sich verbergen konnte. Seine Abwesenheit machte sich bemerkbar.

Ich stand vor der kreuzförmigen Schießscharte in einer Ecke der Zinnenmauer und spähte nach unten und rund um den Bergfried. Ich glaubte, eine Tür zu hören, die geschlossen wurde. Aber eine Ruine hat keine Türen, die sich mit diesem raschen, knappen Geräusch schließen könnten.

Die Nachmittagshitze trommelte wie Hammerschläge auf meinen Verstand ein. Das war eben das Problem, sagte ich mir.

Ich ging die Zinnen entlang, und immer wenn ich in den Bergfried hinab- oder auf den Hügel rings um das Kastell hinaussehen konnte, hielt ich Ausschau. Rasch kehrte ich zum Hauptturm und dem Ausgang zurück.

Harts Wagen stand noch da.

Ich hatte keine Ahnung, was er wohl trieb. Ich nahm an, er hatte angehalten, um das Schloß zu besichtigen und für eine Weile Tourist zu spielen, als Zeitvertreib.

Ich stieg wieder in die unterirdischen Gemäuer der Ruine hinab, ihre Höhlen und Gewölbe, dann trat ich dankbar in die Sonne hinaus. Zeitungsfetzen wirbelten durch die Luft. Eine kleine Brise bewegte das Laub der Olivenbäume auf dem Hügel.

Hinter dem Loch, das einst die Hauptküche gewesen war, fand ich eine Lücke in der Mauer und stieg hindurch, einfach aus Neugier auf die Burg, sagte ich mir. Ein Hund schoß heraus, nervös jaulend. Ich wandte mich wieder der Sonne zu.

Hart stand im Eingang zur Höhle. Er hielt ein Messer in der rechten Hand und in der Linken irgend etwas Solides.

»Ich dachte schon, ich hätte Sie verloren«, sagte ich.

Den Ausdruck in seinem Gesicht sah ich nicht.

Er nahm das Messer und begann, die Orange in seiner Hand zu drehen, so daß er die Schale in einer sauberen Spirale abziehen konnte.

»Wir müssen die Sache in Ordnung bringen.«

»Ich verstehe Sie nicht.«

»Ich bin ausschließlich am *Liber Principis* interessiert. Falls wir es schaffen ...«

»Das interessiert offenbar jeden.« Er wußte nicht, was er sagte, und deshalb war seine Miene vollkommen leer.

»Wir sollten lieber gehen«, sagte ich.

Er ließ die Orangenschale auf den Boden fallen, wo sie wie Öl in der Sonne glänzte.

»Wir können auch später reden«, fügte ich hinzu.

Als ich an ihm vorüberging, meinte ich etwas an der Hand zu spüren, wie ein Erschauern.

»Tut mir leid«, sagte Hart.

Er lächelte. Nie zuvor habe ich ein solches Lächeln gesehen.

Im Wagen sah ich, wie sich auf meinem Handrücken eine dünne blutige Linie bildete. Ich wischte sie ab. Ich dachte zuerst, ich hätte mich irgendwo geschnitten, ohne es zu bemerken, doch dann fiel mir auf, daß meine Hand nach Orangen roch.

Auf dem Rückweg fuhr er gemächlich, und wir bewegten uns vorwärts wie eine militärische Formation: sicher, geschützt.

Aber er verabscheute die Vorstellung von »beschützt sein«. Später sagte er mir, verfolgt zu werden sei ihm weitaus lieber; es sei weniger beunruhigend als die schreckliche, ordnende Beharrlichkeit guter Absichten.

Er bog an der falschen Abzweigung ab. Aber vielleicht war das ja Absicht; ich folgte ihm. Er gab Gas und legte etliche Kurven zwischen uns, dann fühlte er sich verpflichtet, eine Zeitlang langsamer zu fahren.

Ein jugendliches Paar stand mit ausgestreckten Daumen am Straßenrand: drahtig, blond, spärlich bekleidet, zu jung und fremd aussehend und zu sehr kichernde Unschuld, um Fernfahrerflittchen zu sein. Er hielt an.

Die beiden Blonden kletterten in den Wagen und lächelten tatkräftig, als könnten sie ihre Wirkung nicht genau berechnen. Er erwiderte ihr Lachen.

Die Kinder wollten in den übernächsten Ort. Sie quetschten sich neben Hart. Ich konnte beinahe das Öl und die sonnengeröstete blonde Haut an dem Mädchen und dem Jungen riechen; es interessierte mich ebenfalls.

Hart mußte natürlich seine Fahrkünste demonstrieren.

Doch dann hielt er abrupt an und warf sie beide am Straßenrand aus dem Wagen. Sie wirkten bestürzt, daß ihre Haut und ihr Charme offenbar versagt hatten. Sie standen da und starrten ihm nach, während er davonfuhr, das Mädchen zeigte ihm den Finger.

Dann war er wieder derjenige, der einen gemeinsamen Drink vorschlug. Er kam die Stufen heruntergesprungen, ehe ich Zeit hatte, mir das Gesicht zu waschen und mein Hemd zu wechseln. Knapp oberhalb meines Hauses wurde er kurz langsamer, richtete seinen Kragen, krümmte den Rücken und ging weiter, als wäre er in allerlei professorale Gedanken vertieft. Ich beobachtete die Veränderung.

Er sagte: »Maria hat mir eine Nachricht hinterlassen. Die Polizei wollte wissen, wo ich bin.«

»Hat sie auch gesagt, warum?« Ich war mir sicher, daß das Museum nicht offziell Anzeige erstatten würde. Sünden behandeln wir generell sehr taktvoll, und die Sünde des Diebstahls setzt immer die Sünde unzulänglicher Sicherheitsvorkehrungen voraus.

»Jemand versucht mich zu finden, nehme ich an.« Er zuckte die Achseln. »Ein Glück, daß ich Sie habe, der für mich bürgt«, sagte er munter. »Sie sind offiziell. Sie zählen.«

»Und Sie haben einen Ruf«, antwortete ich. »Wir haben bloß Titel innerhalb des Museums, die wir eine Zeitlang tragen. Das ist nichts Persönliches.«

»Aber daß Sie hier sind, macht die Sache doch einfacher.«

Später sagte er: »Nach einer Weile rücken die Berge näher, Sie werden schon sehen.«

»Ich mag die Berge.«

Rastlos wie ein Junge saß er auf seinem Stuhl. Er stand auf, trat ans Fenster, ging eine Weile auf und ab, entschuldigte sich und verließ das Haus, um die Talfurche hinunterzuwandern.

Von einem abgestorbenen Busch brach er einen Zweig ab und hieb damit auf Brombeergestrüpp und hohe Gräser ein, aus denen eine gelbe Staubwolke aufstieg. Aber auf dem Rückweg vergaß er nicht, sich zu meinem Haus umzudrehen, und er winkte und grinste wie ein guter Urlaubsnachbar.

4

In diesem Sommer las Maria ein Buch über Waldbrände. Es war in einem der Häuser liegengeblieben, die sie an Ausländer vermietete: ein Buch voller Diagramme und Graphiken und Bilder von stacheligen Pflanzen an Brandstätten. An manchen Tagen füllte es ganze Nachmittage aus.

Jeden Tag wehte ein heißer Wind aus Spanien, und nachmittags verschloß sich die ganze Stadt. Wenn man nur einen einzigen Fensterladen öffnete, wankte das ganze Haus unter der Wucht, mit der die Hitze hereindrängte; man tat sich selbst etwas zuleide damit. Sogar der Geruch der Stadt wirkte zerkocht: Feuerholz von Pinien und Eukalyptus, Marktabfälle, der dünne Kleisterdunst von der Teppichfabrik, heiße Rosen in dürren Gärten.

Die Ausländer waren alle gelähmt vor Hitze, wie nicht anders zu erwarten – sogar um sich aufzuregen oder zu streiten oder einen Anwalt anzurufen, war es zu heiß. Deshalb konnte Maria von Grasbäumen und Orchideen lesen, die erst nach einem Feuer erblühen, von Tieren, die bei einem Brand nicht in Panik geraten, sondern sich durch die Feuersbrunst auf die schon verbrannte Erde in Sicherheit bringen. Sie las von Falken, die sich in Rauchschwaden stürzen, um fliehende Grashüpfer zu fangen, und von Käfern, die mitten in die Flammen laufen und Zweige aus rotglühendem Holz hinabklettern, aus denen noch das Harz hervorkocht. Das tun sogar englische Käfer.

In diesem Sommer dachten alle ans Feuer. Nur Hart und ich waren zu fremd, um uns Sorgen zu machen.

Maria war so neugierig, daß sie noch einmal zu der Brandstelle fuhr, wo Hart in den Flammen herumgesprungen war. Sie sagte sich, sie wolle das Buch auf seine Richtigkeit überprüfen und sehen, ob tatsächlich die Ameisen hervorkämen, um sich die harten, mohnähnlichen Samenkapseln der Eukalyptusbäume zu holen, ob aus den versengten Stämmen der Büsche Blüten hervorbrächen und ob kleine runde Mäuse die Asche durchwühlten. Vielleicht gäbe es einen Grasbaum oder eine Orchidee; träumen konnte sie jedenfalls.

Aber die Brombeersträucher waren nur ein stacheliges schwarzes Drahtgestrüpp. Eine kleine Lichtung war entstanden, und hügelaufwärts waren mehrere alte Bäume angesengt. Sie war froh, daß das Feuer nicht um sich gegriffen hatte. Genauso leben Bergbewohner mit dem Schnee und seinen plötzlichen, tödlichen Verlagerungen und die Besiedler von Schwemmland mit dem Fluß; sie sind nervös, und sie freuen sich an jedem kleinen Triumph über die Natur.

Sie ging durch den Wald und las die Spuren des Feuers: wie es sich fortbewegt hatte, wo es ausgebrochen war. Es hatte sich von einem einzigen Punkt ausgebreitet, wie ein Fächer, und war immerhin so klein geblieben, daß der Punkt noch deutlich zu sehen war.

Es war Donnerstag, Jagdtag. Gewehrschüsse hallten durch die Stille, immer wieder krachte es. Nach dem Mittagessen mit Wein ist sehr viel mehr Munition nötig, und es wird viel weniger Blut vergossen; wenn die Bäume die Sicht verstellen, ist alles, was sich bewegt, ein Ziel. Die Männer fangen an auf Adler zu schießen und wundern sich, warum die Hunde sie nicht finden. Sie füllen eine Katze mit Schrot, in der Hoffnung, sie könnte sich doch noch als Kaninchen erweisen.

Sie stand auf einer Lichtung unter den schwarzen Knoten einer verbrannten Mimose. Alle Spuren des Feuers führten hierher.

Ihr war unbehaglich zumute. Hart war weit fort, aber sie hatte ihn hier gesehen, und seine An- oder Abwesenheit spielte inzwischen eine Rolle für sie. Sie war soweit, daß sie aus allem, was sie fand, eine Geschichte machte.

Unter der Mimose lag verbranntes Papier. Das ist nichts Ungewöhnliches; die Leute laden häufig ihren Müll im Wald ab, weil es bequemer ist, als nach einer legalen Entsorgungsmöglichkeit zu suchen – manchmal ganze Autos, häufig Reifen und Metallstücke, Fässer und Plastik und Kanister und die berühmten Fünf-Liter-Weinflaschen, Papiere, die niemand sehr vermißt.

Dieses Blatt Papier war jedoch dicker als normal, so dick wie ein Foto. Seine Oberfläche war sehr in Mitleidenschaft gezogen worden und warf Blasen. Sie hob es auf und drehte es um.

Natürlich konnte sie nichts erkennen. Aber einen Moment lang war sie überzeugt, daß sie in zwei Augen schaute.

Mein Haus stand unter Belagerung: Busse stauten sich auf der Straße und blockierten die engen Kurven, und ein Schwall alter Leute in feinen Kleidern quoll hervor, die alle versuchten, ein Fleckchen Schatten zu ergattern. Ich sah vom Fenster aus zu, wie eine alte Dorfjungfer.

Die betagte Herde schien sich auf einmal auf den Zweck ihres Hierseins zu besinnen und setzte sich hügelaufwärts in Bewegung. Ich dachte, der Aufstieg werde sie zugrunde richten, aber sie marschierten gleichmäßig voran und hievten unerschrocken ihre Körper bergauf: Hunderte von Stufen, die unregelmäßig und scharfkantig waren, so daß man sie mit wachem Geist in Angriff nehmen und die Wadenmuskeln zum Steigen zwingen mußte.

Es war zu heiß, um sich anzuziehen, zu heiß, sich zu bewegen. In Shorts stand ich am Fenster und versuchte, die alten Leute zu begreifen, die sich derart elegant und zielstrebig fortbewegten. Sie waren unterwegs zu einem Kreuz, das einen Christus mit gemalten Wunden trug.

Unterdessen hatten sie ihren Rhythmus gefunden, die Frauen in schwarzem Leinen, die Männer in sauberen Hemden. Der Weg führte im Zickzack den Hang hinauf, so daß sie nun mein gesamtes Blickfeld ausfüllten, als hätten sie eine stille Landschaft in Besitz genommen, um sie mit Anstrengung zu füllen. Manche Frauen bewegten sich auf den Knien vorwärts, andere auf bloßen, blutigen Füßen. Ein paar blieben haften wie Fliegen auf Leimpapier, und manche schauten zurück, um den anderen etwas zuzurufen, doch meistens bewegten sie sich in ernster, konzentrierter Stille vorwärts.

Mein Vater hat bei so etwas nie mitgemacht, denke ich. Aber ganz sicher kann ich mir nicht sein. Schließlich stammte er aus der Gegend und wußte um diese Dinge; sie könnten so tief verschüttet sein, daß ein Sohn niemals in der Lage ist, sie auszugraben.

Ich meinte jemanden an der Tür zu hören. Ich ging hin, um zu öffnen, und fand fünf Pfirsiche übereinandergestapelt auf der Schwelle.

Hart beobachtete die Pilger von seiner Treppe aus. Er hatte sich einen Ort ausgesucht, fand er, der allzu besonders und eigenartig war.

Er erzählte mir:

Früher hatte er sich immer Orte gesucht, die reizende, saubere Verallgemeinerungen waren, Orte von der Art, die man anstrebt, wenn man sich aus dem Staub macht, um sein Geld zu verjubeln, – mit Villen, häufig rosa, und Gärten mit Palmen und Swimmingpools, wo jeder immerfort sonnengebräunt ist, wo es ausreichend Alkohol und Drogen gibt, so daß die Tage in Schatten und Wasser gut zu überstehen sind. Vielleicht auch mit Booten wie schwimmende Häuser und Dienstpersonal, das auf eiserne Launen eingestellt war. Das waren normalerweise seine bevorzugten Orte. Von Heil und Erlösung war dort keine Rede, und die Leute krochen dafür auch nicht auf den Knien. Das hätte man für schlechte Manieren gehalten.

Außerdem hätte er sich ganz normale, durchschnittliche Menschen ausgesucht, die Kredit hatten. Christopher war, wie sich herausstellte, eine ganz andere Person, ganz und gar nicht derjenige, der er zu sein schien, nämlich eine feststehende Quantität, anonym, professoral, vorhersehbar, freigestellt für ein Jahr, von dem drei Viertel noch unverbraucht waren, jedem

Dieb zur Verfügung. Der andere Hart interessierte die Leute: Museen, sogar die Polizei.

Nun, inzwischen war er ziemlich interessant. Man hatte ihm sein Leben gestohlen. Eine Figur wie aus dem Märchen: tot und lebendig zugleich.

Er schmeckte den Schweiß auf seinen Unterarmen. Er stellte sich unter die Dusche und ließ sich von braunem Wasser färben. In den letzten paar Tagen war die Welt derart ausgedörrt, daß das Wasser nun ungefiltert aus der Leitung kam, denn Filter hätten das zähe Gerinnsel vielleicht ganz zum Stillstand gebracht.

Er wollte die gebeugten, dunklen Gestalten nicht mehr sehen, die jetzt den versengten Hang wieder herabkamen, als hätten sie dort oben etwas gefunden.

Maria de Sousa de Conceicão Mattoso stand auf der Türschwelle. Sie kündigte sich nicht an; sie war einfach da, ein Umriß vor der grellen Sonne.

»Ich kam gerade vorbei«, sagte sie.

Hart bat sie herein.

»Alles in Ordnung?« fragte sie. »*Tudo bem?*«

»Ich glaube schon«, sagte Hart.

»Ich dachte, ich schau' mal vorbei. Ich war auf dem Weg nach ...«

»Jaja.« Sein Geist war zu sehr von anderen Dingen in Anspruch genommen, um irgendeine echte Reaktion hindurchzulassen.

»Auf diesem Weg kommen Sie zum Wehr hinunter«, sagte sie. »Dort ist ein schöner See.« Sie wirkte vogelknochig und leicht schief im Verhältnis zum Raum. »Es ist wirklich sehr schön dort«, sagte sie.

Das glaube er wohl, sagte er.

Sie setzte sich auf einen Holzstuhl. Er wartete darauf, daß sie ihre nackten Beine übereinanderschlug, so daß der Rock nach oben rutschte, bis zu der Stelle, wo die Stuhlkante sich in ihre schmalen Schenkel grub. Aber sie saß da wie eine Schülerin im Klassenzimmer.

»Möchten Sie vielleicht Tee?« fragte er.

Sie lachten beide, und er dachte, er benehme sich ungeheuer englisch. Das fand sie überhaupt nicht.

Er hatte keine Zeit für das alles. Sie hatte alle Zeit der Welt. Er mußte eine Vorstellung liefern, und sie war einfach nur neugierig, gespannt auf irgend etwas, das ihr mehr über ihn sagte.

»Ich werde Tee machen«, sagte er.

Sie saß ruhig auf ihrem Stuhl, ihre Augen funkelten. Sie sah zu, wie er den Kessel am Wasserhahn füllte.

»Die Quelle ist doch ganz in der Nähe«, sagte sie. »Ich glaube, sie ist besser. Man holt das Wasser aus einer Höhe, wo niemand lebt.« Dann fragte sie sich, ob sie wohl zu beharrlich sei, und fügte hinzu: »Nicht einmal Schlangen.«

Er hielt in seiner Tätigkeit inne.

»Schlangen. Es heißt, sie gelangen irgendwie ins Wasser und vergiften es. Mit ihrer Haut wahrscheinlich.«

»Das glauben Sie?«

»Ich glaube nichts mit allzu großer Überzeugung«, sagte Maria.

Er stellte den Kessel auf den Herd.

»Ich meine«, sagte Maria, »manchmal ist es gut, an Schlangen im Wasser zu glauben, aber meistens nicht. Das ist wie mit den Geistern.«

»Glauben Sie an Geister?« An einer Antwort war er jedoch nicht wirklich interessiert, das sah sie ihm an. Er versuchte nur, den freien Raum im Zimmer mit Worten auszufüllen.

»Tun Sie's?« fragte er.

Er setzte sich wieder, diesmal auf einen Stuhl, die Beine gespreizt. Es gefiel ihr, daß er stark war und trotzdem ein bißchen unbeholfen, wie ein junger Storch.

Sie lächelte. »Die Leute hier haben Zeit, um alles mögliche zu glauben«, sagte sie. »Wir haben nichts zu tun, außer uns Geschichten auszudenken.«

Es war natürlich eine Aufforderung. Das wußte er. Er war sich nur in dieser Minute nicht sicher, wie er darauf reagieren sollte – als Arkenhout, als Hart, als er selbst. Sein Atem war jetzt ein wenig tiefer, sein Puls ein wenig schneller.

Sie stand auf und trat ans Fenster. Auf dem Weg dorthin mußte sie an ihm vorbei, und ihr brauner Arm streifte ihn.

»Sie sollten die Läden geschlossen lassen«, sagte sie. »Im Sommer muß man die heiße Luft draußen halten. Kommt sie erst einmal herein, wird das Haus nie mehr kühl.«

»Wahrscheinlich«, sagte er.

Er beobachtete sie, wie sie sich vorbeugte, um die Läden zuzuziehen und zu verriegeln, den kleinen Hintern in die Höhe gereckt. Sie bewegte sich, als wollte sie ihn aufreizen, aber völlig unbefangen. Sie lächelte weder, noch hinderte sie sich am Lächeln.

Das Zimmer war jetzt sehr dunkel.

»Sie könnten das Licht einschalten«, sagte sie.

Er rührte sich nicht.

»Ich fürchte, ich werde gegen die Möbel rennen«, sagte sie.

»Das tun Sie bestimmt nicht.«

»Doch, wegen der Sonne«, sagte sie. »Nach der Helligkeit sehe ich jetzt gar nichts mehr.«

Er rührte sich nicht von seinem Stuhl. Sie tastete sich durch das Zimmer, als versuchte sie, ihm auszuweichen.

Er kannte die Regeln nicht. Sie wußte nicht, daß es Regeln gab.

»Die Leute haben Sie gern hier«, sagte sie. »Es gefällt ihnen, daß ein paar Häuser weiter ein *senhor doutor* wohnt, ein Mann mit Titeln.« Offensichtlich setzte sie sich jetzt wieder, bemüht um höfliche, sogar respektvolle Konversation.

»Finden Sie's hier nicht zu langweilig?« wollte sie wissen.

Er sagte sich, eine einfache Geschichte könne wohl keinen Schaden anrichten: Nimm irgendeine Nacht auf den Bahamas und schmücke sie mit Mond und nächtlichen Blumen und Trommeln aus, erzähl ihr von einem touristischen Erlebnis in Wien. Es wäre nicht mehr als eine Postkarte, nichts Persönliches.

Dann glaubte er, die augenblickliche Erregung sei vorüber. Aber das stimmte nicht.

Er spürte ihre Finger, die in den Höhlungen an seinem Hals begannen, den Schultermuskeln folgten und dann seinen Arm entlangstrichen.

»Ich kann dich lesen«, sagte sie.

Sie beugte sich mit ihrem ganzen Körper über ihn, aber auf Abstand, hielt ihn sich fast auf Armeslänge vom Leib; dann ließ sie die Arme einknicken und drückte sich an ihn. Er konnte ihre Augen in der Dunkelheit erkennen, ein schwachgraues Funkeln. Alles übrige war Berührung.

Sie war ein Gefüge zerbrechlicher Knochen, die ihn stachen, ein Kind oder eine Läuferin. Sie war eher ein Flügel, der ihn streifte, als eine Hand. Sie war ein Ansturm von Händen, die Fragen stellten. Dann spürte er ihre ganze Wärme und ihre wunderbare Beharrlichkeit, als dringe sie ihm unter die Haut, um ihn zu finden. Er stellte fest, daß er sich unter ihr wand und krümmte und ächzte und sich benahm wie eine Hure. Sie zog seinen Kopf am Haar zurück.

Er stand auf und trug sie, um seinen Körper geschlungen, ins Schlafzimmer. Sie war genau richtig für seine Kraft. Sie hielt ihre Lippen geschlossen an seinen Hals gedrückt, und ihr Atem strich spielerisch und prickelnd über seine Haut.

In Windeseile zog sie ihr Kleid aus; im Vergleich dazu schienen seine Kleider beschwerlich. Sie legte sich vorsichtig aufs Bett, erwartungsvoll, aber geduldig in diesem Zwielicht, fast ohne sich zu bewegen. Er dachte, sie sei das Spiel vielleicht leid und wollte nichts anderes als das Warten und die Dunkelheit und die Möglichkeiten. Das hätte er verstanden. So erging es ihm mit dem Töten.

Aber er irrte sich. Er vergrub sein Gesicht in ihr und schmeckte das Salz in ihrem Geschlecht, aber sie zog ihn auf sich. Er wußte nicht, ob sie ihn wollte oder vielmehr den Frieden, den sie vielleicht fand, wenn sie ihn wieder verließ und fort war, aber sie wollte ficken, auf der Stelle und wild.

Er fiel auf sie, preßte sie mit all seinem Gewicht auf die Matratze. Sie bäumte sich ihm entgegen, mit viel mehr Kraft, als er ihr zugetraut hätte. Sie fand ihn und nahm ihn in sich auf. Eine Sekunde lang empfanden sie beide eine kindliche Überraschung: daß sie überhaupt vereinigt waren. Dann gab es nur noch Bäuche, die aneinander klatschten und saugten, das Rasseln des Atems in ihren Kehlen, die Hitze zweier Körper.

Danach beobachtete er, wie sie atmete, wie ihr kleiner runder Bauch oberhalb der pechschwarzen Haare und ihres Geschlechts sich hob und senkte.

»Hast du immer hier gelebt?« fragte er.

»Immer.«

»Wolltest du nie – ich weiß nicht – nach Fortaleza oder San Salvador? Oder nach Rio?«

Sie schlug die Augen auf und lächelte.

»Fortaleza«, begann er, »ist ...«

Er wußte genug, um über das, was mit ihm geschah, in Panik zu geraten.

Sie mußte immer noch zur Quelle, um Wasser zu holen, hundert kalte Liter in Plastikflaschen, die auf dem Rücksitz ihres Wagens aneinanderschlugen. Der einzige Weg nach Hause führte wiederum durch Formentina.

Zufällig saß ich auf der Treppe vor meinem Haus. Also hielt sie an, natürlich. Wir tauschten ein paar Belanglosigkeiten aus, und sie fuhr weiter, aber sie blieb mir als Eindruck auf der Netzhaut erhalten, wie die Sonne, wenn man zu lange hineinstarrt.

Ihre eigenen Gedanken waren hingegen durchaus häuslicher Natur. Sie versuchte sich vorzustellen, wie es wäre, sobald das Wasserholen, die Gänge zum Supermarkt, alle diese Aufgaben nicht länger Dienstleistungen oder Pflichten oder Gefallen gegenüber anderen waren, sondern nur noch ihre eigenen Notwendigkeiten. Ein Leben für sich allein würde viel von seinem moralischen Glanz verlieren.

Sie hatte geprobt, was sie zu Hause sagen wollte, was die anderen sagen und was sie sorgfältig vermeiden würden, aber während der Unterhaltung beim Kaffee rutschte es einfach heraus: daß sie ausziehen würde.

Ihre Mutter sagte: »Das mußt du nicht.«

»Es ist an der Zeit.«

»Du mußt nicht meinetwegen gehen«, sagte Amandio.

»Es ist nicht wegen irgendwem. Ich finde einfach, es ist Zeit, daß ich meine eigene Wohnung habe.«

»Das macht Arbeit«, sagte ihre Mutter. »Und du wirst allein sein.«

»Ja, wahrscheinlich.«

»Es ist nicht gut, daß der Mensch allein ist«, sagte sie, als hätte sie eben erst das Gegengift gefunden und wäre nicht sicher, ob es Bestand hatte. »Du brauchst deine Familie. Du wirst jemanden brauchen, der für dich putzt und kocht.«

Amandio sagte: »Du solltest öfter ausgehen.« Er hatte eine Abwandlung seines öligen Lächelns zustande gebracht: einigermaßen onkelhaft, aber nicht uninteressiert.

»Das tue ich«, sagte Maria. »Das tue ich schon immer.«

Und damit war es geschehen: Innerhalb einer Minute war ein Leben auf den Kopf gestellt. Es war nicht bloß eine Adressenänderung. Hierzulande leben die Menschen in ihren Familien, in dem naturgegebenen Netz enger Verwandtschaften: Das ist ihr Umgang, ihr Gesprächsstoff, ihre Gesellschaft beim Tanzen, Trinken, Essen. Aus diesem Netz bricht man nicht häufig aus, es sei denn, man heiratet oder zieht fort in die Großstadt. Aber Maria zog nicht fort.

Ihre Mutter räumte die Kaffeetassen ab und sagte: »Manche von uns haben zu arbeiten.« Sie stürmte hinunter in den Laden und setzte sich ins Hinterzimmer, hinter Kacheln, Rohre, Pinsel, Schrauben, Werkzeuge. Auch Amandio ging in den Laden hinunter, doch er blieb nicht; er hatte anderswo etwas zu erledigen. Marias Mutter umgab sich mit Rechnungen, Steuerunterlagen, Quittungen, mit Katalogen für Fußbodenverkleidungen und Rasenmäher, Listen sortierter Bidets, Spezifikationen, mit allem, was sie unmittelbar begreifen konnte. Wenn ein Kunde ihrem Blick begegnete, starrte sie ihn finster an, brüllte ihn nieder oder flirtete mit ihm.

Sie war fuchsteufelswild. Maria verweigerte sich dem natürlichen Lauf der Dinge, und das konnte nicht gut enden.

Am nächsten Morgen tauchte die Polizei auf: derselbe Hauptmann Mello, der sich meine Beschwerde wegen des Grabes angehört hatte.

Er klang beinahe salbungsvoll: wie reizend Formentina doch

sei, und wie froh er sei, die Luft der Serra zu atmen. Er bedaure, mich stören zu müssen, sagte er – meine musealen Verbindungen erhoben mich offensichtlich in den Rang der *senhores doutores*, die solche Entschuldigungen erwarten durften -, aber er habe eine Bitte an mich: Ob ich ihm die Identität von Christopher Hart bestätigen könne. Ja, des Professors, der das Haus ein Stück weiter oben gemietet habe. Ich müsse ihn doch sicher von London her kennen.

Vorsichtig antwortete ich: »Ich kenne seine Arbeit. Ich würde nicht sagen, daß ich ihn persönlich kenne.«

»Ach«, sagte Mello. »Aber Sie haben sich nach ihm erkundigt, als Sie herkamen. Sie haben ihn gefunden. Sie hatten ihn doch gesucht, oder?«

Ich sagte: »Das verstehe ich nicht. Es besteht ja kein Zweifel, wissen Sie. Das ist Christopher Hart. Experte für das siebzehnte Jahrhundert, Schwerpunkt Niederlande. Ein Mann, der versucht, im Schatten von Simon Schama zur Kenntnis genommen zu werden. Er beschäftigt sich mit ...«, aber ich konnte es nicht genau sagen, nicht einmal in dieser merkwürdigen Atmosphäre aus zufälliger Verschwörung und Geständnis. »Mit Genremalerei.«

»Ja«, sagte Mello.

»Gibt es irgendein Problem?«

»Keineswegs«, sagte Mello. »Es ist reine Routine.«

»Das Museum hat ein eigenes Interesse an Professor Hart«, sagte ich. »Sie werden mir vermutlich nicht verraten können, was ...«

»Ich will Ihnen nicht länger Ihre Zeit rauben«, sagte Mello. Doch vorerst rührte er sich nicht von der Stelle, sondern musterte mich. »Ich kannte Ihren Vater«, sagte er schließlich.

Ich wußte nicht, was ich sagen sollte.

»Ich dachte, Sie seien wegen Ihres Vaters hier«, sagte Mello. Er klang, als hätte ich ihn enttäuscht. »Das Grab wurde gesäubert, denke ich«, sagte er. »Aber das wissen Sie wahrscheinlich.«

»Ich war nicht am Grab.«

Wieder schien er enttäuscht.

»Ich war froh, als Ihr Vater zurückkam«, sagte er.

»Meine Gefühle waren eher gemischt. Das können Sie sich vorstellen.«

»Irgendwann mußte er zurückkommen. Er konnte nicht für immer fortbleiben.«

»Das ist die allgemeine Überzeugung, nicht wahr? Daß wir alle eines Tages auf heimatlichen Boden zurückkehren?«

Er schüttelte den Kopf.

»Entschuldigung, ich sollte wirklich nicht länger Ihre Zeit vergeuden. Sie haben sicher eine Menge zu tun.«

Kerzengerade und nachdenklich ging er zu seinem Wagen zurück.

Innerhalb von Minuten kam Hart die Stufen heruntergesprungen, als hätte er Mellos Abfahrt beobachtet und bis einhundert, zweihundert, fünfhundert gezählt.

»Wie wär's mit einem Mittagessen?« fragte er.

Ich sagte: »Die Polizei hat sich nach Ihnen erkundigt. Ob ich wüßte, daß Sie Christopher Hart sind.«

Er zögerte nicht. »Wirklich?« fragte er. »Und was haben Sie gesagt?«

»Ich sagte, wer Sie sind.«

»Schade«, sagte er. »Ich hab' mir eingebildet, ich sei der Mann mit den tausend Gesichtern. Jemand von der Art. Nicht einfach ein englischer Professor.«

»Ich kann ja noch mal anrufen«, sagte ich.

Er sagte: »Machen Sie sich nicht die Mühe.« Er sagte es mit überraschendem Nachdruck.

Hart war wieder in einem Pool und schwamm mit gleichmäßigen Zügen hin und her, in vollkommenem, chloriertem Solipsismus. Zwischen Rosen und buschigen Gewächsen glitzerte das Wasser im universellen Hellblau aller Schwimmbecken.

Ringsherum standen die Engländer mit erhobenen Ginglässern und brillanten Hypothesen und erzählten einander murmelnd, die Polizei habe die merkwürdigsten Fragen über diesen Hart gestellt.

»Wurden Sie denn auch gefragt?« erkundigte sich eine Dame bei mir.

»Nein«, sagte ihr Mann in entschiedenem Ton, an mich gewandt. »Das tun sie nicht. Die Freunde fragen sie nie.«

Unter den Anwesenden war ein ostentativ guterhaltener Mann in den Sechzigern mit teppichähnlicher Haut, die seine übertrainierten Muskeln zusammenhielt, dessen jüngere Gattin Harts auf und ab schwimmenden Rücken beobachtete. Sie sprachen beide mit mittelenglischem Akzent.

»Mit gefällt es hier«, sagte der Mann zu mir. »Wunderschön. Wirklich wunderschön. Wunderschön. Man paßt sofort hinein.«

Seine Frau lächelte Harts Rücken an.

»Er ist Professor für Kunstgeschichte«, informierte ich seine Frau entgegenkommend.

»Ich muß ihn nach der portugiesischen Kunst fragen«, sagte die Frau.

Ihr Mann sagte: »Was für eine verdammte Kunst haben diese Leute denn überhaupt?«

Hart schwamm weiter, hörte nichts als das Rauschen des Wassers und gelegentlich ein verschwommenes Stimmengewirr. Natürlich war ihm klar, daß er beobachtet wurde.

Am tiefen Ende stemmte er sich aus dem Wasser.

»Sie schwimmen sehr gut«, sagte die mittelenglische Gattin.

Er wollte etwas Wörtlicheres, etwas Brutaleres als das. Er wollte, daß sie ein echtes Risiko einging. Also tauchte er wieder ins Wasser und fühlte sich rein und losgelöst; am anderen Ende watete er heraus.

Die Gattin war auf einmal tief errötet.

Und Hart kam trocken und angekleidet wieder: der Außenseiter. Sein Publikum war zahlreich, bestand aus sämtlichen anwesenden Ausländern, nicht bloß aus einer heißgesichtigen Ehefrau. Die Polizei hatte ihm zu merkwürdigem Ruhm verholfen.

Eine Zeitlang war es ungefährlich, Christopher Hart zu sein. Christopher Hart wurde durch jedermanns Aufmerksamkeit identifiziert, durch den *senhor doutor* vom Museum, der keinen Grund hatte zu lügen. Keine übertrieben diensteifrigen, hartnäckigen Bullen aus Holland brauchten Fragen zu stellen. Sie konnten Mitgefühl für Mevrouw Arkenhout empfinden, die ihren zehn Jahre zurückliegenden Verlust kultivierte und immer noch auf verschrobene Weise trauerte.

Und wenn Hart definitiv Hart war, dann hieß das, er hatte seine Mutter keineswegs angelogen. Bei dem Gedanken empfand er eine perverse Befriedigung.

Aber er mußte die Zeit nutzen. Wie die vorhergehende verursachte auch diese Improvisiation mehr Ärger als Nutzen. Der nächste Schritt mußte sicher und zuverlässig sein.

Er roch nicht genug Geld, auf keinen Fall genügend Kredit rings um den Pool. Diese ausgewanderten Engländer waren nur soviel wert wie ein in Großbritannien verkauftes Haus abzüglich der Lebenshaltungskosten während der Monate oder Jahre, die sie in Portugal zugebracht hatten.

Die Portugiesen hingegen wirkten verdächtig etabliert. Sie schienen sich füreinander verantwortlich zu fühlen.

Er war mir dankbar für meine Anwesenheit und grinste mich breit an, wie ein Betrunkener. Ich konnte ein Museumsmitarbeiter auf der Flucht sein – der vielleicht einer Versuchung erlegen war, nachdem er gefunden hatte, was immer er hier gesucht hatte, der durch den Tod seines Vaters tief verstört war und davonlief. Folglich konnte er ich sein.

Er erkundigte sich nicht mehr. Er vergewisserte sich.

Er fuhr mit mir zu dem guten Restaurant an der Burg und bestellte gebratene Shrimps in Öl mit Lorbeerblättern und Knoblauch, danach *bacalhau*, ebenfalls gebraten, und dazu einen sehr guten Wein: Caves São João Riserva 1986, stark und holzig und dunkelrot. Es war seine Art, sich zu bedanken, daß ich ihm das Leben gerettet hatte und meines übergab. Es war, als machte er mir den Hof.

Ich weiß nicht, ob es der Wein war, die Menge, die ich davon getrunken hatte, jedenfalls war ich um Mitternacht hellwach und saß aufrecht im Bett. Die Stille schien mir ungewöhnlich tief: nichts von den mechanischen Geräuschen der Wälder, keine Zikaden und keine Frösche, die wie musikalische Sägen die

Nacht erfüllten, keine schwirrenden Ziegenmelker. Die Welt hatte sich auf dieses schmale Tal verengt und wartete.

Tief in den Wäldern der Serra erschollen jähe Geräusche, splitternde Äste, ein Schrei, ein Kreischen und dann ein furchterregendes Wimmern. Dann folgte ein tiefer Seufzer, der in die Nacht einsank wie Wasser in trockene Erde.

Daraufhin schloß ich die Läden und tobte durchs Haus, riß Gläser heraus und zerschlug sie auf Tischen, ließ Wasserhähne laufen – alles nur um die Stille zu durchbrechen, die draußen vor den Fenstern auf mich lauerte.

Am nächsten Morgen fand ich ein ordentliches Päckchen vor der Tür: ein Kohlblatt, zäh wie Leinwand, mit Grashalmen verschnürt. Darin lag ein Stück Fleisch, noch glänzend vom Blut.

Mein Nachbar von gegenüber, ein Mann in den Fünfzigern mit einem auf zwei Zähnen aufgehängten Grinsen, sah zu, wie ich es öffnete. »Schwein«, sagte er. »Wildschwein aus den Bergen.«

Ich sah ihn fragend an.

»Letzte Nacht haben sie ein Schwein erlegt«, sagte der Nachbar. »Ein Schwein rannte durch die Maisfelder, und sie haben sich's geholt.«

»Ich habe nichts gehört«, sagte ich.

Der Nachbar nickte zustimmend. »Geschmort ist es gut«, sagte er.

Ich stellte mich vor; Arturo ebenfalls.

»Hast du das Haus gekauft?« fragte Arturo.

»Ich bin nur ein paar Wochen hier.«

»Aha. Willst du einen *copo*?«

»Aber es ist noch ein bißchen früh ...«

»Ich dachte, du bist Portugiese.«

»Mein Vater war einer. Wir haben lange in London gelebt.«

»Und jetzt kommst du heim?«

Ich sagte: »Das kann man nie wissen.« Ich konnte ihm nicht sagen, daß ich mit Sicherheit nach London zurückkehren würde, zurück in mein offizielles Leben.

»Also, willst du jetzt einen *copo*?«

Wir betraten den Schuppen neben dem Haus, eine gekachelte Höhle, die nach verschüttetem Wein roch, gut versteckt hinter den dichtbelaubten Weinranken. Arturo drehte den Hahn an einem Faß auf und schenkte ein.

»Sehr gut«, sagte ich, obwohl es unausgereiftes, dünnes Zeug war. Ich trank langsam; mein Vater hatte mir einmal von einer halbwilden Traube erzählt, die eine fürs Gehirn ziemlich tödliche Methanolmischung produziert.

Arturo wartete, bis ich fertig war, dann schenkte er noch einmal ein. Es gab nur ein Glas. Er setzte sich auf ein Betonmäuerchen, immer noch lächelnd.

»Wir haben dich gar nicht gesehen. Wir dachten schon, du bist krank.«

»Ich war die ganze Zeit hier«, sagte ich. »Nur beschäftigt.«

»Wir sind immer beschäftigt.«

»Ich bin aus London.«

»Ich war in Bordeaux. Zehn Jahre. Bin Taxi gefahren.«

»Schöne Stadt.«

»Ich liebe die Großstadt. Jede. Das Land ist nur Arbeit und Staub. Arbeit und Staub. Bist du verheiratet?«

»Ja. Sie ist in London.«

»Kommt sie her?«

»Ich gehe zurück.«

»Ich bin aus Frankreich zurückgekommen«, sagte Arturo. »Das glaubt keiner, es ist aber so.«

»Was hat dich denn überhaupt nach Frankreich getrieben?« Aber das war eine dumme Frage.

»Hunger. Wir hatten nichts zu essen«, sagte Arturo. »Deswegen ging ich eines Morgens fort und fuhr nach Frankreich, und als ich Arbeit am Bau und eine Unterkunft gefunden hatte, schrieb ich meiner Frau und sagte ihr, was ich getan hatte. Dann schickte ich Geld, natürlich. Dann fuhr ich Taxi. Ich kannte alle Nachtvögel. Jede Hure in Bordeaux.«

Der Wein zerschabte meinen Magen. »Das war zu Salazars Zeiten?«

»Ich habe Geld geschickt«, sagte Arturo. »Was hätte ich denn sonst tun können?«

»Hat es dir in Frankreich gefallen?«

»Ich mag Städte«, sagte Arturo. »Hier auf dem Land geht man nie irgendwohin. Man bleibt einfach.«

»Es ist ja auch sehr schön hier.«

»O ja«, sagte Arturo.

»Ich wußte nicht, daß es hier Wildschweine gibt.«

»Zu viele. Man darf sie eigentlich nicht abschießen. Sie sind ›selten‹.« Er setzte das Wort in höhnische Anführungszeichen. »Dann toben sie durch die Maisfelder, und zwanzig Minuten später hast du keine Wintervorräte mehr. Was tust du also?«

»Schmorst du das Fleisch?«

»Zulmira wollte es für dich kochen, aber vielleicht schmeckt dir unsere Küche nicht. Sie kann dir Zwiebeln und Lorbeerblätter und Knoblauch besorgen. Ich bring' sie dir dann.«

»Danke.«

»Wir dachten, du bleibst für immer.«

Ich sagte: »Ich dachte an einen Garten.«

»Du willst einen Garten anlegen? Im Sommer kann man nichts pflanzen.«

»Nur irgendwas.«

»Blumen?« fragte Arturo. »Magst du Blumen?«

»Für Bohnen oder Kohl wird keine Zeit sein«, sagte ich.

Hart würde mir jetzt nicht mehr aus dem Weg gehen; er lehnte es ab zu fliehen. Seit die Polizei nach ihm gefragt hatte, war ich sein äußerst nützlicher Kollege, der gehegt und gepflegt werden mußte.

Im Schweigen war er gut, wie ich mich erinnere. Ich erzählte ihm mehr über Anna, als ich eigentlich vorgehabt hatte, und ohne irgend etwas Bestimmtes zu sagen. Wir erwähnten das Museum. Zumindest verschaffte er mir eine Art von Beschäftigung, während ich Totenscheine kaufte – von befriedigten Verwaltungsbeamten: in unmöglichen Mengen und zu astronomischen Preisen – und alle Besitztümer und Unterlagen meines Vaters ordnete. Ich hätte die ganze Angelegenheit Maria überlassen können, aber für mich war diese Tätigkeit inzwischen zu einem Bestandteil der Grablegung geworden.

Also aßen wir zusammen: gegrillte Junghühner mit heißem *piri-piri* oder *bacalhau à brás* – dieses weiche, goldene Gericht aus Eiern und gesalzenem Stockfisch und winzigen Pommes frites, eine Kombination aus *Fish and Chips* und Frühstückseiern; Thunfischsalat und Stockerbsen, mit Knoblauch gespickt. Wir arbeiteten uns durch eine kulinarische Kultur: Meeresfrüchte, scharfer afrikanischer Pfeffer, in jedem Schuppen ein Schwein; ein bohnenessendes Volk mit einer Vorliebe für Knoblauch und die saure Schärfe von Korianderblättern.

Ich hätte meinen Vater besser gekannt, hätte ich diese Mahlzeiten als Informationen angesehen, nicht einfach als Essen. Das weiß ich jetzt.

Hart wurde eine Art Animateur, der Mann, der uns bei Laune hielt. Wenn Maria da war, schlug er einen Ausflug oder ein Mittagessen im Café vor. Er sagte, wir sollten gemeinsam zur Klosterkirche in Lorvão fahren. Vielleicht hatte er im Michelin-Führer darüber gelesen und stellte sich irgendein Spektakel aus Weiß und Gold vor.

Maria warf ihm einen merkwürdigen Blick zu, als hätte er einen unverzeihlichen Witz von sich gegeben, aber damals fiel mir nichts auf. Sie kam nicht mit.

Wir fuhren über Serpentinen und Kurven rund um Olivenhaine, die mit dem strahlenden Blau morgendlicher Pracht ein unauflösliches Gewirr bildeten, vorbei an Windmühlen auf einem kahlen Hügel, und ich mußte ihm verbieten, auf der Stereoanlage des Wagens mit voller Lautstärke *Abba* laufen zu lassen.

Das Kloster war unmöglich zu verpassen, es bildete den Kern einer kleinen Stadt mit einem munteren Fluß: ein weißes, palastartiges Gebäude mit Fenstereinfassungen aus einem Stein in der Farbe frischer Brotlaibe.

Die Fenster waren außerdem vergittert. Ich sagte etwas darüber, aber nur im Scherz.

Die hohen Metalltore standen offen. Ich fuhr langsam hinein, vorbei an ordentlichen Rasenflächen und geometrischen Beeten mit Ringelblumen und rotem Salbei.

»Frag doch jemanden«, sagte Hart.

Neben einer Art von Kiosk stand ein Mann; eine unangezündete Zigarette hing zwischen seinen Lippen.

»Entschuldigung«, sagte ich. »Können Sie mir sagen, wo die Kirche ist?«

Er sah mich an, als schaute er in einen Spiegel. Und mit sich selber spricht man nicht, sonst halten einen die anderen für verrückt.

Ein zweiter Mann kam von hinten herbei und blieb still stehen. Dann erschien ein dritter.

»Was ist hier los?« fragte Hart.

Das Schweigen rings um den Wagen war unheimlich. Niemand sprach. Niemand gab irgendeine soziale Äußerung von sich, ein Lächeln, ein Deuten, auch kein wichtigtuerisches oder wütendes Geschrei, um uns zu sagen, daß wir hier nichts verloren hätten oder am falschen Ort suchten. Die Männer umrundeten uns einfach nur, willkürlich wie Fische.

Eine Tür des Klosters öffnete und schloß sich rasch wieder. Zwei geschäftige Männer in weißen Kitteln eilten heraus. Sie schienen zu streiten.

Ich versuchte ihre Aufmerksamkeit zu erregen, indem ich auf die Hupe drückte.

Sie wandten sich kurz um. »Geschlossen«, schrie der eine. »Geschlossen.« Sie winkten uns fort.

Hart sagte: »Das sind Ärzte.«

»Höchstwahrscheinlich.«

»Dann sind das hier lauter Irre«, sagte Hart. »Ich wußte nicht, daß das ein Irrenhaus ist.«

»Wir fahren einfach rückwärts wieder raus«, sagte ich. »Kein Grund zur Beunruhigung.«

Hart sagte: »Vielleicht sind es Aussätzige. Es ist irgendwas Ansteckendes. Ich weiß es.«

Beim ersten Versuch wehrte sich der Rückwärtsgang.

Hart kurbelte das Fenster hinauf. Er starrte die Männer an, als sehe er sie im Fernsehen, wie ein Kind, das auf dem Bildschirm eine Gefahr miterlebt: die Gesichtszüge schlaff, der Körper starr, die Augen weit aufgerissen.

Von der Klostertür aus krochen wir langsam rückwärts. Ich fürchtete, die Männer würden uns nicht durchlassen, doch sie traten bedächtig zur Seite. Einer von ihnen erinnerte sich, was ein Lächeln ist, und als wir an ihm vorüberfuhren, verzog er die Lippen und zeigte die Zähne, aber seine Augen blieben tot.

An der Landstraße sagte ich: »Wir hätten doch nach der Kirche fragen sollen. Du hast gesagt, die Kirche ist zu besichtigen.«

»Ich will bloß weg hier«, sagte Hart.

Ich fuhr rasch den Hügel hinauf.

»Maria hätte es uns sagen sollen«, sagte Hart.

»Vielleicht dachte sie, jeder weiß es.«

»Ich habe meine Mutter einmal so gesehen«, sagte er. »Lächelnd wie eine Puppe. Sie konnte sich die ganze Zeit nicht bewegen. Ich …«

Dann erinnerte er sich, daß er ein Mann war, der keine Geschichte haben durfte.

»Ich könnte was zu trinken vertragen«, sagte er.

Die Bar mußte ihn sehr lang in Anspruch genommen haben, denn als ich am Abend zu einem Spaziergang das Haus verließ, fehlte sein Wagen und war auch dann noch nicht da, als ich bei schwindendem Licht wiederkam und der Himmel die Färbung einer Schlußszene von Cecil B. De Mille angenommen hatte: pfirsichgelbe, scharlachrote, blaßblaue und grüne Töne, alle Farben wahllos über monumentalen Wolken ausgegossen.

In Harts Haus brannte kein Licht. Ringsum war es so ruhig, daß ich es zwangsläufig hören mußte, wenn der Wagen zurückkam.

Ich versuchte es an der Tür.

Der Raum war leer wie ein Ferienhaus, nur ein Laptop stand auf einem Tisch.

Ich sah mich um. Irgendwelche merkwürdigen alten Skrupel hielten mich davon ab, Papiere zu durchwühlen, Schränke und Schubladen zu öffnen; jedenfalls im Augenblick. So konnte ich immer noch sagen, ich wartete einfach auf Hart. Zwar fühlte ich mich vollkommen berechtigt, ihn zu kontrollieren, Erkundigungen einzuholen; aber es fiel mir schwer, den Polizisten zu spielen.

Der Laptop war an einer Steckdose angeschlossen; also gäbe es keinen Verlust an Batteriestrom, der mich verriet, wenn ich ihn einschaltete.

Ich hatte keine besonderen Erwartungen. Ich dachte nur, daß es irgendwo zwischen Arbeit und Briefen eine Möglichkeit geben könnte, ein hilfreiches Bild von Hart zusammenzustellen.

Zumindest bestand kein Zweifel darüber, wie er arbeitete; der Computer startete direkt im Textverarbeitungsprogramm. Ich las die Namen der Dateien, dann die Erstellungsdaten, dann prüfte ich ihren Umfang. Ich fand eine Datei namens »Entwurf«, ziemlich lang, 73 Kilobytes, an der Hart knapp einen Monat zuvor zuletzt gearbeitet hatte.

Ich öffnete die Datei und fing an zu lesen.

Es war, als lernte ich Hart auf irgendeiner Cocktailparty kennen: ein Schnappschuß von Hart, der versuchte, Eindruck zu schinden.

Es war der Entwurf zu einem Buch über die Zeit, die Prinz Moritz in Niederländisch-Brasilien verbracht hatte, einem Streifen Land bei Recife und Pernambuco. Im siebzehnten Jahrhundert begab sich der Prinz als Statthalter dorthin, um eine schwächliche Kolonie zu regieren, die weniger von bereitwilligen Siedlern als vielmehr von der Kontrolle über die Handelshäfen abhing. Er hatte etwas mitgenommen. Diese neue Welt war ein Ort der Ungeheuer und Legenden, aber er wollte ganz genau wissen, was es dort alles gab, wie sonderbar es auch sein mochte, um diese fremdartigen Dinge mit derselben Art von Namen und Klassifikationen zu bezeichnen, wie die bekannte Welt sie trug. In der Hoffnung, modern zu sein, warf er all die liebenswürdigen Mythen über Bord.

Er nahm Künstler mit, die alles festhalten sollten, was dort wuchs und lebte. Sein Arzt wurde sein Naturkundler. Er baute Paläste auf einer Insel (auf dem amerikanischen Festland wurde er nie wirklich seßhaft), und von dort schickte er Maler und Beobachter aus, die alles aufspüren, registrieren, aufschreiben und -zeichnen und erklären sollten. Er schickte den Maler Frans Post, damit er mit seinen Bildern neue Siedler anlockte: Landschaften, durch die im Vordergrund eine Truppe ungefährlicher Tiere vor fernen blauen Bergen paradierte, dazwischen Zuckermühlen und alte Kathedralen, um eine lange, zahme europäische Vergangenheit anzudeuten. Er schickte den Maler Albert Eckhout, damit er die Schildkröten, die behelmten und zerzausten Hühner, die Bohnen, bleichen Pilze, Großkatzen und knotigen, glitzernden Zitronen festhielt: alles, was neu war.

Soweit, sowenig bemerkenswert. Hart hatte eine nette historische Schilderung verfaßt. Er hatte offensichtlich an die Kunst auf dem Schutzumschlag gedacht. Es hätte nur hier aufhören sollen.

Doch es ging weiter: ein niederschmetternder, öder Sermon. Hart war, wie es schien, entsetzt und erbittert über die Vergewaltigung der beiden Amerikas durch die Wissenschaft, über das brutale Eindringen der Moderne, auch wenn deren schlimmstes Vergehen in diesem Fall die Sammlung von Aquarellen war. Er beschuldigte sie, die Hegemonie über die leuchtenden Früchte, die lebendigen, plappernden Dinge, die in den Alben klassifizierten Menschen zu beanspruchen. In diesen scheinbar liebreizenden Bildern lag der Keim des gesamten Imperialismus, des Eurozentrismus, des Patriarchats und auf jeden Fall der modernen Wissenschaft mit all ihren Übeln. Der Beweis war die Wertschätzung, die sie ein Jahrhundert später durch die Aristokraten erfuhren: eine Bestätigung, daß die Alben als solche korrupt waren.

Es war eine ermüdende Lektüre. Die Worte waren wie Tausendfüßler in Bewegung: gegliedert, funkelnd, verschroben. Überall waren Wut und die Entschlossenheit zu spüren, die Gründer beispielsweise eines botanischen Gartens der Mittäterschaft an allem zu bezichtigen, was Hart für unvollkommen hielt: auch die Geschichte, weil sie nicht so war wie er. Die Seiten feuerten Gedanken ab wie kleine Waffen.

Einen Moment lang war ich erleichtert. Nichts deutete darauf hin, daß Hart auf Rache an seinem Material versessen war.

Doch dann kam der Hammerschlag: die Entdeckung, mit

der er sich einen Namen und, schlimmer noch, Schlagzeilen machen wollte. Dieses große, berühmte Museum prangerte er an, diese nationale Institution, die etwas besaß, was sie nie hätte bekommen dürfen; die Verschleierung und Täuschung, die sie mehr als fünfzig Jahre aufrechterhalten hatte. Hart trieb es natürlich zu weit; er geiferte über die Hegemonie – immer wieder dieses große, laute, heftige Wort – der Museen und der Historiker an sich. Ohne besondere Reihenfolge prangerte er Objektfetischismus, Elitedenken, Imperialismus, den historischen Prozeß (der offensichtlich etwas anderes war als die Geschichte oder die Geschichtsschreibung) und die Todsünden der Moderne an, ja selbst das Verbrechen linearen Denkens und die Vergewaltigung der Erde durch den rationalen Verstand. Aber während er mit tönenden Abstraktionen jonglierte, probierte er die Rolle des Helden aus: eines Helden der Bibliotheken, eines Schatzjägers mit akademischem Titel, der eifrig gegen das Böse ankämpfte.

Ich glaubte einen Wagen unten auf der Straße zu hören. Ich schaltete den Computer ab und ging hinaus, die Stufen hinauf, fort von meinem Haus, so daß ich mir den Anschein geben konnte, als käme ich zufällig von einem Abendspaziergang in den Wäldern zurück.

Ich sah Menschen, die mit Spitzhacken die Felder bearbeiteten und Grünfutter für die Ziegen davontrugen. Es sah aus wie ein Bühnengeschehen, das sich vor einer Kulisse aus Steinen und Schiefer abspielte. Aber dasselbe galt auch für Hart, er war Jekyll und Hyde: in ein und derselben Person der Wissenschaftler Hart mit seinen Kommentaren und seinen moralischen Überzeugungen und der Verbrecher Hart, der Bilder stahl und so hervorragend bluffte. Ich mußte ihm helfen, sich für die Rolle zu entscheiden, die ihm besser behagte.

Zuerst dachte ich, das Licht spielte mir einen Streich, obwohl es hinter den Veranden und Fensterläden meines Hauses kaum Licht gab, das Streiche hätte spielen können. Irgend etwas schien sich im Haus zu bewegen.

Ich dachte an ein Tier auf Erkundungsgang, eine Katze, die

ein Zuhause suchte. An meinem dritten Tag in Formentina hatte ich einen dumpfen Schlag an der metallenen Haustür gehört, und als ich öffnete, stand ein kleines Rudel schwanzwedelnder wilder Hunde draußen, alle lächelnd.

Aber Tiere sperren natürlich keine Türen auf.

Das Haus hatte vorn eine stabile Eingangstür und an der Hinterseite, dem steilen Hang zugewandt, eine Art Falltür. Diese Tür hatte ich nie ausprobiert, es war nicht nötig gewesen. Jetzt kämpfte ich mich durch Dornenranken und schürfte mich an Steinen auf, um dorthin zu gelangen, und stolperte über einen vom gelblichen Gras halb überwucherten Ölkanister.

Die Tür öffnete sich zu leicht.

Ich trat nicht sofort ein. Ich wußte, daß sich dahinter ein seltsamer Flur verbarg, in dem sich ein Wust aus Werkzeugen, chemischen Reinigungsmitteln, einem alten Kleiderständer und Farbdosen türmte, und ich wollte tunlichst vermeiden, daß der ganze Berg klirrend auf die Fliesen stürzte.

Dann sah ich, daß der Stapel ordentlich zur Seite gerückt worden war.

Ich war der rechtmäßige Hausbesitzer, der bei seiner Rückkehr einen Einbrecher vorfand, aber das war es nicht, was ich empfand, als ich im Flur stand. Ich fühlte mich merkwürdig ausgesetzt: Das Eindringen war so ordentlich, so methodisch.

Die Tür zur Küche stand einen Spalt offen. Ich schob mich hindurch, langsam, weil ich versuchte, die Angeln nicht quietschen zu lassen, und hielt mich in Deckung wie ein Soldat – ein merkwürdiger Instinkt bei einem Mann, der mit dem Kopf arbeitete.

In London hatten wir einmal bei unserer Rückkehr das Haus aufgebrochen und verwüstet vorgefunden, die Schubladen herausgezogen und umgekippt, unser gesamtes organisiertes Leben aufs Geratewohl verstreut und ein Kothaufen mitten auf dem Wohnzimmerteppich. Aber in dieser Küche war nichts angerührt worden. Die beiden Zwiebeln, die Rotweinflaschen, die Bananen, von winzigen Fliegen umschwärmt, die Tassen und Gläser waren alle noch an Ort und Stelle.

Ich hörte meinen eigenen Atem. Ich fürchtete, husten zu müssen. Ich lauschte angestrengt, aber in den angrenzenden Zimmern hörte und erkannte ich nichts, abgesehen von der Tatsache, daß jemand hier gewesen, vielleicht immer noch hier war.

Ich konnte kein Werkzeug aus dem Stapel im Flur ziehen, ohne Lärm zu machen; deshalb griff ich nach einer Weinflasche.

Ich tat einen Satz nach vorn und trat die Tür zum Wohnzimmer auf.

Der Inhalt meines Sakkos lag auf dem Tisch ausgebreitet: Kreditkarten, Fahrscheine, diverse Ausweise, mein Paß, zwei Scheckbücher, eine kleine Ledermappe für Karten.

Ich prüfte nach, aber es war noch alles vorhanden, alle Zeichen und Beweise für John Costas Leben und Kredit. Diesen Umstand fand ich beunruhigender als alles andere. Ich stellte die Flasche ab.

Es konnte jemand anderes gewesen sein, sagte ich mir, und nicht Christopher Hart. Es überzeugte mich nicht.

Am nächsten Morgen kam er in mein Haus und fragte, ob ich Lust auf eine Wanderung hätte. Die Situation drohte absurd zu werden: zwei Männer, durch ein Verbrechen vereint, die einander nie ganz aus den Augen verlieren, aber sich ruhig verhielten, als bekäme das Ganze dadurch einen Anstrich von Normalität.

Er zeigte mir seinen Rucksack, in dem er Wasserflaschen und Schokolade hatte. Die Wanderung war eine Herausforderung, nicht einfach ein Spaziergang.

Vorbei an Jesus an seinem weißen Kreuz stiegen wir auf und folgten dem Ziegenpfad bis an den Rand der Wälder. Es wehte eine leichte Brise. Wir wanderten zwischen braunem Farn, blühendem Lavendel, Heidekraut und Fingerhut und kleinen struppigen Eichen, die wie Büsche wuchsen. In dieses Dickicht hatten die Waldarbeiter Schneisen geschlagen, breit wie die Spur eines Bulldozers, lehmweiß und heiß.

Wahrscheinlich unternehmen Liebespaare ähnliche Ausflüge: nicht um des Wanderns, sondern um der Zweisamkeit willen. Hart widmete mir eine Aufmerksamkeit, die auch eine Forderung war.

Während des ersten Kilometers sagten wir nicht viel. Dann fiel uns beiden auf, daß die Straßen sich hin und her wanden und die Faltungen des Felsens komplizierter waren, als wir vermutet hatten. Wir hatten uns zwar nicht völlig verirrt, weil wir zur Orientierung immer noch die Auf- und Abwärtsrichtung, den Stand der Sonne und eine dumpfe Ahnung vom Verlauf des Hügels hatten, doch wir konnten nicht mehr sagen, aus welcher Richtung wir gekommen waren.

»Gehen wir lieber ganz hinauf«, sagte er. »Von oben sehen wir, wohin wir müssen.«

»In der Schweiz gibt es in den Bergen Wegweiser. Die fehlen mir hier.«

»Das schaffen wir schon«, sagte er.

Wir marschierten ein wenig flotter, nachdem wir jetzt ein Ziel hatten, nämlich unseren Weg zu finden. Wären wir Kinder gewesen, hätten wir lauter Entdeckungen machen und darüber reden können. Als Männer sprachen wir nur gelegentlich. An jeder Weggabelung zögerten wir, denn es konnten beide Abzweigungen brauchbar sein, und manchmal war nicht auf den ersten Blick klar, welcher Weg tatsächlich bergauf führte.

»Wenn du die Sache in Ordnung bringen willst, kannst du das tun«, sagte ich. »Deswegen bin *ich* hier und nicht die Polizei.«

Hart trat gegen ein paar weiße Steine am Weg.

»Denk drüber nach«, sagte ich. Ich ging rasch weiter.

Ich hatte keine Ahnung, wer mit mir unterwegs war. Ich fühlte mich vollkommen sicher, sogar hier in den Bergwäldern, wo ein Mensch ausrutschen, einem Jäger vor die Flinte laufen, einem Waldbrand im Weg sein kann, und – Simsalabim! – schon kommt aus dem Wald ein brandneuer John Costa, ein großer, blonder und verschwindet irgendwohin, wo ihn keiner kennt. Nach Cartagena vielleicht; Arkenhout hatte Filme gesehen, die in Cartagena gedreht worden waren. Der Gedanke an einen kolonialen, tropischen Ort gefiel ihm.

Inzwischen war ich ein ordentliches Stück voraus, wanderte geräuschlos auf glutheißem Lehm. Ich bestand darauf, an der Spitze zu sein und zügig auszuschreiten, genau wie mein Vater es zu tun pflegte. Ich drehte mich um und rief nach ihm.

Hart war nicht da. Er war vom Weg abgebogen, vielleicht um zu pinkeln.

Pflichtbewußt blieb ich stehen. Das Gewicht des Tages lastete auf mir: heiß, dumpf, mit sprunghaften, wilden Bewegungen in der Luft, irgendwo weit weg. Jenseits des Tals, wo sich brauner Rauch in den Dunst mischte, schlitzte ein Blitz waagrecht den Himmel auf, sauber und gerade wie ein Messerschnitt. Die Wälder schienen auf einmal sehr dicht, in Reih und Glied wie ein bepflanztes Feld.

Hart mußte sich irgendwo zwischen den Büschen und kümmerlichen Eichen und dem Heidekraut befinden. Vielleicht beobachtete er mich in diesem Moment.

Ich drehte mich um, drehte mich noch einmal um. Ich spürte einen neuen, heißen Wind den Pfad entlangfegen. Ein Wetterwechsel, nicht mehr.

Wieder zerfetzte ein Blitz den Himmel.

Ich fing an zu laufen. Ich wollte den Wald verlassen haben, ehe das Gewitter losbrach. Ich wollte weg, egal, was Hart in dem Augenblick tat.

Ich stolperte über eine Baumwurzel und stürzte. Mein Knöchel drehte sich unter mir, und der jähe Schmerz ließ mich grunzen wie ein Schwein.

Ausgedörrte weiße Pfade liefen zwischen den Bäumen auf und nieder, schlängelten und verzweigten sich. Inzwischen zweifelte ich, ob ich je nach Hause finden würde.

Ich bin sicher, daß ich Schritte hörte, die sich entfernten.

Einen Moment lang konnte ich nicht aufstehen. Ich dachte, der heiße Wind von hinten könnte Feuer sein, das knapp außer Sichtweite hinter einem Felsblock oder einem Dickicht neuer, heller Eukalyptusbäume ausgebrochen war. Ich wußte nicht, wie ich vor dem Feuer fliehen und wohin ich fliehen sollte.

»Alles in Ordnung?« fragte Hart.

Er stand beinahe über mir.

Ich sagte: »Gib mir eine Minute. Ich habe mir nur den Fuß verdreht, glaube ich.«

Er hielt einen langen Streifen Eukalyptusrinde in der Hand, das zähe Zeug, das die Bäume abwerfen wie grobe Bänder. Er ließ ihn schnalzen wie eine Peitsche.

Dann zog er eine Schachtel Zigaretten aus der Tasche. Im Moment konnte ich mich nicht rühren, also sah ich zu, wie das Streichholz aufflammte und verlöschte, als wäre das ein interessantes Schauspiel, sah zu, wie es, noch glühend, auf den Boden fiel, knapp außerhalb meiner Reichweite. Die Asche fiel hinterher und endlich die brennende Zigarettenkippe.

»Komm schon«, sagte er. »Wir haben noch viel vor uns.«

Nun ging er voraus; diesen Punkt hatte er gewonnen.

Hoch oben in den Eukalyptusbäumen schnatterten die Vögel.

Wir stiegen immer noch auf. Ich sagte mir, das sei ganz vernünftig, denn anders würden wir den Rückweg nie finden, wir müßten aufsteigen, bis der Wald endete und wir auf der kahlen Serra standen.

Aber Hart rannte regelrecht, und ich mußte mich seinem Schritt anpassen.

Ich bat um Wasser. Er reichte mir eine Flasche, ohne stehenzubleiben.

»Du mußt mir schon einiges erklären«, sagte ich. »Warum ist dir nicht aufgefallen, daß das *Liber Principis* beschädigt war – falls du es nicht selber beschädigt hast?«

»Ich muß dir was erklären?« fragte Hart.

»Wir wollen die Stücke zurückhaben, unbeschädigt. Wenn wir sie wiederhaben, wird das Museum vermutlich keine weiteren Fragen stellen.«

»Du bist ein Kustos«, sagte Hart. »Kein Polizist. Warum haben sie dich geschickt?«

»Wenn es ein Irrtum war, hat das Museum kein Interesse, Druck zu machen. Uns geht es nur um die Bilder. In diesem Stadium die Polizei einzuschalten …«

»Du meinst, ihr wollt nicht, daß es an die Öffentlichkeit kommt?«

»Ich will die Bilder«, sagte ich. »Ich werde nicht ohne sie aus Portugal abreisen.«

Der Boden war zu uneben, als daß man leicht und gleichmäßig hätte gehen können. Im feuchten Frühjahr waren Tiere auf dem Pfad ausgerutscht, und ihre Fußtritte waren im vertrockneten Schlamm festgebacken. Ebenso Steine, hin und wieder auch umgestürzte Baumstämme. Stellenweise standen die Pinien so dicht, daß sie jegliches Grün an ihren Wurzeln erstickt hatten, und ihre herabgefallenen Nadeln bedeckten den Boden wie grobes braunes Papier.

»Niemand reist ab«, sagte Hart.

Inzwischen ist mir klar, worüber er nachdenken mußte. Dieses sein Verbrechen hatte auf einmal einen Namen bekommen, endlich, und einige Details. Hätte er eine Bibliothekarin begrapscht, hätte das Museum wohl kaum so viel Aufhebens gemacht; ebensowenig wenn er veruntreut, mit Drogen gehandelt oder sich der Sodomie hingegeben hätte. Sie hätten niemanden geschickt, wenn er bloß eine Idee gestohlen hätte. Aber die Geschichte war ihnen so wichtig, daß sie diesen John Costa tage-, ja wochenlang hier ließen, und das alles wegen irgend etwas Offiziellem, das eine Karteikarte und eine Zugangsnummer und eine Identität hatte.

Es war Harts Verbrechen, so wie der Mord an Hart Paul Ravens Verbrechen war: Seiner moralischen Freiheit konnte es nichts anhaben. Aber es konnte seine Chancen auf ein nächstes Leben erheblich einschränken.

Seine Arme fuhrwerkten wie bei einem olympischen Geher, einem Preisträger. Die Vorstellung, daß ich ihm folgen mußte, brachte mich plötzlich in Wut, aber ich war mir meines Knöchels nicht sicher genug, um ein Überholmanöver zu versuchen.

Er wartete darauf, daß ich es versuchte oder aber eine Pause verlangte. Ich würde nicht stehenbleiben.

Er sagte jetzt gar nichts.

Die Dunkelheit zwischen den Bäumen, die nicht nur Mangel an Licht, sondern auch mangelndes Leben war, begann in Streifen und Flecken zu zerfallen. Von neuem tauchten Gras,

Minze, ein bißchen Fenchel auf, aber nur in Büscheln und dort, wohin das Licht fiel. Je höher wir stiegen, desto öfter entwickelten sich die Büschel zu kleinen Gärten, und manchmal waren die Gärten groß wie Wiesen.

Unvermittelt traten wir hinaus auf die hohe Serra. Das Licht war so heiß wie grell, ein Hammerschlag auf der Haut. Blitze fetzten über den Himmel und ließen die Bäume im elektrischen Wind erzittern.

Es wäre vernünftig gewesen umzukehren, nicht weiter auf kahles Ödland hinauszuwandern, während sich ein Gewittersturm zusammenbraute. Wir hätten uns umsehen und orientieren sollen; unsere einzige Richtung bisher war bergauf gewesen. Wir hätten anhalten sollen.

Ich wollte nicht der erste sein, der anhielt. Er wollte nicht der erste sein, der anhielt. Also rannten wir über das staubige Gras, als hätten wir ein Ziel vor Augen.

Als ich Anna das nächste Mal anrief, wählte ich den Zeitpunkt sorgfältig, damit ich sie selbst hören konnte statt der digitalisierten Stimme auf dem Anrufbeantworter.

»Ich verstehe das nicht«, sagte sie.

»Die Situation ist irgendwie festgefahren«, sagte ich. »Ich muß es einfach aussitzen.«

»Kann ich kommen? Für ein Wochenende?«

»Ich weiß nicht, wie lang ich noch hier bin. Es könnte alles diese Woche vorbei sein, und dann ...«

»Ich könnte dieses Wochenende kommen.«

Das konnte sie nicht, ich war mir fast sicher. Sie konnte nie einfach alles hinwerfen, konnte nicht einmal einen Tag in ihrem Kalender leer lassen; sie bewachte sich mit Stundenplänen.

»Wenn du möchtest«, sagte ich, absichtlich brutal.

»Ich werde dich überraschen«, sagte Anna.

Ich hatte aufgehört, dem stellvertretenden Direktor jeden Tag formell Bericht zu erstatten. Hart sei gesund und munter und benehme sich so, wie man es erwarten könne, sagte ich ihm, habe aber keine offensichtliche Arbeitsroutine. Darüber waren wir beide erschrocken. Zumindest war ich immer noch klug genug, um zu wissen, daß ich manchmal anrufen sollte: für den Fall, daß ich allmählich entbehrlich wurde.

Mein Problem war nicht Hart, noch nicht. Sondern der Ort, an dem ich mich aufhielt, dieses Formentina, dieses Portugal. Es brachte mich immer wieder auf meinen Vater. Er war nach Portugal zurückgekehrt, weil er sich endgültig niederlassen wollte, und deshalb hatte er sich eine tiefgelegene Gegend ausgesucht, die praktischer war: mit Wasserdruck, Stromleitungen, täglichen Bussen, Läden. Das brauchte ich nicht. Ich konnte in malerischen Höhen leben, wie jeder kurzfristige Besucher. Für mich war die Landschaft ein Vergnügen, nicht unähnlich einem Urlaub: weil sie den Augen erlaubte, sich weit zu öffnen, ohne eine Gegend auf die Straße zu reduzieren, der man zu folgen hat, oder auf die Adresse, die man finden muß.

Das Problem war, daß ich nicht in einem Hotel wohnte, wo uniformierte Leute einander täglich abwechselten. Ich konnte nicht umhin, die jeweiligen Individuen in Formentina wahrzunehmen – ihre Namen und Teile ihrer Geschichte kennenzulernen.

Von Arturo kannte ich seine Leidenschaft für Erklärungen. Er hatte Felder voller neuer Apfelbaumschößlinge, so dicht gepflanzt wie Bohnen, und er sagte, er habe Linden, eine eigene Schonung irgendwo zwischen den Pinien; dort hielt er auch Bienen, die dick und trunken durch die süßen Lindenblüten torkelten. Die Voraussetzung jedes Tages war Arbeit.

»Ich muß mich operieren lassen«, verkündete er ziemlich unvermittelt.

»Was fehlt dir denn?« fragte ich.

»Das wissen sie nicht.«

»Ist es eine Biopsie?«

»Sie werden es wissen, wenn's vorbei ist«, sagte er.

»Kann ich irgendwas tun?«

»Ich dachte«, antwortete er, »du könntest uns vielleicht ins Krankenhaus fahren. Am Freitag.«

»Selbstverständlich«, sagte ich. »Wann?«

»Morgens um acht. Sie könnten zwar eine Ambulanz

schicken, aber ich will keinen Krankentransport. Ich will ganz normal hingehen, solange ich noch kann.«

Sein Gesicht war zerrüttete Haut und weit offene Augen. Er hatte große Angst.

Ich dachte an den Tod meines Vaters. Ich hatte den Zeitpunkt miterlebt – als er sich am Türrahmen abstützte, als ich ihn auf der Treppe in den Armen hielt – und hatte ihn dennoch verpaßt: den exakten Augenblick, in dem der Körper endlich leer wurde, den Augenblick der Veränderung. Er war zu mächtig, jenseits aller Vorstellung.

Aber ich konnte mir ja kaum vorstellen, wer mein Vater gewesen war und was er gedacht und empfunden hatte, solange er lebte.

Zu sagen, daß er diese Gegend hier liebte und von ihr träumte, reicht nicht; man kann eine Liebe hegen, einem Traum nachhängen, ohne je zurückzukehren. Normalerweise ist es so besser. Es war schon vorgekommen, daß ich mich, fern von Anna, innerhalb eines Tages ver- und entliebte, in Hotels in verschiedenen Ländern, damit ich Erinnerungen hatte; aber das waren vorübergehende Geschichten, Beiwerk zu Konferenzen, und nie wollte ich dorthin zurückkehren.

Arturo trat aus dem Schatten hervor und stand da und sah mich an; und ich ihn.

Er wollte erklären. Er wußte bloß nicht, was er erklären sollte. Und ich saß da, immer noch unfähig, mir aufgrund dessen, was ich wußte, sein Leben vorzustellen. Er schien beinahe zufrieden, aber manchmal setzte er sich plötzlich auf einem Stein nieder, als wäre ihm keine Bewegung mehr möglich.

Zulmira, seine Frau, bewahrte den Schlüssel zur Kapelle auf, das wußte ich, und jede Nacht ging sie hinüber, um eine Kerze anzuzünden. Aber wie sie es schaffte, sich die Welt durch Heilige und die Jungfrau Maria zurechtzulegen und an einem Ort, der sich offenbar nie änderte, die Hoffnung auf jähe Wunder am Leben zu erhalten, das konnte ich mir nicht vorstellen. Dabei hätte ich es im Blut haben müssen, meinem Vater zuliebe. Vielleicht war es das Geheimnis auch seiner Sicht der Welt.

Arturo rief zu mir herauf: »Früher wuchsen an diesem Haus großartige Trauben.«
»Bestimmt.«
»Jemand könnte dort wieder Reben anpflanzen.«

An dem Tag stellten drei Polizisten – von Mello keine Spur – auf der Straße ihren Wagen ab, rannten zu Harts Haus hinauf und öffneten es, wie man eine Konservendose öffnet: ohne Gewalt, aber so, daß jeder sehen kann, was vorgefallen ist.

»Papiere«, sagte einer von ihnen.

»Was brauchen Sie?« fragte Hart.

Er kramte in den Taschen des Cerruti-Sakkos, das für dieses Tal immer noch ein bißchen zu elegant war, und zog einen Paß hervor.

Der Ranghöchste der drei Polizisten nahm ihn entgegen, öffnete mehrere Fenster und schaltete eine Tischlampe ein, und er studierte den Paß Seite um Seite, sichtlich interessiert an den Ansichten des Staatssekretärs Ihrer britischen Majestät, an Ausstellungsdatum und -ort und der Dauer seiner Gültigkeit, an dem amerikanischen Visum und dem darauf kopierten, kaum kenntlichen Foto von Hart. Er fuhr mit dem Fingernagel über das Visum und verglich die Zahlen am unteren Rand mit dem Geburtsdatum auf Seite 4. Dann prüfte er die Seite 94 mit dem Raum für Notfalladressen, den Hart, wie jedermann, freigelassen hatte. Erst dann legte er den Paß beiseite.

»Haben Sie irgendeinen Lichtbildausweis?« fragte er.

»Machen Sie Witze?« gab Hart zurück.

Das war natürlich ein Fehler. Er hatte häufig genug mit der Grenzpolizei verschiedener Länder zu tun gehabt, um zu wissen, daß man respektvoll wartet, während sie die Papiere prüfen, weil es nicht die Papiere sind, die sie interessieren; sie wollen, daß man sich unterwirft oder aber Nerven beweist.

»Tut mir leid«, sagte er. »Ja, selbstverständlich.«

Der Universitätsausweis hatte ein Foto. Auch seine Bankkarte, auf der Rückseite. An beiden hatten die Inder wunderbare Arbeit geleistet.

Aber er hatte sie nicht gebeten, das Foto auf dem Ausweis des Fitneßstudios auszuwechseln. Er hatte ihn loswerden wollen, er hätte ihn in Harts Haus liegenlassen sollen, es bestand kein Grund, den Ausweis eines Londoner Fitneßstudios nach Portugal mitzunehmen. Aber Hart hatte ihn natürlich nach Holland mitgenommen.

Der ranghöhere Polizist spielte jetzt Karten aus, legte sie mit der Präzision eines Croupiers in Reihen auf.

Er würde den Ausweis des Fitneßstudios sehen. Es wäre eine Ungereimtheit. Es wäre genug.

Es war zu spät, um die Karte zurückzunehmen. Er hatte sie freiwillig hergegeben.

Die Computerreparaturkarte. Der Bibliotheksausweis. Die Greenpeace-Kreditkarte, biologisch abbaubar.

»Wo waren Sie am Abend des sechsundzwanzigsten und des siebenundzwanzigsten Juni?« fragte der ranghohe Polizist. Er hielt den Fitneßstudioausweis in der Hand. Das Foto war nur ein Polaroid-Schnappschuß, dessen Farben rasch zu Beige und Magenta verblaßt waren; es war sicher nicht beweiskräftig. Der Bulle widmete ihm dieselbe feierliche Aufmerksamkeit, die er jedem anderen Bruchstück von Harts offiziellem, dokumentiertem Wesen geschenkt hatte.

»Ich weiß nicht«, sagte Hart. »Ich könnte in meinem Kalender nachschauen ...«

Der Bulle warf den Ausweis auf den Tisch.

»Lassen Sie es mich wissen«, sagte er. »Oder Hauptmann Mello. Auf der Polizeistation. Leute in Holland wollen es wissen.«

Er mischte die Karten noch einmal und stand auf, flankiert von seinen Untergebenen, mit seinem vollkommen ausdruckslosen Polizistengesicht.

»Nur diese beiden Daten«, sagte er. »Bis heute abend brauche ich eine Antwort.«

Als sie fort waren, ließ Hart sich auf den Boden fallen und begann mit Liegestützen, nur um etwas zu tun, worüber er selbst die Kontrolle hatte.

Er war ernstlich alarmiert, nicht durch die Kontrolle an sich, die irgendeine Routineüberprüfung von Ausländern sein konnte, sondern durch die Forderung, zur Polizeistation zu fahren und das letzte Detail zu ergänzen. Sie hätten warten können, während er seinen Kalender überprüfte. Er hätte es ihnen sofort sagen können.

Sie konnten unmöglich wissen, was am siebenundzwanzigsten Juni passiert war, denn es war nichts, das Spuren hinterlassen hatte. Er mußte selbst das Datum nachprüfen. Es war der Abend, an dem er in einer warmen, braunen Bar getrunken, herumgesessen und gejagt hatte; der Abend, an dem er Hart kennengelernt hatte.

Maria betrat das Haus. Er lag auf dem Bett, in unruhigem Schlaf und noch völlig bekleidet.

Sie schaltete das Licht ein, abrupt, wie ein Polizist es getan hätte.

»*Olá*«, sagte sie. »Du schläfst?«

Sie sah ihn mit einer Direktheit an, die er nicht erwartet hatte: Sie war nichts, was nach den Regeln der Höflichkeit üblich oder konventionell war. Sie hatte etwas mit der Direktheit der älteren Bäuerinnen gemein, die nie eine andere Art, die Welt zu sehen, kennenlernen.

»Ich schlafe«, sagte er. Er lag reglos.

»Stell dir vor, die Bullen kämen zurück«, sagte sie. »Und wir hätten nur zehn Minuten ...«

Sie schaltete das Licht aus.

5

Am Morgen fuhr ich Arturo ins Krankenhaus, langsam, als säßen wir in einer schwarzen Limousine bei einer feierlichen Prozession.

Arturo hat sicher an den meisten Morgen seines Lebens den Nebel in den Bäumen hängen sehen, hat ihn außer Form geraten und durch den Strahl der Scheinwerfer und über den darunter dampfenden Asphalt wabern sehen; jetzt aber starrte er sehr bewußt darauf; und Zulmira saß aufrecht auf dem Rücksitz. Beide waren so angespannt wie aufgeschreckte Tiere.

Ihre Tochter Isabel versuchte, Zulmiras rechte Hand zu nehmen, aber es gelang ihr nicht, den Klammergriff der ineinander verschränkten Hände zu lösen.

Von außen wirkte das Krankenhaus überschaubar, wie eine Fotografie aus einem Prospekt: Oleanderbüsche, Parkplätze, hohe gläserne Gebäude. Aber innen ging es zu wie auf einem Markt: Frauen in Schwarz mit Taschen und Bündeln, eine ganze Zivilbevölkerung, die angetreten war, um ihre im Krieg gefallenen Männer zu betrauern – Männer, die von Maschinen zerfetzt worden waren, Männer, denen der Alkohol das Herz gesprengt oder das Gehirn ausgebrannt hat, zerbrochene Männer, die sich abgenutzt hatten, wenn sie es sich am wenigsten leisten konnten. Jede Ecke und jede Gitterabsperrung war voller wartender Menschen; die harten Glas- und Kachelwände waren von Kleidern und Augen und Händen weich geworden.

Arturo wurde nicht wirklich erwartet, und man wollte ihn schon in eine Schlange vor einem Büro abschieben, damit er sich dort erkundigte, in welcher Schlange er sich als nächstes anstellen sollte.

Der Anblick seiner Resignation war mir unerträglich. Ich platzte in den Aufnahmeraum und setzte meine gutbürgerlichen Manieren und die Merkwürdigkeit meines Akzents ein, um Gehör zu finden. Nach ein paar Minuten kam eine Schwester, um Arturo abzuholen und ihn, der in einer Hand seinen Pappkoffer trug, durch einen langen, dunklen Flur mitzunehmen, in den hin und wieder durch ein fernes Fenster ein Lichtstrahl fiel.

Zulmira stürzte ihm sofort nach. Doch eine Schwadron Ärzte eilte geschäftig vorüber, und sie blieb ehrfurchtsvoll stehen. Sie setzte sich im Korridor nieder und begann den Proviant zu prüfen, den sie in einer anderen Tasche mitgebracht hatte.

»Das wird er nicht brauchen«, sagte Isabel.

»In Krankenhäusern geben sie einem nichts Anständiges.«

»Sie werden es ihn nicht essen lassen.«

»Ich habe doch die richtigen Sachen mitgenommen, oder?« In der einen Hand ein Marmeladenglas mit einem Bohneneintopf, appellierte sie an mich, als ginge es mich etwas an.

»Ich weiß nicht«, sagte ich. »Vor der Operation wird er nicht viel essen können, und danach ist ihm vielleicht nicht nach Essen zumute.«

»Das hier will er bestimmt. Das wird ihm Kraft geben.«

Isabel sagte: »Sie müssen nicht hierbleiben. Wir sind ja da.«

Zulmira sah mich direkt an. Ihre rechte Hand lockerte sich ein wenig, und ich sah, daß ein Kruzifix darin lag: ein metallener Christus an einem Holzkreuz. Es hatte sich tief in ihre Hand eingegraben.

Für einen Augenblick wurde sie völlig leer, ihr Gesicht wie Papier, die Augen tot; dann kehrte sie zu uns zurück, war aber immer noch ausschließlich auf Arturo eingestellt.

»Er wird das Essen schon wollen«, sagte sie.

»Du weißt doch, daß er es nicht essen kann«, sagte Isabel. »Wir bringen ihm was, wenn es ihm besser geht.«

»Ich habe es für ihn gekocht«, sagte Zulmira eigensinnig,

aber sie hatte keine Kraft mehr. Sie hatte schon einmal eine ganze Nacht lang in diesem Krankenhaus über Arturo gewacht, hatte gesehen, wie er rasiert und weiß rücklings auf einer Rolltrage lag, wie ein Gegenstand, der verschoben wird, mit müdem Gesicht, obwohl er aus einem chemischen Schlaf erwachte. Sie dachte, jeder Mensch habe einen genau bemessenen Anteil an Glück, und war sich nicht sicher, ob er auch diesmal noch da wäre, wenn alles überstanden war.

Isabel sagte: »Wir können jetzt überhaupt nichts tun.«

»Ich kann warten«, sagte Zulmira wild. »Ich kann.«

Ich ließ sie allein. Ich sagte mir, daß ich an einem ohnehin konfusen Ort nur weitere Verwirrung stiftete, daß ich in gewisser Weise ein Eindringling sei. Das waren freilich auch alle anderen, die sich in diesem Flur drängten, in das Leben eines anderen einbrachen und genauso plötzlich wieder daraus verschwanden und dabei manchmal versehentlich auf einen Tod stießen. Ich dachte aber daran, mir die Nummer der Station und den Namen des Arztes in der Aufnahme zu merken.

Ich fuhr in die Stadt zurück, kaufte mir eine englischsprachige Zeitung, setzte mich unter die Markise eines Straßencafés und bestellte Kaffee.

Ich hörte nicht auf, mich an Gedanken, sogar Zitate zu klammern, um zu verdrängen, was ich an Isabel und Arturo gesehen hatte: ihre Angst und ihre Gewißheit, beides. Ich erinnerte mich, daß mich als Kind ein Satz in einem Buch von Graham Green – ich glaube, es war *Der menschliche Faktor* – für Monate völlig aus der Fassung brachte; darin sagt jemand etwas wirklich Niederträchtiges: daß Mitleid das einzige wahrhaft erwachsene Gefühl sei. Also dachte ich, erwachsen sein bedeutet Distanz, das Recht, sich den Schmerz eines anderen durch Mitleid anzueignen, sich moralisch beteiligt zu fühlen, ohne irgend etwas Stärkeres zu empfinden. Inzwischen weiß ich es viel besser.

Jemand ging an mir vorbei und vollführte dabei mit Hals und Kopf jene sonderbaren Schildkrötenbewegungen, mit denen der Betreffende klarmachen will, daß er einen möglicherweise erkannt hat, aber nicht sicher ist, ob er das Recht hat, einen anzureden. Nach einer Weile kam der Jemand noch einmal vorbei: Es war Hauptmann Mello.

Ich legte die Zeitung beiseite. Mello stand lächelnd vor mir.

»Darf ich Sie auf einen Kaffee einladen?« fragte er.

Ich brachte nichts anderes heraus als »ja«.

Er nahm sich einen Stuhl und rief mit knappen, autoritären Gesten den Kellner herbei.

»Man hat sich mit dem Grab alle Mühe gegeben«, sagte er. »Aber leider nimmt der Marmor Farbe auf.«

»Ich bin Ihnen sehr dankbar. Ich weiß bloß nicht, warum es überhaupt beschmiert wurde.«

Mello sagte: »Manche Menschen haben ein versöhnliches Herz. Andere nicht.«

»Sie kannten meinen Vater«, sagte ich.

»Bevor er fortging, natürlich.«

»Er hat nie viel über diese Jahre gesprochen.«

»Sie sind vorbei«, sagte Mello. »Wohl oder übel.«

»Übel?« fragte ich.

»Schauen Sie sich doch um«, sagte Mello und ließ den Blick über eine durchaus gewöhnliche Straße mit Benetton-Läden und Body Shops schweifen. »Sie wissen, daß nicht alles besser geworden ist.«

Ich sah ein Mädchen in einem Alibirock mit verwirrend nackten Beinen, zwei Männer, die Schlagzeug und Saxophon spielten, Schaufenster mit pastellfarbenen Kleidern, einen altmodischen Herrenfriseur, einen Buchladen voller wissenschaftlicher Titel und ein paar weitere Cafés, die sich auf die Straße hinaus ausbreiteten.

»Wir haben natürlich Drogenprobleme. Sie können Ihren Wagen nicht abstellen, ohne daß irgendein Drogensüchtiger Ihnen ›hilft‹, einen sicheren Parkplatz zu finden, und Ihnen die Windschutzscheibe einschlägt, wenn Sie sich weigern, ihn dafür zu bezahlen. Sie können nicht mehr ohne weiteres durch jede Straße gehen.«

Ich sah Touristen, die versuchten, die Ansichten der Stadt mit ihren grünen Reiseführern in Einklang zu bringen.

»Und die Preise«, sagte Mello. »Die Leute sagen, sie waren glücklicher, als man noch drei Sardinen für zehn Escudos bekam. Heute macht das Geld ihnen angst. Sie waren glücklich in ihrer Heimat.«

»Mein Vater nicht.«

»Ausnahmen gab es immer. Und Menschen, die im Ausland arbeiteten, waren natürlich Ausnahmen.«

»Die Leute arbeiteten im Ausland, weil sie zu Hause hungern mußten.«

»Hat Ihnen das Ihr Vater erzählt?« Mello schlürfte seinen Kaffee. »Das dachte ich aber nicht.«

Ich war mir nicht sicher, ob ich die Version hören wollte, die dieser Mann von meinem Vater hatte. Aber er kannte jedenfalls einen Teil der Geschichte, und sonst gab es niemanden, der zumindest so viel zugab.

»Wir wußten, daß Sie hier sind«, sagte Mello. »Ich wollte Sie schon früher besuchen.«

Ich sah auf die Uhr. »Verzeihen Sie mir«, sagte ich. »Aber ich habe versprochen, jemanden im Krankenhaus zu besuchen, und darf die Besuchszeit nicht verpassen.«

Mello sagte: »Es war sehr mutig von Ihrem Vater, hierher zurückzukommen.«

»Das verstehe ich nicht.«

Die Sonne stand hinter ihm, und einen merkwürdigen Augenblick lang wirkte er beinahe wie ein Priester: jemand, der die Macht hat, zu erlösen und zu verzeihen, nicht die Macht des Polizisten, zu verhaften und zu strafen.

»Ich lasse Sie gehen«, sagte er.

Noch ein ganzes Stück weiter, nachdem ich an Schaufenstern voller Borten und falscher Spitzen vorübergegangen war und an anderen mit uraltem Blechspielzeug und Staub und an einem Samenladen, dessen Schaufenster Grassamen in Päckchen zierten, hörte ich Mellos Worte: »Es war sehr mutig … zurückzukommen.«

Die unausgesprochene Vorstellung, die den Namen meines Vaters in Gold rahmte, hatte immer gelautet, daß er vor einer Diktatur nach London geflüchtet war. Es war nicht einfach eine wirtschaftliche Notwendigkeit, sondern eine Heldentat, eine Frage des Prinzips, sich all den Polizeispitzeln und dem Leben nach Vorschriften zu entziehen. Die Ansichten eines Polizisten darüber wollte ich nicht wissen, nicht einmal wenn er zu verstehen gab, es sei von der alten faschistischen Hierarchie noch genug übrig, um meinen Vater zum Helden zu erklären, bloß weil er an den Ort zurückgekehrt war, an den er gehörte.

Außerdem hatte ich das Gefühl, daß Mello fragte: »Sind Sie mutig genug, um zurückzukommen?«

Ich ging zur Bank, sagte meine übliche Entschuldigung wegen meiner mangelhaften Sprachkenntnisse auf, dann bat ich den Angestellten, mir einen Euroscheck über fünfunddreißigtausend Escudos einzulösen.

In der nächsten Schlange wartete eine stattliche, respekteinflößende Frau mit Filzhut und grünem Kostüm, die aussah wie die Präsidentin irgendeines zweckvollen Unternehmens. Ziemlich unerwartet stieß sie mich in die Rippen.

»Sie sprechen doch ganz ausgezeichnet Portugiesisch«, sagte sie.

Mir fiel keine andere Antwort ein als: »Danke.«

Der Tag wurde endlich kühler. Neben der Kapelle parkte ein fremder Wagen. Die Heckklappe stand offen, und auf der Ladefläche war, auf einer Unterlage aus Sackleinwand, eine Waage zu sehen.

Die Felder waren menschenleer. Die Frauen eilten im Dorf hin und her, und die Männer saßen gruppenweise im Schatten.

Etwas lag in der Luft. Der Ochse, der gewöhnlich stumm war, brüllte einmal.

Vier kräftige, stämmige Männer kamen als Pulk heraus, Frauen folgten mit breiten roten Plastikschüsseln, mit Tellern, Wein, Eiern und Brot.

Was immer hier vor sich ging – Fremde hatten dabei gewiß nichts verloren, nahm ich an. Hart war sicher oben in seinem sauberen weißen Haus, in eigenen Angelegenheiten vertieft; es gab keinen Grund, weshalb er überhaupt herunterkommen sollte. Später stellte ich fest, daß es ganz anders war: Arturo hätte mich gern dabeigehabt, aber die übrigen Männer waren unsicher, wie ein Mann in so eleganten, städtisch blankpolierten Schuhen reagieren würde. Und nachdem Arturo nicht da war, gab es niemanden, der sich verpflichtet oder berechtigt fühlte, mich einzuladen.

Ich ging nicht wieder ins Haus. Die Hunde rannten herum, als hätten sie etwas zu erledigen.

Eine Frau, die ich nicht kannte, rief zu mir herüber: »Senhor! Senhor João!« Sie hielt es nicht für richtig, mich einzuladen, aber sie wollte mich auch nicht ausschließen, weil ich gegenüber Zulmira und Arturo und Isabel meine Pflicht erfüllt hatte wie ein Nachbar.

Der Pulk betrat eine Scheune am Straßenrand, Steinwände mit einem Eisendach, das in der abendlichen Wärme vor sich hin briet. Ich folgte. Die Frauen und ein paar der älteren Männer achteten darauf, nicht auf die Pinienzapfen und -nadeln, das Heidekraut und das Holz auf dem Boden zu treten und nicht im Weg herumzustehen.

Das Schwein war sehr jung und sehr fett. Der Pulk warf sich auf das Schwein, ein Mann an jedem Bein, um das Tier niederzuhalten, dann kam ein fünfter mit einem scharfen Messer und schnitt ihm die Kehle durch. Das alles geschah sehr plötzlich, würdelos, aber nicht brutal. Blut rann über die weiße Haut des Schweins, und es sah aus wie ein hübscher Märtyrer auf einer bemalten Kachel.

Das Tier hörte auf zu zucken und erstarrte.

Ich hatte so etwas noch nie gesehen. Ich fragte mich, ob es für die Männer bloße Routine war, ein Geschäft, das sie im Schlaf beherrschten.

Einer war für die Schlachtung und Zerlegung zuständig, während die übrigen ihm zur Hand gingen. Er sei kein Experte, sagte er, als ich ihn fragte, aber er verstehe ein wenig davon.

Die Männer legten das Schwein auf den Boden und fuhren mit einer Lötlampe über die Haut an den Flanken und unter den runden Hinterbacken, kratzten den Schmutz von den

Füßen, wie eine Dame, die sich die Nägel feilt, ehe sie abends ausgeht, rasierten die Haut mit Kellen, schnitten die Ohren ab und brannten die Borsten aus. Die Flamme war hellblau, und ich roch Gas, versengte Borsten, den feuchten, ockerfarbenen Kot, den das Schwein in seinen letzten Sekunden verloren hatte. Jemand kam auf die Idee, ihm den Hintern mit Papier und einem Korken zu verstopfen.

Dann häuften sie Pinienzweige und -nadeln auf eine Mistgabel und zündeten sie an, und durch die Scheune wolkte duftender Rauch. Sie verteilten das Feuer über und rund um das Schwein, so daß es in einem Pfuhl aus Flammen und Rauch und Asche lag, Schnauze und Maul zu einem schlaffen Lächeln geöffnet. Jede Gabel mit Pinienfeuer wurde sorgfältig rings herum festgedrückt. Weiße Rußflöckchen tanzten durch die Luft.

Sie nahmen Heidekraut und bürsteten die Haut des Schweins.

»Davon wird es geschmackvoller«, sagte mir jemand ins Ohr. »Vom Feuer, meine ich.«

Ich nickte.

Das Schwein war noch ganz und sah aus wie ein ausgestopftes Tier oder eine geschnitzte Figur, auf seiner Haut funkelte ein wenig Gold und ein wenig Schwarz. Bis auf den Geruch von verbranntem Haar, der sich in der Nase festsetzte, roch es nun süß und harzig.

Die Männer legten das Schwein auf eine saubere Werkbank und trugen es ins Licht. Sie nahmen Bürsten und schrubbten den Körper, der jetzt nicht mehr, wie gewohnt, weißrosa war, sondern wie gekocht aussah.

Der Metzger ergriff ein Küchenmesser, wusch es, schärfte es. Er schnitt in die Wangen, zog das Fleisch ab und brach das Maul auf. Blut stürzte hervor: zinnoberrotes Blut, erschreckend dunkel, das über lange Reihen kleiner Zähne und eine schlaffe Zunge floß. Aus der Skulptur eines Schweins war auf einmal wieder ein realer Kadaver geworden.

Jemand drückte mir ein Glas Schnaps in die Hand. Der Alkohol brannte mir im Magen und beruhigte ihn; deshalb wandte ich mich nicht ab. Ich war beeindruckt von der Erfahrung und der Arbeitsweise dieser Männer, obwohl nun einer mit breitem Grinsen die Hinterbacken des Schweins rieb. Alles lachte und wanderte umher, wie auf einer Party, die mit dem ersten zerbrochenen Glas und dem ersten betrunkenen Lachen gerade erst in Schwung gekommen ist.

Das Gelächter störte mich.

Der Metzger schnitt nun den Anus aus, ein sauberes und neues, rundes Loch, zog den Darm heraus und wickelte ihn auf. Er öffnete den Bauch mit einem kreisförmigen Schnitt. Es floß kein Blut.

Dann durchbohrte das Messer die beiden Hinterbeine des Schweins und kerbte Löcher für einen doppelten Haken. Die Männer hoben das tote Tier auf und knüpften es mit einem Seil an einen Dachbalken, so daß es kopfüber, bis knapp über dem Boden herabhing. Nachdem die Zunge herausgeschnitten und der Knorpel der Schnauze zusammen mit dem Kiefer abgelöst worden waren, hatte sich das Gesicht des Schweins in ein betrunkenes, blutiges Grinsen verwandelt.

Der lachende Mann stach mit seinem kleinen Messer zu. Mit dem Finger fuhr er über die zwei Reihen Zitzen am Bauch der jungen Sau, sägte eine ab, rollte sie zwischen den Lippen hin und her, dann zerkaute er sie und spuckte sie aus. Und brach in ein jungenhaftes Gelächter aus.

Nun hatte ich genug, aber jemand drängte mir ein zweites Glas Schnaps auf, und ich trank es aus.

Der Metzger begann jetzt, das Schwein zwischen den Hinterbeinen zu zerteilen: Der Schnitt war eine vorsichtige, dünne Linie durch weißes Fett, immer tiefer hinein. Ich trat vor, um deutlicher und aus der Nähe zu sehen. Einen kurzen Moment ließ er das Messer im Fleisch eines Schenkels stecken.

Mit einer Axt zerschlug er das Brustbein, und als das Blatt durch den Knochen drang, klatschte ein Schwall Blut heraus, der spritzend in die roten Plastikschalen fiel und sie schwarz färbte. Ich wich zurück.

Er öffnete das Bauchnetz, und das Gedärm quoll hervor, prall, weiß und glänzend. Wenn ein Stück platzte und zu stinken begann, schnürte er einen Knoten. Er fuhr mit beiden Händen in die Höhle und entleerte sie von den Därmen, die saugende Geräusche von sich gaben, wie wenn ein Vakuum geöffnet wird.

In der Scheune war es unerträglich heiß. Mein Kopf dröhnte vom Alkohol. Ich hätte nicht mehr sagen können, was ich dachte: ob ich irgendein Fenster in irgendeine Vergangenheit hatte, ob der Anblick von Blut mich erregte, ob bloß das methodische Vorgehen des Metzgers mich davon abhielt, vollständig angewidert zu sein, ob ich den Kadaver selbst ausnehmen oder lieber vergessen wollte, daß ich je zugesehen hatte, wie ein Messer sorgfältig einen Bauch aufschlitzt.

Ich hätte gern etwas Weltmännisches von mir gegeben, etwas von der Art wie: Wer Fleisch essen will, muß sich klarmachen, woher es kommt. Aber es war niemand da, den ich mit einem Klischee dieser Sorte behelligen konnte. Ich war allein mit der magischen Verwandlung, die ich miterlebt hatte, die alle anderen hingegen für durchaus gewöhnlich und banal hielten: von einem lebendigen, kreischenden Schwein zu einer Skulptur, von einem wirren Organhaufen zu ordentlich zurechtgeschnittenen Stücken, die in einen Gefrierschrank oder den Laden eines Fleischhauers gehörten. Binnen einer halben Stunde wird aus einem Leben ein Menü.

Sie zogen die flache, glänzende Leber heraus, dann die Nieren in ihrem üppigen Bett aus Fett. Sie nahmen eine Säge und zerteilten das Schwein in zwei Hälften.

Ich entdeckte Christopher Hart, der von der Tür aus zusah.

Ein Schlächter beobachtete ein Schlachten. Er war bestürzt, sagte er mir später. Er hatte sich an eine grüne, friedliche Gegend gewöhnt, nette Swimmingpools, eine verfügbare Frau, die Geschichten liebte, und erblickte auf einmal die Karikatur seiner eigenen regulären Vorgehensweise. Auch er war durchaus pragmatisch, wenn er mordete. Er liebte die Veränderung, nicht den Mord an sich, der nur ihre Voraussetzung war. Die Gerüche, die innerhalb eines Körpers herrschen, waren ihm bekannt: dieselben, die auch mir in die Nase stachen. Die Lötlampe und die Piniennadeln waren neu daran.

Er erfaßte die Partystimmung: Wein, Feuer, Blut. Nie hatte er sich so vollkommen fremd gefühlt. Die Waage im Auto besagte, daß dies eine simple wirtschaftliche Transaktion war, aber es war noch mehr: ein Sieg über den Mangel, und sogar ein wenig gefährlich.

Der Kadaver war beinahe halbiert. Der Metzger hatte eine letzte Aufgabe zu erledigen: zuerst mit dem Messer, dann mit dem Beil den blutverkrusteten Kopf von den sauberen Schweinehälften darüber abzutrennen. Er schwang das Beil, und jemand hielt den Kopf.

Dann gab es eine Prozession: die schlaffen Schweinehälften über Schultern geworfen, die Leber von einer dünnen weißen Organschnur herabhängend, der Kopf, die Wanne mit dem Gedärm. Das Blut war schon fort.

Ich war schrecklich betrunken, und meine Sicht war nicht mehr verläßlich. Hart beobachtete mich. Im Handumdrehen brachten die Frauen das Blut vom Feuer zurück: gestockt wie die Haut auf Malerfarbe, wurde es mit rohen Knoblauchzehen und Olivenöl zu gesalzenem Stockfisch und gekochten Eiern und *broa* gegessen.

Ich aß. Gierig verschlang ich Blut und Fisch. Wahrscheinlich wirkte ich nie in meinem Leben verwundbarer.

Du willst nicht fahren«, sagte Hart. Also wollte ich selbstverständlich fahren, mehr als alles auf der Welt, wollte gleichzeitig ans Meer und in die Berge fahren, und das möglichst schnell.

Hart sagte: »Du solltest lieber einen Kaffee trinken.«

»Scheiß auf den Kaffee«, sagte ich.

Er sagte: »Gib mir den Autoschlüssel.«

Also nahm ich den Schlüssel und setzte mich hinters Steuer, bereit davonzurasen. Es war so einfach für ihn.

Ich ließ den Motor an und rollte bergab. Die niedrige Mauer zwischen der Straße und dem Abgrund streifte ich glücklicherweise nur. Ich setzte zurück und nahm die nächste Kurve zu weit, weil ich versuchte, mich von den Felsen fernzuhalten. Die Bäume taumelten durch mein Gesichtsfeld.

Mir war klar, daß es ein Fehler war. Das Licht war trügerisch und unruhig geworden, mit Wolken über den Bäumen, nicht ausreichend, um die Ränder einer nicht markierten Straße zu definieren. Mir war bewußt, daß ich nach links, nach rechts lenken mußte, um die Kurven exakt zu nehmen; ich war diese Straße oft genug gefahren, um jedenfalls ihren Charakter zu kennen, wenn auch nicht in allen Einzelheiten.

In jäher Erkenntnis begriff ich, daß ich es nicht schaffen konnte.

Direkt hinter mir leuchteten Scheinwerfer auf und blendeten mich. Ich konnte nicht plötzlich stehenbleiben. Ich fand keine Stelle, an der ich hätte anhalten können. Ich konnte nicht weiterfahren, weil es auf der einen Seite über Felsgrate und alte Baumstrünke steil in den Abgrund ging. Ich konnte kaum das Steuer halten, wurde aber getrieben, noch schneller zu fahren.

Die Lichter waren jetzt über mir, Lichter, die mir Kopfweh verursachten wie ohrenbetäubende Musik. Ich meinte einen leichten Aufprall zu spüren, einen kleinen Stoß vorwärts.

Ein Durchschnittsmacho hätte mich sicher überholt und abgehängt. Dieser Fahrer blieb mir hart auf den Fersen.

Wie es bei Betrunkenen vorkommt, hatte ich einen plötzlichen Moment der Erleuchtung, in dem ich genau erkannte, was vor sich ging. Ein Stück vor mir sah ich ein Schild, das eine Nebenstraße ankündigte, und bog in den tief gefurchten Fahrweg ein.

Der Motor starb ab.

Der Wagen mit den unheimlichen Lichtern fuhr auf der Straße vorbei.

Ich zog die Handbremse an, und mein Kopf fiel aufs Steuer. Das Dröhnen der Hupe weckte mich auf.

Ich war immer noch verblendet, verstehen Sie. Ich ließ den Wagen zur Straße zurückrollen. Dort blieb ich einen Moment stehen, und dann sah ich, wie ein anderer Wagen im Schritttempo und mit voll aufgeblendeten Scheinwerfern um die Kurve bog.

Die Sonne kam heraus, niedrig und strahlend.

Hart fragte: »Alles in Ordnung?«

»Wieso, zum Teufel, fährst du mir nach?«

»Du bist betrunken. Ich wollte nicht, daß du dich umbringst.«

»*Du* hast mich beinahe umgebracht. Ich war so geblendet, daß ich nichts sehen konnte.«

Hart gab keine Antwort.

»Ich sagte, du hast mich beinahe umgebracht.«

Er sagte: »Ich fahr' dich zurück. Laß den Wagen stehen.«

Es ist ein Wunder, wie der Verstand die Realität bisweilen verschleiert. Nach diesem Vorfall war ich wirklich überzeugt, daß er mir irgendwie das Leben gerettet hatte.

Das war der Zeitpunkt, zu dem Anna auftauchte. Sie bezahlte das Taxi, trank einen Kaffee, fand heraus, in welchem Haus ich wohnte; der Barmann sprach halbwegs Französisch. Sie fragte, ob sie ein paar von den Lorbeerzweigen kaufen könne, die in der Bar aufgehängt waren und deren Blätter in der trockenen Luft messingbraun geworden waren; er gab ihr ein paar. Sie benutzte sie, um sich Kühlung zuzufächeln.

Augenblicke wie diesen hatten wir früher gemeinsam erlebt. Sie saß im heißen Schatten, lächelte, wenn Menschen vorbeikamen, tränkte sich mit all den Schattierungen von Grün, die auf und nieder über die Berge liefen. Die Luft war erfüllt vom Zirpen so vieler Zikaden, daß es wie ein Wind aus Geräuschen klang, eine Maschine irgendeiner Art, die hustete wie ein alter Mann in der Ecke einer Bar.

Ich kenne Anna. In dem Moment, als es zu spät war, um das Flugticket zu stornieren, fing sie an, sich zu entspannen. Schließlich konnte sie es sich nicht leisten, das Geld aus dem Fenster zu werfen. Sie vermißte mich, das weiß ich, vermißte die Berührung, die Möglichkeit, ihr Leben durch die Gegenwart eines anderen Menschen zu regulieren. Es war nicht romantische Liebe; es war eben so.

Aber Formentina konnte sie sich nicht wirklich vorstellen, das wußte sie, und es tat ihr leid. Ihre Kollegen sagten, sie träumten von einem Leben wie diesem – grün, nicht verschwenderisch, nicht erfüllt von Konsumdenken. Dann sprangen sie in ihre Fords und fuhren ins nächste Einkaufszentrum, um sich dem Konsum hinzugeben. Sie wollten einen gesunden Körper, den sie sich stundenweise im Fitneßstudio erkauften. Sie legten sich Bauernhäuser zu, aber es waren saubere, versiegelte, leblose Bauernhäuser. Sie legten Wert darauf, ihre Welt aufzupolieren.

Sie, Anna, war genauso. Darüber grinste sie.

Sie sah einer Frau zu, die am öffentlichen Trog wusch, weißes Leinen mit einem dunkelgrünen Block einseifte, dann das Leinen rieb und schweifte und spülte und noch einmal spülte; und einem Mann, der einen Karren mit Grünfutter und Heu über die Böschung auf die Straße zerrte, Gräser und Farn und Wicken. Sie wollte mit jemandem reden, aber zugleich war ihr klar, daß all diese Menschen nichts mit ihr zu tun hatten, im wörtlichsten Sinn: mit einer Frau in adretter weißer Baumwolle, ein bißchen zu elegant, die völlig unerklärlich vom Himmel auf die Stufen vor der Kapelle herabgefallen war und anscheinend gar nichts wollte.

Sie wußte, daß ich früher oder später, auch wenn es nur für einen zu weinfeuchten Nachmittag war, darüber nachdenken würde, mich hier niederzulassen.

Aber sie fühlte sich wohl in ihrem Schatten und war reglos vor Behaglichkeit. Sie schaute nicht einmal auf die Straße, als ich in einem gepflegten, blitzenden Opel vorfuhr, gefolgt von einem schlaksigen blonden Strohpuppenmann in einem VW-Golf.

Sie sah mich zurückgehen und den Blonden zur Rede stellen, und sie sagte, wir schienen zu streiten, aber die Worte drangen nicht bis zu ihr.

Sie stand auf, klopfte sich den Staub vom Rock, hielt die Lorbeerblätter vor sich hin.

»Ich komme zu früh«, sagte sie. »Ich hatte schon einen Tag früher Zeit, und das wollte ich ausnützen.«

Ich ging auf sie zu. Es war die Sonne, denke ich, die meine Bewegungen vernünftig und langsam hielt.

»Anna«, sagte ich.

Sie schlang ihre Arme um mich, und ich erwiderte ihre Geste

einen Augenblick später. Ich versuchte, keinen Whisky auszuatmen.

»Du hast mir gefehlt. Ich dachte, ich komme einfach früher.«

»Ich bin froh, daß du's getan hast.«

»Ich konnte nicht anrufen. Du hast gesagt, dein Telefon funktioniert hier oben nicht.«

Ich hatte nicht die geringste Ahnung, was ich sagen oder mit ihr anfangen sollte, und das sah sie mir an. Sie würde mir alles noch einmal von vorn beibringen müssen.

»Der Zug gefällt mir«, sagte Anna. »Ich bin mit dem langsamsten Bummelzug gekommen. Er blieb an jeder Station und an ein paar Bauernhöfen stehen. Dann bin ich mit dem Taxi hierhergefahren. Formentina kennt anscheinend jeder.«

»Wahrscheinlich.«

»Gott sei Dank. Ich meine, es hätte irgendein winziges Kaff sein können, von dem keiner was weiß ...«

Hart rannte die Stufen zu seinem adretten weißen Haus hinauf und warf die Tür hinter sich zu. Heute weiß ich, daß das einzige, was mich diesen Tag hindurch am Leben erhielt, Annas Ankunft war – »diese Frau in ihrem langen Baumwollrock«, wie Hart sagte, »mit ihrem langen englischen Gesicht«.

Anna bewegte sich ein wenig auf dem Bett. Ich war schon auf, wir hatten nur eine halbe Stunde geschlafen.

»Ich muß jemanden vom Krankenhaus abholen«, sagte ich.

»Wen denn? Das verstehe ich nicht.«

»Jemanden aus dem Dorf.«

Ich ging, ehe sie Fragen stellen konnte, ließ sie auf dünnen Baumwollaken zurück in einem Zimmer, das nie aufhörte, warm zu sein, auch wenn die Läden und Fenster fest geschlossen waren.

Ich fuhr sehr vorsichtig, trotzdem schätzte ich ein- oder zweimal eine Kurve falsch ein.

Die Krankenhausflure rochen nach Äther und Pinie und einfachem, denaturiertem Essen. Ich fand Zulmira und Isabel wie Wächterinnen zu beiden Seiten einer Tür sitzend.

»Ist die Operation vorbei?« fragte ich.

»Ja«, sagte Isabel. »Sie wollen uns nicht genau sagen, wie es war.«

»Aber ist er in Ordnung?«

»Wir glauben schon.«

Zulmira sagte: »Jetzt wird niemand in der Kapelle Licht anzünden.«

»Wir fahren nach Hause«, sagte Isabel.

»Aber dann wacht er da drin allein auf.«

»Es gibt Krankenschwestern. Außerdem sind noch zwei Männer im Zimmer.«

»Er ist allein. Ich übernachte immer hier.«

»Es wird dir besser gehen, wenn du heimgehst und schläfst.«

»Wahrscheinlich will dein Mann dich zurückhaben.«

»Ich nehme an, er will sein Abendessen, ja«, sagte Isabel.

»Er könnte uns heimfahren.«

»Er muß von der Arbeit direkt nach Hause.«

»Es ist nicht richtig, daß wir Senhor João bitten müssen. Jorge sollte uns fahren. Ich war schon früher hier.«

Ich kannte die Heimat meines Vaters gut genug, um zu wissen, daß Gespräche wie dieses niemals in der Öffentlichkeit stattfinden. Einmal hatte ich Weingläser auf einen Steinboden fallen lassen, und noch während ich laut schimpfte und fluchte, hörte ich, wie in den Häusern ringsum die Fensterläden geschlossen wurden, um mir die Peinlichkeit zu ersparen. Entweder zählte ich inzwischen als eine Art Einheimischer, oder Zulmira war zu erschöpft, um Scham zu empfinden.

»Ich werde versuchen, einen Arzt zu finden«, sagte ich.

Ich kämpfte mich durch den Flur, was so schwierig war wie der Versuch, durch ein Seetangfeld zu schwimmen. Der Korridor wimmelte von Schwestern, Geräten aller Art, Verwandten und Bekannten – eine ganze Familie, die wie vor den Kopf geschlagen dastand und nicht merkte, wenn andere an ihnen vorbeizukommen versuchten, zwei alte Männer, die eine Fünf-Liter-Flasche Rotwein öffneten und aufgefordert wurden, sie verschwinden zu lassen, ein paar Ärzte, deren Anzüge und Kittel wie Rüstungen von ihren Körpern abstanden. Ich nahm mir einen vor, wurde weiterverwiesen, fand eine Krankenschwester, die über Patientenakten Bescheid wußte und mir sagte, es sei eine ganz normale Biopsie gewesen, bei der die einzige Gefahr die Narkose sei, und die habe er gut überstanden.

»Aber es war ein bißchen spät«, sagte sie. »Er kann erst morgen nach Hause.«

»Soll seine Familie hierbleiben?«

»Es geht ihm gut. Er ist kein junger Mann mehr, aber er ist kräftig. Fahren Sie mit ihnen nach Hause. Sie sollen morgen wieder herkommen, wenn er sie erkennt und sie ihn nach Hause mitnehmen können.« Sie überlegte kurz, dann sagte sie: »Wenn Sie aber seine Frau dazu bringen könnten, sich vom Arzt untersuchen zu lassen ...« Sie lächelte mich an. »Wissen Sie, diese Leute vom Land denken immer, es sterben nur die Männer.«

Ich verstand nicht.

Ich beschmeichelte Zulmira, bis sie aufstand. Dann überredete ich eine Schwester, die Tür zu öffnen, so daß Zulmira sehen konnte, wie Arturos Brust im mittleren Bett sich zuverlässig hob und senkte.

Im Wagen, auf dem Rückweg, sagte Zulmira: »Ich werde *broa* machen. Sie werden dort keine *broa* haben. Das ist nur Brot, weißes Brot.«

»Sie machen *broa*«, sagte ich. »Heute wurde ein Schwein geschlachtet.«

»Und Arturo war nicht dabei«, sagte Zulmira.

Um neun Uhr abends legte sie mir einen Laib Brot auf die Türschwelle. Anna hörte, wie sich draußen etwas bewegte, ging zur Tür und sah noch, wie Zulmira rasch davonging.

»Deine Nachbarn scheinen dich zu mögen«, sagte sie.

Wissen Sie, was ich dachte? Daß ich diesmal rechtzeitig käme, daß ich diesmal einen Mann am Leben festhalten könnte, daß Arturo wieder mit Zulmira zusammensein würde. Keine Trauerfeiern, keine Bestattungen, keine Gräber. Diesmal würde ich es besser machen.

An dem Tag, an dem Maria ihr neues Zuhause fand, bat sie Hart, mitzukommen und es anzusehen. Sie sagte sich, sie brauche ein zweites Paar Augen.

Die Wohnung war nicht auf dem Land, das hatte sie nicht fertiggebracht. Dafür würde sie fortan in der Vorstadt von Vila Nova wohnen, am Rand des sogenannten Gewerbegebiets, in der Nähe einer Holzlagerstätte und etlicher Lagerhäuser für Elektrogeräte. Das Haus selbst war strahlend weiß mit dunklem Holz und einem Rasen und Rosen davor.

»Schön«, sagte Hart.

»Ich wußte nicht, ob das solide ist oder nicht.«

»Davon verstehe ich nichts.«

Sie wollte von jemandem hören, daß ihr Urteil richtig gewesen war: daß sie es hier bequem haben, daß die Leute sie besuchen würden. Ihr Leben lang hatte sie in Umgebungen gewohnt, die ihr natürlich schienen – in Studentenheimen, meistens zu Hause –, und war nie gezwungen gewesen, eine Entscheidung zu treffen, mit der sie dann leben mußte.

Sie zeigte ihm die Zimmer: nackte Fliesenböden, Staub und Farbgerüche überall, merkwürdige Teile von Planen, die immer noch herumlagen, in einer Ecke ein Riß, der von der Decke zum Boden durch den Putz kroch und aussah, als würde er sich auftun und eine Lehmwand freilegen. »Das gefällt mir«, sagte Hart.

»Ich muß noch Möbel kaufen«, sagte sie.

Darum ging es nicht; das wußte sie, und er wußte es ebenfalls. Er marschierte durch die Zimmer und riß die Fenster auf, als wollte er wissen, welcher Art die Aussicht sei. Es war die übliche Art: der Berghang, Ausschnitte einer Wand, ein Baum, ein Dach bis zu dem Punkt, wo man nicht höher sehen konnte, ohne sich auf den Boden zu legen.

Sie warteten aufeinander.

Sie zeigte ihm die Küche. »Groß«, sagte er. Marmor überall, ein breiter Backofen, Schränke aus dunklem Holz. Sie probierte die Wasserhähne aus, und er trat hinter sie, streifte sie und rückte wieder ab. Sie wartete darauf, daß das Wasser heiß würde, was absurd war, denn der Boiler mußte erst an eine Gasflasche angeschlossen werden. Das Wasser lief. Sie drehte die Hähne zu.

»Hey«, sagte er.

Sie wollte etwas über den Garten sagen, aber er stand dicht hinter ihrem Rücken.

Sie drehte sich um. Er sah sie unverwandt an, schien es, mit weichen und starren Augen.

Sie war nicht sicher, ob dies die richtigen Regeln für häusliche Leidenschaft waren. Vielleicht sollte sie kochen. Sie wollte alles ausprobieren.

Sie starrte auf Holz und Marmor ringsumher.

Er küßte ihre linke Brust. Sie nahm den Geruch von Reinigungsmitteln wahr: eine Art Piniennadelgeruch, den eine Chemiefabrik irgendwo verbreitete.

»Schön ist es«, sagte er.

»Ich muß nach Hause«, sagte sie und merkte, daß sie das Haus ihrer Mutter meinte.

An diesem Wochenende fand in Vila Nova de Formentina die *festa* statt. Anna wollte natürlich tanzen. Wir dachten beide, eine Menschenmenge würde die Kluft zwischen uns irgendwie ausfüllen.

Der Kirchturm war von Girlanden aus weißen Glühbirnen gesäumt, so daß er aussah wie eine Zeichnung mit weichem, hellem Bleistift. Riesige Lautsprecher tränkten die Mauern mit Klängen. Grüne Neonstäbe, Lichterketten und Flaggen funkelten und tanzten im leichten Wind zwischen den müden braunen Lindenblättern.

Ich hörte Melodien, die ich aus Italien kannte, als Anna und ich zum ersten Mal dort gewesen waren: hartnäckige, sentimentale Schlager wie »*Una lacrima sul viso …*«

Die Kinder reihten sich auf: Jungen in T-Shirts, die wie starre weiße Häute aussahen, Mädchen in volantbesetzten Röcken. Die Band versammelte sich: Schlagzeug, Synthesizer, Gitarren und ein Saxophonstar.

Maria Mattoso holte Hart vom Berg herunter, und sie tanzten miteinander. Anna wollte ebenfalls tanzen, aber zuerst wollte sie Wasser von der Bar. Ich schob mich durch die Menge, um es ihr zu holen.

An der Bar klopfte mir ein Mann auf die Schulter. Er war

in Uniformhemd und -hosen, mit einem Gewehr bewaffnet, und mochte um die Sechzig sein: mit einem quadratischen dunklen Schädel und einem gepflegten Körper.

»Hauptmann Mello will Sie sehen«, sagte er. Seinen eigenen, gemurmelten Namen verstand ich nicht. »Ich stehe zu Ihrer Verfügung.«

»Wieso?«

»Hauptmann Mello wollte, daß ich Ihnen die Sache mit Ihrem Vater erkläre.«

Die Musik war laut und schlüpfrig, alte, jammernde Melodien, unterlegt mit einem gleichmäßig hämmernden Rhythmus, und der Platz zwischen Anna und mir wogte und schwang sich im Tanz.

»Aber ich bin mit meiner Frau hier.«

Der Mann hob seine gewaltigen Schultern.

Ich stieg in den Wagen. »Ich weiß nichts über das frühere Leben meines Vaters«, sagte ich. »Er hat nie besonders viel von Portugal erzählt. Über Geschichte sprach er, über die Tempelritter und die Mauren und das alles. Aber nie über seine eigene Geschichte.«

»Schwierige Zeiten«, sagte der Bulle, der sich aufs Fahren konzentrierte.

»1953 ging er fort«, sagte ich. »Während der Diktatur.«

»Der Gouverneur«, sagte der Bulle. »Er ließ sich gern O Governante nennen.«

»Ich habe mich immer gefragt, was ihn fortgetrieben hat.« Ohne es zu wollen, kratzte ich an der Wunde.

»Hören Sie«, sagte der Bulle. »Damals gingen viele. So funktionierte die Wirtschaft. Wir haben in Frankreich die Straßen und in der Schweiz die Häuser und in Deutschland die Kanalisation gebaut und das Geld nach Hause geschickt. So war das.«

»Das verstehe ich.«

»Warum wollen Sie dann so viele Antworten?«

»Jemand hat das Grab meines Vaters beschmiert. Ich wollte wissen, warum.«

»Sind Sie sicher, daß Sie das wissen wollen?«

Er war quer durch Vila Nova zum Stadtrand gefahren, wo müde Gebäude die Straße säumten und der Schimmel schwarze Streifen über weiße Wände zog. Vor einem dieser Gebäude hielt er an, einem langen Block mit vergitterten Fenstern wie eine Kaserne. In den Fenstern war kein Glas mehr, wie ich feststellte.

»Was ist das?« fragte ich.

»Hauptmann Mello hat mich gebeten, Ihnen was zu zeigen. Er sagte, während der *festa* wäre es einfacher – weil niemand hier ist. Danach würde er Sie gern auf ein Glas zu sich nach Hause einladen.«

»Ich dachte, das ist eine offizielle Angelegenheit …«

»Hören Sie«, sagte der Bulle. »Sie wollten Antworten. Mello will sie Ihnen verschaffen. Kommen Sie.«

Die Tür war mit einem Vorhängeschloß versperrt, das der Polizist öffnete.

Ich betrat ein dunkles, menschenleeres Gebäude in Begleitung eines bewaffneten Bullen, dessen Namen ich nicht kannte, der jedoch behauptete, er sei von Mello geschickt worden. Dieser Gedanke kam mir sehr deutlich, als ich am Beginn eines düsteren Korridors stand. Aber während der vergangenen Wochen hatte irgendeine Schwelle in mir sich verschoben. Das war kein Melodram. Es war der einzig mögliche Weg, um ein Rätsel, wie mein Vater es war, zu lösen.

Der Bulle ging mit eiligen Schritten den Flur entlang. Auf beiden Seiten führten aufgebrochene Türen in kleine Zimmer.

»Wir gehen hinunter«, sagte er. »Es riecht nicht immer sehr gut.«

Nach einer Weile gelangten wir in ein weites, beinahe ornamentales Treppenhaus mitten in diesem funktionalen Bauwerk: Azulejos mit Cherubim und Justitia, mit ländlichen Szenen und verwirrt dreinschauenden Schafen und einem unheilvollen, strahlenden Auge. Aber das Licht war so spärlich, daß ich nur Bruchstücke glänzender Bilder auf den Fliesen erkannte.

Wir stiegen die Treppen hinunter.

Aus dem Keller drang ein Geruch nach verrottetem Fleisch und Feuchtigkeit, nach einem flechtenähnlichen Bewuchs, der aus der Feuchtigkeit hervorquoll. Aber nach Leere roch es nicht.

In einem quadratischen, weißgetünchten Raum schaltete der Bulle ein Licht an. Das Licht war um so viel heller als der Rest, daß ich das Zimmer im ersten Moment für makellos hielt. Dann erkannte ich, daß der Boden aus rissigem Beton bestand, lange Sprünge in den Ecken die Mauern voneinander trennten und die Abdrücke von Rattenpfoten über die Wände liefen, wie die Handabdrücke eines Kindes.

»Mello fand, Sie sollten das hier sehen«, sagte der Bulle. »Und ich soll Ihnen sagen, was ich hier gesehen habe.«

»War das eine Polizeikaserne?« fragte ich. »Irgendeine Einrichtung der Polizei?«

»PVDE«, sagte der Bulle. »Polícia de Vigilância e Defesa do Estado. Nach dem deutschen Krieg umbenannt in PIDE: Polícia Internacional e de Defesa do Estado.«

»*Defense of the State*«, sagte ich.

»Ich kann kein Englisch«, sagte der Bulle. »Wissen Sie, mir gefällt das hier genausowenig wie Ihnen. Ich möchte nicht noch mal hierher.«

Er stand mitten im Zimmer.

»Haken«, sagte er. »Dort oben. Dieser Pfosten«, er deutete auf einen Baumstamm, »war immer hier. Daran konnte man einen Mann sauber anbinden. Die Arme hinten, immer. Ein Seil um die Knie. Dann konnten die Arme nach oben gebogen werden, hinter den Nacken.

Der Strom«, sagte er, »kam von dort. Mehrere Steckdosen. Sie hatten einen eigenen Generator.«

»Verstehe.«

»Sie hatten natürlich auch andere Techniken. In den Kolonien hatten sie das sogenannte ›Lager des langsamen Todes‹. Sie konnten einen ewig im Gefängnis lassen, für alle Fälle. Aber es lief alles auf die Drohung hinaus, die dieser Raum hier war. Diese Sorte von Raum. Das hier ist natürlich nur die lokale Version davon, die Filiale.«

»Zum Foltern«, sagte ich.

»Selbstverständlich.«

»Mein Vater war hier?«

Aber der Bulle schritt jetzt die Wände entlang, als wollte er sich von der Verantwortung in der Mitte eines ansonsten schwarzen Raumes so fern wie möglich halten: den Steckdosen, dem Pfosten, den Haken.

»Sie fragten immer gern, warum der Gefangene sich nicht verteidigte«, sagte er. »Sie fanden, das bedeutete, daß er kein Mensch sein konnte, und das sagten sie ihm dann.« Er senkte die Stimme. »Aber das war nicht das Schlimmste. Sie hatten auch Verschläge: finster, feucht. Man bekam nur selten zu essen. Darin saß man dann eingezwängt und konnte sich selbst anscheißen, wochenlang.«

»Ich nehme an ...«, begann ich.

»Sie wollten das alles nicht wissen, oder? Es ist kein Ruhmesblatt in der Geschichte. Na ja, Sie haben danach gefragt. Jetzt erfahren Sie's.«

»War mein Vater hier?«

»Ja«, sagte der Bulle. Er spuckte aus.

»War er ein Gefangener?«

»Nein«, sagte der Bulle.

Mit großer Mühe zwang ich mich zu der nächsten Frage, versuchte die Worte an einem Schutzgeländer aus Erinnerungen an die Freundlichkeit und Sanftheit und Anständigkeit meines Vaters vorbeizuschieben. Ich fragte: »War er ein Polizist?«

»Nein, nein, nein. Sie kapieren es nicht, oder?«

»Sie erklären es nicht.«

»Hören Sie. Vor dem Weltkrieg war es besser. Die PVDE und die PIDE und alle anderen wußten die Hälfte der Zeit überhaupt nicht, was sie taten. Sie vergaßen, die Leute zu fotografieren. Sie schlampten mit Fingerabdrücken und Akten. Amateure. Dann kamen sie öfter mit den Experten in Kontakt – vor allem deutschen Experten, von der Gestapo – und wurden besser. Sie lernten, wie man jemanden wirklich quält. Statt nur Peitschen und Stöcke und Wasser zu benutzen, fingen sie an, nach allen Regeln zu foltern.«

Die Leere des Raums war auf einmal erschreckend, wie ein Vakuum innerhalb meines bisherigen Verständnisses von der

Welt. Schlimmer noch, ich konnte mir nicht wirklich vorstellen, was hier geschehen war. Wir haben Brutalität zu sadomasochistischem Schick erweicht, zu scherzhaftem Auspeitschen auf einem Musikvideo; die Verzweiflung, die mit echtem Schmerz einhergeht, können wir nicht nachempfinden. Ich jedenfalls nicht.

»Haben Sie genug gesehen?« fragte der Bulle.

»Ja«, sagte ich. Ich wäre gern in der Lage gewesen, mir die Menschen, die hier gelitten hatten, vorzustellen, mitzuleiden mit jenen, die recht haben mußten, weil ihre Integrität durch Wunden, Narben, sogar Tod definiert war: die Kriterien zur Beurteilung wahrer Märtyrer. Ich konnte es nicht. Ich war zu bequem aufgewachsen.

Die Lichter verlöschten, und die Dunkelheit füllte den leeren Raum aus. Am Ende der Treppen und Korridore nach oben waren wir beinahe in Laufschritt verfallen. Ich konnte alten Schmutz an meinen Schuhen riechen.

»Mello erwartet Sie jetzt«, sagte der Bulle.

Mitten im Tanz blieb Anna verwirrt stehen. Ich hätte schon längst zurück sein sollen. Ich hätte Wasserflaschen bringen sollen. Ich sollte jetzt auf dem Platz sein und mich mit ihr im Kreis drehen, in demselben knappen quadratischen Schritt, den die älteren Leute mit derart erschreckender Energie vollführten.

Inzwischen war die Nacht hereingebrochen, und vor dem schwarzen Himmel und der dünnen Mondsichel schuf das Licht eine Art künstlichen Zauber. Der Platz war parzelliert: aufgeteilt zwischen den Generationen, zwischen Witwen und Hoffnungsvollen, und aus den Seitengassen strömten die Menschen herbei, lachend und rufend; die ganze Stadt war auf den Beinen. Kinder tanzten zwischen den größeren Körpern in ihrer eigenen niedrigen Welt.

Das alles sah sie, sah die Rücken halbvertrauter Köpfe, meinte Arturo aus dem Dorf zu erkennen, konnte ihn aber bei dem Gedränge nie ganz erreichen. Sie stand in der Nähe der Bar herum, wo die Männer unter freundschaftlicher Rempelei um Wein und Bier anstanden.

Sie entdeckte Harts Rücken, der dastand und mit Maria sprach.

»Wo ist John?« fragte sie. »Wo ist er?«

Hart sagte: »Ich dachte, er ist mit Ihnen zusammen.«

»Ich habe ihn seit einer halben Stunde nicht gesehen. Er ging zur Bar und kam nicht mehr zurück.«

»Wahrscheinlich redet er mit jemandem«, sagte Maria. Sie sagt, sie hat keine hohen Erwartungen an männliches Verhalten auf Partys. Aber sie räumt ein, daß Anna ernstlich beunruhigt war.

»Er hat uns beide verlassen«, sagte Hart. Anna war wütend über diese unterstellte Komplizenschaft, ließ sich aber auf keine Diskussion ein.

Hart brach aus und schob sich quer über den Platz; schließlich war er groß und breit genug, um die Menge zu teilen und über sie hinwegzuschauen. Anna zog sich an die Bar zurück und versuchte, in einer Art Protoromanisch auf der Grundlage eines halberinnerten Italienisch die Leute zu fragen, ob sie mich gesehen hätten.

Maria sagt, Anna hätten die Worte gefehlt, um mich zu beschreiben; deshalb habe sie versucht, ihr zu helfen.

Mellos Haus stand am Ende einer schmalen, geraden Straße, die einst wohl die Zufahrt zu einem Gutshaus gewesen war, nun aber zu beiden Seiten mit Apartmentblöcken gesäumt war. Es war eine Villa, umgeben von ordentlichen, niedrig wachsenden Blumen. Die Tür an der Seite des Hauses führte direkt in ein überfülltes Wohnzimmer: Zeitungen, gedämpfte Lampen, die Wände voller Andenken an Kolonialzeiten.

»*Good evening*«, sagte Senhora Mello. Sie war eine recht distinguierte Dame, aber sie sprach wie ein Tonband, als hätte sie gerade drei Worte Englisch parat und alles über sie auswendig gelernt: *Good eve-en-ing.*

Mello schickte sie fort. Ich hätte über sein ungehobeltes Benehmen befremdet sein sollen, war aber nur froh, daß wir auf diese Weise schneller zur Sache kommen konnten.

Er führte mich in ein Arbeitszimmer und stellte ein Dekantiergefäß auf den Tisch. Der Raum roch intensiv nach Zedernöl, beinahe ausreichend, um mich vom Schmutz und von den Körpergerüchen der Kaserne zu erlösen.

»Es tut mir sehr leid«, sagte er.

»Was denn?«

»Jemand hat noch einmal die Jahreszahl auf das Grab Ihres Vaters geschrieben. Ich weiß nicht, warum die Leute so wenig bereit sind zu vergessen ...«

Der Wein war gut gekühlt, schmeckte aber noch zu süß.

»Jeder kann es gewesen sein«, sagte er. »Kinder. Drogenabhängige. Vielleicht nehmen sie ihre Drogen auf dem Friedhof.«

»Aber sie schreiben immer dieselbe Zahl hin.«

Ein kurzes Schweigen trat ein.

»Das Grab Ihres Vaters ist anders«, sagte Mello. »Es ist sehr sichtbar.« Er nippte eher vorsichtig an seinem Wein, als fände er ihn leicht ekelerregend. »Diese Art von Anderssein akzeptieren die Leute heutzutage nicht mehr. Sie haben keinen Respekt davor.«

Senhora Mello brachte frischen Käse herein, der wie gekräuselte Milch aussah, kleine schwarze Oliven, eine aufgeschnittene *broa*, Salz und Pfeffer.

»Sie haben die Zufahrt gesehen, als Sie herkamen«, sagte Mello. »Sie haben diese Wohnblocks auf beiden Seiten gesehen. Die Privatsphäre einer Quinta wird nicht mehr respektiert. Alles hat sich verändert.«

»Bevor die Häuser gebaut wurden, muß das alles sehr schön und sehr friedlich gewesen sein.«

Mello zuckte die Achseln. »Es ist das Haus meines Vaters. Ein Bauernhof mitten in der Stadt. So etwas kann nicht für alle Zeiten überleben.« Er wirkte ein wenig resigniert, ein wenig wütend: ein Mann über Sechzig vielleicht, der offensichtlich in einem bürokratischen Kontinuum aufgestiegen war und die neuen Rechte und Möglichkeiten argwöhnisch beäugte. Gott helfe mir, aber ich dachte, das machte ihn zu einem Reaktionär, einem Faschisten sogar, immer noch derselben brutalen Vergangenheit verhaftet, die er mir mit derartigem Aufwand vor Augen geführt hatte.

Ich wollte zur Sache kommen. Ich wagte es nicht.

»Denken Sie daran, aufs Land zu ziehen?« fragte ich höflich.

»Zu meiner Zeit zog niemand aufs Land. Man kaufte sich kein Land, genausowenig wie man sich ein neues Kind kaufte. Auch das hat sich verändert … Dieser Frischkäse«, sagte er, »ist sehr gut. Er ist nicht gefährlich, wie heutzutage behauptet wird. Die Ziegen sind alle geimpft.«

»Und mein Vater?« fragte ich.

Mello streute Pfeffer und Salz auf den Käse und steckte eine Gabel hinein. »Ihr Vater«, sagte er mit einer Miene wie einer, der vor einer Enthüllung eine dramatische Pause einlegt.

»Mein Vater hat diese Gegend geliebt. Er erzählte mir viel über die Geschichte Portugals.« Ich fand, ich klang allmählich wie ein Verteidiger vor Gericht. »Aber«, sagte ich, »von sich selbst erzählte er nie.«

»Und Sie denken …?«

»Ich weiß nicht, was ich denken soll. Das Haus war eine Überraschung, das Grab ebenso. Als wäre er zwar zurückgekehrt, hätte aber trotzdem Wert darauf gelegt, sich von den anderen zu distanzieren.«

»Bei den *emigrantes* ist das häufig so. Sie gehen fort, verdienen Geld, und dann brauchen sie unbedingt irgendeinen sichtbaren Beweis dafür, daß all die Zeit und die Mühe sich gelohnt haben.«

»Er prahlte zuviel«, sagte ich. Endlich hatte ich es laut ausgesprochen. »Dieses Grab hätte er nicht gebraucht. Damit erzählte er den Leuten etwas.«

Mello nahm einen Umschlag von einem überfüllten Rollschreibtisch. »Ich kann Ihnen nur das hier geben«, sagte er.

Ich nahm den Umschlag entgegen. Ich hatte keine Tasche, in die ich ihn hätte stecken können, und bis ich nach Hause kam, war er schweißfeucht.

Anna fragte: »Wo zum Teufel hast du gesteckt?«

Hart fragte: »Wo warst du? Du bist einfach verschwunden.«

Ich sagte: »Ich will nicht darüber reden. Vielleicht kann ich irgendwo ein Taxi finden, das mich nach Hause bringt.«

»Alle Taxifahrer sind beim Tanzen«, sagte Maria.

»Dann kann mich doch einer von euch heimfahren und danach wieder herkommen. Ich möchte euch nicht den Abend verderben.«

Anna sagte: »Ich begleite dich.«

»Ist alles in Ordnung?« fragte Hart.

»Ich war doch nur eine Stunde fort«, sagte ich. Die Erkenntnis, wie nervös meine Abwesenheit sie beide gemacht hatte, war schmeichelhaft, beinahe so, als würde man zu sehr geliebt.

Nachdem wir die Haustür geschlossen hatten, war die Stille in Formentina zum Schneiden. Das gereizte Hundegebell verstummte, und statt ihres üblichen lauten Nachtgesangs gaben die Zikaden und Frösche nur noch ein gedämpftes Schnattern von sich.

In einem Haus im Dorf hörten wir das Geräusch von zerbrechendem Geschirr, dann von etwas Metallenem – einem Topf vielleicht –, der über Kacheln rollte. Der Lärm dieses Mißgeschicks füllte die Stille vollständig aus, so daß Anna eine Zeitlang nur noch flüsterte.

»Was wollte Mello von dir?«

»Das weiß ich noch nicht so genau. Er gab mir etwas mit, das ich lesen soll.«

Ich schenkte mir ein Glas ein, und in der Hoffnung auf einen Luftzug öffnete ich alle Fenster. Es roch nach Staub und, wie ich meinte, nach Rauch.

Anna wollte gar nicht wissen, was in dem Brief stand. Sie ging auf die Veranda hinaus und setzte sich in den kühlen Schatten des Mondlichts.

Ich hätte gern einen Streit vom Zaun gebrochen, irgend etwas, das den Augenblick hinauszögerte, in dem ich erfahren mußte, was Mello mir mitzuteilen hatte. Aber das Beste, was ich tun konnte, war eine hektische Suche nach dem richtigen Messer – keinem guten, das durch das Umschlagpapier nur an Schärfe verloren hätte, sondern einem groben: Der Schnitt, den ich damit zustande brachte, war gezackt.

Ich zog zwei hauchdünne Blätter hervor, das eine mit dem Briefkopf des Restaurants, in dem mein Vater gearbeitet hatte, und von ihm selbst unterzeichnet, das andere der Durchschlag von Mellos Antwort darauf.

Ich war mir sicher, daß ich nicht gut genug Portugiesisch konnte, um einen offiziellen Brief zu verstehen, der gewiß allerhand Beschönigungen, Schwülstigkeiten, Jargon- und Codewörter enthalten würde. Deshalb holte ich mir ein Lexikon, noch ehe ich die Blätter überhaupt entfaltete.

Mein Vater in einem leeren weißen Raum mit einem Haken, elektrischem Strom und einem Pfosten. Er war kein Polizist. Er wurde nicht gefoltert. Aber was war er dann, und wann und warum war er dort? Er war ein Rätsel in einer Schachtel.

Ich konnte es nicht länger hinauszögern.

»Excelentissimo Senhor Mello«, begann mein Vater mit konventionellem Respekt – unter derselben Anrede schicken die Banken ihren Kunden die monatlichen Kontoauszüge zu. Danach war sein eigener Name in einer neuen Zeile vollständig ausgeschrieben, zentriert und unterstrichen.

»Vielleicht erinnern Sie sich an mich von unserer Zeit in Portugal, an die ich mit so viel *saudade* zurückdenke ...«, schrieb mein Vater.

Ich kannte dieses Wort, *saudade*: das verzehrende Gefühl von Verlust, süßem Heimweh und brennender Sehnsucht – das alles verpackt in drei Silben.

Wie Sie wissen, kam ich 1953 nach London. Hier machte ich meine Karriere und mein Leben, so gut ich konnte. Jetzt bin ich ein alter Mann und denke daran, in meine Heimat zurückzukehren, wieder ich selbst zu sein, ein portugiesisches Haus zu besitzen. Natürlich hat sich alles verändert. Ich habe mich verändert. Das Land hat sich verändert. Jetzt ist alles frei und demokratisch. Ich wäre Ihnen sehr dankbar, wenn Sie mir Ihre Meinung bezüglich meines Vorhabens mitteilten – ob Schwierigkeiten irgendeiner Art zu erwarten sind, ob es klug oder überhaupt möglich wäre.

Ich hielt den Brief hoch, als könnte ich Markierungen oder eine Geheimtinte entdecken, irgendeinen besonderen Code in der

Anordnung der Wörter auf der Seite. Aber ich fand nichts Außergewöhnliches. Der Brief war genau das, was er zu sein schien: Mein Vater bat um die Erlaubnis zur Rückkehr nach Portugal.

Er hatte in der ausführlichsten, förmlichsten Weise unterschrieben, sämtliche Initialen verziert. Oben auf dem Blatt stand eine Referenz, als hätte die Sekretärin sie dort hinterlassen, Buchstabe für Buchstabe, verwirrt über die merkwürdigen Akzente.

Ich breitete den zweiten Brief aus.

Mello hatte geschrieben:

Alle portugiesischen Staatsbürger haben das Recht, in das Land ihrer Herkunft zurückzukehren. Viel Zeit ist vergangen, seit wir einander zuletzt gesehen haben, und die Zeiten haben sich geändert, wie Sie sagen. Falls Sie irgendwelchen Schwierigkeiten begegnen sollten, wenn Sie zurückkommen, sollten Sie sich mit mir in Verbindung setzen. Ich bin vor allem Polizist.

Und Mello hatte, als er gefragt wurde, seine Erlaubnis erteilt.

Wer ist der Mann in einem weißen Raum, in dem ein Mensch gefoltert wird, wenn er nicht der Folterer ist und nicht der Polizist und auch nicht das Opfer? Die ganze Nacht kreisten meine Gedanken um diese Frage. Offensichtlich war mein Vater nicht vor dem Regime geflohen, wie ich mir immer eingebildet hatte; das hatte er freilich auch nie behauptet. Vielleicht hatte er dem Staat des Diktators irgendeinen zufälligen oder absichtlichen Gefallen erwiesen. Jedenfalls war es etwas, an das die Leute sich auch nach so vielen Jahren erinnern konnten, und mein Vater, der immer so selbstsicher und mutig gewirkt hatte, mußte erst fragen, ob er problemlos zurückkehren konnte. Oder befürchtete er, daß die früheren Geisteshaltungen immer noch – nur einen Kratzer tief – unter der Oberfläche eines demokratischen Staates lagen?

Wer ist der Mann in dem weißen Raum, der nicht das Opfer und nicht der Folterer ist?

Ich erinnerte mich: daß bei seiner Beerdigung niemand wirklich getrauert hatte; daß die beiden marmornen Häuser, das eine zum Leben, das andere für den Tod, eine so offensichtliche Herausforderung an jedermann ringsum waren; daß man mich immerhin halbherzig willkommen geheißen hatte – weil ich ein trauernder Sohn war, weil ich ein zurückkehrender *emigrante* war, weil es so üblich war –, aber mein Vater wurde nicht geehrt.

Anna ging zu Bett. Sie machte sich nicht die Mühe, mir Fragen zu stellen oder mich zu trösten. Das alles lag hinter uns, und das wußte sie.

Ich stand am Fenster. Die Luft hatte sich jetzt abgekühlt, roch aber immer noch schwach nach Hitze und Asche. Hügelaufwärts konnte ich die Silhouetten der Häuser erkennen, ein paar Obstbäume dazwischen und manchmal die Umrisse einer Lilienblüte vor den schimmernden Schieferdächern. Die Leute schliefen; wenn ein Arbeitstag vor einem lag, konnte man keine Alpträume und keine Schlaflosigkeit riskieren. Ich fragte mich, ob ich je eine so wirksame Müdigkeit erleben würde.

So muß es in allen kleinen Dörfern sein, die so lang von allen anderen Ortschaften abgeschnitten waren, wo man noch vor dreißig Jahren eine schwangere Frau kilometerweit auf einem Fensterladen bis zu einer Straße getragen hatte, die ein Sanitätswagen bewältigen konnte. Es gab nur den einen Ort, an dem man leben konnte, und deshalb vergaßen die Leute, was sie vergessen mußten, um ihr Leben zu schützen.

Als mein Vater nach Portugal zurückkehrte und sein riesiges, anmaßendes Haus direkt an der Straße und sein protziges Marmorgrab für eine neue Dynastie baute, stieß er mit der Nase auf die Erinnerung und ihre Regeln. Er stand unter Schutz, wurde von offizieller Seite bewacht. Er brauchte sich nicht darum zu kümmern, was die Nachbarn wußten; was immer sie gegen ihn unternahmen, würde ihr eigenes Leben stärker in Unordnung bringen als seines.

Aber eines Nachts brach die Erinnerung aus ihrem Käfig guter Manieren aus und ging zum Friedhof und benutzte eine Sprühdose, um die aufdringliche Form und die Prahlerei dieser Marmorgruft zu tilgen. Den lebenden Mann zu tolerieren war eine Sache; eine ganz andere war es, seine Behauptung hinzunehmen, er sei einer von ihnen, nur besser.

Dem Toten konnten die Zeichen nichts anhaben. Der Affront richtete sich gegen die Lebenden: vielleicht, kam mir in den Sinn, an Mello selbst, der einen so ausgeprägten Sinn für Ordnung besaß und dem Drogenabhängige und Mädchen in kurzen Röcken ein so großes Anliegen waren.

Später, als ich im Bett lag, zogen dieselben Fragen wieder und wieder an mir vorüber, wie ein Bilderstreifen in einem stroboskopischen Zylinder. Einmal setzte ich mich jäh auf und dachte, daß ich, unleugbar, sehr fern der Heimat war, belastet mit Hypotheken, mit einer Ehe, die wir nur zusammenhielten, indem wir uns fanatisch anderen Beschäftigungen widmeten. Ein andermal stand ich auf und ging rund ums Haus auf der Suche nach einem Trost.

Das Dorf ringsum schlief erbarmungslos weiter.

Um vier war ich hellwach. Kaffeearoma in der Dunkelheit ließ mich an Ausflüge denken, an denen wir früh aufgestanden waren, um im Kanal zu angeln oder mit dem Zug in irgendein salziges Seebad zu fahren. Um fünf hatte ich die Briefe ein dutzendmal gelesen und keine Erklärung gefunden, die mir behagte.

Um sechs war die graue Haut des Himmels rosa unterlegt. Vögel sangen. Hungrige Jagdhunde hörten irgendeinen imaginären Laut und stimmten ein Geheul an. Einzelheiten, hier ein abgestorbener, dort ein besonders hoher Baum, tauchten aus der verschwommenen schwarzen Masse des Waldes auf. Irgendwo in der Nähe hustete ein Mann.

Anna kam zur Tür und beklagte sich leise.

Ich brachte Anna Kaffee ans Bett, dazu ein paar Pfirsiche, aufgeschnitten in einer Schale.

»Was möchtest du heute machen?«

»Ich weiß nicht«, sagte sie.

Wir hatten nach wie vor ein gemeinsames Talent, Dinge beiseite zu schieben.

»Wir könnten in den Bergen picknicken.«

»Es ist so heiß.«

»Dort oben geht eine Brise. Bestimmt.«

Wir zankten uns freundschaftlich. Schließlich sagte ich: »Heiß ist es überall.«

»Ich würde gern was sehen, nachdem ich schon da bin.«

»Du meinst Kunst und Kirchen?«

»Ja, meine ich. Kunst und Kirchen.« Sie warf ein Kissen nach mir. »Davon lebe ich schließlich, von Kunst und Kirchen.«

»Wir könnten natürlich nach Tomar fahren«, schlug ich vor.

»Ja, bitte«, sagte sie. »Das möchte ich gern zusammen mit dir sehen. Wirklich.«

Ich war mir sicher, daß Tomar Anna begeistern würde: eine Fußnote in der Kunstgeschichte, eine Templerburg und ein Kloster, Renaissance, manuelinisch, seitenlang in einem Buch von Umberto Eco erwähnt, mit Gemälden von Gregorio Lopes, dessen Namen sie kennen zu müssen glaubte, ein Ort, der ihr gefallen und den sie hochinteressant finden würde.

Das war freilich nicht der Grund, warum ich dorthin wollte.

Ich erinnerte mich an die Nächte, in denen mein Vater Tomar in Geschichten verwandelt hatte, Regennächte, in denen ich unter der Bettdecke um mich trat, während mein Vater von Schätzen und Geheimnissen und heiligen Rittern erzählte und von Schlüsselwörtern für das gesamte Universum, in Stein gemeißelt.

Manchmal war das alles durchaus prosaisch, eine Lektion in Geschichte: wie die gottergebenen Tempelritter die Burg in Tomar errichteten, um die ungläubigen Mauren zu bekämpfen – mein Vater liebte starke Bezeichnungen für die Schurken; die Seele eines Jungen verstand er sehr gut –, wie die Tempelherren zu Pferd zur Messe ritten und Moslemblut über die Steine des Kastells rann. Wir waren damals alle parteiisch.

Mein Vater pries die Armut der Templer, ihre Hingabe an Gott und den Krieg, und dann wurde seine Stimme sanft, weil er wollte, daß ich einschlief. Aber ich lauschte unnachgiebig. Ich verwandelte die Tempelritter in einen Jungenclub mit riesigen Breitschwertern und Geheimnissen, bei denen sich in einem Kindernacken die Haare sträubten. Das alles erzählte ich Anna unterwegs auf einer Straße, die sich wie schwarzes Glas vor uns hinzog.

»Du sprichst jetzt gar nicht mehr über deinen Vater«, sagte sie.

»Ich kann nicht über alles reden«, sagte ich.

Ich erinnerte mich, wie ich die Tempelherren in meinen Träumen an mir hatte vorüberziehen sehen, Männer, so gewaltig und grimmig wie alte Steine, die Gesichter ebenso verwittert. In den mutigeren Nächten sprengte ich mit ihnen aus ihrer schlichten, starken Burg und ritt auf einer Woge des Glaubens, der groß genug war, um mich zu tragen, obwohl ich nicht an ihren, noch an sonst irgendeinen Gott glaubte, bewaffnet mit einer noch mächtigeren Kraft, der das Wort *Zorn* am nächsten kommt, ein nagender Wurm im Geist. Ich war entsetzt, mit ihnen zusammen zu sein, und ebenso entsetzt, als ich feststellte, daß meine Anwesenheit unter ihnen gewissermaßen unvermeidlich war. Das war es, was Mannsein bedeutete.

Das konnte ich Anna nicht erzählen.

»Ich habe mir die Burg immer vorgestellt«, sagte ich. »Sie hatte Hallen und Flure und jede Menge Treppen, die rings herumliefen.«

»Wie in einem Abenteuerfilm«, sagte Anna. »Errol Flynn.«

»Im Film sahen die Burgen immer richtig aus«, sagte ich. »Große Türme. Und an den Wänden mußten flackernde Fackeln stecken.« Daß ich die Fackeln als das Gedächtnis der Burg ansah, konnte ich nicht sagen.

»Man drückt auf einen Stein an einem Grab, und es öffnet sich ein Geheimgang?«

»Nein«, sagte ich. »Nein, das Grab ist die Bibliothek. Der Hinweis findet sich in einem Buch. Dann macht man sich auf den Weg, ein großes Geheimnis zu lüften. Ich konnte mir nie vorstellen, was das für ein Geheimnis sein sollte, das im nächsten Raum wartete. Ich stand immer auf der anderen Seite der Tür und kam nicht durch.«

»War es metaphysisch? Oder war es Gold?«

»Eine Schatzkammer gab es auf jeden Fall«, sagte ich. »In Kriegszeiten verwahrten die Templer jedermanns Reichtümer, wie Banken.«

»Das weiß ich«, sagte sie.

Aber sie wußte nicht, daß die alten Steinritter in meinem Geist ewig Wache hielten und unsterblich waren, auch nachdem ihre individuellen Gesichter längst verwittert waren. Manchmal, wenn die Steine für einen Moment zu atmen begannen und das Kettenhemd sich hob, sah ich mich unter ihnen und war immer froh, wenn ich noch das Gewicht meines Vaters auf der Bettkante spürte.

»Geradeaus«, sagte Anna, die von der Landkarte aufschaute.

Wir fuhren über einen Hügel zwischen einer Kaserne und einem Supermarkt und dann sahen wir Tomar. Die Stadt war weiß getüncht, und von unten gesehen war die Burg eine Linie aus mächtigen goldenen Flußsteinen mit einem gedrungenen Turm und einer Brustwehr mit Zinnen, so weit wie der Himmel.

Es war nicht das, was ich erwartet hatte. Es war keine Geschichte, sondern eine Tatsache am Horizont, etwas, das sich verpacken und etikettieren ließ, wie die Ausstellungsstücke eines Museums. Die hohen roten Geranien machten sich hübsch in den weißen Straßen, dachte ich. Auch die Kirche war schön.

»Was ist los? Was stört dich?« fragte Anna.

Wir nahmen ein Touristen-Informationsblatt über die Templer mit und lasen es beim Kaffee. Fakten waren aufgezählt: So lasen wir, wie die Templer gekämpft hatten, wie der Orden um vierzehnhundert aufgelöst worden war und aus seinen Ruinen in Tomar der Orden der Christusritter hervorging und wie die Karavellen der Portugiesen bei ihren Erkundungsfahrten auf der Suche nach dem Priester Johannes und nach Indien und Amerika das Kreuz der Christusritter rund um die Welt getragen hatten. Aber das war nicht die Geschichte, die mein Vater in den Nächten ausgebreitet hatte, in denen er und sein Sohn nach einer fehlenden Frau, einer fehlenden Mutter hungerten; das waren nicht die Männersachen, der Kern der Dinge, die starken, grauen, zielbewußten, unheilvoll geduldigen Ritter.

»Ich würde gern zu Fuß zur Burg hinaufgehen«, sagte ich.

Ich war ein Tourist, aber innerlich war ich aufgeregt. Die Burg von Tomar war das eine große Bild, das ich mit meinem Vater teilte. Wenn er darüber gelogen hatte, dann hatte er in allem gelogen.

Zu Fuß zu gehen schien der angemessene Weg nach oben zu sein, der Weg der Pilger. Hinter dem Rathaus führte er über grüne Pfade an Mauern aus weichem grauem Stein entlang, die von Efeu und Bougainvillea überwuchert waren.

Unterwegs blieben wir unter einem Olivenbaum stehen.

»Mein Vater hat die Geschichte immer ziemlich auffrisiert«, sagte ich.

»Ja, das tun Väter.«

»Ich lag im Bett und sollte dankbar sein, daß ich es warm und schön hatte, und deshalb erzählte er mir Schauergeschichten.«

»Ich weiß auch ein paar Geistergeschichten«, sagte Anna.

»Er erzählte von einem unendlich tiefen Brunnen, in dem jede Nacht die Toten in einer Prozession vorrüberreiten. Da waren unterirdische Gewölbe, Irrgänge und Tunnels, der siebenarmige Leuchter aus dem Salomonischen Tempel, der Schädel von einem mit Namen Beelzebub, das Leichentuch vom Grab Christi und der Heilige Gral.«

Ich ging wieder weiter, über die unregelmäßigen Steine aufwärts.

»Das verstehst du nicht«, sagte ich.

Aber sie wollte sich nicht so einfach ausschließen lassen.

Sie sagte: »Ich habe immer nur verrückte Geschichten über die Tempelritter gehört. Dieselben, die in Romanen auftauchen. Das ganze Zeug von einem androgynen Teufel und gegenseitigen Küssen auf den Anus und von der Katze und dem abgetrennten Kopf. Und von den Geheimnissen des Salomonischen Tempels. Und von den Freimaurern natürlich.«

»In der Charing Cross Road bekam ich einmal ein Buch«, sagte ich, »über die Tempelherren. Es war auf Französisch. Darin hieß es, daß die Templer geheime Meister aus anderen Galaxien hatten, und das erklärte natürlich absolut alles.«

»Wäre es nicht wunderschön«, sagte Anna, »wenn sich die Welt so vereinfachen ließe – wenn man mit einem einzigen großen Denkfehler alles auf einmal verstehen könnte?«

Wir kamen zum äußeren Tor.

Im Geiste säuberte ich das Gelände, entfernte die langen Reisebusse, wahre Fuhrunternehmen, die sich entlang den Mauern aneinanderreihten, und die Schwätzer am Tor, die sich gegenseitig die Öffnungszeiten vorlasen, und den Stand, der Aprikosen und kaltes Wasser verkaufte. Anna verstand es, in diese merkwürdige Atmosphäre der Verehrung nicht einzubrechen.

Ich frage mich, wie sie sich meine Stimmung erklärte. Ich erfuhr es nie.

Durch das Tor betraten wir eine Gasse aus eingesunkenen Pflastersteinen. Die Gasse bog um die Ecke und mündete unversehens in eine Terrasse mit Orangenbäumen und zerzaustem rotem Oleander und kastenförmigen Hecken, blau und gelb gekachelten Bänken, einem Blick auf die Wälder. Anna war entzückt. Ich war entsetzt. In dieser hübschen Parkanlage konnte ich mir kein Blut und kein Rittertum vorstellen.

Sie finden das alles verrückt, nicht wahr? Zumindest erscheint es Ihnen irrational und zwanghaft. Aber ich dachte wirklich, dies sei meine einzige Möglichkeit, die Welt meines Vaters kennenzulernen und das Bild zu sehen, das wir miteinander teilten. Diese eine Sache mußte ich unbedingt wissen.

Touristen hasteten an uns vorüber, und ihre Videorecorder reduzierten die Burg auf Bildausschnitte und Details. Anna zog ihrerseits den grünen Michelin hervor, um sich zu informieren.

Vor mir sah ich die eigentliche Festung: nicht die Burg, sondern eine runde Kirche, mit Pfeilern im Felsen verstrebt, deren primitive Verteidigungsbereitschaft durch die neuen Treppen und Terrassen ringsum kaum verschleiert wird, ein Turm, aufgepflanzt um der Verstärkung willen, in dem eine einzige, riesige, prophetische Glocke hängt.

Von der Kirche hatte mein Vater mir erzählt. Ich stand da und hielt den Atem an.

Die Touristen liefen weiter. Ich meinte nervös scharrende

Pferde zu hören, die von Gestalten in grauen Rüstungen festgehalten wurden, metallisches Klirren und Scharren auf Stein, Hufe und Waffen. Ich meinte die Pferde sogar zu riechen: Schweiß und Mist.

Aber das bildete ich mir nicht nur ein. Ich hörte und roch tatsächlich. Ich war nicht von Geistern umgeben, sondern von einer Geschichte, der Geschichte, die ein Junge gehört hat, wenn er sich halb vor dem Schlaf fürchtet und sein Vater das Entsetzen zähmt, indem er ihm Dinge erzählt, die er schon auswendig kann.

»Anscheinend geht man durch die Kirche hinein«, sagte Anna, während sie umblätterte.

Blau gekachelte Kreuzgänge und leuchtende Orangenbäume. Eine kreisrunde Kirche, eingeschlossen unter einer vergoldeten Kuppel. Unterhalb der Kirche ein Saal nur aus Stein und Licht, kahl und eigenartig.

»Umberto Eco hat die Stufen gezählt«, verkündete Anna munter. »Für das *Foucaultsche Pendel.* Die Zahl spielte anscheinend eine Rolle.«

An den äußeren Wänden rankten sich steinerne Ornamente rund um die Fenster; ein überreicher Schmuck aus Korallen und gewundenen Seilen und Astrolabien, dann Artischocken, dann Engeln in Rüstung, die von einem alten bärtigen Mann gehalten wurden und zu einem Himmel aus Christuskreuzen und Zinnen emporstrebten – der später erbaut worden war, informierte mich Anna aus ihrem Führer, ebenso wie die Renaissance-Kreuzgänge und das Aquädukt, das wie eine Parade in das Kloster eintrat, und die braunen und weißen Hospitalflügel: lauter Zusätze zu diesem Kern, der die besondere Geschichte meines Vaters bildete.

»Ich glaube, Orte wie dieser sind wie Tarotkarten«, sagte Anna. »Zuerst waren es nur Spielkarten, dann vergaßen die Leute die Regeln, und jetzt halten sie Tarot für etwas Geheimnisvolles.«

Die Kehrseiten von Monumenten, die Teile, die nie ins Bild passen, kenne ich natürlich sehr gut; das Museum ist voll davon, ein verrücktes Lagerhaus, das sich hinter seiner Fassade, der Ordnung und Vernunft der öffentlich zugänglichen Ausstellungsräume, verbirgt. Ich wollte wissen, was hier das Private war.

»Willst du auch den Rest sehen?« fragte ich Anna.

»Natürlich«, sagte sie. »Es ist großartig.«

»Ich meine den Rest, den das Publikum nicht zu sehen bekommt«, sagte ich. »Ich habe meinen Museumsausweis dabei. Wir könnten es zumindest versuchen.«

Die Frauen am Eingang telefonierten und baten uns zu warten. Wir setzten uns auf das Geländer neben der Charola, der großen runden, kuppelüberwölbten Kirche, und schauten in ein ruhiges graues Licht im Innenraum, auf Gerüste mit breiten Leitern und Bohlen, die bis zur Decke reichten und nach einer permanenten Einrichtung aussahen.

Die Touristen zahlten und traten ein, die Stimmen gesenkt aus Ehrfurcht über das Alter, das Gold der Steine, die Merkwürdigkeit des Ortes.

Nach etwa zwanzig Minuten stürmte ein Mann Ende Zwanzig durch eine steinerne Türöffnung, rief: »Mr. Costa, Mr. Costa!«, als wäre es ihm peinlich, daß er nicht von Anfang an zur Stelle gewesen war, um den herausragenden Gast zu begrüßen, und stellte sich vor als: »Manoel. Ihr Führer.«

Ich stand auf und reckte mich.

»Also gut«, sagte Manoel. »Fangen wir mit der Charola an.«

Wir durchquerten die Absperrung und standen unter der Kuppel der Kirche. Manoel zeigte uns die einzige große Pfeife, die von einer gestohlenen Orgel übriggeblieben war, die Wände, wo einst Gemälde auf Holz gehangen hatten, die zum Ruhm und zum Vorteil Lissaboner Kleriker entfernt worden waren. Er zeigte uns das empfindliche vergoldete Holz, die Statuen, die beinahe byzantinische Linienführung der verblaßten Wandfresken. Aber mein Blick wanderte immer wieder aufwärts, wo die Bohlen des Gerüsts das Dach der Kuppel verbargen.

Manoel bemerkte es. »Hier entlang«, sagte er.

Wir kletterten auf ein feststehendes Holzgerüst von der Art, wie es in Kirchtürmen die Glocken trägt. Dieses Gestell, mächtig und solide, war als Provisorium gedacht, doch es füllte das Blickfeld aus und verlieh Licht und Raum innerhalb der Kuppel eine andere Dimension. Wir erreichten die unterste Ebene, die entlang der Wand rings um die Charola lief und ihrerseits von der darüberliegenden Ebene überdacht war. Durch abgestandene Luft und ein vom Widerschein des Holzes blaßgoldenes Licht kletterten wir nach oben. Die Leitern gingen ineinander über, bogen ab, verzweigten sich manchmal zu feierlichen Paaren.

Endlich standen wir ganz oben, in der Spitze der Kuppel, die das Gerüst nur noch wie eine Art kreisförmigen, weiß getünchten Laufgang erscheinen ließ, schwebend im Sonnenlicht, das durch die obersten Fenster des Lichtgadens hereinfiel. Hier standen Tische, und darauf drängten sich Pinsel, Töpfe, Spachtel.

»Das hat noch niemand gesehen«, sagte Manoel, der wußte, daß ich genau das hören wollte.

Ich rechnete damit, irgendwo Bohlen unter dem Gewicht eines Restaurators knarzen zu hören, doch die einzigen Laute, die ich vernahm, waren mein Atem, Annas Atem, das Flattern etlicher zerrupfter Tauben vor den Fenstern, das winzige Knacken des Gerüstes, das sich in seinen Rahmen aus alten Steinen schmiegte. Manoel stand wartend da.

»Von all dem weiß ich ja überhaupt nichts«, sagte Anna.

Wir folgten Manoel um die Ecke, wo von der Wand die Tünche abgeschlagen worden war.

Ich sah einen Teufel an einem Pfeiler: Es war nur ein unbedeutender Nebenteufel, doch er stand auf den Hinterbeinen eines Hundes, hatte die Zitzen einer Sau und den wissenden Ausdruck eines Aasfressers. Wir drehten uns um, Anna und ich gemeinsam. Wir sahen die Auspeitschung Christi, ein so riesiges Bild, daß wir in seine offenen, starrenden Augen hineinfielen. Wir drehten uns noch einmal um, zu einer Wand, an der ein Palast schwach angedeutet war, davor eine Traube gedrungener, gewalttätiger Soldaten und ein tugendhaftes Gesicht, der Körper darunter von der Tünche ruiniert. Daß der Teufel all die Jahrhunderte so gut überlebt hatte, kam mir merkwürdig vor.

»Der Leidensweg Christi«, sagte Manoel. »Die Bilder laufen rings um die ganze Kuppel.«

»Aber wer soll sie dort gesehen haben?« fragte ich.

»Es brauchte sie niemand zu sehen«, sagte Manoel. »Sie dienten dem Ruhm Gottes.«

»Sie sind wunderschön«, sagte Anna. Ein Anflug von Gier schwang in ihrer Stimme mit: eine Entdeckung, unbekannte Fresken, unveröffentlicht, vielleicht ein weiterer Beweis für den italienischen Einfluß auf die portugiesische Kunst oder, noch besser, irgendein unabhängiges Genie, ein neuer Giotto, zwei vielleicht. Sie war glücklich, wenn sie einmal frei von den Notwendigkeiten des Unterrichtsstoffs war, frei von der Leidenschaft ihrer Studenten für Themen und Fakten, die man in Enzyklopädien nachlesen konnte, statt für leibhaftige Bilder.

»Das stammt aus der Zeit der Christusritter«, sagte Manoel.

»Oh. Ja, natürlich«, sagte ich.

Ich stellte mir vor: einen heimlichen Anbeter, der mit Farben und Leitern in so schwindelerregende Höhen hinaufkletterte, um diese Bilder auf den frischen Putz zu malen. Denn ich war an Fresken gewöhnt, bei denen man sich dekorativer Versatzstücke bedient hatte, weil die Zeit so sehr drängte, schnelle Lichteffekte, und die erst später, bei der Nachbearbeitung, ein wenig Individualität gewannen. Diese Bilder drückten jedoch etwas ganz anderes aus: ein eindringliches, persönliches Gefühl von Schmerz.

Ich stellte mir den Maler vor, der sich so hoch hinaufwagte, um die Augen des leidenden Christus und den kurzfristigen Triumph eines warzenschweinartigen Teufels mit tausend Zitzen darzustellen. Dies alles sollte jahrhundertelang verborgen bleiben, denn nach all den Gefahren, die er auf sich genommen hatte, war seine Arbeit von unten in der Kirche nichts als verschwommene Linien und Formen. Also hatte der Maler – wofür gearbeitet? Für Geld vermutlich. Weil er keinen anderen Auftrag hatte. Für Gott allein.

Anna fragte: »Ist jemand von den Restauratoren in der Nähe?«

Manoel zuckte die Achseln. »Manchmal ist Geld da, manchmal nicht«, sagte er. »Es hat sehr lang gedauert.«

Anna stand hoch aufgerichtet an der Wand, ihre Finger glitten darüber hin, unmittelbar über die dicke Schicht Tünche.

Ich dachte an den ehrbaren, praktischen Katholizismus meines Vaters, der nichts Besonderes war, nichts allzu Extremes. Dann sah ich den Teufel mit seinen Zitzen an, die Peitsche in der Hand eines kleinwüchsigen dunklen Soldaten, die plastische Größe der dunklen Augen Christi, ihren starren Blick, vergrößert nur dort, wo die Übermalung gesprungen und abgeschlagen worden war.

Der lichterfüllte Korridor zwischen Kuppel und Plattform wurde beängstigend eng.

»Seit vielen Jahren wird hier gearbeitet«, sagte Manoel.

Aber es arbeitete niemand. Die Ruhe war unheimlich. Die einzige Gegenwart war diese Reihe halb freigelegter Manifestationen des Glaubens, der diesen Ort einst beseelt hatte. Und ich stand außerhalb dieses Glaubens, war nur verwirrt und entsetzt über den Teufel, die Auspeitschung, die Augen.

»Wir sollten wieder hinuntergehen«, sagte Manoel. »Es gibt noch sehr viel zu sehen.«

Ich war bereit, mehr als bereit, doch Anna fragte: »Darf ich noch eine Minute bleiben?« Sie lächelte ihr englisches Lächeln: ein Strahlen auf einer Zeitschaltuhr, sein Zweck unverhohlen.

Auf den ersten paar Stufen abwärts glitt ich aus. Ich war dankbar, als ich den lichterfüllten Korridor hinter mir lassen und über die aufeinanderfolgenden Ebenen des Gerüsts und schließlich durch den letzten breiten Treppenschacht hinunterklettern durfte. Ich hatte wieder Boden unter den Füßen, im wahrsten Wortsinn: war wieder dort, wo Bilder klassifiziert und gelagert, erklärt und gefahrlos vorgestellt werden können, wo die Taxonomie die Wucht des Eindrucks ablöst wie das Mitleid den Schmerz. Meine Gedanken waren nicht sehr klar, wissen Sie.

Ich war noch im Treppenhaus, als ich Hart am Kassenschalter stehen sah.

Er schaute auf, scharf und erwartungsvoll wie ein Hund.

Anna war noch einige Minuten bei den Bildern geblieben, und Manoel mit seiner ausgeprägten Ritterlichkeit wartete auf sie, um ihr über die Leitern zu helfen, aber als sie die Absperrung erreichten, war Hart immer noch da.

Ich war aus sehr privaten Gründen hier, war auf der Suche nach etwas, das ich kaum mit Anna teilen konnte, und auf einmal stand dieser Dieb vor mir, dieser Soziopath, dieses mittelmäßige Wesen, ein suspekter Professor. In dem Moment wendete sich das Blatt. Ich hätte ihn umbringen können.

Hart begriff es sofort, registrierte es. Er lebte davon – sozusagen –, dasselbe Gefühl zu verheimlichen, und deshalb erkannte er es an anderen sofort. Erwiderte es außerdem. Dann wandte er sich wieder seinem üblichen Geschäft zu, der Beobachtung – um herauszufinden, ob das Leben des John Costa stehlenswert sei, ob irgend jemand Fragen stellen konnte.

Manoel sagte: »Wenn Ihr Freund gern mitgehen möchte …«

»Das ist sehr freundlich«, sagte Hart.

Anna lächelte.

»Als nächstes gehen wir in die Templerburg«, sagte Manoel. »Bitte folgen Sie mir.«

»Ich möchte euch nicht die Besichtigung verderben«, sagte Hart.

»Aber nein«, beschwichtigte Anna.

Manoel holte aus dem Kassenraum einen schweren Schlüsselbund und sperrte eine Seitentür am Ende des letzten Kreuzgangs auf. Jenseits der Tür war nichts als ein schmales steinernes Gesims, das ohne Geländer entlang der Wand verlief. Der Stein schimmerte. Vorsichtig tasteten wir uns vorwärts, auf der Hut vor zerbrochenen Blöcken und hin und wieder einer gezackten Lücke.

»Das«, sagte Manoel, »war der Palast Heinrichs des Seefahrers. Ist alles in Ordnung, Senhora?«

Der Palast lag in Trümmern, die Bänder und Flaggen der Archäologen markierten die Anlage. Wir schoben uns langsam das Gesims entlang.

Hart hätte ausgleiten können, und ich wäre entzückt gewesen, ihn los zu sein. Was immer man noch von mir erwartete – daß ich ihn im Auge behielt oder ihn festnahm –, wäre damit ein für allemal vorbei.

Jedesmal, wenn ich kurz zögerte, durch die leeren Fenster der Palastmauer zu den Wäldern hinüberschaute, holte er mich ein und streifte mich vielsagend.

Anna bewegte sich sehr vorsichtig vorwärts.

Wir gelangten zu einer zweiten verschlossenen Tür. Manoel rasselte mit seinem Schlüsselbund, suchte einen aus, der jedoch nicht paßte, dann entschied er sich für einen gewaltigen Eisenstab, den er ins Schloß stieß, und die Tür öffnete sich. Wir standen im Turm des Kastells.

Anna war enttäuscht, das sah ich ihr an. Es gab nur Steine und Verteidigungsanlagen, eine wertlose Hinterlassenschaft. Um auf die Schlachten zu stoßen und zu erfahren, was sie bedeuteten, mußte man Bücher studieren; sie aber zog es vor, sich auf ihre Augen zu verlassen, um Entdeckungen zu machen. Deshalb bemerkte sie, daß Hart mich beobachtete und ich ihn. Es war sonderbar, wie wachsam wir alle waren, während Manoel munter schwatzte.

Und Manoel zeigte höflich die Kapelle: einen Raum, der nun in der Mauer hing, denn die Stiegen waren schon vor langer Zeit zerfallen. »Hier waren die Lagerräume«, sagte er und deutete auf eine Reihe nützlicher Zellen. »Und die Brunnen«, sagte er und zeigte auf ein rundes Loch im weichen Gras, das sich auf der Burg angesiedelt hatte.

Hart und ich standen einander am Rand des Lochs gegenüber und spähten hinab. Es war ein Stück schwarze Luft ohne sichtbare Wände, am Grund eine Wasserfläche. Es kam mir vor, als hätte der Tümpel dort unten eher eine zerfließende Küstenlinie als scharfe Ränder.

»Einer der Führer hat sich einmal hinuntergelassen«, erzählte Manoel gutgelaunt.

Wir schauten in die Dunkelheit. Hart sah vermutlich nur einen Schacht mit schwarzem Wasser, ich jedoch erkannte einen Moment lang die Burg, wie sie in den Geschichten meines Vaters gewesen war: ein Ort, an dem Helden einen merkwürdigen, heroischen Schutzwall rund um Geheimnisse errichten.

»Was hat er gesehen?« fragte ich.

»Er hing am Seil, und deswegen konnte er nicht herumgehen.«

»Ja?«

»Er sagte, es gibt dort unten anscheinend zwei Türen, zu beiden Seiten des Schachts. Mit Steinen davor.«

Hart hustete.

»Er sagte, die Steine sehen fast aus wie menschliche Gestalten. Wie Ritter, die Wache halten.«

Im Geist sah ich sie atmen.

Anna sagte: »Wir sollten zurückgehen.«

Hart meinte, endlich einen Makel gefunden zu haben, eine Kluft zwischen der merkwürdigen Besessenheit, die er an mir spürte, und Annas Pragmatik. Er brauchte nicht recht zu haben. Es genügte ihm zu wissen, daß andere Leute dasselbe vermuten könnten, daß es nicht unwahrscheinlich wäre, wenn John Costa sich auf einmal auf eigene Faust aus dem Staub machte.

»Also«, sagte Manoel, erschrocken über die plötzlichen Gefühlswallungen in seinem Publikum, »das könnten Geheimgänge sein.«

Hart sagte: »Es ist beinahe Mittag« und drückte Manoel einen Geldschein in die Hand.

Im sicheren Kreuzgang hinter den Ruinen setzte Manoel Anna die von einem Freund erdachte Theorie über Wasser, Luft, Feuer, Erde, Geist auseinander und erklärte, wo diese Zeichen liegen könnten, erzählte von der geheimen Bedeutung der Korallen und Artischocken. Anna hörte sehr wohlwollend zu.

Draußen in der Charola, in einem Licht, das uns zwang die Augen zusammenzukneifen, machte Anna ein Foto: Pinien, Kacheln, Architektur und zwei Männer, die das erforderliche Lächeln aufsetzten.

Danach wandte sie sich zu mir, eine Sekunde lang kalt und wütend. »Was suchst du hier?« fragte sie.

Arturo saß auf den Stufen seines Hauses und schnitt grüne Bohnen.

»Frauenarbeit«, sagte er.

»Ist alles in Ordnung?« fragte ich.

»*Mais ou menos*, mehr oder weniger. Und bei dir?«

»Meine Frau ist hier.«

»Ist sie katholisch?«

Das war keine plausible Frage für mich, und ich gab keine Antwort; Arturo aber nahm mein Schweigen für ein Ja. »Dann kann sie von Zulmira den Schlüssel zur Kapelle bekommen, wenn sie will. Zulmira hat ihn immer.«

»Danke«, sagte ich und merkte, daß ich während unseres Gesprächs unwillkürlich zurückgewichen war. »Ich werd's ihr sagen.«

Das tat ich, und Anna fragte: »Gehen Männer nicht in die Kapelle?«

»Ich glaube, Beten ist Frauenarbeit«, sagte ich.

»Was ist dann Männerarbeit?«

»Nach Frankreich gehen und Geld verdienen, damit die Frauen nicht verhungern«, sagte ich. »Dort allein sein und warten.«

»Hat er das getan?«

»Er hat es seiner Frau nicht mal gesagt. Als er schon eine Woche in Bordeaux war, schickte er ihr eine Postkarte.«

»Und sie blieb allein zurück.«

»Allein mit den Kindern. Du denkst immer, man könnte etwas tun, damit das Leben gerecht wird, stimmt's? Irgendwie ausgewogen. Tja, das geht nicht immer. Er hat gelitten, sie hat gelitten, die Kinder haben gelitten. Aber sie sind nicht verhungert.«

»Und deswegen ist es in Ordnung?«

Ich ging davon.

»Und deswegen ist es in Ordnung?« fragte sie noch einmal.

Ich drehte mich noch immer nicht um.

»Wieso glaubst du, ich wüßte nichts über Schmerz. Du denkst, ich tue nur so, ist es das?«

»Nein«, sagte ich. »Nein, natürlich nicht. Aber das bist du, und das ist Arturo in einem Dorf namens Formentina. Es gelten nicht immer und überall und für jeden dieselben Regeln und dieselben Sitten.«

»Das weiß ich«, sagte sie. »Tut's dir leid, daß ich gekommen bin?«

»Ich wollte dich heute abend zum Essen ausführen. Zu einem guten Abendessen. In einem Restaurant, das dir gefällt.«

»Damit ich mit einer guten Erinnerung weggehe?«

»Es ist ein Anfang.«

Sie schlang die Arme um meine Taille.

Als wir um der kühleren Luft willen in die Berge fuhren, sagte sie plötzlich: »Das Museum ist aber sehr verständnisvoll.«

»Ja, wahrscheinlich«, sagte ich.

Sie merkte, daß ich sofort beschleunigte.

Maria bedeutete für Hart eine Änderung der Regeln. Er beteiligte sich nie am Leben eines Ortes oder verkehrte mit seßhaften Menschen, denen Ungereimtheiten auffallen konnten; er war ein Reisender. Er hätte Maria nie zu der *festa* gebeten, aber sie forderte ihn auf.

Selbst dann dachte er nur, sie sei vielleicht einsam. Einsamkeit erkannte er nicht an, außer als Planungsfehler, was bedeutete, daß er weiterziehen mußte. Der Aufbruch gefiel ihm. Er rettete ihn vor einem Garten voller verlockender Trugschlüsse wie etwa der Gedanke, nichts sei wahr, solange es nicht mit einem anderen Menschen geteilt würde. Und nun hatte er sich in der Identität eines anderen eingerichtet und war der Vorstellung beunruhigend nahe, der einzige Weg, sein Ich zu retten, bestehe darin, das dicke, randvolle Buch seiner früheren Beschäftigungen mit jemandem zu teilen.

Er hätte auch gern jemanden gehabt, mit dem er kämpfen konnte. Er hatte Sehnsucht nach lauten Stimmen und klarer Aussprache.

Anna saß am Küchentisch und schnitt eine Zwiebel. Das Messer glitt von der glänzenden feuchten Haut ab, die anders war als bei den weichen, gefügigen Zwiebeln aus dem heimischen Supermarkt. Sie setzte Hühnchen auf ein Backblech, dünne, knochige Vögel, die man sich auf der Flucht vorstellte, auch sehr verschieden von den drallen, trägen Federkissen, die sie sonst zu kaufen pflegte. Sogar die Tomaten waren anders, holzig und grün; nahe dem Herzen hatten sie eine staubige Röte.

Sie kauerte sich vor dem Backrohr nieder. Das Feuer aus der Gasflasche sprühte eine Minute lang, dann schrumpfte es zu einem kleinen blauen Flämmchen und ging aus. Sie klappte die Tür wieder auf und versuchte es erneut. Diesmal verbrannte sie sich die Finger am Metall der Tür, aber die Flamme hielt sich.

Das Telefon läutete, mein Mobiltelefon. Es war lästig und beharrlich wie alle Telefone, aber das Läuten war schwach, und sie konnte es nicht genau lokalisieren. Außerdem waren ihre Hände fettig von der Hühnerhaut. Sie wusch sie, halb in der Hoffnung, das Läuten werde einfach aufhören, aber das war nicht der Fall. Sie fand das Telefon schließlich in meiner Jackentasche.

»Mein Name ist Mello. Vielleicht kann Ihr Mann mich zurückrufen.«

»Ja. Selbstverständlich. Ich werde es ihm sagen. Ihre Nummer …«

Natürlich gab es weder Block noch Bleistift. Ein Taschenbuch lag herum, mit dickem, plastiküberzogenem Umschlag, und sie ritzte die Nummer mit dem Fingernagel in die glänzende Hülle.

Sie öffnete die Haustür und stand draußen in der reglosen Luft. Dort, wo sie das Meer vermutete, in sehr weiter Ferne, hatte der Himmel sich in einen sepiafarbenen Streifen verwandelt. Die Nachmittagshitze fühlte sich an wie Feuer. Sie wußte nicht mehr, warum sie auf die Idee gekommen war, an einem Tag wie diesem, an einem Ort wie diesem zu kochen.

Sie ging weiter, huschte von einem Schattenfleck zum nächsten, stieg langsam die Stufen hinauf. Die Brombeeren waren beinahe reif, sah sie. Vor einer Steinmauer wuchs Rosmarin in stacheligen Büschen. Die trockene Hitze nahm ihr den Atem, und sie wußte, daß sie sehr bald eine harte Kugel Schmerz hinter den Augen spüren würde.

Sie pflückte Rosmarin. Die Stengel wollten zuerst nicht brechen; sie waren zu holzig und zu harzig. Sie riß die Triebe ab, die rund um die merkwürdig farblosen Blüten wuchsen und beinahe Fichten- oder Pinienschößlinge hätten sein können. Sie zerrieb sie zwischen den Fingern, dann vergrub sie ihr Gesicht in den Händen und im Geruch von scharfem, medizinischem Öl, einem Konzentrat des Rosmarins, den sie von kühleren Orten kannte.

Ein Wagen fuhr dröhnend die kurvige Bergstraße herab.

Auf einmal erinnerte sie sich, daß sie den Ofen hatte brennen lassen. Sie rannte die Stufen hinunter und fiel fast in die Küche, prüfte die Luft mit der Hand, während sie eintrat. Sie stopfte die Rosmarinschößlinge in die Hühnerbäuche, schob das Blech ins heiße Rohr und beroch noch einmal ihre Hände: Fett und Medizin. Der Geruch haftete auch an ihrem Mund.

Sie zog die Läden zu und saß im dunklen Wohnzimmer. Die Hitze im Backrohr versengte ein paar übriggebliebene Federn, und ein scharfer Geruch wie Essig erfüllte die Luft, ehe das volle, tatsächliche Aroma von bratender Haut und brutzelndem Fleisch sich ausbreitete. Der Brandgeruch bedeutete nichts, sagte sie sich. Es war alles in Ordnung.

Ich brachte Wasser von der Quelle und trug die sperrigen Fünfliterkanister in die Küche. Ich rief ihren Namen, aber sie hatte nichts zu sagen. Ich schaltete im Wohnzimmer das Licht ein.

»Oh«, sagte ich, »hier bist du. Wie geht's dir?«

Sie ging ins Bad und ließ Wasser aus dem Hahn laufen. Aber sie konnte das Wasser nicht trinken, fiel ihr wieder ein, und falls ihr noch ein paar Zweifel blieben, so trieb sie ihr der Anblick des Wassers bald aus, das kaffeebraun aus dem Hahn floß. Sie langte nach einer Flasche Quellwasser, aber sie war leer. Sie griff nach dem Fläschchen Schmerzmittel und dachte einen Moment, sie werde nie in der Lage sein, dieses Gefühl zu beschwichtigen, daß der Schmerz sie auf eine unzulängliche

Person reduzierte, die keine normalen Empfindungen hatte, die ungeschickt, sogar alt war.

Ich reichte ihr ein Glas reines Wasser. Sie schluckte die Tabletten. Ich sagte: »Komm, leg dich hin. Bitte.«

»Du sollst jemand namens Mello anrufen«, sagte sie. »Die Nummer steht auf deinem Buch.«

»Dem Buch?«

»Ich hab' sie in den Umschlag geritzt.«

Sie hörte mich am Telefon reden und wunderte sich über meinen bestimmten, förmlichen Tonfall. »Ich sehe ihn heute abend«, sagte ich. »Ja, ich will Ihnen gern helfen.«

Exakt wie ein Polizist klopfte ich an die Tür: sechs laute Schläge, die sofortige Aufmerksamkeit forderten.

»Ich denke, wir sollten miteinander reden«, sagte ich.

Er saß mir gegenüber am Tisch, die Hände zu einer Turmspitze gefaltet.

»Du wirst nichts dagegen haben, wenn ich mich umsehe«, sagte ich, ohne daß mein Tonfall am Ende des Satzes merklich anstieg.

»Hey«, sagte Hart. Er fühlte sich überlegen, keine Frage.

»Ich war extrem geduldig«, sagte ich. »Wochenlang habe ich gewartet. Ich dachte, du hättest verstanden, daß ich nicht weggehe, bevor wir das Material, das dem Museum gehört, wiederhaben.«

Hart fragte: »Was für ein Material ist das denn?«

Sein Groll war natürlich verständlich: behandelt zu werden wie irgendein heimlicher kleiner Dieb, ein Professor, der das einzelne koptische Porträt, das griechische Bein, ein bißchen Gold abstaubt, während er in Wahrheit sehr viel mehr gestohlen hatte. Er verkörperte das, was sich in den erotischsten Ängsten der Menschen herumtrieb; wenn sie es nur wüßten. Und auf diese amateurhafte, bürokratische Weise unter Druck gesetzt zu werden: sich sagen zu lassen, was er zu tun hatte, daß er widrigenfalls die Ordnung der Dinge durcheinanderbrächte, während er in Wirklichkeit einer war, der Schlagzeilen machen konnte, und weitaus gefährlicher – das schmerzte.

Diesmal jedoch hatte ich einen Vorteil. »Die Polizei wollte wissen«, sagte ich, »ob du einen Mann namens Martin Arkenhout kennst?«

Er setzte nur zwei Takte aus, aber sein Zögern brachte einen Mißklang ins Spiel, wie der verspätete Einsatz eines Holzbläsers in einem Stück von Bach. Er stand auf und bot Wein an.

Ich konnte nicht wissen, was ich gesagt hatte. Ich nahm den Wein.

»Mello konnte dich telefonisch nicht erreichen«, sagte ich. »Und Anna hat mich sowieso heraufgeschickt: Ich soll dich fragen, ob du zum Essen kommst. Sie kocht.«

Hart war verblüfft. Wir behandelten einander mit derart vollendeter Höflichkeit, so sozial – Fremde, die sich in einem fremden Land verbünden, auch wenn uns ein Verbrechen zusammengebracht hatte. Vielleicht würde Sherry angeboten und genommen werden. Wahrscheinlich würden wir über Tomar sprechen, denn das war faktisch das einzige, was wir drei gemeinsam hatten.

»Was genau soll ich dir geben?« fragte Hart. Ich hielt das für einen Verhandlungsversuch.

»Es fehlen mindestens fünfzehn Bilder«, sagte ich. »Ich will sie alle in perfektem Zustand. Wenn du eines oder mehrere verkauft hast, will ich wissen, wo ich sie finde – und zwar will ich nicht bloß einen Händlernamen, sondern du wirst mir exakt mitteilen, wo sie sind. Wenn eines oder mehrere beschädigt oder vernichtet wurden, dann vergiß das Geschäft.«

»Und dann?«

»Nichts. Ich gehe nach London zurück, du tust, was du willst. Ich bin kein Polizist.«

»Was kocht Anna?«

»Brathähnchen. Mit Kräutern«, sagte ich.

»Wann soll ich kommen?«

»Um neun«, sagte ich. Schon an der Tür, fügte ich hinzu: »Sorgen wir dafür, daß die Sache bis dahin erledigt ist.«

Ich ging nicht nach Hause. Ich drückte mich im Schatten herum, mit Blick auf seine Fenster. Das hatte ich von ihm gelernt, die Art, wie er manchmal ein Schweigen offenließ, damit die anderen es füllten.

Was ich sah, war mir ein Rätsel.

Er riß Koffer auf, einen nach dem anderen, und leerte sie auf dem Boden aus, bis ein wirrer Haufen aus Hemden und Schuhen und Plastikwäschesäcken entstanden war.

Er schlug die schwarzgebundenen Notizbücher auf, die Hart in Amsterdam gekauft hatte, versuchte die Schrift zu entziffern, die wie der Zeiger an einem medizinischen Meßgerät ausschlug. Er untersuchte Bücher, die verschlungen und verdaut worden waren, umgeknickte Seiten, angestrichene Zeilen, Anmerkungen, die sich um den Text eines anderen rankten, ähnlich diesen Schneckenspuren, die Freaks in Bibliotheksbüchern hinterlassen; und er prüfte stapelweise Fotoabzüge von Bildern und Radierungen, sehr neu und glänzend. Er hatte zuwenig mitgenommen, als er Harts Haus geräumt hatte. Er war davon ausgegangen, daß die Gegenstände darin alle zum Haus gehörten. Er hatte sich nie Gedanken darüber gemacht.

Jetzt wußte er, daß jemand den richtigen Zusammenhang hergestellt hatte: zwischen Arkenhout und Hart. Entlang der Kette würden sie nach vermißten Personen, nach plötzlichen Ortsveränderungen Ausschau halten. Bald würden Beweise ans Licht kommen; man konnte niemals alles Blut entfernen oder sichergehen, daß sämtliche abgeschnittenen Körperteile getrennt und anonym bleiben würden. Die Raffiniertheit seines Vorgehens lag darin, daß niemals Zusammenhänge bestanden, und damit war es jetzt vorbei.

Ich sah Panik in seinem Gesicht.

Martin Arkenhout war zurückgekehrt; so erklärte er es später. Arkenhout forderte Hart so nachdrücklich zurück, daß er kaum atmen konnte. Er setzte sich über eine Unterbrechung von zehn Jahren hinweg, als zählte die Zeit überhaupt nicht, deckte Spuren auf, die er verborgen geglaubt hatte, und Zusammenhänge, die so subtil und chaotisch waren wie all diese mathematischen Schlagzeilen darüber, daß ein in einer fernen Galaxie herabfallendes Blatt auf Erden eine Billardkugel von ihrer Bahn ablenken könne. Es war Arkenhout, den er in Florida umgebracht hatte, Arkenhout, der sich in seiner Erinnerung breitmachte, das Ding, das um jeden Preis unterdrückt und beseitigt werden mußte. Jetzt hing der Name wieder in der Luft, und Arkenhout war wie ein Geist aus einem Cartoon, eine Spukgestalt vom Friedhof.

Er konnte zur Ruhe gebettet werden, wenn mein Leben zur Verfügung stand; aber soweit war es noch nicht. Unterdessen mußte er mit Harts totem Leben vorliebnehmen.

Martin war immer der Sieger gewesen, der Mann, der es verstand, sich unaufhörlich neu zu erfinden, ein Faust, der es nicht nötig hatte, mit dem erstbesten Teufel einen höchst einschränkenden Kontrakt zu schließen. Er tat das, wovon andere Männer nur träumen: immer wieder alles Beiwerk über Bord zu werfen und von einem Leben zum nächsten nur das Wesentliche mitzunehmen.

Bis zu diesem Augenblick hatte er nie bezweifelt, daß es etwas Wesentliches gab.

Für einen Moment tauchte er unter das Fenstersims, und ich verlor ihn aus den Augen.

Er stellte einen kleinen Diplomatenkoffer auf den Kopf, und heraus fielen ordentliche Klarsichtfolien mit Versicherungsunterlagen, Kontoauszügen, Briefen, Papieren, wie man sie an Grenzen vorzeigt. Merkwürdig, daß Hart in einem Europa ohne Grenzen so viel mitgenommen hatte – als sei er auf dem Weg zu einer Silbermine tief in den kolumbianischen Wäldern oder zu einer zweifelhaften Insel oder einem Land mit unnachsichtigem Regime.

Ich hatte keine Ahnung, wonach er so hektisch suchte. Papiere flogen durcheinander, rutschten über Plastikfolien; er verbreitete ein Chaos über das ganze Zimmer. Aber damals konnte ich mir ja nicht einmal erklären, weshalb er es überhaupt nötig hatte, nach irgend etwas zu suchen, oder warum ich Panik in seinem Gesicht sah.

Er sagte es mir, später. Es war, als wäre Christopher Hart

lebendig geworden und tobte durch dieses lange, weiße portugiesische Haus: ein Heuchler, ein Kobold, der Sachen versteckte vor diesem zweiten Hart, seinem Erben, vor sich selbst.

Hart besaß einen mächtigen Vulkanitkoffer auf Rädern, eine Art Seemannstruhe mit Namen Globetrotter. Er befingerte die unregelmäßige Oberfläche seines Bodens und fragte sich, ob daran etwas falsch sein konnte. Einer der weißen Innengurte löste sich.

Er fing an zu lachen.

Nun war ihm klar, daß er Harts kleinen, aber perfekt organisierten Kredit mitgenommen und ein materielles Vermögen zurückgelassen hatte. Sicherlich hätte er Hart gut genug spielen können, um die Bilder zu verkaufen. Er hätte eigenes Geld damit verdienen können, dieses eine Mal wenigstens, ein Kapital, das nicht so leicht zu Ende gehen würde, wie ein fremder Kredit zu Ende geht, wenn die Leute beginnen, Fragen zu stellen. Mit dem Geld hätte er sich ein eigenes Leben kaufen können.

Er trat auf die Veranda hinaus. Die Sonne näherte sich dem Horizont, und die Masse der Pinienwälder war ein wenig golden, ein wenig rosa überhaucht: ein Idyll. Es war ein gewöhnliches Schauspiel, von einem gewöhnlichen Ort aus betrachtet. Auch er war gewöhnlich, nachdem er nun mit einem Namen und einer Geschichte verbunden war wie jeder andere.

Mit einem Messer ging er zu dem Koffer zurück. Er hob den Boden an, suchte unter dem Futter.

Nichts.

Er konnte nicht Hart sein, beschloß er. Er konnte diesen John Costa nicht zufriedenstellen und die gestohlenen Bilder vorlegen; Hart zu sein bedeutete also ständigen Ärger.

Wenn er jedoch John Costa wäre, dann wäre die Verbindung zwischen Arkenhout und Hart endgültig abgerissen. Er würde einen Körper und einen Namen zurücklassen, der alle seine Verbrechen und Abenteuer tragen konnte.

Zu mir sagte er, daß er einen Tod noch nie auf diese Weise

betrachtet hatte: als etwas, das nicht nur notwendig, sondern befriedigend war.

Die nächsten Tage waren wie das Essen an jenem Abend: eine Art Tanz, zwei Menschen, auf Leben und Tod ineinander verhakt, und ein dritter, der sich dazwischendrängte. Manchmal war es Hart, der sich als der Eindringling fühlte, sagt er. Manchmal war es Anna. Sie sagt, sie konnte nicht abschätzen, was zwischen Hart und mir vorging. Wir waren alle in irgendwelche Angelegenheiten verstrickt, die wir aus Höflichkeit nicht erwähnen, geschweige denn abschließen konnten: einen Diebstahl, eine einstürzende Ehe, einen potentiellen Mord.

Harts Schlaf, erzählte er Maria später, wurde von Träumen unterbrochen – von Träumen, daß der Sommer auch in Holland brutal gewesen war und der Fluß Vecht nur wenig Wasser führte. Daß es die Vecht war, erkannte er an den Flußbiegungen, den Kastanien, den Villen und dem ständigen Verkehr auf dem Wasser: kleine, muntere Boote zwischen Wiesen.

Seine Mutter saß teetrinkend an einer Schleuse. Die Schleuse öffnete sich, und ein langes Boot glitt hinein. Die Tore wurden geschlossen, der Wasserspiegel senkte sich. Doch die Schleuse hörte nicht auf, sich zu leeren – so lange, bis alles Wasser abgeflossen und der Boden glänzender Schlamm war.

Seine Mutter stand in der Schleusenkammer und versuchte, das Boot mit den Schultern zur Seite zu stemmen. Sie schaffte es nicht. Sie glitt aus und fiel in den Schlamm, und vor ihrem Gesicht tauchte etwas Blankes, Weißes auf. Sie lag da, Auge in Auge mit den leeren Höhlen eines Schädels.

Laut sagte sie: »Martin, ist alles in Ordnung, Martin?«

Dies geschah wirklich, doch nicht Mevrouw Arkenhout machte die Entdeckung, sondern ein Junge namens Piet, elf Jahre alt, der Sohn eines Funktionärs der Künstlergewerkschaft und einer Lehrerin, der an der Schleuse mithalf und viel schneller war als der offizielle, alte Schleusenwärter. Piet zog den Schädel heraus und sagte, er wolle ihn behalten, weil er Wunden habe und sicher von einem berühmten Krieger stamme, wahrscheinlich Krull oder Conan.

Die Polizisten hörten nicht auf ihn. Statt dessen fingen sie an, Untersuchungen vorzunehmen.

6

Am Nachmittag kam Maria, um Hart zu besuchen.

»Die Polizei hat nach dir gefragt. Schon wieder«, sagte sie.

»Ich wüßte nicht, warum.«

»Vielleicht kontrollieren sie die Ausländer.«

»Das tun sie doch nie. Oder?«

Sie hatte ihm schon eine Rolle für den Nachmittag erfunden: ein Flüchtiger, der sich unter Lebensgefahr versteckt. Sie legte einen Laib Brot auf den Küchentisch und stand da, schmal und zerbrechlich in ihrem Sommerrock. »Du solltest die Läden geschlossen halten«, sagte sie. »Sonst wissen die Leute, daß du da bist.«

Er konnte sich nicht beschweren. Sein Leben – alle seine Leben hingen genau davon ab: daß er das war, was die Leute von ihm erwarteten.

Sie ging durchs Haus und kontrollierte Türen, schloß Läden, zog in der Dunkelheit die Vorhänge zu. Die einzige Helligkeit, die noch blieb, war das Schimmern von Haut, das helle Holzbrett unter der vorderen Eingangstür, ein paar Lichtpfeile, die durch die Ritzen zwischen den Bohlen der Holzdecke fielen.

Auf der Türschwelle trat sie auf ihn zu. Sie knöpfte sein Hemd auf, zerrte es ihm vom Leib, und dann stürzte sie auf ihn zu, als könnte sie all die verzweifelte Großleinwand-Leidenschaft sämtlicher Kinos der Welt mit Gewalt in diesen einen Augenblick zwängen, und sie lächelte. Dann küßte sie ihn heftig.

Er kannte die Stichworte. Er hatte seine Hände hoch oben unter ihrem Rock und bewegte sie rasch, aber er brauchte sie nicht zu überreden; sie sah sie beide in einem Film noir, zwei verlorene Seelen, die sich auf dieses letzte Feuer stürzten. Die Choreographie versagte nur an den üblichen Schwachstellen: wenn man sich aus der Unterwäsche winden, aus der Jeans schälen muß. Danach hielten sich die Körper wieder ans Drehbuch, und es war weder Zeit noch Leben zu verlieren – er stand, sie hatte die Beine um ihn geschlungen, und ihr ganzes Gewicht, schien es, konzentrierte sich darauf, ihn so tief wie möglich in sich aufzunehmen.

Beide Körper waren heiß und schweißnaß, ihr Atem verzweifelt. Es war alles so dringend, so folgerichtig, so angemessen für die letzte Nacht eines Verurteilten, daß sie es nicht besser hätte inszenieren können.

Danach sammelte sie ihre Kleider ein.

»Ich wollte dir bloß wegen der Polizei Bescheid sagen«, sagte sie. »Damit du nicht überrascht bist.«

Einen Moment lang wußte er nicht, ob dies ebenfalls Teil der Nachmittagsvorstellung war, die sie gerade hinter sich gebracht hatten.

In jenen Tagen nistete sich in meinem Haus eine Routine ein. Das Haus war meine Zelle gewesen, eine Zuflucht, ein Ort ohne Assoziationen, wie ein Hotelzimmer; Annas Gegenwart erfüllte es jetzt mit unserem gemeinsamen Leben. Die Anordnung der Stühle war auf einmal wichtig; sie bestimmte, wie wir während des Abends miteinander reden würden. Das Bett war gelüftet und gemacht, die Laken straffgezogen.

Und es wurden Lebensmittel benötigt. In Vila Nova war mittwochs und samstags Markttag. Anna hatte diese Bilder aus Hochglanzillustrierten im Kopf, die die Provence auf Tellern anrichten: ein Dutzend Sorten Ziegenkäse vielleicht und dazu prächtige Salatblätter.

Vorbei an dem beinlosen Bettler, dem Kuchenverkäufer, den

Blumenmädchen und den Metzgerläden bahnten wir uns einen Weg in die Markthalle: schmale Gänge zwischen schmalen Tischen, Frauen über Büscheln von Blattgemüse, pelzigen Pfirsichen, Wäldern aus hohen orangeroten Feuerlilien, schlaffem Koriander und saftig glänzenden Zwiebeln. Jenseits des weiblichen Territoriums befanden sich die Stände mit Käse, mit Stockfischen, übereinandergeschichtet wie Bretter, mit Würsten an Stangen, der Mann, der Küken verkaufte, die professionellen Gemüsehändler mit ihren traurigen grünen Paprikaschoten und ihren Kiwis und Nektarinen aus Spanien.

Die Halle war sehr praktisch; hier konnte man sich mit Brunnenkresse und Speck, mit kernigen Äpfeln und Kartoffeln eindecken. Aber der beharrliche Menschenandrang, die Art, wie die Frauen einen herbeiriefen, die kleinen Haufen aus allem, was an diesem Morgen aufgeblüht oder geerntet und hier aufgeschüttet worden war, um in Bargeld verwandelt zu werden, hatten auch etwas Mittelalterliches. Man hätte eher erwartet, auf Stroh oder Matsch auszurutschen, statt über städtischen Beton zu gehen.

»Was brauchst du denn?« fragte ich.

»Schinken. *Presunto*. Vielleicht einen Fisch.«

Es gab lange, stachelige Fische, die aussahen wie bewaffnete Aale, und in Stücke geschnittene, undefinierbare, grobe, dunkelfleischige Wesen. Nichts war einem wirklich vertraut. Die Sardinen lagen in Kisten unter den Tischen, manche nur leicht gesalzen, andere begraben unter einem Hagel aus grobkörnigem Salz; die kannte man zumindest. Anna stieß gleichzeitig an die Grenzen ihrer Neugier und ihres Interesses: sie wollte sauberen Kabeljau, filetierten Lachs.

»Wir können immer noch Huhn essen. Oder wir gehen essen.«

»Ich möchte aber Fisch kochen.«

Also kaufte sie *corvinho*, nicht ganz sicher, was das war, und eine knotige Sorte Schneeerbsen, Kartoffeln und Käse und Pfirsiche, dazu Petersilie und Kopfsalat und ein Büschel Zitronenmelisse, um Tee zu kochen. Sie nahm Kostproben der einheimischen Spezialitäten.

Ich wartete auf sie, an das Geländer gelehnt, wo die Gruppen schwatzender Männer standen, vertieft in Marktgespräche und -geschäfte.

Ich sah Arturo, aber er stand nicht bei den anderen. Er ging zwischen den Tischreihen hindurch, in jeder Hand einen Eimer.

Ich wußte, daß Männer niemals in den Frauenbereich eindringen, um hier etwas zu verkaufen.

Die Leute traten beiseite, um ihn vorbeizulassen, weil er hier nichts zu suchen hatte; abgesehen davon hatte der Markt schon vor zwei Stunden begonnen, und die beste Ware war ausverkauft.

Er stellte die Eimer auf den Tisch. Er leerte rosarote, wachsige Kartoffeln aus, die auf dem schmalen Steintisch in alle Richtungen davonpurzelten.

Die Frauen nickten. Aber niemand sprach mit ihm oder sah ihn direkt an. Die Plätze links und rechts von ihm waren leer.

Ich sah ihn als Freund, als Verbündeten. Aber ich wußte auch nicht, wie ich ihn begrüßen sollte; an diesen Tischen zu kaufen war für einen Mann ebenso merkwürdig, wie hier zu verkaufen.

Anna tauchte aus der Menge auf, beladen mit durchsichtigen blauen Plastiktüten. Ich nahm ihr ein paar aus der Hand und führte sie rasch aus der Markthalle.

Zu Hause breitete sie die erstandenen Lebensmittel aus, als wären sie eine Landkarte, die sie lesen konnte.

Sie hatte auch für mich kleine Fußfallen ausgelegt. »Wenn ich nur wüßte, was dich so beschäftigt«, sagte sie. Und: »Hast du über deinen Vater etwas erfahren?« Das sagte sie beiläufig, während ich mir den Sonnenuntergang ansah oder Schuhe putzte, wie um ihre Worte an meiner Wachsamkeit vorbeizuschleusen.

Dann, nachdem ich einen Tag lang keine Antwort gegeben hatte, wurde sie plötzlich ärgerlich: »Ich bemühe mich wenigstens. Warum du nicht?«

Ich starrte sie an.

»Du treibst vor dich hin«, sagte sie. »Du läßt dich nicht auf mich ein. Du rufst das Museum nicht an. Es ist, als existierte London gar nicht mehr für dich.«

Ich weiß nicht mehr, was ich ihr darauf antwortete. Hoffentlich sagte ich nicht: »Sei doch nicht dumm«, aber wahrscheinlich war es das.

Nachmittags gingen wir ins Bett, jeder auf seiner Seite des Bettes, wegen der Hitze, dachten wir beide. Sie überbrückte die Kluft. Sie streckte eine Hand aus, und ich dachte, ich sollte sie halten; sie aber wollte meinen Rücken streicheln, während ich dalag. Ihre Finger fuhren meine Wirbelsäule entlang, strichen über meine Haut, ließen mich ahnen.

»Dreh dich zu mir«, sagte sie.

Ich drehte mich um. Ich war hart, natürlich. Sie lächelte. Doch statt aufeinander zuzustürzen, statt zu lachen oder den Augenblick zu genießen, waren wir gelähmt, als genierten wir uns. Das Verlangen war da, alle Reaktionen so, wie sie sein sollten; aber sich weiter darauf einzulassen kam uns plötzlich abwegig vor, ja, es war uns beinahe peinlich, als versuchten wir nur die Zeit totzuschlagen.

Sie küßte mich einmal auf die Stirn und ließ sich zurücksinken, distanziert, als wäre sie immer noch in London, so nahe wie die Länge meiner Finger. Ich stand auf und stellte mich unter die Dusche, ließ das braune Wasser laufen und hoffte, es würde sich klären.

Später machte Anna frische Limonade, und wir saßen auf der Veranda und schauten ins Tal hinunter, auf die schimmernden Schieferdächer, die Vögel, die zwischen den Bäumen hin und her flatterten, den dahinfließenden Bach.

Weil ich nichts anderes über die Zunge brachte, sagte ich: »Komisch, daß Arturo heute auf dem Markt war. Zulmira habe ich nicht gesehen.«

Sie nickte.

Wir wußten beide, daß dieser Nachmittag mehr bedeutete als ein schlechter Tag im Bett, der mit der nächsten guten Nacht ganz einfach wettgemacht wird. Es fehlte nicht an der Lust. Uns fehlte die Verbindung.

Du könntest hinübergehen«, sagte Anna. »Ja, vielleicht solltest du wirklich nach ihnen schauen.«

Also stieg ich die Treppe zum Haus von Zulmira und Arturo hinauf, klopfte an das Metalltor, dann öffnete ich es und trat in den Innenhof. Es war ein offener Platz mit kleinen Beeten für Ringelblumen und Kopfsalat, mit Brennholzstapeln und Betonstiegen an zwei Seiten, die zu Zimmern hinaufführten, und Tieren: einem Schwein, das in einer Ecke untergebracht war, Kaninchen in Maschendrahtkäfigen, einem Konvoi von Hühnern, die auf die Welt einhackten, und einem seilspringenden Kind. An einer Wand strebten Geranien in die Höhe.

Ich rief: »Zulmira? Arturo?«

Arturo trat aus dem Schatten auf die Veranda heraus. »Senhor João«, sagte er.

»Alles in Ordnung? *Tudo bem*?«

»*Tudo bem*«, antwortete Arturo, nicht sehr überzeugend.

»Wirklich?«

Er schüttelte leicht den Kopf. »Könntest du mich vielleicht in die Stadt fahren, mich und Zulmira. Ich glaube, wir sollten in das kleine Krankenhaus in Vila Nova gehen.«

»Ist Zulmira jetzt krank?«

»Ich bringe sie hinunter.«

»Kann ich helfen?« fragte ich.

Aber er war schon wieder in den Schatten zurückgetreten, und ich war halb blind von der gleißenden Sonne.

Anna wollte ebenfalls helfen. Es war ihr sogar noch wichtiger, als mich beschäftigt zu wissen, obwohl sie mich jetzt mit der wohlbedachten Freundlichkeit behandelte, die man einem Trauernden entgegenbringt.

»Da«, sagte sie. »Da sind sie ja.«

Arturo kam die Stufen herunter, Zulmira neben ihm. Ich wußte, daß seine Beine ihn manchmal im Stich ließen, aber jetzt hielt er den Blick starr geradeaus, als richtete er seinen gesamten Willen auf die Bewegung die Treppe abwärts. Zulmira schien an seinem Hals zu hängen. Unter ihren Augen sah ich dunkle Flecken, wie Blutergüsse unter der Haut, und sie stolperte und schleifte mit den Füßen über die Steine.

Ich wollte helfen. Anna wollte helfen. Wir haben dieselben Instinkte in so unterschiedlicher Form: Anna ist sicherer, daß sie in ein Leben eingreifen kann, während ich ein geborener Bürokrat bin und Einwände finde. Aber wir sind beide hilfsbereit, immer.

Arturo nahm mich nicht zur Kenntnis. Er ging einfach weiter, Zulmiras Arm um seinen Hals. Ich war so sehr an ihre unverwüstliche Kraft gewöhnt, wenn sie auf dem Feld arbeitete, einer Ziege nachsetzte, Gemüse erntete, mit einer Hacke den Boden bearbeitete, daß die Schlaffheit ihres Arms mich erschreckte.

Daß etwas Besonderes vor sich ging, war anscheinend allgemein zu spüren, denn Hart sah von oben zu. Er begegnete meinem Blick. Er zuckte die Achseln. Die übliche nachmittägliche Stille schien auf uns allen zu lasten.

Arturo und Zulmira waren auf der Straße angelangt. Arturo hielt seine Frau mit einer Hand fest und öffnete mit der anderen die Tür meines Wagens; sie konnte nicht stehen. Er setzte die ganze alte, in Jahren gespeicherte Kraft seines Körpers ein, um zu verhindern, daß sie auf dem Boden zusammensackte.

Er setzte sie auf den Rücksitz des Wagens. Auf dem Dorf, wo jeder auf jeden aufpaßt, werden Autos nie abgesperrt.

»Geh doch hin und hilf ihnen«, sagte Anna.

Ich stolperte zu ihnen hinunter.

Arturo saß auf dem Beifahrersitz. Ich kletterte in den Wagen, ließ den Motor an und schaute zurück, um mich zu vergewissern, daß die Straße frei war.

Zulmira saß schräg da, ihr Kopf war nach hinten gekippt, die Arme lagen schlaff zu beiden Seiten des Körpers. Ich sah, daß ihre Augen sich nach oben verdreht hatten.

Endlich erkannte ich den Geruch: eine verdorbene Abart von Schweiß und Fleisch, überlagert von süßlicher, billiger Seife. Zulmira war tot.

Mit der Reaktion der Polizei hatte niemand gerechnet. Der sonst so freundliche, höfliche Mello war jetzt kurz angebunden; er behauptete steif und fest, Arturo habe einen Tod verheimlicht, und entdeckte verdächtige Umstände, und er ließ ihn in die Stadt hinunterbringen, um ihn für die Dauer der Ermittlungen in Untersuchungshaft zu nehmen, obwohl der Mann sich kaum auf den Beinen hielt und nur gehen konnte, wenn er seinen gesamten Willen zusammennahm. Die Polizei besetzte das Dorf und kontrollierte alles und jeden; die Leute kamen von den Feldern heim, um ihre Personalausweise zu suchen. Jeder galt als unentbehrlicher Zeuge und durfte das Dorf nicht verlassen.

Ich liebe Annas Empörung. Sie hätte sich zwischen die Polizei und die Frauen geworfen, wenn sie gekonnt hätte. Aber sie sprach kein Portugiesisch und konnte nie genau sagen, welches Unrecht rings um sie eigentlich begangen wurde; deshalb blieb ihre Wut allgemein und wirkungslos. Das erbitterte sie noch mehr.

Sie entschuldigte sich bei ihrem College. Ich entschuldigte mich beim stellvertretenden Direktor und erklärte ihm, ich würde aus Gründen, die außerhalb meines Einflusses lägen, in Portugal zurückgehalten.

»Sie haben aber ein ereignisreiches Leben«, sagte der stellvertretende Direktor.

Ich dachte, noch enger konnte die Welt sich nicht um uns schließen. Sie bestand aus Anna und mir in unserem schachtelförmigen Haus, nervös einander umkreisend, und Hart, der stets beobachtete. Er witterte Tränen und Streit und studierte sie. Er versuchte die Distanz zwischen uns einzuschätzen.

Ich vermißte die Gespräche mit Arturo über Bienen, vermißte die Stadt und den Staub.

Formentina, das mir als ein so perfekter Hintergrund für ein Leben erschienen war, verlor seinen Glanz, wie das Papier einer Zeichnung mit dem Alter mürbe wird oder die Lasur eines Gemäldes rissig oder wie Vandalen etwas so Wunderschönes wie das *Liber Principis* zerschneiden. Aber es gab keinen Raum für meinen sonst so flammenden, rechtschaffenen Zorn über eine solche Veränderung. Arturo hatte nichts Falsches getan, Zulmira erst recht nicht. Hart hatte das Dorf nicht verändert; ohne ihn hätte ich es nie gefunden.

Anna wollte abreisen. Das sagte sie ein- oder zweimal. Sie fragte, warum ich nicht mit meinem Freund, dem Hauptmann

Mello redete und ihn fragte, wann er den Zeugen endlich zu gehen erlaubte.

Ich fand Mello in der Kaserne der Guarda Nacional.

»Es tut mir sehr leid«, sagte Mello. »Wir mußten ziemlich ungewöhnliche Maßnahmen ergreifen. Das werden Sie sicher verstehen.«

»Ich verstehe nur, daß meine Frau dringend …«

»Ihr Professor Hart«, sagte Mello. »Er ist von Interesse für uns. Es findet eine zweite Untersuchung statt. Aber das konnten Sie sich wahrscheinlich schon denken.«

»In der Tat.«

»Sie brauchen mir nicht zu sagen, warum Sie an Hart interessiert sind. Ich habe schon eine Ahnung. Die niederländische Polizei hat mit den Leuten vom Rijksmuseum geredet, ungefähr so was.«

Seine Sätze wirkten wie ein Verhör, so daß ich sehr darauf bedacht war, keinerlei Reaktion zu zeigen.

»Hören Sie«, sagte er. »Diese zweite Untersuchung ist äußerst ernst. Das sollten Sie wissen. Viel mehr kann ich Ihnen nicht verraten. Ich habe schon zuviel gesagt.« Seine Worte klangen wie ein Bühnenmonolog aus einer viktorianischen Gaslicht-Geschichte, denn das war das Englisch, das er kannte: Stoff für einen Romanschriftsteller.

»Sie meinen, Sie halten ganz Formentina fest, damit Sie Hart jagen können? Ist das nicht ein bißchen übertrieben?«

»Es ist ja nur für einen oder zwei Tage. Diese zweite Untersuchung ist äußerst schwerwiegend.«

»Aber meine Frau …«

»Wenn wir Mr. Harts Haus durchsuchen müssen, könnten Sie jedenfalls zufällig auch dort sein.«

Ich starrte ihn an.

»Ich werde Sie anrufen«, sagte er. »Wir können diese Sache zu jedermanns Vorteil zu Ende bringen.«

Maria Mattoso war nie mit einer Strafsache befaßt gewesen, und ihre Mandanten waren normalerweise nie Portugiesen; aber Anna überredete sie, und ich unterstützte Anna.

So fuhr sie also zum städtischen Gefängnis. Es war einmal ein Bischofspalast gewesen: eine massive ovale Mauer, und alles, was man von außen sehen konnte, war eine golden und weiße Kuppel mit riesigen Glasscheiben, bestückt mit Wächtern. Die Tore wären immer noch eines Palastes würdig gewesen.

Maria Mattoso parkte ihren Wagen, zeigte ihren Ausweis und betrat das Gefängnis. Die Reglosigkeit des Korridors und das Gefühl zusammengedrängten Lebens ringsum beunruhigte sie.

Arturo wurde vorgeführt; er trug einen orangefarbenen Overall und darunter sein altes Hemd.

Er sagte: »Es ist sehr nett von Ihnen, daß Sie kommen.«

»Wie geht es Ihnen?«

Er bemühte sich gar nicht erst um eine Antwort.

»Ich habe Ihnen zu essen gebracht.« Darauf hatte Anna bestanden.

Arturo sagte: »Ich habe keinen Hunger.«

»Aber irgendwann werden Sie Hunger haben.«

»Ich will nichts haben, was sie mir wegnehmen können.«

»Wer nimmt Ihnen denn Essen weg?«

Arturo sagte: »Wir schlafen in Etagenbetten, wissen Sie. Vierzehn in einem Raum. Ich bin in der unteren Koje, und der Mann über mir ist nicht sauber. Und ich kann nicht raus.«

»Ich weiß, daß es hier nicht gut ist.«

»Es gibt zwar Toiletten, aber sie funktionieren nicht.«

»Selbst wenn Sie angeklagt werden, haben Sie Rechte. Vielleicht läßt man Sie gegen Kaution frei.«

»Ich kenne diese Leute nicht«, sagte Arturo. »Sie sind jung. Sie murmeln in der Nacht vor sich hin. Sie sind tätowiert.«

»Sie gehören nicht hierher.«

»Aber ich bin hier«, sagte Arturo. »Ich muß hier sein.«

Für einen Moment wußte sie nicht, wie sie das Gespräch fortsetzen sollte. Sie konnte die Anwältin sein, die kalkulierende Beschützerin. Sie konnte Maria Mattoso sein, die einen vor Trauer erstarrten Mann vor sich hatte.

»Von einer Straftat geht man nur im technischen Sinn aus«, sagte Maria. »Es besteht kein Zweifel, daß Zulmira an einer natürlichen Ursache gestorben ist. Einer nicht erkannten Herzerkrankung.«

»Warum bin ich dann hier?«

»Ich weiß es nicht. Sie haben ihr jedenfalls nichts getan.«

»Ich habe sie gewaschen. Ich habe getan, was ich konnte.«

»Das wissen alle.«

»*Sie* hätte ins Krankenhaus gehen und sich untersuchen lassen sollen. Nicht ich.«

»Das ist keine strafbare Unterlassung, sondern das Problem der Ärzte.«

»Warum dann ...?« Aber er machte sich nicht die Mühe, den Satz zu beenden. Er war sein Leben lang von der Obrigkeit mit willkürlicher Gleichgültigkeit behandelt worden; er war nicht überrascht. Wenn er sich jetzt Wut und Auflehnung gestattete, hätte er sein ganzes Leben lang zornig sein müssen.

»Es wird noch schlimmer. Ich habe es schlimmer gemacht.«

»Das meinen Sie nicht ernst.«

»Die Männer in dieser Zelle«, sagte Arturo. »Ich glaube, sie sind vielleicht rauschgiftsüchtig. Vielleicht wird es ihnen schlecht gehen. Ich mag dort nicht schlafen.«

Er stand auf.

»Gestern«, sagte er, »haben sie uns nichts zu essen gegeben.«

Maria stand ebenfalls auf. »Ich werde Beschwerde einlegen«, sagte sie. »Ich werde tun, was ich kann.«

Arturo sagte: »Es ist wahrscheinlich Gottes Wille. Ach, könnten Sie nur Zulmira fragen. Sie weiß alles über den Willen Gottes.«

Maria sah ihm nach, während er davonging, um feste Schritte bemüht, aber auf wackligen, wankenden Beinen. Sie sah zu, wie die Tür hinter ihm ins Schloß fiel. Sie nahm einen Hauch Desinfektionsmittel wahr, der mit Schwaden von altem Schweiß und Scheiße im Kampf lag, die Fenster über einem gnadenlosen Tag geschlossen, und die Luft verbraucht von einem Dutzend Männern.

Ich nehme an, Arturo ließ sich auf seinem Kojenbett nieder. Saß da und betrachtete die unterschiedlichen Risse in der Wand und hielt Ausschau nach den winzigen Bewegungen, die sie zu vollführen schienen, seitdem er seine Brille nicht mehr hatte. Für Männer in Untersuchungshaft hatten die Wärter keine Arbeit; Verurteilten erging es besser, sie hatten größere Zellen. Also pflanzte Arturo einen Garten in die Mauer. Mit seinen schlechten Augen konnte er seine Weinstöcke wieder sehen, seine Stangenbohnen und das intensive Grün des Kartoffelkrauts.

Die Beerdigung war anders als bei meinem Vater. Die Leiche kam in einem billigen Pinienholzsarg aus der polizeilichen Leichenhalle. Arturo wurde aus dem Gefängnis gebracht, gedemütigt durch Handschellen, unfähig, irgend etwas anderes zu tun, als dazustehen und die Tränen zurückzuhalten. Der Totengräber veranstaltete eine Szene und ließ den Sarg nicht eher zwischen den trockenen Lehmwänden der Grube hinab, als bis man ihm sein Honorar und ein anständiges Trinkgeld gezahlt hatte.

Arturos und Zulmiras Familien, ein kleines Knäuel von Menschen, standen herum, bis der Sarg mit Erde bedeckt war.

Anna sagte: »Er weiß nicht, daß sie tot ist.«

»Natürlich weiß er es.«

Sie schüttelte den Kopf. »Er hat mehrere Nächte neben ihr geschlafen. Maria hat es mir erzählt.«

»Die Frauen sterben praktisch nie zuerst«, sagte ich. »Du brauchst bloß die vielen Frauen in Schwarz zu zählen.«

»Um die Frauen macht sich also keiner Gedanken? Die Männer bringen sie ins Krankenhaus, und nach den Frauen fragen sie nicht einmal.«

Ich erinnerte mich an die Bemerkung der Krankenschwester, die gesagt hatte, Zulmira sollte einen Arzt aufsuchen, und ihre Bemerkung über die Leute vom Land. Aber auch sie hatte nicht weiter darauf bestanden.

Der Friedhof war ein Gehege aus heißen weißen Mauern, leuchtend im Widerschein von hellem Marmor und Bruchstein, blassen Grabsteinen und poliertem Metall. Wir kamen um vor Hitze.

Sie zuckte die Achseln. »Ich würde gern das Grab deines Vaters sehen«, sagte sie.

Ich legte ihr eine Hand auf die Schulter, ließ sie ein Stück tiefer gleiten. »Ich weiß, daß du bald fortmußt. Ich wäre froh, wenn du nicht gehen müßtest. Ich wäre froh, wenn ich einfach mitkommen könnte.«

»Dann komm doch mit«, sagte sie. Sie war an keiner Rhetorik mehr interessiert.

»Nein, ich muß das durchziehen, ich kann jetzt nicht aussteigen.«

»Warum?« fragte sie. »Was mußt du durchziehen?«

Ich war mir nicht ganz sicher, was sie meinte. In einer Woche war meine Freistellung abgelaufen, aber ich hatte die polizeiliche Anweisung, mich zur Verfügung zu halten; das war ein Vorwand. Ich beobachtete Harts irritierende Selbstsicherheit, sein strahlendes Geplauder, und wollte ihn überführen. Ich brauchte eine Antwort auf all die Rätsel, die Mello über die Vergangenheit meines Vaters ausgestreut hatte.

Anna hatte keine Mühe, das Grab meines Vaters zu finden, es war die einzige Marmorgruft, die es gab. An den Türen hatten sich schon die ersten Flechten festgesetzt.

»Und sie haben den Sarg einfach in ein Fach geschoben?« fragte sie. »Einfach so?«

Ich gab keine Antwort.

»Entschuldige. Ich wollte nicht ...«

»Es ist eine Familiengruft. Ich weiß nicht, wen er sonst noch erwartet hat.«

Anna wartete.

»Ich möchte immer noch wissen«, sagte ich, »wer er war, bevor er nach London ging, und wer er war, als er hierher zurückkam. Und ob London einfach bloß eine bedauerliche Lücke in seinem Leben war.«

»Er hat dich sehr geliebt.«

»Er wollte einen Engländer aus mir machen.«

»Er wollte dich schützen.«

»Oder mich abgeben, mich in die Verantwortung anderer abschieben, damit ich von ihm nichts mehr verlange. Ich weiß es nicht.«

»Das wirst du nie wissen.«

»Aber ich denke immer noch darüber nach. Ich frage mich, was es bedeutet, wenn man sich an einem Ort zu Hause fühlt, den man gar nicht kennt. Ich bin ständig am Grübeln. Und frage mich, warum ich nicht so empfinden kann wie er. Kommen Väter und Söhne normalerweise nicht vom selben Ort, egal, wohin sie später gehen, egal, wie sehr sie sich verändern?«

Anna sagte: »Gehen wir irgendwohin, wo wir sitzen können. Es ist sehr heiß.« Sie warf einen letzten Blick in die Gruft. Sie sah vier Fächer, von der Tür ein wenig abgesetzt, und rechts einen einzelnen Sarg mit einer kleinen Marmorplatte. Der Sarg war noch immer makellos; anders als bei den Holzsärgen, die im Boden versenkt werden, kann man sich dem polierten Stein und Messing nicht entziehen.

»Jetzt weißt du soviel wie ich«, sagte ich.

»Sein Haus möchte ich noch sehen«, sagte sie. »Zeig mir sein Haus, bevor es jemand kauft.«

»Ich habe mich noch nicht entschieden, ob ich es verkaufen will«, sagte ich.

Auf dem Weg zwischen der Kirche und dem Friedhof wirbelten wir Staubwolken auf, lebendigen, aggressiven Staub, der sich an den Gaumen heftete und in den Augen brannte. Am Wegrand standen hitzebeständige Blumen, weit geöffnete blaue Papierscheiben auf grünen Stengeln.

»Was heißt das, du hast dich noch nicht entschieden?« Ich hatte einen entrüsteten Ton erwartet, doch ihre Stimme klang flach: der Tonfall einer Lehrerin, die sich ihrer Autorität sicher ist.

»Ich kann mich nicht entscheiden«, sagte ich.

»Dann laß es mich sehen«, sagte Anna.

Unterwegs sprachen wir kein Wort.

Ich parkte vor dem Haus meines Vaters. Anna stand an den Wagen gelehnt und betrachtete die steinernen Löwen, die gepaarten Putti, den wasserlosen Brunnen mit hohen, braunverdorrten Grashalmen ringsum, den gewaltigen falschen Bruchsteinkamin und das Schmiedeeisen überall. Ein Sortiment von Träumen und Sehnsüchten, zerkleinert und zu einem ehrgeizigen Teig verknetet: Das war dieses Haus. An der Wand blühte eine einsame, zähe rote Rose, die Blüten weit geöffnet und beinahe schwarz.

»Ich wußte nicht, was ich erwarten sollte«, sagte sie.

»Er wollte alles, was andere Leute haben, bloß noch größer. Das war mir nicht klar. Vielleicht ist das der gemeinsame Traum aller *emigrantes*. Man muß zeigen, daß sich die Mühen und der Kummer eines Lebens in der Fremde ausgezahlt haben.« Ich öffnete das Tor zu dem kleinen Vorgarten. »In Südlondon wäre so ein Haus unmöglich gewesen.«

»Löwen hatte er gern.«

»Alle haben Löwen. Er hat auch Gipsananas.«

»Und Terrassen ...«

Ich zog mehrere Schlüsselbunde aus der Tasche. Die Londoner Schlüssel halfen nichts, ebensowenig die Schlüssel vom Museum. Der Satz leichter Schlüssel mit der Farbe und dem Gewicht von Aluminium gehörte zu dem Haus in Formentina.

»Ich habe die Schlüssel nicht dabei«, sagte ich und drehte mich zu Anna um. »Ich dachte wirklich, ich hätte die Schlüssel mitgenommen. Ich wollte sie nicht zu Hause lassen.«

Anna war schon die Treppe hinaufgestiegen, stand an einem Fenster und spähte in das dunkle, kühle Haus hinein, konnte die massiven Stühle, die Messinglampen auf Tischen ohne Fotografien ausmachen.

»Ich glaube nicht, daß er irgendwas von London mitgebracht hat«, sagte ich.

»Wahrscheinlich wollte er noch mal von vorn anfangen.«

»Aber er hat nicht einmal Bilder oder Fotos mitgenommen. Nichts. Als hätte sein ganzes Leben in London nie stattgefunden.«

Sie schaute zu mir herunter. Heute sagt sie, daß sie einen Mann sah, der loyal war, seinen Gewohnheiten verhaftet und den Boden unter den Füßen verloren hatte. Sie empfand eine große Traurigkeit, denn sie hätte mich gern in die Arme genommen – aber das ging nicht mehr.

Frauen schnitten Futter für die Ziegen: Gras, Ampfer, Lavendel. Zulmiras Tochter nahm den Morgenbus, denn donnerstags putzte sie in einem Haus in Vila Nova. Ein paar Männer aus dem Dorf, die als Tagelöhner den Hügel aus rotem Ton rodeten, damit die Kachelfabrik ihn abbauen konnte, fällten Eukalyptusbäume, die anderen arbeiteten wie üblich auf Baustellen, schleppten schweißüberströmt Balken und Steine oder nahmen sich grünes Holz vor und lackierten es so sorgfältig, daß es aussah, als gingen sie auf Spiegeln.

Ich weiß, daß Arturo in seiner Zelle diese normalen Tätigkeiten mehr vermißte als alles andere, – ein Gelände roden, goldgelbe Weidenzweige zu einem Zaun zusammenbinden, Bäume abstützen, eine Klinge schärfen und verwenden, bis sie stumpf geworden ist. Mit der Phantasie konnte er an einem Tag die Arbeiten eines ganzen Jahres durchleben, jedoch ohne die Befriedigung, sich bewegt, die Muskeln eingesetzt, sich nützlich gemacht zu haben; und wenn er sich nicht nützlich machen konnte, war er verloren.

Das weiß ich, denn ich empfinde genauso. Ich war in gewisser Weise verpflichtet, Hart dingfest zu machen und diese Bilder zurückzubringen. Meine Stelle, meine Glaubwürdigkeit mochten davon abhängen, aber ebensosehr mein Selbstgefühl, nachdem mir so vieles andere abhanden gekommen war: das Bild, das ich von meinem Vater hatte, meine Ehe, der Ort, an den ich gehörte. Es gab Tröstungen, natürlich: Wälder, Berge, Frieden, Quellwasser, vielleicht sogar die Würde der Arbeit, den Zyklus der Jahreszeiten. Alles, was wunderbar war, wenn man jederzeit gehen konnte, und ein Gefängnis, wenn man bleiben mußte.

Auf der anderen Seite des Berges finde wieder eine *festa* statt, verkündete Maria. An diesem Tag war sie die Animateurin.

Wie ein Konvoi trafen wir ein: im dreieckigen Ausschnitt eines Parks mit einem Musikpavillon in der Mitte, im tiefen Schatten der Linden. Hart sagte, er wolle Cola, und marschierte zu dem kleinen Laden des Ortes. Ich folgte ihm, weil ich Kaffee wollte, und sah aus der Ferne, wie er der Frau hinter dem Ladentisch große Mülltüten, ein Stück dünnen Draht, einen Schraubenzieher und eine kleine Baumschere mit starken Metallblättern abkaufte.

Mülltüten, Schere, Draht, Schraubenzieher. Diese Gegenstände hatten weder mit Kunst noch mit Diebstahl zu tun, und deswegen vergaß ich sie wieder.

An diesem Abend ging Maria zu ihrer Mutter nach Hause. Sie hätten einiges miteinander zu besprechen, sagte sie; sie entschuldigte sich bereits, weil sie für Hart keine Zeit hatte. Hart sagte, er verstehe sie sehr gut, schließlich habe sie einen Beruf, ein Leben. Er sei nur zu Gast.

Dann kündigte er ihr ein Geschenk an. Sie könne es jederzeit in Formentina abholen.

Auf der Stelle war ihm klar, daß er einen Fehler gemacht hatte. Aber sie lehnte nicht ab. Sie sagte: »Ich hole es gleich.«

Sie folgte ihm den Hügel hinauf und setzte sich auf einen Stuhl wie eine Richterin.

Er verschwand im Schlafzimmer. Er dachte, er könnte ihr vielleicht ein Buch bringen oder eine Flasche. Aber er wollte ihr eines dieser berühmten Bilder schenken, die Hart gestohlen hatte.

Er fing wieder an zu suchen. Er hatte sich eine merkwürdige Art Magie zurechtgelegt: Nachdem er Maria eines der Bilder versprochen hatte, war er gezwungen, sie zu finden.

Im Innenfutter der Koffer, dem nächstliegenden Schmugglerversteck, fand er nichts. Er suchte zwischen den Kleidern, die er, nur der Ordnung halber, aus Harts Haus mitgenommen hatte.

Sakkos. Niemand würde ein wertvolles Bild ins Futter eines Jacketts einnähen, so sorgfältig, daß nichts davon zu sehen war: Professor Hart war keiner, dem man einen besonders geschickten Umgang mit Nadel und Faden zugetraut hätte. Dasselbe galt für die Hosen. Und aufgerollte Socken sind nicht groß genug, um ein Bild zu verbergen.

Natürlich gab es einen Stapel Hemden: Baumwollhemden, ordentlich gebügelt und zusammengelegt. Nach dem Etikett der Wäscherei zu urteilen, stammten fünf aus Holland und eines aus England, aus London. Auch dieses war ein tadelloses Hemd: weiß und mit Kragenknöpfen. Aber es war dick, zu dick eigentlich.

Der Professor war nicht so elegant, daß er monatelang ein perfekt gewaschenes und gebügeltes Hemd mit sich herumtrug.

Hart riß die Plastikfolie auf. Wo ein Karton hätte sein sollen, fand er Papier und Folie und mehrere Schichten Seidenpapier. Zwischen den Seidenpapierblättern lagen strahlende Aquarelle.

Er nahm das erste und ging zu Maria zurück.

Er zeigte ihr das Bild einer Raubkatze in einem Käfig, das schwarze Fell leuchtend wie frische Tinte, die Kraft ihrer Kiefer und Zähne augenfällig. Er wollte es ihr schenken.

»Nein«, sagte sie. »Lieber nicht.«

An der Tür sagte sie: »Ich will nichts. Du bist sowieso bald fort.«

Er setzte sich auf den gekachelten Fußboden. Er steckte fest – so viel hatte er vor sich und brachte den Willen dazu nicht auf, wie ein alternder Athlet, der feststellt, daß seine Muskeln ihn nicht mehr vom Boden aufspringen lassen.

Er hatte Harts verdammte Bilder gefunden – jetzt, wo es zu spät war, um den Kerl vom Museum einfach abzuschütteln und weiterzuziehen. Er hatte zu lang gewartet, sich in die Probleme anderer Leute hineinziehen lassen. Nun brauchte er mein Leben.

Er hatte das Beste angeboten, was er besaß, besser als Geschichten, besser als Versprechen, und Maria hatte abgelehnt.

Er war ein Mörder. Er verdiente die allerschwärzesten Schlagzeilen, Politikerreden, einen sprunghaft ansteigenden Umsatz von Sicherheitsschlössern und Tränengassprays und 9-Millimeter-Waffen. Statt dessen saß er hier in einem Dorf fest – wegen eines Vorfalls, der ihm viel eher wie ein Bild erschien: einer wandelnden Toten in den Armen ihres Mannes.

Es war natürlich noch viel schlimmer, als er sich ausmalte.

Christopher Hart hatte einen Zahnarzt in Cambridge, der seine Unterlagen an die örtliche Polizeistation faxte, und diese wiederum leitete sie weiter nach Amsterdam, zu Inspektor Van Deursen.

Es gab keinen Grund, weshalb ein Schädel aus einer Flußschleuse in den Niederlanden mit den Zahnbildern eines britischen Staatsbürgers übereinstimmen sollte, der offiziell noch am Leben war. Dennoch war es so.

Hart betrachtete die Bilder. Er steckte jedes einzelne in einen Plastikumschlag.

Er hatte keinen Grund, diese Aquarelle zu behalten. Er war kein Sammler oder Käufer. Er zog weiter zum nächsten Ort; das war der Kern seines Lebensentwurfs.

Mit Harts Vergehen hatte er nichts zu schaffen. Seine Beute war bei mir besser aufgehoben.

Er schob einen Plastikumschlag unter meiner Tür durch.

Ich sah ihn hereingleiten, ein glänzendes Viereck. Ich hob ihn auf. Ich sah, daß die Katze ein wenig zerknittert, das Papier an den Rändern ein wenig angestoßen war, und empfand wieder diesen reinen, anregenden Zorn angesichts der Beschädigung eines perfekten Gegenstands.

Alles Beiwerk mußte verschwinden.

Anna war das geringste Problem von allen. Die Polizei sagte, sie könne jetzt abreisen, nachdem die Ermittlung gegen Arturo nicht mehr als Vorwand gebraucht würde. Sie hatte ein Rückflugticket von Oporto, und obwohl sie sagte, sie werde mit einer späteren Maschine fliegen und wolle gemeinsam mit mir nach London zurückkehren, hatte sie doch ihre Lehrverpflichtungen und war über die Umstände hier sichtlich erbittert.

Die Fahrt zum Flughafen war unerträglich. Auf dem ganzen Weg überschüttete sie mich mit Erinnerungsbruchstücken: Manchmal waren es Dinge, die ihr wichtig waren – ich sei der einzige gewesen, der nie überrascht war, als sie ihre Musik aufgab, und wie sehr ihr das geholfen habe –, dann wieder gemeinsam erlebte Banalitäten – als wir uns einmal auf einer Wanderung in der Schweiz verirrten oder ein Essen in Siena, die winzigen Tintenfische mit knusprigen Tentakeln, die Körper schmierig von der Tinte.

»Ich habe deine Dissertation gelesen«, sagte sie. »Jedes Wort.«

»Das hättest du nicht tun müssen.«

»Ich wollte aber.«

Das alles war wie ein Gespräch am Totenbett: Wenn man das Gefühl hat, nichts ungesagt lassen zu dürfen, und befürchtet, daß es später keine Gelegenheit mehr dazu geben wird. Sie erzählte mir von einem Nachmittag in Siena, einem weißen Zimmer, Bachs Partiten für Violine solo, dem Windhauch, leicht und warm auf unseren Körpern. Das Bild war wunderschön, aber es war keine Erinnerung mehr, nicht mehr in unserem Leben verankert.

Am Flughafen von Oporto wollte sie den *Guardian* kaufen und drängte sich zum Zeitungsstand, wo es viel zu viele ausländische Zeitungen gab; sie wühlte sich durch französische Skandalblätter, rosarote italienische Sportzeitungen, bis sie gefunden hatte, was sie wollte, und wieder zu mir in die Halle kam.

»Warte nicht«, sagte sie. »Es hat keinen Sinn, wenn du wartest. Ich gehe hinein und trinke einen Kaffee.«

»Aber der Flug ist erst in einer Stunde.«

»Vielleicht kaufe ich ein paar Geschenke«, sagte sie.

»Ich liebe dich«, sagte ich.

»O ja. Ich liebe dich auch.« Und fügte hinzu: »Das bekommt uns nicht sehr gut, wie?«

Sie passierte die Polizei- und die Sicherheitskontrolle, und ich konnte sie gerade noch sehen. Dann bog sie zur Paßkontrolle und den Flügen nach London ab und war fort, wirklich fort.

Vom Flughafen aus rief ich Mello an. Ich sagte, ich würde ihm gern etwas erklären, und fragte, ob ich in die Kaserne der Guarda Nacional kommen könne.

Ich zeigte ihm das Bild: die durch sorglosen Umgang mißhandelte große Raubkatze. Es seien vierzehn weitere Bilder aus dem Museum entwendet worden und Hart der mutmaßliche Dieb, erklärte ich, und dieses Bild sei unter meiner Tür hindurchgeschoben worden.

»Dem ersten Anschein nach ist das der Beweis, daß der Mann gestohlene Gegenstände in seinem Besitz hat«, sagte ich. »Jetzt brauche ich die Hilfe der Polizei.« Daraufhin drang mir die kollektive Stimme des Museums ans Ohr, ein gewaltiger Chor, der zum Schweigen mahnte, und ich fügte hinzu: »Die Sache ist ein bißchen knifflig.«

Mello grinste. »Wir wollen ja auch keine Komplikationen. Wenn die Bilder da sind, nehmen Sie sie nach London mit. Es gibt Wichtigeres.«

»Vielen Dank.«

»Wir wissen nicht, wie wir an den Mann herankommen, was wir ihm zur Last legen können. Noch nicht. Ohne Sie hätten wir keine legale Durchsuchung vornehmen können. Die holländische Polizei hat dringend auf einer Hausdurchsuchung bestanden.«

Zwei Mannschaftswagen begleiteten uns, und der Konvoi fiel absichtlich über Formentina her: Es sollte Eindruck machen. Das Dorf erstarrte: die Männer, die sich mit bedächtigen Gesten an den Bienenstöcken zu schaffen machten oder mit den Ziegen in die Berge hinaufgingen, die beiden bohnenpflückenden Frauen, der Barmann, der Gasflaschen am Straßenrand aufstellte. Zwischen reglosen, starrenden Menschen stürmte die Polizei die Steinstufen hinauf, und erst allmählich, mit einem Flüstern, einer Geste, noch einem Flüstern, kam wieder Leben ins Dorf.

Mello hämmerte an Harts Tür. Keine Reaktion.

»Sein Wagen ist fort«, sagte ich entgegenkommend.

Mello winkte drei breitschultrige Männer zu sich, und sie brachen durch die Tür, als wäre sie aus Papier.

Ein alter Mann zwischen den Bohnen in seinem Garten schrie etwas. Seine Frau zog ihn ins Haus.

Das Haus lag in pechschwarzer Finsternis und roch nach altem Atem und Schweiß. Im Schlafzimmer lag ein chaotischer Haufen Wäsche, den die Polizisten angewidert zerpflückten.

Jede Schublade wurde herausgezogen, durchwühlt, wieder geschlossen. Harts Sakkos hingen in einem flachen Wandschrank; jede Tasche wurde kontrolliert. Paß. Kreditkarten. Scheckbücher.

Die Stapel von Unterlagen wurden nach falschen Papieren durchsiebt. Den Computer behandelten sie wie Schmuggelware: Sie schalteten ihn nicht ein, weil sie sich für die darin enthaltenen Dateien interessierten, sondern um zu prüfen, daß er war, was er zu sein vorgab. Und ich durfte zum ersten Mal nach Belieben stöbern, wo ich wollte.

Ich wollte die Bilder. Ich wollte außerdem den Grund wissen. Ich drehte die Papierstapel um, breitete sie ein wenig auseinander und hielt Ausschau nach allem, was sich durch Gewicht oder Struktur unterschied. Ich durchsuchte Schubladen mit Socken und Hemden. Ich konnte auch ein guter Dieb sein, ein legitimierter Dieb.

Ich öffnete eine vielversprechende Kartonrolle, die nur ein Poster enthielt. Doch das Poster war an sich interessant: ein Mohnblumenfeld von Van Gogh unter einem reglosen Himmel, der beinahe übertüncht wirkte, dunkles Gras, am rechten Rand ein paar Häuser und eine ausgeprägte Stimmung von Flachheit. Es fehlte an jeglicher Bewegtheit oder dekorativer Form, und ich betrachtete es zu lang, weil ich mich fragte, warum Hart, ein Engländer, darauf programmiert, von Küstenlandschaften, toskanischen Hügeln und Tälern, von rollender Bewegung zu träumen, der Flachheit so viel abgewinnen konnte.

»Schon was gefunden?« fragte Mello.

»Noch nicht.«

»Wir aber. Einen Ausweis aus New York auf den Namen Thomas Galford.«

»Wer ist das?«

»Vielleicht ist das ein Ausweis, den man benutzt, wenn man nicht unter eigenem Namen auftritt«, sagte Mello. »Es ist einfach eine laminierte Karte.«

Einer der Polizisten hielt den alten Vulkanitkoffer in die Höhe. Mello tastete nach einem doppelten Boden.

Wir sahen uns nach einem Speicher um, wenigstens nach einem versteckten Abstellraum unter dem Dach: neun Männer, den Kopf im Nacken, tasteten mit Händen und Augen die aus schmalen Leisten bestehende Holzdecke ab. Im Schlafzimmer stieß ich auf einen rechtwinkeligen Einschnitt im Holz.

»Leiter!« rief Mello, und seine Männer stapften davon, um eine zu suchen. Während sie fort waren, fragte Mello: »Sind das Bilder, was Sie zu finden hoffen?«

»Ja«, sagte ich. »Bilder aus einem Album. Es ist sinnlos, daß er sie hierher mitgebracht hat, jedenfalls wenn er sie verkaufen wollte; aber Sie haben ja gesehen, was er gestern abend unter meiner Tür durchgeschoben hat.«

Die Leiter kam. Mehr aus Freundlichkeit denn aus Rücksicht überließ Mello mir das Privileg, hinaufzusteigen und das lose hölzerne Rechteck beiseite zu schieben. Ich stieß mit dem Gesicht gegen die unverkleidete Fiberglasisolierung und hustete. Dann nahm ich die Taschenlampe und folgte mit dem Blick dem Lichtstrahl, der über die fasrige Fläche bis hinauf zum Dachfirst glitt. Ich tastete mit der Hand. Meine Finger stießen auf einen Plastikumschlag.

Einen Augenblick lang war ich voller Hoffnung. »Ich habe etwas«, rief ich, gedämpft durch die Fasern.

»Jeder versteckt irgend etwas«, sagte Mello. »Es ist nicht immer wichtig.«

Vorsichtig kletterte ich die Leiter hinunter. »Vielleicht gehört es nicht ihm«, sagte ich.

Es war eine Klarsichthülle im Format A3, und darin befanden sich Quittungen, ein Flugticket, Bruchstücke jener Art von Unterlagen, die zu steuerlichen Zwecken aufbewahrt werden. Mechanisch reichte ich sie Mello, doch er überließ es wiederum mir, die Papiere herauszunehmen.

Das Flugticket war von Amsterdam nach Lissabon, mit KLM, Business Class, offen, und war mit Visa-Kreditkarte bezahlt worden.

»Aber er kam doch mit dem Auto, oder?« fragte Mello.

Wir fanden auch Unterlagen über einen Mietwagen, aber sie paßten nicht zu dem Wagen, den Hart fuhr. Wir fanden einen abgelaufenen Führerschein, ausgestellt auf den Namen Gregory Keller, mit einem Foto, das Hart sehr ähnlich sah. Wir fanden einen gebrauchten Fahrschein der holländischen Eisenbahn, von Amsterdam nach Utrecht. Wir fanden einen Ausweis für die Bobst Library der New York University, Seife vom Georges V in Paris, ein Päckchen Spielkarten aus dem Kasino von Nassau, ein einzelnes Ting-Ting-Ingwerbonbon, etliche Taxiquittungen von verschiedenen Städten und eine Fahrkarte für die Zahnradbahn, die auf den Pilatus südlich von Luzern fährt.

»Reiseandenken«, sagte ich und versuchte den Ekel aus meinem Ton zu verbannen.

»Den Führerschein nehme ich mit«, sagte Mello. »Brauchen Sie irgend etwas davon?«

Die Männer legten die Hülle in ihr Versteck zurück, verteilten die Papiere ungefähr so, wie sie gelegen hatten, schlossen die Schubladen und hinterließen das Haus abgedunkelt und abgedichtet.

Sobald sie in die Sonne hinaustraten, waren sie wieder Beamte in offizieller Mission.

Eine Frau, die von ihrem Tor aus zusah, kam näher, stark und unerschütterlich und in der Stimmung, die Obrigkeit anzusprechen. »Arturo?« fragte sie. »Was ist mit Arturo?« Sie sprach sehr höflich, aber sie sagte nur diese wenigen Worte, als traute sie der Sprache nicht zu, sie noch weiter zu tragen.

Mello sagte: »Da müssen Sie sich ans Präsidium wenden.«

Die kleine graue Armee marschierte zu den Wagen, warf mit dienstlichem Knallen die Türen zu und fuhr rasch davon; ich blieb vor meinem Haus zurück.

Ich sah die Frau noch an ihrem Tor stehen. Kinder zupften an ihrem Kleid, und sie scharte die Horde um sich und verschwand aus meinem Blickfeld. Sie lächelte – oder vielmehr: Sie reichte den Kindern ein Lächeln wie ein Geschenk.

Nichts. Ein verdammter Mißerfolg, dachte ich, bis auf diesen merkwürdigen Fund, die Namen von Unbekannten. Ich war zu wütend, um mich mit der Frage aufzuhalten, was Harts sonstige Namen bedeuten mochten. Ich wußte bloß, daß Hart mich jetzt verhöhnte, mich mit der Aussicht darauf, er werde die Bilder vielleicht zurückbringen, fest an sich band. Ich war seine Zielscheibe geworden.

Maria Mattoso sorgte dafür, daß ich ihre Ankunft nicht überhörte: quietschende Reifen auf Asphalt, ein Aufheulen des Motors, eine zugeschlagene Tür. Im ersten Moment schien sie unsicher, ob sie sofort zu Harts Haus gehen oder zuerst zu mir kommen sollte. Sie entschied sich für mich.

»Danke, daß Sie angerufen haben«, sagte sie. »Es war die Guarda, oder? Und wie lang waren sie im Haus?«

»Vielleicht dreißig Minuten.«

»Waren Sie dabei?«

»Schauen Sie, ich habe Sie nur angerufen, weil Hart nicht da war und ich fand, daß jemand Bescheid wissen sollte ...«

»Aber Sie fanden nicht, daß ich noch während der Durchsuchung Bescheid wissen sollte. Sie haben bis zum Abend gewartet.«

»Ich mußte Anna zum Flughafen bringen ...«, sagte ich. Es war keine brauchbare Ausrede, aber irgend etwas mußte ich sagen.

»Haben Sie was gefunden? Oder die Polizei?«

»Ich weiß nicht, wonach sie suchten.« Aber ich hätte es ihr sagen können: nach Unstimmigkeiten, Lücken in der Vergangenheit, die sie mit Nachforschungen und Verdacht füllen konnten.

»Sie sollten lieber mitkommen«, sagte Maria.

Sie stand da, diesmal ganz in Anspruch genommen, nicht bereit, sich aus dem Mittelpunkt des Geschehens verdrängen zu lassen. Nie zuvor hatte ich Gelegenheit gehabt, sie so deutlich zu sehen.

»Kommen Sie mit«, sagte sie.

Mit großen Schritten stieg sie die Schieferstufen hinauf. Ich sah zu, wie ihre Beine arbeiteten, die Rundung einer Läuferwade, die schlanken, eifrigen Schenkel. Ihre Gegenwart wirkte elektrisierend auf mich, nachdem ich jetzt so ganz auf mich gestellt war, wie eine Ladung in einem Vakuum.

Die Tür hing wieder in den Angeln, aber sie schwankte ein wenig, als Maria sie öffnete. Sie trat ein.

Neben Schweiß und Atem hing etwas beinahe Metallisches in der Luft: der Geruch uniformierter Eindringlinge. Es war mehr als eine kaum merkliche Verschiebung von Papieren und Kleidern – solche Veränderungen hätte eine Putzfrau verursachen können. Oder ein Dieb. Die Verletzung kam vielmehr durch Männer, die an privaten Orten herumschnüffeln, um eine Geschichte aufzudecken oder aber zu konstruieren. Es gab einen einfachen Beweis dafür, wie wenig sie begriffen: Nie konnten sie einen Raum so hinterlassen, wie sie ihn vorgefunden hatten.

Wahrscheinlich fanden sie auch Spuren von Maria, und Spuren waren alles, was sie wollten. Anhand von Spuren ließen sich Familiengeschichten, Liebesromane, Krimis erfinden.

»Wer war es?« fragte sie.

»Mello«, sagte ich.

»Hatte er einen Durchsuchungsbefehl?«

»Das nehme ich an.«

»Wie viele Männer?«

»Sieben. Insgesamt.«

»Bewaffnet?«

»Ja.«

»Haben sie genau erklärt, was sie wollten?«

»Mello sagte, es gehe um die Feststellung einer Identität.«

»Und was wollten Sie?«

Sie nagelte mich mit Worten fest, und ich stand da, die Augen weit aufgerissen, die Hände zu beiden Seiten des Körpers. Ich fühlte mich erfrischt. Ihre Aufmerksamkeit schien mir gewaltig genug, um all die Lücken und Leerräume zu füllen, die sich in meinem Leben auftaten.

»Was wollten Sie?« fragte sie noch einmal. »Sie haben es nicht gefunden, sonst hätten Sie mich nicht angerufen, oder?«

»Sie wissen doch, warum ich hier bin?« sagte ich und fühlte mich berechtigt, endlich mit der Sprache herauszurücken. »Das Museum glaubt, daß Christopher Hart etwas gestohlen hat. Ich bin hier, um es zurückzuholen.«

»Bilder«, sagte sie. »Er hat mir eines gezeigt. Ich konnte nicht glauben, daß er bloß irgendein Dieb ist, der Bilder aus Alben herausschneidet.«

»Dann waren Sie diejenige, die es unter meiner Tür durchgeschoben hat?«

»Nein. Auf die Idee wäre ich nicht gekommen.«

»Dieses – Etwas – diese Bilder – dürfte das Museum gar nicht haben«, sagte ich. »Deshalb sollen sie zurückgebracht werden, ohne daß irgendwer erfährt, daß wir sie besitzen, geschweige denn, daß sie überhaupt gestohlen wurden. Verstehen Sie?«

Sie war immer noch wütend auf mich und kurz angebunden, aber offensichtlich wurde sie dadurch kaltblütig und scharfsichtig. »Und Sie haben nichts gefunden?«

»Mello sagte, sie hätten nichts gefunden.«

»Dann können Sie jetzt also nach Hause fahren.«

Sie hatte mich als den perfekten Besucher registriert, einen von der Sorte, die immer einen sehr guten Grund hat, um wieder abzureisen: Beruf, Frau, Kinder, Haus, Hypothek, Angst vor Alternativen und der Qual der Entscheidung.

»Ich habe kein Zuhause«, sagte ich. Sie hörte nicht zu. »Ich stamme von hier.«

Meine ganze Kindheit hindurch hatte ich nicht begriffen, worum es bei der Beichte geht. Einem rührigen Pfarrer zuliebe hatte ich ein paar armselige Sünden ausgegraben und sie ihm als pflichtbewußten Beweis für mein Interesse angeboten. Dann war ich erwachsen geworden: über das alles hinausgewachsen. Aber ich hatte Anna den ganzen Vormittag zugehört, und jetzt empfand ich wirklich das Bedürfnis, wenigstens einmal alles zu sagen, damit es in der Luft verklingen konnte und mir aus dem Weg war – oder damit Maria alles akzeptierte und verzieh.

»Hören Sie«, sagte Maria. »Haben sie etwas mitgenommen?«

»Ich weiß nicht genau. Nicht viel.«

»Kann ich mir Ihr Telefon ausleihen?«

Sie rief die Guarda an und verlangte Mello, aber er war nicht zu sprechen. Sie fragte, was in Harts Haus beschlagnahmt worden sei. Sie fragte nach Durchsuchungsbefehlen. Ein Beamter teilte ihr mit, man habe nichts aus dem Haus mitgenommen, was Christopher Hart gehöre. Erst nach dem Gespräch fiel ihr auf, wie sonderbar er seine Verneinung formuliert hatte.

Mit mir verschwendete Maria keine Zeit.

Zuerst dachte sie daran, die Kaserne zu stürmen und Mello zu verlangen. Aber eine zornige Privatperson begeht Formfehler, und das reicht aus, um abgewiesen zu werden. Statt dessen telefonierte sie aus ihrer nüchternen Küche. Sie war sehr stolz auf ihre kühle Vernunft, als sie mir davon erzählte.

»Geht es um Arturo de Sousa?« fragte ein Polizeibeamter.

»Nein«, sagte Maria. »Wegen Arturo würde ich nicht um diese Zeit anrufen. Es geht um Christopher Hart.«

»Ja«, sagte der Polizist.

»Ich würde gern mit jemandem reden.«

»Heute abend? Vertreten Sie Senhor Hart?«

»Ich rufe nicht als Anwältin an.«

»Aber Sie vertreten Senhor Hart?«

»Ich rufe nicht als Anwältin an.«

Sie erfuhr nie, was ihn letztlich überzeugte, sie ernst zu nehmen. Es trat eine Pause ein, der Hörer wurde abgelegt, sie hörte Stimmen in einer anderen Ecke des Raumes. Dann kam der Polizist zum Telefon zurück.

»Senhor Mello wird zu Ihnen kommen. In fünfzehn Minuten.«

Sie stellte sich vor, wie Mello von seiner stillen Frau angekleidet und herausgeputzt, ins Auto gesetzt und auf den Weg gebracht wurde. Mit erheblicher Selbstüberschätzung würde er die Stadt durchqueren, darauf bedacht, von der Welt zur Kenntnis genommen zu werden. Und mit Freuden würde er Marias Meinung über Hart, wie immer sie lauten mochte, richtigstellen.

»Das ist ziemlich ungewöhnlich«, sagte Mello, als sie ihm die Tür öffnete.

»Ich weiß. Darf ich Ihnen etwas zu trinken anbieten?«

Mello zögerte an der Tür, und sie sah ihm an, daß er sich fragte, ob es wohl anständig sei, nach neun Uhr abends die Wohnung einer Frau zu betreten, und daß er sich wesentlich wohler fühlen würde, wenn sie ein spitzbäuchiger alter Winkeladvokat wäre, den man am Billardtisch oder in irgendeiner gemütlichen Bar instruieren könnte.

»Was zu trinken«, sagte Mello. »Vielleicht ein Glas …«

»Portwein«, sagte Maria.

»Ja.« Mello setzte sich ins Wohnzimmer, in den spärlichen Lichttümpel einer Stehlampe, und sah sich um. Das alte dunkle Holz, die feinen Porzellantassen, die schweren Vorhänge schienen ihn zu beruhigen. Er befand sich immer noch in einem Teil seiner eigenen Welt.

»Aber keinen weißen«, rief er Maria gönnerhaft nach.

Maria stellte eine Flasche mit zwanzigjährigem goldbraunem Portwein auf den Tisch. Sie übertrieb, das war ihr bewußt, aber sie spielte ein Spiel, das ihr nicht vertraut war: Ausnutzen von Berufsgeheimnissen auf beiden Seiten, Umgehung des Gesetzes oder des angemessenen Vorgehens oder der Justiz.

Mello nippte an seinem Glas. »Was genau kann ich für Sie tun?«

Sie sagte: »Ich hätte gern ein inoffizielles Gespräch mit Ihnen, wenn das möglich ist.«

Mello zuckte die Achseln.

»Können Sie mir sagen, was Sie über Christopher Hart wissen?« fragte sie.

»Senhor Hart«, sagte Mello. »Sie haben nicht zufällig ein paar Kekse, oder?«

Sie war die Bittstellerin; er hatte die Antworten. Sie brachte Kekse.

»Ich dachte, Sie sind seine Anwältin«, sagte Mello.

»Ich habe das Haus für ihn gesucht und den Mietvertrag abgeschlossen. Wenn Ihre Leute ihm eine Nachricht zukommen lassen wollen, wenden sie sich an mich. Das tun sie oft deshalb, weil ich Englisch spreche.«

»Und sicher hervorragend.«

»Sie haben heute sein Haus durchsucht«, sagte Maria. »Das

heißt doch, daß Sie einen ziemlich schwerwiegenden Verdacht gegen ihn hegen. Ich möchte mich nicht weiter auf die Angelegenheit einlassen, falls etwas vorliegt, das ich wissen sollte ...«

»Einlassen«, sagte Mello. »Ich denke, Sie haben sich sowieso schon ziemlich weit eingelassen.« Er hob das Wort hervor und behängte es mit Annahmen: was Frauen tun, wie die Welt sein sollte, wie gut ein Polizist über die Sünde Bescheid weiß.

»Sie kennen mich«, sagte Maria. »Ich kenne alle Ausländer.«

»Natürlich«, sagte Mello.

»Aber ich könnte nicht behaupten, daß ich Harts Geschichte verstehe.«

»Sie sollten wissen«, sagte Mello, »daß es eine sehr außergewöhnliche Geschichte ist. Ich weiß nicht, als was er sich Ihnen vorgestellt hat – als Professor, nehme ich an? Mit einer Universität und allen seinen Titeln. Das war keine sehr interessante Geschichte, und es wird sich wohl kaum einer die Mühe gemacht haben, sie in Frage zu stellen. Er kam aus Holland, wo er sein Urlaubsjahr hätte verbringen sollen. Nur war es so«, Mello knabberte an einem Keks, gespielt vorsichtig, weil er sich im Wohnzimmer einer Dame befand, »daß er in einer Amsterdamer Straßenbahn eine Frau traf, die ihren eigenen Sohn zu erkennen glaubte. Nicht Christopher Hart, sondern Martin Arkenhout – der angeblich vor zehn Jahren in Florida gestorben ist. Die Polizei machte Harts Hotel ausfindig, fotokopierte seinen Paß, und diese Frau Arkenhout sagte, genauso hätte ihr Martin aussehen sollen.«

»Möchten Sie noch ein bißchen Wein? Einen *copito*?« fragte Maria.

Aber Mello war in ernster Stimmung. Er breitete die weitere Geschichte aus, wie dann auch Arkenhouts Reisegefährte verschwunden sei. »Sie erkennen das Muster«, sagte er. »Ja, ich möchte gern noch ein kleines Glas.«

Maria schenkte ein.

»Wir haben in der Tat Harts Haus durchsucht. Dort fanden wir einen Ausweis, der auf einen ganz anderen Namen ausgestellt war – den Namen eines Mannes, der auf den Bahamas als vermißt gemeldet ist. Ein finanziell unabhängiger Mann, Sie wissen schon.«

»Haben Sie Hart nicht verhaftet?«

Mello sagte: »Die Beweise sind über sechs oder sieben verschiedene Länder verstreut. Viel ist es nicht. Es gibt eine Geschichte, die erklärungsbedürftig ist, das ist alles, und davon gibt es sehr viele.«

Maria ging in dem kleinen Wohnzimmer auf und ab wie in einem Gerichtssaal, drei Schritte hin, drei Schritte zurück, immer knapp an dem niedrigen, scharfkantigen Couchtisch entlang. »Ich nehme an ...«

»Wenn die holländische Polizei recht hat«, sagte Mello, »dann wird dieser Mann den nächsten umbringen und verschwinden. Aber er wird mit einem neuen Namen verschwinden.«

»In Formentina fand er niemanden«, sagte Maria.

»Sie kennen doch John Costa, oder?« fragte Mello.

Maria schenkte sich selbst ein halbes Glas Portwein ein, obwohl sie fast nie Wein trank. Sie hob den Blick bis zu Mellos Augen.

Sie sagte: »Ich dachte, er wäre der letzte, den Sie einer Gefahr aussetzen.«

»Halten Sie mich für einen Heiligen?« fragte Mello.

»Aber er ist der Sohn von José Costa.«

»Im Moment kommen wir an Hart nicht heran. Wir müssen ihn nur noch einmal auf die Probe stellen.«

Mello stand auf, als verlangte dies die Sitte.

»Nur auf die Probe«, sagte er.

Alles Beiwerk mußte verschwinden.

Die Geschichte meines Vaters nagte und bohrte in mir und störte meine Konzentration; sie verlangte nach einer Lösung. Damals war mir nicht bewußt, wie sehr Informiertheit einen Menschen aushöhlt, wie sie ihm das ehrliche Wissen der Kindheit wegnimmt und statt dessen nur magere Fakten bietet. Ich war im Begriff, mich auf die Schale zu reduzieren, die jeder erkannte: John Costa, ein Mann, der keine Geheimnisse mehr hat.

Mit Bibliotheken bin ich vertraut. Ich bin ein Museumsmensch, eine Bücherratte mit Staub auf den Schnurrhaaren; wenn ich etwas wissen will, ziehe ich Bücher zu Rate, wie ich schon als Kind die vielbändige, braun eingebundene Enzyklopädie studiert hatte mit ihren briefmarkengroßen Bildern von absolut allem, wie ich glaubte. Mein Vater war sehr stolz auf die Enzyklopädie, auf die Bücher in seinem Besitz.

Die örtliche Bibliothek war neu und weiß und leer. Sie half mir nicht weiter. Die Universitätsbibliothek, knapp vierzig Kilometer entfernt, wurde von altjüngferlichen Engeln bewacht, die nur die wenigen Auserwählten mit Mitgliedsausweis einließen. Aber es gelang mir, sie mit der Autorität meines Museumsausweises zu bezirzen.

Karteikästen, sinnvoll geordnet. Mit sämtlichen Büchern, die ich über die Geschichte der portugiesischen Geheimpolizei bestellen konnte, setzte ich mich an einen Tisch. Die allgemeinen Informationen reichten mir nicht mehr. Ich brauchte Namen.

Es gab Berichte über den Widerstand gegen die frühere Diktatur, endlose Untersuchungen über die Arbeitsweise, Untersuchungen über die Verbindungen zum deutschen, spanischen und vor allem britischen Geheimdienst; sogar einen Bericht aus dem Jahr 1920 über eine fünftägige Revolte der Monarchisten in Oporto. Ich fand Diagramme, Theorien, Karikaturen – ziemlich plumpe, aus einer Zeitschrift namens *O Verdade*, »Die Wahrheit« –, die zeigten, was in jedem beliebigen weiß gestrichenen Kellerraum hätte geschehen können: elektrische Stühle, Männer mit kantigen Heldengesichtern, die von Männern mit den Gesichtern kapitalistischer Bestien geschlagen wurden.

Nach wenigen Stunden konnte ich als Experte durchgehen. Auf das Mittagessen verzichtete ich, weil ich mich nicht ablenken lassen wollte und weil ich fürchtete, das Jungfernbataillon werde mich beim nächsten Mal abweisen.

Den Namen meines Vaters fand ich nicht, weder in den Untersuchungen über die portugiesische Legion, die der Geheimpolizei zur Seite stand, noch in den Abhandlungen, die mir immer noch an den Tisch gebracht wurden: Berichte über eine Festung des Widerstands, über einen kommunistischen Intellektuellen, die Memoiren eines Inspektors der PIDE sowie etlicher Gefangener, Berichte über »Ein Leben im Widerstand« und über »Salazars Inquisition«.

Dafür fand ich Mello.

Es ist kein so ungewöhnlicher Name, doch dieser Mello stammte aus Vila Nova de Formentina und hatte in etwa das richtige Alter. Aber damals war er noch kein Polizist, der sich über veränderte Zeiten und die moderne Jugend ausließ. Sondern er war im Widerstand gegen Salazar und wurde verraten. Der Informant war natürlich nicht genannt. Anscheinend hatte jeder zehnte Portugiese zu irgendeinem Zeitpunkt der Geheimpolizei Bericht erstattet oder Personen von »schlechtem Charakter« denunziert, die »schlechten Umgang« hatten, in der Öffentlichkeit rote Hemden zu tragen wagten oder nicht zur Messe gingen. Es waren viel zu viele Namen, als daß man sie sich merken könnte.

Mein Vater hatte Mello um die Erlaubnis gebeten, zurückkehren zu dürfen. Mein Vater hatte gegenüber Mello irgendeine alte Schuldigkeit.

Mein eigener Vater hatte Mello verraten.

Laut sagte ich: »Denke ich mir das aus?«

Mein Vater war 1920 geboren. 1953, als er das Land verließ, war er dreiunddreißig: ein erwachsener Mann. Aber Mello war jetzt um die Sechzig und noch im Dienst. 1953 mußte er – wie alt? – siebzehn, achtzehn, neunzehn gewesen sein. Ein Junge. Mein Vater hatte der PIDE den Namen eines Jungen genannt.

Hören Sie. Sie denken, Sie gehen in einem Garten spazieren, aber auf einmal stehen Sie am Rand eines Abgrunds. Sie denken, Sie schwimmen in einem ungefährlichen großen Becken, und auf einmal packt Sie eine Strömung und trägt Sie hinaus aufs offene Meer, zwischen hohe Wellen. So einen Augenblick erlebte ich jetzt.

Ich fragte mich, was schlimmer wäre: diese Geschichte zu erfinden und den eigenen Vater zu verleumden oder festzustellen, daß dieses Szenario der Wahrheit entsprach. Ich saß an meinem Tisch, ein Prüfling, der angestrengt geradeaus starrte.

Wenn meine Geschichte richtig war, dann war alles, was mein Vater mir über Portugal und den portugiesischen Nationalstolz erzählt hatte, befleckt, hinter jedem Heldengesang über Mut und Sieg lauerte der Geruch der Geheimpolizei. Mit einem Schlag hatte ich die ganze Geschichte, die ich wiedergefunden glaubte, verloren.

Ich hatte plötzlich große Angst, meines Vaters Sohn zu sein.

Mit aller Autorität des Gesetzes und der Uniformen bestellte mich Mello in die Kaserne und befahl mir, die Stadt zu verlassen. Ich hätte ein paar Tage in Lissabon nötig, sagte er. Er habe einen Freund dort, der darauf bestehe, mir seine Wohnung zu überlassen.

Ich konnte Mello keinen Widerstand leisten. Er war pragmatisch: Sagte, die Polizei werde während meiner Abwesenheit gewisse Durchsuchungen vornehmen, und er werde persönlich dafür sorgen, daß meine Interessen, die Interessen des Museums, berücksichtigt würden. Aber ich könne nicht hierbleiben, denn ich würde die Dinge unnötig komplizieren.

»Ich wollte über meinen Vater reden«, sagte ich.

»Darüber reden wir später«, sagte Mello. »Ich weiß nicht, wie ich Ihnen klarmachen soll, wie ernst es mir ist. Es handelt sich um« – es sah aus, als versuchte er, aus seinem begrenzten Vorrat einen beschönigenden Ausdruck hervorzuholen, doch es mißlang – »Mord.«

Damit hatte ich nicht gerechnet. Wieso hätte ich damit rechnen sollen? Mord ist ein Thema für Romane und Schlagzeilen. Ich hatte auch nicht damit gerechnet, daß mein Leben etwas damit zu tun haben könnte.

Aber ich wollte mich nicht ablenken lassen. »Ihr Beamter hat mir einen Raum gezeigt«, sagte ich. »Einen weiß gestrichenen Raum in einem Keller. Warum war mein Vater dort? Wann war er dort?«

Mello versuchte so zu tun, als hätte er die Frage überhört.

»Ich muß es wissen«, sagte ich.

Ich erinnerte mich: wie ich versucht hatte, meinen Vater in diesem abgehobenen Klima zu erreichen, das sich unter Erwachsenen einnistet, wie ich versucht hatte, eine Antwort auf meine Fragen zu bekommen, meine Fragen nach dem Samstag, meine Frage, warum er die Rosen zurückschnitt.

»Es gibt Dinge, die man einem Sohn nicht über seinen Vater erzählen kann.«

»Sagen Sie's mir.«

Mello seufzte. Heute kann ich mir vorstellen, was er damals empfand. Da war er durch Zufall auf den Fall eines Massenmörders gestoßen, kompliziert durch mutmaßlichen Diebstahl in einem großen Museum, und wurde gezwungen, eine Vergangenheit aufzugraben, die er schon lange überstanden hatte.

Er sagte: »Vor fünf Monaten war er in diesem Raum. Gehen Sie jetzt nach Lissabon? Bitte?«

»Warum?« Ich hörte mich selbst mit vier oder fünf: immer dieselbe Frage, nach jeder Aussage: »Warum?«, »warum?«, »warum?«; beim letzten Mal sind wir alle Philosophen.

»Hören Sie«, sagte Mello. »Wir haben alle die Pflicht, jenen zu vergeben, die gegen uns gesündigt haben.«

»Aber warum ...?«

»Ich wollte einfach, daß er versteht, was er getan hat«, sagte Mello.

»Ich verstehe nicht, wieso Sie beide einander kannten. Von Vila Nova de Formentina war er doch Kilometer entfernt.«

»Ich habe dafür keine Zeit.«

Es war kein sehr würdiger Kampf. Ich saß einfach da.

»Vila Nova ist sehr weit von allem entfernt«, sagte Mello nach einer Weile. »Hier sind Dinge geschehen, die an einem Ort wie Lissabon undenkbar gewesen wären. Die Kommunistische Partei hielt hier Parteitage ab, Ende der vierziger, Anfang der fünfziger Jahre. Man traf sich, redete, plante. Natürlich wollte die PIDE über jeden Schritt Bescheid wissen.«

»Waren Sie Mitglied? War mein Vater Mitglied?«

»Sie wissen nicht, wie es ist, unter einem Diktator zu leben, der die Leben aller bloßgelegt und sichtbar und identisch haben will. Sie wollen kämpfen, aber die einzigen Möglichkeiten, die Sie kennen, sind eben jene, die der Diktator immer wieder anprangert und verbietet. Also wenden Sie sie an.«

»Was hat mein Vater getan?«

»Die Leute vergaßen einfach, was es hieß, jemanden zu verraten. Es schien eine ganz gewöhnliche Sache zu sein.«

Ich hatte meine moralischen Überzeugungen in Reih und Glied aufgestellt, wie Zinnsoldaten, aber Mello schien entschlossen, zu vergeben, sich in der Vergebung zu sonnen.

»Nach dem zweiten Parteitag brachte die PIDE Ihren Vater zur Strecke. Er hatte die Wahl, zu gestehen oder alles zu leugnen. Er tat weder das eine noch das andere. Er legte ein halbherziges Geständnis ab, sagte, er kenne Leute, die etwas über die KP im allgemeinen wüßten. Sie sagten, für einen Namen würden sie ihn laufen lassen.«

»Ihren Namen?«

»Wahrscheinlich dachte er, mir würde nichts passieren, weil ich zu jung war. Er dachte nicht, daß sie die Geschichte ernst nehmen würden. Oder daß ich durchkommen würde.«

»Aber er konnte problemlos nach London abreisen.«

»Ich wollte nie fort«, sagte Mello. »Mich störte es nicht, daß er ging. Es machte alles einfacher.«

»War es einfach, ihm zu verzeihen?«

»Ich glaube nicht, daß er verstand, was in diesen weißen Räumen passierte. Ich mußte es ihm erklären. Er hätte es wissen sollen. Irgendwie wußte es jeder.«

Ich stand auf.

»Ich denke nicht, daß die Söhne für die Sünden der Väter büßen sollten. Wenn das so wäre, könnten wir kein Land haben.«

Manchmal fühlt man sich berechtigt, einen Mann zu prüfen: ihn auf Spuren alter Rhetorik hin zu untersuchen, indem man die einfachsten Dinge sagt, als Blödsinn oder einfach als Lüge. Halb fand ich seine Versöhnlichkeit einschüchternd, halb stimmte sie mich argwöhnisch. Ich wußte nicht, welchem Teil von ihm ich trauen sollte. Maria sagte mir später, er sei die Sorte von Polizist, der zur Höchstform auflief, wenn die Situation unmöglich war, unter normalen Umständen hingegen war er ein bekannter Leuteschinder.

»Jetzt gehen Sie bloß«, sagte Mello. »Fahren Sie nach Lissabon. Gehen Sie, in Gottes Namen!«

Maria wachte frierend in ihrem früheren Bett auf, erzählte sie mir. Um nicht allein zu sein, zog sie sich an und ging hinunter in die Küche, wo ihre Mutter und Amandio Kaffee tranken.

»Du bist aber früh auf«, sagte Amandio.

»Ich bin ziemlich plötzlich aufgewacht.«

»Jemand hat für dich angerufen«, sagte ihre Mutter.

Maria schenkte sich Kaffee aus der Kanne ein.

»Ich sagte: Jemand hat angerufen«, wiederholte ihre Mutter.

»Liebe«, sagte Amandio strahlend, eingeölt mit derselben mühelosen Gewißheit wie immer.

Maria schauderte.

Zweimal rief sie bei Hart an und wollte ihm anbieten, nachmittags zu ihm zu kommen.

Zu mir sagte sie, als sie auf ihren gewohnten Kaffee in die Bar kam: »Ich hoffe, Sie bekommen Ihre Bilder zurück.«

»Danke.«

»Es ist vielleicht keine gute Idee, wenn Sie in der nächsten Zeit hier sind.«

»Mello hat mir schon gesagt, ich soll gehen.«

»Wohin?«

»Lissabon.«

Sie seufzte. »Ich könnte auch nach Lissabon fahren«, sagte sie. »In die Oper gehen, Fado hören, irgendwohin gehen. Ich hätte es nötig.«

Ich sagte: »Bitte, kommen Sie mit.«

»Ich muß hier etwas in Ordnung bringen. Aber wahrscheinlich kann ich diese Woche noch kommen.«

»Morgen?«

Ich hätte mich nicht für so eifrig gehalten; es war der Eifer eines Schuljungen.

Die Wohnung befand sich in einem Neubau an der Avenida do Brasil. Es ist eine paradoxe Gegend, über die Flugzeuge im Tiefflug hinwegdonnern, aber die wohlhabenden Menschen hier brüsten sich immer noch gern ihrer Nähe zum Flughafen. Vom Fenster fiel der Blick auf Jacarandas, das Straßenpflaster, blau von welken Blumen, und hinten auf einen Hof voller Wäscheleinen.

Ich sah mir die Wohnung an. Das Wohnzimmer war mit wuchtigen grünen Sofas vollgestopft. Im Bad gab es vergoldete Wasserhähne in Gestalt von Schwänen, die bis in alle Ewigkeit Wasser in den Ausguß spien. Und im Schlafzimmer, einem Würfel, in dem eine unerträgliche trockene Hitze herrschte, stand ein Bettgestell mit dreieckigem Kopfende, wie ein Altar, geschmückt mit Cherubim und Seraphim in Reihen und Rängen bis hinauf zu einer fetten Fee an der Spitze. Ich zog die Nachttischschublade heraus: Reserve-Seraphim.

Es gab keinen Ventilator, keine Klimaanlage, und die Wohnung hatte wochenlang leergestanden. Versuchsweise schloß ich einen Rolladen und öffnete ein Fenster, aber es kroch nur neue Hitze herein und brachte die Decke aus alter Hitze in Unordnung. Ich versuchte zu duschen, abgelenkt von dem sonderbaren Glitzern goldener Schwäne zu meinen Füßen, und das Wasser rann lauwarm aus den Schnäbeln beider Vögel.

Ich nahm Mineralwasser aus dem Kühlschrank und trank aus der Flasche.

Ich wußte nicht, wie man eine Wohnung für jemanden bereitmacht. Was Anna gefallen hätte, wußte ich, aber es war nicht Anna, die ich erwartete. Ich überlegte, was ich tun sollte: Wein kaufen, Brot kaufen, Kaffee kaufen. Kondome kaufen, heutzutage. Dafür sorgen, daß die Räume frisch und einladend wirkten. Ich war vollständig aus der Übung, denn es war so lang her, seit ich zuletzt einer Frau nachgelaufen oder den Hof gemacht oder sie heftig begehrt hatte.

Aber das war jetzt meine Beschäftigung: Begehren. Es war wie ein Rausch, wie ein Kopfschmerz, wie irgend etwas Zwanghaftes und Chemisches. Nur daß ich allein war in einer überfüllten, stickigen Wohnung in einer Stadt, die ich nicht kannte.

Mehr als alles wollte ich hinaus. Die Straßen waren zwar nicht besonders verlockend: breit und charakterlos, gesäumt von blaßcremefarbenen Wohnblocks. Ein schattiges Café gab es nicht. Es gab jedoch ein Fischlokal mit Tischen unter einem Baum, und im Schaufenster türmten sich Krebse – Langusten und Flußkrebse. Ich bestellte von beiden, wählte aus beiden Stapeln und versuchte zu beurteilen, welche Sorte besser war – welche ich also Maria anbieten sollte, wenn sie kam.

Ich selbst hatte gar keinen Hunger mehr.

Ich beobachtete mich bei all diesen Tätigkeiten wie aus großer Höhe, erkannte die Absurdität meines Tuns, und trotzdem machte ich weiter. Es war eine Schwärmerei ohne Entschuldigung, sogar ohne das Objekt der Begierde. Bis zum Abend konnte ich Maria nicht einmal anrufen. Wenn es sich vermeiden ließ, wollte ich ihr keine Nachrichten auf den Anrufbeantworter in ihrem Büro sprechen. Vielleicht wäre sie zu Hause, vielleicht nicht.

Saubere Laken. Guter Kaffee. Wein natürlich; aber welche Sorte? Trank sie überhaupt Wein? Ich kannte sie nur unter Umständen, die sie wahrscheinlich als dienstlich empfand, und dann trank sie ausschließlich Wasser und Kaffee. Ich brauchte auch eine gute Seife im Bad: das, was meine Mutter eine »nette« Seife zu nennen pflegte.

Ich hatte natürlich keine Ahnung, was eine Affäre ist. Zwar konnte ich mir vorstellen, wie sie abläuft – die fingierten Anrufe, um ein Alibi herzustellen, das vereinbarte Treffen, zwei Körper, die übereinander herfallen und kämpfen und sich dann verabschieden, wenn sie müde genug sind, um sich zu trennen – und einen gewissen Reiz darin erkennen. Aber in der Praxis waren meine Gewohnheiten viel zu konstant und häuslich.

Eine Frau kam vorbei. Sie war recht hübsch: gerundet, üppig, die Augen scharf wie Messer. Aber es war die falsche Frau. Einen Moment lang meinte ich zu wissen, wie ich mich kurieren, wie ich beweisen konnte, daß ich nur von nichtspezifischen Gelüsten verzehrt wurde: Ich würde aufstehen, sie ansprechen, auf ein Glas Wein einladen, mit ihr ins Bett gehen und mich immerhin so leidenschaftlich mit ihr vereinigen, daß nichts anderes mehr zählte, und auch noch Stunden später daran denken, wenn das Erlebnis nur noch eine Erinnerung auf der Haut war, nicht das Gerüst zu irgendeiner neuen Art von Familienleben. Dann hätte ich es nicht nötig, mir den Kopf über Krebse zu zerbrechen, ob Süß- oder Salzwasser oder beides, all die Entscheidungen, die zeigten, wie pendantisch schwer es mir fiel zu tun, was ich zwangsläufig tun würde: Maria Mattoso anrufen, jetzt sofort.

Das war nur menschlich, sagte ich mir.

Ich rief sie nicht an, nicht an diesem Abend. Statt dessen saß ich mit einem Laib Brot und irgendeinem Käse in der Wohnung und sah einen alten portugiesischen Film über Studenten an der Universität Coimbra. Die Männer trugen schwarze Akademikerroben und standen Fado singend in den Ecken kleiner Räume. Die Mädchen tollten über Treppen oder saßen romantisch in Fensternischen, um sich Ständchen darbringen zu lassen. Die beiden Geschlechter schienen nicht viel miteinander zu tun zu haben. Es war eine Liebesgeschichte.

Ich hinterließ meine Telefonnummer auf Marias Anrufbeantworter, einfach als Erinnerung. Ich fragte, ob sie den neuen König Lear im Nationaltheater sehen wollte oder lieber eine Balletttruppe, die draußen in Belém gastierte.

Sie fand, das könne warten, sagt sie. Sie hatte ein Leben in Vila Nova de Formentina, das nicht aus einer Laune heraus unterbrochen werden konnte – sicher nicht durch einen Mann, der ohne Anhang und fern von zu Hause war, der ebensogut ein Urlauber hätte sein können.

Sie setzte sich zu ihrer Mutter an den Tisch.

»Wo ist Amandio?« fragte sie.

Ihre Mutter kaute Fleisch und Wein gleichzeitig.

»Unterwegs«, sagte sie nach einer Minute. »Er muß seinen Lebensunterhalt verdienen, weißt du.«

»Weit fort? Für lange?«

»Santarém. Danach fährt er in den Alentejo, nach Évora.«

»Évora mag ich«, sagte Maria. »Ich erinnere mich an einen Zitronenbaum, der über eine weiße Mauer hing.«

Ihre Mutter starrte sie wütend an.

»Und an die Brunnen. Sie haben wunderschöne maurische Brunnen.« Sie sah zu, wie ihre Mutter ein Stück Brot vernichtete, zuerst zwischen den Fingern, dann zwischen den Zähnen.

Ihre Mutter sagte: »Gehst du heute abend nicht aus? Willst du hier übernachten?«

»Ja«, sagte Maria. »Wenn es dir nichts ausmacht.« Beinahe versehentlich goß sie ihrer Mutter Wein ins Wasserglas, aber ihre Mutter trank es, ohne darauf zu achten. »Leisten wir uns gegenseitig Gesellschaft«, sagte Maria.

Das hätte sie nicht sagen sollen. Zur Entschuldigung bot sie an, das Geschirr zu spülen.

»Das kannst du doch gar nicht«, sagte ihre Mutter. »Anwältinnen tun so was nicht.« Die beiden Frauen standen gleichzeitig auf und trugen die Teller zum Spülbecken.

»Er macht doch nur eine Reise«, sagte Maria leise. »Das ist nichts Ernstes.«

»Vielleicht nicht für dich«, sagte ihre Mutter.

Maria berührte ihre Mutter kurz und sehr leicht an der Schulter, und wie sie erwartet hatte, streifte ihre Mutter die Hand ab und lächelte.

»Er war sehr nützlich«, sagte Maria. »Amandio.«

»Du hast ihn nicht gemocht. Aber es stimmt, das war er.«

Maria hätte auf den Gebrauch der Vergangenheitsform eingehen und ihrer Mutter deren Bedeutung ausreden sollen. Aber dazu war sie zu müde und zu freundlich.

»Das meine ich wirklich«, sagte sie. »Ich spüle das Geschirr.«

Als das Telefon noch einmal läutete, ging ihre Mutter hin, und Maria hörte sie ausdruckslos sprechen. Als sie zurückkam, sagte sie: »Das war dieser Senhor João Costa. Ich sagte ihm, du seist nicht hier. Er klang betrunken.«

»Danke«, sagte Maria.

Ich war nicht betrunken, aber die Worte stießen immer noch gegeneinander und verbogen und zerstreuten sich, wenn ich zu sagen versuchte, wo ich war, wer ich war, was ich empfand.

Im Schatten der leuchtenden Goldschwäne stieg ich in die Badewanne und lag eine Weile darin, ehe Panik mich erfaßte.

Ich rannte durch die Wohnung, naß und nackt, und fand einen verbrannten Toast auf dem Herd. Meine Panik war also nicht unbegründet, dachte ich.

Christopher Hart konnte mit Maria ein Verhältnis haben. Ich nicht. Ich haßte Hart, er sollte endlich verhaftet und eingesperrt werden – oder sterben.

Ich war der hohle Mann, der keine stabile Vergangenheit mehr hatte, keine verläßlichen Geschichten eines Vaters, keinen ernstzunehmenden Geburtsort, keinen Wohnsitz, keine Frau. Aber ich war ja schon jahrelang hohl gewesen, hatte zu allem Abstand gehalten, voller Respekt vor Systemen, Gerichten, Anordnungen und Vorschriften. Diesen Sturm der Gefühle, die wie Galle oder Hormone über mir zusammenschwappten, kannte ich nicht. Ich dachte, er könnte mir ein Ziel geben und ein neues Leben begründen.

Aber vielleicht würde sie ja doch noch nach Lissabon kommen. Morgen noch ein Anruf. Ich konnte immer noch einmal anrufen.

Das Folgende stelle ich mir vor, ausgehend von allem, was ich weiß.

Eine Straße, eigentlich eher eine Sandpiste, darauf ein Mann mit Dudelsack, ein anderer mit großer Trommel, ein dritter mit Schnarrtrommel. Sie wurden begleitet von weiteren Männern, einer von ihnen hielt ein Bündel improvisiert wirkender Knallfrösche in der Hand, die nicht viel mehr waren als Papiertüten voller Schwarzpulver. Sie zogen nicht in den Krieg. Sie kündigten lediglich eine *festa* an.

Der jüngste Mann steckte eine Lunte an, als wäre sie ein Zigarrenstummel, und wartete, bis sie glühte. In der linken Hand hielt er einen Sprengkörper. Er hielt die Lunte an das Zündpapier, wartete auf das Knistern, und dann, im allerletzten Moment, schleuderte er den Sprengkörper von sich, mit einer Drehung und Streckung wie ein Speerwerfer.

Die Böller explodierten fast immer. Manchmal wirbelten sie eine Staubwolke auf oder ein Vogelnest aus dem Straßengraben; aber meistens flogen sie durch die Luft und zerbarsten Augenblicke später und hinterließen braune Rauchfürze.

Dieser eine nicht. Er ratterte. Er flog. Aber auf einer flachen horizontalen Bahn, setzte über Weinstöcke und Telefondrähte und Bougainvilleas hinweg, brachte ein Schwein zum Quieken, streifte ein Neonkreuz auf einer winzigen weißen Kapelle und schoß aus dem Dorf in den Wald hinein.

Die Männer zündeten den nächsten Knallkörper an.

Doch der letzte war noch nicht am Ende. Er sauste zwischen Pinien und Eukalyptusbäumen hindurch, bis er sich in einer Kugel loser Rinde fing und braungelben Rauch ausstieß.

Der nächste Knallfrosch – und hier muß ich raten – schoß in einen wolkenlosen blauen Himmel hinauf, dann kam der übernächste: ein Blitz, ein Knall, dann Rauch. Man konnte sie noch im nächsten Tal hören und sehen. In dieser Gegend Portugals ist ein Dorffest ohne vorherige Ankündigung undenkbar: eine laute, explosive Werbung. Ohne Geschützlärm, die Geräuschkulisse eines Grabenkriegs, gibt es weder Feste noch heilige Prozessionen.

Im Wald begannen unterdessen die Streifen der Eukalyptusrinde zu rauchen. Es ging ein kleiner Wind, ziemlich schwach, aber ausreichend. Ein paar Blätter – die neuen, die reich an Öl sind – brannten ab bis auf das Aderngerippe und flogen durch die Luft. Manche steckten Gräser in Brand, die in einem nassen Frühling über sich selbst hinausgewachsen und jetzt zu braunem Zunder verdorrt waren.

Einen Augenblick herrschte Stille im Wald, dann begannen kleine Flammen zu prasseln, beharrlich wie Wasser, das über die Felsen rinnt, und einen merkwürdigen Moment lang ebenso besänftigend.

Die jungen Eukalyptustriebe waren noch glänzend blaugrün und saftig; sie explodierten wie ein Feuerwerk, orange und gelb. Glühende Girlanden aus alter Rinde staubten zwischen den Ästen hindurch und setzten abgestorbene Zweige und Blätter in Brand. Funken stoben durch das Licht, sprühend und tanzend.

Die Männer im Dorf dachten wahrscheinlich, der Ausreißer sei verzischt, ohne Schaden anzurichten. Sie waren unterwegs, um Geld für die Kapelle zu sammeln, und so nahmen sie ihre Runde wieder auf, der Sackpfeifer stimmte auf einem rot-goldenen Windsack »*Y viva España*« an, mit Jazz-Riffs, die Überleitungen ohne Atemholen.

Die Trommler trommelten.

Im Wald gab es nun zwei Brandherde. Das brennende Gras versengte Pinienzapfen und brach sie auf, fraß die schuppigen Samen darin. Es heizte die Heidekraut- und Lavendelbüsche auf. Rauch hinterließ einen Pfad entlang den Felsen.

Als das Feuer sich ausbreitete, begannen die Baumwipfel zu spucken und zu prasseln. An den Pinienstämmen, die wegen der Harzgewinnung zur Ader gelassen worden waren, prangten fettige weiße Quadrate, und diese Quadrate brannten in einem reinen goldenen Licht: Korridore aus schrecklichen Kerzen.

In einem Dickicht vereinigten sich die beiden Feuer: Der Brand, der den Boden entlanggekrochen war, leckte an den Stämmen empor, die brennenden Wipfel warfen Flammen herab.

Dann hob sich der Wind. Er wehte vom Dorf weg, so daß kein Geruch und kein Ruß die Männer mit den Knallkörpern warnte.

Als die Nacht hereinbrach, hatte das Feuer Wurzeln geschlagen. Das Gras war kühl, und das Feuer ruhte. Am nächsten Tag schossen die Flammen wieder empor wie schnell wachsende Ranken, und das Feuer krümmte die Bäume in seine Richtung. Jetzt wanderte es bergauf und schien sich noch schneller fortzubewegen.

Maria suchte die Kaserne auf, weil Mello ihr etwas zeigen wollte.

Es war ein Porträt, formell wie ein Konterfei mit Halskrause in einem Museum: Christopher Hart, der in einem schlammigen Schleusenbecken aufgetaucht war, als die Vecht im Sommer wenig Wasser führte. Mello nannte ihn den »echten« Christopher Hart.

Aber es war nur ein Kopf vor klinisch weißem Hintergrund, mit verpfuschten Details – die Zähne mit der Zange herausgebrochen, ein Auge ausgeschlagen, das Haar abrasiert, am Hals noch die Einschnitte einer Garotte sichtbar. Er war manipuliert worden, als hätte die Hand eines Künstlers Ebenen vertauscht und mit ein paar überraschenden Strichen die Seele bloßgelegt; doch der Zweck dieser Mißhandlung war die rudimentäre Verschleierung der Identität.

»Der Körper wurde noch nicht gefunden«, sagte Mello.

»Ich verstehe«, sagte Maria. »Sie wollen also mit ihm reden?« Der Name Christopher Hart ließ sich nicht länger anwenden. Der Mann war in eine Kategorie von Schrecklichkeiten abgeglitten, die nur namenlos existieren konnten.

»Werden Sie ihn sehen?«

Maria zwang sich, noch einmal das Foto anzusehen. Der Kopf war verstümmelt worden. Das Schwarze mußte blutiger Schorf sein. Sie empfand keinen Abscheu; das Bild war ihr so fern wie ein Autounfall in den Abendnachrichten oder eine gemalte Märtyrerszene in der Kirche. Hätte sie Zeit gehabt, so hätte sie sich für die gerichtsmedizinische Seite, die technischen Einzelheiten interessiert.

Aber da war immer noch ein Mann mit Namen Christopher Hart in seinem langen, weißen Haus auf dem Berg. Er kam ihr jetzt vor wie ein Geist: eine in den Himmel projizierte Lichtreklame, flackernd, ungreifbar, phantastisch wie seine Geschichten und die Orte, an denen er gewesen war. Seine Lügen hatten ihr einmal gefallen.

Und dann gab es dieses spezielle blutige Ding.

Sie konnte sich nicht zurückhalten. »Wie hat es gerochen?« fragte sie. Und dann: »Kann ich Ihr Telefon benutzen?«

Sie wählte meine Nummer in Lissabon, immer noch in der Meinung, es wäre sehr einfach, mein Leben zu retten, indem man den Mann in der Stadt festhielt. Ich meldete mich nicht.

Siebenmal rief sie mich an diesem Vormittag an, sagt sie.

Eine magische Zahl; vielleicht übertreibt sie. Jedenfalls war ich ausgegangen, oder ich schlief. Sie befürchtete, ich sei schon abgereist und zurückgefahren und wartete jetzt in Formentina und Hart wartete auf mich.

Sie rief noch einmal an, nur vorsichtshalber.

7

Maria war an Feuer gewöhnt.

Ich sah es erst in den Abendnachrichten, wo es auf orangerote Flammen reduziert wurde, auf rußige Trümmer und Feuerwehrmänner, die mit altmodischen Schläuchen kämpften.

Hart jedoch war mitten darin.

Über Nacht war das Feuer ruhig gewesen, doch am nächsten Morgen jagten die Flammen hügelaufwärts, immer schneller und schneller. Das Feuer war zuerst nur ein Gerücht, ein Gestank im Wind, aber jetzt brachte es sich unübersehbar zu Bewußtsein.

Hart muß die Glocken und Sirenen unterhalb von Formentina gehört haben. Es war nicht die Polizei; er wußte, die Polizei käme lautlos. Es war die freiwillige Feuerwehr, die sich rund um einen Weiler zwischen dem Dorf und Vila Nova zu schaffen machte. Er sah Lastwagen am Straßenrand, Männer, die Schläuche abrollten, um die kleinen gemauerten Wassertanks auf dem Hügel anzuzapfen, und die wenigen Minuten, in denen Druck herrschte, ausnutzten, um das brennende Gras zu löschen und den Boden einzunässen. Sie legten einen breiten Schlammgürtel rund um die Häuser und zogen weiter.

Hart konnte überallhin gehen, also konnte er eigentlich nirgendwohin. Draußen im Wald besaß er nichts, was er zu retten hatte. Also tat er das, was alle taten: Er wartete ab, bis das Feuer sich selbst verzehrte.

Es ist unmöglich, einem Feuer entgegenzugehen und es in der Ferne aufzuhalten. Es ist lebendig. Mit dem Wind kann es an einem ganz anderen Ort neu auflodern, knisternd über die abgestorbenen Zweige eines Baumes lecken, in hübschen Funken über dürres Gras hüpfen und sich in zehn verschiedene Richtungen zugleich auffächern. Manchmal scheint es tatsächlich anzugreifen, selbst auf dem Rückzug hinterläßt es leere, schwarze Wälder. Man wartet und wartet, bis man es endlich zu Hause bekämpfen kann.

Ein paar alte Frauen gingen zur Kapelle, um gemeinsam zu beten, dann schlossen sie sich den Männern an, die den Wald aus allen Blickwinkeln beobachteten. Der Rauch, soviel konnten sie sehen, war jetzt grau, was bedeutete, daß kein Saft mehr in den Blättern war. Der Wald verbrannte trocken.

Maria hatte mit mir reden *wollen*. Jetzt *mußte* sie mit mir reden. Sie dachte, ich hätte Lissabon verlassen und sei auf dem Rückweg nach Formentina. Sie dachte, Christopher Hart warte auf mich.

Sie sagt, sie habe daran gedacht, nach Lissabon zu fahren. Sie konnte nicht. Sie mußte Hart ablenken, sagt sie. Und es gab noch einen weiteren Grund: Die Polizei war endlich zu der Meinung gelangt, daß Arturo nichts getan hatte, was eine Strafverfolgung rechtfertigte, und entließ ihn um neun Uhr morgens aus dem Gefängnis. Jemand mußte ihn abholen.

Der alte Mann war noch magerer geworden, seine starken Unterarme waren beinahe weiß. Er nahm seine Entlassung hin, wie er seine Inhaftierung hingenommen hatte, und war nicht überrascht, daß ihm gar nichts zur Last gelegt wurde. Er wußte ja, daß Zulmira eines natürlichen Todes gestorben war. Er hatte sich nur nicht mit ihrem Tod abfinden können, tagelang nicht, konnte es auch jetzt nicht.

Er erkundigte sich nach dem Feuer, doch Maria besaß nicht die exakten Ortskenntnisse, die er benötigte: über den Wind und die Pfade rings um Formentina.

Feuer knatterte durchs Gras und prasselte in den Bäumen.

Hart erzählte Maria, er stand auf den Stufen seines Hauses,

und aus dem Gebüsch flog eine Motte wie ein mit Blattgold überzogenes Papier. Sie kreiste, stieg empor, als würde sie von einem kleinen Aufwind getragen, und ging mitten in der Luft in Flammen auf.

Maria war tapfer, das weiß ich. Sie wollte ihn ablenken, mein Leben retten. Aber sie wollte auch im Mittelpunkt dieser Geschichte bleiben, die sie selbst erlebte. Sie war zermürbt vom Warten. Sie war nicht gewillt, eine einzige Szene zu verpassen.

Ein paar Straßen waren bereits abgesperrt, provisorische Blockaden standen dort, wo der Rauchgeruch begann. Jenseits der Absperrungen waren die Ränder der Teerstraße weich und verschwommen, wie im Abendlicht. Gelegentlich regnete ein Schauer weicher Rußflocken herab.

Sie nahm Abkürzungen über gepflasterte Gassen, holperte über scharfkantige Steine und fand einen Seitenweg, der in die Gebirgsstraße mündete. Die Luft roch verbraucht und staubig und hinterließ den Nachgeschmack großer Hitze. Mit dem nächtlichen Duft von Holzfeuern in den Dörfern oder den verwehenden Rauchwolken eines Lagerfeuers konnte man sie unmöglich verwechseln; es war ein riesiger atmender Leib knapp außer Sichtweite.

Vor der steilen Serpentinenstraße schaltete sie brutal zurück. Sie kurbelte die Wagenfenster hinauf, doch bei geschlossenen Fenstern erstickte sie. Bei offenem Fenster hustete sie; keine großartige Alternative.

Die Kurven waren Spitzkehren, die Straße wie eine Feder, die jeden Moment unter der Hitze nachgeben und die Autos von sich schleudern konnte. Ich weiß, wie sie denkt. Sie wollte sich lieber vor einer Straße fürchten, die wie eine Feder bebte, was absolut unmöglich war, als daran denken, was sie wirklich beunruhigen mußte: an die Hitze, den Rauch, das Gespräch mit Hart. Wie sie wieder nach Hause kommen sollte. Falls sie je von hier fortkam.

Arturo suchte den Straßenrand nach Hinweisen auf das Feuer ab. An einer schwarzverbrannten Lichtung, aus der noch ein paar goldene Strohhalme ragten, richtete er sich kerzengerade auf.

Maria dachte sich Mantras aus, während sie dahinfuhr. So dachte sie, sie wäre gerettet, wenn das Wasser in Sicherheit wäre, dort oberhalb der anderen Häuser, wo nichts seine Reinheit trüben konnte. Dieser Hochwald wuchs weniger dicht und würde also nicht auf dieselbe Weise brennen; außerdem gab es Brandschneisen, senkrecht in den Berg gehauen. Und morgens hingen sowieso immer Nebelfetzen und Wolken um den Berg, sogar im Hochsommer, und konnten das Feuer dämpfen.

Aber sie fühlte sich keineswegs sicher.

Sie stellte sich vor, wie sie ihn in neutralem Ton fragte: »Aber es stimmt doch, daß du diese Menschen umgebracht hast, oder?«

Sie stellte sich vor, wie Hart antwortete: »Na ja, wenn du's so sehen willst, wahrscheinlich. Ja. Spielt das eine Rolle?«

Arturo bestand darauf, an der eigenen Tür anzuklopfen. Seine Tochter öffnete, und einen Moment lang standen sie da und sahen nur einander an, bis Maria sich abwandte. Sie erfuhr nicht, ob sie weinten oder einander umarmten, denn nichts dergleichen konnte geschehen, solange sie in der Nähe war.

Sie sperrte den Wagen ab, als wäre sie in der Stadt, und stieg die Schieferstufen hinauf. Sofort war sie außer Atem. Es waren nur der Staub und die Hitze, aber es fühlte sich an wie der Augenblick, in dem das Zwerchfell alle Luft aus dem Körper preßt. Sie war völlig benommen. Sie hätte ebensogut verliebt sein können.

»Hey«, sagte Hart.

Er saß auf der Veranda seines Hauses, umrahmt von Gänseblümchen. Aber man kann in Formentina ja nirgendwo sitzen, ohne vom weißen Blitzen der Gänseblümchen umstrahlt zu werden. Er sah aus wie eine hölzerne Marionette, eine schlaksige Gliederpuppe.

Maria sagte: »Im Tal sperren sie die Straßen ab.«

»Gut, daß du gekommen bist.«

»Ich mußte mit dir reden.«

Er zog sein Mobiltelefon aus der Jeans.

»Persönlich«, sagte Maria. »Wir haben nicht viel Zeit, und ich will nicht, daß uns irgendwer zuhört.«

Hart zuckte die Achseln. »Komm doch rauf. Luft gibt es nicht, aber ich kann dir Wasser anbieten. Oder vielleicht Wein oder Soda oder Bier?«

Maria sah sich um. An diesem Tag sah das ganze Tal sepiafarben aus, wie ein Foto über Flammen.

»Wasser hätte ich gern«, sagte Maria.

»Ich hole es«, sagte Hart. »Oder komm mit rein.«

Sie trat in den Schatten.

»Die Polizei war wieder bei mir«, sagte sie.

»Wirklich?«

»Als nächstes«, sagte sie, »werden sie dich zur Guarda Nacional bestellen. Sie werden erwarten, daß du freiwillig kommst, um auszusagen. Natürlich wirst du deine Identität beweisen müssen.«

»Ich habe einen Paß.«

»Beweisen«, sagte sie. »Zweifelsfrei.«

»Glauben sie den Papieren nicht mehr?«

In dieser Landschaft kann man die Augen ausruhen. Das erwarten die Leute. Hart sah eine Herde Ziegen die Stufen herunterkommen, gefolgt von einem Mann zwischen fünfzig und sechzig mit einem sanften, sinnlosen Grinsen und einem flinken Hund.

»Ich habe Kreditkarten«, sagte er.

»Du verstehst nicht«, sagte sie. »Sie meinen es ernst.«

Die Ziegen schienen ihren Weg zu kennen.

»Die Fahrt hierher war heute sicher schlimm«, sagte Hart.

Sie zuckte die Achseln.

»Komm lieber rein«, sagte Hart. »Stellen wir den Ventilator an. Rühren wir die Hitze ein bißchen um.«

Das Haus schien dunkel, nachdem die Sonne ausgeschlossen worden war. Die Wände waren weiß, die Böden kahl, die Möbel eine Ansammlung von Notlösungen, weit auseinandergerückt: Sofa, Stuhl, Tisch, ein Toilettentisch, darauf vier Taschenbücher mit Reliefprägung und zur Dekoration ein Hahn aus Barcelos. Man füge die entsprechende Gesellschaft hinzu, und es war klar, daß dies das Ergebnis war, das jemand für den Sommer eines anderen als ausreichend empfand.

Hart stellte zwei Ventilatoren an. Ein Bild – das Aquarell eines Amateurs, Bougainvillea vor weißem Stuck – schlug klappernd gegen die Wand. Wo die Fensterläden einen Spalt offenstanden, tanzte der Staub im hereinfallenden Lichtstrahl.

»Ist es dir kühl genug?« fragte Hart.

Maria trat ans Fenster und öffnete die Läden weit.

»Hey! Laß die Sonne nicht herein! Sonst kommt auch die ganze Hitze.«

In der Tat war die Luft zum Ersticken.

»Ich weiß, daß du sehr wohl Papiere hast, Christopher«, sagte sie. »Wem gehören sie?«

»Christopher Hart. Also bin ich Christopher Hart.«

Sie sagte: »Vielleicht hilft es, wenn ich ihnen etwas gebe, was sie nachprüfen können. Vielleicht müßtest du dann nicht zur Kaserne hinunterfahren.«

»Spielt das eine Rolle?«

»Die Vernehmung wird dir kaum gefallen.«

»Ich meine, was können sie denn tun?«

Sie sagte nichts, doch ihre Körperhaltung war ein Ausrufezeichen.

Sie hatte ihre Handtasche auf dem Tisch liegenlassen, und er kramte darin herum, zog ihre Plastikkarten hervor. »Hier steht«, sagte er, »daß du Maria de Sousa de Conceicão Mattoso bist. Ich wette, deine Bankkarte gibt an, seit wann du in dieser Stadt lebst. Auf deinem Personalausweis ist deine Krankengeschichte registriert. Ganz sicher steht dort, daß du im Haus deiner Mutter lebst und Juristin bist.«

Sie riß ihm die Tasche aus der Hand.

Hart hörte mehrere Männer die Treppe herunterkommen; ihre Stimmen hörte er, um genau zu sein, grimmig und verhalten. Er sah, daß Maria sich ins Freie sehnte, weil es ihr dort viel sicherer schien, auch im Angesicht eines Feuers. Sie war nicht gern mit Menschen wie ihm zusammen, die nachts ihr wahres Ich verlassen und namenlos umherstreifen.

Er sagte: »Es ist so: Träumst du nie davon, jemand anderes zu sein? Oder noch mal ganz von vorn anzufangen, und zwar radikal? Du könntest dir ein völlig neues Leben erfinden.«

»Ich weiß nicht, was für ein Spiel du spielst.«

»Du könntest irgendwer oder irgendwas sein. Du könntest an jedem der Orte sein, die du in den Illustrierten siehst, nicht bloß in Vila Nova. Du beendest das Leben von jemandem und führst es selber und besser weiter.«

»Ich liebe Phantasien«, sagte Maria. »Ich lebe sie nicht.«

»Und warum nicht? Wolltest du nicht als junges Mädchen Inès de Castro sein und aus Liebe sterben oder Madame Curie oder Lizzie Borden oder Marilyn Monroe? Wolltest du dir nicht eine neue Welt aussuchen?«

»Ich habe mir eine Welt ausgesucht«, sagte Maria.

»Bist du glücklich darin?«

»Glücklich?« fragte Maria. »Hör zu, ich habe jetzt keine Zeit für so was. Du bist jemand, den die Polizei vernehmen will. Sie meinen es ernst. Ich bin deine Anwältin. Das ist kein Spiel.«

»Nein?«

»Du denkst, du kannst dich wieder neu erfinden, bevor sie herkommen?«

»Ich habe Zeit. Wenn das Feuer so ist, wie du sagst, dann werden sie eine ganze Weile nicht heraufkommen.«

»Du könntest ihnen deine Arbeit beschreiben, deine Vorlesungen«, sagte sie. »Dein Fachgebiet. Was in deinem letzten Buch steht, was in deinem neuen stehen wird. Das weißt du doch, oder?«

»Warum wollen sie das auf einmal wissen? Niemand hier wollte je einen Vortrag über den holländischen Imperialismus von mir hören. Zum Teufel, genau deswegen bin ich hier.«

»Das ist gut. Es ist gut, wenn du ihnen vom holländischen Imperialismus erzählst. Das werden sie glauben.«

»Willst du wirklich Christopher Hart?« Ein Anflug von Enttäuschung schwang in seinem Tonfall mit. »Ich dachte, du willst jemanden, den du ändern kannst. Jemand, den du dir im Lauf der Zeit ausdenken kannst.«

Maria klatschte einmal mit den Händen an die Wand.

»Setz dich«, sagte er. »Du kannst sowieso nirgends hin. Ich könnte dir Sachen erzählen.«

»Ich muß nichts wissen.«

»Sprichst du als meine Anwältin?«

Sie schüttelte den Kopf.

»Was ist dann das Problem? Willst du nichts über andere Leben, andere Orte hören?« Er knickte in der Taille ein und hielt sein Gesicht vor das ihre. »Du würdest verschwinden, wenn du von hier fortgingst, nicht wahr? Wenn hinter deinem Namen nicht ›Anwältin‹ stünde. Wenn die Leute dich nicht kennen würden, dich und deinen Vater und deinen Großvater.«

Sie sagte: »Die Polizei meint es ernst.«

Er knallte die Fensterläden zu und versuchte mit Gewalt, den Riegel vorzuschieben.

»Funktioniert das Licht?« fragte sie.

»Vielleicht.«

»Ich hätte gern Licht.«

»Setz dich. Wir tun gar nichts. Du hörst einfach nur zu.«

Es wäre leichter gewesen, einander genau in diesem Moment zu berühren. Das Zimmer knisterte vor Spannung, weil sie einander nicht berührten. Der Atem blieb in der Kehle stecken.

Über ihnen begann ein Geräusch: mechanisch, fern. Das Geräusch wurde bald deutlicher: Es war eines der kleinen Erkundungsflugzeuge, die vom örtlichen Flugplatz starten, um nach Waldbränden zu fahnden. Es zog einen Kreis und schien abzudrehen, um seine eigene Bahn zu kreuzen. Dann überflog es anscheinend den Bergkamm, denn bald war der Motorenlärm wieder schwächer geworden und schließlich verschwunden.

»Hey«, sagte Hart, und er lachte. »Hoffst du auf jemanden, der dich rettet?«

Ich trieb mich in den Buchläden auf der Carmo herum, während ich auf sie wartete: riesige Gewölbe voller Bücher, merkwürdige Hallen mit Büchergestellen, Regale mit Taschenbüchern, so lange gehütet, daß sie beinahe mitleiderregend wirkten, alte Kunstbücher aus den zwanziger Jahren, die sich als Hüter und Bewahrer von Kultur gebärdeten, eingenäht in feines Tuch.

Natürlich konnte ich mich keine Minute lang konzentrieren.

Ich rief Mello an. Als er den Anruf endlich entgegennahm, war er barsch und ungeduldig.

»Ich habe Ihren Vater in die Kaserne geführt«, sagte er, »damit er verstand, was er getan hatte. Er erfuhr nämlich nie, was er getan hatte. Bevor es zum Schlimmsten kam, war er schon fort.«

»Ich bitte Sie um Verzeihung«, sagte ich. »Ich entschuldige mich für meinen Vater.«

»Seither hatten wir eine Revolution«, sagte Mello. »Wir haben versucht, uns zu ändern. Man verzeiht und macht weiter.«

»Sie haben mir diesen weißen Raum gezeigt.«

»Das hätte ich nie tun sollen. Sie haben ein Recht auf einen heldenhaften Vater. Vielleicht wurde er in London ein Held.«

»Ich müßte mit Ihnen reden ...«

»John Costa«, sagte Mello, »der halbe Distrikt brennt. Die Straßen sind abgesperrt. Maria Mattoso hat die Stadt verlassen, und wahrscheinlich ist sie oben bei Ihrem Freund Christopher Hart. Wir warten nur darauf, den Scheißkerl dingfest zu machen, aber wir kommen nicht an ihn heran. Ich will keine Entschuldigungen hören. Ich will Sie aus dem Weg haben.«

»Ist mit Maria alles in Ordnung?«

»Woher soll ich das wissen?«

»Ist alles in Ordnung?«

Mello sagte, auf englisch: »Spielen Sie jetzt bloß nicht den Helden.«

Zwei Männer rüttelten an Harts Tür, dann hämmerten sie mit den Fäusten dagegen.

Sie standen da, die Schultern so tief wie breit, mit Rußflecken auf glänzenden roten Wangen. Maria öffnete die Tür.

»Das Feuer marschiert«, sagte der eine. »Wir legen eine neue Schneise.«

Hart fragte: »Was wollen sie?«

»Hilfe«, sagte Maria. »Hast du Sensen oder irgendwas? Besen wenigstens. Irgendwas.«

»Besen sind wohl da.«

Sie fand eine Sichel, gut versteckt unter dem Spülbecken. Hart trug einen Besen. Sie folgten den beiden Männern die Steinstufen zur Straße hinunter. Niemand sprach, nicht einmal darüber, was die Ortsfremden wohl tun, wie sie helfen sollten. Sie gingen, bis das Dorf nicht mehr zu sehen war.

Heiße Luft hüllte sie ein. Der Weg schlängelte sich voran, nicht breiter als ein Ziegenpfad, und öffnete sich schließlich auf das Tal unter ihnen.

Es war wie ein Erntetag: ein reges Treiben gebeugter Menschen in Arbeitskleidern, die alles abschnitten, heraushackten, zerbrachen, rodeten, was zwischen dem Wald und dem Dorf brennen konnte. Samen und zerbrochene Halme bildeten eine Staubwolke, die in der Kehle brannte. Der Boden selbst fühlte sich heiß an. Ein halbes Dutzend Frauen, rund und jung oder alt und klapprig, schnitten Gras und schafften es auf zweirädrigen Karren fort, zerrten mit harten, zerschnittenen Händen an Brombeerranken; und manchmal hielten sie inne, als lauschten sie nach dem Feuer.

Dunkle Vögel kreisten über den arbeitenden Menschen, Falken, sogar ein Adler, und warteten darauf, daß der Wald all die geflügelten Dinge preisgab, die vor dem Feuer flohen. Libellen schossen in Panik aus dem Gras, goldene Käfer schleppten sich schwerfällig durch die rußige Luft. Und die Motten bedrängten die Arbeiter, weichsamtige Wesen, manche winzig, andere dick wie kleine Vögel in dunklen und phosphoreszierenden Blau- und Grüntönen, eine Plage, geboren aus einem langen, nassen Frühling und jäher Sommerhitze. Sie flogen den Menschen in die Augen, die schon von Rauch und Arbeit und Wein gerötet waren. Sie flatterten über die Schenkel der Frauen, die Karren schoben, und ließen die Haut über müden Muskeln zucken. Hart spürte ihre Flügel wie Staubklumpen auf seinem nassen Rücken.

Die Vögel kreisten weiter und schossen herab, immer näher und näher den Augen und trockenen Kehlen der arbeitenden Menschen unter ihnen.

»Du wirst nicht mehr heimkommen«, sagte eine Frau aus dem Dorf. »Bestimmt sind die Straßen abgesperrt.«

»Ich könnte es auf der anderen Seite des Bergs versuchen«, sagte Maria. »Irgendwo muß man doch durchkommen.«

Der Wirt der Bar sagte, er habe bei den Forellenzüchtern gleich hinter dem Bergkamm angerufen und erfahren, daß die Straßen ins Tal weitgehend unpassierbar seien. Niemand hatte sich die Mühe gemacht, sie abzuriegeln, denn bestimmt würde niemand versuchen durchzukommen; die meisten Ecken und Kurven waren dunkel von Ruß und Rauch, und hinter jeder Biegung mußte man darauf gefaßt sein, dem Feuer zu begegnen. Er schob Maria einen weiteren Espresso über den Tisch, der von einer feinen Staubschicht bedeckt war.

»Wir haben ja noch Zeit«, sagte Hart. Sie langte nach einer Zigarette.

Die kleine Bar am Straßenrand bestand aus einem einzigen weißen Raum, einer Kaffeemaschine, auf der Lorbeerzweige trockneten, einer Reihe Flaschen, einer Theke mit einem Faß Wein darunter und einem Regal voller merkwürdiger Waren: scharfe Soße, Feuerzeuge, Tampons, Kekse. Normalerweise roch sie nach Arbeit oder nach Sonntagsstaat. An diesem Tag roch sie nach Rauch und dem Schweiß vieler Körper. Niemandem fiel es ein, nach Hause zurückzukehren, nicht während sie eine gemeinschaftliche Verteidigungsanlage errichteten; getrennt wären sie schwächer gewesen. Aber es war beinahe Abendessenszeit.

»Ich habe Lebensmittel«, sagte Hart. »In der Tiefkühltruhe.«

»Es gibt keinen Strom.«

»Dann sollten wir möglichst alles aufessen, was da ist.«

Sie konnte jetzt nicht gehen. Die Frauen beobachteten sie beide, als wären sie ein Paar.

»Ich gehe«, sagte Maria.

Also stand er auch auf. Es gab nichts zu sagen, denn sie hatte keine Hoffnung fortzukommen, und das ganze Dorf glaubte, sie gehöre zu ihm.

Einen Moment lang standen sie einander stumm gegenüber.

Es gibt hier keine Regeln über Auseinandersetzungen in der Öffentlichkeit. Hätten sie sich gegenseitig angebrüllt, so hätte das Dorf vielleicht verstanden.

Der Wirt fragte im Plauderton: »Alles in Ordnung?«

»Alles in Ordnung. *Tudo bem*«, sagte Maria.

»Du könntest bei mir übernachten. Es gibt ein Sofa«, sagte Hart. Dann, nach einer Pause: »Ich schlafe auf dem Sofa.«

Der Wirt sagte: »Bald wird es kalt. Kühler, meine ich. Nachts bewegt sich das Feuer nicht so schnell vorwärts.«

»Sie meinen, wir können alle schlafen?« fragte Maria.

Sie sah sich im Raum um, sah die Menschen, die sich auf Bänken aneinanderdrängten: alte Frauen in bedruckten Kitteln, alte Männer in Hosen, die sie vielleicht eines Tages für die Kirche wieder herrichteten, die wenigen Jüngeren, alle daran gewohnt, den ganzen Tag ihre Körperkraft einzusetzen, und doch verzweifelt müde angesichts des Feuers, das knapp unter ihnen lauerte.

»Geht schlafen!« sagte der Wirt. Und gab stillschweigend zu verstehen: Wir anderen sind stärker. Wir wachen für euch.

Und ich lag da und starrte zu den aufgereihten Seraphim hinauf, wälzte mich von einer Seite des Bettes auf die andere, überrascht, wie ich es schaffte, in einer Großstadt gelangweilt und ziellos herumzuhängen. Schließlich war ich zu Besuch; ich hätte ein Tourist sein können. Ich hätte mich auf meine Sachkenntnisse besinnen und mich mit der Kunst beschäftigen können, hätte mir über Verwandtschaften zwischen Flandern und Portugal, Italien und Portugal, über die Frage, ob die Portugiesen ihre Renaissance importiert hatten und weshalb die Italiener große Kirchen in Lissabon errichtet hatten, den Kopf zerbrechen können. Und ich hätte immer essen können: *bacalhau* oder Hering oder Garnelen in scharfer Pfeffersoße. Ich hätte mit Straßenbahnen und Booten fahren können, mit der Seilbahn oder dem Lift zu den geselligen Bars hinauf. Ich hätte trinken können. Ich hätte wohl auch ins Bordell gehen können. Warum hätte ich Sex jetzt nicht wie jeden anderen Appetit betrachten sollen, der routinemäßig gestillt wird? Wenn man auswärts essen geht, fühlt man sich schließlich auch nicht treulos.

In all den Jahren hatte ich mir vollkommen abgewöhnt, allein zu sein, einzukaufen, um leben zu können. Ich wußte, wie es sich anfühlt, wenn ein anderer Mensch im Haus atmet, wenn man überrascht wird, wenn Dinge geschehen, ohne daß man immer damit einverstanden ist. Bücherstapel, das oberste Fach im Kühlschrank, die Morgenpost – das alles wuchs für zwei. Was mir wirklich gefiel, waren Berührungen, die ich nicht selbst in die Wege geleitet hatte, Worte, die ich nicht erwartete.

Keine Anna. Niemand.

Da war Maria, aber sie war weit fort. Maria. Gold-schwarze Haare auf den Unterarmen; eine Eigenheit, die ich bei keiner Frau je gesehen, geschweige denn so überaus geschätzt, geschweige denn so unendlich erregend gefunden hatte: allein der Gedanke daran. Kein Fetisch, beteuerte ich mir, ein Detail.

Innerhalb meiner Ehe hatte ich nie so viel Zeit gehabt, um nachzudenken. Nun wurde mir klar, daß es Details an Annas Körper gab, an die ich mich nicht genau erinnerte. An ihre Berührung und ihre Wärme erinnerte ich mich, aber ich war daran gewöhnt, den Blick abzuwenden, wenn ein Körper schlaffer, älter wird, war es gewöhnt, sie mit eigenen, schwächeren Augen zu sehen und nichts zu bemerken; sie erwiderte mir den Gefallen. Aber jetzt hatte ich Zeit.

Ich wollte Maria in allen Details.

Sie zündeten eine Sturmlampe an, blaßgoldenes Licht, das aus getriebenem Stahl fiel, brieten angetaute Schweinesteaks auf dem Gasofen und machten eine Flasche Wein auf.

»Hör mir zu«, sagte Hart.

Aber Maria aß nur, sie schlang. An normalen Tagen aß sie sehr wenig. Sie hatte unter der Sonne gearbeitet, spürte unbekannte Verrenkungen in Muskeln und Knochen, aber das erklärte nicht ihren Appetit. Sie aß, um bereit zu sein.

»Stell dir vor, die Bullen haben recht«, sagte Hart.

Sie sagte: »Ich weiß nicht, was die Bullen behaupten.«

Sie stellte ihren Teller ins Spülbecken. Sie öffnete mehrere Innenfenster und fächelte sich Luft zu.

Draußen war es endlich kühler geworden.

Der erste schmale Streifen eines riesigen Mondes schob sich über den Berg und vergrößerte sich zu einem Block aus kaltem, klarem Licht. Das Tal wurde still, die Zikaden verstummten, die Frösche beendeten ihren rauhen Gesang.

Sie wandte sich zu ihm und umarmte ihn. Sie liebten einander, sagt sie, und schauten sich dabei in die Augen: Sex als Befragung. Aber sie klagte nur, und Hart grunzte, und sie trennten sich unbeholfen wie zusammengeklebte Papiere. Danach wußte sie nicht weiter. Hart sagte nichts.

Neben dem Bett fand sie ihre Uhr. Noch sieben Stunden waren es bis zum Morgengrauen. Sieben Stunden in diesem stählernen Licht draußen und dieser Ruhe. Sieben Stunden, während deren sie diesen Mann beschäftigen mußte.

Ich trank zuviel; deshalb wachte ich rasch wieder auf, und mir war einiges klar.

Ich wußte, daß Maria bei Hart nicht in Sicherheit sein konnte, einem Mann, dessen Vergangenheit Morde einschloß und der nach Lust und Laune Namen und Identitäten wechselte.

Ich wußte es aus Büchern und Filmen, den Geschichten, die viel tiefer eindringen als Fakten. Wir stellen uns vor – Wissenschafler, Studenten –, wir würden von einem Netz von Bezugspunkten gehalten. Das funktioniert sehr gut, wenn man über Bilder, Kirchen, Herzöge oder Politik reden will, über die Währungsunion oder Palimpseste oder Proust oder die Nachrichten vom Vortag; Bücher gibt es überall, zuverlässig und kenntnisreich, mit Quellenangaben und Anmerkungen. Aber wenn es um das Melodram Liebe, Mord, Gefahr und nächtliches Grauen geht, dann haben wir außer den Thrillern vom Bahnhofskiosk nichts wirklich Maßgebendes gelesen. Aus dieser Literatur lernen wir, was als nächstes passieren muß.

Wenn Hart also der Schurke war, dann war Maria das Opfer, zwangsläufig. Wenn Maria das Opfer war, dann konnte ich nach endlosem Warten in zwei Stunden schneller Fahrt die ersehnte Erlösung finden und die Rolle spielen, die Mello mir kategorisch abgesprochen hatte: den vorherbestimmten Helden.

Verstehen Sie, daß ich nicht ein einziges Mal auf den Gedanken kam, daß es Wahnsinn war, was aus meinem Kopf sprach? Der Alkohol tat ein übriges, mich zu überzeugen.

Stille. Der riesige Mond. Maria stand da und schaute auf eine schimmernde Spannung hinaus, eine angehaltene, von oben beleuchtete Welt.

Sie hörte Hart sagen: »Du wolltest von New York hören …«

Hart stand unmittelbar hinter ihr. Er war wunderbar in seine Geschichten vertieft; er dachte immer noch, er sei für sie eine ganze Bibliothek. Er schien nicht zu wissen, daß die Geschichten auf ein Geständnis hinausliefen und ein Geständnis ihn auf einen Mörder reduzierte, nichts weiter.

Es herrschte der verstörende Geruch von schwelendem Laub. Im Dorf regte sich nichts, aber es war keine friedliche Ruhe, sondern Erschöpfung. Der Mond spiegelte sich im Bach, und sogar dieses kühle Licht flackerte wie eine Parodie des Feuers.

»Ich war sehr jung, als ich in New York war«, sagte er. »Neunzehn.«

Die Kühle und der Mond besänftigten ihre Augen. Das schimmernde Licht der Welt reichte ihr vollkommen. Aber sie zwang sich zu lächeln, sich umzudrehen, ihn zu schätzen.

Diesmal konnte sie ihn nicht begleiten: während er zu Partys ging, sich durch die Kunstszene mogelte, in den Hamptons den Sommer verbrachte, Möchtegernhändler traf und zusah, wie die Prominenz sich durch die Arzneimittelliste arbeitete, manchmal auch wieder zurück. Er klang wie ein Klatschmagazin oder ein kurzes Exposé in irgendeiner Samstagsbeilage, als hätte er keine eigene Geschichte, sondern besäße nur die Hülse der Geschichten anderer Leute. Interessant war an seinen Erzählungen nur eines: Die Kunstszene, sagte er, habe er erlebt, nachdem sie ihre heroische Zeit hinter sich hatte – die Helden des abstrakten Expressionismus, die wild mit der Farbe kämpften – und bevor sie zur Sozialarbeit wurde und sich vorgenommen hatte, die Nation zu veredeln. Er hatte die beste Zeit erlebt: die Jahre des Suk.

Deshalb konnte sie Interesse vortäuschen. Er sollte so vertieft sein, daß er Dinge sagte, die sie berichten konnte.

Sie schloß die Augen. Das hatte sie nicht vorgehabt. Sie sah, ebenfalls hell strahlend, den abgeschnittenen Kopf auf dem Foto, den klaffenden Mund, aus dem nach dem Tod die Zähne ausgeschlagen worden waren.

Sie hatte diesen Mann in sich gehabt, erst eine Stunde zuvor. Jetzt konnte sie sich nicht einmal mehr seines Namens sicher sein. Hätte sie ihn bitten wollen aufzuhören, statt ihn an sich zu ziehen, welchen Namen hätte sie benutzt?

Er wanderte durchs Haus, größer, als sie ihn in Erinnerung hatte, vergrößert durch das undeutliche Licht und die riesigen nächtlichen Schatten. Er klapperte mit Messern in einer Küchenlade; er suchte nur nach Kaffeelöffeln, sie aber dachte an Messer.

»Willst du's wissen?« rief er.

Sie meinte Hunde in einem Hof zu hören, die sich mit scharrenden Pfoten gegen klapperndes Wellblech warfen.

»Ich meine«, sagte er, »ich dachte, du willst jetzt alles wissen.«

»Ich muß telefonieren«, sagte sie.

»Nimm das Mobiltelefon.«

»Das wollte ich auch.«

Sie begann eine Nummer zu wählen. Es war kein Ortsgespräch, sah er, denn die Nummer begann mit einer Null. Sie wartete, bis das schwache Klicken des alten Wählsystems verklungen war.

»John Costa?« sagte sie. »Hier ist Maria Mattoso.« Pause. »Ja, es tut mir leid. Ich wollte Ihnen nur sagen, daß die Straßen abgesperrt sind. Ja, es brennt. In Formentina. Es gibt wirklich kein Durchkommen. Sie müssen noch ein paar Tage in Lissabon bleiben.« Pause. »Ich würde sehr gern nach Lissabon kommen«, sagte sie.

Sie legte das Telefon auf den Tisch.

»Das wäre nicht nötig gewesen«, sagte er.

Sie rief nur einmal zurück. Spätabends. Sie verriet nicht, wo sie war, sagte nur, ich solle nicht nach Formentina zurückkommen.

Sie war das Opfer. Sie war in der Gewalt des Schurken, das hatte Mello gesagt. Also sagte sie nicht, was sie dachte, sondern in Wirklichkeit forderte sie mich auf, nach Formentina zurückzukehren. Sie mußte dort sein. Sie war in Gefahr, starrte in die Mündung einer Schußwaffe und hielt verzweifelt nach einem Helden Ausschau.

Wenn Maria in Formentina war, dann mußte sie bei Hart sein. Wenn sie bei Hart war, dann mußte sie in Gefahr sein.

Ich zog mich an, stopfte meine schmutzigen Kleider in eine Tasche, vergaß das Rasierzeug im Bad und rannte die breiten Stufen im Treppenhaus hinunter. Die Straße war eine fluoreszierende Leere: die Blau- und Orangetöne von künstlichem Licht und Vollmond und dem Schatten der Bäume. Ich rannte zu meinem Wagen und fragte mich dabei, was ein Polizist wohl denken würde, wenn er mich sähe: einen Mann, der ohne ersichtlichen Grund rennt, also offenbar auf der Flucht ist.

Ich verpaßte eine Abzweigung zwischen niedrigen Betonfabriken und versuchte es noch einmal an Boulevards voller nutzlosem Oleander. Ich war schon fast am Fluß angelangt, bei den Lagerhäusern mit alten Graffiti und den rostroten Frachtern, deren Masten nach Einbruch der Dunkelheit überzeugend aussahen, als ich endlich die Wegweiser zur Autobahn nach Norden entdeckte.

Ich war diese Strecke schon einmal gefahren, gleich nachdem ich von London hierher geflogen war, um meinen Vater zu finden und zu begraben und Harts Diebesbeute wiederzubeschaffen. Damals war ich so komplex gewesen wie jeder: ein Durcheinander aus Erinnerungen, Fehlern, getroffenen und vermiedenen Entscheidungen, verdrängten, erfüllten oder einfach einstweilen vergessenen Gefühlen, Ehemann und Angestellter einer großen Institution, ein berechenbarer statistischer Faktor, gekoppelt an meine Kreditwürdigkeit, meinen Parkplatz, meine medizinischen Unterlagen, meinen morgendlichen Weg zum Museum, meine Eßgewohnheiten. In dieser Nacht auf der Straße war ich – das richtige Wort, fand ich, lautete *destilliert*. Sämtliche Details waren in einem gewaltigen, zielgerichteten Feuer geschmolzen.

Ich war mir beinahe sicher (ein langer Lastwagenzug überholte mich mit rasender Geschwindigkeit), insgeheim jedenfalls (die Leuchtschrift einer Bar in einer Kleinstadt fiel mir auf, Sousa's Bar hieß sie, auf Englisch), daß dies (die Straße lief durch einen Tunnel aus Bäumen) Wahnsinn war. Aber die Diagnose zählte viel weniger als die Gelegenheit, endlich zu handeln.

Nach einer Stunde fuhr ich immer noch, aber meine Gewißheiten ließen mich allmählich im Stich. Bisher war ich gewohnt gewesen, Gründe zu präsentieren, mich an meine Dienststelle anzupassen, Anna nicht immer alles genau zu erklären, was ich im Sinn hatte, mir meinen Weg zu suchen; jetzt versuchte ich etwas Einfaches: ein Held zu sein. Es war mühsam, weiter an eine großartige moralische Absicht zu glauben, während die Straße unter mir hinwegglitt, ein banaler Teppich. Außerdem machte mir die Müdigkeit zu schaffen. Die Lider fielen mir zu, und ein Blinzeln schien eine Minute zu dauern, wie ein Blackout. Ich rutschte auf dem Sitz hin und her, zwang mich zur Konzentration. Ich konnte sehr leicht im Straßengraben landen.

Ich war jetzt ein Geist, alle Details, die einen Mann in einem bestimmten Leben verankern, waren von mir abgefallen, keine Frau, keinen Vater, zu denen ich mich bekannte, hinter einem Mann her, der all diese Details abgeworfen hatte, und raste durch eine Landschaft, die sich für einen solchen Krieg der Geister bestens eignete: Visionen und sich drehende Sonnen, Wache haltende Ritter, geheime Schätze, verborgene Prinzessinnen. Die Einzelheiten kannte ich nicht, hatte nur Begriffe von Postkarten, aus Reiseführern, und deshalb konnte ich die Gegend mit jeder Geschichte überschwemmen, die ich je gehört hatte, mit einem, der Leben stahl, einem Menschenfresser und einem Ritter, einem Mörder und einem Bullen, mit allen Erscheinungsformen einer uralten Geschichte, die mit zunehmendem Alter immer wörtlicher wurden.

Ich hatte immer noch gut achtzig Kilometer vor mir.

Sie stand nackt neben dem Bett, eine Hand auf ihrer scharfkantigen Hüfte, den Körper gespannt wie eine Kämpferin, mit der absoluten Zielstrebigkeit eines der Heiligen ihrer Mutter.

Er reckte sich und warf die Laken ab. Kein Verlangen ergriff ihn. Statt dessen klopfte er aufs Bett und sagte: »Ich könnte dir noch einmal von den Bahamas erzählen. Von dem Hurrikan.«

»Gehen dir nie die Geschichten aus?« fragte sie. »Bist du nie irgendwo seßhaft?«

»Ist das eine Aufforderung?« Er sprach es gedankenlos, ausnahmsweise. Es war das, was ein anderer Christopher Hart – ein sexueller Opportunist, vermutete er zynisch, wenig erfahren außer mit großäugigen Studentinnen, um der Eitelkeit willen bereit, mit Herzen zu spielen – gesagt haben könnte.

Sie ging ins Wohnzimmer.

»Pechschwarze Finsternis«, sagte er vom Bett aus. »Ein schrecklicher Sturm, Kokosnüsse und Blechdächer flogen gegen das Haus. Regen. Den Wagen hatten wir hinter dem Haus geparkt, weitab von den Bäumen, und irgendwie gab es einen Kurzschluß: Mitten in der Dunkelheit gingen die Lichter an, und so konnten wir sehen, wie die Bäume sich im Regen zur Erde bogen. Und diese drei alten, hütetragenden Damen spielten Bridge und erörterten die Möglichkeiten der nächsten Saison. Sie tranken. Sie klatschten. Sie waren festgewachsen. Und dann merkte ich, daß jede einzelne von ihnen sich angepinkelt hatte und einfach weiterredete …«

»Was hast du denn auf den Bahamas gemacht?« fragte sie.

»Ich könnte es dir erzählen. Ich könnte dir von der Zeit erzählen, als ich ein New-Age-Guru mit Kristallkugeln war. Einmal war ich ein Leibwächter, in Cannes. Ich war …«

Ein Klappern von Geschirr ertönte, wie abrutschendes Geröll.

Er hob die Stimme. »Ich war …«

Sie rief aus der Küche: »Wie hast du denn je Zeit gefunden, Christopher Hart zu sein?«

Bäume standen dicht an der Straße. Zuerst dachte ich, es sei der Mond hoch am Himmel, der aus den Ästen Gerippe zauberte; der Mond war die Veränderung, die mir auffiel. Aber auch die Bäume hatten sich verändert, waren zu verkohlten Stangen geworden, die Zweige nahe dem Stamm abgebrochen. Gestrüpp und Unterholz waren niedergebrannt, und die Bäume standen da wie Ruinen. Ich sah den Boden rauchen oder bildete es mir jedenfalls ein.

Ohne Hindernisse durchquerte ich Vila Nova, dann nahm ich die Hauptstraße in die Berge. Die Vororte sahen aus wie immer: anständig, verrammelt, langweilig. Der erste Streifen Wald war unberührt. Aber nach einem weiteren Kilometer war die Straße mit aufgereihten Böcken und Pflöcken abgeriegelt.

Die Absperrung hätte ich leicht überwinden können; so spät waren keine Polizisten unterwegs, um den Verkehr zu überwachen. Aber wenn die Straße hier abgesperrt war, dann versperrte ein Stück weiter etwas viel Beunruhigenderes den Weg: brennender Wald, umgestürzte Bäume, die freiwillige Feuerwehr, die die Straße mit Beschlag belegt hatte.

Ich bog in die Nebenstraße ab, die sich entlang dem Felsen zur Burg von Vila Nova schlängelt. Ich war daran gewöhnt, nachts nur Bäume zu sehen, Bäume, die bis an den Straßenrand reichten und die kleine, runde, hohle, in einem Tal kauernde Burg umgaben. Aber in dieser Nacht war die Umhüllung verschwunden. Die Burg lag da wie in einer hellen Winternacht: die Bäume kahl, der Boden bedeckt von weißer Asche.

Ich hielt einen Augenblick an. Zu Lebzeiten hatte der Wald Geräusche verschluckt, sogar in den Senken der hohen Serra; diese Macht hatte er inzwischen vielleicht eingebüßt, und in Formentina konnte man mich hören, wie ich mich die Kurven und die scharfen, steinigen Steigungen der Nebenstraßen emporarbeitete. Aber die Nebenstraßen waren meine einzige Möglichkeit.

Ich hätte mir eine Strategie zurechtlegen sollen, doch ich hatte nur das, was ich sehen und riechen konnte: eine Burg in einem Meer aus Asche und dieses kalte, strahlende Mondlicht.

Hart brachte Maria den Tee. Er hatte sich zu lang in der Küche aufgehalten, in Schubladen gekramt, und sie hatte keine Ahnung, wozu er einen Schraubenzieher und einen Draht brauchte.

Sie hatte sich nicht angezogen. Es ging ein leichter Luftzug, gerade ausreichend, um ein schwaches Prickeln auf der Haut zu verursachen.

Sie sagt, sie rührte sich nicht in ihrem Sessel, als mein Wagen unten hielt. Türen schlugen zu, einmal, zweimal. Dann kehrte wieder Stille ein.

In meiner Eile glitt ich draußen auf dem Schiefer aus und ging fort und kam wieder zurück, eilig. Ich dachte, wenn ich einen Moment wartete, bliebe ich vielleicht unbemerkt.

Ich sah, daß die Leselampe sie vom Hals abwärts beleuchtete, ihr Gesicht im Dunkeln ließ, aber ihre hohen, hübschen Brüste mit gelbem Licht übergoß. Hart starrte sie an, als müßte er sie sich einprägen.

Sie sagte: »Da ist jemand an der Tür.«

Hart sah sie an, und es spielte keine Rolle. Sie wartete geduldig.

Draußen fing ich an zu rufen: »Maria! Maria!«

Sie rührte sich nicht. Das meine ich ernst: Sie mußte sich nicht einmal anstrengen, um reglos zu bleiben. Als wäre sie überzeugt, die Reglosigkeit und Stille brächten mich auf den Gedanken, sie sei gar nicht hier, so daß ich schließlich fortginge.

Aber ich stand vor der Tür, mit angespannten Muskeln und rasendem Adrenalin, und war mir natürlich immer noch sicher, daß sie das Opfer war.

Sie lächelte.

Hart hatte noch nie einen Zeugen gehabt. Er hatte noch nie jemanden gehabt, der wußte, was er tat und was er tun konnte, der ihn zur Kenntnis nehmen und bei ihm bleiben, vielleicht sogar lieben würde.

Ich hämmerte an die Tür.

Nachdem sie weder sprach noch sich bewegte, rief Hart: »Sie ist hier« und riß die Tür auf. Ein jäher Windstoß fegte welke Blätter ins Zimmer.

Ich rannte ins Haus und blieb wie angewurzelt stehen, schwer atmend. Ich hatte Hindernisse erwartet und fand keines. Ich hatte Maria in Lebensgefahr erwartet, aber sie war nur unbekleidet.

Maria sagte: »Gehen Sie weg. Es ist bloß ein Spiel. Gehen Sie.«

Ich verstand nicht, was hier gespielt wurde. Auf der einen Seite stand Hart mit Tee: häuslich, halbnackt, merkwürdig beschäftigt mitten in der Nacht; aber ich war nicht an Hart interessiert. Und auf der anderen Seite Maria, die sich zwar nicht bewegte, aber durchaus nicht gefangen war, sitzend, so daß ich ihr Gesicht kaum, dafür aber ihren Körper sehen konnte. Ich hatte so viel Zeit gehabt, um über ihren Körper nachzudenken.

»Sie müssen gehen«, sagte Maria.

Ich war in einen privaten Augenblick eingebrochen, einen Augenblick der Behaglichkeit nach der Liebe. Vielleicht.

Hart fragte: »Möchtest du Tee?« Er sagte es mit echter Freundlichkeit.

Ich wußte nicht, was ein Mann wie ich tun oder sagen würde. Ich hatte ausschließlich TechniScope- und De-Luxe-Color-Gedanken. Ich dachte an *The Searchers* und an das Mädchen, das nicht gerettet werden will.

Maria stand auf und ging ins Schlafzimmer. Hart ging in die Küche, um eine frische Tasse zu holen.

Das alles hätte ich erfinden können: die Geschichte von meinem Vater, dem Informanten in dem weiß getünchten Raum. Vielleicht war Hart sehr wohl derjenige, für den er sich ausgab, vielleicht leugnete er zu Recht die Verbrechen, die man ihm unterstellte, und war keineswegs gefährlich. Vielleicht hatten Maria und Hart einfach eine kurze Sommeraffäre, vielleicht nicht einmal das. Vielleicht war sie einfach über Nacht geblieben, weil die Straßen abgesperrt waren.

In meiner Vergangenheit hatte alles sich aufgelöst; warum also sollten all die Fixpunkte einer kollektiven Vergangenheit, die Bücher, Akten, Berichte mehr bedeuten?

Hart und Maria verursachten kaum Geräusche im Haus; auf

beweglichen, leisen Füßen huschten sie umher. Durch das Fenster sah ich das Dorf, das wie ein Wasserfall aus Ziegeln und Schieferplatten ins Tal hinabsank. Auf der anderen Seite begann wieder der Wald. Kein Hundegebell, keine Stimmen waren zu hören – nichts von den tröstlichen Stadtgeräuschen, die bedeuteten, daß auch in tiefster Nacht das Leben weiterging.

Unterhalb der Straße leerten drei Männer – junge Männer – ein Faß über einem mondhellen Feld: Schattengestalten, wild. Sie traten zurück. Einer riß ein Streichholz an, und das Gold der Flamme leuchtete einen Augenblick auf, ehe er das Feld ansteckte. In orangegelben Rauchschwaden flammte es auf.

»Sie legen eine Feuerschneise«, sagte Maria, als könnte sie sehen, was vor sich ging. Als sie dann neben mir stand und ebenfalls hinausschaute, spie das Feuer einen Funkenschauer in die Höhe. Die Männer tanzten.

Maria kam angekleidet heraus und redete hastig, beinahe flüsternd auf mich ein. »Sie müssen gehen«, sagte sie. »Sie wissen nichts über Hart.«

»Mello hat's mir gesagt«, sagte ich.

»Hat er Ihnen die ganze Geschichte erzählt?«

»Ich weiß, daß er unter Mordverdacht steht.«

»Wissen Sie, wie viele Morde?«

Ich starrte sie an. Ich zuckte die Achseln.

»Und trotzdem sind Sie hergekommen?« fragte sie.

»Ich dachte, Sie stecken in Schwierigkeiten.«

»Nicht ich stecke in Schwierigkeiten, sondern Sie. Ich habe Ihnen gesagt, Sie sollen nicht kommen.«

Ich wollte natürlich nichts davon hören. Ich hatte die Ritterlichkeit im Blut und weiß, was für eine ordentliche Geschichte nötig ist: Frau in Gefahr.

Hart kam ins Wohnzimmer.

Maria sagte: »Wir müssen reden.«

Also setzte er sich, und er stopfte etwas seitlich in den Sessel, etwas Federndes, das sich nicht verbergen lassen wollte. Ich stand noch, und Maria ging auf und ab wie eine Strafverteidigerin. Hunde fingen an zu bellen.

»Wer bist du?« fragte sie Hart.

Hart sagte: »Meinst du mich?«

»Hören Sie zu, John«, sagte sie. »Wenn Sie nicht gehen wollen, hören Sie zu.«

»Was willst du wissen?« fragte Hart.

Sie sagte: »Mello hat mir alles erzählt. Du hast einen echten Namen. Du bist Martin Arkenhout. Du hast in Florida irgendeinen Jungen umgebracht, dir seinen Namen angeeignet, und ein Jahr später verschwand der Name dieses Jungen; also hast du offensichtlich wieder einen umgebracht. Jetzt bist du Christopher Hart; und wenn man bedenkt, wie du vorzugehen pflegst, mußt du Hart umgebracht haben.«

»Das sagst du«, antwortete Hart. Was sollte er sonst sagen? Es war klar, daß diese Version seiner diversen Leben in irgendeiner Polizeiakte stand, einer offenen Akte, die in Bearbeitung war. Also hatten sie endlich die richtigen Schlüsse gezogen.

»Das ist alles, was du zu sagen hast?« fragte ich.

»Genau. Was hast du denn erwartet?« Hart versuchte, moralisch überlegen zu klingen. »Willst du wissen, wie man jemanden umbringt? Willst du die Einzelheiten hören? Fährst du auf so was ab?«

Ich stürzte mich nicht auf ihn, obwohl ich das dringende Bedürfnis danach empfand. Mein ganzer Körper war ein Polizist.

»Wieso rufst du nicht die Polizei?« fragte Hart. »Du hast ein Telefon. Ich habe ein Telefon. Ich werde dich nicht daran hindern.«

»Du weißt doch, daß die Straßen abgesperrt sind«, sagte Maria.

»Das Risiko werden die Bullen wohl eingehen. Costa hat es schließlich auch geschafft.«

Maria sagte: »Ich gehe nicht ohne Costa.«

Ich setzte mich, wie zur Bekräftigung.

Wir steckten in einem Patt, das sich in gesellschaftlichen Begriffen bestens beschreiben ließ – zwei Männer, reglos in Sesseln verkeilt, eine Frau, zwischen ihnen hin und her gehend –, allerdings zu einer absurd frühen Stunde.

Auf dem Tisch standen Tassen, Milch, eine alte Teekanne mit rissiger Glasur. Ungeeignet. In den Zimmern, den Ecken, die das blaßgelbe Licht nicht erreichte, gab es kein überflüssiges Möbelstück und keine ausreichend schweren Dekorationsgegenstände. Es gab nichts, womit ich Hart niederschlagen konnte.

Tiere hätten es besser gemacht, dachte ich. Katzen würden buckeln, das Fell sträuben, mit der entsprechenden Körperhaltung festlegen, wer der Angreifer war und wer angegriffen wurde, knurren, fauchen, springen. Wir hingegen waren wohlerzogen. Hart war das Kind guter holländischer Mittelstandseltern, er wußte, wie man bei Tisch sitzt und in der Kirche kniet. Maria wollte vor allem Ruhe. Und ich wiederum hing dieser altmodischen, überkommenen Vorstellung an, wonach die Schuld eines Mannes bewiesen sein müsse, und das war genug, um mich daran zu hindern, mich meiner Haut zu wehren.

Was immer Hart in seinem Sessel verbarg, schnellte für einen Moment in die Höhe: eine Drahtschlaufe. Er war immer so tüchtig, wenn es ans Töten ging. Jetzt zögerte er, in nervöser Bereitschaft zu einem Verbrechen, das er noch nicht begangen hatte.

Er versuchte, den Draht zu verstecken.

Maria roch Benzin. Der Geruch war schwach und drang ihr wie eine Erinnerung ins Bewußtsein, aber sie wußte, daß er nahe war.

»Ihr seid verrückt, beide«, sagte sie. »Du könntest weglaufen, Christopher. Oder Martin. Oder wer immer du bist. Hau sofort ab, bevor sie die Grenzpolizei alarmieren. Du könntest es nach Spanien schaffen, ohne kontrolliert zu werden, und von dort kommst du überallhin. Was hält dich ab?«

Hart gab keine Antwort.

»Und Sie, Mr. Costa. Warum fahren Sie nicht nach Hause? Hier gibt es nichts für Sie. Nichts.«

»Ich bin von hier«, sagte ich.

Wir marschierten hinter einem Zaun aus Wörtern auf und ab.

»Sie gehören nicht hierher.«

»Ich kann schon ganz ordentlich Portugiesisch. Durch meinen Vater weiß ich viel über Portugal.«

»Sie sind aus London. Sie müssen nach Hause zurück.«

Ich sagte: »Aber ich habe keinen Grund ...«

Ich rappelte mich auf, ohne Maria anzusehen, auf Hart fixiert: auf Hart, der Maria gevögelt hatte, der bezweifelte, daß sie die Wahrheit sprach, der mich hierhergelockt hatte und Dinge ruinierte, der sich weigerte, sich angemessen schuldig zu bekennen, nicht einmal des Diebstahls, geschweige denn des Mordes. Im großen und ganzen kenne ich nur Gentleman-Delikte – entwendete Gegenstände, die Seilschaft der Kunsthändler, ein paar Fälscher, nicht die Sorte von Proletenverhalten, die grinst und provoziert und prahlt –, aber in dem Moment lernte ich die kalte, nützliche Wut kennen, die einen überkommen kann, wenn man einen anderen sowohl bestrafen als auch fäustlings belehren will.

Hart wich nicht zurück. Er stand im gelben Licht und sah zu, wie ich auf ihn zustürzte, die rechte Faust ausgestreckt, als wollte ich eine Tür einschlagen. Er machte mich zu einer Karikatur: der betrunkene Professor. Er glitt zur Seite, aus dem Licht. Ich war empört, daß der Schlag ins Leere ging, und fuhr herum.

Maria sah, wie Hart die Schlaufe aus dem Sessel zog. Es war eine Schlinge aus Draht, seitlich um Holz gewunden, um den Griff eines Schraubenziehers. Sie konnte nicht schreien, weil sie fürchtete, mich abzulenken.

Hart sprang zwischen Licht und Schatten hin und her. Ich wartete in der Tür und blockierte den Ausgang. Der Mann erzeugte nur Schatten, riesige, schlaksige Schatten an der Wand und der Decke. Er konnte nirgendwohin fliehen. Er suchte nach einem offenen Fenster, aber sie waren alle geschlossen: Glas und dahinter verriegelte Läden. Falls er auf diesem Weg zu entkommen suchte, hätte ich mich auf ihn gestürzt, ehe er die Läden weit öffnen konnte.

Dann erstarrte er zu plötzlicher Reglosigkeit. Seine Arme hingen schlaff herab. Wie ein Rugbystürmer sprang ich auf ihn zu, packte ihn bei den Knöcheln und warf ihn zu Boden. Sein Kopf schlug auf dem rotbraunen Marmor des Fenstersimses auf, und in seinem Nacken knackte es.

Maria zupfte ihren Rock zurecht und ging hinaus, die schimmernden Schieferstufen hinab, durch das Weiß der Gänseblumen und vorbei an den scharfen Lilienblättern, die beide das schwindende Mondlicht einfingen.

Sie setzte sich neben die Kapelle und wartete.

Harts Augen öffneten sich. Es war, als hätte er nicht die Kraft oder den Willen, sie geschlossen zu halten.

Ich dachte, er hatte sich womöglich die Halswirbelsäule gebrochen, denn das einzige, was sich an ihm bewegte, waren diese Augen, und sie starrten geradeaus. Eine Sekunde, aber nur eine Sekunde lang empfand ich Mitleid. Dann fuhr ein Arm quer über seine Brust, als suchte er etwas in einer imaginären Tasche.

Er hielt wieder in seinem Körper Einzug, so wie ein Foto beim Entwickeln vom Papier Besitz ergreift, Detail für Detail: und er wurde wieder Hart.

Er war also nicht verletzt. Er war nur benommen, betäubt. Ich beobachtete, wie seine Augen Gegenstände zu erfassen begannen, mich erblickten.

Ich war mir sicher, daß er mich umbringen wollte. Er hatte ein Stück Draht mit einem Schraubenzieher zu einer Schlinge genau in Kragenweite verdreht. Das war kein Werkzeug, mit dem sich etwas reparieren ließ, aber man konnte jemanden damit umbringen.

Also gab es jetzt keine feinen Regeln mehr. Das war der unvorstellbare Augenblick: tatsächlich eine Frage von Leben oder Tod. Menschen, die einmal vor einer solchen Entscheidung gestanden haben – ehemalige Soldaten, Großväter mit Medaillen, Straßenpolizisten –, verursachen uns immer ein gewisses Unbehagen.

Er versuchte auf die Knie zu kommen.

»Was willst du?« fragte er.

Er konnte sich nicht richtig aufrecht halten. An seinem Hinterkopf war Blut. Als ich auf ihn zuging, rutschte er unbeholfen auf dem Hintern rückwärts. Nie hatte ich eine solche Macht verspürt. Er war derjenige, der stets Entscheidungen getroffen hatte, und jetzt konnte ich entscheiden, ob er lebte oder starb.

Ich kauerte mich vor ihm nieder. »Sag mir, was du getan hast«, sagte ich.

Hier wollte ich den Helden spielen. Aber vor allem wollte ich die Akte des Mannes vervollständigen und ihn ordentlich protokollieren: der Instinkt eines Archivars.

»Was ich getan habe?«

»Und wo die Aquarelle aus dem *Liber Principis* jetzt sind.«

»Ich bin nicht Christopher Hart«, sagte er. »Das weißt du, oder? Ich war nur eine Zeitlang Christopher Hart. In deinem Museum war ich nie.«

Ich schlug ihm einmal ins Gesicht. Es war das reinste Kino. Es bedeutete nichts und konnte nicht einmal hilfreich sein.

»Du willst die ganze Geschichte wissen«, sagte er. »Stimmt's?« Er dachte, er könnte sich verteidigen und mich in die Flucht schlagen, wenn er die ganze Geschichte erzählte. Er hielt seine Geschichte für eine Art Vorteil.

»Ich nehme mir Leben«, sagte er. »Ich nehme jemandem das Leben und verwende es besser, als der frühere Besitzer es je konnte. Deswegen hatte ich alle möglichen Namen und Pässe. Ich hatte viele verschiedene Alter. Ich hatte Ausweise und Papiere, die beweisen, daß ich eine Handvoll Männer bin. Und weißt du was? Auf diese Weise kann ich jede Wahl treffen, die ich will, eine gute Wahl nach der anderen. Wenn ich einen Fehler mache, fange ich von vorn an, in einer anderen Haut. Triffst du denn je eine Wahl, John Costa?«

»Nenn mir die Namen.«

»Ich erinnere mich nicht mehr. Wozu auch? Ich muß frühere Namen ja vergessen, wenn ich ein neuer Mensch bin. Bist du je aus deiner Haut geschlüpft, John Costa?«

Ich wußte nicht, warum er meinen Namen so oft aussprach. Die Freunde meines Vaters hatten das manchmal getan, weil sie nicht wußten, ob sie einen Namen als Personalausweis benutzen sollten, wie die Amerikaner und Briten es tun, oder als Geschichte, wie bei den Portugiesen, wo die Familiennamen sich zu einer großartigen Parade reihen.

Ich hätte das nicht denken dürfen, nicht eine Minute lang. Er wollte mich ablenken.

Er hatte seine Hand auf dem Küchentisch, langte hinauf. Ich konnte ihn nicht davon abhalten. Er zog die Ölflasche herab, die auf dem gekachelten Boden zersprang. Er hielt den abgebrochenen Flaschenhals in der Hand.

In diesem Moment konnte ich handeln. Ich, der Mann, der als Zuschauer vor den Trümmern meiner Ehe stand, der nur zugesehen hatte, als mein Vater starb, und nicht einmal wußte, was passiert war, der nichts Wirksames unternahm, um die Bilder wiederzubeschaffen, deretwegen ich gekommen war. Aber jetzt hatte ich die Erlaubnis zu handeln.

Der Mann war ein Mörder. Die Polizei wollte ihn, wollte ihn zumindest außer Gefecht setzen. Niemand hätte Einwände gegen mein Tun. Nie zuvor war ich mir so sicher gewesen, daß ich moralisch überlegen war, der bessere Mensch.

Und ich war auch nicht in der Lage, all den Ruhm auf mich zu nehmen und mich umbringen zu lassen. Ich trat gegen seine Hand, und die zerbrochene Flasche flog in einem öligen Bogen quer durch den Raum.

Das Blut aus seiner Hand war sehr dunkel. Er schmierte sich ein wenig davon ins Gesicht.

»Sieht so ein Killer aus?« fragte er.

Er zog einen Strich über seine Stirn, einen anderen über den Hals, alles mit Blut.

»Schau her«, sagte er.

Er stützte die Hände auf den Tisch und stemmte sich auf die Beine. Ich sah, daß seine zerschnittene Hand in einem merkwürdigen Winkel zurückgebogen war.

Er bemalte sich das Gesicht mit Blut, Streifen um Streifen, als erfinde er ein Ungeheuer, das jeder erkennen würde. Dann stand er da und wartete.

Offensichtlich glaubte er, jede Sekunde, die ich zögerte, sei eine Chance für ihn, bedeutete, daß ich unentschlossen war.

Es bedeutete, daß ich immer noch an meiner Auffassung von Ordnung und Vernunft hing.

Das stimmte. Ich war mit Vernunft wahnsinnig. Ich ging auf seine Kehle los.

Er ließ sich umbringen. Er war jünger als ich, widerstandsfähiger, hatte die bessere Lunge, aber er ließ sich von mir den Atem abschnüren. Ich schlug seinen Kopf auf den Fliesenboden. Ich verabscheute den Mann. Ich löschte ihn aus. Ich zermalmte ihn zu einem Klumpen aus Blut und Fasern.

Nie vernahm ich eine tiefere Stille als in diesem Augenblick. Die Welt schien vor mir zurückzuweichen, schuf ein kaltes Vakuum, in dem ich kaum atmen konnte. Ich ließ mich schwer auf einen Küchenstuhl fallen, und wartete darauf, daß der Widerhall meines Herzschlags in meinem Kopf verstummte.

Auf dem Tisch lagen Papier und Stift.

Ich zeichnete einen Baum. Er begann einfach, mit zwei Astpaaren und einem massigen Stamm. Ich legte mich ins Zeug, ließ Äste aus den Ästen herauswachsen, fügte Zweige hinzu, die sich überschnitten: ein kahler Baum. Ich begann mit einer geometrischen Figur, einer Art Parallelogramm, und verwob jede Seite mit einer weiteren Figur, bis ich ein Mosaik aus ungeschickt gezeichneten, leeren Schachteln hatte.

Wahrscheinlich hätte ich ein Held sein können, zu dem Zeitpunkt wäre es möglich gewesen. Ich hätte das Haus verlassen und mich als den Mann offenbaren können, der einen Mörder zur Strecke gebracht hatte. Aber damit hätte ich mich wieder an mein früheres Ich gefesselt, John Costa und nichts weiter: mit seinem Haus und seinem Garten, seiner Ehe, denselben Hoffnungen und Aussichten.

Ich sprengte die Hülle. Ich dachte an Maria, als ich den Stift in die Hand nahm und zielstrebig zu schreiben begann. Ich setzte eine Unterschrift auf und übte sie, wieder und wieder: Christopher Hart.

Über dem Berg begann der Morgen zu grauen: zunächst nur als ein Streifen milchiges Weiß, die Wolken ein wenig aufgefrischt, das frühe Krähen eines Hahns und die gebellte Antwort der Hunde, Menschen, die widerstrebend ihr Bett verließen.

Niemand hatte in dieser Nacht gut geschlafen. In allen Köpfen war das Feuer.

Maria saß reglos neben der Kapelle. Sie wußte, sagt sie, daß sie keinen von uns von unserem Privatkrieg abbringen konnte, und zog es vor, zu warten und sich mit den Konsequenzen auseinanderzusetzen.

Das Morgengrauen bewirkte ein Gespinst von Schatten bergab und bergauf. Das erste, was sie sah, war nicht ein Mensch in Bewegung – denn in dem Zwielicht konnte jeder sich nach Belieben bewegen und dabei ganz unsichtbar bleiben –, sondern Feuer: orangegelbe Flammen, die sich plötzlich in gerader Linie aufwärts arbeiteten und dann wie eine Lunte um die Ecken eines Gebäudes am Dorfrand liefen. Sie hatte zu Harts Haus hinübergeblickt, aber es stand näher und niedriger. Das Feuer ließ Derwische aus brennendem Gras emporwirbeln.

Das Gebäude mußte die alte Ölpresse sein, dachte sie: ein steinerner Würfel, gefüllt mit altem Holz und Eisen. Vielleicht lagerten dort auch noch Reste von Öl. Die Schatten ließen Figuren über die Wände tanzen, und unter der aufgehenden Sonne verblaßten die Geister.

Dann hob sich das Gebäude, oder aber es war der Schreck, der sie aufspringen ließ. Donnernde Flammen schlugen aus dem Inneren: kein Rauch, nur reines, orangerotes Feuer. Einen Moment lang konnte sie sich nicht vorstellen, was derart dramatisch explodiert war, doch sie erinnerte sich, daß in jedem Haus mit Propangas gekocht und heißes Wasser bereitet wurde, und eine einzige Gasflasche konnte durchaus mit dieser Wucht zerbersten. Eine Minute später explodierte eine zweite Flasche, dann eine dritte.

Offensichtlich hatte jemand in der Ölpresse Gasbrenner deponiert. Sie legte Wert auf Erklärungen, auf irgendeine Erklärung.

Das Getöse der Explosionen hallte von den Felsen wider, und erst als es langsam verklang, hörte sie das unverkennbare Knistern und Prasseln der Flammen.

Das Dorf öffnete sich mit einem Schlag: Gartentore schwangen auf, Türen wurden aufgerissen, Läden zurück- und die Fensterflügel aufgestoßen, mit derselben überschwenglichen Morgengeste, die sonst die frische Luft begrüßt. Aber das Feuer in der Ölpresse war schmutzig und chemisch – das Benzin, das sie gerochen hatte, die Propangasflaschen, die sich zweifellos dort befanden –, und die Wucht der lodernden Flammen, ihr Gestank waren fremdartig, anders als das Feuer, das in jedem Sommer einen Besuch abstattete.

Sie rannte die Schieferstufen hinauf, von allen Seiten stießen tumultartig Menschen zu ihr. Die Häuser waren so nahe, daß es unmöglich war, eine Feuerschneise zu legen: Man mußte die Flammen direkt bekämpfen. Etliche Männer verschwanden im Wald, um alle Wasserreservoirs der Bauern zu öffnen und mit dicken Gummischläuchen die Ölpresse zu begießen. Frauen eilten mit Eimern herbei und stellten sie am Dorfbrunnen ab, bereit, eine Kette hügelaufwärts zu bilden. Manche brachten Besen mit, immer noch in der Hoffnung, das Feuer sei natürlicher Herkunft und werde Abstand halten.

Für Worte war keine Zeit. Das ganze Dorf bestand nur aus Muskeln, gemeinsam entrollten sie die schweren Schlangen der Schläuche, schöpften Wasser aus dem Brunnen. Der Rauch drang ihnen in die Lunge und ließ ihre roten Augen Tränen weinen. Der langsame Tagesanbruch hatte die Schatten auf dem Berg schwachrosa gefärbt, wie ein Echo des Feuers.

Maria spürte das Gewicht der Eimer schwer auf den Schultern. Sie hatte jeden Tag so viele Beweise in Flammen aufgehen sehen: unbedeutendes Material, Müll im Wald, von Liebespaaren niedergedrücktes Gras, Häute auf Schlangenpfaden, Flaschen und ihren Inhalt. Das Feuer nahm alles mit. Aber jetzt war das Feuer zwischen Wände eingedrungen. Es bedrohte die Einrichtung der Häuser, die Lebensformen ihrer Bewohner, die Ernte auf den Feldern und den Wald selbst, der letztendlich auch eine Ernte war.

Das Dorf war unpersönlich wie eine Maschine. Einige der jüngeren Frauen, stark und rund, schlugen die Flammen rings um die Ölpresse nieder, damit das Feuer zumindest nicht übersprang. Drei Männer bespritzten das Dach mit Wasser, um die berstenden und emporschnellenden Ziegel an Ort und Stelle festzuhalten und die alten Eukalyptusbalken darunter zu tränken. Aber die Hitze bemächtigte sich des ölgetränkten uralten Holzes und ließ es förmlich zerschmelzen.

Anscheinend war jeder vom Feuer in Anspruch genommen. Niemand hielt inne; aufzuhören war undenkbar. Und doch hörte Maria hinter allem Geschrei unten auf der Straße einen Wagen starten.

Später, als das Feuer gelöscht war und eine kleine Gruppe rußverschmierter Menschen vor der Bar herumstand, Wein trank und lauschte, sah sie, daß Christopher Harts Wagen fort war.

Das Feuer fand alles Natürliche, das sich in der Ölpresse befand, und vernichtete es. Die Wände aus Lehm, Steinen und Ton wurden gesprengt und festgebacken; dann war das Löschwasser in sie eingedrungen, und jetzt zerfielen sie zu Schutt. Im Inneren waren die unterschiedlichen Ebenen zum Hügel hin immer noch klar zu erkennen, ebenso die riesigen, verbogenen Zahnräder, doch alles andere sah aus wie ein archäologisches Trümmerfeld. Ein Stahlband lief hoch oben rund um das Gebäude, von der Art, wie es benutzt wird, um Häuser zusammenzuhalten; offensichtlich hatte es die Explosion verstärkt.

Sie betrat das Gebäude auf immer noch heißen Steinen; über ihr ragten Holzbalken und Metallrohre in die Luft. Sie bahnte sich einen Weg über verkohlte Brennholzscheite, deren Harz in Blasen verdampft war. Sie wich den Überresten von Maschinen und Mahlsteinen aus. Sie wollte die erste sein, redete sich sogar ein, sie sei in halbamtlicher Mission unterwegs, denn sie wollte nicht, daß die Kinder zu Gesicht bekämen, was sie sehen mußte.

Getriebeteile waren geschmolzen; sie sahen aus wie Aale in einer Tasche. Die Bodendielen waren verbrannt und mit Asche bedeckt. Brandspuren zogen sich über die Wände.

Er konnte unter den Holzscheiten liegen, sogar unter den

Steinen, oder unter den eingestürzten Metallteilen der beiden Pressen. Vielleicht hatte die Explosion ausgereicht, um ihn zu zerfetzen. Jäh blieb sie stehen, entsetzt über den Gedanken, aber nur einen Augenblick lang. Sie mußte es wissen.

Sie fand ihn im niedrigeren Ölbehälter, eingerollt und zermalmt. Der Körper war so schwarz, daß sie zuerst nicht sah, daß er mit einer Garotte endete, der Draht, um den Hals geschnürt wie ein Pfropfen. Der Kopf war anderswo.

Sie wollte sich übergeben. Aber ohne den Kopf konnte sie nicht wissen, wer von den beiden überlebt hatte; inzwischen wußte sie ja, wie wenig sich mit Papieren und Karten beweisen läßt.

Sie trat in die Asche. Sie suchte am Fuß der größeren Ölpresse. Sie spähte in die Höhe, und herabfallender Ruß brannte ihr in den Augen.

Sie fand einen Schädel, eingeschlagen, mit einem spröden Schleier aus Fleisch und ohne Augen. Er lag neben einer der Propangasflaschen. Sie zwang sich, ihn genauer zu betrachten. In Mellos Büro hatte sie etwas gesehen, das beinahe so schlimm war: das Gesicht von Christopher Hart. Aber dieses Ding war schrecklich, weil es noch nicht in die sichere Kategorie des Beweismaterials eingeordet worden war. Es war zweideutig wie ein Ratespiel.

Sie wandte sich ab, und mit einem Schlag wich alle Luft aus ihr, und sie sackte an einer heißen, zerstörten Masse aus Metallteilen zusammen und zog ihre Hand verbrannt zurück.

Dieser Schädel gehörte einem Mann, den sie kannte: dem Mann, der sie geliebt und ihr Geschichten erzählt hatte, oder dem Mann, der ihr nachsetzte, um sie zu retten, den sie vor einem zu baldigen Tod zu schützen versucht hatte.

Sie wußte es nicht.

8

Die erste Nacht verbrachte John Costa in einem kleinen Hotel an der Landstraße außerhalb von Oporto: ein kurzes, fast quadratisches Bett, rote Seidenblumen und ein Bad, das nach frischer Farbe roch. Ich brauchte zehn Minuten in einem Café, um zu entscheiden, unter welchem Namen ich mich eintragen sollte.

Ich hatte immer noch dieses Bedürfnis nach Kontinuität, vielleicht Aufrichtigkeit.

Aber am nächsten Morgen war ich Christopher Hart und auf dem Weg durch Spanien. John Costa hatte einen Mann umgebracht. Ich konnte nicht länger John Costa ein.

Quer durch eine kahle rote Ebene ließ ich mich von der Straße nach Norden tragen, während hin und wieder ein Gewitter den Himmel aufriß, so daß es aussah, als entfaltete sich seitlich des Wagens ein altes, viktorianisches Panorama: nicht sonnenverbranntes Land, das in einen unerwarteten Regenguß getaucht wurde, sondern eine gemalte, vorgetäuschte Kulisse. Die Straße bestimmte meine Position, nannte mir die Namen von Zielorten, hielt mich aber auch davon ab, sie je ganz zu erreichen; ich steckte in der Peripherie fest, abgeschirmt von Zäunen und Holz, die dazu dienten, meine Spuren, meinen Anblick, meine Geräusche von den lebendigen, seßhaften Menschen fernzuhalten.

Dreieinhalb Tage fuhr ich so dahin. Nie blieb ich unnötig

stehen. Als ich das nächste Mal ein Hotel riskierte, um mich auszuschlafen und zu duschen, wachte ich in gekrümmter Haltung in meinem Bett auf, wie einer, der am Steuer sitzt.

Am meisten gefielen mir Grenzen, die ich hinter mir hatte. Zumindest brachten sie ein paar notwendige Definitionen in das fortgesetzte Fließen der Straße: Schilder, die bewiesen, daß ich von Portugal nach Spanien, von Spanien nach Frankreich, von Frankreich nach Belgien gewechselt war.

Dann machte ich mir Sorgen, weil ich an den Grenzen nicht kontrolliert worden war, was bedeutete, daß ich irgendwo unterwegs kontrolliert und in Frage gestellt werden könnte.

Diese Nervenanspannung verwandelte sich in Wut. Niemand auf der Welt interessierte sich dafür, wer ich war, nicht einmal die bezahlten Bürokraten. Aus der Wut wurde Angst. Ich hatte mich vollständig von meiner Vergangenheit gelöst, es war eine perfekte Flucht, aber ich war in ein Vakuum geflohen und trug kein Gepäck. Was ich vor allem nicht tragen konnte, weil mein Rücken oder meine Schultern nicht stark genug dafür waren, war die Tatsache, daß ich jemanden umgebracht hatte.

Das Wetter wurde naßkalt. Nach Paris durchquerte ich das Flachland rings um Lille, den Backsteinsaum von Brüssel, folgte Eisenbahnschienen und Überlandleitungen. Der Regen war hartnäckig. Er verhängte ein paar graue Städte, kalte Neonlichter, etliche Kirchen und einmal eine langgezogene Anlage mit hohen Kaminen zwischen einem Gerüst aus Rohren.

Unterwegs hielt ich immer wieder an Bankomaten an und hob Geld ab, bis ich ein dickes buntes Päckchen hatte: Peseten, französische Francs, belgische Francs. Früher oder später würden mich die Kreditkarten im Stich lassen, und dafür mußte ich bereit sein. Der Name Christopher Hart konnte sich abnutzen.

Ich riskierte wieder ein Hotel.

Niemand verglich je meine Unterschrift mit den Kreditkarten. Für eine Weile konnten mich nur Abweichungen im Schriftzug verraten: ein Toter auf Reisen.

Ich wischte den Dampf vom Badezimmerspiegel, um mich

anzusehen. Man verblaßt mit zunehmendem Alter, wird grau, rund um die Schnauze, die Konturen der Augen werden unschärfer, das Gesicht fällt ein, wenn Blut und Leben daraus weichen; und ich war im Begriff zu verblassen.

Immer wieder wischte ich mit dem Ärmel den Dampf ab, doch alles, was ich dem Bild hinzufügte, war das Spiegelbild weißer Wände, eines Duschvorhangs aus Plastik, ein flüchtiger Blick durch die Tür auf ein Bett.

Maria Mattoso sah aus der Ferne den Zug von Oporto einlaufen: ein gewaltiges Brausen von orangerotem Metall in hitzeflimmernder Luft. Auf den Bahnsteigen drängten sich Leute im Schatten, Taschen und Koffer und Kinder übereinandergestapelt, alte Damen mit Fächern, blutjunge Soldaten. Zwischen ihnen bahnten sich reisende Herren, deren Hemden wie durch ein Wunder noch immer weiß und gestärkt waren, ihren Weg.

Sie trank ihr Wasser aus und wartete, bis der Zug stand. Sie war aus Pflichtgefühl hier. Sie hatte nicht den Wunsch, Dinge zu überstürzen.

Der Zug öffnete sich. Die Menge wogte vor den Türen hin und her, drängte hinauf, kämpfte sich abwärts. Umfangreiche Familien, von Tanten bis zu Neugeborenen, schoben sich vorbei.

Hinter ihnen allen kam Anna Costa.

»Ich bin sehr dankbar«, sagte Anna. Sie war feierlich gekleidet, aber nicht in Schwarz.

»Es tut mir sehr leid«, sagte Maria.

Anna starrte vor sich hin. »Wenigstens mußte ich ihn nicht finden«, sagte sie.

Unterwegs schien sich Anna ein wenig zu entspannen, konnte sogar den Olivenbäumen unter einem strahlendblauen Morgenhimmel zulächeln.

»Aber ich fürchte, die Polizei will von Ihnen eine formelle Identifizierung«, sagte Maria.

»Ist das denn überhaupt möglich?«

»Einfach ist es nicht. Nach dem Feuer und den Explosionen ...«

»Kann ich es heute nachmittag machen?«

Maria fragte: »Wollen Sie sich das nach der langen Reise wirklich antun?«

Die Straße lief über eine lange eiserne Brücke. Unterhalb der Brücke, auf den Kieselsteinen am Ufer eines breiten Flusses, waren Laken zum Trocknen ausgebreitet, und im seichten Wasser spielten Kinder.

Anna sagte: »Ich wollte wiederkommen, wissen Sie.« Dann, als Maria keine Antwort gab, fügte sie hinzu: »Es ist bestimmt auch für Sie schrecklich.« Und dann, gnadenlos: »Meinen Sie, man wird ihn finden?«

»Ich bin mir ganz sicher.«

»Und was werden Sie dann empfinden ...«

Maria konzentrierte sich auf die Straße, die durch ein steiles Tal emporkletterte, auf der einen Seite Pinien voller Sommerstaub, auf der anderen die schwarzen, stacheligen Reste eines verbrannten Waldes.

»Wissen Sie denn schon, wo Sie wohnen werden?« fragte sie.

»Ich habe nicht darüber nachgedacht. Es gibt doch noch das Haus in Formentina?«

»Bleiben Sie bei mir. Ich habe nicht sehr viele Möbel, aber es ist einfacher. Sie werden Hilfe bei der Polizei brauchen. Eine Dolmetscherin, meine ich.« Als Anna keine Antwort gab, glaubte sie hinzufügen zu müssen: »Ich werde Ihnen keine Rechnung stellen.«

Sie fuhr mit Anna zur Leichenhalle.

Anna nahm die Risse in den weißen Kacheln an der Wand zur Kenntnis, die kalte Luft, abgestanden wie in einer Höhle, alles, nur nicht die Leiche. Die sah sie aus dem Augenwinkel. Das Fleisch war verbrannt und verdampft, die Knochen so zersplittert, daß es schwierig war, die ursprüngliche Größe des Mannes zu ermessen, sofern es überhaupt ein kompletter Mann war; und der Schädel, völlig zerstört, wirkte eher wie ein geschnitztes Totem als wie ein Teil einer bestimmten Person. Diesmal machte sie sich nicht die Mühe, die Fragen nach Zähnen oder Knochenvermessungen zu stellen.

Die Polizisten zeigten ihr einen Ring, der in der Nähe der Leiche gefunden worden war. Sie erkannte ihn. Deshalb sagte sie, die Leiche müsse wohl John Costa sein.

Die Schultern der Polizisten entspannten sich. Sie empfanden es immer noch als Blasphemie, Tote zu zerschneiden, nur um ihnen einen Namen zu geben.

An diesem Abend während des Essens sagte Anna zu Maria: »Er gehört hierher, nicht wahr? Ich würde ihn gern hier begraben.« Dann sagte sie: »Auf diese Weise ist es kein Fehlschlag, wissen Sie. John und ich. Wir hatten nie richtig Zeit, um zu versagen.«

Maria Mattoso schenkte Wein ein.

Sie sperrte ihr Büro auf. Eine Postkarte war unter der Tür hindurchgeschoben worden; sie glitt beinahe darauf aus: ein Foto von Bäumen rund um ein Pariser Metro-Schild, im Hintergrund ein Boulevard, der sich in zunehmende Unschärfe auflöste.

Sie hob sie auf und hielt sie ans Licht. Sie war mit einem einzigen Buchstaben unterzeichnet, C, einer ausladenden, beinahe theatralischen Geste der Feder; Christopher Hart also.

Die Nachricht war in Blockschrift: »WÄRST DU NUR HIER.«

Ich konnte nicht glauben, daß ich tatsächlich verschwunden war. Ich dachte, es müsse alle möglichen offiziellen Netze geben, die mich verfolgten: Polizei, Banken, Grenzkontrollen. Ich bog von den großen Straßen ab und fuhr in Richtung Meer.

Als Kind dachte ich, alles beginnt und endet am Ufer des Meeres, und ich könnte ein sicheres Niemandsland finden, wenn ich mit den Füßen in der Brandung stand. Ich dachte, wenn ich nur zwischen den Wellen hinausschwamm und mich auf die Macht des Meeres verließ, wäre ich sicher vor allem, was an Land je geschah.

Aber so einfach ist es nicht mehr, das Meer zu finden, seitdem die Niederländer ihre Dämme und Verteidigungswälle gegen die See errichtet haben. Ich fuhr langsam durch ein Stück Zeeland, völlig flach bis auf die Schutzdeiche, auf denen die

Straßen verlaufen, und voller herbstlich kahler Obstgärten. Kaum war ich an der Küste angelangt, begann das Wasser zurückzuweichen und entblößte die Pfähle einer Miesmuschel- und Austernfarm. Weit draußen schnappten die Wellen ungestüm nacheinander.

Ich kam in eine Kleinstadt, wo es oberhalb des Hafens einen Unterstand gab, dichtbevölkert von alten Männern, die nach Nässe und Rauch rochen und sich alle in verschiedenen Haltungen zusammenkauerten und krümmten, als klagten sie. Der Wind pfiff so laut, daß ich nichts hörte.

Ich wollte nicht in ein Restaurant gehen und dort der auffällige Außenseiter sein. Ich durchstöberte das Handschuhfach, in der Hoffnung, ein Keks, vielleicht Schokolade zu finden. Aber ich fand ausgerechnet eine Jungfrau Maria, eine kleine blaue Keramikfigur mit einem vollendet seidigen, rosigen Gesicht.

Ich verging vor Selbstmitleid. Aber eine Person, die nicht wirklich existiert, kann man schwerlich bemitleiden. Q.e.d.

Ich fing an zu lachen.

Großstädte schienen mir sinnvoll, um der Sicherheit willen. Ich reihte mich in einen Verkehrsstrom ein und wußte nur die Richtung, ohne eine Ahnung vom Ziel zu haben. Vielleicht war Rotterdam gut. Vielleicht Haarlem. Vielleicht Amsterdam.

Dann wurde mir klar, daß ich am Ende meiner Kraft war.

Das begriff ich, als ich das Steuer herumreißen mußte, um einem riesigen schwarzen Lastwagen auf der Überholspur auszuweichen. Ich meinte eine Sirene gehört zu haben, aber es war die Hupe des Lastwagens, die im Wind verklang. Ich konnte es mir auf keinen Fall leisten, mich in einen Verkehrsunfall verwickeln zu lassen, also bremste ich ab, als wäre mein Wagen beschädigt, und bog bei der nächsten Ausfahrt ab.

Fast sofort blieb ich in einer Pappelallee stehen. Ich kurbelte das Fenster herunter. Das Prasseln des Regens vermischte sich mit dem Zischen nasser Reifen auf der Autobahn.

Ein Reiher saß am Rand eines schwarzen Wassers, grau und bärtig und vollkommen reglos.

Mir kam zu Bewußtsein – zum ersten Mal, denn ich war

nicht immer in der Lage, folgerichtig zu denken –, daß von Christopher Harts Kreditkarten nur deshalb noch keine einzige gesperrt war, weil ich mit jeder Abhebung, mit jedem Kauf eine leicht zu verfolgende elektronische Fährte quer durch Europa legte.

So dachte ich daran, das Auto zu verkaufen. Es war der einzige erwähnenswerte Aktivposten, der mir geblieben war: schlammverkrustet, aber darunter mit glänzendem Lack und ein fast neues Modell. Aber ein Verkauf bedeutete, daß Papiere den Besitzer wechselten, bedeutete die Chance, daß jemand auf die Idee käme zu fragen, weshalb Christopher Hart, der bereits zweimal ermordet worden war, mit einer Werkstatt in einer holländischen Kleinstadt geschäftliche Transaktionen tätigte.

Ich wollte irgendwo anhalten und mich aufwärmen und von einem anderen Menschen zur Kenntnis genommen, vielleicht sogar kennengelernt werden: irgendeine Grenze meiner selbst finden.

In pechschwarzer Dunkelheit wachte ich auf.

Ich schaltete die Scheinwerfer ein und startete den Motor. Die Welt hätte das Aufflammen von Lichtern zwischen den dünnen Pappelstämmen bemerken können, den plötzlichen Lärm, der über das Flachland schallte. Ich kroch vorwärts.

Immer wieder schoben sich die Bäume in den Strahl der Scheinwerfer, ein Aufblitzen silberner Rinde. Mein Fuß rutschte vom Pedal ab, meine Hände waren ein wenig zu langsam am Steuer: Der Wagen scherte aus, schlitterte über nasses Gras und blieb direkt am Ufer hängen.

Ich hörte den Regen auf das Dach prasseln.

In Augenblicken wie diesem regt man sich auf wie ein Kind. Ich machte mir ernsthafte Sorgen, mein Mantel könnte nicht wirklich wasserdicht sein, ich würde mich erkälten und mich für den Rest meines Lebens nicht mehr vollständig erholen.

Ich versuchte, rückwärts zu fahren, aber auf dem nassen Gras griffen die Reifen nicht, die Vorderräder fraßen sich in den Uferschlamm, und ich hörte, wie die Räder durchdrehten. Dann machte der Wagen wieder einen Satz nach vorn.

Ich stieg rasch aus, raffte so viel an mich, wie ich konnte, zog mir eine Lederjacke um die Schultern, um meine Papiere trocken zu halten. Die Papiere spielten immer noch eine Rolle. Ich dachte noch daran, das Päckchen Banknoten aus der Hosentasche zu nehmen, bevor sie sich in Papiermaché verwandelten.

Der Wagen rutschte gemächlich weiter, stockte, setzte sich von neuem in Bewegung, stockte wieder, glitt sehr langsam über Gras und Schlamm in den Fluß hinein. Ich wußte nicht, wie tief das Wasser sein mochte.

Nachdem ich den Wagen ohnehin nicht retten konnte, mußte er untergehen, ehe jemand am Straßenrand stehenblieb und sich nützlich zu machen versuchte und womöglich dieselben Fragen stellte, die vor mir schon Arkenhouts Ruin gewesen waren: wohldurchdachte Fragen in logischer Reihenfolge.

Ich schob. Meine Füße glitten auf dem Gras aus. Ich schob noch einmal. Das Heck hob sich, während sich der Wagen mit der Schnauze in den Fluß bohrte. In dieser Haltung blieb er stecken, die Lichter unter Wasser, den metallenen Bauch der Welt zugekehrt. Der Fluß glühte vom Scheinwerferlicht wie bewegliches, braunfleckiges Glas.

Ich sollte es melden, dachte ich. Einfach weggehen ist ein Ordnungsverstoß. Es ist merkwürdig, um wieviel anständiger und pedantischer man wird, wenn man einen Mord zu verdrängen hat: ein mustergültiger Staatsbürger.

In dem Bedürfnis, so ordentlich zu sein wie nur möglich, wusch ich meine Stiefel in einem stehenden Tümpel.

Die Lichter unter Wasser leuchteten noch einmal hell auf und verlöschten. Ich hörte einen Nachtvogel in der Dunkelheit rufen.

Mit einem tröstlichen ächzenden Geräusch neigte der Wagen sich nach rechts.

Das war zumindest ein Prozeß, der sich beschleunigen ließ. Ich schob wieder, und der Wagen begann sich zu drehen, und aus einem aufrechten, nach Öl stinkenden Monolith wurde eine geneigte Ruine. Dann blieb er abermals stecken. Ich spürte, wie ich im Uferschlamm einsank, und sprang gerade noch rechtzeitig an Land, als der Wagen sich seitwärts legte und ins Wasser eintauchte, zur Ruhe kam, einen Moment lang davonzutreiben drohte, dann aber viel Luft in den Fluß einsog und sich unter Wasser niederließ.

Ich sah mich selbst im Wagen, bedeckt von braunem Wasser, Atem, der in einem blasigen Seufzer entwich und stockte. Aber ich wußte, ich würde schreien und gegen den Tod kämpfen. Selbst dieses fragwürdige, hohle Ich, das ich geworden war, hatte einen ziemlich erschreckenden Überlebenswillen.

Der Regen begann von neuem.

Ich nahm eine Einkaufstüte mit Essen und Wasser und die Reisetasche, die ich in Paris gekauft hatte, ein Ding auf Rädern, das ich nicht durch die Pfützen ziehen konnte, und setzte mich in Bewegung. Ich nahm den Ölgeruch auf meiner Haut wahr, spürte, wie der Schlamm sich feucht an meinen Beinen festsetzte. Knapp fünf Kilometer weiter stieß ich auf die Eisenbahn. Im Bahnhofsklo zog ich mich um, stopfte meine nassen, schlammverkrusteten Kleider in die Plastiktüte und verließ den Raum beinahe anständig, wenn auch mit triefenden Haaren.

Der erste Zug ging nach Amsterdam Central.

Der Waggon war leer bis auf einen rastlosen Jungen, der unermüdlich ein und dieselbe Zigarette drehte: kaum damit fertig, fing er wieder von vorn an, als wollte er einen perfekten Gegenstand schaffen.

Wenn ich mit Anna auf Reisen war – vor langer Zeit –, hatten sich zwei Sitze in einem Zug in ein warmes Privatzimmer verwandelt. Daran erinnerte ich mich. Den Jungen behielt ich die ganze Zeit im Blick.

Die nächste Postkarte kam aus Amsterdam. Maria rief Mello sofort an.

Er schien über die Auskunft froh zu sein, so, wie sie war.

Sie sagte zu Mello: »Es tut mir leid, daß José Costas Sohn sterben mußte.«

Mello sagte: »Jeder Tod ist schrecklich.«

»Aber ausgerechnet ...«

»Ich habe dem Vater vergeben«, sagte Mello. »Warum sollte ich dem Sohn Böses wollen?«

Maria wartete stumm.

»Ich sagte, wie kommen Sie auf die Idee, ich hätte dem Sohn schaden wollen? Ich habe versucht, ihn in Lissabon zurückzuhalten. Selbstverständlich. Ich bin Ihnen dankbar für die Mitteilung. Bitte geben Sie uns Bescheid, falls Sie weitere Nachrichten erhalten.«

Mellos Leute trugen die Karte feierlich davon, als enthielte sie die ganze Geschichte irgendwo kodiert im Bild der Giebelhäuser, in den Briefmarken mit dem Kopf der Königin, im nun schon gewohnten Wortlaut: »Wärst du nur hier.«

Sie ließen Maria voller Zorn auf Hart zurück. Er dachte offenbar, sie sei imstande, eine zerfetzte, verbrannte Leiche zu sehen und einfach als eine Geschichte hinzunehmen wie all die anderen, eine Sensation, die man sich abends am Telefon erzählt. Oder aber er zog sie auf: Die Klischees der Postkarten, Motiv und Text, deuteten auf eine Stichelei hin. Sie wünschte, die Polizei hätte ihr die Postkarte gelassen, denn sie wollte sie in der Hand halten, mit den Fingerspitzen zu erfassen versuchen, was er meinte und was er tat: herumirren ohne eigenes Leben, nachdem er sich so viele genommen hatte, auf der Suche nach seinem nächsten Namen.

In ihrem Büro läutete das Telefon. Sie ließ das Tonband laufen; solange sie den Fall Christopher Hart nicht abgeschlossen hatte, wollte sie keinen weiteren Grenzstreit, keine weitere Eskapade irgendeines Kleinkriminellen oder dringende Testamentsänderung. Anna Costa hatte zumindest etwas zu beerdigen.

Es war ein R-Gespräch. Sie hörte die Stimme der Vermittlerin durch den Anrufbeantworter: Sie sprach englisch, aber nicht allzu präzise, vielleicht eine Holländerin. Maria nahm das Telefon ab, aber die Leitung war bereits tot.

Sie wußte genau, daß es Hart war. Sie konnte nicht genau sagen, weshalb, ob sie wirklich sicher war oder ob sie es einfach nur eilig hatte, die Geschichte hinter sich zu bringen. Trotzdem blieb sie noch eine Weile im Büro und wartete.

Aber an diesem Tag kamen keine weiteren Anrufe.

Ich hängte den Telefonhörer ein. Es war nicht vernünftig anzurufen. Und es ließ sich unmöglich vermeiden. Maria war meine einzige Verbindung zu meiner ganzen Geschichte, die einzige, die wußte, was niemand anderes wissen konnte oder durfte. Ich dachte, ich brauchte sie.

Von all der leeren Zeit, die mir jetzt gehörte, hatte ich Kopfweh. Der Hotelflur – blasse Wände, poliertes Linoleum, das bläuliche Weiß billiger Neonlampen – half nicht; aber ich hatte kaum eine andere Wahl. Dieses Hotel schien an Pässen und anderen Papieren nicht übermäßig interessiert. Es war billig. Das Management hatte eine Barvorauszahlung für eine Woche gern entgegengenommen.

Ich zählte das Geld, das ich während meiner Fahrt abgehoben hatte. Ich ging zum Dam hinüber, einer weit offenen, regennaß glänzenden, kopfsteingepflasterten Fläche, wo ein Geldwechselautomat stand, den ich mit Peseten, französischen und belgischen Francs fütterte; er gab mir Gulden heraus. Für eine Weile, dachte ich, hatte ich meine Ruhe.

Ich schlief mit dem Geld neben dem Kopfkissen, wachte die ganze Nacht hindurch immer wieder auf, um mich zu vergewissern, daß es noch da war, wie ein Junge mit einem Schatz oder ein Mensch in der Wildnis.

Ich konnte mit niemandem reden. Mit niemandem reden konnte ich auch nicht. Das Thema, über das ich reden mußte, lautete Verantwortung für einen Tod und mußte privat bleiben; aber ohne Plauderei, Geprahle, Scherze bestand ständig die Gefahr, daß es aus mir herausbrach wie die Predigt eines Irren an der Bordsteinkante.

Jedenfalls brauchte ich etwas zu essen. Ich fand ein portugiesisches Restaurant, setzte mich an den Tisch neben einem Mann, der in Brüssel auf dem Bau arbeitete, familienlos war und sich ein Wochenende in Amsterdam gönnte, um zu prassen und Bier zu trinken. Dann, überwältigt von *saudade*, einem Gefühl, das sich zum Heimweh verhält wie ein Wirbelwind zu einer Brise, war er in dieses Restaurant gekommen, um wenigstens etwas zu essen, was ihm von zu Hause vertraut war: Schwein und Muscheln vielleicht, das authentisch geschlagene Ei des *pudim Molotov*, dazu Rotwein aus Bairrada. Er hatte eine Liste im Kopf, wie er bei Tisch seine Heimat heraufbeschwören konnte: Schwein, Zucker, Reis, Kartoffeln, Wein.

»Kennst du Portugal?« fragte er zum zweiten Mal.

»Ich war diesen Sommer in Vila Nova de Formentina.«

»Ist dort alles gut?«

»Alles ist gut. Hast du Verwandte dort?«

Er schüttelte den Kopf. Dann sagte er: »Ich bin aus dem Minho. Ich hatte eine Frau, aber sie ist gestorben. Seit der Beerdigung habe ich meine Eltern nicht mehr gesehen, zwei Jahre ist das jetzt her.«

»Immer nur Arbeit«, sagte ich. »Willst du was trinken?«

Nach einem Schweigen sagte ich: »Rund um Vila Nova ist alles neu. Neue Gebäude. Neue Wohnhäuser. Sie bauen ein neues Schwimmbad.«

»Ein Hallenbad?«

Noch ein Bier.

»Ist es leicht, in Brüssel Arbeit zu finden?«

»Es gibt Arbeit. Und man kommt jetzt legal rein. Ein Glück, daß wir in Europa sind.«

»Sicher gibt es noch andere Portugiesen ...«

»Sie haben Familien. Ich nicht. Sie bleiben meistens unter sich.« Er wollte das Thema wechseln, zugleich aber legte er Wert darauf, sein Leben hell und schön darzustellen. Deshalb sagte er: »Was ist schon Geld?« und bestellte eine eindrucksvolle Flasche roten Colares, den er schwungvoll einschenkte. »Einmal habe ich den Wein von Bussaco getrunken«, sagte er. »Im Palast. In den Gärten. Es war ein Weißwein, sehr alt. Schmeckte nach Politur. Aber nach guter Politur.«

Er war dunkel wie ich. Unser Körperbau unterschied sich nicht wesentlich, nur daß er körperlich schwer arbeitete und deshalb ausschließlich aus fester Masse bestand, wie ein gutes Seil.

Ich sah, daß er bar bezahlte. Ich fragte mich, ob er überhaupt Kreditkarten, Bankkarten besaß.

»Ich muß raus«, sagte er. »Ich will irgendwohin, wo es Mädchen gibt.«

»Es gibt die Mädchen in den Schaufenstern.«

»Ich brauche jemanden, mit dem ich reden kann. Ficken kann ich jederzeit.«

Wir marschierten die Grachten entlang, obwohl wir kein besonderes Ziel hatten, nur die Hoffnung auf eine niedrige, warme Bar mit Gesellschaft.

Er heiße Boaventura, sagte er.

»Guter Name«, sagte ich, während ich ihn insgeheim erwog.

Maria fuhr noch einmal nach Formentina, einfach um die Lage zu prüfen. Der Morgen war kalt und feucht gewesen, aber dann brach die Sonne durch, und die Gassen rochen nach Trauben – nach süßen Trauben mit Moschusduft – und dem sehr anderen Aroma des gärenden jungen Weins.

Die Ölpresse, sah sie, war jetzt eine niedrige Ruine. Die Brandspuren glänzten schwarz. In die zerstörten Wände drang Wasser ein. Sie war froh, daß diese Überreste sich nicht mehr lang halten konnten.

Über den Feldweg am Rand des aschebedeckten Waldes stieg sie zu dem Haus hinauf, in dem Christopher Hart gewohnt hatte.

Sie mußte eine neue Tür bestellen und einbauen lassen, denn nachdem die Polizei ihre Arbeit getan hatte, war die alte nur noch angelehnt. Sie dachte: So bald muß man keinen neuen Mieter suchen, schließlich ist die ganze Miete im voraus bezahlt.

Vorsichtig schob sie die Tür auf und lehnte sie an die Wand.

Das Haus war dunkel und stickig; nicht anders hatte sie es erwartet: Schließlich hatte sie selbst sämtliche Läden und Fenster geschlossen. Sogar das strahlende Licht, das durch den Türausschnitt hereinfiel, hinterließ nur ein zögerndes Viereck auf dem Boden.

In dieser Dunkelheit verpaßte sie immer wieder das eine oder andere Detail am Rand ihres Blickfelds. Sie dachte, die Vorfälle müßten sich irgendwie dem Staub und der abgestandenen

Luft eingeprägt haben. Bei mangelnder Vorsicht würde sie immer wieder Andeutungen und Hinweise in den Ecken entdecken.

Der Vernunft halber schaltete sie die Lichter ein.

Die Küche und das Wohnzimmer waren nun beide leer und verrieten nichts von dem, was hier passiert war: Es war ein Haus, das wieder zu mieten war, Stühle und Löffel gerade ausreichend für einen Sommer. Sie zog ein paar Schubladen auf, um nachzusehen, ob etwas fehlte: ein Buch, eine Bürste, irgend etwas Kleines.

Sie schaute ins Bad. Auf dem Regal stand ein Sortiment diverser Sonnenschutzmittel in weißen Flaschen und orangegelben Tuben. Sie ließ sie stehen: Sie waren bestimmt nützlich.

Sie stand vor der Tür zum Schlafzimmer. Sie war in überraschendes Licht getaucht.

Er ist hier, dachte sie, im nächsten Zimmer, immer im nächsten Zimmer. Immer wieder öffnete sie Türen, um ihn zu finden.

Sie öffnete die Tür.

Mitten in dem lichtdurchfluteten Raum stand ein Mann. Gegen die Sonne, die durch die offenen Fenster hereinfiel, glaubte sie tatsächlich Hart zu sehen: groß, mit gesenktem Kopf, die Hände verschränkt. Sie stellte sich vor, wie er aussehen würde, wenn er sich zu ihr umdrehte.

Doch als er sich umdrehte, war ihr klar, daß sie sich geirrt hatte. Hart hatte nie einen sackförmigen Bauch gehabt. Auch die Hände stimmten nicht: Die Finger verjüngten sich nicht zur Spitze hin, wie sie es in Erinnerung hatte.

Es dauerte einen Moment, bis sie akzeptierte, daß Mello vor ihr stand.

»Warum sind Sie hier?« fragte sie.

Mello war es nicht gewohnt, in Frage gestellt zu werden. Außerdem war es, als hätte sie ihn bei einem Gebet oder einer Meditation gestört, und er mußte sich in Erinnerung rufen, daß er ihr eine Antwort schuldete.

»Tut mir leid, wenn ich Sie erschreckt habe«, sagte er.

»Unten steht gar kein Polizeiauto.«

»Ich bin von Vila Nova zu Fuß hergekommen.«

»Wieso zu Fuß? Sie gehen doch nie zu Fuß?« Sie kannte die großartige und beeindruckende Art, wie er durch das Leben anderer Leute rauschte, kannte seine amtlichen Fahrten durch die Stadt.

»Ich wollte eine Weile hier sein«, sagte er. »Allein.«

»Ich muß das Haus inspizieren«, sagte sie. »Wir müssen es neu vermieten …«

»Ich mußte allein sein.«

Maria sagte: »Es gibt aber einiges, worum ich mich kümmern muß.«

»Bitte«, sagte Mello. Sie sah ihn als eine Person in Uniform, mit sehr stillen Augen. Es war erschreckend, sein Gesicht zum ersten Mal wirklich zu sehen, ein von Falten und Gefühlen beseeltes Gesicht. »Ich wollte nachdenken.«

Maria trat ans Fenster, um die Läden zu schließen.

»Sie müssen gehen«, sagte sie.

Sie fragte sich, ob der Fußmarsch hierher für ihn eine Art Pilgerreise gewesen war.

»Sie wissen, daß ich sie beide umgebracht habe«, sagte Mello.

»Beide?« fragte Maria beunruhigt.

»John Costa. Und seinen Vater.«

»Wie konnten Sie denn seinen Vater umbringen?«

»Die PIDE-Leute haben mich geschlagen. Sie haben mich mit Wasser und Lärm gefoltert. Seitdem pfeift es in meinem linken Ohr. Es hört nie auf. Dann kamen sie auf die Idee, ich sei zu jung, um irgendwas zu wissen, und sprachen davon, mir die Beine zu zertrümmern, damit ich nicht noch mehr Ärger machen könnte und damit sie mich leicht erwischten, falls ich es doch tat.«

»Ich will das alles nicht hören«, sagte Maria.

»José Costa wollte es zuerst auch nicht hören. Aber an dem Tag, an dem er gestorben ist, ging ich hin und redete mit ihm.«

»Er ist am Herzinfarkt gestorben. Er war kein gesunder Mann.«

»Natürlich war er gesund. Er war stärker als ich. Und gesünder.«

Die grelle Sonne, das Weiß der Wände leuchteten Mello aus wie das Licht einer Verhörlampe.

»An dem Morgen dachte ich, jetzt sei alles erledigt. Nach all den Jahren«, sagte er. »Ich war froh, daß er zurückgekommen war, froh, daß ich die Sache in Ordnung bringen konnte. An dem Nachmittag, an dem ich von seinem Tod hörte, war es, als wäre plötzlich ich schuld daran, als müßte ich die Last meines eigenen verdammten Leidens wieder zurücknehmen. Und dann kommt John Costa daher, und John Costa stirbt hier und ...«

Maria sah, wie die Amtlichkeit und Autorität des Mannes sich in Tränen auflösten. Sie erschrak. Sie wußte, daß er sich wieder Geltung verschaffen, alles abstreiten mußte, was er gesagt hatte, um wieder der Polizist zu sein, der Botmäßigkeit erwartet. Irgendwann würde er sich ihr gegenüber wieder Geltung verschaffen, das wußte sie.

Er sagte: »Ich hielt mich für so gut, daß ich glaubte, ich könnte José Costa verzeihen. Ich nehme an, das war ich nicht. Ich nehme an, John Costas Tod beweist das.«

Maria sah zu, wie er seinen Rücken wieder starr aufrichtete, eine strenge Miene aufsetzte, seine Augen trocknete.

Sie sagte: »Wenn Hart nie hierhergekommen wäre ...«

»Manches wäre trotzdem ganz genauso«, antwortete Mello.

An der Haustür fragte sie ihn: »Werden Sie die Leute, die das Grab beschmiert haben, je finden?«

»Nein«, sagte Mello.

»Sie wollen es nicht wissen.«

»Jeder kannte die Geschichte. Jeder kann es gewesen sein.«

Sie begriff, was er meinte: daß es eine staatsbürgerliche Pflicht sei, selbst geringfügige Akte des Verrats nicht in Vergessenheit geraten zu lassen. Er hatte wieder seine Autorität angenommen und war nicht in Frage zu stellen.

Ich fand, ich sollte Harts Bankkarte ausnutzen, solange sie noch funktionierte.

Ich suchte nach einem Bankautomaten, trat darauf zu, steckte die Karte in die Wand, wählte Englisch als Sprache und verlangte dreihundert Gulden – eine nette, durchschnittliche Transaktion, der Höchstbetrag, den der Automat herausrücken wollte.

Der Vorgang wird bearbeitet. Auf dem Monitor prangte eine Sonnenblume.

Hinter mir bildete sich eine Schlange von Leuten, die im Regen warteten.

Der Vorgang wird bearbeitet. Die Sonnenblume blieb.

Ein englischer Tourist hüpfte hin und her, tauchte einmal rechts, einmal links von mir auf, wie um mir zu verstehen zu geben, daß ich absichtlich meine und anderer Leute Zeit vergeudete. Ich konnte mich nicht damit aufhalten, eine Erklärung zu liefern.

Der Vorgang wird bearbeitet.

Der Vorgang kann nicht bearbeitet werden. Die Sonnenblume blieb unverändert.

Die Karte kam zurück.

Christopher Hart war tot.

Ich steckte die Karte in meine Hemdtasche und schloß meine Jacke gegen den Wind. Ich überlegte, ob ich John Costas Karte benutzen sollte, aber die kleine Menschenschlange hinter mir strahlte Ungeduld aus. Außerdem hatte John Costa inzwischen sicher ebenfalls seinen Kredit verloren; Anna ist eine pragmatische Frau.

Rasch ging ich fort. Ich schämte mich wie ein Junge, daß ich aufgefallen war, mich auffällig benommen hatte. Dann versank ich in Gedanken, erwog meine Möglichkeiten. Eine Zeitlang spürte ich die Kälte nicht.

Vielleicht war der Bankautomat vom Dam nur ein ungünstiger Zufall in der verkabelten Welt gewesen. Aber wenn jemand wissen wollte, wo er mich fand, hatte ich es ihm gerade mitgeteilt: einen kleinen Fußmarsch vom Dam entfernt, ohne Geld für ein Taxi.

In dieser Nacht träumte ich, ich sei ein Schuljunge und rannte frierend und naß und außer Atem über schlammige Pfade und Vorstadtstraßen, auf Schritt und Tritt begleitet vom Elend. Ich konnte nicht von meinem Kurs abbiegen, denn das würde man merken; und ich konnte nicht stehenbleiben, weil jemand die Zeit stoppte.

Frierend wachte ich auf.

Ich hatte alle Möglichkeiten eines Namens und Lebens verloren, bis auf eine: Martin Arkenhout. Ich dachte sogar, so wie er immer gedacht hatte, ich könnte es besser machen.

Boaventura sagte, sein Vater habe einmal in London gearbeitet, aber nicht sehr lang. Er hätte schon mit zwanzig wieder fortgehen sollen, aber das war während des Weltkriegs, und deshalb mußte er warten. Er kehrte zurück, als er die Trennung von seinem wirklichen Leben nicht länger ertrug, und wurde berühmt, weil er mit einem kleinen Auto kam – einem Renault aus dritter Hand –, mit dem er immer zu schnell durchs Dorf und zu langsam auf den großen Straßen fuhr.

Es war noch sehr früh am Abend, zu früh, um sich schon dem Alkohol hinzugeben, aber es war sehr angenehm. Außerdem wollte ich Boaventura nicht zeigen, daß ich eifersüchtig auf einen Vater war, der zu ihm zurückgekehrt war.

Er wäre sowieso mein Vater, falls ich Boaventura wäre.

Der Gedanke an einen Mord war noch recht abstrakt. Ich hatte keine Waffe, keinen Plan, keine Ahnung, was ich mitten in der Stadt mit einer Leiche anfangen sollte, außer sie mit einem Gewicht zu beschweren und in einer Gracht zu versenken. Ich sah nur die Notwendigkeit, jemand anderes zu werden, und die Möglichkeit, endlich etwas Eindeutiges zu sein, nämlich ein Portugiese, und nicht ein halbes Dutzend Mischungen aus Schichten, Nationalitäten, Einstellungen. Ich würde die Komplikationen über Bord werfen und ein Ganzes werden.

Aber um dorthin zu gelangen, mußte ich diesen bestimmten Mann erstechen, erschießen, erschlagen, ertränken oder erwürgen, mußte die Eifersucht ab- und ein eindeutiges Gefühl von Überlegenheit anlegen: Arkenhouts fortwährende Überheblichkeit des Nordländers in Europa, seine Gewißheit, auf irgendeine Weise besser, fortschrittlicher, rationaler als alle anderen zu sein.

»Schau, diese Frauen«, sagte Boaventura. »Sie lächeln.« Er

rief die Kellnerin und forderte sie auf, den beiden Blondinen – um die Vierzig waren sie, mit Gesichtern wie gutes Brot, und saßen jenseits der Bar an einem mit grünem Flanell überzogenen Tisch – zwei Gläser Bier zu bringen.

Die Frauen lächelten in der Tat. Die eine winkte uns herüber.

Man leidet nicht so sehr unter einer Decke aus Bier, wenn einen so beiläufig ein Schenkel streift und die Zeit vergeht, ohne daß es eine Rolle spielt, wenn ein Teller Muscheln mit Soße und Brot den Alkohol aufsaugt und die Erzählungen über Familien, Lebensweisen, Intimitäten so selbstverständlich ausgetauscht werden, wie Kinder einander ihr Lieblingsspielzeug vorführen.

Auch ging niemand mit niemandem nach Hause, nur die beiden Frauen fuhren zusammen mit der Metro nach Süden, und wir begleiteten sie zur Station. Sie küßten uns zum Abschied, gaben uns feuchte Küsse voll bierseliger Wärme.

Boaventura schlenderte glücklich davon. Er sagte, wir sollten auch am nächsten Abend trinken gehen und sehen, ob unser Glück anhielt. Sehen, was sich bot.

Ich ging immer weiter. Ich ging den halben nächsten Tag, trotz Kälte und Regen. Ich folgte den langen, leeren Ausfallstraßen mit ihrer Parade warmer Schaufenster: Wohnzimmer, Katzen, Bibliotheken, Küchen, so weiß und sauber, daß sie aussahen wie eine Lektion in Sachen Moral. Dann kehrte ich um, kehrte zurück in die Altstadt und ging durch die Seitengassen zwischen schiefen Häusern, vorbei an den Zuhältern an den Straßenecken, die beiläufig zu wirken versuchten. Hin und wieder hielt ich an und trank ein Bier oder einen Kaffee, nur um sicherzugehen, daß ich mich wieder aufwärmen konnte.

Ich erinnere mich nicht, daß ich über Mord nachdachte oder über Boaventura. Ich fühlte mich so rein und leer wie Papier, das Eindrücke aufnimmt.

Dann stand ich vor den gotischen Türmchen des Rijksmuseum, jenseits einer kalten, schwarzen Gracht. Es erschien mir wie eine Zuflucht, und nicht nur, weil darin alles scharfsinnig geordnet war, Epoche um Epoche, Vitrine für Vitrine, sondern weil ich mich mein Leben lang in Farben und Formen und Zeichen immer hatte verlieren können, selbst im Gedränge eines öffentlichen Museums. Ich wußte, wo meine Geschichte liegen mußte: in Büchern und Bildern.

Ich zahlte und trat ein. Ich stieg die Treppen hinauf und bog in die graphische Abteilung ein: Räume voller Kupferstiche, lauter ländliche Szenen und Heureiter und Zecher in der Taverne, stellte ich mir vor. Ich sah sie nicht richtig, denn die Lichter spiegelten sich zu stark im Glas; jedenfalls dachte ich, es liege am Licht.

Ich wanderte durch Räume voller Möbel: wie Parodien gemütlich eingerichteter Wohnungen, aber noch nicht ausreichend von lebendigen Menschen erfüllt. Es gab auch Puppenhäuser, kleine aufgeschlitzte Leben.

Ich ging vorbei an Gemälden, die ich früher für großartig und lehrreich gehalten hatte, weil ich sie bewundert und verehrt hatte. Aber jetzt hingen die Bilder leblos an der Wand, eine Reihe von Tatsachen aus Ölfarbe, Leinwand, Rahmen.

Vor einem Bild von Frans Post blieb ich stehen. Wenigstens dieses sollte eine herausragende Bedeutung haben: Es war im Zuge derselben Expedition entstanden, die auch das *Liber Principis* hervorgebracht hatte. Die Bücher waren das Verzeichnis aller Wunder und dieses große Gemälde die Version, die ein Schaufensterdekorateur von ihnen lieferte.

Ich sah ein Panorama, eingeschlossen von einem gewaltigen geschnitzten Rahmen aus ineinander verschlungenen Ranken. Ich sah Brotfrüchte in Büscheln an einem Baum, scharlachfarbene Vögel, einen lümmelnden Affen, ein Riesengürteltier, das einen Kürbis beschnupperte, einen gewaltigen Frosch, eine Ananas – eine Parade von Musterexemplaren, arrangiert auf Girlanden aus Strauchwerk vor der riesigen weiten Bühne des Bildes. Und auf der Bühne prangten die Ruinen einer Kathedrale sowie ausgewählte Besucher, die Weißen voran, die Schwarzen in respektvoller Formation hinterher; und im Hintergrund die blauen Wellen von Hügelkämmen, die mit einem Himmel vom selben, schwach purpurn gefärbten Blau verschmolzen. Ich sah jeden einzelnen Bestandteil an, einen nach dem anderen.

Aber ich wollte mich in dem Gemälde verlieren, ein Prickeln der Erregung auf der Haut spüren. Statt dessen blätterte ich darin wie in irgendeinem Zettelkasten. Ich pflückte Fakten heraus: Post war der erste ausgebildete, offizielle Landschaftsmaler, der die Neue Welt bereiste; er malte dieses Panorama nach seiner Rückkehr in Holland, als Propagandawerk; er hatte den Glanz einer Vogelschwinge hergenommen und zu einem bloßen Schnörkel im Hirn eines Provinzlers gemacht.

Post hatte kurz danach zu trinken begonnen. Das wußte ich.

Ich blieb lang genug stehen, um die Aufseherin in Unruhe zu versetzen.

Wenn ich das Bild selbst nicht mehr lesen konnte, dann konnte ich es vielleicht mit den Augen eines anderen betrachten, zum Beispiel mit dem Blick eines Holländers um 1660 – stolz darauf, daß die Holländer diese reiche brasilianische Küste mit all ihren Wundern beherrschten, noch stolzer, weil sie die Portugiesen, ihre Vorgänger, verjagt und um der protestantischen Sache willen eine katholische Kirche in Trümmer gelegt hatten. Aber ich hing zwischen Daten und Fakten fest und drang nicht durch die staubige Oberfläche.

Ich wollte den Rahmen berühren. Ich nehme an, das war offensichtlich.

Die Aufseherin stand auf und ging ein paar Schritte. Sie fing an zu telefonieren. Sie unternahm lange Rundgänge durch den Raum, und mit jedem kam sie mir ein Stück näher.

Ich fühlte mich geschmeichelt, daß sie mir immer noch eine Besessenheit zutraute.

Ich versuchte, andere Bilder zu betrachten, einen Schwan mit verrenktem Hals, ein berühmtes Gesicht, eine Landschaft mit Feldern und malerischen Wäldern, aber der Post holte mich zurück. Ich hatte eine so verzweifelte Sehnsucht danach, etwas zu empfinden, und empfand nichts.

Ich geriet in Panik. Ich ging fort.

Die Aufseherin folgte mir in den nächsten Raum und sprach wieder in ihr Telefon. An beiden Seiten der gegenüberliegenden Tür erschienen zwei Wärter.

Ich ging gleichmäßig weiter, vorsichtig, denn ich wollte die

Aufseher nicht provozieren, aber meine Befangenheit beunruhigte sie noch mehr. Dann konnte ich sie nicht mehr sehen, weil die Tränen mir den Blick trübten.

Ich hatte die Bilder aus dem *Liber Principis* vor mir auf dem Bett ausgebreitet.

Da waren ein Schmetterling und ein davonfliegender Papagei, der Schmetterling schwarz mit violetten Schnörkeln auf den Flügeln, der Papagei scharfäugig, den Kopf über die dunkle Schulter zurückgewandt; und ein langes, plattenbewehrtes Gürteltier, gemalt wie bei Sonnenuntergang. Da war ein merkwürdig gesprenkeltes Pferd mit dem Gesicht eines mittelalterlichen Heiligen. Da war ein Mann, grauhaarig und blaßgelb mit einem kleinen Bauch, der nackt auf einem Felsen saß, eine Pfeife in der Hand; auf dem Felsen prangte, eingeritzt oder aufgemalt, das Bild eines Ochsen.

Den Mann konnte ich nicht verkaufen. Er stammte zu offensichtlich vom Amazonas; das verlangte nach einer Erklärung.

Ich besorgte mir eine Plastikhülle in der Größe der Bilder und nahm zuerst das Gürteltier mit.

Ich versuchte es bei einem Händler in einer Straße voller Briefmarkenläden. Er hatte einen nahezu lichtlosen Raum mit Drucken in verstaubten Rahmen; und er selbst saß ausgebleicht, klein, unscharf in einer Ecke vor einem Rollschreibtisch voller Papiere. Er runzelte häufig die Stirn, aber das lag vielleicht an seinem Zwicker. Das Bild gefiel ihm offensichtlich, und er sah es schon in seinem Fenster neben den kolorierten Landkarten von Amsterdam.

»Ordentlicher Zustand«, sagte er. »Sieht aus wie siebzehntes Jahrhundert. Nettes Thema. Aber wissen Sie, es ist viel von dem Zeug unterwegs. Sie backen das Papier. Sie verwenden die richtigen Farben. Sie machen sie irgendwo in einem Studio.« Er musterte die Kanten des Papiers. »Dabei sieht das Papier aus wie echt. Ich müßte ein bißchen mehr darüber wissen.«

»Es ist ein Erbstück«, sagte ich. »Familienbesitz.«

»Es ist nicht gerahmt«, sagte er. »Familien rahmen solche Sachen.«

»Mein Großvater hat mir erzählt«, sagte ich, »es sei von …«

Dann brach ich ab. Es war nicht Scham, weil ich ein gestohlenes Bild verkaufen wollte; Scham kommt und geht, vor allem wenn man Angst hat. Sondern es war eine Gewohnheit, so fest verwurzelt, daß sie mir fast wie ein Instinkt erschien: Ich konnte nicht ein Bild von den übrigen trennen. Auf der Fähigkeit, Serien zusammenzuhalten, in einer ununterbrochenen Kette bis zurück zu dem Tag, an dem die Farbe getrocknet war, über Ursprung und Herkunft eines Werks Bescheid zu wissen, hatte ich eine Karriere aufgebaut; niemals konnte ich derjenige sein, der diesem Papier seine Bedeutung nahm und es auf einen hübschen Dekorationsgegenstand reduzierte.

Ich hatte keine Prinzipien. Ich hatte Gewohnheiten. Das war eine verstörende Erkenntnis.

»Tja«, sagte der Mann. »In Familien erzählt man sich immer eine Menge Geschichten. War er ein Gelehrter, Ihr Großvater?«

Ich zuckte die Achseln.

»Es ist hübsch«, sagte er und nannte einen Preis: drei Wochen in diesem kleinen Hotelzimmer, ein paar anständige Mahlzeiten.

Ich nahm das Bild wieder an mich.

»Wenn Sie die Herkunft nicht genau belegen können«, sagte er, »kann ich nicht höher gehen. Das Risiko ist zu groß. Diese Kante hier macht den Eindruck, als wäre sie abgeschnitten worden.«

»Sehe ich aus wie ein Dieb?«

»Ich wünschte, ich wüßte, wie Diebe aussehen«, sagte er.

Draußen vor dem Laden blieb ich noch eine Weile stehen. Nebenan war ein Händler für Graphiken, einen zweiten entdeckte ich gegenüber, und einen Antiquar, erinnerte ich mich, gab es gleich hinter der nächsten Gracht.

Es war beinahe dunkel. Mit der Straßenbahn fuhr ich zum Hotel zurück und schlief unter Schweißausbrüchen, als hätte ich Fieber.

Der ganze nächste Tag rief nach einem Mord.

Ich wollte keine weiteren Erinnerungen an das, was ich verloren hatte, aber das hieß, daß ich mich von allem fernhalten mußte, was ich sonst als angenehm oder aufregend oder fesselnd empfunden hätte, eben für den Fall, daß ich nicht mehr die Fähigkeit hatte, darauf zu reagieren. Ich kam mir vor, als triebe ich mit geschlossenen Augen durch ein vereistes Meer.

In Wahrheit saß ich in einem Café in der Innenstadt: Kaffee, Sahne, Orangensaft, ein winziges Glas Wasser, ein eingeschweißtes Keks, Zigarillorauch in meinen Augen, am Nebentisch ein Paar mittleren Alters, Zeitung lesend: Seite um Seite reichten sie einander die Welt. Ein sehr dünnes, sehr blondes Mädchen lehnte sein Fahrrad ans Fenster.

Es war nicht genug, um mich in der Realität zu verankern. Ich dachte, wenn ich die Fähigkeit zu reagieren verloren hatte, die Fähigkeit, von diesem Mädchen angetan zu sein, den Kaffee zu schmecken, ein Bild zu sehen, dann hatte ich durch den Tod nichts zu verlieren.

Ich fragte mich, wie man in einer ordentlichen Stadt wie Amsterdam seinen eigenen Tod arrangiert. Ich dachte, es gäbe vielleicht ein Formular, das man ausfüllen müßte.

Der mittelalte Mann am Nebentisch knallte so heftig sein Wasserglas auf den Tisch, daß es mit einem lauten Knacken zerbrach. Die mittelalte Frau warf einen kurzen Blick auf die zerfließende Pfütze und die Trümmer aus Eis und Glas und vertiefte sich wieder in die Nachrichten.

Ich konnte nicht hier sitzen und mich derart dem Nichtstun hingeben wie ein verträumter Halbwüchsiger, wie einer, der das Privileg genießt, über den Tod nachzugrübeln, statt ihn auf die notwendige, vernunftgebietende Weise abzuwehren. Ich hatte einen Menschen umgebracht. Ich hatte keine Privilegien.

Ich konnte die Arkenhouts aufsuchen. Ich konnte ihnen von Martin erzählen. Ich konnte ihnen helfen, die Geschichte abzuschließen.

Zu dem Zeitpunkt schien mir das eine glänzende Idee, denn ich hatte sonst keine Ideen: ein Akt der Gnade sozusagen.

Ich wußte, in welcher Stadt seine Eltern wohnten; Arkenhout hatte mir den Namen genannt. Über feuchte Ebenen unter einem gewaltigen, sturmgepeitschten Himmel fuhr ich mit dem Zug dorthin. Am Bahnhof sah ich im Telefonbuch nach.

»Frau Arkenhout?« fragte ich, obwohl kein Zweifel bestand. »Hier spricht« – eine Sekunde lang war ich unschlüssig – »Christopher Hart.«

Schweigen. Mevrouw Arkenhout war nichts als ein Schweigen am anderen Ende der Leitung.

»Ich habe ein Foto von Martin ...«

»Damit können Sie mich nicht mehr beeindrucken.«

»Es ist ein Foto von vor zwei Monaten.«

»Oh.«

»Ich hätte es Ihnen geschickt, aber ich wollte Sie nicht beunruhigen.«

»Glauben Sie etwa, es ist nicht beunruhigend, wenn einen jemand einfach so anruft?«

»Es tut mir leid.«

»Gut, gut«, sagte Mevrouw Arkenhout, sie legte aber nicht auf.

»Ich bin am Bahnhof ...«

»Dann sollten Sie auf Taschendiebe achten. Am Bahnhof gibt es Taschendiebe.«

»Ich könnte mir ein Taxi suchen. Wenn Sie vielleicht eine halbe Stunde für mich erübrigen könnten? Eine Stunde?«

»Ich kann Sie nicht davon abhalten herzukommen. Vielleicht mache ich nicht auf, aber Sie können kommen.«

Ich hätte »danke« sagen sollen, als wäre dies ein ganz gewöhnliches Gespräch.

Das Taxi kostete dreimal soviel, wie ich erwartet hatte, obwohl wir kaum die Stadt verlassen hatten. Ich zahlte, stieg aus und spürte, wie die Kälte mich anfiel.

Ich ging durch einen Garten voller ordentlich verschnürter herbstlicher Trümmer. Ich läutete an der Tür.

»Ich bin's, Christopher Hart«, rief ich.

Der Taxifahrer wartete noch. Im Haus brannte Licht, und jemand würde diesen Ausländer schon hereinlassen, aber er wollte keine Chance verpassen.

Mevrouw Arkenhout sagte: »Ich weiß nicht recht.«

»Ich wollte nur ein privates Gespräch.«

»Mein Mann ist nicht zu Hause.«

»Er muß es ja nicht erfahren«, sagte ich, in der Meinung, daß sie das wohl hören wollte.

Nach einem Moment öffnete sich die Tür.

Mevrouw Arkenhout kannte nur einen Christopher Hart. Ich war jemand ganz anderes.

Ich sah die Enttäuschung, dann die Angst in ihrem Gesicht. Einen Moment lang versuchte sie mit ihren Hüften zwischen dem Büffet und den Bildern an der gegenüberliegenden Wand den Flur zu blockieren, versuchte die Tür zuzuschieben, so daß sie sich ordentlich vor Geistern und Fremden absperren ließ. Aber sie verlor die Nerven.

»Ich weiß nichts von Martin«, sagte sie. »Martin ist schon lange fort.«

»Aber Sie haben mich hereingelassen.«

»O ja. Ich habe Sie hereingelassen.« Dann fing sie sich wieder, es war eine körperliche Erholung, als raffte sie einen am Boden schleppenden Rock an sich oder richtete einen krummen Rücken gerade.

»Möchten Sie vielleicht Kaffee?« fragte sie.

Ich lachte beinahe über ihr höfliches Benehmen und fühlte mich verpflichtet, ihre Höflichkeit zu erwidern. Ich nahm ein Foto aus meiner Brieftasche und zeigte es ihr als Beweis guter Absichten: ein Sommerfoto, Maria und Arkenhout auf einer Mauer neben einem gekachelten Brunnen in einem leuchtenden Wechsel aus Licht und Schatten.

»Das ist Martin, oder?« fragte ich.

»Nein.« Aber Mevrouw Arkenhout hielt das Foto wie einen Talisman. »Es ist kein sehr gutes Bild«, sagte sie. Ich denke, sie meinte damit, es sei nicht das Bild, das sie sehen wollte: nicht klar und sicher genug, nicht anständig, nicht erträglich. »Ich habe ein Recht auf eine Erklärung«, fügte sie hinzu.

»Selbstverständlich. Ich hätte wirklich gern einen Kaffee.«

Mevrouw Arkenhout funkelte mich an. »Kommt schon«, sagte sie. »Immer mit der Ruhe.«

Sie verließ das Zimmer, und ich hörte, wie die Kaffeemühle lief und lief, bis sie gewiß nur noch staubförmiges Pulver siebte. Ich folgte ihr in die Küche.

»Früher habe ich Fotos geliebt«, sagte Mevrouw Arkenhout, und die Maschine lief immer noch. »Martin auf seinem Dreirad. Martin in seinem Kinderbett. Martin am Strand. Er war ein völlig normales Baby, wissen Sie. Mein Mann würde das zwar nicht so sehen, aber ich wohl.«

Ich schaltete die Kaffeemühle ab.

»Meinen Sie, es ist schon soweit?« fragte Mevrouw Arkenhout. Ich nickte und unterstützte sie bei der gesamten Abfolge von Tätigkeiten – Kaffee in einen Filter füllen, den Filter in die Maschine einsetzen, Wasser hineingießen, einen Schalter bedienen –, wie ein Tänzer schattengleich den Bewegungen eines anderen folgt.

»Es war sehr schwer«, sagte sie. »Wir haben Martin in Amerika nie gesehen, wissen Sie, ich meine, das, was sie von ihm gefunden haben. Es war ein weicher Boden, sagten sie, sehr naß. Er wurde eingeäschert.« Sie hatte einen Schluckauf. »Ich habe nie Gelegenheit, über ihn zu reden.«

»Haben Sie ihn je wiedergesehen?« fragte ich.

»O nein«, sagte sie. »Nicht wirklich.« Sie streckte ihre Hände nach dem Tablett aus, aber sie zitterte so stark, daß sie es nicht halten konnte; also trug ich es ins Wohnzimmer.

Mevrouw Arkenhout sagte: »Sie sollten wirklich nicht bleiben. Mein Mann wird kein Verständnis dafür haben.« Das sagte sie, während sie mit den Fingern ein Keks hielt, als wäre es ein Stück Spitze. »Hat Martin ordentlich gegessen?«

»Ich denke schon.«

»Nichts scheint ihm je nahezugehen«, sagte Mevrouw Arkenhout.

Ich erzählte ihr, wie ich Martin kennengelernt, wie wir beide im selben Dorf gewohnt hatten. »Er ging viel schwimmen. Er war sehr gesund.«

Aber ich wollte, daß sie ihn mir erklärte.

»Es gab ein schreckliches Feuer«, sagte ich. »Martin war sehr tapfer ...«

»Quatsch!« sagte sie. Es klang wie ein Gewehrschuß.

»Die Polizei hat uns gesagt, was passiert ist«, fügte sie hinzu. Sie nippte noch immer an ihrem Kaffee und wirkte ruhig und steif wie eine Matrone, doch ihre Stimme schwang sich von ihrer ehrfürchtigen Gedämpftheit zum Schmettern eines Kirchen-Alts empor. »Ich will keine Lügen hören. Wenn Sie mir Lügen erzählen, können Sie gleich wieder gehen.«

Ich hörte die Haustür sich öffnen und schließen, hörte einen Mantel rascheln.

Dr. Arkenhout stand in der Tür.

»Wer sind Sie?« fragte er. Und zu seiner Frau sagte er: »Ich wußte nicht, daß du Besuch hast.«

»Er kennt Martin«, sagte Mevrouw Arkenhout.

Dr. Arkenhout sagte etwas auf niederländisch, was ich nicht verstand. Mevrouw Arkenhout antwortete.

Ich stand auf, eine merkwürdige Höflichkeit unter den gegebenen Umständen, und er trat so nah zu mir, daß ich seinen Atem riechen konnte. »Ich weiß Ihren Namen nicht«, sagte er mit ausgefeilter, einschüchternder Höflichkeit. »Es tut mir leid.«

»Er sagt, er ist Christopher Hart«, sagte Mevrouw Arkenhout.

»Ich finde, Sie sollten gehen«, sagte er, erteilte Anweisungen, ohne die Möglichkeit einer Weigerung zuzulassen, wie jeder Arzt.

»Ich will über Martin reden«, sagte Mevrouw Arkenhout.

»Das ist kein angemessenes Gesprächsthema«, sagte der Doktor.

Er stand zwischen seiner Frau und mir, als könnte er mit seinem Körper ein Gespräch abwehren. Ich sah ihm an, daß er seine und meine Kräfte einschätzte.

»Ich dachte, es geht ihm gut. Es geht ihm immer gut«, sagte Mevrouw Arkenhout.

»Ich muß darauf bestehen, daß Sie uns jetzt verlassen«, sagte der Doktor.

Aber Mevrouw Arkenhout redete weiter. Ohne Atem zu holen, ließ sie einen gewaltigen Redefluß los, den sie viele Male aufgenommen hatte, ohne je die Chance zu haben, ihn abzuspielen. »Es ist schon einmal passiert, wissen Sie. Das haben sie gesagt. Sie fanden ihn in einem Teich im Park. Er war fast ertrunken, aber nur fast. Er ist eben nicht ertrunken. Danach wuchs er völlig gesund auf …«

»Wie alt war er damals?« fragte ich.

»Ich rufe jetzt die Polizei an«, sagte Dr. Arkenhout.

»Vier. Er war schön.«

»Er war wunderschön«, wiederholte Dr. Arkenhout. »Ich rufe jetzt die Polizei.«

Ich sagte: »Sagen Sie mir, was passiert ist.«

»Sie weiß es nicht«, sagte Dr. Arkenhout.

»Das stimmt«, sagte Mevrouw Arkenhout. »Ich weiß es nicht. Man hat mir Medikamente gegeben, und deswegen erinnere ich mich nicht genau, was passiert ist oder warum. Aber man hat mich neben dem Teich gefunden, als hätte ich zugesehen, wie er ertrinkt, und es war kalt und naß, und es waren keine anderen Kinder da, und er war groß genug, um aus dem Wasser zu waten, und deshalb …«

Sie hatte wieder einen Schluckauf.

»Er hat mir immer gesagt«, sagte sie und deutete dabei auf ihren Mann, »na ja, gesagt hat er es nicht direkt, eher angedeutet – also, daß ich sehr krank gewesen sei, daß ich versucht hätte, Martin umzubringen. Aber verstehen Sie, ich hätte ihn ja nicht umbringen können. Also hätte ich es gar nicht erst versucht, oder?«

Sie griff nach der leeren Kaffeekanne, wie eine perfekte Gastgeberin, und schenkte Luft ein, den Blick auf die Augen ihres Mannes geheftet.

»Meine Frau ist in sehr schlechter Verfassung«, sagte Dr. Arkenhout. »Es geht ihr nicht gut. Ich weiß ja nicht, was Sie hier zu erreichen hofften, aber sicherlich sehen Sie selbst …«

Als ich nicht reagierte, schoß Dr. Arkenhout auf mich zu, packte mich am Mantel und schob mich vor sich her in den Flur hinaus. Er konnte sich zwar nicht dazu überwinden, alle guten Manieren über Bord zu werfen und auf mich einzuschlagen, aber er konnte auch nicht aufhören, mich zu stoßen und an mir herumzuzerren, als wäre ich ein lebloser Gegenstand, den er aus dem Haus haben wollte. Er schrie etwas, allerdings auf niederländisch.

Mevrouw Arkenhouts ganzer weicher, hübscher Körper, ihre hohen Brüste und klaren Hüften hoben und senkten sich unter der Schmach eines Schluckaufs.

»Wir mußten Martin wegschicken«, sagte sie und hielt den Atem an. »Denn wie hätte er uns je vertrauen können?« Ihre Stimme hätte einen Choral über das flache Land tragen können. »Er hatte keine Angst vor der Dunkelheit auf der Treppe wie andere Kinder. Am meisten Angst hatte er, wenn er mit seiner Mutter in der hellerleuchteten Küche saß. Neben dem Backofen. Mit dem Geruch von Keksen. Wie in dem Bild einer alten Werbung.«

Vor Regen und Dunkelheit sah ich mein Gesicht im Zugfenster: wieder beunruhigt. Die Arkenhouts wußten jetzt, wer von uns beiden das Feuer überlebt hatte, und wenn der ehrenwerte Dr. Arkenhout es wußte, dann würde es binnen Minuten auch die Polizei wissen.

Ich hatte eine Zukunft vor mir, allerdings in Haft. Ich hatte einen Grund, neuerlich davonzulaufen. Höchstwahrscheinlich war es das, was ich wollte, eine Angst, die stark genug war, um mich ins Leben zurückzuholen.

Ich hatte noch Geld für eine Woche, aber keinen Namen. Ich konnte mich als Fernfahrergehilfe verdingen, ein Job, bei dem keine Fragen gestellt werden, vielleicht fand ich auch Arbeit auf einem Lastkahn, der rheinaufwärts in die Schweiz unterwegs war, oder konnte mich auf irgendeinem Frachter anheuern lassen. Trotzdem würde ich hin und wieder Papiere brauchen, ich würde kontrolliert werden.

Von meiner Position aus betrachtet, dem Hohlraum zwischen zwei Leben, schien mir Martin Arkenhouts Karriere beinahe vernünftig, sogar unvermeidlich; man kann sich immer einreden, daß Mord, Diebstahl und Betrug nach den eigenen begrenzten Maßstäben durchaus vernünftig seien, der einzige Ausweg, die einzige Alternative.

Ich brauchte ein neues, ganzes Leben.

Sehen Sie, ich hatte ja schon einmal einen Menschen umgebracht. Den Schutz der normalen moralischen Regeln, die einen vom Morden, Stehlen, Betrügen abhalten, hatte ich verloren.

In der Touristenstadt Amsterdam ein Ziel zu finden hätte nicht allzu schwierig sein dürfen. Die Franzosen kommen übers Wochenende her, um sich einzurauchen, die Schwulen krakeelen durch die Straßen, die endlich ihnen gehören, Seeleute auf Landgang ziehen an den erleuchteten Bordellfenstern entlang, obwohl das Sündigen keinen Spaß macht, wenn es behördlich genehmigt und geregelt ist; sie sind wie Kinder in einem Süßigkeitenladen, die Geld haben, aber viel lieber stehlen würden.

Sie alle waren Wochenendausflügler, die am Montagmorgen wieder in andere Häute und andere Verhaltensweisen zurückkehren würden: in ein französisches Ministerium, mit halbwegs geklärtem Kopf, oder eine englische Bank, wo die Wochenendrandalierer von den weniger umtriebigen Kollegen insgeheim bewundert wurden. Von ihnen konnte ich mir allenfalls ein paar Tage, ein paar Wochen erkaufen, bevor eine komplette Maschinerie ihr Fehlen registrieren würde.

Dann waren da noch Boaventura und ich. Wir tranken ein paar Biere, ein paar Genever, bis wir uns genügend aufgewärmt hatten, um großspurig durch die kalte Stadt zu streifen.

Die Straßenlampen an den Grachten warfen ein spärliches Licht, das wie der Fackelschein früherer Jahrhunderte aussehen und die leicht verrutschten Giebel und kahlen Bäume wärmen sollte. In dieser weitgehenden Finsternis kamen Leute an uns vorbei, ein paar unerschrockene Radfahrer, ein paar Fußgänger mit gesenkten Köpfen unter stetigem Regen.

»Verstehst du was von Kunst?« fragte Boaventura.

»Ein bißchen.«

»Weißt du was über Vermeer?«

Wäre ich Arkenhout, dachte ich, könnte Boaventura auf dem nassen Kopfsteinpflaster ausrutschen und in die Gracht fallen. In eisigem Wasser bleibt das Herz stehen: Erst kommt der Schock, dann die entkräftende Kälte. Aber Leichen treiben oben und erzählen ihre eigene Geschichte; und abgesehen davon nützte mir der Körper nichts, solange ich nicht zuerst seine Papiere hatte.

»Ich habe ein paar Vermeers gesehen und fand sie sehr schön. Ich möchte nach Delft fahren«, sagte Boaventura.

Wäre ich Arkenhout, so hätte jede dunkle Nische eine spezielle Bedeutung. Laufplanken führten zu langen Holzbooten, die entlang der Gracht vertäut waren, Hausbooten mit weiten Fenstern und Kaminen und Topfpflanzen. Manchmal liefen ein paar Stufen zum Wasser hinunter, vor einem Hotel, an einem Landesteg für Tretboote, bei einem Marmordenkmal.

In einer Bar nahm ich Boaventuras Jacke an mich, aber er merkte es. Ich sagte, ich hätte mich geirrt. In einer Tasche hatte er einen Prospekt über Delft, mit dem Bild einer Kirche, die sich in den Schutz eines gewaltigen Turms mit gotischer Spitze kauerte.

In meinem Hotelzimmer steckte ich alle Bilder aus dem *Liber Principis* in die Plastikhülle. Das Porträt des alten Mannes war entlang der Kante ein wenig stockfleckig geworden, vielleicht wegen der Feuchtigkeit, die durch das offene Fenster hereingedrungen war oder von der Duschkabine am Fuß meines Bettes aus um sich griff. Jedenfalls begann das Papier aufzuweichen.

Eine letzte Pflicht war mit meinem alten Namen verbunden: Ich mußte die Bilder nach London zurückschicken. Eine tadellose Verpackung brachte ich nicht zustande, doch zumindest steckte ich jedes einzelne in Plastikfolie, legte einen Karton dazwischen und schob dann alle in die Plastikhülle, die ich in Packpapier einschlug. Ich legte eine Van-Gogh-Postkarte dazu – Mohnblumen und gelbe Schmetterlinge – und unterschrieb als »Christopher Hart«.

Am nächsten Morgen verließ ich das Hotel. Das Management, zwei kurzgewachsene Männer, hatte nichts dagegen; sie waren im voraus bar bezahlt worden und dachten nicht daran, das Geld zurückzugeben.

Ich wollte fort. Ich war zu müde, um weit fort zu wollen,

jedenfalls aber wollte ich eine absolute Distanz zwischen mir und meinem Leben. Ich ging nur bis zum Ende der Straße, wo sich die Straßenbahn durch die Reihe hoher, schäbiger Mietshäuser hindurchschob.

Boaventura stand dort. Er sagte, er habe mein Hotel gesucht. Er sagte, er wolle nach Delft fahren.

Ich hatte versucht, ihm zu entkommen. Es ging nicht. Ich nahm es als ein Omen.

Er wußte tatsächlich ein wenig über Vermeer. Er hatte eine Vorstellung von mir als *senhor doutor*, dem gebildeten Mann, der all die Kultur, die immer eine Armeslänge von ihm entfernt schien, verstehen konnte.

Ich ließ meine Reisetasche am Hauptbahnhof und war nun ohne irgend etwas unterwegs, das mich kennzeichnete oder benannte: ein Spiegelmensch, der nur zurückwarf, was andere auf ihn projizierten.

Boaventura erwartete Lektionen, Erklärungen, Neuigkeiten aus Portugal, die er als Nachrichten von zu Hause auslegen konnte. Ein Graupelschauer prasselte gegen die Fenster, und er sagte munter: »Ich weiß noch, daß es einmal im Winter in meinem Dorf geschneit hat. Es war elf Uhr vormittags, und alle rannten auf die Straße, um den Schnee zu sehen.«

Der Delfter Himmel bestand aus satten Grau- und Schwarztönen, wie frisch mit Wasserfarbe übermalt. In der ersten Bar genehmigten wir uns ein Bier und ein Stück Apfelkuchen, ehe wir uns auf den Weg machten.

Natürlich fanden wir den Standort der *Ansicht von Delft*. Wir wanderten durch den Prinsenhof. Wir aßen zu Mittag: Boaventura erhielt aufgrund eines Mißverständnisses ein mit Cornflakes paniertes Stück Huhn und schaute bestürzt auf seinen Teller.

Hinter jeder Reihe hübscher Häuser, jedem geradlinigen Kanaldurchstich tauchte stets dasselbe düstere Bild auf: diese Kirchturmspitze auf einem gewaltigen, blockförmigen Sockel, aufgeschichtet aus sauberen grauen Steinen, gefolgt von einer Uhr, einem Glockenspiel und einem gotischen Dach, das in einem Kreuz endete. Es war wie ein Markenzeichen, eine ungeheuerliche Prahlerei über den eleganten Straßen, mit dem Anspruch, die Privattreppe zwischen Gott und den herausragendsten Herren der Delfter Gesellschaft zu sein. Wohin wir uns auch wandten, nie wich der Turm aus dem Blickfeld.

Die Anziehungskraft warmer Orte war enorm, zumal wenn sie nicht durch Fenster einsehbar waren.

Boaventura jedoch liebte Einkaufsstraßen. Die Schaufenster gefielen ihm: Marzipanfiguren und Schokoladenschweinchen, Badearmaturen und billiger Bordeaux und Computerbildschirme, ein Buchladen, Kleidergeschäfte mit blaß ockerfarbenen Mannequins unter braunen und grünen Kleidern, und Fernseher.

Auf einem der Fernsehschirme sah ich mein Gesicht; es blieb zwanzig Sekunden stehen und war wieder verschwunden.

Natürlich stand ich da wie vom Donner gerührt. Boaventura durfte das nicht sehen. Aber ich mußte wissen, was sie gesagt hatten, was die kurze Einblendung meines Gesichts bedeutete.

Es folgte eine Nachrichtensprecherin, sie hatten diesen eindringlichen Blick aller die Worte sprechen, die sie nicht gedacht und nicht geschrieben haben.

Eine Landkarte von Bosnien.

Ich wußte nicht, wie lang die Mittagsnachrichten dauerten, oder ob die Berichte wiederholt wurden oder ob wir nur die Schlagzeilen gesehen hatten und die Redaktion später ausführlich über den Mann berichten würde, dessen Gesicht sie gezeigt hatten: ein gesuchter Mörder vermutlich.

Ein Waldbrand. Ich konnte nicht sagen, wo. Ein Feuerball, der durch die Bäume barst.

Ich hätte den Text auch dann nicht verstanden, wenn ich die Worte durch die Glasscheibe hätte hören können.

Ich empfand Panik, gemischt mit einer Art Dankbarkeit: Nach all den anonymen Tagen und Wochen unterwegs und ohne besonderes Ziel war ich endlich wieder bekannt und wurde sogar gesucht.

Das Erkennen kam ein wenig zu spät.

»Ich bin in deinen Händen«, sagte Boaventura.

Der Platz öffnete sich ziemlich unerwartet: ein Paradeplatz mit glattem, glitschigem Kopfsteinpflaster, ein Rathaus mit Fensterläden wie ein Adventskalender und auf der anderen Seite der große dunkle Turm mit seiner Spitze, die zu hoch anstieg.

»Es wird schneien«, sagte Boaventura.

»Willst du ein Bier? Hier gibt es jede Menge Bars.«

»Nein«, sagte er. Er sah aus, als hätte ich ihn enttäuscht.

Ich fürchtete mich beinahe davor, die Kirche zu betreten. Ihr massiges Schiff sprach von einer Tradition, die nicht die meine ist: ein persönlicher, vertraglich vereinbarter Anspruch auf Gott von der Art, wie ihn Kaufleute gegeneinander erheben, und eine Drohung gegen die Stadt in Gottes Namen.

»Du hast das alles schon gesehen«, sagte Boaventura. »Ich nicht. Ich möchte auch was sehen.«

»Wir könnten …«

Aber er war bereits durch das hohe vordere Portal der Kirche eingetreten. In einer Art Geschichtsboutique, bevölkert von Souvenirs und Glaskästen, verhandelte er um Eintrittskarten für den Turm samt Spitze. Er reichte mir die meine und fegte durch das Drehkreuz, das die Besucher hinein- und herausläßt.

»Aber das Wetter …«, begann ich.

»Sorgen müssen Sie sich bloß um den Wind machen«, sagte die Frau an der Kasse munter. »Heute ist es nicht wirklich windig.«

Ich wollte den engen Schacht mit den schmalen Holztreppen weder betreten noch zwischen steinernen Wänden eine um die andere Runde aufsteigen, bis einem schwindlig wurde. Der Blick nach vorn und nach hinten reichte nie weiter als ein paar Holzstufen, gelegentlich fiel Licht durch einen staubigen Fensterschlitz, und die Wände drehten und drehten sich unermüdlich.

Daß ich aufstieg, spürte ich deutlich genug in meinen Muskeln, aber es war unmöglich festzustellen, wie weit wir schon waren, wie hoch über dem naßglänzenden Pflastersteinen des Platzes wir standen.

Einmal stieß ich beinahe mit Boaventura zusammen, der stehengeblieben war, um auf mich zu warten. »Ganz schön hoch«, sagte er.

Ich konnte nur seine Schritte hören. Ich stellte mir vor, daß an einem derart bedrohlichen Tag niemand sonst auf den Turm steigen werde. Allmählich machte mir die Kreisbewegung aufwärts zu schaffen.

Ich hörte Boaventura ausgleiten und fluchen. Auf einer winzigen Plattform, neben einem Fenster, das praktisch kein Licht durchließ, holte ich ihn ein.

»Es ist nichts«, sagte er.

»Wir könnten umkehren.«

Er sah mich verächtlich an.

Diesmal ging ich voraus, arbeitete mich aufwärts, manchmal hielt ich mich an dem groben Seil, das in eisernen Ringen an der Wand hing, fest, um meinen Schwindel unter Kontrolle zu bekommen.

Ich war ein Nachrichtenthema geworden. Ich mußte jemand anders werden oder die Konsequenzen auf mich nehmen.

Die Treppe mündete plötzlich in einen weiten offenen Raum, der nach Kirche roch, jener sonderbaren Mischung aus Stille, staubigem Licht und metallischem Widerschein. Der Raum war voller Glocken: ungeheuren, hoch hängenden Glocken.

Boaventura entdeckte Türen zu einem Laufgang rund um den Turm und beugte sich hinaus, um endlich die Aussicht zu genießen. Außerdem stellte er fest, daß wir noch höher steigen konnten.

Ich war nun getrennt von der Welt unten, getrennt durch Schwindel, körperliche Anstrengung, das Gefühl, daß ich endlich alle Gewißheiten abgeworfen hatte: meinen Namen, meinen Besitz, und falls die Polizei mich jetzt identifizierte und verhaftete, auch meine Freiheit. Ich blickte auf alles hinunter.

Als wir weiterstiegen, war alles, was ich hinter mir gelassen hatte, der Schacht mit seiner endlosen Wendeltreppe, aber da gab es die Tatsache, daß ich mit Boaventura hier war: einem Mann, den man mit mir verwechseln konnte, der ich sein konnte, der ohne weiteres noch einmal ausrutschen konnte.

Am höchsten Punkt des Turmes traten wir auf einen schmalen Balkon mit einer niedrigen steinernen Brüstung hinaus. Ich sah, daß der Stein weich wurde, seine Umrisse waren von der

Luft verätzt. Ich sah dunkle Wolken draußen vor dem Rotterdamer Hafen und konnte nicht recht erkennen, ob wir über ihnen waren oder nicht, ehe der Schneeregen einsetzte.

Boaventura stemmte sich gegen den Wind, angespannt wie ein Mann auf einem Schiffsdeck.

Ich versuchte, nicht über die steinerne Begrenzung und hinunter auf den glänzenden Platz, die Aneinanderreihung amtlicher Gebäude, den Ausschnitt eines Kanals auf einer Seite zu schauen. Jeder konnte hier den Halt verlieren. Niemand würde den Fall überleben.

Der Schneeregen begann die Welt abzutrennen, die Stadt unter uns war bald nicht mehr vorhanden. Was immer geschah, was immer ich tat: Von jetzt an konnte die Welt sich nur wieder öffnen – die Graupeln mußten irgendwann dünner werden und sich in Regen verwandeln, die Sicht sich auf ein paar hundert Meter erhöhen, der Regen aufhören, die Lichter wieder leuchten, verdoppelt durch ihren Widerschein auf dem nassen Pflaster; und danach, falls ich mich bewegte: andere Städte, andere Chancen.

Boaventura sagte: »Ich dachte, wir könnten von hier aus das Meer sehen.«

Die Welt war auf diesen winzigen Raum innerhalb eines Schneesturms geschrumpft, einen geschützten und behaglichen Ort, dazu geschaffen, eine Entscheidung zu treffen.

Ich verbrachte beinahe zuviel Zeit mit solchen Gedanken.

Boaventura schauderte und wandte sich wieder zur Treppe.

Ich folgte und hielt mich immer ein Stück hinter ihm, so daß ich ihn nicht sehen konnte. Ich wollte ihn nicht sehen. Arkenhout war eine ganz andere Angelegenheit gewesen: ein Mann, der bloß ein Mörder war, ein einzelnes gefährliches Wort, dessen viele Namen ungewiß und veränderlich waren wie Teufel in einem Buch. Dieser Mann hingegen bestand aus Staunen, Panik, zuviel Alkohol, dem Kummer über die Trennung von einer toten Frau und einer fernen Familie und einem Ort, dessen Schlichtheit in der Erinnerung großartig und strahlend wurde. Er war beinahe zu individuell, als daß man ihn in eine Leiche verwandeln durfte.

Auf dem blanken, abgetretenen Holz verpaßte ich eine Stufe und verlor den Halt.

Ich konnte bis in alle Ewigkeit durch diesen steinernen Kamin abstürzen, dachte ich, während ich fiel und gegen die großen Steinblöcke der Wände schlug.

Ich prallte gegen Boaventura. Ich hörte, wie er seinen Atem ausstieß, als rülpste er. Ich langte nach dem Halteseil, und als ich meinen Sturz gebremst hatte, wurde mir klar, daß er nun derjenige war, der fiel und fiel, einen Arm verrenkt und blaugeschlagen; und dann war er außer Sichtweite. Ich hörte noch eine Aufeinanderfolge von Schreien und Stößen, und dann war Ruhe.

Ich konnte mir nicht vorstellen, wie er es fertig gebracht hatte, seinen Fall zu stoppen.

Ich klammerte mich ans Seil. Unter mir klaffte ein derart tiefer Abgrund, daß mir wieder schwindelte; ich mußte mich verankern. Wenn ich gekonnt hätte, wäre ich für immer an Ort und Stelle geblieben: ein Mensch in der Schwebe.

Aber ich mußte hinunter, und Boaventura befand sich zwangsläufig zwischen mir und dem Ausgang des Turms.

Ich fand ihn quer im Treppenschacht verkeilt, unmittelbar vor der Glockenkammer. Ich hörte das Zwei-Uhr-Läuten, dann den Nachhall des Glockenspiels in der staubigen Luft, dann das Prasseln von Schneegraupeln auf Glas.

Er war nicht tot.

Ich war ausgerutscht. Ich denke nicht, daß ich vorhatte, mich umzubringen.

Aber hier lag ein Mann mit Papieren, die ihn mit dem Zustand der Unschuld verbanden, mit Unverantwortlichkeit gewissermaßen, mit einer anderen Lebensmöglichkeit. In einem Augenblick konnte ich diese Papiere an mich nehmen und die meinen zurücklassen. Zwei Ausländer an einem von Touristen viel besuchten Ort werden leicht verwechselt.

Ich gönnte Boaventura sein Leben nicht.

Die Anwesenheit der Glocken beunruhigte mich: riesige richterliche Maschinen auf ihren hohen Gerüsten.

So hoch über dem Boden zeigten die Fenster nur wilden Himmel, keine Dächer, Straßen oder anderes menschliches Leben. Einen Moment lang fühlte ich mich frei, jede Entscheidung zu treffen, die mir behagte. Der Geist dieses grimmigen, hohen Turms hatte von mir Besitz ergriffen: sein trotziges Gefühl moralischer Überlegenheit.

Ich trat ans Fenster und schaute hinunter. Ringsum war nichts zu sehen, nur der Sturm pfiff und tobte, so laut, daß ich sicher war, von niemandem gehört zu werden, als ich zu schreien anfing: »Was willst du von mir? Was soll ich denn tun?« Ich hatte keine Ahnung, an wen ich mich wandte: Gott, meinen Vater, Boaventura oder sogar Arkenhout.

Mein Gebrüll ließ die Glocken erbeben, die ein schwaches, zitterndes Lied anstimmten.

In dem Moment erkannte ich: Wenn ich wirklich frei war an diesem Ort hoch über der Erde, dann war ich auch frei, die richtige und moralische Entscheidung zu treffen, war nicht verpflichtet, Papiere zu entwenden und auszutauschen und einen Menschen im Stich zu lassen – mich selbst.

Ich begriff, daß ich mein Verbrechen, Arkenhouts Tod, nicht abgeben konnte. Es ist eine Schuld, die ich irgendwie bezahlen muß.

Ich war sprachlos, als ich in dem pedantischen Laden mit seinen Vitrinen stand, konnte nur an dem Drehkreuz vorbei die Treppe hinauf deuten. Die Frau mußte erraten, was geschehen war.

Auf einer Trage brachten sie Boaventura herunter. Er hatte eine Gehirnerschütterung, die sich anfühlte, sagte er, wie die Nacht, in der er seine Frau verloren hatte, und sein Arm war ausgerenkt; außerdem war sein Schienbein gebrochen. Nachdem seine Muskeln und ihre perfekte Koordinierung das Kapital waren, mit dem er arbeitete, würde er zwar eine Weile nicht arbeiten können, aber er würde leben.

Mich setzten sie in einen Polizeiwagen. Niemand sagte etwas. Auf dem örtlichen Polizeirevier gab es einen Hagel von Telefonaten, aber sie wurden natürlich auf niederländisch geführt. Dann wurde ich in den Fond eines anderen Polizeiautos gesetzt, und wir verließen Delft. Ich beobachtete, wie der Kirchturm in den Sturm zurückwich.

An den Straßenschildern erkannte ich, daß wir nach Amsterdam zurückfuhren. Ich konnte mir nicht vorstellen, was nun geschehen würde: ob ich des Mordes an Arkenhout beschuldigt würde, ob Boaventuras Unfall mich zu einem doppelt Verdächtigen machte. Ich war beinahe sicher, daß es ein Unfall war.

Aber auf dem nächsten Polizeirevier – an der Warmoesstraat: demselben, wo Mevrouw Arkenhout begonnen hatte, die Geschichte ihres Sohnes aufzurollen – lächelten die Polizisten zuviel und gaben mir heißen, süßen Tee. Wahrscheinlich wirkte ich mit einem Mal auffällig englisch.

»Wir haben Sie gesucht«, sagte Inspektor Van Deursen.

»Ich hab's im Fernsehen gesehen. Allerdings nur die Bilder, den Text konnte ich nicht hören. Aber ich hätte ihn ja sowieso nicht verstanden ...«

»Die Arkenhouts haben uns von Ihrem Besuch erzählt. Folglich mußten wir davon ausgehen, daß die Leiche in Portugal falsch identifiziert wurde.«

Ich sagte nichts; er hatte ja recht.

»Sie wissen also, wie Arkenhout umgekommen ist?«

Ich wurde aufgefordert, einen Mord zu gestehen, einen dicken weißen Becher mit Tee in der Hand und mir gegenüber ein liebenswürdiger Polizist, der mich nicht einmal finster anschaute, geschweige denn anbrüllte. Der Drang auszupacken, rührte von einem Bündel zusammengeschnürter Nerven in meiner Brust her.

»Wollen Sie mir davon erzählen?«

Ich versuchte den Tee zu trinken, aber er war zu heiß.

»Sie können's mir sagen«, sagte er.

Er muß schon alles gewußt haben. Es gab keine Unstimmigkeiten in seinen Akten, bis auf die Frage der Namen und Identitäten. Die übrigen Fakten waren ordentlich für die Anklage aufgelistet: Angriff, Feuer, die Explosionen, der abgetrennte Kopf und das ausgeleerte Benzin, was mit Notwehr nicht vereinbar war; die Flucht, die weitere Beraubung des ohnehin schon geplünderten Kredits eines toten Mannes; der Besuch der Familie des Toten.

Ich erzählte jedenfalls noch einmal alles. Ich wollte von ihm das Ausmaß meiner Strafe hören.

»Wissen Sie«, sagte er, »Sie sind eine Art Held.«

»Was ist mit Boaventura?« fragte ich. »Man hat ihn fortgebracht. Wie geht's ihm?«

»Dem Typen aus dem Turm, Ihrem Freund? Dem geht es gut.«

»Wollen Sie nicht wissen, was dort oben passiert ist?«

Er lächelte. »Ich hab's Ihnen doch gesagt. Sie sind ein Held.«

Ich stand auf. »Machen Sie sich nicht über mich lustig«, sagte ich.

»Setzen Sie sich« sagte er. »Setzen Sie sich. Wir hätten Arkenhout nicht aufhalten können, noch nicht. Es gab nur Indizien, keine Zeugen, ein Dutzend Länder. Wir hätten ihn nicht unter Anklage stellen können. Jetzt ist er nicht mehr da, die Akte ist geschlossen, und das dank Ihnen ...«

»Aber ich habe Geld gestohlen«, sagte ich.

Er lächelte. »Sie standen unter Schock«, sagte er. »Ein anständiger Mann, der eine schreckliche Sache tun mußte – selbstverständlich standen Sie unter Schock. Niemand wird Sie verurteilen.«

»Ich habe ihn angezündet«, sagte ich.

Er sagte nichts.

»Sie wissen nicht mal die Hälfte ...«

Er sagte: »Sie waren einfach nicht Sie selbst.«

Im Winter, wenn der große steinerne Säulengang gegen den Regen abgedichtet ist, macht das Museum einen versiegelten Eindruck. Die Wärter öffnen immer noch feierlich die Tore, doch es ist eine Zeremonie ohne Publikum; die Leute kommen immer ein bißchen später, um sicherzugehen, daß sie nicht im Freien warten müssen.

Natürlich kehrte ich zurück.

Ich öffnete den Brief von Annas Anwalt, der über die Unanständigkeit dieser Auferstehung von den Toten empört schien. Ich suchte mir einen Anwalt, der darauf antwortete.

Ich ging wieder durch das Labyrinth der Flure, dankbar für die Ordnung, die unter dem scheinbaren Durcheinander aus steinernen Trümmern, schrundigen Säulen und Knochenstücken lag. Das Museum, peinlich berührt, mich wiederzuhaben, und wissend, daß es unmöglich war, den neuen Helden zu feuern, weil er auf sich aufmerksam gemacht hatte, bot mir eine Art Beurlaubung aus gesundheitlichen Gründen an.

»Sie haben sich für das Museum ja ganz außerordentlich eingesetzt«, sagte der stellvertretende Direktor trocken. »Eher zu außerordentlich für unser leidenschaftsloses angelsächsisches Temperament.«

Maria rief mich nur einmal an. Sie fand mich bei der Arbeit.

»Ich rufe als Ihre Anwältin an«, sagte sie. »Gewissermaßen. Ich will wissen, was ich mit dem Haus Ihres Vaters tun soll.«

Ich sagte: »Darüber habe ich nicht nachgedacht.«

»Es gibt noch andere Häuser«, sagte sie. »Eines steht oben bei Granja, mit einer Olivenplantage auf sieben Terrassen und einem Bach. Und Bougainvillea. Es ist ein Steinhaus, weiß getüncht.«

»Wahrscheinlich«, sagte ich, »muß ich alles so lassen, wie es ist.«

Aber ich nahm die Wärme in ihrer Stimme wahr. Wäre sie bei mir gewesen, hätte sie meinen Arm gestreift und zuviel gelächelt.

»Sie hätten mir sagen sollen, was passiert ist«, sagte sie. »Ich will es wissen.«

»Das ist keine Sache, die man am Telefon besprechen kann«, sagte ich, wieder auf dem Rückzug in meine offizielle, leidenschaftslose Person.

»Ich wäre beinahe nach Amsterdam gekommen, wissen Sie. Die Polizei sagte, es wäre hilfreich, wenn ich käme. Christopher würde mehr erzählen.«

»Wollen Sie über Christopher reden?«

»Sie kannten ihn. Ich kannte ihn. Ich dachte, damit hätten wir etwas gemeinsam. Eine Gemeinsamkeit wenigstens, für den Anfang.«

Eine Möglichkeit öffnete sich in ihren Worten, eine Art Prophezeiung sogar: daß ich meinen Mord abbüßen könnte, indem ich verwirklichte, was Martin Arkenhout geplant und so knapp verfehlt hatte, indem ich in das Portugal meines Vaters zurückkehrte, an den Ort, den ich kannte, zu der Frau, die ich erst ein paar Wochen zuvor so ungestüm begehrt hatte, und zu meinem eigenen Namen mit seiner neuen Bedeutung. Dann könnte ich mein Leben besser leben als zuvor und trotzdem irgendwann die Last ablegen, daß ich einen Menschen umgebracht hatte.

Wahrscheinlich wollte sie einen Helden als Ersatz für den Flüchtigen, den sie verloren hatte.

»... Arturo geht es gut. Er mußte nicht operiert werden. Es regnet viel, aber das ist eben so in dieser Jahreszeit ...«

Ich stellte mir ein Leben zwischen grünen Bergen vor, in gelichteten Wäldern, unter einem Himmel, über den die Adler ziehen, auf einem Boden, der nach Minze und Anis riecht, wenn die Füße beim Gehen die Blätter zertreten.

»... die Weinreben sind noch belaubt, aber die Blätter sind so rot, daß sie aussehen wie farbiges Glas, wenn das Licht hindurchscheint ...«

Heute ging ich über die Straße zu den Restauratoren und sah zu, wie sie am *Liber Principis* arbeiteten. Sie beherrschen geniale Methoden, um Papierfasern entlang Schnittkanten miteinander zu verkleben. Sie sorgen dafür, daß die Bilder wieder in derselben willkürlichen Ordnung vorliegen, die wir kannten und katalogisierten, der Ordnung, die Jahrhunderte überlebt hat.

»Wir können es nicht mehr perfekt machen«, sagte mein Assistent Carter. »Das ist unmöglich. Die Bilder wurden wirklich nicht gut behandelt.«

»Perfekt war das doch nie«, sagte ich.

Er wirkte schockiert.

»Das reicht schon«, sagte ich. »Es ist das, was wir haben, und es wird reichen müssen.«

Dann kehrte ich in diese geliehene Wohnung zurück und legte mich schlafen.

Inzwischen träume ich zuviel. Manchmal sehe ich Berge, Maria, sogar Annas Gesicht, eine Erinnerung an Burgen und Wein.

Auch Martin ist immer da: das Kind, das sich in einem warmen und hellen Raum, im Duft gebackener Kekse und in den Armen seiner Mutter fürchtete. Ich versuche, wach zu bleiben, um diese Träume nicht zu erleben, die anscheinend nicht immer zu Ende gehen.